Jenny Pieper

KNOCHENFEUER

Das Geheimnis hinter den goldenen Augen

DRACHENMOND VERLAG

Drachenmond Verlag GmbH
Auf der Weide 6
50354 Hürth
http: www.drachenmond.de
E-Mail: info@drachenmond.de

Lektorat: Nina Bellem
Korrektorat: Michaela Retetzki
Satz & Layout: Astrid Behrendt

Umschlagdesign: Alexander Kopainsky
Bildmaterial: Shutterstock
Illustrationen: Jenny Pieper

Druck: Booksfactory

ISBN 978-3-95991-511-3

Für meinen Mann
Dein Lachen bewegt meine Welt.

ODRE
BESTÄNDIGER HER
WALDLANDE
HOCHEBENE
STEINERNES TAL
BLOMDECK
TIEFEBENE
GRÜNEN HÜGEL
WÜSTE
GEZEITENREICH
KEIMENDER FRÜHLING
IMME
SOM

TIEFER WINTER
GYOUM
EY
ELLENRIET
KOMBUN
SCHWARZER
MARKT
ODISSA
EISENDYNASTIE
NDER
EWIGER REGEN

1. KINDRA

Geschichtenjagd

Neun Jahre zuvor

Zitternd griff ich nach der Kapuze und zog sie tiefer ins Gesicht. Ich presste mich an Noba, die rechts von mir stand. Sie legte mir einen Arm um die Schulter und drückte mich an sich, doch mein Körper bebte. Die Berührung beruhigte mich nicht. Banditen waren wie aus dem Nichts vor uns aufgetaucht und hatten uns den Weg abgeschnitten.

Während der Regen auf uns niederprasselte, donnerte Korks Stimme hart und bedrohlich durch die Luft.

»Was wollt ihr von uns?«

Unter dem Saum meiner Kapuze hindurch konnte ich Korks Füße sehen. Er trat vor mich und Noba. Das Leder seiner Stiefel war mit Matsch beschmutzt und aufgeweicht. Wasser spritzte bei seinen Schritten unter den Sohlen hervor und ich hörte das vertraute Klirren, als er sein Schwert zog. Er senkte die Hand und die Spitze tauchte funkelnd neben seinem linken Knöchel auf. Meine Hände zitterten und ich war in Versuchung, unseren Feind anzusehen. Doch ich hielt den Kopf gesenkt.

Ein düsteres Lachen erklang vor uns, bevor hinter uns weitere Stimmen in das Gelächter einfielen. Wir waren umzingelt.

»Was habt ihr denn zu bieten?«, wollte die fremde Stimme wissen.

Mit der Spitze der Klinge zog er kleine Kreise neben seinem Bein und verlagerte das Gewicht vom linken auf den rechten Fuß. Nobas Armmuskeln spannten sich an. Ihre Hand lag noch auf meiner Schulter, doch unter dem Stoff ihres Umhangs spürte ich, dass sie ihre rechte Hand an ihre Hüfte führte, wo sie ihren Dolch versteckt hielt. Sie bereitete sich auf einen Kampf vor.

»Wir sind arme Landstreicher«, log Kork. »Wir haben nichts.«

»Deine Klinge würde mir reichen«, sagte einer der Männer und kam näher.

Meine Beine zitterten. Plötzlich klirrte Metall auf Metall und ich schnappte nach Luft. Die Männer stürzten sich in den Kampf und ihre Schritte erzeugten eine schaurige Melodie. Ich beobachtete weiterhin den Matsch um mich herum, auch wenn ich am liebsten weggelaufen wäre. Noba ließ mich los und machte einen Schritt zur Seite. Ich zuckte zusammen und vermisste augenblicklich ihren Schutz.

»Links«, sagte sie und ich gehorchte, sprang nach links und wich ungesehenen Gefahren aus.

»Ducken«, zischte sie und ich duckte mich.

»Hinten!«

Ich wich zurück, rutschte auf einem nassen Ast aus, taumelte und fiel zu Boden. Bevor ich mich aufrappeln konnte, packten mich zwei kräftige Hände an den Schultern und zerrten mich auf die Beine. Die Gestalt riss mich herum und zog mir die Kapuze vom Kopf. Mit weit aufgerissenen Augen starrte der Mann mich an. Er pfiff und drehte mich abermals um. Nun erblickte ich die Kampfszene, die sich mir auf dem Waldweg darbot. Kork kümmerte sich um drei Angreifer, einer davon lag gekrümmt am Boden, während die anderen zwei ihn umkreisten. Noba rammte einem Mann ihren Dolch in den Bauch. Er sackte auf die Knie, presste seine Hände gegen die Wunde und stöhnte, bevor er zu Boden fiel. Von rechts sprang eine Frau auf Noba zu und kratzte ihr übers Gesicht.

»Ihr werdet es nicht glauben«, rief der Mann, der mich festhielt. »Wir haben ein Goldkind gefangen!«

Chaos brach aus. Kork erstarrte für den Bruchteil eines Augenblicks. Einer seiner Angreifer nutzte diese Gelegenheit und schnitt ihm mit einem Messer ins Bein. Taumelnd wich Kork einen Schritt zurück, bevor er sich wieder fing. Er parierte die Klinge des zweiten Angreifers und duckte sich, um im nächsten Atemzug kräftig gegen das Knie des ersten zu treten. Es knackte laut, dann folgte ein schmerzerfüllter Schrei. Die Frau neben Noba starrte meine goldenen Augen mit geöffnetem Mund an – ein Fehler, den sie büßen sollte. Noba schlug ihr mit dem Dolchknauf auf den Hinterkopf und die Frau sackte bewusstlos zusammen.

Mit gebeugten Knien und erhobenem Dolch stand Noba bereit wie eine Katze zum Sprung. Ihr schwarzes Haar klebte nass an ihren Wangen, umrahmte ihre geradlinigen Gesichtszüge. Sie blickte von mir zu Kork. Die Zeit schien stillzustehen, während mir das Herz in der Brust fast zersprang. Sie setzte den rechten Fuß nach vorn, um Kork zu Hilfe zu eilen.

Die Hände des Mannes zitterten auf meinen Schultern, dann zog er sein Messer und hielt es mir an die Kehle. Kühl traf das Metall auf meine Haut.

Noba duckte sich und sprang auf Korks Angreifer zu. Sie rammte ihm den Ellbogen in den Rücken. Gleichzeitig traf Kork ihn mit der Klinge an der Taille und der Mann sank zu Boden.

Einen Herzschlag lang verharrten ihre Blicke auf dem schlaffen Leib, dann lösten sie sich und kamen langsam auf mich und meinen Geiselnehmer zu. Bedrohlich und stark glänzten Nobas und Korks nasse Körper im schwachen Licht, das nur spärlich durch einzelne Risse der Wolkendecke brach. Wassertropfen funkelten auf dem Leder ihrer Kleidung und färbten die Umhänge dunkel.

»Lass sie los«, donnerte Korks Stimme.

Die Arme des Mannes hinter mir bebten, die eiskalte Klinge berührte zitternd meine Haut am Hals. »Ich bring sie um«, sagte er laut, doch seine Stimme brach.

»Wenn du sie gehen lässt, tun wir dir nichts.« Noba blickte dem Mann mit erhobenem Kinn entgegen. Das Funkeln in ihren Augen wirkte ehrlich. Selbst nach all den Jahren zweifelte ich für einen Moment an ihrer Lüge.

Der Mann zögerte, ließ dann aber von mir ab, schubste mich auf Noba zu und rannte davon. Kork zog ein Wurfmesser aus seinem Umhang und mit einer gekonnten Armbewegung warf er es dem

Mann hinterher. Es fand sein Ziel im Rücken des Mannes, der hinfiel und reglos am Boden liegen blieb.

Kork ging zu den Verwundeten und tötete sie mit einem gezielten Stich in den Hals.

Noba nahm mich in den Arm und mein Herzschlag beruhigte sich. In einer fließenden Bewegung zog sie mir die Kapuze über den Kopf, wo sie hingehörte. Der feuchte Stoff klebte an meiner Haut und verbarg das einzig sichtbare Zeichen für meine Absonderlichkeit – meine goldenen Augen.

»Es ist besser so«, murmelte sie.

Tränen liefen mir über die Wangen und vermischten sich mit dem Regen. Noba schob mich zu Kork.

»Bist du verletzt?«, fragte sie ihn.

Er brummte und fuhr mit dem Finger über den Riss in seiner Hose. Der Stoff war blutgetränkt und klaffte über dem tiefen Schnitt auf. Ich strich mir mit den Händen die Tränen und den Regen aus dem Gesicht, dann berührte ich Korks Wunde. Das Blut wärmte meine Finger. Darunter begann die Haut zu vibrieren und die Verletzung verheilte.

Noba ging neben mir in die Hocke.

»Danke«, sagte sie und Kork drückte mir einen Kuss auf den Kopf.

In Nobas Gesicht leuchteten die Kratzer in verschiedenen Rottönen. Ich drückte meine Wange an ihre und die Wunden verschwanden unter meinen Tränen. Noba schlang die Arme um mich und hob mich hoch. Sie wiegte mich ein paar Mal hin und her, ehe sie mich zurück auf den Boden sinken ließ.

Schweigend setzten wir unsere Reise fort.

Dicke Tropfen fielen vom dunklen Himmel herab. Der Wind blies stärker als sonst und heulte melodisch durch die Höhle, in der wir Schutz gesucht hatten. Seit einem Jahr reisten wir nun schon durch das Gebiet des *Ewigen Regens*. Meine Kleider waren nass und in dieser Zeit nie richtig getrocknet. Ich rieb mir über die Arme, um das klamme Gefühl zu vertreiben. Vergeblich.

Neben der Kälte nistete sich etwas Neues in mir ein. Weitere Bilder von Toten, die aufgrund meiner Existenz ins Verderben getrieben worden waren.

Ich krabbelte zu Noba, die an einer Wand auf dem Boden saß, und kuschelte mich an sie. »Erzählst du mir eine Geschichte?«

Noba strich mir sacht übers Haar und nahm mich in den Arm. »Was möchtest du denn hören?«

»Wie ihr euch kennengelernt habt!«, rief ich und machte es mir an Nobas Brust bequem. Kork brummte im Schlaf und drehte sich um.

»Also gut«, begann Noba. »Es begann alles vor neun Jahren. Kurz bevor wir dich gefunden haben.« Mit ihren Fingern fuhr sie über meinen Arm, während mich ihre Stimme leise in eine andere Zeit entführte. »Kork und ich jagten der Legende der Golddüne hinterher, durch die wir uns Vergebung unserer Fehler und neuen Ruhm erhofften. Er für seinen Clan und ich für meinen. Wir begegneten uns in der Wüste, und wie du weißt, wollte keiner dem anderen den Schatz überlassen.« Ein Lächeln schwang in ihrer Stimme mit und ich schloss die Augen.

»Wie war es an diesem Tag in der Wüste?«, fragte ich.

»Es war heiß und der Sand peitschte uns gegen die Beine, während wir unermüdlich gegeneinander kämpften.«

»Du hast gewonnen«, sagte ich. Die Geschichte kannte ich bereits auswendig. Trotzdem hörte ich sie gern.

Noba lachte. »Ja, ich habe gesiegt und Kork davongejagt.«

»Und dann?«, fragte ich, um die Erzählung wieder Noba zu übergeben. Ich öffnete die Augen und suchte ihren Blick, doch die Dunkelheit der Höhle verschluckte uns und verhüllte Nobas Gesicht vor mir.

»Ich setzte meinen Weg fort und erreichte die Schlucht, in der der Schatz der Legende nach verborgen war. Doch sie war leer. Ich weiß nicht, ob der Schatz jemals existiert hat oder ob ihn jemand vor mir gefunden hat.«

Ich verschränkte die Finger mit ihren und dankte ihr still. Die Legende hatte Noba fort von ihrer Heimat und hin zu mir geführt.

»Ohne den Schatz konnte ich nicht zurück. Zu groß wäre die Schande gewesen. Während ich umherirrte, wurde ich vom Sandvolk überfallen, ein Pfeil traf mich in die Schulter und ich stürzte eine Düne hinab.« Noba legte ihre Wange auf mein Haar und lachte kaum hörbar. »Kork war mir gefolgt, weil er dachte, er könne mir den Schatz abnehmen. Doch er rettete mich. Er trug mich zwei Tage lang durch die Wüste.« Beim Klang seines Namens gab Kork ein brummendes Geräusch von sich. Ob er uns zuhörte?

In Nobas Stimme schwang Zuneigung mit, als sie weitersprach: »Er hätte mich zurücklassen können, aber er hat es nicht getan. Stattdessen floh er mit mir vor dem Sandvolk. Wir rasteten in einer kleinen Ruine im Westen der Wüste und Kork fand dort ein großes goldenes Ei.«

Ich hielt die Luft an, wie jedes Mal an dieser Stelle, bevor Noba die Worte aussprach, mit der sie die Geschichte beendete und mein Leben begann.

»In diesem Ei warst du.«

Am nächsten Morgen rüttelte mich Kork wach. Ich rieb mir die Augen und setzte mich auf. Der Feuerschein tanzte in den Schatten der Höhle. Ich robbte näher und rieb die Hände gegeneinander, bevor ich sie vor den Flammen wärmte. Draußen herrschte diesiges Licht und langsam herabfallende, schwere Tropfen perlten vom Eingang der Höhle.

»Wir gehen bald weiter«, sagte Kork und ich rollte als Antwort meine Decke zusammen. Nachdem ich das Bündel festgeschnürt hatte, stopfte ich es in meinen Beutel und legte diesen an die Wand.

»Hast du schon Frühstück gemacht?«, fragte ich ihn und sah wieder nach draußen. Der Regen hatte fast aufgehört, aber nur fast. Weniger als jetzt wurde es nie. Ich hatte den *Ewigen Regen* satt. Viel mehr mochte ich die Wüste, in der wir die ersten Jahre verbracht hatten. Am liebsten würde ich dorthin zurückkehren. Doch im Regen konnte ich mich gut unter meiner Kapuze verstecken. Trotzdem war das steinerne Tal, in dem dieses schreckliche Wetter herrschte, unsicher. Es war egal, wo ich mich aufhielt. Überall lebte ich in Gefahr.

Kork brummte und schüttelte seine nassen Haare. Der spitze Bart, der ihn als Krieger auszeichnete, war verwachsen und krumm, während sein Körper weiterhin verriet, wie unglaublich stark er war.

»Ich bin bestimmt eine Stunde in der Kälte herumgeirrt. Ohne Erfolg.«

Ich seufzte, setzte mich nah ans Feuer und starrte in die Flammen. Noba war noch unterwegs und ich hoffte, dass sie fündig wurde. Mein Magen zog sich bei dem Gedanken zusammen, schon wieder auf Essen verzichten zu müssen.

Kork ließ sich neben mir nieder und reichte mir einen dicken, kurzen Ast, der neben dem Feuer zum Trocken gelegen hatte. »Zirbelholz«, sagte er und nahm sich einen zweiten. Aus einer kleinen Scheide an meiner Hüfte holte ich das Messer hervor, das ich mit Kork zusammen hergestellt hatte. Die Klinge war aus einem schimmernden schwarzen Stein, den wir in der Wüste gefunden hatten. Das Material war so fest, dass wir es nur bearbeiten konnten, weil der Stein aus mehreren robusten Scheiben bestand, die wir voneinander trennen konnten.

Kork zeigte mir, wie man schnitzte, und ich ahmte ihn nach. Langsam verwandelte sich das Holz in meinen Händen zu einem Vogel.

Wir versanken in unseren Gedanken und sahen erst wieder auf, als Noba eine Stunde später in die Höhle trat. Grinsend hielt sie zwei Hasen in die Höhe. Kork verdrehte die Augen, aber seine Mundwinkel zuckten verräterisch. »Angeberin«, meinte er mit einem Schmunzeln.

Zur Antwort hob Noba provozierend eine Augenbraue und entlockte Kork damit ein brummendes Lachen.

Wir grillten die Hasen über dem Feuer. Einen packten wir für unterwegs ein und den zweiten teilten wir direkt auf.

»Gehen wir weiter nach Osten?«, fragte ich.

Noba nickte und presste die Lippen zu einer schmalen Linie zusammen. »Wir können auch umkehren«, sagte sie, doch ich hörte die Hoffnung ihrer Stimme, die verriet, wie sehr sie sich einen Ort wünschte, an dem sie ankommen konnte. Und der lag im Osten, wenn wir der Geschichte glaubten.

»Nein«, sagte ich schnell. Ich drehte das Fleisch in den Händen, froh über das Essen. Doch die Unsicherheit über die Existenz unseres

Ziels ließ sich damit nicht vertreiben. »Glaubt ihr, dass die Geschichte vom *Versteckten Dorf* stimmt? Dass die Sonne das Dorf tatsächlich beschützt?« Ich sah erst in Nobas und dann in Korks Augen, die einen Funken Hoffnung enthielten, seit wir vor einigen Wochen von diesem Ort gehört hatten. Ihr Blick löste in mir den Wunsch aus, Noba und Kork etwas zurückzugeben. Seit vielen Jahren zogen sie gemeinsam mit mir rastlos durch das Land, aus Angst, jemand würde mich erkennen und an die Eisendynastie verkaufen. Noba und Kork hatten viel für mich aufgegeben. Nun war ich an der Reihe.

Trotzdem behagte es mir nicht, weiter nach Osten zu ziehen – geradewegs auf das feindliche Land zu.

»Ich glaube, dass es einen Versuch wert ist, das Dorf zu suchen«, meinte Kork. Er zuckte mit den Schultern. »Auch wenn wir unterwegs Eisenmännern begegnen könnten. Aber mit ihnen werden wir im Notfall schon fertig.«

Der Name der Einwohner der Eisendynastie jagte mir einen Schauer über den Rücken. Ich hatte noch nie einen gesehen, doch ich stellte sie mir als große Männer vor, kalt wie Eisen und mit gierigen Augen. Sie verschleppten Goldkinder wie mich und brachten sie ihrem König. Bisher hatten sie sich noch nicht über die Grenze gewagt und nur in ihrem eigenen Land Jagd auf meinesgleichen gemacht. Hatte sich das geändert? Ein mulmiges Gefühl lag in meinem Bauch. Das *Versteckte Dorf* befand sich angeblich direkt am Grenzfluss. Ob die Kraft der Sonne es wirklich vor der Eisendynastie schützte?

»Es gibt Eisenmänner im Gezeitenreich?«, flüsterte ich ungläubig.

»So ein Blödsinn. Warum sollten wir auf unserem Weg Eisenmännern begegnen?«, fragte Noba. Sie warf einen abgenagten Knochen ins Feuer und starrte Kork herausfordernd an.

»Es gab immer wieder Überfälle.« Kork verschränkte die Arme. »Die Eisenmänner sind unter uns. Auf dieser Seite der Grenze!«

Noba lachte kurz. »Gibt es dafür Beweise?« Sie stand auf und stemmte die Hände in die Hüfte. Sie tat selbstsicher, aber ihre Unruhe war durch ihre Angst begründet, Kork könnte recht haben.

»Natürlich gibt es die!« Kork sprang auf die Füße. »Verschwundene Goldkinder. Brennende Städte. Das ist das Werk der Eisenmänner.«

Noba stieß ihm mit dem Finger gegen die Brust. »Das könnten auch einfache Banditen gewesen sein«, meinte sie.

Ich stand auf und schulterte meinen Beutel. Das Seil drehte ich zwischen den Fingern. »Aber das Dorf ist sicher, oder?« Augenblicklich beruhigten sich die beiden.

Kork stahl sich einen schnellen Kuss von Noba und beendete damit ihre Diskussion. Seine Gesichtszüge wurden weich und er legte mir die Hände auf die Schultern. »Sicher und von Magie umgeben.«

»Und schlecht zu finden«, ergänzte Noba. »Das Dorf lässt nicht alle Besucher eintreten.«

»Und wir dürfen passieren?« Ich schluckte, gespannt auf ihre Antwort.

Noba streichelte mir über die Wange. »Du bist etwas Besonderes. Die Sonne wird dich sicher schützen wollen.«

Ungesagt blieb ein Satz in der Luft hängen, den keiner von uns erneut aussprechen wollte: *Wenn die Geschichte wahr ist.*

Schweigend traten wir aus der Höhle in die kalte Umarmung des Regens.

Bei dem Anblick der verschütteten Straße sammelten sich Tränen in meinen Augen und ich presste die Hände dagegen. Zu wertvoll war die heilende Magie meiner Tränen, die ich vergeudete. Das Einzige, was ich Noba und Kork bisher hatte zurückgeben können.

»Wir finden einen anderen Weg«, krächzte Kork. Seine Stimme wurde vom Regen beinahe übertönt, doch ich erkannte die Unsicherheit, die sich mittlerweile eingeschlichen hatte. Wie oft hatte er das bereits gesagt? Sieben Mal?

Ich schluckte und versuchte stark zu sein, so wie Noba und Kork es für mich waren. Also nahm ich die Hände von den Augen und betrachtete den versperrten Weg vor uns. Schon wieder eine Sackgasse. Mein Blick wanderte über die Felswände, die sich unüberwindbar hoch zu beiden Seiten erstreckten, so weit wir sehen konnten.

»Ziehen wir weiter!«, rief uns Noba zu. Der Regen wurde stärker und eine Windböe peitschte die Tropfen in unsere Gesichter. In

Strömen floss das Wasser den Weg runter, den wir heraufgekommen waren.

»Seht, dort.« Kork deutete auf eine Stelle an der Felswand, die uns den Weg zu unserem Ziel versperrte.

Wir kämpften uns näher heran und erkannten eine Öffnung.

»Vielleicht eine Höhle?«, fragte Noba und zwängte sich hinein. Wir warteten einige Herzschläge, bis sie uns zurief, dass wir ihr folgen sollten. Hatte ich mir vor Tagen noch über Korks abgemagerten Zustand Sorgen gemacht, so war ich nun froh, dass er durch die Felsspalte passte.

Ich rollte mich in der kleinen Höhle zusammen, während Noba und Kork noch einmal loszogen, um Feuerholz und etwas zu essen zu suchen.

Sie kehrten mit leeren Händen zurück.

Als die Nacht kam, erlosch auch das letzte diesige Licht, das durch die Spalte in die kleine Höhle gefallen war.

»Wieso?«, jammerte ich. »Wieso ist es so schwer?«

»Es heißt nicht umsonst das *Versteckte Dorf.*« Noba regte sich, strich über meine Schulter und suchte nach meiner Hand. Als sie sie gefunden hatte, drehte sie die Handfläche nach oben. »Stell dir vor, deine Hand ist Odre, unsere Welt.«

Ihre Fingerspitzen kitzelten, als sie mir über meine Haut strich.

»Odre ist eine Scheibe wie deine Hand. Am Rand befindet sich ein Gebirge, hinter dem das Ende der Welt liegt.« Mit ihrem Finger zog sie einen Kreis um meine Handfläche, malte die Bergkette in meinen Gedanken, um dann anzudeuten, vom Rand zu fallen. Was sich hinter dem Gebirge und unter der Scheibe befand, wusste keiner. Bis dahin war noch nie jemand vorgedrungen – oder zumindest nicht lebend zurückgekehrt. Während Noba weitersprach, strich sie mit einem Finger mittig über meine Handfläche. »Der Grenzfluss Hayes trennt unser Reich von der Eisendynastie.«

Noba ließ ihren Finger über den Teil meiner Handfläche wandern, der das Gezeitenreich darstellte. Sie zeichnete das Gebiet des *Tiefen Winters* im Norden ein, den *Beständigen Herbst* im Nordwesten, gefolgt vom *Keimenden Frühling* in Südwesten. »Und hier ist der *Immerwährende Sommer.*« Mit ihrem Finger strich sie über meine Handfläche, wo der Süden lag.

»Ich mochte die Wüste«, flüsterte ich.

»Die Wüste ist nicht alles, was der Sommer zu bieten hat«, mischte sich Kork ein.

»Ist sie nicht?«

»Nein«, stimmte ihm Noba zu. Mit ihrem Finger wanderte sie vom Süden ein Stück hinauf. »Das *Versteckte Dorf* soll sich hier in einer Senke befinden. Man sagt, es ist im Osten vom Hayes, im Norden und Westen von einer Bergkette und im Süden von der Wüste umgeben.«

Mit ihren Worten und dem Finger malte Noba ein Bild vor meinem inneren Auge. Ich versuchte mir das Dorf vorzustellen, das direkt am Grenzfluss lag. Die Strömung riss angeblich jeden unter die Oberfläche, der versuchte, ihn zu überqueren.

»Warum gehen wir nicht von Süden durch die Wüste?«, fragte ich und Hoffnung keimte in mir auf. Dann könnten wir endlich diesen Regen verlassen.

»Über dem der Wüste zugewandten Teil des Ortes liegt ein Zauber. Wenn man von dort aus das Dorf aufsuchen will, würde man immer weiter und weiter durch den Sand wandern, ohne jemals ans Ziel zu kommen.« Mit ihrem Finger fuhr sie auf meiner Handfläche ein Stück nach Westen und verharrte in der Mitte des Gezeitenreiches. »Hier ist die Tiefebene, der *Ewige Regen.* Hier befinden wir uns. Nur von hier kann der Zugang gefunden werden. Die Berge entscheiden, wer auserwählt ist und wer nicht, da sie der Sonne am nächsten stehen.«

Ich schluckte, als mir bewusst wurde, dass wir schon viel zu lange danach suchten. Zu lange schon zogen wir an versperrten Straßen und steilen Felswänden vorbei, ohne eingelassen zu werden.

Sie griff sanft meine Hand, zog mich an sich und drückte mir einen Kuss auf den Haaransatz. Ich war versucht, die Augen zu schließen und diesen kurzen Moment zu genießen. Doch ein Grollen ließ Noba aufspringen.

Bevor ich begriff, was passierte, hörte ich brechenden Stein. Die Höhle erbebte und Geröll löste sich irgendwo über unseren Köpfen. Das Geräusch kam aus der Richtung des Höhlenausgangs. Ich schnappte nach Luft und wimmerte: »Sind wird eingesperrt?«

Als das Gepolter verstummte, brach Unruhe in unserer Höhle aus. Mein Wimmern vermischte sich mit Nobas und Korks Stimmen. Sie eilten durch die Höhle, inspizierten vermutlich den Ausgang, doch es war viel zu dunkel, um etwas zu erkennen.

Während Noba und Kork durcheinanderredeten, wich ich zurück. Wir waren eingeschlossen. Würde unsere Suche hier enden? Würden wir hier sterben?

Noba und Kork versuchten, die verschüttete Felsspalte freizulegen. Doch ihre verärgerten Rufe nahmen mir alle Hoffnung. Ich krabbelte noch ein Stück weiter zurück an das hintere Ende der Höhle. Doch die Erschütterung schien mehr gelöst zu haben als nur das Gestein am Höhleneingang.

Der Boden unter mir erzitterte und gab nach. Mit einem spitzen Schrei rutschte ich rückwärts in die Tiefe. Einige Herzschläge lang hielt ich die Luft an, dann prallte ich mit dem Rücken gegen eine Felswand, die mich stoppte. Sternchen tanzten vor meinen Augen. Ich schnappte nach Luft und konzentrierte mich auf Nobas Stimme, die meinen Namen rief.

»Ich bin hier«, keuchte ich und hoffte, dass sie mich hörte. Ein Luftzug streifte meine Wange. Zitternd richtete ich mich auf und mein Herz stolperte, als ich mich weiter vorantastete. Hinter einer Biegung entdeckte ich einen Spalt in der Felswand, der groß genug war, um hindurchzupassen. Der Tag brach an und hieß uns willkommen. Wir durften das Dorf betreten.

Nachdem wir uns aus der Höhle gekämpft hatten, standen Noba, Kork und ich auf einem grünen Hügel. Das Gras reichte mir bis zu den Waden. Zu unseren Füßen breiteten sich weitere Hügel aus, die ein kleines Dorf umrahmten. Das *Versteckte Dorf*. Wir hatten es gefunden. Ich war mir sicher.

Ich breitete die Arme aus und drehte mich ein paar Mal im Kreis. Dieser Moment war wie ein Traum.

Als ich stoppte, wurde mir ein bisschen schwindelig, aber das machte nichts. Denn das erste Mal seit Langem spürte ich ein Lachen in meiner Brust erwachen und ich ließ es ohne Bedenken frei. Noba und Kork stimmten ein.

Der Fluss glitzerte und wand sich am östlichen Dorfrand entlang. Hinter uns im Westen zog sich eine Felswand Richtung Norden und gipfelte in einem riesigen Berg mit weißer Kuppe. Im Süden verlief sich das Grün und sosehr ich mich auch streckte, die Wüste konnte ich nicht erkennen. Funktionierte der Zauber aus dieser Richtung ähnlich? Würde man von hier ewig über satte Wiesen wandern und nirgendwo ankommen?

Goldene Schlieren bedeckten wie flüssige Sonnenstrahlen den Himmel. Sie waberten in der Luft und bildeten eine Kuppel über der Senke.

Ich legte den Kopf in den Nacken. »Die Magie der Sonne?«, hauchte ich. Es gab sie wirklich.

»Sie ist wunderschön«, raunte Noba.

Sie verschränkte ihre Finger mit meinen. Gemeinsam gingen wir den Hang hinunter und Richtung Dorf. Je näher wir kamen, desto getrübter wurde meine Freude. Zurück blieben nur die gewohnten Bedenken. Ich griff nach Nobas Ärmel, der immer noch klamm war. »Was, wenn sie mich doch verkaufen?«

»Kindra.« Noba seufzte mit einem Lächeln, doch mir konnte sie nichts vormachen. Auf ihrem Gesicht lag der übliche Schatten der Unsicherheit. »Das Dorf hat uns hereingelassen. Es wird uns beschützen.«

»Aber der Fluss«, raunte ich. »Hält die Magie uns wirklich vor Blicken und Übergriffen aus der Eisendynastie verborgen?«

»Das werden wir herausfinden!« Noba drückte mich an sich und Kork ging neben mir in die Hocke.

»Ich werde nicht zulassen, dass jemand dich in die Finger bekommt!«

»Und wenn wir alle aus dem Dorf vertreiben müssen und es uns allein gemütlich machen«, fügte Noba hinzu.

Ich lächelte und schüttelte den Kopf. »Das können wir nicht machen!«, rief ich aus und kicherte. Die Vorstellung, dass Noba und Kork mich verteidigten, gab mir Mut. Doch was genau würde mich erwarten, falls ich doch in die Hände der Feinde gelangte? Die Eisenmänner wollten das Blut und Körperteile der Goldkinder für ihre Goldmagier. Würden sie mich foltern? Mir wehtun? Mich töten, um zu bekommen, was sie wollten?

Als wir das Dorf erreichten, erkannte ich das Symbol der Sonne an den Hütten über jedem Eingang. Es schien überall zu sein. In der Mitte des Marktplatzes stand eine Säule, auf der eine steinerne Sonne thronte.

»Bei der Kraft der Sonne!«, rief eine Frau aus und schnell scharte sich eine Menschentraube um uns. »Willkommen!«

Die Menschen redeten wild durcheinander und bald begrüßte uns ein Kanon etlicher Stimmen. Ich klammerte mich an meine Kapuze, während Kork mit einer Frau sprach, die uns in ihr Gasthaus einlud.

Ich spürte die Begeisterung der Umstehenden, die wild durcheinanderredeten.

»Die Sonne hat uns neue Einwohner geschenkt!«

»Gepriesen sei ihre Macht!«

»Neue Seelen in unserem Zuhause!«

Leiser ertönte eine Kinderstimme: »Habt ihr Geschichten mitgebracht?«

Als mich eine kleine Hand berührte, die zu der Stimme gehören musste, zuckte ich zurück und hob den Kopf. Eine Angewohnheit, die ich eigentlich gut unter Kontrolle hatte.

Ich starrte in die blauen Augen eines blonden Jungen, der vermutlich so alt war wie ich. Als er mein Gesicht sah, öffnete er den Mund zu einem *Oh*. Mein Herz hüpfte und ich machte mich bereit für seine Reaktion. Doch sie war anders, als ich erwartet hatte.

»Sind die echt?«, raunte er und zeigte auf mein Gesicht. Er meinte meine goldenen Augen. »Sie sind so schön!«

Hastig senkte ich den Kopf und krallte die Finger in meine Kapuze. Doch meine Mundwinkel gehorchten mir nicht und ein Lächeln stahl sich auf meine Lippen.

»Ich bin Saki!«, plapperte der Junge weiter. Er wandte sich an eine andere Person. »Dürfen wir an den Fluss spielen gehen?«

»Saki«, schalt ihn die Frau, die mit Kork über das Gasthaus gesprochen hatte. »Lass unsere Gäste erst einmal ankommen. Sie haben bestimmt Hunger.«

»Dann nach dem Essen!«, beharrte er und wieder musste ich grinsen.

»Wir wollten das eigentlich etwas dezenter ansprechen«, Nobas Stimme ertönte. »Ihre Identität …« Ich spürte, wie mich mehrere Blicke trafen.

Doch der Junge lachte nur. »Es ist egal, wer du bist. Meine Mama sagt, bei uns im Dorf gibt es nur eine Regel: Hilfst du mir, helfe ich dir!«

Von da an waren Saki und ich unzertrennlich.

2.

Kindra

Ein letztes Lächeln

Stille lag über Grünfrey, dem *Versteckten Dorf*, während sich die Sonne von ihrem tiefsten Stand, halb über, halb unter dem Horizont, langsam wieder in den Himmel hob. »Ich liebe es.« Ich seufzte und betrachtete das Farbenspiel in den Wolken, das sich auf der Wasseroberfläche des Hayes spiegelte und mit den goldenen Schlieren der Sonnenmagie vermischte.

Trotz der Schönheit der Dämmerung und der nie untergehenden Sonne wandte ich den Blick ab und betrachtete den Jungen neben mir, der mindestens genauso schön war. Die satten Sonnenstrahlen ließen Sakis blonde Haare in einem warmen Orange schimmern. Mein Blick wanderte über seine Arme, die von der Feldarbeit drahtig und stark waren. Zwischen den Fingern drehte er den kleinen Holzvogel, den ich vor neun Jahren geschnitzt hatte.

»Du hast ihn immer noch?«, fragte ich und Hitze stieg in meine Wangen.

Er hielt den Blick auf den Fluss gerichtet, während ein kleiner Windstoß das Leinenhemd gegen seinen Oberkörper drückte. »Er ist mein Glücksbringer«, antwortete er und schob ihn in seine Hosentasche.

Mein Blick fuhr sein Profil nach und als er grinste, wurde mir mein Herz leicht. Er nahm einen Stein und warf ihn in den Grenzfluss. Die

Wasseroberfläche schlug kleine Wellen, bevor sie sich wieder beruhigte und die Strömung ihre gewohnten Muster zog.

Seit dem Tag meiner Ankunft war dies unser Ritual. Jeden Morgen, bevor das Dorf erwachte und wir unseren Pflichten auf den Feldern nachgingen, trafen wir uns hier.

»Ich wollte es nicht glauben«, sagte ich mit einem Lächeln und sah in Sakis Gesicht, tauchte in seine blauen Augen ein, mit denen er mich intensiv musterte.

Er lachte und mein Herz begann wilder zu schlagen. »Ich erinnere mich an die ersten Nächte, die du stur hier gesessen hast.« Seine Augen nahmen einen verträumten Ausdruck an, während er auf das Ufer zeigte.

Ich senkte den Blick, spürte, wie meine Wangen brannten. Wenn ich ihn noch länger betrachtete, würde wieder dieser Wunsch erwachen, ihn küssen zu wollen. Doch für diesen Schritt war ich noch nicht bereit. Meine Blicke wanderten daher über die Wiese, auf der wir saßen, und ich betrachtete die Welt, die außerhalb der magischen Kuppel lag. Der Hayes und die Eisendynastie. Die Grünfläche am anderen Flussufer wurde in etwa fünfzig Yards von einem Wald abgelöst.

»Wie oft habe ich dir geschworen, dass die Sonne hier nicht untergeht?«

»Hunderte Male.« Ich kicherte.

»Und wie oft wolltest du mir nicht glauben?«

»Hunderte Male.«

Diesmal lachte er. Er ließ sich zurück ins Gras fallen und ich legte mich neben ihn. Sein Körper strahlte eine Wärme ab, die mir eine Gänsehaut über die Arme jagte.

Unsere Finger berührten sich fast und wenn ich mich nur etwas bewegte, könnte ich seine Hand halten.

Stur sah ich in den Himmel, tastete mich langsam voran. Als sich unsere Hände trafen, sah ich aus dem Augenwinkel, wie Saki den Kopf drehte. Ich hielt die Luft an und wartete auf seine Reaktion.

Er wandte das Gesicht wieder dem Himmel zu, doch ganz vorsichtig verschränkte er seine Finger mit meinen.

Mein Herz stolperte, setzte einen Schlag aus und pochte dann umso kräftiger. Ich schloss die Augen und konzentrierte mich auf diese Berührung, nahm diesen Moment in mich auf und vergaß beinahe, wie schwierig der Weg bis hierher gewesen war.

»Neun Jahre ist es her«, raunte Saki, als würde er meine Gedanken erahnen.

Ich brummte zustimmend.

»Ich bin froh, dass du uns gefunden hast.«

Er drückte meine Hand und ich öffnete die Augen. Als ich mich ihm zuwandte, blickte ich ihm direkt ins Gesicht. Er war nur ein paar Zoll entfernt. Saki, der Junge, den ich insgeheim liebte. Mein Zuhause.

Die Welt um uns herum schien stillzustehen. Das Plätschern des Wassers und die Gesänge der Vögel verschwanden in den Hintergrund und das einzige Geräusch schien mein zu lauter Herzschlag zu sein.

Wollte er es auch?

Dachte er auch daran, mich zu küssen? Mich, ein Goldkind?

Er lächelte und rückte ein Stück näher an mich heran. »Du bist so …«, flüsterte er.

Doch bevor er sagen konnte, was ich war, rief jemand meinen Namen. Ich schreckte auf und sprang auf die Füße. Noba stand am Dorfrand, einen Korb in den Händen.

»Die Pflicht ruft.« Sie winkte mich zu sich.

Saki stand ebenfalls auf und griff noch einmal nach meiner Hand. Die Berührung kribbelte auf meiner Haut und ich hielt gebannt die Luft an. »Ich würde es nie wagen, ihr zu widersprechen. Aber ich bin in Versuchung, dich nicht loszulassen.«

Seine Worte zauberten mir ein Lächeln ins Gesicht, das so ehrlich und leicht war, dass ich glaubte zu schweben.

»Ich verspreche dir, dass wir morgen da weitermachen, wo wir heute aufgehört haben«, flüsterte ich und Hitze stieg mir in die Wangen.

Konnte es sein, dass Saki mehr für mich empfand?

»Ich werde heute Nacht kein Auge zutun«, raunte er. »Bis morgen.«

»Bis morgen«, bestätigte ich und ließ tausend Worte ungesagt. Seit wann war das so? Mein Herz schlug schnell, als ich Saki einen flüchtigen Kuss auf die Wange drückte und ihn dann widerwillig zurückließ.

Die Sonne stand hoch am Himmel, als ich seufzend den Blick hob. Es war weit nach Mittag. Wenn ich die Augen schloss, sah ich wieder Sakis Gesicht so nah vor meinem.

»Bringst du das bitte zu den Karens und kommst mit Saki zurück? Ihr müsst mir beim Tragen helfen.« Noba riss mich in die Gegenwart zurück und hob eine der Kisten hoch, die neben ihr im Gras standen. Ihre olivfarbene Haut glänzte im Sonnenlicht und ihr schwarzes Haar fiel ihr verschwitzt in die Stirn. Die Kisten waren mit verschiedenen frisch geernteten Früchten gefüllt, die allein aus unserem Garten stammten. Die Sonne ließ die Aussaat sprießen und ermöglichte es, ganzjährig zu ernten. Seit wir hier lebten, hatte ich nicht mehr gehungert.

Noba reichte mir die kleinste Kiste, die mit Erdbeeren gefüllt war.

Sakis kleiner Bruder wird vor Freude platzen, dachte ich und grinste in mich hinein. Beim Gedanken daran, Saki nach unserem Versprechen gleich wiederzusehen, färbten sich meine Wangen rot.

Ohne weiteres Zögern eilte ich los. Von unserem Vorgarten bis zu Sakis Hütte war es nicht weit. Mit der Kiste in den Händen rannte ich über zwei Hügel, bis die Hütte in Sichtweite kam. Saki stand mit seinem Vater vor der Tür und sein Haar leuchtete golden im Sonnenschein. Sein Anblick ließ mein Herz straucheln und ich grinste, während ich näher kam. Er war perfekt.

Sein Vater sah wie eine kleinere und ältere Version von Saki aus. Doch die Jahre auf den Feldern unter der magischen Sonne ließen ihn jünger wirken, als er tatsächlich war. Die beiden unterhielten sich und wirkten dabei angespannt.

»...zu still«, hörte ich Saki noch sagen, bevor sie ihr Gespräch unterbrachen und mich musterten, als ich sie erreichte. Im Vorbeigehen begrüßte ich die beiden, brachte die Kiste in die Hütte und stellte sie auf den Tisch. Im Wohnraum reihten sich Blumentöpfe vor den Fenstern aneinander und bunte Decken und Kissen stapelten sich an einer Wand. Ich liebte diesen Raum, die heimelige Atmosphäre, die ich in all den Jahren auf der Flucht vermisst hatte. Wie gern hätte ich mich jetzt in den kuscheligen Kissenberg hineinfallen lassen und den restlichen Tag gefaulenzt. Aber Noba wartete, also wandte ich mich ab und wollte die Hütte verlassen. Plötzlich erklangen Schreie und ich erstarrte. Sie kamen aus dem Osten, der Richtung, in der die

Eisendynastie lag. Das Blut verwandelte sich in meinen Adern zu Eis. Hatten sie uns gefunden? Nach all den Jahren?

»Kindra!«, rief Saki von draußen. Seine Stimme klang belegt. Ich rannte aus der Hütte, prallte mit ihm zusammen und sah in seine geweiteten Augen. Die Schreie waren verebbt und eine unheimliche Stille lag über dem Dorf.

Saki nahm meine Hand und zog mich an sich. Mein Herzschlag beschleunigte sich und ich sog seinen vertrauten Duft in mich auf. Doch er konnte die Angst nicht vertreiben, die die Schreie in mir erweckt hatten.

Grünfrey war friedlich, Grünfrey war sicher. Die Sonne schützte uns.

So viele Jahre waren in Ruhe vergangen. Das hier war nur ein falscher Alarm. Oder?

»Ich bringe sie weg!«, sagte Saki zu seinem Vater und zog mir die Kapuze über den Kopf. Beinahe hatte ich vergessen, dass dieses Stück Stoff existierte.

»Geht zum Schneegipfel und versteckt euch in der Höhle. Ich hole die anderen und dann folgen wir euch.« Sakis Vater hatte die Augenbrauen zusammengezogen, eine tiefe Furche durchzog seine Stirn. Seine Worte hallten befremdlich in meinem Kopf wider. Diesen Schutzplan hatten wir vor so vielen Jahren entwickelt. Dass er jemals greifen würde …

Ich versteifte mich. »Noba wartet auf uns und ich weiß nicht, wo Kork ist.«

Saki ging einen Schritt zurück und packte meine Oberarme. Seine blauen Augen blickten mir voller Furcht entgegen. »Sie werden nachkommen. Wir müssen dich verstecken, zur Sicherheit.« Er zog mich an der Hand aus dem Dorf hinaus zu den westlichen Hügeln. Der Eingang zum Bergpfad lag nordwestlich des Dorfes. Widerwillig setzte ich meinen Körper in Bewegung.

Geduckt liefen wir hinter den Grashängen entlang nach Norden, und als wir einen besonders hohen Hügel passierten, legte sich Saki auf den Bauch und kroch zur Hügelkuppe. Ich tat es ihm nach. Wir sahen vorsichtig zum Dorf zurück und ich glaubte zu träumen.

Das Bild, das sich uns bot, konnte nur einem Albtraum entsprungen sein!

Das gewohnte Flimmern der Sonnenmagie war stellenweise verschwunden und ein großes Loch klaffte über dem Grenzfluss. Der Hayes erhob sich, als würde er anschwellen, jeden Augenblick mehr Wasser in sich aufnehmen. Er baute sich wie eine Mauer auf. Ein Grollen fegte unheilvoll über das Dorf, der Fluss schlug wie ein Ungeheuer um sich. Er bäumte sich auf und brach auf das Dorf nieder, begrub alles unter seinen Wassermassen. Schreie ertönten und brachen ab. Die Häuser zerbarsten und wurden vom Fluss mitgerissen.

Nach kurzer Zeit war Grünfrey zerstört und von Wasser bedeckt. Die Flut hielt sich wie in einer Glasglocke über dem Dorf.

Warum sich Saki bewegen konnte und nicht wie ich erstarrt auf die unerbittliche Flut starrte, war mir schleierhaft. Er zerrte mich mit sich, während ich mich daran zu erinnern versuchte, wie Atmen funktionierte.

Der Ort, der für mich mehr Heimat gewesen war als jeder andere zuvor, war fort. Noba. Kork. Was war mit ihnen?

Wir erreichten den Fuß des Schneegipfels, den höchsten Berg im Norden mit weißer Krone. Der Pfad zur Höhle nahm seinen Anfang in einer kleinen, versteckten Felsspalte. Er schlängelte sich bis zur Kuppe hinauf, verborgen zwischen der steilen Felswand des Berges und teilweise künstlich angelegtem Gestein, das an eine Mauer erinnerte. An manchen schwer zugänglichen Stellen verlief der Pfad ungeschützt und wirkte mehr wie eine Brücke oder offene Plattform. Dann befand sich unter dem Weg nur wenig Gestein.

Ein Grund, warum mir hier immer etwas mulmig zumute war.

In unregelmäßigen Abständen ermöglichten in die Außenmauer gehauene Löcher einen Blick hinaus zu der nun überschwemmten Hügellandschaft. Der Pfad existierte angeblich seit Jahrhunderten und wurde von den Einwohnern Grünfreys gehegt und gepflegt. Es gab stets etwas zu tun, da der Berg ewig in Bewegung zu sein schien.

Geduckt eilte ich Saki hinterher, der den Weg hinaufhechtete. Unsere Schritte wurden schneller, während der Fluss zu unserer Rechten mit ohrenbetäubendem Rauschen tobte. Der Wasserspiegel stieg weiter an, und als wir die Höhle erreichten, schwappten die Wassermassen wenige Fuß unter uns gegen die Felswand. Nur ein paar Hügel ragten aus dem wild gewordenen Fluss empor.

Zitternd legte ich meine Hand in Sakis. Er verschränkte seine Finger mit meinen, ohne mich anzusehen. Sein Blick war in die Ferne gerichtet und seine Mundwinkel zuckten wütend. Eine dunkle Vorahnung braute sich in mir zusammen, als ich seinem Blick folgte. Keuchend schlug ich die freie Hand vor den Mund. In der Eisendynastie, auf der anderen Seite des Hayes, standen etwa dreißig Personen, die von hier nur wie kleine gesichtslose Puppen wirkten. Zehn von ihnen hatten sich am Grenzfluss aufgestellt und ihre Hände erhoben. Die Luft vor ihnen vibrierte und schwarze, flackernde Fäden verwoben sich mit dem Fluss. Weitere dunkle Schlieren hielten das Loch in der Kuppel aus Sonnenmagie geöffnet. Die Magier der Eisendynastie. »Goldmagier«, keuchte ich. Wie hatten sie mich gefunden? Suchten sie mit ihrer Magie nach mir? Wie hatten sie die Magie der Sonne brechen können?

Schon zog Saki mich weiter. »Wir müssen höher!«

Kopfschüttelnd versuchte ich ihn zu bremsen. »Die anderen wollten sich hier mit uns treffen.« Ich würde nicht ohne sie gehen. Nicht ohne meine Familie. Noch immer hegte ich die Hoffnung, dass sie den Fluten nicht zum Opfer gefallen waren.

Es konnte doch nicht schon vorbei sein! Das ruhige Leben, für das wir so lange durch das Gezeitenreich geirrt waren.

»Die anderen werden nicht kommen«, stellte Saki traurig fest. »Das Wasser steigt. Kindra, sie dürfen dich nicht finden.« Wie gebannt verharrte mein Blick auf den dunkel schimmernden Fäden, die sich mit dem Wasser verbanden. Wenn mich die Magier fanden, was würde geschehen?

Spielte das überhaupt eine Rolle? Jetzt, da mein Zuhause zerstört, meine Familie tot war?

Der Druck in meiner Brust hinderte mich beinahe am Atmen.

Saki zog mich an der Hand mit sich. Stumm gehorchte ich, trottete hinter ihm her und weinte. Ich beweinte Noba und Kork. Sakis Eltern und seinen Bruder Neor. Die gutmütige Gastwirtin und ihren Mann. Ich beweinte meine verlorene Heimat. Die schönen Hügel und saftigen Wiesen. Die üppigen Felder und die Dämmerung am Hayes. Jetzt hatte ich nur noch Saki. Und er mich. Ging es ihm wie mir? Wie konnte er angesichts dieser Katastrophe noch auf den Beinen stehen?

Je höher wir stiegen, desto unebener wurde der Pfad. Nach etwa einer Stunde erreichten wir eine große Plattform, von der aus wir das Dorf überblicken konnten. Es lag immer noch unter Wasser, versunken unter einem von Magie beherrschten See. Von hier oben wurde ich mir erst richtig der Zerstörung bewusst, die die magischen Fluten angerichtet hatten. Ich schluckte und krallte mich an der Mauer fest, während ich nach unten sah. Meine Blicke wanderten über die im Wasser treibenden Holzteile und Splitter. Bruchstücke von Häusern und Möbelstücke, die noch vor wenigen Momenten Zeugen von glücklichen Leben gewesen waren, schwankten verloren in den Wellen. Zitternd verstärkte ich den Griff um das Gestein.

Saki trat neben mich. Er strich mir eine Haarsträhne hinters Ohr und fixierte mich mit einem ernsten Blick. »Ich bin für dich da«, flüsterte er. »Der König der Eisendynastie wird dich nicht bekommen.«

Dankbar hob ich die Hand und verwob meine Finger mit seinen. Eine Berührung, die mich heute Morgen noch so viel Überwindung gekostet hatte. Doch jetzt sehnte ich mich nach der Geborgenheit, die ich zu Beginn des Tages verspürt hatte.

Saki lächelte traurig, doch der Schmerz in seinen Augen hielt mich in der Gegenwart fest. Wir hatten alles verloren.

Bevor ich es mir anders überlegte, schmiegte ich mich an ihn. Es dauerte zwei Herzschläge, bis er aus seiner Überraschung erwachte und die Arme um mich schlang. Seine Körperwärme hüllte mich ein, während sich seine Brust unter seinen Atemzügen hob und senkte.

Wir gönnten uns einen Moment, der viel zu schnell vorbei war.

»Kannst du weiter?«, fragte er.

Ich nickte und er löste sich aus unserer Umarmung. Meine Hand hielt er dennoch fest. Der Weg bog sich wie eine Brücke über den Abgrund, zu dünn und zu gebrechlich. Erst ein paar Fuß weiter verschmolz der Pfad wieder mit der Felswand. »Ich hasse es, dass sich unter uns nichts befindet.«

Der Ausdruck in Sakis Augen wurde weich. »Nicht mehr lang, dann sollten wir den Tunnel erreichen.«

»Warst du schon mal dort?«, fragte ich.

»Mein Vater hat mir davon erzählt. Er führt durch den Berg auf die Hochebene.«

Ich schluckte und ließ mich von Saki einige Schritte ziehen. Meine Tränen waren mittlerweile versiegt, doch mein Körper schüttelte sich immer wieder in stummen Schluchzern. Saki strich mir über die Wange. »Wir sollten uns beeilen, wenn wir über die Brücke gehen. Nicht dass uns jemand sieht.«

Wir positionierten uns im Schutz der Außenmauer und sahen einander an. Mit einem Nicken gab ich Saki zu verstehen, dass ich bereit war.

Geduckt hechteten wir den Weg hinauf. Nach nur wenigen Schritten war mir Saki ein Stück voraus und der Zug seiner Hand nahm zu.

Ich blieb mit dem Fuß in einer Kuhle hängen und schlug der Länge nach hin. Bei meinem Sturz lösten sich unsere Finger voneinander und Saki taumelte. Drei Fuß entfernt landete er auf den Knien.

Er richtete sich auf, als ein mir vertrautes Grollen brechendes Gestein ankündigte. Der Boden brach unter Saki weg. Mit einem schnellen Satz nach vorn rettete er sich, bevor das Gestein unter ihm in die Tiefe stürzte und schließlich in den Fluten versank.

»Alles in Ordnung?«, rief ich.

Er rappelte sich auf und klopfte sich Staub und kleine Kiesel von den Kleidern. »Nichts passiert«, krächzte er und trat näher an den Spalt, der nun zwischen uns klaffte.

Ich stützte mich an der Felswand ab und wagte mich ebenfalls vorsichtig näher. Wie groß war die Lücke? Sechs Fuß?

Unter mir knackte es.

»Spring!«, schrie Saki. Seine Stimme klang verzweifelt und in seinen Augen blitzte Furcht auf.

Eiseskälte kribbelte unter meiner Haut. Ich schüttelte den Kopf. »Das schaffe ich nicht!«

»Du musst!«

Ich sah nach unten. Wie lange würde der Boden mich noch tragen, bevor er weiter einbrach? Für einen kurzen Moment schloss ich die Augen und atmete zweimal tief ein und aus. Dann straffte ich die Schultern und erfasste meine Situation.

Der Abgrund vor mir gab den Blick auf das tosende Wasser frei. Weiße Gischt schlug gegen den Berg. Und auf der anderen Seite des Flusses standen die Männer, die für diese Katastrophe verantwortlich waren.

Dabei hatte der Tag so friedlich begonnen.

Tränen rannen aus meinen Augen, suchten sich einen Weg über meine Wangen und sammelten sich an meinem Kinn. Ich biss die Zähne zusammen und ging ein paar Schritte rückwärts, nahm Anlauf. Dann rannte ich los, drückte mich mit den Füßen am Rand der Klippe ab und sprang. Nicht weit genug. Ich riss die Hände nach vorn und versuchte, meine Finger in die Felswand zu graben. Der raue Stein riss mir die Handflächen auf. Meine Fingernägel zersplitterten am harten Fels. Dreck kam in die Wunden und brannte. Augenblicklich setzte das Kribbeln und Jucken ein, das meine Selbstheilungskräfte ankündigte.

Der Aufprall gegen die Felswand hatte die Luft aus meiner Lunge gepresst. Ich keuchte, versuchte zu atmen. Lichtflecken tanzten vor meinen Augen, ließen die Bilder und Geräusche um mich herum irrational erscheinen, als wäre alles nur ein Traum.

Das musste es sein, oder? Nur die kranke Fantasie eines Albtraums. Wenn ich erwachte, lebte meine Familie noch und wartete nur darauf, dass ich auf den Feldern half. Wir würden unserer Routine nachgehen und unser friedliches Leben weiterführen.

Ich hörte Saki meinen Namen schreien. Hörte, wie er mich anflehte, nach seiner Hand zu greifen.

Doch ich sah keine Hand.

Mühsam zog ich mich näher zur anderen Seite des Spalts. Zu Saki. Doch wieder grollte der Fels und ich verlor den Halt, rutschte weiter nach unten. Ich schürfte mir die Knie auf und mein Körper reagierte wieder mit einem Jucken.

Ich hob den Kopf, konnte Sakis Gesicht in dem wirren Gemisch aus Bildern und Licht erkennen. Ein letztes, ein trauriges Lächeln breitete sich auf meinen Lippen aus, dann verlor ich den Halt und fiel und fiel und fiel.

3.

Saki

Ein Schritt in den Schnee

Meine Lunge brannte, während ich ihren Namen schrie. Wie hypnotisiert starrte ich auf das tosende Wasser, das unter dem weggebrochenen Weg gegen den Berg wogte. Hatte sie den Sturz überlebt? Mir blieb keine Zeit, um weiter nachzudenken. Ich richtete mich auf, nahm Anlauf und sprang über den Spalt, in den Kindra gestürzt war. Keuchend rannte ich den Weg des Schneegipfels ein paar Fuß weit hinunter und hielt nach einer Stelle Ausschau, an der ich zum Wasser gelangen konnte. Eine Lücke in der Außenmauer, in der die Felswand und die Wellen nicht todbringend wirkten. Zog sich das Wasser bereits zurück? Der Wind peitschte mir ins Gesicht und trieb mir den Wassernebel in die Augen. Ich blinzelte und spürte die Tränen, die sich in meinen Augen sammelten.

Ich durfte Kindra nicht verlieren. Es konnte doch nicht in einem Augenblick vorbei sein. Nicht auch noch das. Sie war doch alles, was ich noch hatte.

Die Wellen tosten zum Berg und wieder zurück und ließen den See in einem monotonen Rhythmus erzittern.

Bildete ich es mir ein, oder schimmerten schwarze Magiefäden unter der Oberfläche?

Mein Blick glitt zu den Goldmagiern, die auf der Seite der Eisendynastie standen und die Arme erhoben hatten. Hatten sie Kindras Präsenz im Wasser entdeckt?

Als hätten sie meine Gedanken gehört, setzte sich die Gruppe in Bewegung, trieb das Wasser vor sich her wie von einer unsichtbaren Mauer angeschoben. Sie schritten durch das Flussbett, das trocken zu ihren Füßen lag. Das Wasser wich vor ihnen zurück, während sie näher zum Dorf und zum Schneegipfel traten.

Sie würden sie holen, mitnehmen und unaussprechliche Dinge mit Kindra anstellen.

Und warum? Nur weil sie anders war!

Ich schüttelte den Kopf und betrachtete den sinkenden Wasserspiegel. Sie durften sie nicht finden. Überstürzt hechtete ich weiter hinab, bis ich einen kleinen Vorsprung erreichte, an dem die Mauer des Bergpfads etwas eingebrochen war. Ich stützte die Arme zu beiden Seiten der Öffnung an dem Gestein ab und blickte nach unten. Das Wasser war nur wenige Fuß entfernt.

Mein Körper zitterte, während ich in die Fluten starrte, die mein Dorf und meine Heimat zerstört hatten.

Sie hatten mir meine Familie genommen. *Kindra überlasse ich ihnen nicht!*

Mit einem Ruck drückte ich mich ab und sprang in die Flut. Unnatürlich warm umschloss mich die Flüssigkeit und jagte mir einen Schauer aus Angst über den Rücken. Die Strömung presste mich an die Felswand und ich krallte mich fest, zog mich am Gestein entlang, um der Stelle näher zu kommen, an der Kindra untergetaucht war.

Doch das Wasser hatte seine eigenen Pläne.

Wellen peitschten mir entgegen, packten mich und rissen mich immer wieder fort, zogen mich einige Fuß weit von der Felswand zurück, dann in die richtige Richtung und wieder davon. Ich versuchte, weiter hinauszuschwimmen, doch das Wasser machte mit mir, was es wollte. Keuchend stieß ich gegen ein Brett und klammerte mich daran fest.

War das der Rest einer Hauswand? Oder ein Tisch, an dem vor wenigen Stunden noch eine lachende Familie gesessen hatte?

Ohne weiter darüber nachzudenken, zog ich mich hinauf und sah auf die wilde Oberfläche des Wassers. Wie sollte ich Kindra in diesem Chaos finden?

Meine Fingernägel bohrte ich schmerzhaft in meine Handflächen, während mein Blick über die Trümmer hetzte. Die schwarze Magie pulsierte im Wasser.

Goldmagier. Wer hatte sie hierhergelockt?

Wer hatte Kindra verraten?

Und wie hatten sie unseren Schutz durchbrochen?

Ich streckte die Finger aus und berührte einen der Magiefäden. Meine Fingerkuppen lösten kleine Wellen auf der Wasseroberfläche aus, ließen die schwarzen Schlieren erzittern und durchbrachen einige der magischen Linien. Sie setzten sich sofort wieder zusammen, als ich meine Hand zurückzog.

Meine Brust schnürte sich zusammen. Die Magie suchte nach ihr. Da war ich mir sicher.

Das Brett unter mir schwankte und die Magie pulsierte, ehe sie verblasste. Mit der Magie verschwand der gleichmäßige Rhythmus und wandelte sich in ein asynchrones Schaukeln. Ich hob den Kopf und versuchte die Goldmagier auszumachen. Kamen sie näher? Hatten sie Kindra gefunden?

Die Wellen rissen an dem Brett und ich verlor fast den Halt. Der Wasserspiegel begann zu sinken und ich trieb immer weiter vom Schneegipfel fort. Hektisch sah ich mich um. Mein Herz wollte, dass ich in die Fluten sprang und kämpfte, um Kindra zu finden. Doch meine Intuition warnte mich vor den Trümmern, die in diesem wirren Schwanken wie bedrohliche Geschosse durch das Wasser rasten.

Mit den Fingern klammerte ich mich an das Holz, doch als mein Brett einen Balken rammte, stürzte ich ins Wasser. Die Strömung zog mich in die Tiefe und ich verlor die Orientierung. Hin und wieder blitzte das tanzende Licht der Oberfläche auf, während ich herumgerissen wurde. Ich schlug gegen etwas Hartes und hielt mich fest. Mit den Fingern krallte ich mich in nasse Erde und ertastete den Weizen, den wir immer auf den westlichen Feldern angepflanzt hatten. Mit gewaltigem Druck wurde ich zu Boden gepresst. Meine Muskeln zitterten und meine Lunge fühlte sich von Augenblick zu Augenblick schwerer an.

Ich würde ertrinken. Der Fluss hatte mich in seiner Gewalt.

Doch dann zog er sich mit einer Schnelligkeit zurück, die meine Hände von den Halmen riss. Ich prallte mit dem Rücken gegen etwas Hartes und alles um mich herum wurde schwarz.

Das Haar klebte nass auf meiner Stirn, als ich erwachte. Helle Strahlen blendeten mich und ich hob eine Hand, um die Sonne abzuschirmen. Sie hatte den höchsten Stand am Himmel überwunden und verriet mir, dass ich nur kurz bewusstlos gewesen war. Ich hustete und erbrach Wasser. Zitternd presste ich die Hände gegen den Bauch und kämpfte gegen Übelkeit an. Mit fahrigen Bewegungen tastete ich mich ab, suchte nach Verletzungen, und als ich meine Hüfte erreichte, fuhr ich mit meiner Hand in meine Hosentasche. Sofort ertastete ich den kleinen Holzvogel und seufzte erleichtert auf. Er war noch da. Auch wenn er mir heute kein Glück gebracht hatte. Mit wackeligen Beinen erhob ich mich und taumelte zur nächsten Hügelkuppe. Vor mir breitete sich ein Anblick aus, der meine Albträume überstieg. Grünfrey war verschwunden. An seine Stelle war ein Schlachtfeld aus Brettern und Steinen getreten. Leblose Körper lagen zwischen den Trümmern verteilt.

Menschen, mit denen ich mein Leben geteilt hatte. Familie, Nachbarn, Freunde.

Der Hayes lag wieder friedlich in seinem Flussbett und die Goldmagier standen auf der Seite, auf die sie nicht gehörten: auf der des Gezeitenreiches.

Warum wurden sie von den Fluten nicht davongespült? Hatten sie sich mit dieser unsichtbaren Mauer geschützt, mit der sie zuvor den Fluss verdrängt hatten?

Die Goldmagier strömten aus, verließen ihre geordnete Reihe und positionierten sich neu. Aus dem Norden rannten Männer vom Schneegipfel auf die Gruppe zu. Sie stellten sich den Magiern entgegen und zogen riesige Äxte. Blut spritzte und Magie flog wie schwarze Pfeile und Ranken durch die Luft, als die zwei Parteien aufeinandertrafen.

Moment mal.

Mit klopfendem Herz rieb ich mir über die Augen.

Die Männer kamen über den zweiten, geheimen Bergpass, der von unserem Dorf seit Jahrzehnten vernachlässigt wurde, da er nur für die Hüter diente, die von Norden den Berg passierten. Die Hüter, die den Märchen entsprangen und nicht existierten.

Ich blinzelte, doch das Bild der mit Äxten bewaffneten Krieger ließ sich nicht vertreiben. Sie stellten sich den Goldmagiern entgegen – wie in den vielen Geschichten, die ich als Kind geliebt und bei denen ich mitgefiebert hatte.

Für einen Herzschlag war mein Blick gefangen, dann riss ich mich los und rannte zum Schneegipfel, um nach Kindra zu suchen. Neben jedem leblosen Körper blieb ich stehen und vergewisserte mich, ob es wirklich schon zu spät war. Doch sie alle waren Opfer der Fluten geworden.

Mein Körper bebte und ein kalter Druck lag auf meiner Brust. Ich erreichte den Fuß des Schneegipfels, aber von Kindra war keine Spur zu sehen. Im Zickzack rannte ich über die Hügel, zwischen Trümmern hindurch und an den Ruinen meiner Vergangenheit vorbei. Doch ich fand sie nicht. Panik kroch in meine Glieder. Wohin hatte sie der Fluss gebracht?

Etwas Riesiges traf mich an der Seite und der Aufprall riss mich von den Füßen. Kräftige Arme drückten mich in den Matsch. Meine Sicht verschwamm und ich hustete.

Der Griff lockerte sich. »Verflucht, Junge. Das war dein Dorf?« Ein Mann beugte sich über mich. Sein geflochtener Bart hing über mir in der Luft.

»Ja«, krächzte ich. Der Kloß in meiner Kehle fühlte sich schwer an.

»Sind das alle?«, fragte er und deutete in die Richtung, in der die Kampfszene liegen musste. Doch ich starrte ihn nur an. War er ein Hüter? Hatten ihn die Spione hierhergeschickt, wie es in den Legenden erzählt wurde?

Aber warum waren sie zu spät? Warum stellte er mir Fragen und wusste nicht, wie viele Gegner es auf unseren Grund gewagt hatten? Wenn er wirklich ein Hüter war, wie kam es, dass ihm Informationen fehlten?

Er seufzte und half mir auf die Beine. »Was ist hier passiert?«, versuchte er es weiter. Er packte mich an den Schultern und rüttelte mich. »Komm schon, Junge. Sag mir, warum sie hier sind.«

»Kindra«, raunte ich. Meine Stimme versagte fast. »Sie ist in den Fluss gefallen.«

»Kindra?«

»Ein Goldkind.«

Die Miene des Mannes verhärtete sich. Er bleckte die Zähne und zerrte mich am Arm mit sich. »Der Kampf ist noch nicht vorbei! Sie dürfen nicht entkommen. Nicht mit ihr!«

Während er mich über die Hügel führte, betrachtete ich den Mann. Er war groß, hatte kurz geschnittenes Haar und eine Narbe zog sich von seiner Wange über sein Ohr und an seinem Nacken hinunter. Seine Kleidung bestand aus dicker Wolle, die mit Lederriemen fest um seinen Körper geschnallt war. Auf dem Rücken prangte eine gewaltige Axt mit dem Symbol einer Schneeflocke auf dem Blatt. Das winzige Emblem nahm meine Zweifel. Er war ein Hüter. Auch wenn die Legenden mehr versprochen hatten.

Husten schüttelte mich und ich würgte Wasser hervor.

Ruckartig wandte der Mann sich zu mir und hielt sich einen Finger an die Lippen. Mit der Hand winkte er mich zu einer Kuppe und deutete mir an, mich hinzulegen.

Vorsichtig folgte ich ihm, drückte mich mit dem Bauch flach auf die Erde und starrte zum Fluss hinüber, der unsere Feinde auf unserer Seite eingesperrt hatte. Die glitzernde Oberfläche deutete nicht mehr darauf hin, dass der Hayes für diese Verwüstung verantwortlich war.

Eilig überflog ich die Männer, die kämpften oder am Boden lagen. Hüter in weiß-grauer Montur, Eisenmänner und Goldmagier in schwarzer Rüstung, die silbrig schimmerte. Zwei Eisenmänner waren gefallen, aber auch ein Hüter lag reglos am Boden.

Die Zahl der Goldmagier hatte nicht abgenommen. Hinter der verteidigenden Reihe aus Eisenmännern hatten sie die Hände erhoben und wirkten ihre Zauber, mit denen sie die Hüter attackierten. Ich knirschte mit den Zähnen. Die Legenden sprachen von unsterblichen Magiern, geschaffen aus dem Blut und den Körpern der Goldkinder. Sie verfolgten ein raffgieriges Ziel: die gewonnene Energie in pure Kraft oder herrschende Magie umzuwandeln. Und das nur, um die Eisendynastie zur mächtigsten Nation zu machen.

Angeblich extrahierten sie bei einer sogenannten Ernte die Magie aus den Zellen der Goldkinder, die von der alten Magie von Odre durchtränkt waren. Die wenigen Geschichten über sie, die zu mir durchgedrungen waren, erzählten von der Heilung, die die Goldkinder über die Welt bringen konnten.

Das erste Mal verspürte ich den Wunsch, dass die Legenden falschlagen. Denn anders als die fantastischen Geschichten über Drachen versprachen die Legenden der Goldmagier nur Hass und Zerstörung für die Goldkinder.

Es durfte nicht stimmen, dass die Magier unbesiegbar waren und Kindra ein solch schreckliches Schicksal erwartete.

Das konnte ich nicht zulassen.

Aufmerksam ließ ich das Kinn auf die Erde sinken und starrte auf den Kampf vor mir. Kindra war nicht zu sehen. Hatten sie sie im Fluss aufgespürt? Aber wo war sie dann?

»Bleib hier«, sagte der Hüter neben mir und rannte geduckt zum Schlachtfeld.

Ich starrte ihm hinterher. Meine Blicke folgten seinem Körper, wie er schnell und geschmeidig an den Männern vorbeitanzte. Er wirbelte seine Axt herum und ließ sie ein ums andere Mal auf die Eisenmänner niedersausen, die ihm auswichen. Dann stand er vor einem Goldmagier. Er drehte sich und schwang seine Axt in unerbittlichen Kreisen. Mit goldglühender und schwarzer Magie wehrte der Goldmagier jeden seiner Schläge ab. Der Hüter wurde schneller und schneller. Die Distanz zum Goldmagier verringerte sich mit jedem Herzschlag.

Sein Gegner setzte einen Fuß zurück und verlor den Halt. Er rutschte aus, fing sein Gleichgewicht aber im Bruchteil eines Augenblicks wieder. Doch seine Magie setzte für diesen winzigen Moment aus. Der genügte und der Hüter spaltete ihm mit seiner Axt den Kopf. Geräuschlos sackte der Magier zusammen und kippte zur Seite.

Ich stand auf und starrte sprachlos zum Schlachtfeld hinüber.

Einer der Eisenmänner blies in ein Horn und die Magier formierten sich neu. Drei schirmten mit einer Mauer aus Magie die Angriffe ab. Die restlichen vier erschufen eine Brücke aus wabernder Magie.

Die feindliche Reihe schritt rückwärts über die Brücke. Sobald der letzte Goldmagier sie betreten hatte, löste sie sich vor seinen Füßen auf und machte es den Hütern unmöglich, ihnen zu folgen.

Die Goldmagier flohen. Sie hatten einen ihrer Männer verloren und traten den Rückzug an.

Die Hüter setzten sich sofort in Bewegung. Sie sammelten ihre Männer ein, kümmerten sich um die Verletzten und begannen, die schlaffen Körper auf einen Haufen zu schleppen.

Ich eilte zu ihnen hinunter und zu dem Mann, der mich gefunden hatte. Meine Füße überschlugen sich fast und mein Herz klopfte so laut, dass es in meinen Ohren dröhnte.

»Sie sind geflohen und sie haben Kindra nicht mitgenommen!« Keuchend packte ich ihn an den Oberarmen. »Sie muss hier irgendwo sein!«

»Wir suchen sie«, meinte er, machte sich von mir los und ich folgte ihm schnellen Schrittes zu den anderen Hütern. Zu den toten Eisenmännern und Hütern gesellten sich die ersten Bewohner von Grünfrey. Der Anblick einer Leiche zog mich in ihren Bann. Mein Vater starrte mich mit weit aufgerissenen toten Augen an. In seinem Blick lag das Entsetzen, als könnte er das verwüstete Grünfrey in seinem ganzen Elend sehen.

Ich taumelte und presste die Hand auf den Bauch. Mein Magen drehte sich um und ich erbrach bittere Galle.

»War die Leiche eines Goldkindes dabei? Ein Mädchen«, fragte der Hüter die anderen, während ich wieder auf den Leichenberg starrte.

»Ein Goldkind?«

»Diese miesen ...«, spie einer der Hüter aus. »Sucht sie!«, rief er und sofort schwärmten die Männer aus. Drei blieben mit uns zurück. Ich betrachtete ihre Gesichter und sah die Wut und das Entsetzen, das auch in meinem Inneren brannte.

»Mach dir keine zu großen Hoffnungen, Junge. So wie sie dieses Dorf zugerichtet haben, werden wir vermutlich nur wenige Überlebende finden. Lasst uns hoffen, dass sie das Goldkind nicht fassen konnten – weder tot noch lebendig.«

Die Worte schlugen mir hart entgegen und brachten mich zum Wanken. Eiseskälte überzog meine Arme, lähmte meine Sinne und umschloss mein Herz. Trotzdem schüttelte ich den Kopf, obwohl ich es bereits gewusst hatte. Das ganze Dorf war in so kurzer Zeit untergegangen. »Nein!«, widersprach ich, obwohl es sinnlos war. »Das kann nicht sein!« Doch der Hüter sah mir starr in die Augen.

»Wo hast du das Goldkind zuletzt gesehen? Wo könnte es sein?«

»Wir waren auf dem Bergpfad.« Die Männer hielten inne und fixierten mich. Ich schloss die Augen und erzählte ihnen von Kindra, unserer Flucht und wie sie in den Fluss gefallen war.

»Sie ist ins Wasser gestürzt«, wiederholte einer. Er war groß und sein Haar mehr grau als schwarz. »Vielleicht wurde sie von dem Fluss mitgerissen, als er sich zurückgezogen hat. Die Goldmagier haben die Kontrolle verloren, als wir sie angegriffen haben.«

»Verfluchter …«, zischte ein anderer und unterbrach sich selbst. »Die erste Bucht, in der der Fluss sie anschwemmen könnte, wäre am *Schwarzen Markt.*«

Mein Blick folgte dem Hayes Richtung Süden und mein Magen krampfte.

Die Hüter tauschten bedeutungsschwere Blicke. »Sie werden sie umgehend an die Eisendynastie verkaufen.«

»Das dürfen wir nicht zulassen.« Meine Stimme zitterte. Alles, was im Fluss landete, geriet in die Hände der Händler. Ich schob meine Hand in die Hosentasche und umschloss zitternd den kleinen Holzvogel.

Der Hüter, der mich gefunden hatte, packte mich am Arm. »Es ist zu spät.«

»Wir müssen dorthin!«, schrie ich. Uns blieb keine Zeit, wir mussten Kindra suchen und finden. Die Eisenmänner durften sie mir nicht wegnehmen.

Er grunzte und schüttelte mich. »Langsam, Junge«, sagte er und deutete auf zwei Hüter. »Ihr folgt dem Fluss und hört euch um. Wenn ihr sie findet, bringt sie um jeden Preis zu uns zurück.«

Die Männer nickten und liefen sofort los.

»Ich gehe mit.« Meine Stimme klang fest und entschlossen. Mutiger, als ich mich fühlte. Der *Schwarze Markt* war ein übler Ort und die Reise würde einige Tage dauern. Aber wenn Kindra dort war, musste ich hinterher.

Der Hüter beugte sich näher zu mir. »Wie heißt du?«, fragte er mich.

»Saki.«

»Also, Saki«, sagte er. »Ich bin Runguhm.« Er zeigte auf die Männer, die sich einige Schritte entfernt hatten und sich Richtung Süden aufmachten. »Das sind ausgebildete Hüter. Die haben eine Chance auf dem *Schwarzen Markt.*« Mit ernster Miene sah er an mir herunter. »Und du bist ein Bauernjunge, der alles verloren hat. Könntest du mit bloßen Händen etwas zum Essen jagen? Oder dich verteidigen?«

Kopfschüttelnd senkte ich den Blick. Ich konnte Getreide anbauen und Gemüse, wusste, wie ich ein Huhn schlachten musste oder Essen zubereitete. Aber ich war nie aus Grünfrey fort gewesen. Verdammt, ich hatte keine Ahnung, wie es am Ende des Horizonts aussah.

»Lass sie gehen. Wenn deine Freundin dort ist, werden meine Männer sie finden. Wir suchen solange die Senke ab.«

Widerwillig gehorchte ich. Mein Blick folgte einige Herzschläge lang den Männern, die aufbrachen, um Kindra zu suchen. Ich hoffte, betete zur Sonne, dass sie uns nicht erneut im Stich ließ und Kindra in Sicherheit war.

Warum hatte ich nicht auf dieses ungute Gefühl gehört, das mich am Vormittag heimgesucht hatte? Ich hatte gerade einen Teil unserer Ernte in das Gasthaus am Fluss gebracht. Über dem Wald auf der Seite der Eisendynastie hatte eine unheimliche Stille gelegen. Doch als ich meinem Vater davon erzählt hatte, war es schon zu spät. Ich hätte ahnen müssen, dass sich etwas näherte. Aber niemals hätte ich mit Goldmagiern gerechnet.

Ein paar Schritte ging ich rückwärts, bevor ich mich vom Fluss abwandte. Ich würde die komplette Senke absuchen. Vielleicht war Kindra dem Fluss entkommen und auf einem der Hügel oder einem Feld angespült worden.

Runguhm informierte die anderen Hüter, die von unserem Gespräch nichts mitbekommen hatten. Gemeinsam schwärmten wir aus, suchten zwischen den Hügeln und Trümmern. Immer wieder fand ich einen ehemaligen Freund oder Nachbarn. Das Atmen fiel mir schwer. Der Geruch von Wasser, Algen und Blut lag wie ein Schleier über mir. Trotzdem pausierte ich meine Suche, zollte den vergangenen Leben kurz Respekt und trug den Körper zum Leichenberg.

Es dämmerte, als die Hüter die Suche aufgaben. Ich weigerte mich, wollte weiterlaufen und ignorierte ihre gut gemeinten Worte. Stehen zu bleiben fühlte sich an, als gäbe ich Kindra und meine Heimat auf. Wenn ich stürzte, richtete ich mich wieder auf und setzte meinen Weg fort. Ich schlug mir die Knie wund und blutete an den Händen. Doch ich wollte nicht stillstehen.

Es ging nicht.

Wenn mein Körper nicht mehr vor Anstrengung brannte, würden meine Gedanken über mir zusammenbrechen. Dann würde der Verlust real werden. Das zu akzeptieren war ich nicht bereit.

Mit wankenden Schritten schleppte ich mich über eine weitere Kuppe und als ich auf der anderen Seite den Hang hinunterrutschte, entdeckte ich eine Gestalt. Ich taumelte, sank auf die Knie, als ich den leblosen Körper erkannte.

Neor. Mein kleiner Bruder lag im Gras, als würde er schlafen. Zitternd packte ich ihn an den Schultern und schüttelte ihn. Er war erst neun Jahre alt, nicht viel älter, als Kindra und ich es bei unserer ersten Begegnung gewesen waren.

»Neor«, krächzte ich. Sein Körper zuckte unter meinen vergeblichen Versuchen, ihn aufzuwecken. Sein Kopf schwankte zur Seite und seine Augen starrten leblos in den Himmel.

»Nein«, würgte ich hervor und zog ihn an mich. Seine Arme hingen schlaff an seinen Seiten, als ich ihn in eine verzweifelte Umarmung schloss.

Einer der Hüter trat neben mich und packte mich am Arm. »Du musst dich beruhigen.«

Bitter lachte ich auf. »Wie soll das gehen?« Neors Körper entglitt meinem Griff. Ich hatte ihn nicht beschützen können. Er war doch noch ein Kind gewesen, unbekümmert und fröhlich. Jetzt war sein Leben vorbei, beendet wegen der Machtgier der Goldmagier.

Schwankend kam ich auf die Füße, hob Neor hoch und presste ihn an mich. Ihn hatte ich verloren. Aber Kindra würde ich der Eisendynastie nicht überlassen. Wir hatten uns heute Morgen ein Versprechen gegeben. Ich würde nicht ruhen, bis ich sie wiedersah.

Der Hüter führte mich zum Leichenberg, an dem sich wieder alle versammelten und den sie weiter mit mehr Körpern fütterten. Ich legte Neor dazu.

»Wart ihr erfolgreich?«, fragte der Hüter die anderen.

»Nein«, antwortete einer. »Sie ist fort.«

»Aber sie war nicht bei ihnen!«, presste ich hervor. »Sie war nicht bei den Goldmagiern, als sie verschwunden sind, und bei den Leichen ist sie auch nicht. Irgendwo muss sie sein!«

Die Männer tauschten Blicke. Auch sie waren betroffen. Sie wollten die Welt vor zusätzlichem Unheil beschützen. Vor mehr ungezügelter Macht, die weitere Goldmagier hervorbrachte und stärkte. Mein Motiv war selbstsüchtig. Ich wollte Kindra zurück.

Sie war die Einzige außer mir, die das hier überlebt haben könnte. Sie war das letzte Stück meiner Heimat und ich Idiot hatte ihr nie gesagt, was ich für sie empfand.

Der Hüter ließ mich los und betrachtete mich. »Es tut mir leid, dass du alles verloren hast. Du kannst gern mit uns kommen. In unserem Dorf gibt es Arbeit.«

Ich starrte ihn an. In meiner Brust sammelte sich ein Funke zu einem Entschluss. »Könnt ihr mich ausbilden?«

Der Hüter lachte und schüttelte den Kopf.

»Bitte«, beharrte ich. »Einer von euch hat einen Goldmagier getötet. Ihr kennt die Welt. Ihr könnt mir helfen, Kindra zu finden.«

»Wir können dir nicht helfen.«

»Doch, das könnt ihr. Ihr könnt mir zeigen, wie ich überlebe oder wie ich kämpfe.«

»Wir bilden keine Bauernjungen aus.« Er duldete keine Widerrede. Doch ich durfte nicht lockerlassen.

»Bitte!«

»Wir könnten den Ältesten fragen«, mischte sich Runguhm ein. »Er hat ein starkes Herz. Viele wären bei diesem Anblick verzweifelt.« Er deutete auf den Haufen der Leichen, auf dem meine Eltern und Neor lagen. Einige Männer setzten ihn in Brand und schwerer Rauch wehte zu uns herüber. In ihm lag der Geruch von toter Heimat.

Meine Kleidung war noch feucht, doch das Feuer wärmte mich. Wir standen schweigend neben den verschwindenden Körpern meiner Freunde und Feinde. Ihre Konturen lösten sich auf und zerfielen ins Nichts.

Wie mein Leben, das seiner vielen Facetten beraubt wurde und nur noch aus Kindra bestand.

»Er soll mit uns kommen. Doch ich kann nichts versprechen.« Der grauhaarige Hüter starrte mich an und ich nickte.

Aufgeben war keine Option. Wenn ich erst einmal dort war, würde ich kämpfen, bis sie mich aufnahmen.

Mein Ziel stand fest. Ich würde Kindra retten und mein Dorf rächen.

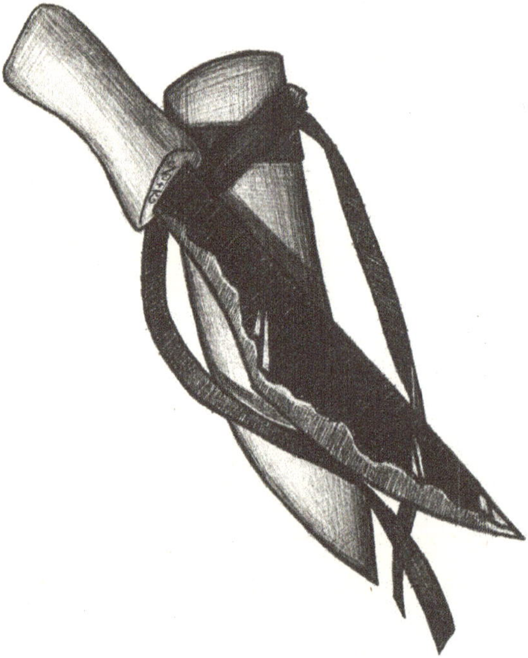

4.

Kindra

Eine ungewollte Bekanntschaft

Der Wind streifte über meinen Körper und ließ mich frösteln. Ich versuchte die Augen zu öffnen, doch meine Energie schien im Fluss ertrunken zu sein. Unter mir spürte ich Gras und kalten Matsch. *Wo bin ich?*

Meine Erinnerung an die Ereignisse des Tages brachen langsam über mich herein und ich wollte am liebsten schreien oder weinen. Doch mein Körper fühlte sich an wie Blei. Meine Glieder lagen schwer und schlaff auf dem Boden und hielten mich in meiner Panik fest.

»Da«, sagte eine Frau und kurz danach spürte ich Hände auf meinem Körper. Sie tasteten über meinen Kopf, meine Arme und meine Hüfte. Als sie die Stelle erreichte, an der mein Messer hing, zog sich meine Brust schmerzhaft zusammen.

Nicht das Messer!

Sie löste den Knoten und der gewohnte Druck der Scheide verschwand von meiner Seite.

»Nein«, krächzte ich und war erstaunt, dass ich einen Ton herausbekam. Das Messer war alles, was mir von Kork und Noba geblieben war. Das mich mit meiner Vergangenheit, mit ihnen verband.

»Die lebt noch«, sagte die Frau erstaunt. Ein zweites Paar Hände griff nach mir. Finger legten sich auf meine Lider und zogen sie einen Spalt auf. Ich schnappte röchelnd nach Luft, doch ich konnte mich nicht dagegen wehren. Über mir erkannte ich zwei Gestalten, die sich zu mir herunterbeugten. Als hätten sie sich verbrannt, zuckten ihre Finger zurück.

»Das is' ein Goldkind!«, rief ein Mann überrascht aus, um kurz danach in Gelächter auszubrechen. »Verdammt, wir werden reich!«

Seile waren um meine Handgelenke gebunden und rieben meine Haut wund. Ein Tuch verband mir die Augen. Es roch modrig und fühlte sich klamm auf der Haut an. Meine Beine stolperten über den Boden und ich verbrauchte die wenige Energie, die mein Körper versuchte zu regenerieren. Benommen taumelte ich dem Zug des Seils hinterher. Die Strapazen des Tages forderten ihren Tribut. Mein Körper gab unter der Beanspruchung seiner Heilkräfte langsam nach und sperrte mich in ein Gefängnis aus Taubheit. Ich unterdrückte ein Gähnen, während in mir ein Sturm aus Gefühlen tobte. Grünfrey war zerstört, Noba und Kork tot. Und Saki? War er in Sicherheit? Würde ich ihn jemals wiedersehen?

Ich lauschte auf die Geräusche um mich herum. Tiefe Stimmen von Männern und leises Wimmern vermischten sich zu einem kaum definierbaren Brei. Doch das Feilschen war unverkennbar.

Sie werden mich verkaufen.

Mein Magen krampfte sich zusammen und ich erbrach mich vor meine Füße. Einige Tropfen landeten auf meinen Händen. Angewidert wollte ich sie an meinem Oberteil abwischen, doch der Zug des Seils war zu kräftig.

Jemand packte mich an den Haaren. Ich biss die Zähne zusammen und versuchte, den sauren Geschmack hinunterzuschlucken, der auf meiner Zunge lag.

Meinen Kopf wurde nach hinten gerissen und ich japste erschrocken nach Luft. Etwas Hartes wurde gegen meine Lippen gepresst.

»Trink!«, befahl eine Stimme. Eine Flüssigkeit lief mir über die Lippen und an meinem Hals hinab. Gierig trank ich einige Schlucke, doch die Flasche verschwand zu schnell wieder.

Ob Saki ahnte, dass ich noch lebte? Unruhig scharrte ich mit den Füßen und kämpfte gegen die Anspannung an, die sich in mir ausbreitete. So lange war ich geflohen. Die Vorstellung, versagt zu haben, raubte mir fast die Luft zum Atmen. Ich wollte zurück nach Grünfrey! Zurück nach Hause.

Während die Verkaufsgespräche an Eifer zunahmen, senkte ich den Kopf. Wohin führte Sakis Weg, jetzt, da Grünfrey zerstört und ich verschwunden war?

In meinen Gedanken tauchte das Bild seines entschlossen wirkenden Gesichtes auf. Die blauen Augen mit diesem Funkeln, wenn eine Geschichte nicht so endete, wie er es sich wünschte. Würde er es sich in den Kopf setzen, mich zu suchen? Fest presste ich die Lippen aufeinander und kämpfte gegen das wehmütige Lächeln an, das dieser Gedanke in mir auslöste.

Die Männer einigten sich auf einen Preis und beendeten damit das Warten. Ihren Gesprächen entnahm ich, dass mit mir einige Mädchen und Kinder in die Eisendynastie verkauft wurden.

Gewimmer ertönte, vermischte sich mit dem Knarren eines Holzwagens und dem Schnauben einiger Pferde. Jemand zerrte an meinem Seil und wickelte es mir um den Bauch. Das gab mir ein bisschen Bewegungsfreiheit zurück und ich konnte meine Hände heben. Ich wischte sie an meinem Hemd ab, auch wenn mein Erbrochenes mittlerweile getrocknet war. Zwei Personen packten mich und trugen mich einige Schritte, bevor sie mich wieder ablegten. Unter mir befand sich Holz, das kurz danach monoton zu schaukeln begann.

Ein Wagen brachte mich offenbar aus dem *Schwarzen Markt* fort. Den Geräuschen nach zu urteilen überquerten wir den Fluss und befuhren eine befestigte Straße. Ein paar Mal wurde der Wagen angehalten, damit die menschliche Ware ihre Notdurft am Wegrand verrichten konnte oder etwas zu essen oder zu trinken bekam. Trotzdem stank es auf dem Wagen schnell nach Urin und Erbrochenem. Auch ich konnte es einmal nicht mehr halten. Scham und Angst trieben mir Tränen in die Augen. Unter dem Tuch konnte immerhin niemand sehen, dass ich weinte. Ich hasste die Männer, die mich gefangen hatten. Meine Augen, weil sie mich in diese Lage gebracht hatten. Aber am allermeisten hasste ich es, so hilflos zu sein.

Irgendwann schlief ich ein, erwachte aber kurz danach wieder, als ich ausgeladen wurde. Arme zerrten mich hoch und warfen mich in den Staub. Ich hustete, vor Müdigkeit brannten meine Augen unter dem modrigen Tuch und ich wand mich in meinen Fesseln. Neun Jahre hatte ich in der Angst gelebt, gefangen zu werden. Neun weitere Jahre verbrachte ich in einem friedlichen Dorf. Doch mein Schicksal hatte mich eingeholt.

»Pass auf, du Vollidiot! Die ist für den Königshof.«

»Die wird schon nicht zerbrechen«, antwortete ein Mann und zerrte mich auf die Füße. Er wickelte das Seil von meinem Bauch und meine Handgelenke brannten, als sich meine Fesseln bewegten. Der Zug ließ nach und ich versuchte mich loszureißen. Als Antwort erntete ich nur eine kräftige Ohrfeige und fiel zurück in den Dreck. Der Schlag brannte auf meiner Wange und hallte in mir wider. Doch er war nicht mit dem Schmerz in meiner Brust zu vergleichen. Jemand schulterte mich und trug mich von den Geräuschen davon. Als mir endlich die Augenbinde abgenommen wurde, blendete mich die Sonne. Doch ich war nicht im Freien. Die Strahlen fielen durch ein gläsernes Dach und spiegelten sich auf einer kreisrunden Wasseroberfläche. Die Badewanne befand sich in der Mitte eines Waschraums, in den ich gebracht worden war. Selbst diese Wanne war größer als alle bisherigen Bäder, die ich zu Gesicht bekommen hatte.

»Wasch dich«, sagte der Mann, der mich anscheinend hergetragen hatte. Er war der erste Eisenmann, den ich sah, doch hatte er nichts mit den kalten Männern gemein, die ich aus meiner Fantasie kannte. Er wirkte wie ein herkömmlicher Bandit, hatte grau meliertes Haar und einen langen schwarzen Bart. Ein bisschen erinnerte er mich an Kork. Mein Herz krampfte sich zusammen, doch ich rührte mich nicht.

Der Mann riss mir das zerlumpte Hemd auf. »Wasch dich!«, sagte er wieder. Diesmal wütend.

Mit gebleckten Zähnen hielt ich den Stoff vor meiner Brust zusammen und spuckte ihm als Antwort vor die Füße. Ich würde keinem Eisenmann gehorchen.

Der Mann schlug mir mit der Faust ins Gesicht. Meine Lippe platzte auf und ich kippte nach hinten. Sterne blitzten auf und tanzten vor meinen Augen. Ich war erschöpft, doch mein Körper begann zu prickeln und meine Wunde zu heilen.

»Was zur Hölle tust du da?«, rief eine weibliche Stimme. Eine breitschultrige Frau kam zu uns geeilt und half mir auf. Von ihrer Statur her sah sie dem Mann zum Verwechseln ähnlich. »Verschwinde!«, zischte sie und bedeckte meine Blöße.

Der Mann verließ das Badehaus und ich versuchte, mich aus dem Griff der Frau zu befreien. Doch sie hielt mein Hemd fest und packte mich am Oberarm. Der Schmerz trieb einen erstickten Schrei über meine Lippen.

Die Frau lockerte ihre Umklammerung und sah mir in die Augen. »Armes Ding«, sagte sie. »Aber für dich kriegen wir viel Geld.«

Mit schnellen Schritten zog sie mich zu der Wanne, die gefüllt war mit dampfendem Wasser. Nachdem sie mich meiner Kleidung entledigt hatte, drückte sie mich hinein – sie ließ mich dabei nicht einen Moment lang los. Grob wusch sie mir das Haar und zerrte mich anschließend wieder aus dem Wasser. Dann schrubbte sie meinen Körper ab und übergoss mich zum Schluss mit kaltem Wasser aus einem Trog. Der Schaum wanderte an mir hinab und bildete einen Kranz um meine Füße. Sie trocknete mich ab, zog mich durch den Raum und warf mir ein sauberes goldenes Kleid mit langen Ärmeln über.

Als sie mit mir fertig war, grinste sie. »Ich wäre an deiner Stelle wohl genauso stur.«

Vom Badehaus aus war es nur noch ein kleines Stück, das ich mit Augenbinde in einer Kutsche verbrachte. Dieses Mal war ich die einzige menschliche Ware, lag nicht zusammengekauert auf einer Ladefläche, sondern saß im Innenraum der Kutsche.

Gedämpft drangen die Stimmen der Diener zu mir.

»Seine Majestät war außer sich, als die Goldmagier ohne sie heimgekehrt sind.«

»Und dann noch mit diesen Verlusten.«

Kurzes Schweigen erfüllte die Luft und die Erinnerungen an den Überfall drängten sich in den Vordergrund. Trotzdem überschlugen sich die Neuigkeiten in meinen Gedanken – es hatte Verluste gegeben?

Was war passiert, nachdem ich ins Wasser gestürzt war? Ich verschränkte die Finger ineinander, doch das Zittern ließ sich nicht unterdrücken.

»Er will sie sofort sehen«, raunte einer. »Angeblich wartet er im Thronsaal.«

Beim Gedanken daran, dem Herrscher der Eisenmänner gegenüberzustehen, wurden meine Hände feucht. Fahrig rieb ich mir die Handflächen an meinem Kleid ab. Zwar waren meine Gelenke nun mit Metallketten festgebunden, doch blieb mir dafür genug Bewegungsfreiheit.

Die Diener führten mich weniger grob von der Kutsche zu einem Raum, in dem sie mir die Augenbinde abnahmen. Nach der langen Zeit unter dem Tuch stach das Licht in meinen Augen. Doch war es wesentlich angenehmer als zuvor im Badehaus. Ein Feuer brannte im Kamin, erhellte in gemütlichem Schein Bilder, die in schimmernden Rahmen über Bücherregalen hingen. Vor einer weiteren Tür am anderen Ende stand eine Wache in silbrig schwarzer Rüstung. Das Metall schimmerte im Feuerschein und erinnerte mich an die Männer, die Grünfrey überfallen hatten. Ein Stich durchfuhr meine Brust und ich wandte mich ab.

In der Mitte stand ein wuchtiger Sessel auf einem roten Teppich. Zögernd ging ich darauf zu. Die beschwerliche Reise hatte an meinen Kräften gezehrt und ich unterdrückte ein Gähnen. Doch bevor ich mich in dem Sessel niederlassen konnte, der mich magisch anzuziehen schien, wurde ich zur Audienz gerufen.

Meine Muskeln versteiften sich und meine Erschöpfung war wie weggeblasen. Stattdessen dröhnte mir der Herzschlag in den Ohren und alle Geräusche wirkten weit entfernt.

Die Wache trat zur Seite und öffnete die Tür. Durch sie führten mich die Diener von hinten in den Thronsaal. Einige Stufen führten nach oben zum König, ließen ihn dadurch noch größer und erhabener wirken. Sonnenstrahlen fielen hinter ihm durch große Fenster und zeichneten Streifen auf den marmornen Boden.

Erst vor dem Thron, am Fuß der Treppe, hielten die Diener an und zwangen mich gewaltsam auf die Knie. Ich wehrte mich gegen die Hände, die mich niederdrückten, doch mir blieb keine Wahl. Kniend legte ich den Kopf in den Nacken und sah zum König empor, dessen Silhouette sich vor den silbrigen Vorhängen abzeichnete.

»Sieh nur, Jaden, sie ist in deinem Alter. Ihre Ernte wird sicherlich ergiebig sein!« Er lehnte sich auf dem Thron vor, der unter ihm wie ein Spielzeug wirkte. Das Blut gefror mir bei seinem Anblick in den Adern. Zwar hatte ich mir den Herrscher der Eisenmänner kalt und grausam vorgestellt – aber niemals so gigantisch. Wie groß war er? Acht Fuß? Zehn Fuß? Er wirkte nicht wie ein Mensch.

Der Umhang um seine Schultern war beinahe so breit wie einer der Vorhänge hinter ihm.

Meine Schultern bebten vor Wut und Angst. Diese Stärke hatte er sich gewaltsam einverleibt. Mir wurde schwindelig, als ich begriff, dass das meine Zukunft war: Eine Ernte, in der sie mich als weitere Energiequelle für die Goldmagier nutzten, die sie für ihre pure Kraft oder herrschende Magie einsetzten. Der König zeigte mir zu deutlich, wie die Kraft einen Goldmagier veränderte. Wie sie seine Größe beeinflusste und seine Muskeln wachsen ließ.

Er war der lebende Beweis. Ein gigantisches Monster.

Der Prinz reichte im Stehen nur annähernd an die sitzende Größe des Königs heran. Seine Augen waren so dunkel, dass sie mich an Kohle erinnerten. Die schwarzen Haare fielen ihm wellig über die Ohren und glänzten gepflegt. Er zuckte mit den Schultern und würdigte mich nur eines kurzen, abschätzigen Blickes. »Und wenn schon«, antwortete er. Auch um seine Schultern lag ein Umhang, doch dieser war kürzer und an einer Rüstung befestigt. Der Stoff und seine Rüstung waren schwarz und silbern – die Farben der Eisendynastie.

»Das ist doch wundervoll!«, rief der König aus und klatschte in die Hände. »Sie ist so jung!«

»Kann ich gehen?«, fragte Jaden. Seine Schultern waren sichtbar angespannt und er schielte zur Tür. Offensichtlich missfiel es ihm, bei der Begrüßung der neuen Gefangenen des Königs dabei zu sein.

Der König schüttelte den Kopf und seufzte. »Ein bisschen mehr Begeisterung über unsere neueste Errungenschaft, mein Sohn.«

Auf Befehl seines Vaters wandte sich der Prinz mir zu und schenkte mir die Aufmerksamkeit, die der König für angemessen hielt. Er rümpfte die Nase, als sein Blick über meinen Körper glitt. Auf seine Stirn trat eine tiefe Falte.

»Die sehen doch alle gleich aus.«

Der König brummte zustimmend, wirkte aber verärgert über die Reaktion seines Sohnes. »Bring sie zu ihren Gemächern. Ich spreche mit dem Medi über alles Weitere.«

Der König erhob sich und sah aus wie ein lebender Berg. Sein Sohn reichte ihm lediglich bis zur Taille. Das war doch nicht möglich! Ich biss die Zähne zusammen, erschauderte aufgrund der Erscheinung des Königs. Wie sollte ich meinen Feind, dieses Monster einschätzen können? Wie sollte ich entkommen?

Jaden schritt die Stufen hinunter und trat neben mich. Er überragte mich um einige Zoll, was mir die Größe seines Vaters nur deutlicher vor Augen hielt. Schnaubend packte mich der Prinz am Kragen. Er sah mir in die Augen und grinste. »Und wie lautet dein merkwürdiger Name?«

Ich biss mir auf die Lippen und schluckte meinen Ärger hinunter. Auf meiner Zunge brannten alle möglichen Antworten, doch sosehr ich ihn beleidigen wollte, meine Kehle war wie zugeschnürt. Sie hatten mich gefangen. Ich saß fest und die Aussichtslosigkeit meiner Lage erdrückte mich fast.

»Traust du dich nicht, mit uns zu sprechen? Machst du dich vor Angst gleich nass?«

»Jaden!«, donnerte die Stimme des Königs. »Sei höflich.«

Der Blick des Prinzen wanderte ein weiteres Mal über mein Gesicht, musterte jeden Zoll. Er kommentierte seinen Eindruck von mir mit einem gehässigen Schnauben, ehe er mich losließ und an den Ketten mit sich zog. Wir verließen den Thronsaal, links und rechts von uns positionierten sich Wachen und begleiteten uns durch lange, pompöse Gänge. Kerzen in unzähligen silbernen Haltern erhellten die Wände, spiegelten sich auf dem glänzenden Boden wider, der nicht von den aufwendig verzierten Teppichen bedeckt war. Wir begegneten Patrouillen und Soldaten, die Kreuzungen oder Türen bewachten.

Der Prinz ging voraus. Sein Haar ringelte sich schwarz und wellig in seinem Nacken. Vereinzelte Schweißperlen glänzten auf seiner Haut. Der Schulterpanzer besaß einschüchternde Stacheln, die an Krallen erinnerten. Mit silbernen Schnallen war ein Umhang daran befestigt. Auf dem Stoff wand sich ein Drache aus silbrigen Fäden um eine Spirale. Ich stockte, stolperte durch den Zug meiner Ketten.

Er trug offen das Zeichen der Goldmagier, obwohl er in meinem Alter war. Hatte seine Verwandlung schon so früh begonnen? Anders als sein Vater stellte er seine Kraft nicht körperlich zur Schau. Aber das konnte täuschen. Was schlummerte in ihm?

Die Strapazen der letzten Tage lagen auf meinen Schultern, doch nun war eine Wut in mir entfacht, die stärker war als meine Müdigkeit.

»Ihr seid ein Goldmagier«, presste ich hervor, unterdrückte das Beben, das meinen Körper zu schütteln drohte.

»Es kann also reden.« Der Prinz lachte und drehte sich zu mir um. Sein Blick bohrte sich in meine Augen und ein überlegenes Grinsen umspielte seine Lippen. Wie ich diesen Kerl verabscheute!

»Und es ist schwer von Begriff«, fügte er hinzu. Er deutete mit dem Daumen über seine Schulter auf das Wappen, das seinen Rücken zierte. »Ich bin der Anführer der Goldmagier.«

Ich schnappte nach Luft. Am liebsten hätte ich den Prinzen gepackt und ihm denselben Schmerz zugefügt wie seinesgleichen mir. Hatte er den Angriff auf Grünfrey befohlen? Bevor ich mich fassen konnte, schubsten mich die Wachen zu einer Tür.

»Hier«, sagte Jaden und öffnete sie. Links und rechts davon stand jeweils ein bewaffneter Soldat. Der breite Gang verlief noch viele Fuß weiter, bevor er sich in einer Biegung verlor. Mehrere Türen reihten sich aneinander. Und alle waren gesäumt von Wachen. Bewachten sie weitere Goldkinder?

Taumelnd stolperte ich auf die offene Tür zu und blieb neben Jaden stehen. Er sah mit einer Überheblichkeit auf mich herab, von der mir übel wurde. In meinen Augen brannten heiße Tränen. Ich beugte mich etwas zu ihm hinüber und wurde sofort von einer Wache an der Schulter gepackt. Meine Worte ließ ich mir aber nicht verbieten. »Ich bring dich um«, presste ich zwischen zusammengebissenen Zähnen hervor, bevor ich in das Zimmer gestoßen wurde.

5.

Saki

Neue Richtung

Kälte kroch in meine Knochen. Sie bahnte sich einen Weg durch den Stoff meiner Kleidung, während ich meine Augen geschlossen hielt und die eisige Luft einatmete. Meine Muskeln zitterten und meine Kiefer klapperten aufeinander. Trotzdem konzentrierte ich mich nur auf meine Atmung.

Das hier war ein Test. Die Hüter wollten Beweise, dass ich es ernst meinte? Die konnten sie haben!

Stunden vergingen, in denen ich starr in meiner Position verharrte. Ich beschwor Kindras Bild in meinen Gedanken herauf und hielt verzweifelt daran fest. Meine Beine waren zum Schneidersitz verschränkt, die Hände auf den Oberschenkeln abgelegt. In meiner Hosentasche spürte ich den Holzvogel, der gegen mein Handgelenk drückte. Schnee bedeckte die Hochebene, auf der das geheime Dorf der Hüter, zwischen Felswänden verborgen, lag.

Das gleichmäßige Atmen der anderen Männer drang zu mir durch. Auch wenn es für sie lediglich eine Übung aus ihrem Training war, so gab es mir das Gefühl, nicht allein zu sein.

»Du kannst mit mir kommen«, sagte jemand und berührte mich an der Schulter. Ich öffnete meine Augen und richtete mich auf. Runguhm stand vor mir, er trug Fell und Wolle. Mehrere Schichten davon waren mit Lederriemen um seinen Körper geschnürt. An seiner Hüfte baumelte ein langer Dolch und an seinen Rücken war eine riesige Axt geschnallt. Mein Körper ächzte, als ich die steif gefrorenen Muskeln bewegte. Doch mein Herz schlug so schnell, dass meine Haut kribbelte. Hatte ich die Hüter überzeugt?

Wir schlängelten uns an den sitzenden Männern vorbei, die ihre Meditation ungestört weiterführten. Es erschien mir wie ein Traum, tatsächlich im Dorf der Hüter angekommen zu sein. Runguhm führte mich schweigend vom Trainingsplatz an den Zelten der Lehrlinge vorbei und zum eigentlichen Kern der Siedlung, die als solche kaum erkennbar war. Eine Felswand umgab das Dorf zur Hälfte. Höhlen verschmolzen mit dem Gestein oder befanden sich unter unseren Füßen, wie mir die Hüter erklärt hatten. Die bewohnten Hohlräume zeichneten sich nur als kleine Hügel unter dem Schnee ab. Durch vereinzelte Felsspalten, die als Fenster dienten, drang Licht heraus und erhellte den Weg trotz der verschwindenden Sonne. Aus Kaminen strömte die Wärme als Dampf ins Freie und brachte die geschäftigen Laute aus dem Inneren mit sich.

Ohne den Rauch und Feuerschein würden die Anzeichen, dass dieser Ort bewohnt war, sofort verschwinden.

Wir folgten der Felswand bis zum hinteren Teil des Dorfes. Ein schmaler, mannshoher Spalt klaffte in der Wand, und anders als an den Höhlen gab es hier keine Fenster, durch die flackerndes Licht nach außen fiel. Wir schoben uns durch die Öffnung ins Innere und gelangten auf einen Gang. An den Wänden hingen Fackeln, die das Gestein in dämmriges Licht tauchten. Wir drangen Schritt für Schritt tiefer in den Berg vor, bis wir eine erleuchtete Höhle erreichten, in der der Älteste saß und meditierte.

Mein Begleiter blieb neben dem Eingang stehen und deutete auf die Mitte des Raumes. »Der Bauernjunge«, stellte er mich dem Ältesten vor. Mit klopfendem Herz trat ich vor und wusste nicht wohin mit meinen Händen. Ich schob sie in die Hosentaschen und klammerte mich an den Holzvogel.

Der Älteste hatte eine große, hässliche Narbe auf der Stirn, die sich ein Stück in seinen Haaransatz zog, wo keine Haare mehr wuchsen. Alle anderen waren kurz geschnitten und dunkel. Seine Nase war krumm und ließ die vielen Kämpfe erahnen, in denen er sie sich immer wieder gebrochen hatte. Er hob den Kopf und sah mich mit durchdringenden Augen an. »Du bist noch hier.«

»Ich werde erst gehen, wenn ihr mich unterrichtet habt!«, erwiderte ich. Wie oft hatte ich das in den letzten Tagen gesagt? Jedes Mal wurde ich zu jemand anderem gebracht, sollte wieder meinen Willen beweisen. Ich wankte und sehnte mich nach Wärme und einem Bett. Das stundenlange Sitzen in der Kälte hatte an meiner Kraft gezehrt und ich zitterte am ganzen Leib.

Der Mann ließ seine Schultern kreisen. »Und was genau erhoffst du dir davon?«

»Ich habe die Hüter kämpfen gesehen! Sie haben einen Goldmagier getötet!« Meine Hände zitterten, während meine Gedanken wieder zu dem Kampf zurückwanderten. Es fühlte sich an wie eine Ewigkeit, vor der ich meine Familie verlor und die ich von Kindra getrennt war. Doch lag es erst ein paar Tage zurück.

»Das wird dir nicht helfen zu finden, was du suchst«, antwortete der Mann.

Ich schüttelte heftig den Kopf. »Das wird es! Ihr könnt mich darauf vorbereiten, Kindra in der Eisendynastie zu finden und mit ihr zu fliehen.«

»Erlösung findest du nur, wenn du den Tod als Freund begrüßt«, erwiderte der Mann.

»Sie ist nicht tot!«, erwiderte ich. »Sie werden versuchen, sie in die Finger zu bekommen. Aber ich werde sie zurückholen!«

»Auch tot können die Eisenmänner von ihr holen, was sie begehren.«

Hörte er mir überhaupt zu?

»Bringt mir das Kämpfen bei«, beharrte ich. »Zeigt mir, wie ich überlebe, bildet mich zu einem Spion aus. Bringt mich in die Eisendynastie und helft mir, sie zu finden!«

Der Mann erhob sich. Er war kleiner als ich, aber er strahlte eine unglaubliche Autorität aus. »Es ist ein langer, beschwerlicher Weg, den du wählst. Es werden Prüfungen auf dich warten und du wirst Opfer bringen. Jede Veränderung hat ihren Preis.«

»Ich werde tun, was nötig ist«, versprach ich und der Mann nickte. Eine kleine Geste, die so viel bedeutete. Meine Erschöpfung und Anspannung ließen von mir ab. Diese Entscheidung brachte mich Kindra ein kleines Stück näher. Sie zu finden und Grünfrey zu rächen war alles, was ich wollte.

Alles, was ich noch hatte.

6.

Kindra

Die erste Ernte

Meine Gemächer waren gigantisch. Sie bestanden aus einem Schlafzimmer und einem Badezimmer und waren größer als die Hütte, die ich mir mit Kork und Noba geteilt hatte. Beim Gedanken an die beiden zog sich meine Brust schmerzhaft zusammen. Ein Funken Hoffnung blieb: dass der Fluss sie mir nicht endgültig genommen hatte. Aber die unbändige Kraft, mit der mich der Hayes selbst gepackt und unter Wasser gezerrt hatte, ließ auch die letzten Reste des Feuers in mir erlöschen.

Ich war lediglich in das tosende Wasser gefallen. Noba, Kork und all die anderen waren von ihm erschlagen worden wie von einer wütenden Faust, die auf das Dorf niederkrachte.

Auf dem übergroßen Bett rollte ich mich zu einer kleinen Kugel zusammen und blendete die Gegenwart aus. Grünfrey war mein Zuhause gewesen. Dorthin wollte ich zurück. Zu den Menschen, die diesen Ort zu etwas Besonderem gemacht hatten. Und in Sakis Arme.

Gähnend kuschelte ich mich unter die Decke und fiel in einen unruhigen Schlaf, in dem ich Grünfrey immer und immer wieder verlor.

Als ich am nächsten Morgen erwachte, drehte sich alles in meinem Kopf. Meine Glieder fühlten sich schwer an und meine Schläfen pochten. Erschöpft, aber ruhelos schlüpfte ich aus dem Bett und sah mich im Zimmer um. Ohne meine Möglichkeiten abzuschätzen würde ich nicht aufgeben. Nicht nach den vielen Jahren auf der Flucht und in Sicherheit. Ich kannte beides – und würde kämpfen, bis ich meine Heimat zurückhatte. Wo auch immer ich diese finden würde.

Am Fuß meiner Matratze stand eine solide Eisentruhe, in der eine schwarz-silbrig gewebte Decke lag. Eine große Sitzecke befand sich gegenüber vom Bett. Die vier schweren schwarzen Sessel nahmen gut ein Drittel des Zimmers ein. Der Kleiderschrank stand an der anderen Wand, daneben befand sich ein Tischchen, auf dem eine Bürste vor einem Spiegel lag.

Vor meinem Spiegelbild blieb ich stehen und betrachtete mich. Ich trug das goldene Kleid, das mir die Frau im Badehaus übergezogen hatte. Ansonsten hatte sich nichts geändert. Meine Selbstheilungskräfte ließen mich frisch und gesund wirken. Meine Haut schimmerte rosig und mein Haar in einem tiefen Schwarz. Keine Spuren an meinem Körper bezeugten den Sturz am Bergpfad oder den Schlag auf die Lippe im Badehaus.

Äußerlich hatte ich mich nicht verändert.

Doch war ich nicht mehr dieselbe wie vor wenigen Tagen.

Ich schloss die Augen, legte den Kopf in den Nacken und dachte an meine Familie und Saki. Mein Herz stolperte, als ich sein Lachen hörte und wünschte, ich wäre bei ihm.

Oder mir wünschte, ich hätte ihn wenigstens geküsst.

Seufzend streifte ich die Erinnerungen und Wünsche ab und ging zum Schrank, um den Inhalt näher zu betrachten. Es befanden sich zwei Kleider und eine Hose-Hemd-Kombination darin. Ohne zu zögern, zog ich das Kleid aus, griff die Hose, schlüpfte hinein und zog das Hemd an. Kleider hatte ich bisher nur für den Tanz auf dem Sonnenfest für Saki getragen.

Dann wartete ich. Ziellos wanderte ich im Zimmer umher, untersuchte jeden Zoll, doch konnte mir nichts zur Flucht verhelfen. Die Fenster waren verriegelt und ich fand keinen Gegenstand, der ansatzweise als Waffe dienen konnte.

Während der Warterei ging meine Trauer in Ungewissheit über. Meine Feinde hatten mich in ihren Klauen. Was würden sie jetzt mit mir anstellen?

Was erwartete mich bei der Ernte?

Zitternd sank ich auf das Bett und wickelte mich in die Decke ein. Ihre Wärme spendete mir nur schwachen Trost.

Irgendwann öffnete sich die Tür und Jaden trat ein. Er sah mich mit schmalen Augen an. »Komm mit«, befahl er forsch.

Mein Herz blieb fast stehen. Dennoch gab ich nicht kampflos auf. Ich wälzte mich im Bett auf die andere Seite – weg von der Tür. »Nein danke«, erwiderte ich und warf ihm einen Blick über die Schulter zu, der wütend aussehen sollte. Meine zitternden Finger ballte ich zu Fäusten, um das verräterische Zeichen der Angst zu verbergen.

»Das war keine Bitte«, presste er zwischen zusammengebissenen Zähnen hervor. Er durchquerte das Zimmer, packte mich am Arm und zog mich vom Bett. »Komm. Jetzt. Mit«, wiederholte er.

Ich riss mich los und setzte mich auf die Bettkante. »Ich will nicht«, sagte ich bemüht trotzig und Genugtuung stieg in mir auf, als sein Gesicht vor Wut rot anlief.

Jaden schnipste mit den Fingern und zeigte auf mich. Die Wachen lösten sich aus ihrer Position neben der Tür und kamen herein. Sie packten mich an den Armen. Die Männer trugen eine leichte Rüstung in den gängigen Farben der Eisendynastie. Ihre Gesichter waren unter den Helmen gut zu erkennen, doch wirkten beide so ausdruckslos, dass sie für mich identisch aussahen. Wie zwei charakterlose Puppen. Sie hoben mich hoch und schleiften mich hinter Jaden her. Ich weigerte mich, selbst zu laufen, und ließ mich schlaff hängen.

Jaden betrachtete mich kopfschüttelnd. »Erbärmlich«, sagte er und verdrehte die Augen. Doch es war mir egal, ich wollte es ihnen möglichst schwer machen.

Die Wachen schleiften mich auf den Gang hinaus und von den anderen bewachten Zimmern fort. Nach etlichen Schritten erreichten wir eine Treppe, die sie mit mir hinabstiegen. Die unzähligen Gänge unterschieden sich lediglich durch die Gemälde, die an den Wänden hingen, oder durch die Farbe der Teppiche auf dem Marmorboden. Selbst die Türen zu den Zimmern waren für mich kaum zu unterscheiden.

Spätestens nach der zehnten Kreuzung verlor ich die Orientierung. Es war das reinste Labyrinth. Sie brachten mich weitere Treppen hinab und die Luft um uns herum kühlte ab. Der folgende Gang wurde nur schummrig von Fackeln beleuchtet. Meine Nackenhaare stellten sich auf.

Vor einer dicken Eisentür blieb Jaden stehen. Das Metall wies einige Rostflecken auf, wirkte aber dennoch stabil. Mit einem grässlichen Schaben öffnete der Prinz die Tür, trat ein und gab den Blick auf ein Zimmer frei, das dem eines Heilers glich. An den Wänden standen Werkzeuge, Tiegel und Flaschen in riesigen Regalen. Mitten im Raum befand sich eine Liege mit Schnallen für Hände, Füße und den Rumpf. Panisch zappelte ich im Griff der Wachen und wollte sie daran hindern, mich in dieses Zimmer oder auf diese Liege zu verfrachten. Doch sie waren stärker als ich. In Jadens Gesicht prangte ein gehässiges Grinsen, als die Wachen mich festschnallten. Ich schnaubte, fletschte die Zähne, aber ich konnte nichts gegen die Männer ausrichten.

Mein Leben lang hatten Noba und Kork versucht, mich vor der Magieernte zu schützen. Doch nun lag ich hier, angekettet und hilflos.

Tränen stiegen in mir auf und ich blinzelte, um sie zu vertreiben. Vor Jaden wollte ich keine Schwäche zeigen, doch meine trotzige Fassade aufrechtzuerhalten war schwerer, als ich mir eingestehen wollte. Ich presste die Lippen fest aufeinander, um das Zittern zu unterdrücken, das von meinem Körper Besitz ergriff.

Jadens Blick lag auf mir und ich versuchte standzuhalten. Bilder von Noba und Kork drängten sich immer wieder an die Oberfläche. Erinnerungen an unsere jahrelange Flucht und die ersehnte Entdeckung von Grünfrey.

Und Saki.

Der Kloß in meinem Hals hinderte mich daran zu schlucken. Ich wollte husten, weinen oder schreien, aber ich tat nichts davon.

»Ich habe einige gefüllte Ampullen, die Ihr mitnehmen könnt, Eure Majestät«, ertönte eine Stimme, bevor zwei Gestalten den Raum betraten. »Oh, und der Speichel von Nummer siebenundzwanzig ist ausgesprochen ergiebig. Fast anderthalb Liter pro Tag!«

Ich schauderte bei dem geschäftigen Tonfall, der in der Stimme des Mannes lag. Sie würden sogar meinen Speichel sammeln? Täglich?

Der König und ein anderer Mann erschienen in meinem Blickfeld. Mit seiner immensen Größe füllte der König den Raum bis zur Decke aus. Es fehlte nur ein winziges Stück und er müsste sich ducken, um nicht mit dem Kopf oben anzustoßen. Seine Kleidung war auch heute eine Mischung aus Rüstung und feinem Stoff, der schillernd über seine Arme fiel. Der gut gelaunte Ausdruck auf seinem Gesicht verhieß nichts Gutes – zumindest für mich.

Der Fremde hatte graues, langes Haar und sein Bart war zu einem Zopf geflochten, der ihm bis auf die Brust reichte. Er trug eine praktisch geschnittene Hose und ein eng anliegendes Hemd, das seinen drahtigen Körper betonte. Ein weiter Mantel mit unzähligen Taschen lag um seine Schultern.

Sie betrachteten mich einen Moment, bevor sich der alte Mann an den König wandte. »Ein wirklich schönes Exemplar. So jung! Und diese Augen! Ihr hattet bei Euren Erzählungen nicht übertrieben, Eure Majestät!« Das musste der Medi sein, den der König informieren wollte. Der Mann, der die Ernte durchführte.

Der König strahlte stolz, als wäre ich sein Verdienst, und nickte. »Ich bin sehr gespannt auf die ersten Ergebnisse.«

»Ich ebenfalls, Eure Majestät! Sie scheint ein vielversprechendes Exemplar zu sein. Ich hoffe auf positive Resultate für alle Lösungen und Mischungen.«

Die Worte des Königs und des Medis lösten einen Schwindel bei mir aus. Ich krampfte die Hände fest zu Fäusten, während mein Herz beinahe aus meiner Brust sprang. Mein Blick wurde unscharf und ich konnte das Zittern fast nicht mehr zurückhalten.

»Lasst mich gehen!«, presste ich hervor.

»Keine Sorge, wir werden dir nicht wehtun! Wir entnehmen heute nur ein paar Proben für die Einstufungstests«, sagte der Alte und nickte eifrig. »Wollen wir doch mal sehen …«, murmelte er, während er einige Schalen und Gläser auf einem Tisch bereitstellte.

Während er sich für die sogenannten Einstufungstests vorbereitete, lag ich festgeschnallt auf der Liege und wand mich. Die Wachen drückten mich an den Schultern und Knien gegen den kalten Stoff. Der Alte nahm ein Messer aus einem der Regale und trat neben mich.

Unter größter Anstrengung versuchte ich mich zu bewegen. Doch mein Körper rührte sich kein bisschen, war wie eins dieser befestigten

Modelle in einem Schaukasten. Meine Versuche, mich zu befreien, waren aussichtslos. Ich war ihm hilflos ausgeliefert.

Er schnitt mit einem kleinen Messer in meine Armbeuge und ich kniff vor Schmerz kurz die Augen zusammen. Langsam quoll Blut hervor und tropfte in eine Schale, das Messer legte er zur Seite, bevor er mir die Wunde verband.

Dann kürzte er meine Finger- und Fußnägel. Vergeblich versuchte ich, Finger und Zehen zu krümmen und sie so dem Medi zu entziehen, doch die Wachen hielten meine Hände und Füße in einem eisernen Griff. Der Medi sammelte die Hornreste in einer kleinen Dose und stellte sie zur Blutschale. Anschließend schnitt er eine meiner schwarzen Haarsträhnen ab und wickelte sie auf. Auch sie legte er beiseite.

Dieser Moment war schrecklicher, als ich ihn mir vorgestellt hatte. Zwar fügten sie mir nur wenig körperliche Schmerzen zu, doch diese Hilflosigkeit, mit der ich es über mich ergehen lassen musste, brannte in jeder Faser meines Körpers. Panik und Angst wechselten sich ab und über allem lag diese Taubheit, mit der ich beobachten musste, wie sie sich nahmen, was immer sie wollten.

Als sich der Medi wieder an mich wandte, hielt er ein hellgrünes Blatt einer mir unbekannten Pflanze zwischen seinen Fingern. Der Stiel schimmerte leicht bläulich, ebenso die Mittel- und Seitenrippen, die in feinen Wellenlinien zum Blattrand führten. »Jetzt bitte den Mund aufmachen! Wollen mal sehen, wie viel Magie in deinem Speichel ist.«

Mir drehte sich der Magen um, als ich mir vorstellte, dass sie sogar meinen Speichel verwendeten. Ich presste die Lippen fest aufeinander. Der Medi versuchte meinen Mund zu öffnen, doch ich wandte den Kopf ab und versuchte ihm zu entkommen.

Jaden kam dem Medi zu Hilfe, fixierte meinen Kopf auf der Liege. Ich kämpfte gegen den Griff an. Panik durchflutete mich, als meine Muskeln zu zittern begannen. Wir rangen einige Herzschläge und schließlich öffnete der Medi meine Lippen ein Stück. Tränen sammelten sich in meinen Augenwinkeln und ich blinzelte.

Er schob das Blatt in meinen Mund und es glitt an meinem Zahnfleisch entlang in meine Wange. Sein Daumen und Zeigefinger strichen bei der Bewegung leicht über meine Zähne. Diese Menschen nahmen keine Rücksicht auf mich, ein Mädchen, das hier auf der Liege festgeschnallt lag. Für sie war ich nur ein Objekt der Ernte. Ich ballte die Hände zu Fäusten, die nicht länger im Griff der Wachen gehalten wurden. Die Schnallen rieben an meinen Handgelenken, während ich zitterte.

Alles, was ich empfand, war Hass. Auf diesen Ort, diese Menschen und ihre Ernte.

Als Jaden den Griff an meinem Kopf einen kurzen Augenblick lockerte, biss ich zu. Meine Zähne bohrten sich in warmes Fleisch und der Geschmack von Blut breitete sich in meinem Mund aus. Der Medi stieß einen erstickten Schrei aus. Jaden fluchte und versuchte, meine Kiefer aufzudrücken.

»Schnell, das Schlafpulver!«, brüllte der Medi. Der König trat in mein Sichtfeld und hielt dem Medi eine Schüssel mit einem hellen Pulver hin. Den Zeigefinger der freien Hand bestäubte der Alte mit dem Puder, ehe er es mir in die Nase rieb.

Ein Brennen breitete sich aus und wanderte blitzschnell bis hinter meine Stirn. Unter dem Schmerz zuckte ich zusammen, ließ seine Finger jedoch nicht frei. Als mein Blick auf den König fiel, schnappte ich nach Luft und verschluckte mich an dem fremden Blut in meinem Mund. Ich hustete und der Medi entzog mir seine Finger. Das Bild, das der König abgab, war beängstigend. Seine Augen loderten voller Wut und jede Freundlichkeit war daraus entwichen. Er starrte mich an wie einen ungezogenen Köter, den er mit Schlägen zu züchtigen gedachte.

»Testet den Speichel. Dann werft sie für ein paar Tage in den Kerker«, donnerte seine Stimme wie eine Urgewalt über uns hinweg.

Mein Körper wurde schwer und mir wurde schwummrig vor Augen. Der Medi legte das blutbefleckte Blatt zur Seite, ehe er mir ein neues in den Mund schob. Als er es hervorzog, war das helle Grün einem leuchtenden Orange gewichen, auf dem die Rippen wie blaue Adern wirkten. Danach schnallten sie mich los und die Wachen schleiften mich aus dem Raum.

Beide Wachen stützten mich, denn ich hatte nicht mehr genug Kraft, allein zu laufen. Jaden ging voraus. Doch anstatt die Treppen nach oben zu nehmen, führte er uns weiter hinab. Wir gelangten auf einen Korridor, dessen Wände aus Gitterstäben bestanden. Hinter den Stäben befanden sich kleine Zellen mit jeweils einer schmalen Pritsche.

Die Verliese, an denen wir vorbeigingen, waren unbelegt. Es war unheimlich still. Irgendwann blieb Jaden stehen. »Hier«, sagte er und eine der Wachen ließ von mir ab und öffnete eine Tür. Ich sackte im Griff der anderen zusammen, die mich in die Zelle schleifte. Die Wache legte mich auf die dünne Matte und verließ den Raum. Jaden blieb neben mir stehen. »Jetzt hast du keine große Klappe mehr«, stellte er mit Genugtuung fest.

Wie ich ihn und die Eisenmänner verabscheute! *Am liebsten würde ich sie mit eigenen Händen ausrotten*, dachte ich. Doch für jegliche Erwiderung fehlte mir die Kraft. In mir gab es keinen Trotz und keine Stärke mehr. Nur noch Wut und Trauer. Ich wollte allein sein. »Verschwindet!«, lallte ich benebelt.

Jaden setzte sich auf die Kante der Pritsche und strich mir die Haare aus dem Gesicht. »Du dummes Ding«, sagte er und schnaubte. »Wir werden noch viel Spaß miteinander haben, wenn du so weitermachst. Ihr Goldkinder steht unter meiner Aufsicht.«

Es frustrierte mich, dass sich wieder Tränen in meinen Augen sammelten und über meine Wangen rollten. Diese Genugtuung war das Letzte, was er verdiente.

Irritiert zuckte er zusammen. Sein Grinsen verschwand, wandelte sich in eine steinerne Miene und er stand auf.

»Warum?«, flüsterte ich, bevor ich mich zurückhalten konnte. »Ihr habt mir alles genommen. Meine Familie und meine Heimat. Jetzt nehmt Ihr Euch auch noch von meinem Körper, was Ihr wollt. Das ist nicht gerecht. Ich habe Euch nichts getan.«

»Bilde dir nicht zu viel darauf ein«, antwortete Jaden. »Es liegt nicht an dir. Sondern an dem, was du bist.«

Lautlose Schluchzer schüttelten mich und ich ballte die Hände zu Fäusten. »Ich habe mir nicht ausgesucht, wer ich bin.« Ich packte ihn am Saum seines Hemdes und er erstarrte. »Lasst mich einfach gehen.«

Langsam drehte sich Jaden um. Seine Augen fixierten mich eiskalt und verbargen jede Emotion vor mir. Was dachte er? Wo war seine Menschlichkeit?

Ohne ein Wort ließ er mich zurück.

Was sollte er schon wollen? Er dachte sicher nur an die Kraft, die ich ihm verleihen würde.

7.

Saki

Stilles Versprechen

Seit meiner Kindheit hatte ich jeden Tag auf dem Feld ausgeholfen. Jeder Bewohner verfolgte seine Aufgabe in Grünfrey und beteiligte sich daran, unsere Versorgung zu sichern. Wir betrieben keinen Handel und waren auf unsere eigenen Lebensmittel angewiesen. Es gab keinen Winter, auf den wir uns vorbereiteten, sondern nur stetigen Sonnenschein, der uns die Feldarbeit erleichterte. Ich war durch die körperliche Arbeit drahtig und kräftig geworden. Aber nun wirkte ich wie ein Winzling im Vergleich zu den Männern, die täglich um mich herumstanden.

Ihre Arme waren muskulös und sie standen mit nacktem Oberkörper aufrecht im Schnee. Starr wie Statuen.

Bisher hatte ich im *Immerwährenden Sommer* gelebt. Mit einer Sonne, die nur zur Dämmerung herabsank und nie unterging. Nun stand ich zitternd im *Tiefen Winter.*

Jeden Morgen stellten wir uns, wie heute, in einer Reihe auf, einem Mann zugewandt, der ein paar Fuß von uns entfernt auf und ab lief. Er hieß Arnen, war unser Lehrer, Trainer, Meister – wie auch immer man ihn nennen mochte. Für mich war er der Schlüssel zu meinem Erfolg.

Kindras Rettung.

Das Training begann und Arnen kannte keine Gnade. Leicht bekleidet trainierten wir unsere Kraft, wobei ich am schlechtesten abschnitt. Wir lernten erste Taktiken und Techniken für den Schwertkampf und attackierten uns mit Stöcken. Meine Haut hatte durch die Kälte einen bläulichen Ton angenommen. Dazu gesellten sich einige andere Farbtöne durch die Blutergüsse, die sich über meinen Körper zogen.

Abhärtung hatte es unser Lehrer genannt. Stärkung und Kräftigung des Körpers und des Willens. Schaffung von erschwerten Begebenheiten. Mein Körper lechzte nach Ruhe, aber ich begrüßte den Schmerz. Er brachte mich voran. Näher an mein Ziel.

Ich biss die Zähne zusammen, jammerte nicht und machte keine Pause. Ständig stand ich am Rande der Erschöpfung. Und wenn ich glaubte, ich würde zusammenbrechen, dachte ich an das, was die Eisenmänner mit meiner Familie gemacht hatten. Plötzlich schöpfte mein Körper wieder neue Kraft. Angetrieben durch den unbändigen Hass, der in mir loderte.

Es waren nicht die Anstrengung, die Kälte oder die Schmerzen, mit denen ich am meisten kämpfte. Es war meine Ungeduld.

Die Tage verstrichen und die Ungewissheit nagte an mir. In meinen Träumen sah ich sie sterben. Blutend und mit Wunden übersät. Die Gruselgeschichten, die wir uns als Kinder erzählt hatten, schlichen sich in meine Gedanken. Nur dass die Goldkinder aus den Legenden Kindras Gesicht trugen.

Auch an diesem Morgen erwachte ich wieder schweißgebadet, trotz der Kälte. Ich schreckte auf wie ein Ertrinkender, der nach der Oberfläche suchte. Mit der Hand tastete ich über den Boden und als ich den gefalteten Kleidungsstapel fand, umschloss ich den Holzvogel, der darauf lag. Ein letztes kleines Stück, das mir von Kindra geblieben war. Seufzend hob ich den Vogel an meine Lippen und betete zur Sonne, dass sie mich erhörte und Kindra beschützte.

Eine Stimme erklang, bevor eine Hand die Plane meines Zelts zur Seite schob und jemand den Kopf hineinstreckte. Es war Arnen.

»Die Männer sind vom *Schwarzen Markt* zurück«, sagte er und wartete auf eine Reaktion.

Ich starrte ihn einen Moment an, bevor ich auf die Füße sprang und mir meine Sachen überstreifte. »Seit wann?«, hauchte ich und verstaute den Holzvogel in meiner Hosentasche.

»Sie kamen in der Nacht.« Er hielt die Plane zur Seite, damit ich zu ihm hinauseilen konnte. Die Kälte schlug mir wie eine Wand entgegen, aber ich hatte keine Zeit, um zu frieren.

Jetzt passierte endlich etwas.

»Was haben sie herausgefunden?«, hakte ich nach, während ich Arnen durch das Dorf folgte.

Als er nicht antwortete, griff ich nach seiner Schulter und zwang ihn, mich anzusehen. Er warf mir einen schnellen Blick zu und streifte meine Hand ab. »Du wirst es gleich erfahren.«

Meine Gedanken überschlugen sich. Hatten sie Kindra gefunden? War sie am Leben? Während ich weitere Fragen hinunterschluckte, führte er mich zu einer Höhle am Rand des Dorfes. Im Innern saßen zwei Männer auf einer Bank und tranken aus Tonbechern. Runghum, der Krieger, der mich in Grünfrey entdeckt hatte, schenkte ihnen nach. Der Älteste saß im Schneidersitz auf dem Boden zwischen Kriegern, deren Gesichter ich kannte, aber deren Namen ich nicht mehr zuordnen konnte.

»Also?«, fragte ich in die Runde. Es gab keine Zeit zu verlieren. Ich musste wissen, was mit Kindra passiert war.

Einige interessierte Blicke streiften mich. Arnen legte mir eine Hand auf den Unterarm. »Setz dich«, er deutete auf einen Hocker, »und reiß dich zusammen.«

Ich schluckte. Wenn das so einfach wäre.

Nachdem ich Platz genommen hatte, stellten die Männer die Becher zur Seite. Der linke begann: »Sie haben sie am Ufer gefunden und an den Königshof verkauft. Sie müsste längst dort sein.«

Mein Körper reagierte wie von selbst. Mit zitternden Knien sprang ich auf die Füße. »Sie lebt«, keuchte ich. Endlich hatte ich Gewissheit, dass ihr Herz noch schlug und sie auf mich wartete.

»Aber sie ist in der Gewalt des Königs«, zischte Runguhm.

Der rechte nickte und ergriff das Wort. »Wir waren zu spät.«

»Aber sie lebt.« Meine Muskeln spannten sich an. Wollten sie sie etwa schon aufgeben? »Ihr seid Hüter. Holt sie zurück.«

Arnen lachte. »Wir werden nicht den Palast stürmen. Und wir werden auch nicht unsere Spione gefährden für ein einziges Mädchen.«

»Aber es ist Kindra!«

»Es ist ein Goldkind«, sagte der Alte und die Geräusche im Raum verstummten. »Es ist wertvoll und eine Gefahr in den Händen unserer Feinde.« Er stemmte die Hände auf seine Knie und erhob sich langsam. »Aber dieser Kampf ist größer als das Leben eines Mädchens. Unser Land ist in Gefahr und wir können unsere jahrelange Vorbereitung nicht für die Rettung von Kindra aufs Spiel setzen.«

Ich öffnete den Mund, um zu widersprechen, doch Arnen kam mir zuvor. »Wir sind machtlos, Saki. Schon seit Jahren rüstet der König das Heer auf. Wir müssen bereit sein, falls er entscheidet zu marschieren.«

Ein Krieg? Angespannt wich ich einen Schritt zurück. Der König bereitete sich vor, das Gezeitenreich anzugreifen? Das war doch nicht möglich. Ich schloss die Augen und verdaute diese Neuigkeit. Die Einwohner des Gezeitenreiches schwebten in größerer Gefahr, als ich es für möglich gehalten hatte. Doch was hatte das für eine Bedeutung? Neor war tot. Meine Heimat war kein Ort mehr. Sie war ein Mädchen, das entführt worden war und das ich wiedersehen wollte.

»Ihr lasst sie im Stich.« Kopfschüttelnd verschränkte ich die Arme. »Das kann ich nicht akzeptieren.« Mein Blick schweifte von den Männern, die im *Schwarzen Markt* gewesen waren, über den Alten und zurück zu Arnen. Kräftig schlug das Herz in meiner Brust. »Ihr wollt eure Leben nicht riskieren. Das kann ich von keinem verlangen.« Fahrig krallte ich die Finger in den Stoff meines Hemdes. »Aber mein Leben kann ich geben. Helft mir und ich werde alles tun.«

»Saki.« Arnen seufzte, doch Runguhm hob die Hand.

»Kindra ist eine weitere Energiequelle für die Goldmagier. Sie bringt den König seinen Zielen wieder ein Stück näher.«

Eine Stille senkte sich über die Anwesenden in der Höhle.

»Die Auswahl«, sagte Runguhm, nachdem seine Worte gewirkt hatten, und fixierte mich. »Alle paar Jahre werden Jungen aus den Dörfern für die Garde des Königs rekrutiert. Wärst du bereit, dein Leben im Gezeitenreich aufzugeben und als Junge der Eisendynastie dein Leben der Garde des Königs zu verschreiben?«

Alle Blicke wanderten zu mir. »Die Armee des Königs?«

»Es bringt dich zu ihr an den Hof. Ob du an sie herankommst, ist dennoch fraglich. Aber es wäre ein Anfang …«

Arnen betrachtete Runguhm, dann mich. »Wer weiß, ob du sie retten kannst, ohne dass du auffliegst und mit dem Leben bezahlst.« Mit zusammengezogenen Augenbrauen kam er auf mich zu und griff meine Schultern. »Als Spion der Hüter gilt es mehrere Prüfungen zu bestehen. Auch wenn wir für dich eine Ausnahme machen, musst du dich als würdig erweisen, bevor wir dich in die Reihen unseres Feindes schicken. Die Geheimhaltung der Hüter hat oberste Priorität. Ich hoffe, du verstehst das.«

»Natürlich.« Ich öffnete die verschränkten Arme und senkte den Blick. Die Hüter setzten sich für unser Reich ein – niemals würde ich verlangen, dass sie sich in Gefahr brachten.

Aber ich konnte mich selbst opfern.

Entschlossen sah ich Arnen an, dann Runguhm und den Ältesten. »Vielleicht verliere ich mein Leben, bevor ich einen Fuß in den Palast gesetzt habe. Oder ich sterbe, ohne Kindra von dort befreien zu können. Aber ich bin bereit, mich von euch ausbilden zu lassen und euer Geheimnis mit in den Tod zu nehmen – falls das nötig sein sollte.«

»So sei es dann«, brummte Arnen und reichte mir die Hand.

Ich nahm die dargebotene Geste an und besiegelte so mein Schicksal. Vor der Zerstörung hatte ich Grünfrey nie verlassen. Jetzt trainierte ich bei den Hütern und vor mir lag eine Zukunft als Spion. Mit der Hand fuhr ich in die Hosentasche und umklammerte den Holzvogel. Dieser Plan gab mir keine Gewissheit, aber Hoffnung. Mehr brauchte ich nicht. Der Holzvogel drückte sich in meine Handfläche, als ich fester zupackte.

Mein nächstes Ziel stand fest: die Armee des Königs.

Der nächste Tag brach an – und meine Ungeduld blieb ungezügelt. Arnen konnte mir nicht sagen, wann es weiterging, wie lange ich ausharren musste, bis meine Prüfung begann – oder was diese genau beinhalten sollte. Darüber wollte er sich mit dem Ältesten noch beratschlagen.

Es war ein weiterer eisiger Tag, an dem ich mit den anderen Männern trainierte. Ich kämpfte gegen einen Mann, der Goum hieß. Er überragte mich um einen Kopf und war mehr als doppelt so breit. Seine Schläge waren kraftvoll – das hatte ich die letzten Tage häufiger zu spüren bekommen. Aber ich nutzte meine wachsende Kraft und Geschwindigkeit und wich gekonnt seinen Hieben aus. Hier und da versetzte ich ihm einen Stoß, während ich um ihn herumwirbelte. Nach einer kurzen Zeit war das Duell vorbei.

Ich siegte und die anderen Männer grölten lautstark über meinen Triumph.

Arnen klopfte mir auf die Schulter. »Gut gemacht«, lobte er mich. »Komm mit mir, ich muss dich sprechen.«

In meinem Kopf überschlug sich alles. Meine Ungeduld schrie hoffnungsvoll, es sei so weit. Vor Aufregung zitterten meine Hände.

Schweigend folgte ich ihm und wir setzten uns auf eine etwas erhöhte Felskante, mit Blick auf die kämpfenden Männer.

»Das war dein erster fehlerfreier Kampf«, begann Arnen. »Wirklich sehr gut. Deine Fortschritte sind für diese kurze Zeit beeindruckend.«

Ich nickte, obwohl sich die Zeit wie eine grausame Ewigkeit angefühlt hatte. Meine Anspannung wuchs, staute sich in meiner Brust an und drohte, mich zu zerreißen. »Ich gebe mein Bestes«, antwortete ich.

Arnen ließ den Blick über den Trainingsplatz schweifen. »Das sieht man.« Dann wandte er sich mir zu und sah mir in die Augen. »Wenn du so weitermachst, könntest du vielleicht schon an der Kampfprüfung in einem Monat teilnehmen.«

Die Ungeduld in mir schien zu explodieren und alles mit sich zu reißen. Die Hoffnung und Anspannung wurden von ihr überrannt. »Eine Prüfung? In einem Monat?!«, schrie ich entsetzt. Meine Zurückhaltung war wie weggeblasen. »Das ist doch verrückt! So lange kann ich nicht warten!«

Arnen schüttelte den Kopf. »Das ist früher, als es bei allen anderen üblich ist. Dein Körper braucht seine Zeit, um sich aufzubauen. Das passiert nicht über Nacht.« Mit wachsamen Augen betrachtete er mich. »Saki, wir hatten das gestern besprochen. Wir müssen uns sicher sein, dass du für deine wahnsinnige Mission bereit bist.«

»Aber ich habe keinen Monat! Jeden Tag, den ich hier sitze, warte und nichts tun kann, um sie zu retten … Jeden Tag sterbe ich ein kleines Stück! Ihr verschwendet meine Zeit! Ihr habt mir versprochen, dass ihr mir helft, sie zu befreien!«

»Und genau das tun wir hier.« Arnens Stimme war sachlich und kalt. Es wäre mir lieber gewesen, er hätte mich angeschrien. »Wenn du überstürzt losziehst, wirst du sterben. Du versagst und reißt uns mit in den Untergang.« Er stand auf und sah auf mich herab. »Wie ich sehe, bist du noch nicht bereit. Dein Geist ist zu schwach und lässt sich von deiner Ungeduld beherrschen.« Ein paar Schritte entfernte er sich von mir, bevor er stehen blieb und sich umdrehte. »An der Prüfung wirst du nicht teilnehmen.«

Mit offenem Mund und verrauchter Wut blieb ich zurück. Meinte er das ernst? Hatte ich gerade meine Chance auf eine verkürzte Ausbildung verspielt? Schnaubend sprang ich auf die Füße. So schnell konnte es noch nicht vorbei sein!

Nach dem Gespräch mit Arnen trainierte ich fleißig weiter. Ich nahm mich zurück und kämpfte gegen meine Ungeduld, die schwerer in meinem Innern wog als zuvor. Sie ließ mich an meinem Handeln zweifeln. War das hier der richtige Weg? Ließ ich Kindra im Stich, indem ich hier trainierte? Doch ich hatte gesehen, was die Goldmagier zustande brachten. Wie sie das Wasser beherrschten. Die Legenden, die über sie erzählt wurden, verdeutlichten mir: Meine Chancen waren gering. Wenn ich in die Eisendynastie eindringen, es lebend bis in den Palast schaffen wollte, brauchte ich diese Ausbildung. Die Hüter waren die Einzigen, die mir dieses wahnsinnige Unterfangen ermöglichen konnten.

Entschlossen straffte ich die Schultern. Ich würde mich beweisen und Arnen umstimmen, ihm zeigen, dass ich für die Prüfung in einem Monat bereit war. Dass ich mich zurücknehmen konnte und mich im Griff hatte. Deshalb sprach ich ihn kein einziges Mal auf die Prüfung an. Er sollte sehen, dass mein Wille stärker war als meine Ungeduld.

Wenn ich erschöpft zusammenbrach, daran zweifelte, ob ich es schaffte, blieb ich hart. Ich nahm mir selbst ein stilles Versprechen ab. In Gedenken an meine Familie, Neor und Grünfrey würde ich die Eisendynastie in ihren Untergang führen.

8.

Kindra

Gefangenschaft und Masken

Die Zeit in der Zelle verstrich zäh und mich plagte eine unterschwellige Übelkeit, die ich nur durch die Krämpfe vergessen konnte, die mich hin und wieder überkamen. Offensichtlich die Nachwirkungen des Schlafpulvers.

Meine Muskeln schmerzten von der harten Pritsche, auf der ich mich zusammenrollte. Zitternd presste ich die Hände auf die Augen und schloss die Dunkelheit aus, die mich zu verschlingen drohte. In ihr sah ich Hände, die nach mir griffen, die mich festhielten, während Messer näher kamen. Bereit, von mir zu ernten.

Keuchend schlang ich die Arme um mich.

Meinem Hungergefühl nach zu urteilen und der Regelmäßigkeit, wann mir Essen gebracht wurde, verging vielleicht ein Tag.

Keinen Augenblick länger wollte ich hierbleiben. Meine Gemächer wirkten plötzlich wie das kleinste Übel in diesem Palast.

Schritte erklangen und näherten sich der Zelle. Mit ihnen erschien flackerndes Licht und mein Magen rumorte.

Ich stand auf, blieb aber einige Zoll vor den Gitterstäben stehen und spähte aus sicherer Entfernung hinaus. Jaden trat mit einer Fackel in der Hand an die Zelle, flackerndes Licht erhellte sein Gesicht, während er mich ausdruckslos musterte. Links und rechts von ihm erkannte ich zwei Wachen.

Jaden streckte eine Hand in die Zelle. »Nimm.«

Ich schielte auf seine Finger, in denen er ein kleines Fläschchen hielt. Die Flüssigkeit in dem Gefäß funkelte im Licht. »Nein danke.« Ich schnaubte.

»Es hilft dir.«

»Das soll ich Euch glauben?«

Er verdrehte die Augen, ging in die Hocke und stellte das Fläschchen auf den Boden. Es schwankte kurz vor und zurück, ehe es verharrte. »Dann ist dir nicht mehr so übel.« In seinem Gesicht regte sich nichts, ich konnte nicht deuten, ob er mir einen Streich spielte oder Schlimmeres. Aber dass er mir helfen wollte, bezweifelte ich.

»Trink es oder lass es.« Er zuckte mit den Schultern und fügte so leise hinzu, dass ich ihn kaum verstehen konnte: »Ihr seid doch alle gleich.«

Ich setzte mich wieder auf die Pritsche und ignorierte das Fläschchen. Das Zucken seines Mundwinkels ließ mich daran zweifeln, dass ich seine Worte als Beleidigung auffassen sollte.

Mit wie vielen Goldkindern hatte er es zu tun gehabt? Wie viele Jahre kannte er sie schon?

Und die Kraft wie vieler hatte er sich einverleibt?

Jaden drehte sich um und marschierte davon. Eine der Wachen zögerte und blieb an meiner Zelle zurück.

Der hochgewachsene Mann stand mit dem Rücken zu mir und blickte in die Richtung, in die Jaden verschwand. Seine Stimme war leise. »Ihr seid nicht alle gleich, aber du … du siehst aus wie sie.« Die Wache warf mir einen Blick über die Schulter zu und fixierte mich mit ernstem Ausdruck in den Augen. Sein Mund war von einer Narbe entstellt. Nur ein weiteres Schauspiel in Jadens Theater?

Mit einem Nicken deutete er auf das Fläschchen, ehe er mich allein zurückließ.

Mein Blick schweifte zu dem Mittel, das Jaden mir gebracht hatte. Tat er das für mich? Oder machte er das für sich selbst?

Neben dem Fläschchen ließ ich mich auf den Boden nieder. Mit einer Fingerkuppe stupste ich es an und betrachtete, wie es hin und her wippte. Half mir das gegen die Übelkeit?

Zögernd griff ich danach und drehte es zwischen Daumen und Zeigefinger. Wenn es mir half, was würde das über Jaden aussagen? Was würde das bedeuten?

Der Korken entwich mit einem leisen Plopp.

Und wenn es mich vergiftete, was sagte das dann über mich? War ich so töricht, mit offenen Augen in die Falle meines ärgsten Feindes zu tappen?

Zwei weitere Tage vergingen, die ich in der Zelle verbrachte. Mit Sicherheit konnte ich das aber nicht sagen. Die Dunkelheit quälte mich mit weiteren Fantasien über die Realität, in der ich steckte.

Jaden kam nicht mehr vorbei. Stattdessen erlösten mich Wachen aus meiner noch übleren Gefangenschaft in der Kälte und brachten mich zurück zu meinen Gemächern.

Die Flüssigkeit, die Jaden mir in die Zelle gebracht hatte, half tatsächlich. Mein Körper regenerierte sich schneller – obwohl er das im Vergleich zu den Menschen sowieso tat. Aber Jadens Mittel hatte die Übelkeit vertrieben und die Tage erträglicher gemacht.

Mir war schleierhaft, wie ich mit dem Gefühl umgehen sollte, das dies in mir auslöste. Die Dankbarkeit darüber, dass die Übelkeit verschwand, mischte sich mit Unbehagen. Warum half mir der Prinz? Was bezweckte er damit?

Hatte er Mitleid mit mir, als ich in dem dunklen Kerker saß? Wie empfand er dann die Ernte, die an den Goldkindern im Palast durchgeführt wurde? Zudem schwirrte der Satz, den die Wache an mich gerichtet hatte, durch meine Gedanken. Wem sah ich ähnlich? Wer war *sie*?

Der Prinz verbarg etwas. Aber konnte es für mich nützlich sein, dieses Geheimnis zu lüften? In meiner Nähe befanden sich weitere Goldkinder. Nie zuvor hatte ich meinesgleichen getroffen. Ich würde gern jemanden kennenlernen, der so war wie ich. Vielleicht konnte ich den Prinzen mit der Wahrheit, die er versteckte, erpressen.

Zeit verging, in der ich mindestens einmal täglich zur Ernte geführt wurde. Jeden Tag wartete ich in meinen Gemächern darauf, dass es wieder klopfte und erneut etwas von meinem Körper genommen wurde. Wenn sich meine Gedanken von dem Leben im Palast und dem Prinzen lösten, wanderten sie ohne Umschweife zu Saki. Wo war er? War er in der Senke geblieben? Oder war er durch den Bergtunnel in den Norden gegangen?

Morgens vermisste ich ihn am meisten. Einige Male ertappte ich mich dabei, dass ich nach dem Aufwachen, wenn ich noch in meinem Traum festhing, vergaß, dass ich mich im Palast befand. Mein erster Impuls wollte, dass ich aufstand und zu Saki und meinem Treffpunkt eilte. Mir fehlte unser Ritual, die Sonne über dem Fluss zu beobachten, und am meisten vermisste ich sein herzliches Lachen.

Ein Monat verstrich.

Jaden führte mich jedes Mal zur Ernte. Die trotzige Art der ersten Begegnung hatte er abgelegt. Vermutlich wusste er, dass diese Fassade nicht mehr echt wirkte, nachdem er mir geholfen hatte. Doch er blieb kalt und undurchschaubar.

Warum half er mir? Was verbarg er hinter dieser kalten, emotionslosen Maske?

Wenn er mich zur Ernte brachte, ließ ich mich nicht mehr von den Wachen schleifen, sondern ging neben ihnen her. Die Wachen schnallten mich weiterhin auf die Liege, doch mussten sie mich nicht mehr festhalten und zwingen, ihnen zu gehorchen. Ich wollte den König nicht reizen und nicht wieder in der Zelle landen. Denn der Kerker schien die Gefangenschaft in all seinen düsteren Facetten zu bündeln.

Der König besuchte mich, nachdem ich wieder in meine Gemächer gebracht worden war. Er war freundlich und redete viel. In seiner Gegenwart war ich weiterhin über seine immense Größe und Stärke schockiert. Ich war ein Käfer, den er jederzeit zerquetschen konnte.

Schwermütig sank ich in einen der Sessel in meinem Gemach, hob den Kopf und betrachtete die Ornamente an der Decke. Ich kämpfte gegen den schweren Stein in meinem Magen an, der dort lag, seit ich mich nicht mehr mit aller Kraft wehrte. Ein bisschen fühlte ich mich, als hätte ich Grünfrey, Saki und mich selbst verraten.

Leise klopfte es, aber meine Augen blieben weiterhin auf die Muster an der Decke gerichtet. Die Tür öffnete und schloss sich mit einem Klicken. Dann trat Jaden an den Rand meines Sichtfelds.

»Müssen wir schon wieder los?«, fragte ich, ohne den Blick zu senken.

»Nein …« Er setzte sich und schwieg eine Weile. Es war nicht das erste Mal, dass er mich ohne Grund besuchte. Es fühlte sich so an, als würde er meine Gegenwart suchen. Doch meistens blieb er nur kurz und verschwand wieder, bevor ich begreifen konnte, wer er wirklich war.

Wollte er sich selbst ablenken?

»Wie geht es dir?« In seiner Stimme schwang die Emotionslosigkeit, mit der er mir so oft begegnete, mit. Was ging hinter dieser Fassade vor sich? Welche Seite verbarg er vor mir und den Menschen in seinem Leben? Vor dem König?

Kopfschüttelnd sah ich ihn an. »Schlecht«, sagte ich, und es stimmte. Bei der regelmäßigen Ernte entnahmen sie mir Schalen voll Blut. Meine Haut leuchtete blass, ich fror und meine Wunden regenerierten nicht mehr sofort. Es war, als würde mein Körper mittlerweile einfrieren, nur in Zeitlupe funktionieren.

Meine Haare waren nur noch schulterlang. Etwa acht Zoll hatten sie mir über Tage hinweg abgeschnitten. Und meine Finger- und Zehennägel waren so kurz, dass die Nagelbetten bei den kleinsten Bewegungen einrissen und bluteten. Erstaunlich, dass mein Körper noch genug Blut dafür übrig hatte.

An den Unterarmen, Beinen und Achseln rasierten sie mich, sobald mein Körper etwas hergab. Stellenweise schnitten sie mir kleine Stückchen Haut heraus. Egal welchen Teil meines Körpers ich berührte, ich traf immer einen Punkt, der noch nicht vollständig verheilt war. Jedes Mal erinnerte es mich daran, was sie mit mir machten. Dass mein Körper nicht mehr mir gehörte.

Jaden ging zur Truhe und holte die Decke heraus. Etwas unbeholfen legte er sie mir um die Schultern, bevor er sich wieder setzte. Wieder eine Geste, die ich nicht deuten konnte. Ich konzentrierte mich auf die Wärme, die mir die Decke schenkte, und ignorierte die Gedanken, die er in mir aufwirbelte.

Doch ich konnte nicht verhindern, dass meine Blicke zu ihm wanderten. Über das markante Profil, den abwesenden Blick.

Der Prinz trug nur ein leichtes Hemd, keine Rüstung. Seine Arme zeichneten sich nur wenig unter dem Stoff ab und ich versuchte zu erahnen, welche Kraft in ihnen steckte.

Auch wenn das entsprechende Zeichen heute auf seiner Kleidung fehlte, war er der Anführer der Goldmagier. Hatte er den Angriff auf Grünfrey befehligt oder sogar begleitet?

Warum half er mir, wenn er doch für all das Böse stand? Wenn er vermutlich so viele getötet und gefangen hatte?

»Wie haben mich die Goldmagier gefunden?«, fragte ich. »Wie haben sie Grünfrey entdeckt und die Magie der Sonne durchbrochen?«

Jadens Miene bliebt unergründlich. »Ein Informant der Eisendynastie hat uns die Kunde überbracht.«

Das war unmöglich. Wie sollte eine Information von mir aus dem Dorf gelangt sein? Niemand hatte das Dorf verlassen. Die Bewohner entfernten sich nie weit, nur für die regelmäßigen Arbeiten am Bergpfad. »Wo soll er die Information aufgeschnappt haben?«

»In Blomdeck, der Handelsstadt im Westen.«

Mein Körper versteifte sich. Ich wusste nicht, was schlimmer war. Dass mich jemand aus dem Dorf verraten haben soll oder dass sich Informanten der Eisenmänner so weit entfernt der Grenze aufhielten. Bitter dachte ich an unsere Suche nach Grünfrey zurück. Kork hatte mit seinen Bedenken recht gehabt. Eisenmänner, oder zumindest ihre Verbündete, befanden sich im Gezeitenreich.

»Aber …«, stotterte ich. Meine Gedanken überschlugen sich.

»Er hatte die Information von einem Händler, der von Norden kam. Dieser hatte sie zu einem teuren Preis erworben.«

Das war unmöglich! Der Händler brachte die Information aus dem Norden mit? Der Norden konnte über den Bergpass erreicht werden. Hatte jemand bei den Arbeiten am Berg das Dorf verlassen und mich verraten?

Bilder meiner ehemaligen Nachbarn und Freunde zogen an mir vorbei. Wer konnte es gewesen sein? Wer hatte mir das angetan?

Ich schluckte. Für Gold hatte der Verräter mich verkauft. Jetzt war das Dorf zerstört, meine Familie tot und ich eine Gefangene. Und Saki? Er irrte vermutlich durch das Gezeitenreich und trauerte um seine Familie.

Tränen schossen mir in die Augen und ich presste die Hände dagegen. Grünfrey war meine Heimat gewesen. Dort hatte ich mich sicher gefühlt.

»Kindra«, flüsterte Jaden. In seiner Stimme schwang eine Spur Mitleid, als ertrüge er es nicht, mich leiden zu sehen.

Fahrig rieb ich mir die Augen trocken und betrachtete den Prinzen. Seine kalte Mimik passte nicht zu der Emotion in seiner Stimme.

»Wart Ihr dabei?«, presste ich hervor.

»Nein.«

Während ich mich fester in die Decke wickelte, versuchte ich das Gefühl des Verrats zu vertreiben. Doch es nistete sich ein und lag wie ein Stein in meiner Brust. »Wie habt Ihr die Kraft der Sonne durchbrochen?«

»Wie schon? Wir sind Goldmagier«, antwortete Jaden.

Ich musterte ihn und wartete darauf, dass er weitersprach. Als er sich nicht rührte, kräuselte ich die Stirn. »Was bedeutet das?«, hakte ich nach, als ob seine Antwort alles erklären würde.

Jadens Blick bohrte sich in meine Augen und einen kurzen Moment huschte Überraschung über sein Gesicht. »Du hast keine Ahnung, zu was wir imstande sind«, stellte er fest.

Mein Schweigen war Antwort genug. Die Goldmagier zogen ihre Kraft aus den Goldkindern. Mehr wusste ich nicht. Ich war mein Leben lang vor Männern geflohen, die ich nur aus Legenden kannte.

Jaden drehte die Handfläche nach oben und entzündete ein kleines Feuer, das über seiner Haut schwebte. Es erlosch so schnell, wie es aufgetaucht war. Als Nächstes hob er beide Hände in meine Richtung und plötzlich bewegte sich die Decke, wickelte sich von meinen Schultern und blieb schlaff um meine Hüften liegen.

Als hätte ich mich verbrannt, sprang ich auf und warf die Decke von mir. Mein Herz hämmerte, als ich in Jadens dunkle Augen sah.

»Wir erschaffen und wir beherrschen.«

Mein Mund war schlagartig trocken. Welche Kräfte schlummerten in Jaden, von denen ich nichts ahnte?

»Bitte setz dich wieder. Ich wollte dich nicht erschrecken.« Er deutete auf den Sessel, doch ich blieb stehen.

»Wie mächtig seid Ihr?« Meine Stimme zitterte.

»Sehr«, antwortete er. Sein Gesicht wirkte wie eine Maske, die mir nicht verriet, ob ihn diese Macht stolz machte. »Der fähigste Magier seit Jahrhunderten, wie mein Vater mich nennt.«

War er deshalb der Anführer? Weil keiner an seine Stärke herankam? »Aber was ist mit dem König?«

Jaden schnaubte. »Mein Vater zieht es vor, die Kraft körperlich aufzunehmen.«

»Wie meint Ihr das?«

Er verschränkte die Finger und bettete die Hände in seinem Schoß. Bildete ich es mir ein oder zitterten sie? »Mein Vater bevorzugt Operationen, bei denen die Mittel in die Knochen oder Muskulatur verabreicht werden, während wir anderen die Tränke einnehmen.«

»Diese Tränke …«, sagte ich, doch ich konnte den Satz nicht zu Ende führen. Mir wurde schlecht.

»Die stellt der Medi nach der Ernte her.«

Schwankend sank ich zurück auf den Sessel. »Aus uns Goldkindern«, presste ich hervor.

Der Prinz brummte zustimmend, seine Fassade bröckelte und ich konnte sehen, wie er mit sich rang. War das ein Punkt, an dem ich ihm Emotionen entlocken konnte? Sorgte er sich um die Goldkinder? Weil sie ihm zu seiner Macht verhalfen, oder steckte mehr dahinter?

Ich zog die Knie an die Brust und drückte mich tiefer in den Sessel. Das war zu viel. Jaden war der fähigste Goldmagier. Er war zwar nicht dabei gewesen, aber die Goldmagier hatten Grünfrey zerstört, weil einer meiner Nachbarn mich für Gold verraten hatte.

Ein stiller Schluchzer schüttelte mich und ich konnte die Tränen nicht zurückhalten. Sie rollten über meine Wangen und eine traf auf meine Lippen. Der salzige Geschmack erinnerte mich an die vielen Tage, die ich um meine Heimat und meine Familie trauerte.

»Kindra«, hauchte Jaden.

Doch ich wusste nicht, was ich erwidern sollte und legte meine Stirn auf die Knie. Der Schmerz überrannte mich. Seit meiner Ankunft hatte ich mich nicht so einsam gefühlt.

Einige Herzschläge lang saß ich so da, und als ich aufblickte, hatte ich nicht damit gerechnet, dass Jaden geblieben war. Er saß im Sessel gegenüber und sah mitgenommen aus. Die Vielzahl der Emotionen auf seinem Gesicht überraschte mich.

Ich schluckte und versuchte, einen klaren Gedanken zu fassen, doch meine Gemächer wirkten plötzlich erdrückend. Während ich keuchte, wurde mir wieder bewusst, dass ich nicht die Einzige war. Täglich führte mich Jaden aus meinem Zimmer und über den Gang, an den sich weitere Zimmer aneinander reihten. Wie viele Goldkinder hielten sie hier gefangen? Meinesgleichen, die so nah waren. »Ich würde die anderen Goldkinder gern kennenlernen.«

Jaden zuckte zusammen, als ich nach der Stille das Wort an ihn richtete. Er kämpfte die kalte Maske wieder zurück auf sein Gesicht. »Das geht nicht«, antwortete er schließlich.

Ich lehnte mich nach vorn. »Bitte«, flüsterte ich und fixierte seine dunklen Augen. »Ich kenne niemanden, der so ist wie ich.«

Langsam schüttelte Jaden den Kopf. »Sie sind nicht wie du«, setzte er an und seine Fassade bröckelte. »Nicht mehr.« Er fuhr sich durch die Haare und sackte etwas in sich zusammen. Seine Energie schien ihn zu verlassen, als wäre ein Punkt erreicht, den er nicht mehr ertragen konnte. Als würde ihm die Macht über seine Beherrschung entgleiten.

Leise sagte er: »Die meisten sind so schwach, dass sie kaum reden können. Sie liegen in einem speziellen Bett mit einer Auffangschale für den Speichel.« Er brach ab. Schüttelte den Kopf und wich meinem Blick aus. »Die anderen, die körperlich länger durchgehalten haben, sind verrückt geworden.«

Meine Augen weiteten sich. Zitternd griff ich nach dem Stoff der Decke und wand sie fester um meinen Körper. War das meine Zukunft? Leblos oder wahnsinnig, in einer Vorrichtung, die meinen Speichel auffing?

War das die Last, die auf ihm lag?

Andere Leben zugunsten eines Lebens? Elend und Leid für Kraft?

Heiß brannte meine Haut und ich presste meine Zähne fest aufeinander, bis mein Kiefer schmerzte. Mit ihm konnte ich kein Mitleid haben. Nicht mit dem Prinzen, einem Goldmagier, der sich diese grausamen Errungenschaften einverleibte.

»Ihr seid Monster«, flüsterte ich aufgebracht und starrte den eisernen Prinzen mit zusammengekniffenen Augen an.

Jaden spannte die Schultern an und seine Augen funkelten. »Wir tun nur, was nötig ist. Wir streben nach der Macht, die uns zusteht«, erwiderte er und es klang wie eine auswendig gelernte Floskel.

Ich lachte höhnisch. »Ihr kümmert Euch nur um Euch selbst. Um das, was Ihr wollt. Das Leben anderer ist Euch egal!« Die letzten Worte spuckte ich ihm entgegen.

Er erhob sich und unkontrolliert huschten Emotionen über sein Gesicht, die er nicht schnell genug wieder einfangen konnte. Er kam einen Schritt auf mich zu.

»Die Goldmagier verrichten Gutes!«, presste er hervor. »Sie dienen nicht nur dem König, sondern auch unserem Volk.«

»Sie vergreifen sich an wehrlosen Mädchen, um noch mehr Macht zu erlangen!«

»Sie helfen!« Jadens Stimme wurde lauter. »Sie unterstützen das Volk durch ihre Magie beim Bau von Häusern. Sie helfen bei der Ernte oder vertreiben Banditen. Sie retten Leben!«

»Aber zu welchem Preis?« Meine Hände zitterten.

»Halt den Mund«, zischte er und beugte sich zu mir. Die Hände stützte er auf die Armlehnen meines Sessels und ich wich instinktiv so weit zurück, wie es mir die Rückenlehne erlaubte.

Sein Gesicht war dicht vor meinem und er kämpfte weiterhin um Beherrschung. »Du hast doch keine Ahnung«, hauchte er.

Hin- und hergerissen zwischen Wut und Neugier zitterte ich stärker. Mein Körper bebte. Aber ich konnte hier nicht aufhören. »Ihr seht in uns Goldkindern keine Menschen! Nur eine Quelle der Macht.«

»Das ist nicht wahr.« Ein Glitzern in seinen Augen erschien und keine Beherrschung der Welt hätte diesen Ausdruck unterdrücken können. So viel Schmerz konnte kein Mensch verbergen. So viel Leid konnte kein Einzelner mit sich herumtragen.

Oder doch?

»Ihr seid ekelhaft«, hauchte ich und kitzelte das Funkeln stärker hervor. »Mörder.«

Seine Stimme wurde mit jedem Wort brüchiger. »Hör auf, Kindra. Du hast keine Ahnung.«

»Dir geht es um dich und deine Macht«, meinte ich und zwang ein bitteres Lächeln auf meine Lippen, duzte ihn sogar, um ihn weiter zu reizen.

Er schüttelte den Kopf und wich zurück.

Ich folgte ihm und ließ seinen Blick nicht los. »Wir sind dir egal.«

»Seid ihr nicht.«

Sind wir nicht?

»Sind wir doch«, widersprach ich ihm trotzig wie ein kleines Kind. Mit den Händen griff ich seinen Kragen und starrte ihm fest in sein Gesicht. »Falls nicht, beweise es mir.«

Er sackte in sich zusammen. Seine Blicke verloren sich im Zimmer, während das Glitzern in seinen Augen sie beinahe wie Sterne strahlen ließ. »Sie war mir nicht egal.«

Mit offenem Mund starrte ich ihn an, aber kein Ton kam heraus. Sie? Dieselbe *sie,* von der die Wache in meiner ersten Nacht in der Zelle gesprochen hatte?

Jaden erhob sich und drehte das Gesicht von mir weg. Müde ließ er sich in den Sessel mir gegenüber fallen, das Gesicht vor mir verborgen.

In meinem Kopf überschlugen sich die Gedanken. Er wirkte verletzlich und menschlich. »Wer?«, fragte ich.

Als mich der Prinz schließlich ansah, blendete der Schmerz in seinen Augen mich beinahe. Er wirkte gequält, als er mehrmals Luft holte. »Unwichtig. Sie hat sich verändert.«

»Warum sprichst du offen mit mir? Wo ist deine Überheblichkeit abgeblieben?«

»Ich bin der Spiele überdrüssig.« Sein Blick verharrte auf mir und ein kleines Lächeln zuckte in seinem Mundwinkel. »Du erinnerst mich an sie.«

»Weil ich ein Goldkind bin?«

Ein kurzes brummendes Lachen entfuhr seiner Brust und brachte seine Fassade zum Einstürzen. »Weil sie nie genug Fragen stellen konnte. Weil sie stur war und …«, er stockte, »… bildschön.«

Ich schluckte. Seine Offenheit bewegte mich mehr, als ich für möglich gehalten hatte. Der Junge, der mich im Verlies besucht, der mir ein Fläschchen gegeben hatte, um meine Schmerzen zu lindern. In ihm steckte ein Herz, das gebrochen war.

»Wie hieß sie?«

»Ardra.« Er seufzte.

»Hast du sie geliebt?«

Einige Herzschläge lang sah er mir offen ins Gesicht, dann verlor sich sein Blick im Zimmer. Er richtete sich auf. »Und wenn schon. Es hatte keine Zukunft.«

»Ardra«, wiederholte ich und er presste die Lippen fest aufeinander. »Wie seid ihr euch nähergekommen?«

Langsam schüttelte er den Kopf. Sein Blick verschwand in die Vergangenheit. »Sie war stark. Nahm die Ernte mit Stolz und verbrachte mehr Zeit im Verlies als in ihren Gemächern.«

Zitternd hielt ich den Atem an, während Jaden mich mit sich riss in eine längst vergangene Zeit, in ein Leben, das stärker war als seine eiserne Maske.

»Meistens saß ich vor ihrer Zelle und leistete ihr Gesellschaft.« Er lehnte sich im Sessel zurück und sah zur Decke. »Wir redeten, bis die Nacht dem Morgen wich und ich beinahe meine Pflichten vergaß.« Er schwieg und sein Kinn sackte auf seine Brust.

»Was ist passiert?«, hauchte ich.

Er hob die Augen. »Sie hat sich an die Ernte verloren und war nicht mehr sie selbst.« Er zögerte. Dunkle Schatten lagen auf seinem Gesicht. »Sie wollte mich umbringen.«

Eine kurze Welle von Mitleid schwappte über mich hinweg. Hätte es mir das Herz gebrochen, wenn Saki mich für das verurteilt hätte, was ich war? Ich schob den Gedanken beiseite. Das hier war anders. Jaden führte Ardra zur Ernte. Er gehörte zu den Feinden, und auch wenn es ihm scheinbar missfiel, er verhinderte es nicht. »Kannst du es ihr verdenken?«, fragte ich ihn.

Gequält verzerrte er den Mund. »Nein«, antwortete er. »Aber wir haben unsere Gründe für das, was wir tun.« Er erhob sich und sah zu mir herab. »Letztendlich war es gut so und hat mich vor weiterem Leid bewahrt. Das mit uns hatte sowieso keine Zukunft.« Einige Schritte entfernte er sich Richtung Tür.

»Du hast eine Wahl, Jaden. Warum hältst du an der Tradition der Ernte fest, wenn sie dir so offensichtlich missfällt?«

Seine Schultern versteiften sich, aber er hielt nicht an. Als er die Tür öffnete, sah er kurz zu mir herüber. Seine Beherrschung war zurück, lag über seinen Zügen und ließ mich daran zweifeln, dass hinter dieser Fassade ein verletzlicher Junge steckte. Doch er war mehr als ein emotionsloser Prinz. Das hatten seine Worte bewiesen.

Er fixierte mich einen endlos wirkenden Moment, ohne etwas zu sagen, dann verließ er meine Gemächer.

9.

SAKI

Prüfung

Nachdem mein Ziel klar war, trainierte ich härter. Und langsam wurden aus Tagen Wochen. Mein Körper zitterte nicht mehr unkontrolliert in der Kälte. Meine Finger und meine Haut waren nicht mehr blau, sondern hatten stellenweise einen etwas natürlichen Ton angenommen. Die Blutergüsse bedeckten nicht mehr nur mich, sondern auch die anderen Männer, mit denen ich trainierte. Meine Muskeln wuchsen und mein Hass auf die Eisendynastie loderte weiter.

Entschlossen reckte ich das Kinn und starrte auf den Trainingsplatz. Einige Krieger standen in der Mitte und führten die Techniken vor, die wir in den letzten Wochen gelernt hatten. Es war eine stupide Prüfung. Nichts, was ich nicht perfekt beherrscht hätte. Doch ich nahm nicht teil.

Das Herz brannte heiß in meiner Brust. Während der letzten vier Wochen hatte ich meine Ungeduld kaum zügeln können. Warum nahmen mir die Hüter kostbare Zeit, von der ich doch so wenig hatte? Nachts sah ich Kindra in meinen Albträumen, die mich fast zur Verzweiflung trieben.

Doch ich riss mich zusammen. Drohte die Ungeduld aus mir herauszuplatzen, trainierte ich doppelt so hart. Schreckte ich morgens aus dem Schlaf auf, stemmte ich Gewichte auf dem Trainingsplatz, egal wie früh es war. Ich versuchte mich mit allen Mitteln abzulenken.

Denn die Gedanken an Kindra schmerzten in meiner Brust. Zu lange verharrte ich in diesem Dorf, ohne ihr näher zu kommen. Meine Vernunft mahnte mich, dass ich für die Spionage am Königshof vorbereitet sein musste. Aber meinem Herz war das egal. Es sehnte sich nach Kindra.

Heute stand ich am Rand des Trainingsplatzes und sah den Männern zu, wie sie die unterschiedlichen Übungen zeigten und Kämpfe austrugen. Am liebsten hätte ich Arnen zu Boden geschlagen. Auch wenn ich wusste, dass es alles nur schlimmer machen würde. Tief in meinem Innern flüsterte mir eine Stimme zu, dass ich Kindra mit jedem Tag ein weiteres Stück verlor.

Ich öffnete meine Fäuste und ließ meine Schultern hängen. Für ein paar Herzschläge schloss ich die Augen und sah ihr Gesicht vor mir. Wie sie lachte und strahlte. An dieses Bild klammerte ich mich und atmete tief durch, dann hob ich den Blick und ging zu meinem Quartier zurück, ohne ein Wort mit Arnen gewechselt zu haben.

Am nächsten Tag bat er mich um ein Gespräch. Insgeheim stellte ich mich darauf ein, dass er mir meine Ungeduld unter die Nase reiben würde. Dabei hatte ich mit mir selbst gekämpft. Vergeblich, so wie es aussah.

»Glückwunsch«, sagte er. »Du hast deine erste Prüfung bestanden.«

Irritiert zog ich die Augenbrauen zusammen und sah Arnen an. »Was meinst du?«

Er räusperte sich und legte mir die Hände auf die Schultern. »Deine erste Prüfung bestand darin, deine größte Schwäche zu überwinden. Dich unseren Entscheidungen zu beugen und vernünftig alle Möglichkeiten abzuwägen, egal was du dabei empfindest. Es ging um Selbstdisziplin.«

Mein Mund klappte auf und ich schloss ihn wieder. Adrenalin schoss durch meine Adern und mein Herz raste. Ich hatte meine erste Prüfung bestanden.

Arnen erhob sich. »Von nun an wirst du auch in deinem Wissen geschult. Neben dem körperlichen Training benötigst du auch mehr Informationen über die Eisendynastie. Wir sind uns jetzt sicher, dass du dich beherrschen kannst und für den Kampf trainieren wirst, auch wenn du nicht mehr den ganzen Tag auf dem Trainingsplatz verbringst.« Er deutete mir an, ihm zu folgen. Gemeinsam gingen wir durch das Dorf und bis zu einer Höhle, die nicht weit vom Eingang zum Ältesten entfernt lag.

Wir traten ein und schummriges Fackellicht umhüllte uns, das die Wände nur spärlich beleuchtete. Der kreisrunde Raum war kahl, doch es roch angenehm nach Gebäck. Eine alte Frau saß auf einem Sessel in der Mitte des Raumes. Ihr gegenüber stand ein weiterer Sessel.

»Hallo, Sendra«, begrüßte Arnen sie.

»Willkommen«, sagte sie und deutete auf den leeren Platz. »Bitte setz dich, Saki.«

Ihr gegenüber ließ ich mich in den Sessel sinken und musterte sie. Sie war alt, das Gesicht faltig und das schwarze Haar von silbrigen Strähnen durchzogen. Statt Augen blickten mich nur leere, vernarbte Höhlen an.

»Du kannst gehen, Arnen«, sagte sie und wedelte mit der Hand Richtung Ausgang.

Er verabschiedete sich knapp und ließ uns allein.

Sendra beugte sich etwas vor und steckte ihre Arme aus. »Zuerst lass mich dein Gesicht sehen.« Sie winkte mich heran und ich führte ihre Hände an meine Wangen. Nach einer Weile grinste sie und lehnte sich zurück. »Du bist sehr entschlossen. Dein Wille brennt stark in dir.«

»Woher wisst Ihr das?«, fragte ich und starrte auf ihre Narben.

»Ich sehe mehr mit meinen Händen und meinem Geist, als du je mit deinen Augen zu erkennen vermagst«, antwortete sie und faltete die Hände in ihrem Schoß. »Aber wir sind nicht hier, um über mich zu sprechen, nicht wahr?« Sie drückte den Rücken durch. »Dir steht eine beschwerliche Reise bevor. Viele Hindernisse wirst du überwinden müssen, um das zu finden, was du suchst. Es gibt viel, was du vorher lernen musst.«

»Und das wäre?«, fragte ich.

»Na, was schon? Dialekt, Aussprache, Sitten, Bräuche, Geografie. Um unter den Eisenmännern nicht aufzufallen und dich in der Eisendynastie wie einer der ihren einzugliedern, musst du das alles beherrschen. Aber viel wichtiger ist, dass du verstehst, was Kindra ist. Und warum der Krieg tobt.« Ihre Stimme war keine Spur tadelnd, sondern sprühte vor Energie. Einen kurzen Moment schwieg sie und die Spannung in der Luft schien zu vibrieren. »Bitte erzähle mir alles, was du über die Goldkinder zu wissen glaubst.«

Obwohl ich Geschichten liebte, waren nur wenige nach Grünfrey durchgedrungen. Dafür hatten wir zu abgeschieden gelebt. Aber ich erinnerte mich an jede, die jemals die Lippen eines Bewohners verlassen hatte. »Ich kenne die gängigen Geschichten und Legenden, in denen die Goldkinder als magisches Volk dargestellt werden. Ihre Körper besitzen Kräfte, die Männer zu Magiern machen oder Waffen verstärken können. Die Eisendynastie jagt die Goldkinder seit Jahrhunderten und versucht dadurch an Macht zu gelangen.« Ich stutzte kurz. »Das ist eigentlich schon alles.«

Die Alte schüttelte den Kopf und lächelte. »Das ist nur ein winziger Teil der Wahrheit«, antwortete sie. »Es begann alles viel früher. Als das Gezeitenreich von der Magie der fünf Urdrachen errichtet wurde. Jeder Drache formte einen Teil des Gezeitenreiches. *Immerwährender Sommer, Tiefer Winter, Beständiger Herbst, Keimender Frühling* und *Ewiger Regen*. Doch die Macht des fünften Drachen konnte sich an den prächtigen Jahreszeiten der anderen Drachen nicht messen. Eifersucht, Hass und Missgunst verdarben ihn. Seine blauen Schuppen verfärbten sich schwarz und er wurde von den anderen Drachen aus dem Gezeitenreich verbannt. Der fünfte Drache hatte von da an viele Namen. Der gefallene Drache, der schwarze Drache, der Eisendrache sind nur ein paar davon. Er formte sich ein eigenes Reich, die Eisendynastie. Sein Hass übertrug sich auf alles Leben, das er erschuf. Die Blutlinie der Königsfamilie entstammt aus einer Liebschaft zwischen dem fünften Drachen und einer Frau. In ihrer Erbschaft wurde der Hass weitergetragen.«

»Die Schöpfungsgeschichte«, flüsterte ich.

»Ja, sie enthält Teile der Wahrheit.«

Aber warum sprachen wir über die Urdrachen? »Wie hängt das mit den Goldkindern zusammen?«, fragte ich.

Sendra strich sich die ergrauten Strähnen hinter die Ohren. »Die anderen vier Drachen lebten glücklich und abgeschieden im Gezeitenreich. Auch sie verliebten sich in die Menschen, die ihr Reich bevölkerten. Doch sie untersagten sich, Bindungen mit den Menschen einzugehen. Der Sommerdrache brach dieses Versprechen. Über Jahre hinweg nahm auch er hin und wieder seine menschliche Form an und vereinte sich mit den schönsten Frauen. Anders als die Frau des Eisendrachen gebaren die Frauen des Sommerdrachen keine Kinder, sondern goldene Dracheneier. Der Sommerdrache versteckte diese Eier vor den anderen Drachen und führte seine heimlichen Liebschaften fort, da er dachte, sie würden unentdeckt bleiben.

Ein Jahrhundert nachdem das erste Drachenei geboren wurde, schlüpfte ein Goldkind aus einem der Eier. In dem Kind steckte die schöpfende Kraft des Urdrachen, die angeblich in der Schale der Eier schlummerte und so in die Goldkinder überging. Diese Kinder brachten das Gleichgewicht der Welt durcheinander und wurden von den anderen Drachen entdeckt. Sie waren entrüstet über den Verrat des Sommerdrachen, stritten und bekämpften sich und verschwanden schließlich aus dieser Welt. Manche munkeln, sie seien in die Magie von Odre zurückgekehrt, um den Verfall zu verhindern.«

Ich runzelte die Stirn. »Dracheneier? Liebschaften zwischen den Urdrachen und Menschen? Ein Königshaus, dessen Blutlinie von einem Drachen abstammt.« Das war doch absurd. Diesen Teil der Geschichte hörte ich zum ersten Mal. Aber war das vielleicht der Grund, warum Noba, Kork und Kindra sich über ihre erste Begegnung stets vage ausgedrückt hatten?

Stammte Kindra von einem Drachen ab?

Sendra nickte. »Du hast sie gesehen, die goldenen Augen. Sag du mir, ob es so abwegig ist.«

Eine Erwiderung lag mir auf der Zunge, doch ich schwieg. Sie hatte recht. Kindra strahlte so viel Mythisches und Geheimnisvolles aus. War es unvorstellbar, dass sie aus einem Ei geschlüpft war? »Wie kann es sein, dass es dann noch junge Goldkinder gibt? Dass sie immer wieder auftauchen?«

»Es ist nicht klar, ob die Eier Jahrzehnte oder Jahrhunderte benötigen, um auszureifen, oder ob das Kind schlüpft, sobald es sich bereit fühlt oder gebraucht wird. Es ist auch nicht bekannt, wie viele Dracheneier des Sommerdrachen existieren. Oder ob es wirklich die einzigen Eier sind.«

Langsam schüttelte ich den Kopf. »Das heißt, Kindras Vater ist einer der Urdrachen?«

»So ist es«, antwortete die Frau.

Ein kurzes Lachen entfuhr meiner Kehle. »Tut mir leid, aber ich weiß nicht, ob ich das wirklich glauben kann.«

»Ob du daran glauben kannst oder nicht, die Wahrheit existiert und ist unabänderlich. Die Goldkinder kennen ihre Namen, sobald sie geschlüpft sind. Kindragon Goldkind, oder wie du sie nennst, Kindra. Sie ist die Tochter des Sommerdrachen. Und eine meiner Schwestern.«

10.

KINDRA

Ein letzter Augenblick

Du bist so stur!«, zischte jemand. Blinzelnd öffnete ich mein linkes Auge, brauchte einige Herzschläge, um mich zu orientieren. Die muffige Luft des Verlieses drang in meine Nase und die Erinnerungen kehrten zurück. Die Wachen hatten mich hierhergebracht, nachdem …

Eiseskälte pumpte durch meine Adern. Ruckartig hob ich die Hand und berührte meine linke Gesichtshälfte. Jene, die noch intakt war. Während mein rechtes Auge von nun an geschlossen bleiben würde. Angst, was die Zukunft für mich bereithielt, betäubte alle weiteren Gefühle in mir.

In der Dunkelheit erkannte ich eine schlanke Gestalt, die die Gitterstäbe meiner Zelle umfasste. Es dauerte eine Weile, bis sich mein Auge an das dämmrige Licht gewöhnt hatte und ich meine Umgebung erkannte. Den winzigen, eingezäunten Bereich und den schummrig beleuchteten Gang. Erneut war ich in dieser Zelle gelandet, weil ich den König mit meinem Widerstand gegen den Eingriff verärgert hatte.

Jaden stand im dämmrigen Licht und zu viele Emotionen huschten über sein Gesicht, als dass ich sie erfassen konnte. Seine Mundwinkel verzogen sich und ich erkannte, wie er die Gefühlsregungen von seinem Gesicht verdrängen wollte. Seine Nase kräuselte sich, wie viele Male in den letzten Wochen, wenn er die Maske aufsetzen wollte, es ihm aber nicht mehr gelang. Seine Hände zitterten. »Du bist selbst schuld!«

Versuchte er es auf mich zu schieben?!

Wut loderte tief in meinen Eingeweiden auf und weckte mich vollends aus meinem schlaftrunkenen Zustand. »Ich bin schuld?!«, wiederholte ich. »Was soll daran denn meine Schuld sein? Dass ich mich nicht freiwillig ausschlachten lasse? Dass ich mein Auge gern behalten hätte?« Den letzten Satz schrie ich ihm entgegen.

Jaden senkte den Blick und schüttelte den Kopf.

Ich durchquerte die kleine Zelle mit zwei Schritten und packte Jadens Schultern durch die Gitterstäbe und schüttelte ihn, bis er mich ansah. Seine Lippen waren zu einer schmalen Linie zusammengepresst. »Ich habe das nicht verdient! Ihr könnt euch nicht einfach nehmen, was ihr wollt!« Tränen rannen mir über meine linke Gesichtshälfte. Die rechte blieb trocken. Das war die Realität: Sie hatten mein Auge bei der Ernte entfernt.

»Du hättest tun müssen, was er sagt«, setzte Jaden an. »Du wusstest, dass sie es sich sowieso nehmen. Du müsstest nicht hier sein, wenn du dich einfach gefügt hättest.« Sein Blick huschte über mich und durch die Zelle. »Du könntest in deinen Gemächern sein.«

Hysterisch lachte ich auf. »Du verstehst es nicht! Ich hätte den Eingriff ruhig über mich ergehen lassen sollen? Friedlich zustimmen, dass der Medi mein Auge entfernt?«

»Nein, du verstehst es nicht!«, rief Jaden. »Du bist verbohrt, stur. Du erkennst nicht, dass du das Beste aus der Situation machen solltest. Sie nehmen es sich sowieso.«

Schnaubend packte er meine Hände. Schmerz zuckte durch meine Handgelenke und ich löste den Griff um seine Schultern. Dennoch biss ich die Zähne zusammen und hielt seinem Blick stand. Er fixierte mich mit seinen Augen. Einen Moment sagte keiner von uns etwas.

Dann schüttelte Jaden den Kopf. »Du bist so stur«, flüsterte er, ließ meine Hand los und drehte sich um. Seine Schultern bebten und sein Kopf zuckte, als würde er mir noch mal einen Blick zuwerfen wollen.

Ich erwartete, dass er davonmarschierte und mich zurückließ. Doch er überlegte es sich anders. Als er sich umdrehte, lag Traurigkeit in seinem Blick. »Wenn du hier unten bist …«, raunte er und seine Stimme versagte. »Es bricht mir fast das Herz, dich im Verlies zu sehen.«

Einen Augenblick lang nahm ich nur die Herzschläge in meiner Brust wahr.

Er trat näher an die Gitterstäbe und zögerte. Als er die Hand hob und meine Wange berührte, hielt ich den Atem an. Sah er in diesem Moment Ardra in mir?

»Ich wünschte, ich könnte es dieses Mal richtig machen. Ardra habe ich verloren …«

Fest umschloss ich seine Hand. Aufregung flatterte in meinem Magen. »Das kannst du. Beende die Ernte.«

Jaden lachte bitter. Seine Stimme war kaum mehr als ein Flüstern. »Glaubst du wirklich, ich habe so viel Macht?«

»Du bist der Anführer der Goldmagier. Der fähigste Magier, wenn es nach dem König geht.«

Er schüttelte den Kopf. »Was bringt das mir? Kindra, mein Titel ist eine Farce. Mein Vater regiert und das Volk dürstet nach Gerechtigkeit, nachdem der Eisendrache von den anderen verstoßen wurde.«

Seine Worte jagten mir einen Schauer über den Rücken. Der König hatte die Macht über die Ernte und seinen Sohn. War Jaden nicht mehr als eine Spielfigur, die der König lenkte? Hatte er keine Freiheiten und war in seine Rolle gezwungen, weil er als Prinz geboren wurde?

»Wir haben mehr gemeinsam, als du ahnst«, sagte ich und ein bitteres Lächeln breitete sich auf meinem Gesicht aus. »Wir beide hadern mit dem, was wir sind.«

Als er die Hand sinken ließ, schmunzelte er. Er trat einen Schritt zurück und sein Blick wanderte durch den Kerker. »Kannst du dich bei meinem Vater entschuldigen, um in deine Gemächer zurückzukönnen?«

Bei dem Gedanken, mich vor dem König zu beugen, krampfte mein Magen. Meine Schultern spannten sich an. Der trotzige Teil in mir begehrte auf, wollte den Widerstand, den ich geleistet hatte, mit Stolz tragen. Doch Jadens Offenheit ließ mich zögern. Tief in seinem Innern empfand er Liebe und Reue. Ergeben schloss ich die Augen und nickte. »Ich werde mich entschuldigen.«

»Danke«, hauchte Jaden und verschränkte seine Finger mit meinen. Er drückte sie leicht, ehe er sich umdrehte und mich zurückließ.

Kurze Zeit später kehrte Jaden mit dem König und einigen Wachen zurück. Auf Jadens Gesicht lag die kalte Fassade des eisernen Prinzen. Die Gefühle, die er mir vorhin offenbart hatte, wirkten weit entfernt. Als mich sein Blick aus dunklen Augen traf, wusste ich aber, dass sie real waren. Seine flehende Bitte lag für mich deutlich erkennbar darin.

Der König schritt an Jaden vorbei und blieb vor meiner Zelle stehen. Um in sein Gesicht sehen zu können, legte ich den Kopf in den Nacken. Die Gitterstäbe wirkten in seiner Gegenwart kleiner, zerbrechlicher. Als wäre die Zelle mit mir geschrumpft.

»Mein Sohn informierte mich, du hättest es dir anders überlegt.« Seine Stimme dröhnte in meinen Ohren und pulsierte durch meinen Brustkorb.

Kurz schielte ich zu Jaden, der links hinter seinem Vater stand. Er hatte den Blick gesenkt und trug seine gelangweilte Maske.

»Ja, Eure Majestät«, presste ich hervor. Schwer schluckte ich gegen den Kloß in meinem Hals an. Mich vor dem König zu beugen gefiel mir nicht. Doch ich trieb mich weiter an. »Ich habe meine Lektion gelernt.«

Der König legte den Kopf schräg und tippte sich mit einem Finger ans Kinn.

»Bitte verzeiht mein Verhalten. In Zukunft werde ich gehorchen«, log ich und presste im Anschluss die Zähne aufeinander, bis mein Kiefer schmerzte.

»Ich begrüße deine Entschuldigung«, antwortete der König und nahm damit eine Last von meinen Schultern. Wieder huschte mein Blick zu Jaden, der mich ansah. Dankbarkeit lag in seinem.

»Ja, ich bin wahrlich erleichtert über deinen Sinneswandel«, fuhr der König fort. »Aber wirst du dich tatsächlich zügeln?« Mit seinen Augen musterte er mich intensiv.

»Das werde ich.«

Kopfschüttelnd breitete er die Arme aus. »Du solltest noch einige Tage darüber nachdenken.« Er drehte sich um und entfernte sich.

Unsicher tastete ich nach dem Gitter, dessen Entfernung ohne mein zweites Auge schwierig einzuschätzen war, und schlang die Finger um die Stäbe. »Bitte«, flehte ich und sah dabei Jaden an, der widerwillig seinem Vater folgte. »Lasst mich nicht hier zurück. Ich verspreche es.« Mit jedem Wort, das ich aussprach, kam ich mir schmutziger vor.

Doch der König kehrte nicht zurück.

Jaden besuchte mich jeden Tag im Kerker, doch je länger ich hier unten war, desto qualvoller schien der Besuch für ihn zu sein. Mit jedem Tag erdrückte mich die Kälte und Dunkelheit mehr, und mit jedem Besuch wünschte ich mir mehr, Jadens Qualen lindern zu können.

Wenn er sich mir öffnete, erkannte ich, wer er wirklich war. Nur ein Junge, der in eine Rolle gezwängt worden war, die er nicht wollte.

Während ich in der Zelle saß, auf den staubigen Boden starrte und an ihn dachte, wurde mir klar: Es gab viel mehr in ihm. Etwas Gutes. Etwas Zerbrochenes. Einen Teil, der Ardra liebte.

Als ich drei Tage nach meiner Entschuldigung in meine Gemächer zurückgebracht wurde, legte ich mich als Erstes ins Bett und vermied es, Richtung Spiegel zu sehen. Ich war nicht bereit, mein Gesicht zu sehen. Den Verband und das … was fehlte. Die Eisenmänner hatten mir ein Auge entnommen und sosehr ich auf meine Selbstheilungskräfte hoffte – das Auge würde nicht ohne Weiteres nachwachsen. Das spürte ich.

Mit geschlossenem Auge wickelte ich mich fester in die Decke, gab mich der Erschöpfung hin und versank in einem traumreichen Schlaf. Dort fand ich mich auf einer Wiese in Grünfrey wieder und starrte in den Himmel. Saki lag neben mir und nahm meine Hand. Die Berührung durchflutete mich mit einem Gefühl von Heimat.

Als ich erwachte, verschwand das Wohlgefühl und zurück blieb ein schlechtes Gewissen. Für Jaden hatte ich mich beim König entschuldigt und versprochen, gehorsam zu sein. Was würde Saki von mir denken, wenn er das wüsste?

So schräg es auch war, im Prinzen hatte ich einen Freund gefunden. Jemanden, der mich verstand.

Ein Klopfen ließ mich aufschrecken, ich richtete mich auf und starrte zur Tür. Erleichtert atmete ich aus, als nicht der König, sondern Jaden mit einem magischen Licht ins Zimmer trat.

Jadens Kiefer war angespannt und als sein Blick meinen traf, trat ein gequälter Ausdruck in seine Augen. Er gab sich keine Mühe, seine Gefühle vor mir zu verstecken.

Mit schnellen Schritten durchquerte er den Raum und blieb vor mir stehen. Das Licht wärmte meine Wangen und ich begrüßte den kurzen Anflug von Wohlgefühl. Jaden schüttelte leicht den Kopf.

»Dein Verband!«, sagte er in einem tadelnden Ton. »Setz dich!«, forderte er mich auf und zeigte auf einen der Sessel.

Schweigend gehorchte ich und ließ ihn dabei nicht aus dem Auge. Er ging zu meinem Nachttischschränkchen und holte einen frischen Verband und einige Salben heraus. Natürlich gehörte dies zur Grundausstattung eines Zimmers, in dem ein Goldkind einquartiert war. Vorsichtig legte er mir Tiegel mitsamt Stoffbahnen in den Schoß und wickelte mir den Verband vom Kopf. An einigen Stellen klebte er an meiner Haut. Die Wunde pochte, aber es war nicht das gewohnte Kribbeln, das die Heilung andeutete. Es war anders. Mein Körper hatte genug. Genau wie ich.

Jaden sog scharf die Luft ein, als er die Höhle erblickte, in der sich früher mein rechtes Auge befunden hatte. Schmerz und Wut loderten in seinem Gesicht auf und er trug vorsichtig eine Salbe auf. Dann legte er einen neuen Verband an. Als er fertig war, stand er auf und flüsterte: »Es tut mir so leid.«

Erschöpft sah ich zu ihm empor und schüttelte leicht den Kopf. Ich konnte ihm nicht die Schuld an der Ernte geben. Nicht mehr. »Du kannst nichts dafür«, sagte ich und meinte es so. Dafür erinnerte er mich zu sehr an mich selbst. Er war Teil der Ernte, weil seine Geburt es besiegelt hatte.

Kurz rieb er sich mit einer Hand über das Gesicht. Als er mich wieder ansah, war es, als würde ich ihn das erste Mal sehen. Den echten Jungen, den Jaden, der er wirklich war. Mit klarem Blick, die Augen nicht pechschwarz wie alles verschlingende Finsternis, sondern wie ein ausgebranntes Feuer, das langsam zu Asche zerfiel. Seine Stimme war rau: »Es ist für mich.«

Erst verstand ich nicht, was er damit meinte. Dann weitete sich mein linkes Auge, bevor meine Schultern zu beben begannen. »Das Auge ist für dich.«

Er nickte, unfähig zu sprechen.

»Wann setzen sie es dir ein?«, fragte ich und konnte mich nicht gegen die Übelkeit wehren, die in mir aufwallte.

»Morgen«, krächzte er und ließ sich vor mir im Schneidersitz auf den Boden sinken, den Blick zu mir erhoben. »Ich will es nicht«, sagte er leise. »Aber mein Vater meint, ich soll das erste erhalten. Es ist eine Premiere, es ist …« Seine Stimme versagte und er schluckte. »Es ist ein neuer Versuch.«

»Wie meinst du das?«, raunte ich. »Kann es schiefgehen?«

Er antwortete nicht, aber das musste er nicht.

»Der König nimmt sich das zweite, wenn ihr Erfolg habt?«, fragte ich.

Wieder nickte Jaden. In seinen Augen kämpften Scham, Schmerz und Wut miteinander. Er streckte die Hand aus und packte meinen Knöchel. Eine Weile strich er mir mit den Fingern über die Haut. Es war die erste Berührung, das erste Mal seit Monaten, dass mir jemand körperliche Nähe schenkte.

Ein Kloß bildete sich in meinem Hals, trotzdem konnte ich nicht anders, als es zu genießen. Waren wir uns emotional schon so nah? Das Mädchen mit der Magie und der Junge, der sie sich einverleibte?

»Danke«, flüsterte er.

»Wofür?«

»Dass du dich bei meinem Vater entschuldigt hast.«

Ich senkte den Blick und kämpfte gegen die Schuldgefühle an. »Dich so zu sehen …«, stotterte ich und dachte an Ardra. An Jadens Gefühle für sie und seinen Schmerz. »Es gibt jemanden, dem mein Herz gehört. Daher kann ich dich verstehen.« Die Worte kamen über meine Lippen, bevor ich sie aufhalten konnte.

»Ist er umgekommen? Bei dem Überfall?« Jadens Stimme bebte.

Mein Blick verlor sich in der Ferne, während meine Gedanken an einen Tag zurückkehrten, den ich gern aus meinem Gedächtnis streichen würde. »Ich weiß es nicht. Er war bei mir, als die Flut kam. Aber ich spüre, dass er da draußen irgendwo ist.«

»Wie war er?«

Sein tiefes Lachen dröhnte in meinen Ohren, begleitet von der Erinnerung an warme Sonnenstrahlen auf meiner Haut. »Fröhlich und gutherzig.« Ich stockte. »Saki liebt Geschichten.«

»Saki«, wiederholte Jaden. »Ein ungewöhnlicher Name.«

Tränen stiegen in mir auf und ich blinzelte erfolglos dagegen an. Sie bahnten sich einen Weg über meine Wange und hinterließen eine kalte Spur auf meiner linken Gesichtshälfte. »Ein außergewöhnlicher Junge.« Ich schluchzte und vergrub das Gesicht in den Händen.

Jadens Kleidung raschelte. Fahrig wischte ich mir über das Auge und sah zu ihm, wie er im Zimmer auf und ab schritt.

Nach einer Weile stoppte er und wandte sich mir zu. »Ich will, dass du fliehst«, sagte er nach einer gefühlten Ewigkeit, doch mit so viel Nachdruck in der Stimme, dass mein Herz einen Schlag aussetzte. »Das bin ich euch schuldig. Dir, Ardra und allen Goldkindern.«

Ein bitteres Lachen entschlüpfte meiner Kehle. »Wie stellst du dir das vor? Dass ich hier rausspaziere und einer fremden Stadt und einem fremden Land entkomme, ohne dass jemand mich an meinem Auge als ein verdammtes Goldkind erkennt!« Mein Ton war schärfer als beabsichtigt.

Jaden mahlte mit den Kiefern, hielt meinem Blick jedoch stand. »Wir finden einen Weg. Ich werde dir helfen.«

11.

Saki

Die große Weite

Seit mich Arnen zu Sendra geführt hatte, verbrachte ich dort die Hälfte meines Tages. In der ersten Stunde hatte sie in die Hände geklatscht und mich mit ihrem leeren Blick angestarrt.

»Lass uns mit der Aussprache beginnen«, hatte sie gesagt und eine Hand an ihren Kehlkopf gelegt. »Die Stimme der Eisenmänner liegt tiefer. Betone das T stärker. Zudem wird das R leicht gerollt und das H mehr gehaucht.« Sie führte mir die Laute vor und ließ sie mich nachahmen. Als sie langsam zufrieden nickte, schmerzte mein Hals und ich hustete. »Es ist ungewohnt«, bestätigte sie. »Sprich von nun an in diesem Dialekt. Jeden Tag. Deine Stimmbänder müssen sich daran gewöhnen. Es muss dir leichtfallen, als würdest du schon dein ganzes Leben so sprechen.«

»Verstanden«, antwortete ich und erntete einen Klaps auf den Oberarm. Verblüfft starrte ich sie an. Woher wusste sie, wo mein Arm lag?

»Immer«, tadelte sie mich.

»Verstanden«, versuchte ich es erneut, rollte das R und betonte das T. Sie nickte und erhob sich.

»Ich bin müde«, sagte Sendra an diesem Tag und an den vielen danach, um den Unterricht zu beenden. Auf diese Worte hin verabschiedete ich mich immer, achtete von da an auf die neue Betonung und trat zum frühen Abend aus ihrer Höhle.

Nach dem Aufstehen trainierte ich jeden Tag mit Arnen, kochte mit Sendra Gerichte, die in der Eisendynastie üblich waren, aß mit ihr zu Mittag und lernte von ihr. Jeden Abend warf sie mich hinaus und ich schloss mich den Männern auf dem Trainingsplatz an, bis jede Faser meines Körpers erschöpft war.

»Das sind wichtige Grundlagen«, sagte Sendra. »Auf diesen fünf Wesen beruht unsere ganze Welt. Sie haben Odre erschaffen und alle Lebewesen, die darin existieren.«

»Aber wie bringt mich das Kindra näher?«, fragte ich. Die Zeit lief unaufhaltsam weiter, während ich über Drachen nachdachte.

»Wenn du die Eisendynastie kennst, kannst du Kindra suchen. Die Länder haben sich auseinandergelebt. Über Jahrhunderte hinweg entwickelten sich verschiedene Werte in den Völkern. Wenn du dich nicht darauf einlässt, wird es nicht lange dauern, bis du als Gezeitenkind enttarnt wirst.«

Ich ließ den Kopf hängen und brummte zustimmend. »Dann lass uns richtig anfangen. Mir ist klar, dass es die Drachen gab. Lehre mich etwas, was ich auch wirklich einsetzen kann!«

»Du hast es also verstanden?« Sie legte ihren Kopf schräg und grinste. »Gold«, sagte sie zum vermutlich hundertsten Mal.

»Sonne. Heilung und Kraft. Der *Immerwährende Sommer*. Die grünen Hügel und die Wüste«, leierte ich mein Wissen herunter.

Sendra nickte. »Rot.«

»Erde. Innerer Frieden. *Beständiger Herbst*. Die Waldlande.« Ich seufzte. »Sendra.«

Sie hob den Finger und fuhr fort. »Grün.«

Mit geschlossenen Augen legte ich den Kopf in den Nacken. »Luft. Hoffnung und Leben. Der *Keimende Frühling*. Die Tiefebene.«

»Weiß.«

»Eis. Mutig und selbstlos. Der *Tiefe Winter*. Die Hochebene.«

»Gut.« Sie klatschte in die Hände. »Und der Letzte.«

»Blau, dann Schwarz. Missgunst und Gier. Der *Ewige Regen*. Das steinerne Tal, dann die Eisendynastie«, brummte ich und verschränkte die Arme. »Sind wir damit endlich fertig?«

Mit einem schelmischen Lächeln auf den Lippen legte sie den Kopf schräg. »Ein letztes noch. Der Grund der Spaltung?«

Ich rollte mit den Augen. Froh, dass sie es nicht sehen konnte. »Der Neid des Regendrachen.«

»Aber wie sehen es die Eisenmänner?«, fragte sie, verschränkte die Finger und hob sie ans Kinn. Diese Frage war neu.

»Na ja, sie sind wütend über den Verstoß.«

Langsam schüttelte sie den Kopf. »Denk nach.«

Seufzend rieb ich mir über die Augen. Die Tränen des Regendrachen formten den Hayes. War er traurig? »Er war einsam«, begriff ich und Sendra nickte. »Er fühlte sich verraten und im Stich gelassen.«

»Ja.«

»Aber damit liegen die Eisenmänner falsch«, protestierte ich.

Sendra zuckte mit den Schultern. »Das Gefühl bestimmt, was wir als Recht und Unrecht empfinden.«

»Woher weißt du das alles?« Die Frage stellte ich nicht zum ersten Mal. Aufmerksam musterte ich ihre Körpersprache, während sie schwieg. Nichts veränderte sich.

»Ich habe so viel gesehen, Saki. Und als ich meine Augen verlor, noch mehr gehört.«

Wieder rollte ich mit den Augen. »Wie oft willst du das noch sagen?«

»Wie oft willst du noch danach fragen?«

Schnaubend verschränkte ich die Arme und lehnte mich zurück.

»Du willst also etwas Nützliches lernen?«, fragte sie nach einer Pause.

»Ja.« Ich richtete mich auf.

»Dann hoffe ich, du hast mir zugehört. Denn alles, was ich dir beibringe, ist wichtig, Saki.« Sie wedelte mit der Hand. »Komm morgen wieder.«

Mit offenem Mund starrte ich sie an, doch es war sinnlos, zu protestieren. Da keine Zeit ungenutzt bleiben durfte, ging ich zum Trainingsplatz und schloss mich den Übungen und Kämpfen der Krieger an. Meine Arme und Schultern waren in den letzten Wochen muskulös geworden. Ich sah nicht mehr aus wie ein Bauernjunge, sondern hatte mich verändert.

Auch meine Stimmbänder gewöhnten sich an die neue Beanspruchung. Sendra verbesserte mich seltener und lobte meinen Fortschritt. Sie brachte mir in ihrem Unterricht die Geschichte der Blutlinie bei, die jedes Kind in der Eisendynastie lernte. Die Namen und Geschichten der wichtigsten Könige, wie Odin Eisenblut, der das erste Blut der Goldkinder trank und damit zum ersten Goldmagier wurde. Er gründete die Ernte und legte den Grundstein für den Kampf gegen das Gezeitenreich. Oder Umbret Eisenblut, der mit seinen eigenen Händen hundert Goldkinder gefangen und geerntet haben soll. Zuletzt Roufen Eisenblut, der amtierende König. Der den Fokus nicht auf die Magie, sondern seine Kraft lenkte.

Sein Sohn, Jaden, wurde zum Goldmagier ausgebildet, obwohl er keine zwanzig Jahre zählte. Ihn hasste ich am meisten. Er befehligte die Goldmagier, die Grünfrey zerstört hatten.

In wenigen Wochen erlernte ich Wissen, das den Kindern in der Eisendynastie über Jahre hinweg beigebracht wurde. Über die Geografie und Beschaffenheit des Landes, die Namen der Flüsse und Täler. Den Ablauf der Jahreszeiten und wie die Menschen sie nutzten. In Grünfrey bauten wir immer an. Die Sonne war warm und beständig. Doch in der Eisendynastie bereiteten sich die Menschen auf den Winter vor. Sie säten und ernteten von Frühling bis Herbst und konservierten das Essen mit Techniken, die mir bisher unbekannt waren.

Sendra lehrte mich zudem, wie die Eisenmänner das Gezeitenreich sahen. Für sie waren wir hochnäsig und verdorben. Sie fühlten sich bedroht und glaubten, dass wir uns als rechtmäßige Besitzer von Odre ansahen und ihnen ihr Reich wegnehmen wollten.

Der Eisendrache fiel durch Eifersucht und Missgunst. Sein Land lebt in dem Glauben, dass unsere Drachen und Völker die Eisendynastie zerstören wollten. Doch was tat das Gezeitenreich? Nichts.

Die Eisenmänner nahmen unsere Goldkinder und schlachteten sie aus. Sie waren grausam und vernichteten ein Dorf in wenigen Augenblicken. Egal wie viel ich über sie lernte, in mir erwachte keine Sympathie für dieses Volk.

Auch nach mehreren Wochen erinnerte mich Sendra zu Beginn jeder Unterrichtseinheit an die Werte, denen die Eisenmänner folgten. Loyalität und Gemeinschaft. Etwas, das für mich nicht zu ihnen passte.

Ich biss die Zähne zusammen und zischte: »So verblendet kann niemand sein, Sendra! Sie reden über Rache und schwören auf Solidarität?«

Doch Sendra schüttelte nur traurig den Kopf. »Hass macht die Menschen krank.« Sie wandte das Gesicht zur Seite, als würde sie sich im Raum umsehen. »Die größte Lüge umspinnt Jolenna. Hüte dich davor, diesen Namen auszusprechen. Nur die Eisenmänner kennen die volle Geschichte. Ich habe zu viele verschiedene Versionen gehört und unsere Spione, die danach gefragt haben, wurden argwöhnisch beäugt oder als Verräter enttarnt. Es ist zu riskant, dass du Halbwahrheiten von mir erfährst. Verhalte dich immer so, als wüsstest du, wovon geredet wird!«

Bevor ich sie weiter danach fragen konnte, stürmte Arnen herein. »Gute Neuigkeiten, Saki!«

»Setz dich, Arnen«, befahl ihm Sendra und deutete auf eine Bank an der Wand.

Arnen nahm Platz und stützte die Ellbogen auf die Knie. Sein Gesicht war rot und Schweißperlen bildeten sich auf seiner Stirn. »Ein Späher kam eben zurück«, sagte er.

Meine Hände zitterten und ich verschränkte die Arme, um sie zu bändigen. Mein Herz schlug schneller. Die letzten Wochen hatte ich für meine bevorstehende Mission gelernt und trainiert. Immer mit dem Ziel vor Augen, Kindra zu finden.

»Die Auswahl, sie beginnt.«

Hektisch sprang ich auf. Es war, als würde meine Ungeduld von mir Besitz ergreifen. »Wann?«, fragte ich.

»In ein paar Wochen.«

Mein Blick richtete sich auf Sendra, die für meine Ausbildung zuständig war. In ihrer Hand lag die Entscheidung, ob mein theoretisches Wissen ausreichte, dass ich einen Bauernjungen der Eisendynastie überzeugend spielen konnte. Würden sie mich ziehen lassen?

»Das geht schnell«, warf sie ein.

»Es kam sehr plötzlich. Wir befürchten, dass sich der König auf etwas vorbereitet, von dem wir noch nichts wissen.«

Ich ging ein paar Schritte auf und ab. Der König weitete sein Heer aus, suchte früher als erwartet weitere Jungen, die im Heer trainieren sollten. »Was heißt das genau?«, fragte ich in den Raum. »Was heißt das für mich?«

Einen Moment richtete sich Sendra an Arnen und zwischen ihnen schwebte ein stummes Gespräch. In Arnens Augen lag unverkennbar die Frage, ob ich als Spion taugte.

»Beruhig dich, mein Kind.« Sendra seufzte und wedelte mit der Hand in meine Richtung. »Du bist bereit.«

Mein Herz setzte einen Schlag aus, ehe es kräftiger und schneller in meiner Brust pumpte. Die Erleichterung durchflutete mich wie warmes Sonnenlicht. »Wann geht es los?«

»Bald«, antwortete Arnen. »Du musst in drei Tagen aufbrechen, damit du rechtzeitig in Impen ankommst.«

»Impen?«, wiederholte Sendra mit ihrer gewohnten Lehrerstimme.

Ich räusperte mich. »Impen liegt in der Nähe von Zumm am alten Tal. Es ist eines der Dörfer, die vollständig aus Verbündeten der Hüter bestehen.«

Sendras Lächeln erfüllte den Raum, als sie bestätigend nickte. Eine Geste, die meine Zukunft besiegelte. »Sei wachsam, sei bedacht.«

»Das werde ich.« Ihre Haut war warm, als ich ihre Hand ergriff und leicht drückte.

»Genug für heute.« Sie wedelte mit ihrer freien Hand zum Ausgang und beendete damit unseren Unterricht. Arnen und ich durchquerten den Raum, doch bevor wir die Höhle verließen, räusperte sich Sendra.

Ich blieb stehen und wartete auf ihre lehrreichen Worte.

»Werde der beste Eisenmann, der du sein kannst.«

12.

Kindra

Ein Ausweg

»Halt still«, sagte Jaden und reichte mir den Verband, den er von meinem Kopf löste. Der Stoff war grau und schmutzig, die Ränder ausgefranst und lose Fäden standen hier und da ab. »Wie bekommst du den immer so dreckig?«, tadelte er mich und sah mir ins Gesicht. »Du darfst ihn nicht die ganze Zeit anfassen.«

Über seinem rechten Auge lag ebenfalls ein Verband, der sein neues Auge verdeckte – mein Auge. Der Stoff leuchtete mir strahlend weiß entgegen. Als ich den Prinzen das erste Mal nach seinem Eingriff gesehen hatte, wollte ich ihn hassen. Für die Ernte und dafür, dass die Gier der Eisenmänner so weit reichte, mir ein Auge zu nehmen.

Aber so klar wie Schwarz und Weiß waren meine Gefühle nicht zu trennen. In den letzten Monaten hatte ich alle Facetten von Jaden kennengelernt und das machte den Wirbel aus Emotionen in mir mindestens genauso komplex.

Jadens Mimik wurde weicher, als er merkte, wohin ich starrte. Er nahm mein Gesicht in seine Hände und kräuselte die Stirn. »Ich wollte das nicht«, flüsterte er.

»Ich weiß«, antwortete ich und konnte meinen Blick nicht von ihm abwenden. Mein Auge war nicht nachgewachsen, aber meine Augenhöhle war fast verheilt, was bedeutete, dass wir nicht mehr viel Zeit hatten, um meine Flucht zu planen. Sobald ich regeneriert war, wollte der Medi weitere Tests durchführen und den nächsten Eingriff vorbereiten. Solange das nicht der Fall war, konzentrierte er sich auf die Untersuchungen, warum meine Magie geschwächt war.

Doch wie lange konnten wir es hinauszögern? Bald würde der Medi mir mein zweites Auge nehmen.

Ich senkte den Blick und kämpfte gegen die Panik an, die jedes Mal in mir aufflammte, sobald ich daran dachte.

Der Prinz hob meinen Kopf an und schmierte eine Salbe auf meine Wunde. Sein Vater und der Medi waren der Meinung, Jaden kümmere sich um meine schnellere Genesung. Doch die Salbe enthielt Säure, die er sich heimlich besorgt und untergemischt hatte. Sie verlangsamte den Heilungsprozess. Wir erhofften uns mehr Zeit zu gewinnen, bis der nächste Eingriff stattfinden würde. Doch langsam erholte sich die Haut in meiner Augenhöhle und der Heilungsprozess kündigte sich zeitweise an.

Seufzend sackte ich im Sessel zusammen und verlor den Kampf in meinem Innern. Wofür zögerten wir es hinaus? Mein Schicksal war unausweichlich. Sie würden mein Augenlicht rauben und mir die Möglichkeit nehmen, jemals wieder Sakis Lächeln zu sehen oder in seine blauen Augen einzutauchen.

Jaden fing meinen Blick auf. Ich konnte nicht anders, als den Verband anzustarren. Wann würde er ihn abnehmen und mich mit meinem Auge anblicken? *Werde ich es noch sehen können oder bin ich dann bereits blind?*

»Tut es weh?«, fragte ich Jaden, der daraufhin innehielt und sich an den Verband fasste.

»Ein bisschen.« Seine dunkle Pupille fand meine und er verzog bitter den Mund. »Aber vermutlich kein Vergleich zu deinen Schmerzen.«

Ich zuckte mit den Schultern. Die Säure brannte und immer wieder riss die Haut auf. Der Medi stellte eine Theorie zu dem ungewöhnlich langsamen Heilungsprozess auf. Er glaubte, dass mein Körper schwer heilen könne, da er versuche, das Auge wiederherzustellen. Doch das war Blödsinn. Hier handelte es sich nicht um eine einfache Verletzung, sie hatten mir etwas herausgeschnitten. Außerdem hatte nach Jadens Erzählungen keins der anderen Goldkinder seine Augen zurückerlangt.

Anders als alle Eingriffe vor mir, war meiner der erste erfolgreiche dieser Art gewesen. Der Medi sah in mir etwas Besonderes. Vermutlich hatte er Angst, er könnte mein zweites Auge beschädigen, wenn er voreilig handelte.

Jaden nahm einen frischen Verband und wickelte ihn mir um den Kopf. »Fertig«, sagte er und trat einen Schritt zurück.

»Wie oft habt ihr das schon versucht?«, fragte ich ihn und zeigte auf mein Auge und dann auf seins.

Er verstand, drehte sich um und seufzte. »Hunderte Male«, antwortete er und ich schloss für einigen Moment das Auge. »Mit allen Goldkindern hier im Palast und schon etlichen davor.«

Kopfschüttelnd schlang ich die Arme um die Körpermitte. Übelkeit regte sich in mir. »Ardra«, flüsterte ich. »Ekelhaft.«

Jaden setzte sich neben mich aufs Bett und die Matratze bog sich zu ihm. »Meine Mutter wollte das erste Auge«, sagte er leise. »Sie starb bei dem Eingriff.«

Ich wandte mich ihm zu und starrte ihn an. Mein Mund öffnete sich einen Spalt, doch kein Ton fand den Weg hinaus.

Jadens Kopf war auf die Tür gerichtet. »Mutter war besessen von der Ernte und sie hasste die Vorsicht, mit der mein Vater vorging. Obwohl sie nicht zu unserer Blutlinie gehörte, überzeugte sie meinen Vater, dem Eingriff zuzustimmen. Ihr Tod traf ihn hart. Danach testete der Medi die Transplantation bei unzähligen Wachen und Gefangenen. Bis ein Eingriff beinahe erfolgreich war. Dass mein Vater es aber so schnell an mir versucht …«

»Er hat dein Leben aufs Spiel gesetzt«, raunte ich.

»Unsere Blutlinie ist stärker«, verteidigte ihn Jaden.

»Blödsinn.«

Jadens Kiefermuskeln arbeiteten. Sein Gesicht zeigte mir, dass er kurz davor war, wieder seine Maske aufzusetzen und aus dem Zimmer zu verschwinden. Stattdessen schloss er das Auge und atmete tief durch. »Glaubst du, es wird es verändern? Meine Art zu sehen?«, fragte er und lenkte damit das Thema in eine Richtung, worüber ich mir nie Gedanken gemacht hatte. Es erinnerte mich daran, dass ich ein Sonderling war.

»Woher soll ich das wissen?«, antwortete ich. »Ich habe die Welt noch nie mit Menschenaugen gesehen. Woher soll ich wissen, ob es anders ist?«

Langsam nickte er und wandte sein Gesicht wieder meinem zu. »Du hast recht. Tut mir leid.«

Ich zog eine Augenbraue hoch und erntete einen stechenden Schmerz in meiner Augenhöhle. Trotzdem musterte ich ihn schmunzelnd. »Bist du krank?«, fragte ich und legte meine Hand auf seine Stirn.

Ein tiefes Lachen dröhnte aus Jadens Kehle und er schüttelte mich ab. »Die letzten Tage habe ich viel nachgedacht«, sagte er. »Darüber, wie du fliehen kannst.«

Meine Mundwinkel sanken langsam herab, als ich die Sorgenfalten auf seiner Stirn sah. »Es ist unmöglich«, flüsterte ich. Meine Brust schnürte sich zusammen und meine Arme wurden schwer.

»Nein«, sagte Jaden und starrte mich an. »Aber es wird riskant.« Er zog die Beine hoch und setzte sich im Schneidersitz auf mein Bett. Sein Körper war mir zugewandt und er stützte die Hände auf die Matratze. »Vielleicht ergibt sich bald eine Gelegenheit.«

Ich griff nach seinen Händen und die Panik wich aus meinen Gliedern, machte einem kleinen Hoffnungsschimmer Platz. »Das ist doch gut.«

Brummend legte er den Kopf in den Nacken und sah zur Decke. »Aber ich arbeite noch an einem Plan. Mir ist bewusst geworden, dass ich viel mehr erreichen kann als nur deine Flucht.« Als er den Blick senkte und mich betrachtete, stand Entschlossenheit in seinem Auge. »Ich will mehr, Kindra.«

»Mehr wovon?«

»Gerechtigkeit«, hauchte er. »Einen Grundstein für eine friedliche Herrschaft.«

»Du willst die Ernte abschaffen?«, fragte ich und mir stockte der Atem.

Langsam nickte er. »Die Qualen, die Gier – es reicht. Ich habe zu viele Goldkinder leiden sehen und es ist Zeit für eine neue Ära. Aber es wird nicht einfach.« Während er aufstand, rieb er sich über das Gesicht und verschob seinen Verband ein kleines Stück. »Mir fehlt ein Netzwerk, Verbündete, die mich unterstützen. Ich muss wissen, wie das Volk denkt, welche Nöte herrschen und wie ich die Menschen für mich gewinnen kann.« Unruhig ging er einige Schritte auf und ab, bevor er stehen blieb und resolut die Hände in die Hüften stemmte. »Die Eisendynastie kann auch ohne die Magieernte existieren.«

»Was ist mit den Goldmagiern? Du hattest gesagt, dass sie dem Volk helfen. Werden sie ohne die Ernte schwächer?«

»Es dauert vermutlich einige Monate, aber dann wird die Magie verblassen. Die Goldmagier genießen großes Ansehen und das Volk wird Angst haben, sie zu verlieren. Aber die Zeiten wandeln sich. Mein Vater hält die Goldmagier nah bei sich. Viele vergnügen sich lieber am Hof, anstatt in die Dörfer zu ziehen und das Volk zu unterstützen. Vielleicht kann ich meinem Land zeigen, dass wir auch ohne sie stark sind.«

Ich rieb mir mit den Händen übers Gesicht. Der Verband kratzte rau an meiner Haut. Die Informationen wirbelten durch meinen Kopf und machten mich benommen. Mein Blick wanderte über den jungen Mann, der vor meinem Bett stand und sich die Haare raufte. Jaden wollte wirklich etwas verändern?

»Klingt es verrückt?«, fragte er und ein Lächeln umspielte seine Lippen.

»Du willst dich gegen deinen Vater stellen.«

Er nickte.

»Du willst eine Tradition abschaffen, die seit Jahrhunderten existiert, und einen neuen Weg einschlagen.«

Das Lächeln auf seinem Gesicht wurde breiter. Er wirkte jünger, voller Leben und begeistert, wie ich ihn nie zuvor gesehen hatte.

»Du bist verrückt.« Sein Grinsen steckte mich an und das erste Mal seit meiner Ankunft im Palast lachte ich. Es löste den Knoten in meiner Brust und nahm die Anspannung von meinen Schultern. So gut hatte ich mich lange nicht gefühlt.

»Danke«, flüsterte ich. »Dass du es versuchst.«

Eine ernste Miene legte sich auf sein Gesicht und er setzte sich neben mich auf die Matratze. »Das werde ich. Deshalb ist deine Flucht umso wichtiger. Die Männer, die ich mit dir schicke, stehen auf meiner Seite. Die Fluchtroute wird euch im Westen der Eisendynastie in Schlangenlinien Richtung Norden führen. So werdet ihr alle Dörfer umgehen, in denen sich ausgesandte Goldmagier aufhalten.«

Er stockte, rieb sich über den Nacken. »Ihr werdet meinen Informanten Yars aufsuchen, der zwischen Ellenriet und Kombun hin und her reist und dort Handel betreibt. Yars kennt das Land und seine Menschen. Er wird sicher auch dir helfen können.«

Mein Puls raste. »Wird er mir sagen, wie ich die Grenze überschreite?«

Jaden nickte vorsichtig. »Ich habe noch nie gehört, dass jemand ohne die Goldmagier das Land verlassen konnte. Aber wenn dir einer helfen kann, dann er.«

Außer durch den Schwarzen Markt, dachte ich bitter. Von dort über eine Brücke wurde ich zum Palast gebracht. Aber das war kein Ort, den ich problemlos durchqueren konnte. War Yars die Lösung, um die Eisendynastie hinter mir zu lassen? Meine Finger kribbelten bei jedem Atemzug mehr und still zu sitzen glich einer Qual. Alles in mir baute auf diesen Mann.

»Und wie gelangen wir aus dem Palast?«

»Daran arbeite ich noch.« Jadens Mimik verfinsterte sich. »Wir werden eine Ablenkung benötigen. Weitere Hilfe im Palast. Es gibt Männer, die mich unterstützen wollen, aber wenn der Fluchtversuch auffliegt, werden Menschen sterben.«

Schweigend setzte ich mich zurück und schluckte die Schwere hinunter, die Jadens Worte in mir auslöste. Ich wollte nicht, dass jemand mit hineingezogen wurde. Aber ebenso wenig wolle ich länger hier sein. »Es muss gehen«, sagte ich und klammerte mich an die Hoffnung, diesem Palast zu entkommen. Jeder Schritt in meine Freiheit brachte mich Saki näher. »Wer wird uns helfen?«

»Geran«, antwortete Jaden und warf einen Blick zur Tür. Ein Bild flackerte vor meinem inneren Auge auf: Geran, der mir in der Zelle einen Hinweis auf Ardra gab. Hatte er gewusst, dass zwischen Jaden und mir eine Freundschaft entstehen konnte?

Seit dem ersten Tag war Geran speziell für mich abkommandiert worden. Damals hatten die Wachen für mich alle gleich ausgesehen, doch jetzt kannte ich ihre Gesichter und Namen. Geran war mir am sympathischsten. Wenn er grinste, verlieh ihm die Narbe auf seinen Lippen etwas Besonderes.

»Bald werden neue Wachen rekrutiert«, fuhr Jaden fort. »Dazu wird ein Großteil der Palastwache in die äußeren Provinzen aufbrechen.«

»Wird Geran den Palast verlassen?«, fragte ich und Jaden zuckte mit den Schultern.

»Wir wissen nicht, wie es am sinnvollsten ist: Ob er sich für die Rekrutierung des Volkes melden soll und wir versuchen, dich mit ihm hinauszuschmuggeln, oder ob wir eine der vielen Zeremonien nutzen, die zur Feier der ausziehenden Wachen oder zurückkehrenden Jungen gefeiert werden. Wir könnten dich im Trubel heimlich aus dem Palast bringen.«

Ich verschränkte die Finger. »Im Chaos könnten wir vermutlich besser untertauchen. Aber wir wären nah am Palast und müssten uns von dort durchkämpfen.«

Jaden nickte und sein Blick verlor sich in der Ferne. Während er auf seiner Unterlippe kaute, konnte ich förmlich sehen, wie es hinter seiner Stirn arbeitete.

»Doch wie soll mich Geran durch eine Zeremonie bringen, ohne dass ich auffalle?«

Jaden sackte tiefer in sich zusammen und ich legte ihm eine Hand auf den Oberarm. Die Geste schien ihm neuen Mut zu geben, er straffte entschlossen die Schultern und der Kampfgeist erwachte in seinem Auge. »Keine Ahnung. Aber ich werde es herausfinden.«

Ein Klopfen an der Tür ließ uns zusammenzucken. Eilig sprang Jaden vom Bett und brachte mit schnellen Schritten Distanz zwischen uns. »Bitte?«, sagte er dann.

Die Tür öffnete sich und Geran steckte den Kopf in das Zimmer. »Euer Vater möchte Euch sprechen, mein Prinz.«

»Ich komme«, antwortete Jaden und schritt zur Tür. »Wir sehen uns später«, sagte er an mich gewandt und ging hinaus.

Sobald er fort war, ließ ich mich in die Kissen fallen und starrte zur Decke. Während ich die Ornamente betrachtete, schweiften meine Gedanken zu Saki. Meine Brust zog sich schmerzhaft zusammen, wie jedes Mal, wenn die Angst erwachte, dass er nicht überlebt haben könnte. Ich schloss das Auge und sah ihn vor mir auf dem Bergpfad. *Bitte sei durch den Tunnel gegangen und in Sicherheit*, dachte ich.

Sachte strich ich mit dem Finger über meine Lippen. Saki. Wenn ich ihn wenigstens ein Mal geküsst hätte, dann wüsste ich, wie er sich anfühlte. Wie er schmeckte.

Früher hatte mich die Angst zurückgehalten. Jetzt war es zu spät.

Was würde er dazu sagen, dass der Prinz der Eisendynastie meine Flucht plante? Mit einem kleinen Lächeln im Mundwinkel schüttelte ich den Kopf. Das war so absurd.

Erschöpfung zerrte an mir und zog mich in einen unruhigen Traum, in dem ich mit Geran vergeblich versuchte, den Klauen des Königs zu entkommen.

Mit einem Ruck setzte ich mich auf, schüttelte mühsam die Bilder in meinem Kopf ab, die sich wie Gift einnisteten.

Es war nur ein Traum.

Ich zog die Beine an die Brust und legte die Stirn auf die Knie. Wie sollten sie mich durch eine Zeremonie schleusen oder durch die Hauptstadt? Meine Existenz, das goldene Auge konnten sie nicht verbergen. Als Goldkind würde ich überall auffallen.

Die übliche Panik griff nach mir, legte sich um meine Brust und erschwerte mir das Atmen. Keuchend und zitternd kniff ich das Auge zusammen. »Saki«, flüsterte ich und meine Stimme brach. Der Name schmeckte vertraut auf meiner Zunge, nach einem Zuhause, das in ungreifbarer Nähe lag.

Es war spät, als meine Tür leise klickte. Das Geräusch ließ mich aufhorchen, auch wenn ich bereits ahnte, wer in mein Zimmer schlich. Um diese Uhrzeit konnte es nur Jaden sein. Trotzdem drückte ich mich tiefer ins Kissen. Zu schwer lagen die Gedanken auf mir. Ich drehte mich zur Tür und sah den Prinzen, der im dämmrigen Licht des Zimmers stand und zu mir herübersah. Das magische Licht in seiner Hand erleuchtete sein Auge, in dem ein unruhiger Ausdruck lag. »Wir haben fast keine Zeit mehr«, sagte er und mir wurde beim Klang seiner Stimme übel. »Mein Vater will nicht mehr warten. Das nächste Auge soll bald entnommen werden.«

Ich zog mir die Decke über den Kopf, als die Worte wie eine kalte Welle über mir hereinbrachen. Überwältigt von der Angst vor meiner Zukunft fiel mir das Atmen schwer. Noch mehr verlieren? Blind sein? Das ertrug ich nicht.

»Was machen wir jetzt?«, wimmerte ich und meine Stimme klang gedämpft durch den Stoff, unter dem ich mich versteckte.

Die Matratze bewegte sich und Jaden zog die Decke zurück. Die Luft fühlte sich kalt an auf meinen erhitzten Wangen. »In ein paar Tagen rückt die erste Wache aus. Dann müssen wir handeln.«

»Du hast es selbst gesagt. Du weißt nicht wie.«

Jaden stand auf und ging zur Tür. »Aber die Zeit drängt. Vielleicht habe ich da eine Idee … Sie ist riskant.« Stille legte sich über das Zimmer, als er verstummte. Das Funkeln in seinen Augen verhieß nicht Gutes, doch er schwieg und verschwand.

Die Tür schnappte hinter ihm ins Schloss und ich sprang auf. Eilig durchquerte ich das Zimmer und presste mein Ohr gegen das kühle Holz. Draußen hörte ich Gerans Stimme. Er sprach laut, doch trotzdem konnte ich die Worte nicht verstehen. Jaden schnitt ihm hart das Wort ab und nichts war mehr zu hören außer mein zu lauter Herzschlag. Welchen irrsinnigen Plan hatte er sich überstürzt ausgedacht? Schritte entfernten sich und ich lief vor der Tür auf und ab.

Zeit verstrich, während ich durch das Zimmer lief und wartete. Ich knetete meine Hände, bis sie schmerzten und ich die Finger ausschüttelte.

Erst nach einer gefühlten Ewigkeit öffnete sich die Tür und Jaden schlüpfte herein. Er kam zu mir und meinte: »Leider gibt es ein Problem.« Seine Weste war am Kragen zerrissen und ein Knopf fehlte. Über seinem Kinn zog sich ein Kratzer, an dessen unterem Ende sich ein Blutstropfen bildete.

»Was ist mit dir passiert?«, fragte ich. Aus dem Nachttisch holte ich das Verbandszeug hervor, doch Jaden schüttelte den Kopf.

Er setzte sich in einen der Sessel und fuhr mit den Fingern über den Stoff. »Mein Plan, ich dachte, dass Ardra …« Mit dem Handrücken rieb er sich über das Kinn und verteilte das Blut.

»Du warst bei ihr?«, brach es überrascht aus mir heraus und ich starrte ihn an. Sein Blick verlor sich in der Ferne, während er in Gedanken abschweifte. »Sie hat dich gekratzt«, stellte ich das Offensichtliche fest.

Einen Herzschlag lang brauchte er, um aus seiner Starre zu erwachen und mich anzusehen. Als er nickte, wirkte sein Gesicht gequält.

»Meine Stimme hat ausgereicht, um sie wütend zu machen. Sie sprang mich an, und als sie den Verband bemerkte, rastete sie aus. Sie wollte mir nicht zuhören, dabei brauchen wir sie für den Plan.« Seine Stimme brach und er räusperte sich, reckte das Kinn und versuchte vergeblich, mehr Fassung zu gewinnen. Dass ihm der Besuch bei Ardra alles abverlangt hatte, schrie jede Faser seines Körpers heraus. »Sie hat mir nicht geglaubt …«

»Was hat sie dir nicht geglaubt?«, fragte ich. Jadens Blick schweifte durch das Zimmer, ehe er mir antwortete.

»Ihr solltet beide ins Verlies gebracht werden.«

Mein Körper begann zu zittern und ich verschränkte die Arme, um sie zu bändigen. »Ich hasse das Verlies«, sagte ich kläglich.

»Das weiß ich«, antwortete er sanft und sein Blick ruhte auf mir. »In drei Tagen findet die erste Zeremonie statt. Geran, Joe, Morten und Hamm wollen mich unterstützen und dir bei der Flucht helfen. Sie sollten dich und Ardra während der Feierlichkeiten aus dem Verlies holen und austauschen. Ardra würde auf dein Zimmer gebracht werden, während sie dich an ihrer Stelle zur Isolationskammer führen.«

»Eine Isolationskammer?«, fragte ich und schluckte. Das hörte sich schrecklicher an als das Verlies.

»Dorthin werden die schweren Fälle gebracht und mit Rauch ruhiggestellt.«

Mein Nacken kribbelte und ich schüttelte mich. So genau wollte ich das gar nicht wissen. »Wie sollte mir das bei der Flucht helfen?«

»In der Nähe gibt es einen geheimen Tunnel, der in die Stadt führt. Geran und Hamm hätten dich hinausbringen können.«

Ich stand auf und ging einen Schritt auf Jaden zu. »Aber Ardra hat sich geweigert?«

»Sie ist so stur«, antwortete er und sein Kinn sackte ihm auf die Brust. »Die Idee ist nicht perfekt, aber sie könnte funktionieren. Es werden kaum Wachen unterwegs sein, da sie fast alle zur Zeremonie in den Hof kommandiert werden.«

»Und in der Stadt? Wie hattest du es dir gedacht, dass wir unbemerkt aus der Hauptstadt herauskommen?«

»Geran ist zuversichtlich – er will Proviant und eine Kutsche bereitstellen. Die Straßen werden fast leer sein, da alle dem Auszug der Wachen über die Hauptstraße zusehen. Nur die Händler gehen ihrer gewohnten Arbeit nach.« Jaden stand auf, stemmte die Hände in die Seiten und marschierte auf und ab. »Es würde klappen. Wenn Ardra nur …« Seine Zuversicht gab mir Hoffnung, dass der Plan funktionieren konnte. Ich ging zu ihm hinüber und hielt ihn an den Schultern fest.

»Ohne Ardra funktioniert es nicht?«

Jaden schüttelte den Kopf. »Wir brauchen sie. Wir müssen möglichst lang hinauszögern, dass dein Verschwinden bemerkt wird.« Er schloss sein Auge und senkte den Kopf. »Sie hasst uns Eisenmänner und wäre zu allem bereit, was uns schwächt. Aber sie glaubt mir nicht.«

Ich ließ meine Arme sinken und strich über seine Oberarme, ehe ich entschlossen nach seinen Händen griff. »Bring Ardra und mich ins Verlies. Vielleicht kann ich sie umstimmen.«

Einen Augenblick betrachtete er die Berührung, dann hob er den Kopf und sah mich an. »Das könnte klappen. Du bist ein Goldkind.«

»Was muss ich tun, damit du mich direkt in den Kerker steckst?«, fragte ich mit einem schalen Nachgeschmack auf der Zunge. Es war der Ort im Palast, den ich mehr als alles andere hasste. Doch vielleicht war er mein Weg in die Freiheit.

Jaden lächelte bitter. »Schlag mich.«

Auf seinem Gesicht mischte sich Entschlossenheit mit Wehmut. Er war bereit, sich seinem Vater entgegenzustellen und dafür sogar Schmerz in Kauf zu nehmen. Zögernd löste ich eine Hand von ihm und ballte sie zur Faust. Ich verharrte einen Augenblick und sah den Prinzen an. Ein trauriges Lächeln breitete sich auf seinen Lippen aus und bevor ich mich bewegte, zog er mich an sich. Seine Arme schloss er um mich und er hüllte mich in eine Umarmung, die sich richtig anfühlte, obwohl er mein Feind war. Der eiserne Prinz mit dem ausgebrannten Funkeln in dem Auge und dem Feuer in seinem Herz, das für eine neue Ära brannte. »Ich hoffe, du kannst sie umstimmen. Ich werde dich vermissen, Kindra«, flüsterte er, bevor er mich an den Schultern wieder von sich schob. »Vielleicht sehen wir uns eines Tages wieder.«

Ich lächelte matt und holte zu einem Schlag aus. »Aber nicht hier«, antwortete ich und verpasste dem Prinzen ein blaues Auge.

13.

SAKI

Ein Weg durch Impen

Schaukelnd zog die Landschaft der Eisendynastie an mir vorbei. Hügel, die nicht ganz so grün waren wie in meiner verlorenen Heimat, und Bäume, deren Äste sich teilweise kahl in den Himmel streckten. Das Land wirkte so trostlos, wie ich erwartet hatte.

Zwei dicke Ochsen zogen den Karren, auf dem ich mit Ruan saß. Es war eine entspannte Alternative, nachdem ich mit dem Späher zuerst tagelang zu Fuß durch den Schnee gestapft war. Ruan legte ein irrsinniges Tempo an den Tag und einige Male stieß ich an die Grenzen meiner Kraft. Doch jeder Schritt brachte mich näher zu Kindra und so schöpfte ich wieder neue Energie.

»Wir sind gleich da«, sagte Ruan. »Gehen wir es noch einmal durch.«

Ich nickte, griff in der Hosentasche nach dem Holzvogel und strich sacht mit dem Daumen darüber. »Vor drei Jahren kam ich mit meiner Mutter, Morey, nach Impen. Davor lebten wir in Junnem, einem kleinen Dorf im Süden. Seit ich denken kann, trainiere ich jeden Tag mit dem Schwert, da ich zur Palastwache will.«

Ruan nickte und kaute auf einem Grashalm, den er gepflückt hatte, bevor wir auf den Wagen gestiegen waren. »Wie hieß dein Vater?«

»Torme Derrk.«

»Und warum ist er nicht dabei?«

»Er starb durch einen Späher des Gezeitenreiches.«

»Willst du deshalb der Wache beitreten?«

»Ja.« Ich sah Ruan entschlossen in die grünen Augen.

Er nickte wieder. »Gut.«

»Gibt es Morey wirklich?«

»Sie kam vor drei Jahren in das Dorf. Alle werden behaupten, dass du schon immer dabei warst.«

»Warum kam sie nach Impen?«, fragte ich und zog die Beine an. Ich verschränkte sie zum Schneidersitz und starrte wieder hinaus auf die Landschaft. Sie war so anders als bei uns. Weniger ausgereift, was vermutlich an den Jahreszeiten lag, von denen mir Sendra erzählt hatte. Allen Pflanzen wurden nur Monate geschenkt, in denen sie blühen konnten. In Grünfrey wurden die Blätter von Jahr zu Jahr reifer. Das Gras wirkte jeden Tag grüner. Hier spürte ich förmlich die Kraft, die die Pflanzen jedes Jahr von Neuem aufbringen mussten, um im Frühling wieder zu gedeihen.

Jahreszeiten. Ich ließ das Wort auf der Zunge zergehen. Es waren nur Imitationen der Gebiete des Gezeitenreiches, mit dem sich der Eisendrache einen Spaß erlaubte.

»Morey stammt aus dem *Ewigen Regen*. Ihr Dorf wurde überfallen und ihre Familie ermordet. Sie schloss sich den Hütern an und wollte nicht nur tatenlos herumsitzen. Daher entschied sie sich zu einem Leben in Impen.«

Einen Moment betrachtete ich die Kiesel, die von den Rädern über die Straße geschleudert wurden. Sie wirbelten und tanzten. »So weit weg von der Grenze gab es Überfälle?«

Ruan betrachtete mich und schüttelte den Kopf. »Du hattest wirklich ein schönes Leben in deinem Dorf.«

»Grünfrey«, sagte ich. »Die Magie der Sonne hatte uns geschützt.«

»Die Truppen der Eisenmänner fallen regelmäßig in unser Reich ein. Sie verkleiden sich als Händler und finden mit ihrer geraubten Magie jedes Mal ein Schlupfloch zum Überqueren der Grenze. Letztes Jahr war Blomdeck drei Tage in ihrer Gewalt.«

Ruckartig riss ich den Kopf herum und starrte Ruan an. Blomdeck, der wichtigste Knotenpunkt für den Handel im Gezeitenreich. Die Stadt lag weit im Westen und grenzte an den *Ewigen Regen*, den *Keimenden Frühling* und den *Beständigen Herbst*. Jeder Händler durchquerte auf seinen Routen diese Stadt, so wurde es uns Kindern in Grünfrey zumindest erklärt.

Die Anspannung setzte sich in meinen Muskeln fest und ich kreiste mit den Schultern. Nie hätte ich gedacht, dass wir in Grünfrey so wenig von diesem Krieg miterlebten. Spione von beiden Seiten, Überfälle auf wichtige Handelszonen wie Blomdeck. Beide Länder versuchten, ihren Feind zu schwächen. Und wir? Wir lebten ein idyllisches Leben im Schutz der Sonnenmagie.

Ruan schwieg und ich senkte den Blick. Die restliche Fahrt betrachtete ich die Landschaft, bis wir am frühen Abend unser Ziel erreichten – Impen. Der Karren stoppte und Ruan sprang von der Ladefläche. Ich folgte ihm durch das kleine Dorf, das Grünfrey schmerzlich ähnelte. Die Hütten waren aus Holz oder Stein gefertigt. Meistens viereckig mit einfachem Dach. Der Dorfplatz war gepflastert und erstreckte sich länglich in der Mitte. Für die Zeremonie der eintreffenden Wachen wurden der Brunnen und die Fassaden mit Blumen und Girlanden geschmückt. Dutzende Menschen rannten geschäftig umher. Für den Bruchteil eines Wimpernschlags ähnelten die Bewohner meinen ehemaligen Nachbarn und Freunden. Doch so schnell, wie das Vertraute da war, verschwand es wieder.

Mein Magen krampfte und ich schlang die Arme um den Bauch. Das hier war nicht Grünfrey. Neor würde nicht um die nächste Ecke gerannt kommen und Kindra wartete nicht am Fluss auf mich.

Ruan eilte zu einer Hütte hinter dem Dorfplatz und klopfte dreimal an. Eine Frau Mitte vierzig öffnete ihm. Sie war groß und schlank, hatte kräftige Arme und ein kantiges Gesicht. Ihre Lippen waren schmal, deuteten aber ein Lächeln an, das sie jünger aussehen ließ. »Ruan«, sagte sie und umarmte ihn. Er grinste und seine Augen strahlten.

Ich zog eine Augenbraue in die Höhe und als Ruan meinen Gesichtsausdruck sah, zuckte er fast unmerklich mit den Schultern.

»Das ist Saki, dein Sohn«, stellte er mich vor.

»Schön, dass du endlich zu Hause bist«, sagte Morey und grinste. »Wie alt bist du?«

»Fast neunzehn«, antwortete ich und gab ihr die Hand. »Wir kamen vor drei Jahren hierher, nachdem mein Vater Torme starb.«

»Tragischer Verlust! Er war zu jung«, sagte sie gespielt dramatisch und betrachtete mich mit einem Schmunzeln.

Zur Antwort presste ich die Lippen fest aufeinander und nickte. Mein richtiger Vater war zu jung gestorben. So wie der Rest meiner Familie. Ich versuchte, die Gedanken zur Seite zu schieben, damit sie mich nicht übermannten. Doch eine Eiseskälte breitete sich in meinen Gliedern aus und lähmte mich vor Trauer.

»Du willst dich rekrutieren lassen?«, fragte sie und führte uns in die Hütte. Sie kochte Tee und wir setzten uns an den Tisch. »Weshalb?«

»Die Eisenmänner haben meine Familie getötet und meine Freundin entführt«, antwortete ich und trank einen Schluck. Der Geschmack von Zimt und Kräutern breitete sich auf meiner Zunge aus. Der Tee wärmte meinen Bauch, doch das Wohlgefühl war zu sanft, um etwas gegen die Schwere in meiner Brust auszurichten.

»Ein Goldkind«, fügte Ruan hinzu und Moreys Augen verfinsterten sich.

»Eisenschweine«, zischte sie.

»Wann kommen die Wachen?«, fragte Ruan und leerte seinen Becher.

»Morgen früh.« Morey stand auf und schenkte ihm nach. »Zum Sonnenaufgang sollen sie da sein. Ihr seid knapp dran.«

Noch eine Nacht, schoss es mir durch den Kopf. Meine Muskeln spannten sich an und endlich hatte ich das Gefühl, dass meine Reise begann.

»Du solltest dich ausruhen«, sagte Ruan. »Ich gebe im Dorf Bescheid, dass wir einen Neuen haben.« Er verließ den Raum und ich blieb mit Morey allein zurück.

Sie stützte den Ellbogen auf den Tisch und musterte mich. »Du hast viel verloren«, stellte sie fest.

Die Offenheit ihrer Stimme war wie ein Messerstich ins Herz. Dennoch drückte ich den Rücken durch und nickte. Mein Leben als Eisenjunge begann morgen – also musste ich mich so verhalten.

»Ich hoffe, du bist erfolgreich!« In ihrer Stimme brannte ein Feuer, das mich ihren Verlust durch die Eisenmänner erahnen ließ. Sie kämpfte für jeden kleinen Triumph gegen die Eisenmänner. Wie ich.

Morey gab sich Mühe, um mich willkommen zu heißen. Doch ich konnte mich ihr nicht öffnen. Den Schmerz über meinen Verlust und meine Angst um Kindra vergrub ich tief in meinem Innern. Ich war nicht bereit, mich ihm zu stellen und darüber zu sprechen.

Nachdem ich den Tee ausgetrunken hatte, stand ich auf und streckte mich. Es würde einige Stunden dauern, bis ich müde genug war, um zu schlafen. »Gibt es einen Platz, an dem ich trainieren kann?«, fragte ich Morey.

Sie nickte und erhob sich. »Folge mir.«

Das Dorf war kleiner als Grünfrey und schnell hatten wir es durchquert. Morey führte mich zu einer großen Wiese, auf der einige Kinder Fangen spielten. »Etwas Besseres gibt es nicht.«

Mein Blick glitt über den Horizont, über die fremde Umgebung, ehe ich den Boden befühlte. Das Gras war kurz und die Erde eben. »Das passt wunderbar«, sagte ich und stellte mich in Position.

Drei Atemzüge brauchte ich, um meine Gedanken von mir abfallen zu lassen. Langsam führte ich die gewohnten Kampfübungen aus, ging in die Knie und fuhr mit den Armen durch die Luft. Meine Muskeln spannten sich an und wurden warm. Nach kurzer Zeit stand mir der Schweiß auf der Stirn. Ich wirbelte herum und streckte den linken Arm aus. Dabei sah ich, dass Morey sich ins Gras gesetzt hatte und mich beobachtete. Auch die Kinder hörten auf zu spielen und betrachteten mich. Eins nach dem anderen setzte sich zu Morey. Eine Stunde folgte ich konzentriert dem Ablauf. Schnitt mit den Handflächen durch die Luft und führte Stöße aus. Als ich fertig war, schloss ich die Augen und atmete tief durch. Schweiß rann an meinen Schläfen hinab und kitzelte auf meiner Haut.

Nicht mehr lange und ich werde Kindra wiedersehen.

Wortlos folgte ich Morey zurück zu unserer Hütte, wusch meine Sachen aus und aß mit ihr zu Abend.

Der Abend verlief ruhig, doch in der Nacht fand ich kaum Schlaf. Es lag ein wichtiger Tag vor mir, der mir jeden Gedanken raubte. Das Training hatte nur meinen Körper erschöpft.

Am Morgen erwachte ich zerknirscht und müde. Doch ich war bereit, zog die Kleidung an, die Ruan mir gegeben hatte, und straffte die

Schultern. Als ich die Küche betrat, bereitete Morey ein paar Eier für das Frühstück zu.

»Guten Morgen, *Sohn*«, sagte sie und sah mich über die Schulter an.

Ich schlüpfte in meine Rolle des Eisenjungen und setzte ein unechtes Grinsen auf. »Guten Morgen. Ich bin ja so aufgeregt.«

Morey lachte und legte ein Geschirrtuch auf den Tisch. Darauf stellte sie die Pfanne. Es duftete köstlich. »Zur Feier des Tages gibt es dein Leibgericht«, witzelte sie.

»Danke«, murmelte ich und setzte mich. Beim Essen fragte sie mich nach meiner Heimat und Kindra. Ich versuchte, ihr entgegenzukommen und mich zu öffnen, doch meist antwortete ich einsilbig.

Als wir aufgegessen hatten, stand sie auf und räumte den Tisch ab. »Du sprichst den Eisendialekt sehr gut«, stellte sie fest und musterte mich. »Wir sollten los.« Sie nahm einen Schal von der Stuhllehne und legte ihn sich um die Schultern. Dann trat sie zur Tür und hielt sie mir auf. Ich schlüpfte hinaus und atmete die kühle Luft ein. Es war kälter als in Grünfrey. Doch durch die Zeit im Dorf der Hüter war mein Körper gegen jegliche Art von Kälte gewappnet. Die frische Luft des klaren Morgens fühlte sich im Vergleich zu den letzten Wochen belebend an. Den Weg zum Dorfplatz legten wir in wenigen Augenblicken zurück. Er war fertig geschmückt und strahlte in einer Blütenpracht, die verschwenderisch wirkte. Unter den bunten Farben war die Hauptstraße um den Brunnen kaum zu sehen. Die Dorfbewohner waren alle Späher und Verbündete der Hüter. Doch sie spielten ihre Rollen überzeugend. Kinder lachten und spielten. Die Vorfreude auf die Zeremonie riss mich fast mit.

Zwölf Jungen, vermutlich zwischen fünfzehn und zwanzig Jahren, standen ebenfalls mit mir am Brunnen. Auch sie warteten darauf, der Palastwache beizutreten und ihre Missionen auszuführen. Je mehr von uns es schafften, desto mehr Späher würde es in der Hauptstadt und in der Nähe des Königs geben. Ich war gespannt darauf, ihn mit eigenen Augen zu sehen.

Morey plapperte die ganze Zeit, während wir warteten. Ruan gesellte sich zu uns. Aber ich hatte nicht mehr viel zu sagen. Mein Herz schlug kräftig und aufgeregt in meiner Brust. Wenn ich ausgewählt wurde, kam ich an den Königshof. Dann hätte ich die Chance,

Kindra zu finden. Deshalb durfte ich nicht darüber nachdenken, was es bedeutete, falls ich heute versagte.

Zwei berittene Soldaten führten den Zug an, der Impen erreichte. Dahinter marschierten zehn Wachen. Eine hielt das Banner der Eisendynastie in die Luft. Ein schwarzer Drache mit silbernen Augen. Die Männer trugen die Uniform der Palastwache, die Sendra mir als schwer und robust beschrieben hatte. Bei ihrem Anblick flackerte die Erinnerung an den Überfall in Grünfrey in mir auf. Die blutige Schlacht zwischen den Eisenmännern und Hütern, meine Familie, Nachbarn …

Der nächste Atemzug war wie Eis in meiner Lunge, dennoch verzog ich keinen Muskel, betrachtete stattdessen die Ankömmlinge genauer. Schwarz und silbern glänzten die Rüstungen in der Morgensonne. Die Helme trugen gewundene Hörner und deuteten die Form eines Drachenkopfes an. Die Schulterstücke waren gesäumt von einem langen und drei kurzen Stacheln. Der Brustpanzer und die Beinschienen waren schwarz und trugen silberne Ornamente, die an Flammen und Rauch erinnerten. Trotz meiner Abneigung konnte ich nicht anders, als von der Handwerkskunst beeindruckt zu sein.

Der Dorfälteste hieß die Soldaten willkommen und richtete ein paar Worte an die Dorfbewohner. Alle jubelten und die Frauen warfen Blütenblätter in die Luft. Die Soldaten stiegen von ihren Pferden und nahmen ihre Helme ab. Der größere der beiden ergriff das Wort. Er hatte dunkle, kurze Haare und war glatt rasiert. Seine Nase bog sich krumm durch sein Gesicht und eine Narbe verlief durch seine rechte Augenbraue.

»Bewohner von Impen, mein Name ist Naranel von der Ersten Garde der Palastwache. Heute ist ein bedeutender Tag.« Unbefangen trat er vor mich und die anderen Jungen und musterte uns. »Heute werden wir wieder Geschichte schreiben. Einfache Jungen werden Ruhm und Ehre für sich und ihre Familien erlangen.« Ein paar Schritte ging er an unserer Reihe entlang. »Du, wie heißt du?«, fragte er einen dunkelhaarigen Jungen.

»Iksen«, antwortete der Junge und seine Stimme klang dünn neben der des Soldaten.

»Wie alt bist du?«

»Fünfzehn, Herr.«

Naranel drehte sich um und marschierte in meine Richtung. Vor mir blieb er stehen. »Dein Name.«

»Saki«, antwortete ich und legte all meinen Mut in dieses Wort.

»Du bist kräftig. Wie alt?«

»Fast neunzehn, Herr.«

Er verschränkte die Arme und betrachtete meine Schultern. »Kannst du kämpfen?«

»Ich trainiere seit drei Jahren, jeden Abend nach der Feldarbeit«, log ich.

Naranel nickte zufrieden. »Schwert«, sagte er und einer der Wachen kam zu ihm nach vorn. Ohne zu zögern, reichte er Naranel ein Schwert und dieser gab es an mich weiter.

Die letzten Monate hatte ich jeden Tag eine Klinge in der Hand gehabt. Das Gefühl war mir mittlerweile so vertraut wie die Luft, die ich atmete. Doch ich musste mich wie ein Bauernjunge verhalten. Daher nahm ich das Schwert ehrfürchtig entgegen und starrte Naranel an. »Wir kämpfen mit echten Schwertern?«, fragte ich und legte etwas Unsicherheit in meine Stimme.

Ein selbstsicheres Schmunzeln breitete sich auf Naranels Lippen aus und er legte mir die Hand auf die Schulter. In seinem Gesicht erkannte ich, dass es die richtigen Worte gewesen waren. »Später wirst du auch nicht mit Holzschwertern kämpfen.«

Schüchtern erwiderte ich sein Lächeln und nickte. Naranel deutete auf die Mitte des Dorfplatzes und ich folgte ihm. Dort angekommen, zog er sein eigenes Schwert aus der Scheide. Die Dorfbewohner wichen zurück und jubelten.

Naranel ließ die Klinge in der Luft kreisen. »Bereit?«, fragte er und führte das Schwert blitzschnell von links auf mich zu.

Ich parierte und wich einen Schritt zur Seite aus. Die Klingen klirrten und der Griff vibrierte in meiner Hand.

»Du bist schnell«, sagte Naranel.

Auf mein Gesicht legte ich das stolze Grinsen eines Jungen, der sich über das Kompliment freute. Naranels Schläge waren kraftvoll und seine Beinarbeit erstklassig. Er erinnerte mich an den Kampf mit Goum. Damals hatte ich meine Schnelligkeit genutzt, um zu gewinnen. Doch heute musste ich mich zurückhalten. Naranel war Palastwache der Ersten Garde, ich in seinen Augen nur ein Bauernjunge. Ein Sieg könnte mich verdächtig erscheinen lassen und das war das Letzte, was ich wollte. Trotzdem würde ich diesen Kampf zu meinem Vorteil nutzen.

Sein Schwert sauste von oben auf mich herab. Ich rettete mich mit einer Rolle nach links und zog das Schwert hoch, um mich zu verteidigen. Naranel konterte mein Ausweichmanöver mit einem großen Schritt und stand wieder direkt vor mir. Die Klinge kam dieses Mal von rechts. Im nächsten Moment wirbelte ich herum und parierte seinen Schlag. Beeindruckt weitete er fast unmerklich die Augen.

Das war mein Zeichen. Ich hatte genug gezeigt. Jetzt musste ich auf meine Glaubwürdigkeit achten. Er zog das Schwert zurück, während ich aufstand. Dann trat Naranel mit einem Bein einen großen Schritt nach vorn. Die Klinge schnitt von unten durch die Luft und ich wich nach rechts aus und stolperte. Die Schneide verfehlte mich nur knapp und einige der Dorfbewohner schnappten erschrocken nach Luft.

Lachend steckte Naranel sein Schwert ein. »Du bist gut, Saki«, sagte er und hielt mir die Hand hin.

Mein Herz hämmerte und ich nutzte meine Aufregung, ließ sie wie die naive Hoffnung eines Eisenjungen wirken, der davon träumte, in die Palastwache aufgenommen zu werden. Ich grinste breit und griff seine dargebotene Hand. »Danke, Herr«, antwortete ich.

Naranel legte mir die Hand auf die Schulter. »Willkommen in der Palastwache.«

Überschwänglich wandte ich mich zu meiner angeblichen Mutter, die lachend in die Hände klatschte und ihre Rolle perfekt spielte.

Freude über die Aufnahme in die Palastwache sprudelte in mir beinahe über. Doch anders als Naranel glaubte, hatte er keinen talentierten Bauernjungen an den Hof geholt, sondern einen Spion der Hüter.

14.

Kindra

Eine schlummernde Kraft

Die kalte Luft des Verlieses kroch in meine Glieder und füllte mich mit Unruhe. Ich schlang die Arme um den Körper und zitterte. Die winzige Zelle fühlte sich zu klein an, zu gefährlich, obwohl niemand in den Schatten lauerte. Die Schemen entsprangen nur meiner Fantasie.

Dieses Mal hatten die Wachen eine Fackel in der Wandhalterung entzündet und das Licht drängte die Dunkelheit wenigstens etwas zurück. Trotzdem musterte ich die tiefe Schwärze, die außerhalb meiner Zelle lungerte, und trat an die Gitterstäbe. Stille lag über dem Verlies, seit die letzten Schritte verklungen waren, und ich erspähte die zweite Lichtquelle links von mir. Schwache Linien zeichneten sich am Boden vor einer Zelle schräg gegenüber ab. Heute war ich nicht allein hier unten.

»Ardra«, flüsterte ich und hielt die Luft an. Ohne ihre Mithilfe konnten wir den Plan nicht umsetzen. Mein Verschwinden musste eine Weile verborgen bleiben, damit wir auf der Flucht möglichst weit kamen.

Drei Zellen weiter auf der anderen Seite des Gangs trat eine Figur in mein Sichtfeld und ihre Hände umschlossen die Stäbe. Ardra blickte in meine Richtung, auch wenn sie mich nicht sehen konnte. Ein Verband lag über beide Augen.

»Sind wir allein?«, fragte sie.

»Ja«, erwiderte ich und sie verschränkte die Arme vor der Brust.

»Du bist Kindra.« Es war keine Frage. »Erzählst du mir weitere Lügen?«

»Es sind keine Lügen, Ardra«, flüsterte ich durch das Eisen in das schummrige Verlies hinaus. Mein Herz pochte zu schnell in meiner Brust. Nie zuvor war ich einem anderen Goldkind begegnet.

»Woher weiß ich, dass du ein Goldkind bist und keine Geliebte dieses Prinzen?« Sie legte den Kopf schräg. »Wer versichert mir, dass dies nicht irgendein krankes Spiel ist?«

Das dachte sie von mir? Von Jaden? »Ich bin ein Goldkind!«

»Wo kommst du her?«, fragte mich Ardra. Ihre Haare waren kurz und standen struppig von ihrem Kopf ab. Die Handschrift des Medis zog sich durch ihre Strähnen. Ihr Becken war breit, doch die Haut spannte sich über ihren Knochen. Bestimmt verweigerte sie das Essen. »Ursprünglich«, fügte sie hinzu.

»Sie fanden mein Ei in der Wüste«, antwortete ich.

Ihre Finger tasteten über die Gitterstäbe. »Sie?«

»Zwei Krieger. Sie zogen mich groß und versteckten mich.« Beim Gedanken an Noba und Kork zog sich meine Brust zusammen und ich schluckte schwer. Ardra musste mir glauben. Solange ich hier festsaß, hatte ich keine Möglichkeit, Saki zu finden. Er war der Letzte meiner Familie. »Ich bin aus einem Ei geschlüpft, ich habe Selbstheilungskräfte und goldene Augen!« Meine Unterlippe zitterte. »Jetzt nur noch eins«, flüsterte ich.

»Hat der Prinz diese Geschichte für dich erfunden? Damit du mir Lügen auftischst?«, fragte Ardra.

Ihre Sturheit zerrte an meinen Nerven. Fieberhaft suchte ich nach Worten, presste die Lippen zusammen und kramte in meinen Gedanken nach einer Idee, die mich weiterbrachte. Wie konnte ich Ardra überzeugen? Tränen brannten in meinem Auge. »Wenn du mir nicht hilfst, verliere ich das zweite an den König.« Meine Stimme brach.

Einen Moment legte sich Stille über uns. Ardra nestelte am Saum ihres Oberteils. »Den König kann ich nicht leiden.«

»Gut, sonst hätte ich an deiner Menschenkenntnis gezweifelt«, meinte ich und lachte bitter auf, bevor ich das Gesicht in den Händen vergrub.

»Ich komme auch aus der Wüste«, sagte Ardra. »Es war schön dort.«

Mit dem Rücken lehnte ich mich an die Wand, sodass ich sie weiter betrachten konnte. Langsam sank ich zu Boden. »Das war es.«

Ardra fuhr sich mit der Hand durch die Haare und zupfte an einer Strähne, die etwas länger war. »Wie heißt du mit vollem Namen?«

»Du meinst den Namen, den ich immer schon kannte?«

Der Zug um ihren Mund wurde ernster, ehe sie nickte.

»Kindragon Goldkind«, hauchte ich.

Ardra setzte sich im Schneidersitz vor die Stäbe. »Wie fühlt sich die Heilung an?«

Testete sie mich? Ich richtete mich auf und lehnte mich näher an die Gitterstäbe. »Es juckt und ist manchmal kaum zu ertragen.«

»Das ist es.«

»Bitte, Ardra. Hilf uns.«

Sachte schüttelte sie den Kopf, doch die Bewegung hallte in mir wider wie ein Donnerschlag. Es musste doch etwas geben, mit dem ich sie überzeugen konnte.

»Jaden wird dadurch so viel mehr erreichen. Er will die Ernte abschaffen!«

Sie lachte abfällig. »Hat er das erzählt? Unser lieber kleiner Prinz?« Das letzte Wort zischte sie, als würde sie sich ihre Zunge daran verbrennen.

»Seine Absichten sind gut«, verteidigte ich Jaden.

»Das ist Teil seiner Fassade«, blaffte sie und spuckte die Worte förmlich aus. Die Traurigkeit in ihrer Stimme erfüllte die Luft.

»Er hilft mir zu fliehen«, erwiderte ich. »Er versucht wenigstens, das Richtige zu tun.« Ich biss mir auf die Lippe und zögerte, doch die Worte bahnten sich einen Weg hinaus. »Im Gegensatz zu dir.«

»Wie war das?«, fragte sie durchdringend.

»Ich würde nicht zweifeln, wie du es tust. Sondern helfen«, sagte ich.

Ardra öffnete den Mund, um etwas zu erwidern, doch ich redete weiter. »Das Leben hier ist eine Qual. Könnte ich einem Goldkind helfen zu entkommen, ich würde diese Chance ergreifen«, redete ich mich in Rage. »Wenn es ein dummer Witz wäre oder eine Lüge, was würde das schon für einen Unterschied machen? Wie könnte es schlimmer sein, als es sowieso schon ist?«

Ihr Schweigen war zögerlich. Mit den Fingern tastete sie über die Oberfläche der Gitterstäbe und legte den Kopf in den Nacken.

Augenblicklich bereute ich, wie ich meine Worte gewählt hatte. Doch es stimmte. Alles, was ich gesagt hatte, meinte ich so.

»Ich habe ihm schon einmal vertraut«, flüsterte sie und es dauerte einen Moment, bis ich begriff, dass sie von Jaden redete. »Wir liebten uns, verstehst du das? Er schwor, mich zu beschützen, aber er hat es nicht getan.« Sie löste ihre Finger von den Stäben und berührte den Verband, der um ihre Augen lag.

»Dann gib ihm jetzt die Gelegenheit, es wiedergutzumachen. Hilf ihm, den richtigen Weg einzuschlagen.«

Die Zeit, die sie schwieg, schien endlos zu sein. Doch als sie den Kopf wieder in meine Richtung hob, nickte sie.

Mein Herz wurde leicht. »Du hilfst uns?«

»Ja, aber ich mache es für dich, nicht für ihn«, meinte sie und rückte wieder näher an die Gitterstäbe.

In ihrer Stimme schwang so viel Emotion, dass ich mir sicher war, Ardra liebte Jaden immer noch. Trotzdem nahm ich ihre Lüge stumm an. Es war egal, aus welchem Grund sie zustimmte, solange sie es tat. Unendliche Dankbarkeit durchströmte mich. Mit ihrer Unterstützung würde ich aus dem Palast fliehen und könnte Saki wiederfinden.

Jaden konnte die Grundlage für seine Regentschaft aufbauen. Er konnte die Welt verändern.

»Danke«, flüsterte ich und presste eine Hand gegen den Brustkorb. Mein Herz raste.

Mit einem Schulterzucken ließ Ardra das Thema fallen und beugte sich vor, sodass ihr Gesicht fast das Gitter berührte. »Kannst du deine Magie einsetzen?«, fragte sie.

Unwillkürlich rutschte ich weiter nach vorn. *Magie?* »Ich kann heilen.«

Ardra legte den Kopf schief und ihre Nase stieß gegen das Eisen. »Das konnte ich auch mal. Bevor ich meine Augen verlor.«

Mit der Hand fuhr ich über den Verband und senkte den Blick. Das hatte ich gar nicht bedacht. Wie sehr schwächte mich der Verlust meines Auges?

Und würde Jaden meine Kraft einsetzen können?

»Wie ist es mit anderer Magie?«

»Was meinst du?« Interessiert hob ich den Blick und musterte das Mädchen auf der anderen Seite, das mir so ähnlich und gleichzeitig fremd war.

Ardra steckte die Nase durch die Stäbe und flüsterte: »Erschaffende Magie. Leitende Magie. Wie die Goldmagier sie einsetzen.«

Meine Gedanken flogen zu Jaden, der mir einen Bruchteil seiner Macht in meinen Gemächern demonstriert hatte. Wieder sah ich den Tag in Grünfrey vor mir, an dem die Horde Goldmagier über das Dorf hereinbrach. Der Hayes erhob sich unter ihrem Befehl und folgte ihnen wie eine Marionette. »Wir können das?«

Ardra nickte. »Die Macht steckt in uns. Woher sollen sie sie sonst haben?«

Das Bild von dem Feuer in Jadens Hand ließ mich nicht mehr los und ich betrachtete meine Finger. »Wie geht das?«, flüsterte ich und mein Puls beschleunigte sich. Spannung kribbelte auf meiner Haut und mich packte der Drang, mich zu bewegen. Eilig stand ich auf, doch der Platz in meiner Zelle war begrenzt. Also griff ich die Gitterstäbe und klammerte mich daran fest. Wenn ich diese Magie zu beherrschen lernte, könnte sie mir auf der Flucht helfen. Und ich erhöhte meine Chancen, bis zu Saki zu gelangen. Wo auch immer er sich aufhielt.

Sie zuckte mit den Schultern. »Keine Ahnung. Ich sehe nur, dass sie da ist. Diese Kraft. Wie eine Kugel.«

Der Griff meiner Finger lockerte sich etwas und mein Blick verlor sich in dem Spiel aus Licht und Schatten auf dem Boden vor meiner Zelle. Eine Kugel? Dinge bewegen und beherrschen?

Wir verstärkten die Goldmagier nicht, sondern ihre Magie stammte von uns?

Schritte hallten durch das Verlies und unterbrachen unser Gespräch. Ardra drückte sich mit den Füßen an den Gittern ab, krabbelte rückwärts in die Schatten ihrer Zelle und zischte dabei wüste Beschimpfungen.

Einige Augenblicke später trat Jaden vor meine Zelle. Über die Schulter fixierte er für einige Augenblicke die Zelle, in der sich Ardra befand. Ich wagte kaum zu atmen und betrachtete sein Profil. In seinem Gesicht kämpfte Hoffnung gegen Schmerz. »Wie geht es dir?«, flüsterte er und drehte sich zu mir.

»Gut. Sie wird uns helfen«, flüsterte ich.

Er nickte und lächelte. »Das sind großartige Neuigkeiten. Ich leite alles in die Wege. Es dauert nicht mehr lang.«

Während er sprach, suchte ich in seinem Gesicht nach etwas, das falsch war. Das ihn als Lügner und niederträchtigen Menschen entlarvte. Doch ich konnte nicht anders, als ihm zu vertrauen. So absurd es war. Vor mir stand der Anführer der Goldmagier und ich glaubte seinen Worten, dass er die Ernte abschaffen wollte.

Die letzten Monate über war seine Fassade zerbröckelt und ich hatte sein wahres Gesicht gesehen. Den gefangenen, unglücklich verliebten jungen Mann, der seine Position so wenig wollte wie sein Leben im Palast.

Ich würde ihn vermissen. Die Gespräche und das gemeinsame Schweigen.

»Danke. Für alles«, sagte ich.

Jaden legte kurz seine Hand auf meine, mit der ich noch die Stäbe umfasste. »Viel Glück«, raunte er und wandte sich ab. Zögernd trat er einen Schritt auf Ardras Zelle zu und blieb stehen. Seine Zerrissenheit war nicht zu übersehen. Er straffte die Schultern und ging näher heran.

»Ardra«, flüsterte er fast unhörbar. Er wirkte zerbrechlich.

Sie sprang vor und schlug mit den Händen durch die Stäbe nach ihm. Taumelnd wich er einen Schritt zurück. Ardras Arme fuchtelten vor seinem Körper herum und sie versuchte ihn zu packen. »Verschwinde oder ich bring dich um«, zischte sie.

Jaden ballte seine Hände zu Fäusten und rang um Worte, die diese Liebe wieder kitten könnten. Doch was sollte er schon sagen?

»Danke, dass du uns hilfst«, krächzte er und drehte sich um. Im dämmrigen Licht wirkte sein dunkles Auge leer. Auf seinem Gesicht lag eine kalte Maske, die keine Emotion durchließ. Ohne mich anzusehen, marschierte er an mir vorbei und verschwand.

Ich sah zu Ardra hinüber, die sich wieder aus meinem Sichtfeld zurückgezogen hatte. Unser Schicksal würde bald seinen Lauf nehmen.

Der Klang von Schritten brachte die Aufregung in meinem Innern fast zum Überlaufen. Ich sprang von der Pritsche aus einer unbequemen Position auf die Füße und meine Knie knackten. Geran trat zu mir an die Zelle und schloss auf. Er ging zu Ardra und winkte mich heran. »Ihr müsst euch umziehen. Der Schein muss möglichst lange gewahrt werden«, sagte er. Nacheinander betrachtete ich die Männer, die auf dem Gang standen. Joe, Morten und Hamm waren dabei. Wie erwartet.

Geran öffnete die eiserne Tür zu Ardras Zelle nur einen winzigen Spalt, damit ich zu ihr hineinschlüpfen konnte. Sie zog sich aus und legte die Kleidung auf den Boden. Die Farbe ihrer Hose war verblasst und das Hemd an ein paar Stellen zerrissen. Ich schälte mich aus meinen Sachen und reichte sie ihr in die ausgestreckten Hände. Dann griff ich das verschlissene Hemd und die Hose und zog sie über.

Geran fühlte sich sichtlich unwohl, ließ uns aber nicht aus den Augen. »Joe, Morten«, sagte er, als wir bereitstanden. »Keine Umwege, bringt sie direkt in Kindras Gemächer.«

Die Männer nickten, holten Ardra aus der Zelle und positionierten sie in ihrer Mitte. Sie griffen ihre Oberarme und zerrten sie an uns vorbei. Ardra krümmte sich und ließ den Kopf hängen. Reichte das aus, damit niemand sie erkannte?

»Versau es nicht, Kindra«, ermahnte sie mich.

Tausend Gedanken schwirrten durch meinen Kopf. Dankbarkeit, Fragen zu unserer Magie oder tröstende Worte für sie und Jaden, doch ich brachte keinen Ton heraus. Es wurde ernst, wir flohen.

»Bist du bereit?«, fragte mich Geran und ich nickte. Er und Hamm nahmen mich in ihre Mitte und schleppten mich hinter Joe, Morten und Ardra her. Wir folgten den dunklen Gängen, vorbei an den Zellen und zu den Treppen.

Mein Herz klopfte so laut, dass ich es in meinen Ohren hören konnte wie einen Fremdkörper. Als wir die Treppen erreichten, brachten Joe und Morten Ardra hinauf, während wir in eine andere Richtung abbogen. Ich atmete tief ein, nahm meine Hand von Gerans Schulter und zog den Verband über meine Augen.

Als wäre ich Ardra.

Als wäre ich blind.

Mit jedem Moment, den wir liefen, wurde mir kälter und meine Hände zitterten. Wir taten es wirklich!

»Hier ist die Isolationskammer«, flüsterte Hamm. »Jetzt müssen wir vorsichtig sein.«

Ich hielt den Kopf gesenkt. Durch den Verband drang schummriges Licht und ich erkannte meine Umgebung nur schemenhaft. Hamm und Geran gingen langsam, manchmal zögerte einer von ihnen und brachte mich ins Straucheln. Ob sie die Gänge ausspähten?

Das leise, klappernde Geräusch von Schritten stahl sich in unsere sichere Stille und die Männer zogen mich nach rechts. Sie ließen mich los und einer der beiden schob mich vor sich. Ich stand so dicht zwischen ihnen, dass ich die kalte, glatte Oberfläche ihrer Rüstungen an meinem Rücken und meiner Brust spürte. Der Stoff meines Oberteils wurde kühl und ich fröstelte.

Damit ich ihre Füße sehen konnte, verrückte ich den Verband ein Stück. Sie bugsierten mich auf einen schmalen Gang, der nur wenig beleuchtet war, während die Schritte näher kamen. Wir lauschten. Von wo kam das Geräusch?

Mein Herzschlag dröhnte zu laut in der stillen Umgebung. Ich hielt den Atem an und schloss mein Auge, spitzte die Ohren und versuchte, die Schritte zu orten. Das monotone Klacken füllte meine Wahrnehmung vollständig aus, bis ich es richtig zuordnen konnte. Es war hinter uns. So langsam und leise wie möglich ließ ich die Luft entweichen.

Wir durchquerten den Seitengang und die Schritte klangen weiter entfernt. Der Druck um meine Brust löste sich und ließ mich tief durchatmen.

Als wir auf den Hauptgang traten, nahmen mich Geran und Hamm wieder in die Mitte wie eine Gefangene, führten mich weiter durch die Gänge, bogen links ab, dann rechts.

Wie nah waren wir unserem Ziel?

Die vorbeiziehenden Muster der Bodenplatten lullten mich ein und versetzten mich in einen tranceartigen Zustand. Die Zeremonie lief schon seit zwei Tagen. Die ersten Truppen hatten den Palast vorgestern Mittag verlassen und die Anzahl der Wachen im Palast nahm seither stetig ab. Aufbrüche wurden vorbereitet oder das Eintreffen der ersten Gruppen an ihren Zielorten gefeiert. Heute Abend war es dann vorbei. Dann sollte drei Tage Ruhe herrschen, bevor die ersten Truppen mit den neuen Rekruten zurückkamen. Nur die Wachen der Goldkinder und vereinzelte Patrouillen wurden von den Feierlichkeiten ausgeschlossen.

Deshalb war diese Nacht perfekt. Aber ob Jaden recht behalten würde und uns der Ausbruch gelang?

Energisch schob ich die Gedanken an einen gescheiterten Fluchtversuch zur Seite und fixierte das Licht auf dem Boden. Die Schatten um unsere Beine begannen zu flackern. Mit jedem Herzschlag hüpften sie mehr und schneller um unsere Sohlen. Ich schnappte hörbar nach Luft, als ich begriff, was das bedeutete. Das Licht kam näher.

Geran und Hamm wurden unruhig. Sie verloren ihren gleichen Rhythmus und ich stolperte. Gab es keinen Ausweg, keinen Seitengang? Warum wichen sie nicht aus, versteckten sich und mich nicht irgendwo?

Meine Komplizen erstarrten, zerrten mich aber nach kurzem Zögern weiter nach vorn.

»Wir wollten dich nicht erschrecken«, ertönte Gerans Stimme. Er ließ mich los, woraufhin ich möglichst schlaff in Hamms Griff zusammensackte und die Füße betrachtete, die näher traten. Zierliche Schuhe aus Leder. Vermutlich ohne richtige Sohle. Daher hatten wir die Schritte nicht gehört. Vielleicht eine Magd?

Wenn im Palast jemand von uns erfuhr, wie viel Zeit blieb uns, um aus der Hauptstadt zu fliehen?

Die Magd knickste. »Ihr müsst Euch nicht entschuldigen, Herr. Ich hatte hier unten niemanden erwartet. Alle sind bei der Zeremonie auf dem Hof.« Sie knickste erneut und zog sich langsam zurück.

Mein Herz wurde leicht. Das war es? So einfach?

Gerans Stimme klang freundlich. »Du holst Nachschub für das Essen?«, fragte er und griff wieder nach mir.

»Es sind viele Gäste«, antwortete die Magd.

»Dann wollen wir dich nicht länger aufhalten.«

Die Magd knickste ein drittes Mal, doch bevor sie an uns vorbeieilte, erklangen schwere Schritte hinter uns und wurden stetig lauter.

Eine Patrouille.

Mein Herz setzte einen Schlag aus. Was jetzt? Die Beine der Magd rührten sich keinen Zoll, als wüsste sie nicht, wohin sie verschwinden sollte. Geran verharrte und Hamms Griff um meinen Arm wurde fester.

»Was habt ihr hier zu suchen?«, schnitt eine Stimme durch die Stille. Meine Beine begannen zu zittern.

»Wir waren auf unserem Weg, als wir diese Magd trafen«, erklärte Geran und richtete sich auf. Seine Stimme wirkte selbstsicher, als wäre es das Natürlichste, dass sie mich so weit abseits der Verliese durch die Gänge schleiften.

Die Patrouille kam näher. »Und was macht sie hier?«, fragte er, die Verwunderung in seiner Stimme unüberhörbar.

»Ein Transport«, sagte Geran. »Isolationskammer.«

»Isolationskammer?«, wiederholte die Wache.

»Sie ist ausgebüchst«, mischte sich Hamm ein. »Störrisches Ding.«

»Ein blindes Goldkind rennt vor euch davon?« Das Misstrauen in seiner Stimme kratzte an meinen Nerven und ich widerstand dem Drang, mich zu schütteln. »Ich werde euch melden.«

»Wir waren etwas unvorsichtig«, log Hamm und gab sich zerknirscht.

»Das macht es nicht besser«, brummte die Wache. »Mir nach. Na los.«

Zögernd setzten sich Geran und Hamm in Bewegung. Die tippelnden Schritte der Magd begleiteten uns. Mein Herz schlug mir bis zum Hals. Würden mich Geran und Hamm in die Isolationskammer stecken? Konnten sie mich später holen oder war unsere Flucht schon vereitelt?

Ardras Stimme klang in mir nach, dass ich es nicht vermasseln dürfe. Es konnte nicht schon vorbei sein. Wenn ich hier festsaß, würde ich Saki nie wiedersehen.

Hamm lockerte seinen Griff um mich, er setzte die Füße auseinander, als würde er sich auf einen Kampf vorbereiten. Dann trat er vor, ich hörte einen dumpfen Schlag und das Klirren der Rüstung, als die Wache zu Boden sackte.

Die Magd stieß einen spitzen Schrei aus und ihr Korb fiel zu Boden, Gemüse und Obst verteilten sich um uns.

Ich sackte auf den Boden, als die Arme verschwanden, die mich stützten. Sofort verschob ich meinen Verband und musterte die Männer durch den Spalt. Geran und Hamm zogen die bewusstlose Wache in eine winzige Kammer, in der Weinfässer lagerten. Zu zweit stemmten sie sich gegen die Tür, um sie zu schließen.

Als ich mich zur Magd umdrehte, wich sie vor mir zurück. Ihre Schultern bebten und als sie mein Gesicht sah, wurden ihre Augen größer.

»Bitte entschuldige die Unannehmlichkeiten«, versuchte ich sie zu beruhigen, so wie es Geran getan hatte. Um ihr zu zeigen, dass ich nichts Böses im Sinn hatte, ging ich in die Hocke und sammelte das Obst und Gemüse ein. Als ich wieder aufblickte, rannte die Magd bereits davon.

»Verdammt«, zischte ich, ließ den Korb stehen und hechtete hinterher.

»Warte«, rief Hamm, doch ich eilte weiter. Sie durfte nicht entkommen. Wenn sie uns verriet, bevor wir die Stadt verlassen hatten, wären uns die Wachen zu dicht auf den Fersen.

Die Magd bog rechts ab und ich sprintete hinterher. Hektisch blickte sie über die Schulter und strauchelte, als sie bemerkte, dass ich aufholte.

Ich bündelte die letzte Kraft, die ich hatte, und setzte zum Sprung an. Noch im Flug riss ich sie von den Beinen und mit einem dumpfen Poltern landeten wir auf dem Boden.

Die Magd stützte sich auf die Arme und wandte sich mir zu. »Bitte tut mir nichts«, wimmerte sie.

»Es tut mir leid«, hauchte ich und verpasste ihr einen Schlag. Keuchend sackte sie zusammen, doch blieb bei Bewusstsein. Ich holte erneut aus, zielte auf ihre Schläfe und der nächste Treffer ließ sie ohnmächtig zu Boden sinken.

Geran und Hamm eilten um die Ecke, als ich mich aufrappelte.

»Ich nehme sie«, meinte Geran und hob die Magd auf seine Arme. »Wir lassen sie in der Hauptstadt zurück, hier ein weiteres Versteck zu suchen dauert zu lange.«

Hamm hielt den Korb der Magd in den Händen. »Es wird dauern, bis sie oder die Wache die Nachricht verbreiten können. Bis dahin wird unser Verschwinden sowieso aufgefallen sein.«

Mir gefiel das nicht, dennoch fügte ich mich seiner Entscheidung, auch wenn mir unbehaglich zumute war. Zwei Menschen hatten uns bei unserer Flucht bereits entdeckt. Dabei hatten wir den Palast noch nicht verlassen.

Hamm drückte mir den Korb in die Hand und ging an die Spitze unserer kleinen Kolonne. »Beeilen wir uns! Es ist nicht mehr weit.«

Wir rannten möglichst leise den Korridor entlang und gaben uns keine Mühe mehr, Theater zu spielen. Wenn wir es jetzt nicht schafften, dann wäre alles umsonst gewesen. Geran und Hamm würden nicht überleben und ich wieder auf der Liege im Zimmer des Medis landen. Nur über meine Leiche!

Ich biss die Zähne zusammen und eilte hinter meinen Rettern her. Wir erreichten eine Kreuzung und Hamm wurde langsamer. Er spähte um die Ecke, bevor er Entwarnung gab.

Möglichst leise folgten wir ihm zu einer kleinen Nische, die im Schatten lag. Hamm kniete sich hin. Seine Rüstung klapperte und ich hielt die Luft an, spähte über die Schulter. Mein Puls raste, aber der Korridor lag verlassen da.

Dann knarrte etwas. Ich sah zu Hamm, der die Wand nach innen drückte und dann hineinschob. Ein kleiner Durchgang entstand in der Mauer. Wie eine steinerne Tür.

Hamm kletterte als Erster hindurch und streckte dann die Arme zu uns heraus. Geran legte die Magd behutsam auf den Boden und Hamm zog sie zu sich. Während Geran den Korridor im Blick behielt, gab er mir mit einem Wink zu verstehen, dass ich dran war. Ich hockte mich vor die Öffnung und hielt mich an der oberen Kante fest. Den Korb mit den Lebensmitteln stellte ich vor mir ab und schob ihn ins Innere. Dann duckte ich mich und drückte mich in den Gang. Hamm hatte sich einige Schritte entfernt und die bewusstlose Magd abgelegt.

Geran reichte mir zwei Fackeln hinein und kam dann zu uns in den Tunnel. Mit einer geübten Bewegung schob er die Tür wieder an ihren ursprünglichen Platz und die Fackeln tauchten den Gang in flackerndes Licht.

Meine Arme vibrierten vor Aufregung. Die erste Hürde war überstanden. »Sind wir hier drin sicher?«, fragte ich leise und wagte kaum, die Ruhe mit meiner Stimme zu zerstören.

Geran brummte. »Nur der Prinz und seine Palastwache kennen diesen Weg. Wir werden niemanden treffen.«

Mein Blick wanderte von Geran über Hamm und zu der Dunkelheit, die den Gang in einigen Fuß verschluckte. »Wohin führt er?«

Geran ging mit einer der Fackeln gebückt an Hamm und der Magd vorbei. Er warf mir ein Bündel zu. »In eine Gasse, westlich vom Palastgarten«, sagte er. »Wir werden eine Weile brauchen. Also zieh dich schnell um.«

Ich betrachtete den Stoff vor meinen Füßen. Eine schwarze Hose und ein graues Leinenhemd mit silbernen Nähten. Dazu ein schwarzer Umhang mit silbernem Saum und feste Stiefel. »Was sind das für Kleider?«, fragte ich, während ich mich zur Seite drehte und die Fackel gegen die Wand lehnte. Der brennende Kopf berührte die Mauer und die Flammen leckten an dem kalten Gestein.

»Das tragen bei uns die Händler«, antwortete Hamm. »Reichst du mir das Essen?«

Wortlos schob ich ihm den Korb der Magd zu und er füllte die Lebensmittel in einen Beutel, der neben Kleidung an der Wand lehnte.

Während ich mich umzog, hallte ein leises Klirren durch den dunklen Gang, als Hamm und Geran ihre Rüstungen ablegten und zu einem Metallberg häuften.

Der Stoff meiner neuen Kleider lag weich und fest auf der Haut. Den Umhang warf ich mir um die Schultern und die Kapuze zog ich mir so tief ins Gesicht, wie ich es von früher gewohnt war. Das Gewebe war deutlich fester und hatte eine auffallend glatte Oberfläche.

»Was ist das für eine Schicht auf dem Umhang?«, fragte ich und drehte mich meinen Gefährten zu. Die alten Sachen von Ardra hielt ich in der Hand, unschlüssig, was ich damit machen sollte.

»Wachs«, meinte Geran. »Sehr praktisch bei Regen.« Über seine muskulöse Brust spannte sich das graue Hemd. Er betrachtete mich mit ernster Miene, was seine Narbe bedrohlich wirken ließ. Hamm stand mit entblößtem Oberkörper neben der Magd. Seine Bauchmuskeln sahen aus wie aus Stein gemeißelt. In einer fließenden Bewegung streifte er sich das Hemd über und zwinkerte mir zu.

Geran und Hamm. Unterschiedlicher konnten sie nicht sein.

Doch eins hatten sie gemeinsam: Sie stammten aus der Palastwache der Ersten Garde und dienten dem Prinzen ihres Reiches.

»Warum habt ihr euch hierzu bereit erklärt?«, fragte ich in die Stille und ließ die alten Kleidungsstücke auf den Boden fallen. Ich ließ dieses Leben für immer hinter mich.

Geran nahm die Magd auf den Arm. Der Gang war zu niedrig für seine Größe, weshalb er sich leicht beugte. »Unser Prinz wünscht es so.«

»Los jetzt«, sagte Hamm und wir setzten uns in Bewegung.

»Ihr könnt nicht mehr zurück.«

Die Männer schwiegen und ließen meine Worte unkommentiert in der Luft hängen.

Wir marschierten eine Weile, bevor Hamm antwortete, ohne sich zu mir umzudrehen. Seine Stimme war leise. »Als wir dem Prinzen unsere Treue schworen, legten wir einen Eid ab. Wir gehorchen ihm in allem, was er uns befiehlt.«

Das konnte doch nicht alles sein: dem Befehl eines einzigen Jungen zu folgen und das eigene Leben aufzugeben. Eine Weile liefen wir schweigend hintereinanderher.

»Mir hat es gereicht«, sagte Geran schließlich. »Die Ernte ist grausam.«

Ich betrachtete seinen Hinterkopf, der fast vor seinen Schultern verschwand. Die Decke des Tunnels war niedrig und zwang Geran zu einer geduckten Haltung.

»Ihr wollt plaudern?« Hamm seufzte ergeben. »Jaden schenkt mir hiermit ein Leben außerhalb der Mauern«, gestand er. »Ich verpflichtete mich vor vielen Jahren und schwor einen Eid auf Lebenszeit. Damals war ich jung und dachte, das Leben als Palastwache sei aufregend.«

»Aber das ist es nicht«, folgerte ich und er nickte, das Gesicht weiterhin nach vorn gerichtet.

»Der Rachedurst des Königs ist beängstigend. Prinz Jaden schlägt mit dem *Heiwan Orden* einen neuen Weg ein.«

Die Männer vor mir schlenderten den Ganz entlang, als wäre es das Natürlichste der Welt, mit einer Geisel und einem Goldkind durch einen geheimen Tunnel aus dem Palast zu fliehen. In ihrer Haltung, ihrer Stimme lag keine Überheblichkeit, keine Unsicherheit – sie strahlten eine Sicherheit aus, um die ich sie beneidete. »Jaden legt viel Vertrauen in euch.«

Hamm zuckte mit den Schultern. »So ist er eben.«

»Er wird dieses Land verändern«, sagte Geran. »Und ich stehe hinter seinen Absichten. Diese Aufgabe gibt mir das Gefühl, das Richtige zu tun. Mehr als jemals zuvor.«

»So geht es mir auch«, stimmte Hamm zu.

Der *Heiwan Orden*. Ich ließ mir die Worte auf der Zunge zergehen. Sie bedeuteten Freiheit für die Goldkinder und Frieden für das Gezeitenreich. Konnte Jaden die Verfolgung tatsächlich beenden? Meine Haut kribbelte und mein Blut pulsierte in meinen Adern. Die Hoffnung auf ein normales Leben mit Saki entflammte in meiner Brust.

»Was ist mit den anderen beiden? Joe und Morten?«, fragte ich. Sie hatten mit Ardra vermutlich schon meine Gemächer erreicht. »Was wird mit ihnen passieren, wenn herauskommt, dass sie uns vertauscht haben?«

Geran sah Hamm über die Schulter an und dann mich. »Auch sie stehen hinter *Heiwan*«, sagte er und wandte sich wieder nach vorn. »Sie sind selten bei den Goldkindern und können die Schuld, Ardra untergeschoben bekommen zu haben, auf uns Verräter schieben. Wenn die Sache auffliegt, wird Prinz Jaden sie bestrafen lassen, um vor dem König den Schein zu wahren.«

»Wie könnte die Bestrafung aussehen?«, fragte ich und dachte an die Männer, die bereitwillig zurückgeblieben waren.

»Einige Tage im Verlies, Peitschenhiebe«, meinte Hamm. »Etwas in dieser Art.«

Bei dem Gedanken daran, dass diese Männer freiwillig für *Heiwan* litten, schauderte ich. Doch gleichzeitig durchströmte mich Dankbarkeit, dass sie bereit waren, dafür so weit zu gehen.

Der Weg führte leicht bergab und war bedeckt mit kleinen Kieseln und Staub. Ich hatte keine Ahnung vom Aufbau des Palastes, selbst nach den Monaten, die ich hier verbracht hatte, kannte ich nur meine Gemächer, den Raum des Medi und das Verlies. Auch wenn uns dieser Gang Sicherheit gab, konnte ich es kaum erwarten, alles hinter mir zu lassen.

Geran taumelte und ein dumpfer Schrei ertönte. Hamm holte mit zwei schnellen Schritten zu ihm auf. Er packte die strampelnden Füße der Magd, die sich in Gerans Armen wand. Geran hielt ihr den Mund zu, während sich Hamms Finger um ihren Knöchel legten. Sie drehten sich im Kreis und versuchten sie zu bändigen. Die aufgerissenen Augen der Magd funkelten im blassen Licht.

»Hört auf«, sagte ich. Geran und Hamm blickten mich an. »Merkt ihr nicht, wie das für sie aussieht?« Die riesigen Augen der Magd zuckten umher und ihr Blick fand mich. Mit schnellen Schritten schloss ich zu ihnen auf und musterte die Frau. Sie gefährdete unsere Flucht und dennoch tat sie mir leid. »Wir lassen dich frei, wenn wir in der Hauptstadt sind. Dir wird nichts passieren, wenn du ruhig bist.« Sie sah mich weiterhin voller Entsetzen an. Ich seufzte. »Bitte beruhige dich.«

Langsam nickte sie, woraufhin Geran die Hand von ihrem Mund nahm und sie absetzte.

»Wie heißt du?«, fragte Hamm.

»Narie«, flüsterte sie und richtete sich auf. Sie war kleiner als ich und legte den Kopf in den Nacken, um Hamm anzusehen. Nervös nestelte sie an ihren Händen. »Warum habt ihr mich mitgenommen?« In ihrer Stimme schwang Angst.

»Du hättest uns verraten können«, antwortete Hamm und sah ihr in die Augen.

Ihr ganzer Körper bebte, während sie ihn anstarrte. »Ihr habt eine Wache getötet«, sagte sie mit zittriger Stimme und ihre Blicke huschten über Geran und mich.

»Wir haben ihn bewusstlos geschlagen, aber nicht getötet.« Hamm legte Narie die Hand auf den Rücken und schob sie den Gang entlang. »Wir wollten uns etwas Zeit verschaffen, bevor unser Verschwinden bekannt wird.« Etwas weicher fügte er hinzu. »Keine Sorge, wir werden dir nichts tun. Wir wollen nur unsere Freiheit.«

Wieder sah sie zu Hamm hinauf und nickte zögerlich. Er schenkte ihr ein strahlendes Lächeln und sie erwiderte es scheu.

So liefen wir zu viert weiter. Geran, Narie, Hamm und ich. Einige Male warf mir Narie kurze Blick zu und betrachtete neugierig mein Gesicht. Anscheinend hatte sie noch nie ein Goldkind aus der Nähe gesehen. Wenn sie sich wieder nach vorn richtete, streiften ihre Blicke über Hamm.

Die Zeit im Tunnel streckte sich und als der Boden abschüssiger wurde, rutschte ich aus. Ich atmete auf, als der Weg endete und Geran vor einer Wand stehen blieb. Er sah uns alle nacheinander an und legte einen Finger an die Lippen. Schweigend robbte ich zur Seite und presste mich gegen die Wand. Die Erleichterung, diesen Gang zu verlassen, war sofort verschwunden. Jetzt begaben wir uns wieder auf gefährliches Terrain. Im schlimmsten Fall warteten Wachen auf der anderen Seite der Mauer auf uns.

Geran ging in die Hocke und stemmte sich gegen das Gestein. Meine Handflächen wurden feucht und ich wischte sie an meinem neuen Umhang ab. Das glatte Material fühlte sich fremdartig an.

Der Ausgang bewegte sich.

Blut pumpte in einer Geschwindigkeit durch meine Adern, dass mir schwindelig wurde.

Das Knarren und Ächzen hallte zu laut durch den Gang. Zitternd krallte ich mich an meiner Kapuze fest, wie ich es schon so oft getan hatte.

Geran schob die Wand zur Seite und streckte den Kopf hinaus. Frische Luft strömte herein, die ich gierig aufsaugte.

»Wartet einen Moment«, flüsterte er und schlüpfte hinaus. Es wurde unnatürlich still im Tunnel und Narie presste sich zitternd neben Hamm an die Wand.

Hamm legte ihr eine Hand auf die Schulter und streifte sie mit einem kurzen Blick. Mit einem Schmunzeln im Mundwinkel zwinkerte er ihr zu und färbte damit ihre Wangen dunkler.

Kurz darauf tauchte Geran in der Öffnung auf und winkte uns hinaus. Das ließ ich mir kein zweites Mal sagen. Mein Herz pumpte kribbelnde Vorfreude durch meine Adern, als ich ins Freie krabbelte und das grelle Licht mit einer Hand abschirmte. Die Sonne hatte den höchsten Punkt überwunden und senkte sich langsam herab. Der Abend begann. Die Luft roch frisch und drang tief in meine Lunge ein wie die gewonnene Freiheit in mein Herz. Zwei Herzschläge lang schloss ich das Auge und gab mich diesem Gefühl hin. Keine Mauern, keine Wachen, keine Fesseln und keine Ernte.

Ich fühlte mich Saki einen großen Schritt näher.

Hinter uns hörte ich, wie jemand die Öffnung zum Tunnel schloss, riss mich von diesem zarten Glücksgefühl los und starrte an die Stelle, aus der wir eben getreten waren.

Nichts.

Kein Riss, keine Linie. Mein Blick folgte der steilen Mauer hinauf in den Himmel. Der Palast thronte auf einem steinernen Plateau. In der Mitte ragte ein runder Turm in die Höhe. Links davon wurde der Palast flacher und Baumkronen blitzten hinter einer Mauer hervor. Der gesamte Palast wirkte erhaben und starrte wie ein Monstrum auf mich herab. Triumphierend reckte ich das Kinn und schenkte meinem ehemaligen Gefängnis ein müdes Lächeln. Den dunklen Klauen war ich entkommen.

Hamm zog mich am Arm und ich wandte meinen Blick ab. Vor uns lag eine schmale Gasse der Hauptstadt, die Häuser auf der anderen Seite hatten kaum Fenster in unsere Richtung – warum auch eine Mauer ansehen?

Geran führte uns zu einer Kreuzung und durch verlassene Straßen, während aus der Ferne Jubel zu uns drang. Einige Truppen zogen vermutlich durch die Hauptstadt. Wir hatten einen guten Zeitpunkt erwischt.

Manchmal blieb Geran stehen, als würde er sich orientieren, bevor er uns weiterführte. An einem Haus mit einer Scheune hielt er und klopfte an. Trafen wir weitere Personen, die an der Flucht beteiligt waren? Wie hatten Jaden und Geran das nur in so kurzer Zeit auf die Beine gestellt?

Eine Frau öffnete die Tür. Als sie Geran erblickte, warf sie sich ihm an die Brust. Er drückte ihr einen schnellen Kuss auf die Lippen, bevor sie sich voneinander lösten und wir in das Haus eintraten. Durch einen Torbogen führte sie uns in die Scheune, in der Licht durch einige Schlitze fiel und helle Streifen über einen Händlerwagen malte, vor den zwei Pferde gespannt waren.

»Ist alles bereit?«, fragte Geran und die Frau nickte. Sie stellte sich uns als Stelja vor, doch die ganze Zeit haftete ihr Blick auf Geran.

Wir nahmen uns einen kurzen Moment und gingen zurück ins Haus. Stelja reichte uns Essen, das wir gierig verschlangen. Danach verschwanden wir nacheinander im Bad. Ich wusch mir den Schweiß von der Haut und erleichterte mich.

»Du kannst von hier zurück zum Palast gehen«, sagte Hamm zu Narie, als ich zu meiner Gruppe stieß. Unschlüssig stand sie in der Scheune, betrachtete Geran, wie er Kisten auf dem Wagen zurechtrückte, bevor ihr Blick wieder zu Hamm wanderte.

»Wohin geht ihr?«, fragte sie.

Geran hielt inne und musterte Narie. »Weg von hier«, antwortete er mit einem Grinsen.

Hatte sie geglaubt, ihr würde jemand eine ehrliche Antwort darauf geben?

Sie hob ihre Hand und knabberte an ihrem Daumennagel. Wieder huschten ihre Blicke zwischen uns hin und her. »Bitte lasst mich mit euch gehen«, sagte sie schließlich. Ihre Stimme klang kläglich. »Ich will nicht zurück in den Palast.« Bevor sie sich zurückhalten konnte, sammelten sich Tränen in ihren Augen und liefen ihr über die Wangen.

Geran und Hamm wechselten einen Blick. Aus ihrem stummen Gespräch konnte ich nichts herauslesen.

Ich betrachtete Narie, die nicht viel älter als ich wirkte. Was hatte sie im Palast erlebt, dass sie nicht dorthin zurückwollte? Stattdessen gedachte sie sich Menschen anzuschließen, vor denen sie vor wenigen Augenblicken noch Angst gehabt hatte. »Lassen wir sie doch mitkommen«, sagte ich und sprang auf die Ladefläche zu Geran und Hamm folgte mir. »Dann können wir endlich los.«

Narie trat einen Schritt näher an den Wagen heran und wartete auf eine Antwort. Als ihr Hamm eine Hand reichte und sie zu uns hochzog, strahlte ihr Gesicht. Stelja löste die Plane, rollte sie herunter und hüllte uns ein. Im Wagen befanden sich einige Kisten und Taschen. Geran und Hamm legten die Beutel aus dem Tunnel daneben. Hatten sie damit gerechnet, dass wir den Wagen vielleicht nicht erreichen würden? Jaden hatte wirklich an alles gedacht.

Ein Knarren ertönte und Licht fiel von vorn auf die Plane. Der Stoff leuchtete weiß und blähte sich im Wind. Feine Ritzen bildeten sich und ich spähte hinaus. Stelja schwang sich auf den Kutschbock. »Dann mal los«, sagte sie und trieb die Pferde an.

Als wir uns in Bewegung setzten, kribbelte es in meinem Bauch. Das Grinsen auf meinem Gesicht ließ sich nicht unterdrücken, also wehrte ich mich nicht. Meine Gefährten würden das Fundament für den *Heiwan Orden* legen. Aber viel wichtiger war, dass ich endlich in der Lage war, die Eisendynastie zu verlassen und Saki zu finden.

15.

SAKI

Stiller Dank

In Impen wurden mit mir zwei weitere Jungen ausgewählt. Dorallien war erst fünfzehn Jahre alt, aber für sein Alter auffallend groß. Er überzeugte Naranel mit seiner puren Kraft. Mek hingegen war flink und wendig. Obwohl er nur ein Jahr älter war als ich, bildete er sich viel ein. Nach der Zeremonie in Impen zogen wir weiter zu den Dörfern Lellen und Junik. Es schlossen sich uns drei weitere Jungen an. Fan, Nuren und Gersem. Sie waren zwischen siebzehn und achtzehn Jahre alt, alle groß und muskulös. Fan hatte schiefe Zähne, aber ein strahlendes Lächeln. Hin und wieder flüsterte er, dass er nicht glauben könne, ausgewählt worden zu sein. Nuren war ruhig und sagte bis auf seinen Namen nichts. Die Haare hingen ihm ins Gesicht und die Augen waren stets in die Ferne gerichtet. Seine Technik beim Kampf war gut. Er lernte schnell und setzte Naranels Anmerkungen direkt um. Gersem war laut und schwärmte vom Palast und den Frauen am Hof. Wenn ich ihm nicht mehr zuhörte, klopfte er mir auf die Schulter und erzählte in doppelter Lautstärke von Ruhm und Ehre, die uns erwarteten.

Unwillkürlich verglich ich sie mit ehemaligen Nachbarsjungen aus Grünfrey. Erkannte Gemeinsamkeiten und Unterschiede. Mein Herz krampfte schmerzhaft, wenn ein Lachen mich in meine verlorene Vergangenheit zurückversetzte.

Wir brachen aus Junik auf und marschierten einen Tag nach Osten. In einer größeren Stadt namens Rondrean übernachteten wir in einer Gaststätte. Am nächsten Tag warteten drei Wägen auf uns, die uns und die Wache zum Palast brachten. Naranel und der andere, dessen Namen ich mir nicht merken konnte, ritten auf ihren Pferden neben uns her. Wir verbrachten drei langweilige Tage auf den Karren. Gersem plapperte die ganze Zeit und Mek ergänzte Gersems Gerede mit Geschichten über sich selbst. Dorallien und Fan verstanden sich gut und hatten sich von den anderen etwas abgesetzt. Ich hielt mich an Nuren, starrte aus dem Wagen und beobachtete die vorbeiziehende Landschaft.

Als wir uns unserem Ziel näherten, wurden die Straßen belebter. Wir zogen vorbei an Händlern, Reisenden und anderen Truppen, die mit Jungen von den Zeremonien zurückkehrten. Wir alle strömten auf dasselbe Ziel zu: Odissa, die Hauptstadt der Eisendynastie. Sendra hatte mir erklärt, dass dort viele Menschen um Ruhm buhlten. Frauen und Männer besuchten den Hof und erhofften sich, in reiche Familien einzuheiraten. Oder sie brachten Ware und Handwerksgüter, um diese am Hof zu verkaufen und Ruhm zu erlangen.

Hatten die Menschen keinen Erfolg, konnten sie schnell die Pacht in den gehobenen Vierteln nicht mehr zahlen. Sie landeten in armen Gegenden weit außerhalb des Stadtkerns. Regelmäßig wurde Odissa von der Wache gesäubert, die die Mittellosen einfach vor die Stadtmauern trieb. Ein eiskalter Schauer huschte über meine Haut und ich schickte ein Stoßgebet an die Sonne, dass ich von dieser Aufgabe verschont bleiben würde.

»Die Hauptstadt«, sagte Fan. »Kaum zu glauben!« Er rutschte näher zum Kutschbock und hielt die Plane noch ein Stück weiter zur Seite. Dorallien nickte und starrte mit großen Augen hinaus.

»Ob uns hübsche Frauen am Hof erwarten?«, fragte sich Gersem. Mek fuhr sich mit der Hand durchs Haar und grinste.

Nuren hob den Blick leicht von der Straße und richtete ihn auf die Stadt. Meine Augen folgten seinem Beispiel.

Odissa breitete sich majestätisch vor uns aus. Eine Mauer umgab den Stadtrand, die auf unserer Seite von zwei unterschiedlich großen Toren durchbrochen wurde, an denen sich die zuströmende Menge teilte. Die Gruppen mit Pferden und Wagen, wie auch wir, steuerten auf das größere Tor zu, während die zu Fuß reisenden Menschen zum kleineren Tor eilten. Hinter der Mauer führten Straßen bergauf zum Palast und durch den Anstieg konnte ich die Dächer der Häuser erkennen, die sich an den gewundenen Straßen eng aneinanderreihten. Der Palast thronte an der höchsten Stelle erhaben über der Stadt. Er stand auf einem dunklen Plateau, das die normalen Häuser weit überragte, und das Hauptgebäude verschmolz mit seinen Türmen. Sie waren aus schwarzem Stein und schwarze Ziegel bedeckten die Dächer der unterschiedlich hohen Zylinder und Würfel. Der Palast erhob sich wie eine sich schließende Kralle.

Hier war ich also.

Wir durchquerten das Tor der Hauptstadt und laute Rufe ertönten. Die Menschen kamen herbeigeeilt und Jubel umfing uns. Die Straße vor uns schlängelte sich zum Palast hinauf. Während die anderen Jungen der Menge winkten oder bis über beide Ohren grinsten, blickten Nuren und ich nur starr auf den Palast, der vor uns weiter an Größe gewann, je näher wir ihm kamen.

Unser Trupp passierte ein weiteres großes Tor, dieses Mal von der inneren Stadtmauer, und wir ließen den überschwänglichen Jubel hinter uns. Die Wagen schlängelten sich die Straße am Plateau empor, bis wir auf einem Vorhof hielten und von der Ladefläche sprangen. In wenigen Schritten gesellte ich mich zu Naranel und fragte: »Was passiert jetzt?«

Er schwang sich vom Pferd und übergab die Zügel an einen Knappen. »Ihr werdet den König treffen und eure Quartiere beziehen.« Ich folgte ihm durch den Hof. »Wenn alle Rekruten eingetroffen sind, beginnt das Training.«

Naranel führte mich und die anderen Jungen durch ein paar Torbögen und in einen großen Garten. Die Bäume, Hecken und Bänke trugen Girlanden und Blumen. Klatschend hieß uns eine Meute Edelleute willkommen, die sich seitlich von einem kleinen Weg positioniert hatte. Zu Gersems Freude gab es viele Frauen, die uns interessiert betrachteten, als wir durch ihre Reihen schritten. Die Menschen verstummten und wandten sich einer Fassade zu, die mit einer großen Glasfront geziert war.

Durch Sendras Erzählungen wusste ich, dass die Rekruten persönlich im Palast begrüßt wurden, dennoch hielt ich die Luft an, als der König durch einen gläsernen Bogen zu uns heraustrat. Er war größer, als es ein normaler Mensch sein sollte. Wie ein Berg überragte er uns alle. Sendra hatte mit ihren Erzählungen nicht übertrieben. Meine Schultern bebten und ich presste die Hände an die Seiten. Hinter ihm standen drei weitere Wachen aus unserer Truppe. Neben König Roufen stand ein schwarzhaariger Junge in meinem Alter. Prinz Jaden. Auf seinem Gesicht lag ein höfliches Lächeln, doch an seiner Haltung stimmte etwas nicht. Er hielt den Kopf leicht gesenkt, sein Körper wirkte angespannt und er umklammerte mit der rechten Hand das Handgelenk seiner linken ein wenig zu fest.

Das Gefühl, die Wahrheit nicht ganz fassen zu können, keimte in mir auf. Doch wurde jeglicher Gedanke in mir überlagert von der Tatsache, dass ich meinen ärgsten Feinden gegenüberstand. Unauffällig kramte ich in der Hosentasche nach dem kleinen Holzvogel und schloss die Finger darum. Ich hielt mich an ihm fest, während sich der König an uns richtete.

König Roufens Stimme hallte durch den Garten, als er uns willkommen hieß. »Als vielversprechende Jünglinge wurdet ihr von den Besten meiner Garde ausgewählt.« Kurzer Beifall ertönte. Der König nickte und fuhr fort: »Willkommen in meinem Palast. Strengt euch an und strebt nach Großem. Vielleicht befindet sich der nächste Kommandant unter euch.«

Die Menge applaudierte und Jaden hob den Blick, um seinen Vater von der Seite zu mustern. Dann zuckten seine Blicke kurz über die Menschenansammlung. So kurz, dass ich erst glaubte, es mir eingebildet zu haben. Doch aus seinem Gesicht sah mich das Auge eines Goldkindes an. Für den Bruchteil eines Wimpernschlags sah ich Kindra vor mir. Ich keuchte und ballte die Hände zu Fäusten. *Konzentrier dich*, ermahnte ich mich.

»Unglaublich«, sagte Gersem neben mir. »Sie haben es geschafft!«

Naranel trat vor uns und senkte seine Stimme. »In der Tat, Prinz Jaden trägt das erste Auge.«

»Wahnsinn«, sagte Fan.

In mir brodelte eine Hitze, die kaum zu zügeln war. Dennoch nickte ich zustimmend und wandelte mein Entsetzen in das Staunen eines beeindruckten Eisenjungen. Es gelang mir nur unter größter Anstrengung.

Verdammt. Der Mistkerl trug das Auge eines Goldkindes. Wenn es Kindras Auge war, würde ich es ihm mit eigenen Händen wieder ausreißen.

Ich konzentrierte mich auf den kleinen Funken in meiner Brust, der flüsterte, dass Kindra lebte. Wenn er ihr Auge trug, dann war sie hier. Dass sie Teil der Ernte war und sie ihr ein Auge entnommen hatten, verdrängte ich für den Moment.

»Folgt mir«, sagte Naranel und brachte uns in den Palast. Während er uns durch lange Gänge führte, holte ich zu ihm auf.

»Seit wann trägt der Prinz das Auge?«, fragte ich mit gespieltem Interesse. Endlich war ich im Palast angekommen. Der Schock über die Grausamkeit meiner Feinde durfte mich nicht von meinem Ziel ablenken. Um mich Kindra anzunähern, musste ich möglichst viele Informationen über die Ernte sammeln.

»Gestern hat er den Verband abgenommen.«

»Wie haben sie das gemacht?«

Naranel zuckte mit den Schultern und wir folgten ihm einige Treppen hinab.

»Das musst du mich nicht fragen, Junge. Der Medi führt die Ernte durch – mehr weiß ich nicht.«

»Der Medi«, wiederholte ich ehrfürchtig, obwohl ich das schon von Sendras Erzählungen wusste. »Hat er ein eigenes Labor?«

»Saki«, sagte Naranel und warf mir einen Blick zu.

Mit der Hand rieb ich mir den Nacken und lachte. »Tut mir leid. Meine Neugierde hat mich angetrieben. Das Auge ist faszinierend.«

Er nickte. »Es ist auch das erste Auge eines Goldkindes, das ich sehe.«

Obwohl ich Naranel gern weiter ausgefragt hätte, schwieg ich. Es schien, als würde er nicht mehr wissen, und ich musste aufpassen, dass ich mit meinen vielen Fragen nicht auffiel. Trotzdem lagen mir weitere im Mund – wie kam es, dass er als Palastwache zuvor noch kein anderes Auge gesehen hatte?

Zu schweigen fiel mir schwer und in mir erwachte eine zweifelnde Stimme, durch deren Worte mein Ziel in unerreichbare Ferne zu rücken drohte. Am liebsten hätte ich Naranel geschüttelt oder den Prinzen selbst nach den Goldkindern gefragt. Doch ich durfte das Ganze nicht überstrapazieren.

Auf unserem Weg zu unseren Unterkünften kamen wir an einer Küche vorbei und erreichten einen Raum mit Stühlen und Tischen, in dem sich etwa dreißig Rekruten aufhielten. Sie spielten Karten, unterhielten sich oder folgten uns prüfend mit ihren Blicken. Durch eine Tür an der anderen Seite des Aufenthaltsraumes trat ich mit meiner Gruppe auf einen Korridor, in dem sich Türen in kurzen Abständen aneinanderreihten.

»Noch habt ihr die Auswahl«, sagte Naranel und deutete in den Gang, an dessen Wänden unbeschriebene Schilder hingen. »Sucht euch ein Zimmer und schreibt euren Namen darauf.« Er tippte an die Tafel, die ihm am nächsten war. »Als Rekruten teilt ihr euch ein Zimmer zu viert. Je höher ihr in eurem Rang steigt, desto mehr Privatsphäre erhaltet ihr.«

»Wir schlafen da drin zu viert?«, fragte Mek, der in ein Zimmer spähte, ehe er sich wieder an uns wandte. Zwischen seinen Augenbrauen erschien eine steile Falte.

Naranel streifte Mek mit einem strengen Blick, bevor er sich umdrehte und uns allein zurückließ. Dorallien und Fan trugen sich im erstbesten Zimmer ein und verschwanden dann zum Gemeinschaftsraum. Mek öffnete eine Tür nach der anderen, um sich das beste Zimmer auszusuchen. Geram folgte ihm und schwärmte von Jadens Auge. Das ständige Gerede über den Prinzen löste Übelkeit in mir aus. Meine Arme begannen zu zittern und ich unterdrückte den Drang, irgendwo dagegenzuschlagen. Stattdessen schrieb ich mich auf die Tafel zu Dorallien und Fan und stürmte an Nuren vorbei zum Gemeinschaftsraum. Als ich durch die Tür trat, sah ich Nuren aus dem Augenwinkel, der sich in dasselbe Zimmer eintrug und sich dorthin zurückzog. Ganz der Einzelgänger.

Im Gemeinschaftsraum hielt ich Ausschau nach Dorallien und Fan. In dem Gewusel brauchte ich einen Moment, bis ich sie an einem Tisch entdeckte, wo sie sich mit ein paar Jungen unterhielten.

Ich schloss zu ihnen auf und hörte noch, wie Fan aufgeregt von Prinz Jadens Auge erzählte.

Auch das noch.

»Keiner redet über etwas anderes. Er hat erst gestern den Verband abgenommen«, sagte einer.

»Was er jetzt wohl für Kräfte bekommt?«, überlegte ein anderer.

Was auch immer passierte, es war alles gestohlen, auf brutalste Art und Weise. Wut regte sich in mir wie ein giftiges Monster, das meine Brust fast zum Explodieren brachte. Doch ich war hier für Informationen. Für ein Ziel.

»Wisst ihr etwas über die Ernte?«, fragte ich möglichst aufgeregt.

Die Jungen verneinten enttäuscht meine Frage. »Die Ernte liegt in Prinz Jadens Einflussbereich. Es gibt am Hof Gerüchte, aber mehr nicht.«

»Was für Gerüchte?«, hakte ich nach.

Ein anderer antwortete: »Die Ernte war sehr ergiebig.« Er zuckte mit den Schultern. »Aber seit den Neuigkeiten, die kursieren …«

Einige Blicke wurden getauscht und mein Puls beschleunigte sich.

»Wollt ihr euch das ansehen?«, fragte ein anderer und ich nickte. »Neben Prinz Jadens Auge ist das das andere Gesprächsthema.« Kurz entschlossen führte er uns hinaus und ging eine Treppe hoch. Dann blieb er stehen und blickte sich um. »Oh Mann«, sagte er. »Ich finde mich hier einfach nicht zurecht.«

»Da lang«, meinte ein anderer.

»Sicher?«, fragte der Junge. »Ach, wird schon stimmen.«

»Wie viele Rekruten sind bisher eingetroffen?«, erkundigte sich Dorallien, während wir weiter durch die Gänge schlenderten.

»Vielleicht hundert«, antwortete ein kleiner Junge mit roten Haaren. »Viele erkunden den Palast bis zum Essen. Sonst sitzen wir nur herum.«

Wir verließen einen Gang und traten in einen Innenhof.

»Da!«, sagte der Junge, der uns hergebracht hatte, und deutete auf zwei Männer, die an Ketten um die Handgelenke von einem Querbalken baumelten. Die Füße pendelten einige Zoll über dem Boden und die Schultergelenke sahen schmerzhaft verrenkt aus. Vermutlich waren die Arme aus den Gelenken gesprungen. Die Köpfe hingen den

Männern schlaff auf die Brust und um den Hals trugen sie jeweils ein Schild, auf dem mit Blut *Verräter* geschrieben stand.

Kalter Schweiß brach mir aus, meine Hände wurden feucht, doch ich konnte den Blick nicht abwenden. Erwartete mich das, wenn sie herausfanden, dass ich ein Spion der Hüter war?

»Gruselig, oder?«, fragte der Junge aufgeregt.

»Was ist mit ihnen?«, wollte Fan wissen und verdrehte sich, um den Männern ins Gesicht zu blicken. »Sind sie tot?«

»Nein, nur meistens ohnmächtig. Prinz Jaden ließ sie aufhängen«, sagte der Junge. Er trat einen Schritt näher und sprach leise weiter: »Sie haben einem Goldkind zur Flucht verholfen. Der König war außer sich.«

Gänsehaut überzog meine Arme, als ein Windhauch meine erhitzte Haut traf. Unendliche Dankbarkeit durchströmte mich, als ich die Männer betrachtete. Sie hatten einem Goldkind geholfen. War Kindra geflohen? Sofort drang ihr vertrauter Geruch in meine Nase. Mein Herz schlug schneller. Nach der Erleichterung durchzuckte mich die Hoffnung, sie wäre es nicht. Sie wäre noch hier. In meiner Nähe.

Wie selbstsüchtig.

Einer der Männer stöhnte, doch er blieb bewusstlos. Nach nur einer Stunde, die ich bereits im Palast war, hasste ich diesen Prinzen.

»Wie lange hängen sie schon da?«, fragte ich.

»Seit gestern früh. Morgen findet die Hinrichtung statt. König Roufen besteht darauf, dass die Verbrecher nicht schon beim Aushängen sterben.«

Ich wollte die Hände zu Fäusten ballen, die Zähne zusammenbeißen und unaussprechliche Flüche in den Himmel jagen. Doch ich tat nichts davon, verschränkte stattdessen locker die Arme und sah die Gruppe an, mit der ich hier stand. »Können wir bei der Hinrichtung zusehen?«, erkundigte ich mich und versuchte, interessiert zu klingen. Bei ihrem letzten Atemzug würde ich ihnen meinen Dank erweisen. Dafür, dass sie gute Taten zwischen Monstern vollbracht hatten.

»Ja«, sagte der kleine Rotschopf. »Ihr könnt euch uns morgen anschließen.«

Wir gingen zurück und saßen noch eine Weile im Gemeinschaftsraum. Fan brachte uns ein Kartenspiel bei und sogar Nuren setzte sich irgendwann zu uns. Doch blieben meine Gedanken bei den Männern und der Flucht. Nach dem Essen ging ich in unser Zimmer und schob den kleinen Holzvogel in den Überzug meines Kissens. Stille umfing mich das erste Mal seit meinem Aufbruch in Impen. Doch die Ruhe hatte nichts Vertrautes. Der Geruch von schwerem Holz und frisch gewaschenen Laken vermischte sich mit kaltem Gestein und duftendem Kerzenwachs. Meine Gedanken kreisten um die Eindrücke der letzten Tage, während ich mich auf meinen langsamen Atem fokussierte. Doch entkam ich dem Chaos in meinem Kopf nicht. Mein Rücken schmerzte von der Anspannung, die nicht von mir abfallen wollte, trotzdem zog ich meine Sachen aus und verstaute sie in einer kleinen Truhe unter meinem Bett. Erschöpft sank ich auf die Matratze und starrte zur Decke.

Ich war im Palast.

Nach Monaten der Vorbereitung, Schweiß, Tränen und kochender Ungeduld war ich tatsächlich hier.

Jetzt musste ich mich, soweit es ging, nach oben arbeiten.

Als die anderen ins Zimmer kamen, stellte ich mich schlafend. Ein weiteres Gespräch über Prinz Jaden und sein goldenes Auge würde ich nicht ertragen. Die Jungen unterhielten sich eine Weile im Flüsterton und verstummten dann. Bald verriet mir ihr gleichmäßiges Atmen, dass sie dem anstrengenden Tag zum Opfer gefallen waren. Doch von mir hielt sich der Schlaf fern. Ich starrte ewig an die Decke. Aus der Dunkelheit der Nacht blickte mir Kindras Gesicht entgegen, und als ich einschlief, sah sie mich in meinen Träumen mit nur einem Auge an.

Am nächsten Morgen kamen zwei Gruppen mit neuen Rekruten im Palast an. Mittags eine weitere. Die Zimmer füllten sich und ich hoffte, dass die Warterei endlich ein Ende nahm. Mir fehlte das tägliche Training, um mich abzulenken. Stattdessen saß ich mit den Jungen im Gemeinschaftsraum oder streifte mit ihnen oder allein durch den Palast. Ich versuchte, möglichst viel über die Ernte herauszufinden, doch ich blieb erfolglos. Alle meine Fragen führten mich zum Prinzen. Er schien der Schlüssel zu sein, der mich näher an die Goldkinder heranbrachte.

Während meiner freien Zeit prägte ich mir die Gänge und den Aufbau des Palastes ein. Es konnte nicht schaden, sich auszukennen. Doch war das keine Tätigkeit, die meine Gedanken zum Verstummen brachte.

Nach dem Essen kam der Rotschopf zu uns, der sich in der Zwischenzeit als Bux vorgestellt hatte. »Wir gehen jetzt zur Hinrichtung«, sagte er.

Fan, Dorallien, Gersem und sogar Mek schlossen sich uns an. Nuren schüttelte nur den Kopf und blieb zurück. Wir folgten Bux und seiner Gruppe durch den Palast und hinaus auf den Innenhof. Die Gefangenen knieten in der Mitte des Platzes. Der König thronte an der linken Wand, Prinz Jaden stand neben ihm und richtete seine Augen nach vorn auf die Männer. Ein Wachmann überschüttete die Gefangenen mit Wasser und sie stöhnten. Ihre Haut verfärbte sich rot und begann zu dampfen. Ein weiterer Eimer folgte und das Raunen der Schaulustigen ging in den gequälten Schreien der Männer unter. Das Wasser musste kochend heiß sein.

Auf dem Platz versammelten sich außer uns über hundert weitere Neugierige, die alle gebannt auf das Schauspiel blickten, das sich uns bot. Mir wurde übel bei dem Anblick der schmerzverzerrten Gesichter und in Gedanken wiederholte ich immer und immer wieder ein Wort: *Danke.* Sie hatten das Richtige getan. Dafür büßten sie jetzt mit einem qualvollen Tod.

Der König erhob sich und brachte die Anwesenden mit einer Geste zur Ruhe. Das Gemurmel der Umstehenden verstummte und die Wachen stellten die Eimer ab. Das leise Stöhnen der Männer hallte als einziges Geräusch durch den Innenhof. »Ihr habt nicht nur euer Land und euren König verraten«, donnerte die Stimme des Königs, »sondern ihr habt vor allem das Vertrauen des Prinzen missbraucht. Joe und Morten, ihr wart Teil der Ersten Leibgarde meines Sohnes. Für diesen Verrat werdet ihr durch seine Hand den Tod finden.«

Zustimmung und wüste Beschimpfungen ertönten von der Menge. Sie verurteilten die Männer, wünschten ihnen einen langsamen Tod.

Prinz Jaden starrte seinen Vater an und sah dann zu den Männern, die sich unter Schmerzen wanden. Selbstsicher reckte er das Kinn. Trotzdem konnte nicht sagen, ob Wut oder Schmerz in seinen

Augen schimmerte. Ohne zu zögern, zog er sein Schwert und ging nach vorn. Hatten die Männer lange in seinen Diensten gestanden? Traf ihn der Verrat?

Die Klinge schwang vor den Gesichtern der Männer hin und her. »Joe«, sagte Prinz Jaden. »Morten.« Er stellte die Spitze der Klinge auf den steinernen Boden und sah von einem zum anderen. »Ihr habt euch auf die falsche Seite gestellt. Nun werdet ihr durch Gerechtigkeit fallen.«

Mein Ekel wuchs. Dass ich mich für die Suche nach den Goldkindern dem Prinzen annähern musste, war mir zuwider. In einer fließenden Bewegung hob er die Klinge und legte die Spitze an den Hals des ersten.

»Bitte«, flehte dieser und Tränen liefen ihm über seine Wangen. Die Haut an den Schultern war rot und weiß gefleckt. Die ersten Blasen bildeten sich.

Prinz Jaden biss die Zähne zusammen und stach die Klinge von oben durch den Hals in den Brustkorb des Mannes. Seine Augen blieben offen und seine Stimme verstummte für immer. Dann zog der Prinz die Klinge heraus. Blut rann an der Klinge hinab und tropfte zu Boden. Zum Glück war es schnell vorbei.

Der Kopf des anderen Mannes sackte herab. Leise wimmerte er und sein ganzer Körper bebte. Prinz Jaden trat vor ihn und betrachtete ihn stumm. Dann packte er dessen Haare und zog seinen Kopf zurück. Die Klinge legte er ebenfalls an den Hals. Mit einem schnellen Stoß war es vorbei. Jaden zog das Schwert heraus und der Mann sackte zur Seite. Mit der blutverschmierten Klinge ging Jaden zurück zu seinem Vater. Dort wurde ihm die Ecke eines sauberen, etwa sechs Fuß breiten Tuches gereicht, an dem er das Blut abwischte. Nachdem die Klinge wieder glänzte, schob er das Schwert zurück in die Scheide.

Das fleckige Tuch wurde angezündet und brennend über die Männer gelegt. Damit war das grausame Schauspiel vorbei. Der Prinz verbeugte sich vor seinem Vater und eilte davon. Ich sah ihm hinterher, wie er verschwand, ohne auf die Wachen zu warten, die ihm in einigem Abstand folgten.

»Heftig«, sagte Fan und starrte die Leichen an, die wieder zum Vorschein kamen, je mehr Löcher sich durch das Feuer in den Stoff des Tuches fraßen.

Dorallien hatte die Augen aufgerissen und blieb stumm. Wir mussten unsere Identität geheim halten, sonst würde uns dasselbe erwarten. Das schien er zu begreifen.

Die Jungen zogen los und schlugen den Weg zurück zum Gemeinschaftsraum ein. Wortlos setzte ich mich von der Gruppe ab und schloss mich den Menschen an, die in die gleiche Richtung drängten, in die der Prinz verschwunden war. Wir durchquerten einen Gang und traten hinaus in einen riesigen Garten. Die Menschen verstreuten sich und einige Damen reckten die Köpfe. Vermutlich suchten sie nach dem Prinzen, oder wenigstens nach einem gut aussehenden Kandidaten für eine Heirat.

Ich schlenderte durch den Garten und verhielt mich, als würde ich mir staunend den Palast ansehen. Doch den Prinzen entdeckte ich nicht. Die Sonne brach durch die Wolkendecke und blendete mich. Mit der Hand schirmte ich ihr Licht ab und zog mich in den Schatten an der Palastmauer zurück. Ein Weg führte an dem kühlen Gestein entlang und zu einem Gebiet im Garten, das etwas abgeschottet lag. Hierher hatte sich kein Mensch verirrt – schließlich gab es nichts zu bestaunen oder zu umkreisen.

In der Stille fühlte ich mich gleich wohler.

Ein paar Schritte weiter wuchs eine dicke Hecke, die den Bereich einrahmte. Nur an der rechten Seite, an der die Äste die Wand des Palastes berührte, fehlten Blätter.

Seltsam.

Nachdenklich strich ich mit den Fingern über einen abgeknickten Zweig. Ob dahinter etwas versteckt lag?

Stimmen näherten sich, und ohne dass ich weiter nachdachte, zwängte ich mich zwischen Hecke und Mauer hindurch. Ein schmaler Pfad führte im Schutz des Gebüsches ein paar Schritte an der Palastmauer entlang. Dann eröffnete sich vor mir ein weiterer Garten. Er war klein, hatte zwei Bänke und lag abseits aller Augen. Ein geheimer Rückzugsort.

Noch bevor ich weiter hinaustreten konnte, drangen Geräusche zu mir. Husten, ein Würgen und leise Flüche. Ich ging in die Hocke und sah mich um. Hinter einem Baum erkannte ich eine Gestalt, die sich krümmte und sich erbrach. Mit einem wütenden Stöhnen wirbelte sie herum und schlug mit der Faust gegen den Stamm. Mir klappte der Mund auf. Es war der Prinz. Er sackte zu Boden und legte sich ins Gras. Mit einer Hand fasste er sich an sein goldenes Auge und stöhnte.

Leise zog ich mich zurück, lief geduckt den schmalen Pfad entlang und quetschte mich an der Hecke vorbei. Ich eilte zurück zum Gemeinschaftsraum und verschloss diese Erinnerung im hintersten Winkel meines Gedächtnisses.

Der Prinz war mir ein Rätsel.

16. Kindra

Ein Stück Magie

Wir hatten Odissa ohne Zwischenfälle verlassen und befanden uns auf einer kleinen Nebenstraße nach Norden. Stelja vertrieb ihre Ware in den Dörfern, die wir passierten. Es gab unserer Reise einen Grund, der von außen unscheinbar wirkte.

Wenn wir uns unter Menschen aufhielten, versteckte ich mich im Wagen und verbarg mein Gesicht unter meiner Kapuze. Meistens legte ich mich zwischen die Kisten und stellte mich schlafend. Doch meine Gedanken kreisten unaufhaltsam um Saki. Wo war er? Wie ging es ihm? Mit jedem Herzschlag wurde ich schmerzhaft daran erinnert, dass ich zurück zu ihm ins Gezeitenreich wollte. Doch wie stellte ich das an, ohne wieder geschnappt zu werden?

Alles in mir schrie danach, von diesem Wagen zu springen und loszurennen, bis ich in seinen Armen lag. Doch meine Gefährten mahnten mich zur Geduld. Die Soldaten des Palastes waren ausgeschwärmt und suchten nach uns. Geran und Hamm nutzten Informationen, die ihnen von Jadens Wachen zugetragen wurden. Es entstand eine Art Tanz, wie wir uns um die ausgesandten Truppen herumbewegten. Am dritten Tag begaben wir uns absichtlich zu Soldaten in eine Straßensperre, die von Unterstützern des *Heiwan Ordens* errichtet wurde. Sie ließen uns passieren.

Meine Hoffnung setzte ich auf Yars, den Informanten von Jaden, den wir aufsuchen würden. Mit seinen weitreichenden Kenntnissen sollte er Hamm und Geran wichtige Hinweise für den *Heiwan Orden* geben. Von ihm erhoffte ich mir Rat, wie ich das Land verlassen konnte.

Geran blieb zu Beginn bei mir im Wagen. Durch seine Narbe an der Lippe bestand das Risiko, dass ihn jemand in den umliegenden Dörfern von Odissa als Jadens ehemalige Leibwache erkannte. Wir konnten es uns nicht erlauben, die falschen Soldaten anzulocken.

Hamm traf sich während unserer Aufenthalte in den Dörfern mit den Personen, die Jaden für den *Heiwan Orden* vorgeschlagen hatte. Es handelte sich um Dorfvorstehende oder Händler. Zudem verbreitete Hamm unter dem Volk kleine Nachrichten, die zu Frieden aufriefen.

»Woher kennt Jaden diese Menschen?«, fragte ich Hamm, als wir das aktuelle Dorf verließen.

»Als Anführer der Goldmagier erhält Prinz Jaden viele Gesuche. Die Goldmagier werden ausgesandt und gestalten Dörfer um oder bauen Gebäude wieder auf. Es nimmt den Menschen viel Arbeit ab.« Er verschränkte die Arme und ließ den Kopf kreisen. »Die meisten Vorsteher der umliegenden Dörfer erbitten persönlich ein Gespräch, andere schicken Händler, die die Nachrichten überbringen.«

»Jaden erwähnte mir gegenüber, dass er sich machtlos fühle.« Ich schüttelte den Kopf. »Dabei hat er mehr Einfluss, als ihm bewusst ist.«

»Er kennt das Land vermutlich besser als sein Vater. Aber der König und die Tradition dieses Landes sind nicht zu unterschätzen.« Hamms Augen fixierten einen Punkt auf der Ladefläche. »Bis der *Heiwan Orden* an Größe gewinnt, werden Jahre vergehen.«

Das Herz sank in meiner Brust. »So lange?«

»Der Prinz braucht genügend Anhänger, um Druck auszuüben. Vorher kann er nichts ausrichten. Erst dann werden sich die Menschen offiziell zum Orden bekennen. Davor ist die Gefahr zu groß, dass die Sympathisanten verfolgt und wegen Verrat hingerichtet werden.«

Mir wurde kalt und ich schlang die Arme um meinen Körper. Diese Reise erschien mir plötzlich wie ein Wassertropfen auf einem heißen Stein. Wir bewegten uns zwischen Soldaten, denen wir knapp entgingen, und Menschen, die uns zur Sicherheit ihres eigenen Lebens vermutlich verraten würden.

»Mir ist unwohl bei der Sache.« Narie seufzte und sprach damit aus, was ich dachte. Unruhig nestelte sie am Saum ihres Umhangs. »Mit unseren Umwegen brauchen wir viel länger bis Kombun und Ellenriet.« Sie hob den Kopf und sah zu Hamm. »Was, wenn sie uns finden?«

»Das werden sie nicht.« Seine Stimme klang nicht so optimistisch wie die Worte, die er an uns richtete.

Ich zog die Beine an und verschränkte die Arme um die Knie. »Du wolltest dich uns anschließen«, warf ich ein.

Naries Miene verfinsterte sich. »Das stimmt. Aber ich würde diesen Yars gern lebend treffen. Wenn wir nur ein paar Tage die Hauptstraße nehmen würden …«

Geran schüttelte den Kopf. »Das ist zu gefährlich.« Mit der Hand wanderte er zu seinen Lippen und fand die Narbe. Seit unserem Aufbruch schien sie ihm wieder bewusst zu sein.

Naries Kinn sackte auf ihre Brust und sie seufzte ergeben.

Wind kam auf, blähte die Plane, die uns von Stelja trennte, und ich erhaschte einen Blick auf die grüne Landschaft. Wie lange würden wir durch die Dörfer ziehen, ohne wirklich voranzukommen? Die Zeit rann durch meine Finger und die Ungeduld wühlte mich auf.

Doch das Ziel, das am Ende dieser Reise lag, wog schwerer. Der *Heiwan Orden* würde die Welt verändern. Jaden wollte die Goldkinder befreien und eine neue Ära einläuten. Ein solch großes Ziel erreichte er nicht über Nacht. Daher war es natürlich, dass die Arbeit meiner Gefährten Zeit in Anspruch nahm.

Trotzdem konnte ich nur daran denken, dieses fremde Land endlich hinter mir zu lassen.

Unser Tempo drosselte sich und der Wagen hielt an. Stelja schob die Plane zur Seite. Der Himmel verfärbte sich rosa. »Wir bleiben hier.« Auf ihr Kommando sprangen wir von der Ladefläche und unsere abendliche Routine begann.

Wir wählten die Wiesen mit Bedacht aus. Sie lagen immer etwas abseits der Straße und boten durch Büsche oder Bäume teilweise

Schutz. Doch wir verkrochen uns nicht. Einen so großen Wagen und fünf Personen konnten wir nicht verstecken und den Eindruck, genau das zu wollen, durften wir nicht erwecken.

Stattdessen verhielten wir uns wie Händler, die ein ruhiges Plätzchen vorzogen und nichts Unrechtes taten. Als wären wir nicht auf der Flucht vor dem König.

Stelja nahm die Zügel der Pferde und zog sie langsam von der Straße. Hamm und Geran gingen neben dem Karren her und stützten ihn, als er die befestigte Straße verließ. Kurz darauf stand der Wagen am Rand der Wiese, unsere Pferde waren ausgespannt und tranken Wasser aus einem Eimer.

Gemeinsam mit Narie sammelte ich Feuerholz. Wir blieben in Sichtweite der anderen und schwiegen. Ich lauschte in den Wald hinein und zuckte beim kleinsten Geräusch zusammen, doch bis auf ein paar aufgeschreckte Tiere begegneten wir niemandem. Der Frühling war vor einigen Wochen angebrochen, doch die Luft war in der Nacht frisch.

Als wir zurückkamen, war das kleine Vorzelt bereits aufgebaut. Wie jeden Abend zündeten wir auch heute ein kleines Feuer in der Mitte an, dessen Rauch durch eine Metallröhre hinausgeleitet wurde. Wenn das Feuer irgendwann in der Nacht erlosch, erwärmte das Metall weiterhin die Luft im Zelt, bevor es in den frühen Stunden abkühlte.

Diese Art zu reisen gefiel mir. Mit Noba und Kork hatte ich oft im Gebüsch im Freien übernachtet. Manchmal fanden wir eine geeignete Höhle, die nicht schon von jemandem in Beschlag genommen war. Im Vergleich dazu war das hier purer Luxus.

Meine Schultern spannten sich an, als ich die schweren Gedanken an meine verlorene Familie zur Seite schob. Das Zelt, das Feuer, ich hätte alles gegeben für eine letzte Nacht mit Noba und Kork. Einen Moment schloss ich mein verbliebenes Auge und ließ die Erinnerung an das Gefühl ihrer Nähe zu, wenn sie mich fest im Arm hielten.

Der Abend senkte sich herab und das Licht zog sich langsam zurück.

Während sich Stelja und Narie um das Essen kümmerten, trainierten Hamm und Geran im schwindenden Licht. Seit dem ersten Tag unserer Reise schlossen sie mich in ihr Training ein, aber auch wenn ich es nicht zugeben wollte, fühlte ich mich gehemmt. Die Entfernungen von Schlägen oder Tritten abzuschätzen bereitete mir ungeahnte Schwierigkeiten.

Das Fehlen meines Auges machte sich bemerkbar.

Entschlossen überspielte ich meine Unsicherheit und konzentrierte mich darauf, mit jeder Bewegung ein Gefühl für die Distanz zu gewinnen. Hamm und Gerans Art zu kämpfen war anders als das, was ich von Noba und Kork gelernt hatte. Kork hatte mir gezeigt, wie ich den Schwung meiner Bewegungen und die Schwerkraft nutzen konnte, um meine Kraft zu verstärken. Geran und Hamm arbeiteten mehr auf ihre Stärke fokussiert. Daher hatte ich mit ihren Griffen und Techniken bei den Trainingskämpfen oft einen Nachteil.

Sie ließen es sich nicht anmerken, aber ich spürte ihre Unterstützung in der Art, wie sie mit mir kämpften. Durch die Wiederholung von Fehlern oder die Übungen, die sie mir zeigten, um meine Muskeln zu stärken.

Die Dankbarkeit wärmte mich von innen und gab mir Sicherheit, während die Erkenntnis mir den Boden unter den Füßen zu entreißen drohte. Denn die Ernte hatte mich kaputtgemacht. Wie sollte ich mich allein über die Grenze durchschlagen, wenn ich nicht lernte, mich ohne mein zweites Auge zu verteidigen?

Deshalb sehnte ich mich sonst auch immer den ganzen Tag nach diesen wenigen Momenten am Abend.

Geran, Hamm und ich tänzelten umeinander, traten und schlugen, bis nur noch einer stand. Dann wiederholten wir diese Prozedur so lange, bis unsere Muskeln brannten und unser Puls raste. Mit einem Satz sprang ich Hamm auf den Rücken und nahm ihn in den Schwitzkasten. Er versuchte mich abzuschütteln, aber ich hing an ihm wie eine Klette.

Narie kam aus dem Zelt, um uns zum Essen zu holen. Ich lachte triumphierend und schlang die Beine fester um Hamms Rumpf, während er sich hin und her wandte.

»Das Essen«, sagte Narie und verschränkte die Arme. Sie starrte mich einige Augenblicke an, dann eilte sie zurück ins Zelt.

»Ich ergebe mich.« Hamm lachte und ich sprang von ihm herunter. Dabei verlor ich fast das Gleichgewicht, stolperte einige Schritte. Trotzdem wich ich Hamms Hand aus, die er mir anbot.

Aus Reflex zuckten meine Finger zu dem Verband in meinem Gesicht. Das musste ich allein lernen.

Nach dem Essen saßen wir um das Feuer und besprachen die nächsten Tage. Unser Verhalten würde sich vorerst nicht ändern.

Wie in den meisten Nächten übernahm ich die erste Wache am Abend. Als es Zeit war, weckte ich Narie und Hamm. Während ich mich zusammenrollte, und versuchte Schlaf zu finden, schnappte ich ein paar Wortfetzen auf. Sie flüsterten immer, wenn sie zu zweit Wache hielten. Das Geräusch wiegte mich in Sicherheit und lullte mich schnell in den Schlaf.

Das Klappern des Geschirrs weckte mich am nächsten Morgen. Ich schob die Träume von mir, die mich jede Nacht heimsuchten und mit schwerem Herzen zurückließen. Meistens durchlebte ich die Zerstörung Grünfreys oder befand mich im Labor des Medis. Jede Nacht verlor ich Noba und Kork erneut, doch Saki stand an der Seite meines Sichtfelds und wartete auf mich. Er streckte die Hand aus, aber ich erreichte ihn nicht.

Der Geruch von Kartoffeln ließ mir das Wasser im Mund zusammenlaufen und ich rappelte mich auf. Stelja bereitete morgens das Frühstück zu. Heute war Narie schon wach und gab Stelja ein paar Tipps, wie sie den Eintopf mit ein paar Kniffen besser machte. Ihr Wissen verwandelte Steljas einfache Gerichte in wahre Köstlichkeiten.

Nach dem Essen rollten wir das Vorzelt ein, bauten den Rauchabzug ab und setzten unsere Reise fort.

Während wir unterwegs waren und wenn ich abends wach lag, dachte ich über Ardras Worte nach. Die Kraft der Goldmagier hatte ihren Ursprung in uns Goldkindern. Konnte ich erschaffende und beherrschende Magie wirken so wie Jaden? Ardra meinte, es sei ein Gefühl, das sie nicht beschreiben könne.

Im Palast hatte ich das Feuer in Jadens Hand gesehen und die Macht, die er auf die Decke um meine Schultern gewirkt hatte. Unter den Goldmagiern war der Hayes zu einer gewaltigen Macht angeschwollen und dem Willen der Männer gefolgt.

Ich horchte in mich hinein und suchte nach etwas, was mit dieser Magie zu tun hatte. Doch da war nichts.

Am nächsten Abend schenkte ich mir Wasser in meinen Becher ein und betrachtete ihn. Zuerst bat ich das Wasser im Stillen, in die Höhe zu steigen. Doch nichts geschah. Ich zog die Augenbrauen zusammen und befahl es. Dann flehte ich, wünschte es mir und hoffte darauf. Doch das Wasser blieb regungslos.

Nach meiner Wache weckte ich Hamm und Narie und legte mich selbst hin. Es dauerte lange, doch irgendwann schlief ich zum Flüstern ihrer Stimmen ein.

Am nächsten Morgen verschwand ich kurz im Wald, um mich zu erleichtern. Auf dem Weg zurück stieß ich mit dem Fuß gegen etwas Hartes. Im Schatten der Bäume ragte eine Spitze aus dem Waldboden hervor, die dunkel schimmerte. Mit den Fingern strich ich über die glatte Oberfläche, die stellenweise von Laub bedeckt war. Die Erde klebte feucht an meinen Fingern, als ich sie zur Seite wischte und einen schwarzen Stein freilegte, wie ich ihn zuletzt vor vielen Jahren gefunden hatte. Mein Herz krampfte schmerzhaft, als ich in die Vergangenheit eintauchte und mich plötzlich wieder bei Noba und Kork befand. Wir hatten einen solchen Stein in der Wüste gefunden und ein Messer daraus hergestellt. Das Messer, das mir kurz vor dem *Schwarzen Markt* abgenommen wurde. Sanft strich ich über meinen Fund und kämpfte die Tränen zurück, die in meinen Augen brannten. In diesem Moment fehlten mir ich Noba und Kork umso mehr.

Der Stein ließ sich langsam aus dem Erdreich lösen und war so groß, dass ich ihn gebückt mit beiden Händen tragen musste. Aber ich konnte ihn nicht zurücklassen. Er verband mich mit meinem vergangenen Leben und gab mir ein Stück davon zurück. Ich schleppte ihn zu unserem Wagen und legte ihn auf die Ladefläche.

Narie trat neben mich. »Was ist das?«, fragte sie.

»Den habe ich gefunden«, antwortete ich und zuckte mit den Schultern. »Ich hatte früher ein Messer mit einer Klinge aus einem solchen Stein.«

Hamm beugte sich darüber. »Das ist ein Eisenstein«, sagte er und Narie sog hörbar die Luft ein. »Woher hattest du so ein Messer?«

»Selbst gemacht, aus einem Stein aus der Wüste.«

»Du kannst keinen Eisenstein in der Wüste gefunden haben«, sagte Hamm und strich mit den Fingern darüber. Er wirkte beinahe ehrfürchtig.

»Habe ich aber«, widersprach ich.

»Und dann hast du dir daraus eine Klinge gefertigt. Ohne das nötige Werkzeug, das unerlässlich ist.«

»Ja.«

Ungläubig rieb er sich die Nasenwurzel. »Du hast keine Ahnung, was das ist, oder?«

Ich zuckte mit den Schultern. »Nein. Aber das Messer war das Beste, das ich je hatte«, sagte ich und verschränkte die Arme vor der Brust.

Stelja und Geran kamen zu uns. Als Geran den Stein sah, pfiff er anerkennend. »Woher habt ihr den?«, fragte er und Stelja machte große Augen.

»Kindra hat ihn im Wald gefunden«, sagte Narie.

»Sie behauptet, sie habe als Kind einmal eine Klinge aus einem Eisenstein angefertigt. Einfach so«, fügte Hamm hinzu und warf mir einen kurzen Blick zu.

»Der ist bestimmt ein Vermögen wert«, sagte Stelja und griff danach.

»Halt!«, sagte ich und nahm den Stein an mich. »Wir werden den Stein erst verkaufen, wenn ich mir ein Messer gemacht habe.« Dabei sah ich vor allem Stelja an, die gierig auf mein Fundstück schielte.

»Wenn du es schaffst, daraus ein Messer zu machen«, sagte Hamm, »dann will ich auch eins.«

»Dass uns eine solche Seltenheit in die Hände fällt«, hauchte Stelja und strich über den Stein. Fehlte nur, dass sie ihn an sich riss und nie wieder losließ.

»Könnt ihr mich aufklären, was daran so besonders ist?«, fragte ich mit einem skeptischen Blick zu Stelja, die mir in diesem Moment beinahe unheimlich war.

Gerans Blick ruhte auf mir. »Dieser Stein ist ein Beweis für Odres Geschichte«, meinte er und begann, die Schnüre des Vorzeltes zu lösen. Ich packte mit an und wartete gespannt auf seine Worte.

»Unsere Welt wurde von den fünf Drachen erschaffen«, begann Geran zu erzählen. »Ihre Magie legte die fünf Zauber über das Gezeitenreich. Frühling, Sommer, Herbst, Winter und Regen.«

Während ich den Stoff zusammenrollte und in einer Kiste verstaute, richtete ich meine Aufmerksamkeit auf den hochgewachsenen Mann, der mit ernster Miene den Wagen belud. »Drachen«, sagte ich. »Du wolltest mir etwas zu dem Stein erzählen, nicht die alte Schöpfungsgeschichte.«

»Es hängt damit zusammen«, antwortete Geran und hievte mit Hamm die letzte Kiste auf den Wagen. »Die Drachen der vier Jahreszeiten waren hochmütig und selbstsüchtig. Der Regendrache verliebte sich in einen Menschen. Doch die vier Drachen untersagten es ihm.«

»Liebe zwischen einem Menschen und einem Drachen – wie soll das gehen?«, fragte ich und folgte ihnen zur Straße. Die Kapuze zog ich mir tief ins Gesicht, während die Männer den Karren stützten.

Die Pferde schnaubten leise, Stelja befand sich auf ihrem Platz auf dem Kutschbock und Narie schwang sich zu ihr hinauf.

»Die Seele der Drachen war der unseren sehr ähnlich und sie konnten durch ihre Magie eine menschliche Form annehmen. In dieser war ihre Haut überzogen von farbigen Schuppen und ihre Augen glänzten in der Farbe ihres Panzers«, erklärte Geran, als ich hinter ihm ins Innere des Planwagens kletterte.

Unwillkürlich berührte ich den Verband auf meinem Gesicht. »Die Drachen hatten farbige Augen«, wiederholte ich. »Was bedeutet das?«

»Ihr Goldkinder seid Nachfahren«, warf Hamm dazwischen.

»Willst du mich veralbern?«, blaffte ich, doch er zuckte nur mit den Schultern und überließ wieder Geran das Wort.

Den Stein legte ich vor mir ab und brachte ihn so vor Stelja in Sicherheit. Nicht dass sie es sich während der Fahrt anders überlegte und sich auf den Stein stürzte. Nach diesem gierigen Blick traute ich ihr alles zu.

»Der Sommerdrache hatte unzählige Geliebte und belegte sie mit einem Zauber, der ihn vor Nachfahren schützen sollte. Dennoch gebaren sie goldene Eier und kamen dabei um«, fuhr Geran fort. »Keine der Frauen machte ihn so glücklich, wie es der Regendrache mit seiner großen Liebe war – Jolenna.« Als er ihren Namen aussprach, nahm Gerans Stimme einen weichen Klang an. »Ihre Geschichte kennt jedes Kind der Eisendynastie. Es ist fast schon ein Teil unserer eigenen Existenz. Wem diese Geschichte fremd ist, der ist auch ein Fremder in unserem Land.«

Hamm brummte zustimmend.

»Der Sommerdrache raubte Jolenna und zwang ihr dasselbe Schicksal auf wie seinen anderen Geliebten.«

Was er mir hier erzählte, war doch nicht möglich. Ich hatte schon viele Geschichten gehört, aber dass ich ein Kind des Sommerdrachen sein soll?

»Jolenna?«, brachte ich hervor, da alles andere meine Vorstellungskraft überstieg.

»Die Spaltung der Welt liegt an dieser verlorenen Liebe.«

»Schmerz, der weiteren Schmerz hervorbringt«, fasste ich seine Worte zusammen. Auf der Flucht mit Noba und Kork hatte ich viele unterschiedliche Geschichten gehört. Keiner im Gezeitenreich glaubte mehr an die alte Schöpfungsgeschichte über die fünf Drachen – lag es an der fehlenden Hoffnung? An der verschwundenen Magie, ohne die unsere Welt zerbrach?

Mir selbst war die alte Vergangenheit ein Rätsel und je mehr Geschichten ich in den Jahren gehört hatte, desto weniger glaubte ich an die Wahrheit von einer davon.

Aber die Magie der Sonne hatte Grünfrey viele Jahre umgeben und beschützt. Die Magie schlummerte in dieser Welt – und sie schlummerte in mir.

»Was Geran erzählt, ist wahr, Kindra«, beharrte Hamm. »Wir haben unsere Vergangenheit nicht vergessen so wie die Bewohner des Gezeitenreiches. Der Regendrache weinte um den Verlust und seine Schuppen wurden schwarz. Einige Menschen folgten ihm und lebten in dem Land, das er erschuf: die Eisendynastie. Der Drache verliebte sich nach Jahren erneut. Er gründete eine Blutlinie, von der unser heutiger König abstammt.«

»Nein«, sagte ich.

»Es stimmt«, meinte Hamm.

»Unmöglich«, flüsterte ich.

Geran warf die Hände in die Luft und stöhnte. »Glaub uns doch einfach. Wir erzählen dir die Wahrheit.«

»Und woher willst du wissen, dass es wahr ist?«, erwiderte ich.

»So erzählt man es sich bei uns seit Jahrhunderten«, sagte Geran.

Das war mir nicht genug. »Und wo ist die Ähnlichkeit zwischen Jaden und den Goldkindern?«

»Ihr seid direkte Nachfahren, die mit einem Zauber belegt worden waren. Die Blutlinie unserer Könige hat sich über die Jahrhunderte verdünnt.«

Das war zum Haareraufen. Kopfschüttelnd senkte ich den Blick und sah den Eisenstein, der vor mir lag. »Und was hat dieser Stein damit zu tun?«

»Der Eisendrache hatte die Macht, Dinge zu verstärken. So wie sein Regen das Wachstum der Pflanzen stärkt. Oder wie das Blut seiner Nachfahren die Magie verstärken kann, die durch die Ernte von euch gewonnen wird.« Geran fuhr sich mit der Hand durch die braunen Haare. »Eisensteine entstanden aus den Tränen unseres Drachen. Wenn sie auf die Steine trafen, verstärkten sie dessen Kraft.«

Meine Gedanken rasten. Nicht nur ich sollte von einem Drachen abstammen, sondern auch Jaden und sein Vater? So absurd es war, klang es plausibler als das, was ich davor gehört hatte. Behutsam strich ich über den kalten Stein, der angeblich von den Tränen des Eisendrachen verzaubert worden war. »Sind alle Goldmagier Nachfahren des Eisendrachen?«

»Ja. Manche sind entfernte Verwandte der Blutlinie, aber sie alle sind auf seine Abstammung zurückzuführen.«

Die Oberfläche schimmerte, als der Wagen über eine Unebenheit ruckelte und sich die Öffnung der Plane bewegte. Die Goldmagier waren Nachfahren des Eisendrachen. Hatte deshalb der Eingriff bei Jadens Mutter nicht funktioniert? Weil sie, wie er betont hatte, nicht derselben Blutlinie entstammte?

»Und deshalb kann kein Stein in der Wüste des Gezeitenreiches gewesen sein!«, sagte Hamm trotzig. »Der Eisendrache verließ das Land und weinte in unserer Dynastie um seinen Verlust.«

Was Geran und Hamm erzählten, war das Verrückteste, was ich in meinem ganzen Leben gehört hatte. Doch ihre Worte regten etwas in mir, was ich nicht greifen konnte. Ein warmer Hauch, der über meine Knochen strich.

Die Tatsachen, dass ich aus einem Ei geschlüpft war, goldene Augen hatte und meinen Namen seit meiner Geburt kannte, waren nicht zu leugnen.

Es war, als kannte meine Seele die Wahrheit.

Zitternd rieb ich mir über die Brust und schüttelte die Gedanken ab. Darüber musste ich in Ruhe nachdenken. Um mich abzulenken, zog ich den Stein näher an mich und untersuchte ihn nach feinen Linien.

»Da«, sagte ich und kratzte mit dem Fingernagel über einen Riss in der Oberfläche. »Ich brauche ein Messer.«

Geran rührte sich nicht und Hamm lachte. »Ich gebe dir kein Messer, damit du es am Stein kaputt machst.«

Schnaubend legte ich den Stein in meinen Schoß. »Dann kaufen wir im nächsten Dorf ein neues.«

»Wir haben kein Geld für so was«, widersprach Geran, doch ich hob nur den Stein nach oben, um ihn vom Gegenteil zu überzeugen. Wenn er so kostbar war, wie Steljas Aufregung vermuten ließ, hatten wir nichts zu verlieren. »Ich weiß, was ich tue«, versprach ich. Geran und Hamm wechselten einen Blick. »Du willst doch auch ein Messer«, meinte ich und lockte Hamms Neugier hervor, sodass er mir sein Messer reichte.

Beim Anblick seines schmerzlich verzogenen Gesichtes musste ich ein Lachen unterdrücken. Konzentriert wandte ich mich ab und fuhr an der Linie entlang. Der Riss war so fein, dass ich abrutschte.

Hamm stöhnte. »Das kann ich nicht mit ansehen.«

Langsam sog ich Luft in meine Lunge, ignorierte ihn und setzte das Messer erneut an. Nach ein paar Momenten erwischte ich eine günstige Stelle, der Spalt vergrößerte sich und ich schob die gesamte Klinge hinein. Hamm rutschte näher zu mir heran und pfiff anerkennend. »Du scheinst wirklich zu wissen, was du tust.«

Ich warf ihm einen bösen Blick zu und wandte mich dann wieder dem Stein zu. Vorsichtig legte ich ihn vor mir ab, bewegte das Messer und drehte den Stein. Er sprang auseinander und vor mir lagen zwei Hälften.

Geran rutschte zu uns herüber. »Wie hast du das gemacht?«, fragte er.

»Der Stein hat eine eigene Struktur, die ich für meine Zwecke nutze«, antwortete ich, deutete auf die Linien in der Oberfläche und fuhr mit der Klinge über den nächsten feinen Riss. Nach ein paar gekonnten Handgriffen vergrößerte er sich zu einem Spalt. »Anstatt gegen den Stein zu arbeiten, nutze ich seine Beschaffenheit.« Noch mal wiederholte ich die Prozedur, bis vor mir zwei Platten des Eisensteins lagen.

Die Erinnerung legte sich schwer auf meine Brust, als ich daran dachte, wie begeistert Kork über seinen Fund gewesen war. Er hatte den Stein damals zerteilt und mir gezeigt, wie er das angestellt hatte. Bevor es ihm gelang, hatte er Wochen damit zugebracht, an dem Stein zu arbeiten.

»Hast du noch Zweifel?«, fragte ich Hamm und hielt ihm eine Platte hin. »Oder hättest du gern ein Messer?«

Er starrte mit offenem Mund auf den Stein in meiner Hand. »Du hattest recht«, sagte er erstaunt und ich lächelte bitter. Nein, Kork hatte recht behalten.

Seufzend legte ich den Stein zur Seite. Während meiner Wache am Feuer hatte ich von jetzt an Besseres vor, als ständig regloses Wasser anzustarren und über meine Magie nachzugrübeln.

Gegen Mittag hielten wir in einem kleinen Dorf. Stelja wollte den Stein verkaufen, doch ich konnte sie überzeugen, dass ich ihn für die Bearbeitung brauchte. Wir einigten uns darauf, dass sie über die Reste verfügen konnte, sobald die Klingen fertiggestellt waren.

Während unseres Aufenthaltes blieb ich im Wagen und zog mir die Kapuze tief ins Gesicht. Stelja handelte und Geran reichte ihr die Waren hinaus. Narie und Hamm zogen los, um unsere Vorräte aufzustocken. Nach einer Stunde kamen sie zurück und forderten uns auf, sofort aufzubrechen.

Auf Hamms Stirn glänzten Schweißperlen und er fuhr sich mehrfach über das Gesicht, während er mit uns sprach. Der Schreck in seinen Augen ließ mein Herz schneller schlagen. Während er uns antrieb, alles zusammenzupacken, saß Narie schweigend auf der Ladefläche und vergrub das Gesicht in den Händen.

Am liebsten hätte ich sofort erfahren, was passiert war. Doch beim Anblick von Hamm und Narie biss ich mir auf die Zunge und wartete, bis wir das Dorf verließen.

Unser Wagen holperte die unbefestigte Straße hinaus und Stelja fuhr noch ein ganzes Stück weiter, ehe sie den Wagen an den Straßenrand lenkte. Sie öffnete die Plane und kam zu uns in den Wagen geklettert. »Was war los?«, fragte sie.

Hamm sah auf seine Hände. Sie zitterten. »Joe und Morten«, sagte er und seine Stimme klang dünn.

»Was ist mit ihnen?«, fragte Geran und packte Hamm am Arm.

Hamm hob den Kopf und sah ihn an. »Sie wurden hingerichtet.«

Ich schnappte nach Luft und sackte nach hinten. Sie hatten gesagt, dass Jaden sie vielleicht bestrafen würde. Aber dass sie jetzt tot waren?

»Hat er es selbst getan?«, fragte Geran und seine Stimme brach.

Hamm brummte zustimmend und brachte damit meine Gefühle zum Einsturz.

Der Schock begrub mich unter sich wie die Flut meine ehemalige Heimat. Mein Kopf platzte fast, während mein Herz viel zu schnell schlug. Dieser Wagen war zu klein, ich musste hier raus.

Hektisch kletterte ich über meine Gefährten, stolperte aus dem Wagen und fiel auf die Knie. Mein Magen rebellierte und ich übergab mich ins Gras.

Narie kam zu mir und reichte mir ein Tuch, dicht gefolgt von Stelja, die mir einen Becher mit Wasser gab. Zitternd nahm ich beides entgegen, trank einen Schluck und versuchte vergeblich, den ekelhaften Geschmack in meinem Mund runterzuspülen. Er blieb, genauso wie die Erkenntnis, dass zwei Menschen hingerichtet worden waren, um den *Heiwan Orden* zu beschützen.

»Verflucht«, stieß ich aus. Jaden – er hatte seine eigenen Männer getötet.

»Steigt ein«, sagte Geran. Narie half mir zurück in den Wagen und Stelja lief zum Kutschbock, damit wir unsere Reise fortsetzten.

Ein paar Augenblicke lang schwiegen wir, ehe sich Narie aufrichtete. »Das wollte ich dir geben«, nuschelte sie und griff in ihren Umhang. Sie warf mir einen kleinen Gegenstand zu.

Noch in der Luft fing ich ihn auf und betrachtete eine lederne Augenklappe. Das Material war fest, die Ränder sauber eingeschlagen und vernäht.

»Ich dachte, du bist den Verband leid«, begann sie und zuckte mit den Schultern.

»Danke«, flüsterte ich und strich mit den Fingern über die Augenklappe. Doch im Anbetracht der Neuigkeiten konnte ich mich nicht darüber freuen.

17.

Saki

Ein rasanter Start

Sechs Tage vergingen, ohne dass ich mehr über die Goldkinder und Kindra erfahren hatte. Jede meiner Fragen nach der Ernte oder den Goldkindern führte zum Prinzen.

Es waren über zweihundert Rekruten im Palast, als verkündet wurde, dass die letzten eingetroffen waren. Vor mir lag eine weitere Nacht in Grübeleien, bis das Leben hier Fahrt aufnahm. Ich wusste nicht, ob sich Kindra im Palast aufhielt oder entkommen war. Doch ich griff nach jeder noch so kleinen Hoffnung, weil ich außer ihr nichts hatte.

Auf meinen Streifzügen durch den Palast hatte ich keine Hinweise auf die Ernte oder die Goldkinder gefunden, dafür einen kleinen Innenhof, in dem ich oft allein war. Wenn meine Ungeduld und der Ärger über meinen Misserfolg, an Informationen zu gelangen, unerträglich wurde, trainierte ich dort meinen Körper. Dafür wandelte ich die gewohnte Routine der Hüter ab und ließ sie unbeholfen wirken.

Die Anstrengung half mir, meine Gedanken zum Schweigen zu bringen. Wenn auch nur kurz. Einmal hatte mich ein Wachmann dabei gesehen und anerkennend genickt. Hoffentlich drang die Nachricht über meine Disziplin bis zu Naranel und verschaffte mir auf irgendeine Weise einen Vorteil.

Am Morgen des Trainingsbeginns wurden wir früh geweckt. Die Rekruten versammelten sich in einem Innenhof, der dem Übungsplatz bei den Hütern glich. Schlicht, ebener Boden und eine Ansammlung an Waffen an einer Wand. Staub wurde aufgewirbelt und drang mir in die Nase, als ich mich bei den Rekruten einreihte. Naranel und ein weiterer Mann standen vor uns. Beide trugen eine leichte Rüstung, deren schwarze Panzerung von Leinenkleidung unterlegt war, in die Silberfäden verwebt waren. Der mir unbekannte Mann war etwas kleiner als Naranel, sein Haar so kurz geschoren, dass es sich nur wie ein brauner Schleier über seinen Kopf zog. Die Augenbrauen wuchsen buschig und das Gesicht war quadratisch.

»Willkommen«, begrüßte Naranel uns und holte mich aus meinen Gedanken zurück in den Innenhof. »Eure Ausbildung zur Palastwache beginnt heute.«

Einige Jungen grölten, andere tauschten Blicke oder lächelten breit. Ihre Aufregung übertrug sich auf mich und vibrierte bei jedem Atemzug in meiner Lunge.

»Dieses Jahr erwartet euch etwas Besonderes«, sagte Naranel und sein Blick schweifte über uns. Dabei traf sein Blick meine Augen. »Die Leibwache des Prinzen hat einige Männer verloren.« Seine Stimme hallte über den Platz und vor meinen Augen tauchten die Männer auf, die sich schmerzvoll unter dem heißen Wasser gekrümmt hatten, bevor sie vom Prinzen hingerichtet worden waren. Zwei weniger. Und weitere waren mit dem Goldkind geflohen.

»Daher werden dieses Jahr die besten fünf Rekruten die Chance erhalten, sich dem Prinzen vorzustellen.«

Ein Raunen ging durch die Reihen und mein Herz flatterte, schlug kräftiger und schneller, während ich die Informationen über diese Chance verdaute. Der Prinz rückte in greifbare Nähe. Wenn ich mich für seine Garde qualifizierte, fand ich vielleicht etwas über Kindra heraus. Ein Lächeln stieg in mir empor und ich ließ es zu. Vermutlich strahlte ich genauso wie all die anderen Jungen über diese Neuigkeit – aber aus anderem Grund.

»Der Prinz wird entscheiden, ob einer dieser fünf die Ehre erhält, für seine Leibgarde ausgewählt zu werden.« Naranel legte seine Hand auf die Schulter des Mannes neben sich. »Die Verantwortung über die Leibgarde des Prinzen liegt bei ihm: Morell.«

Morell verbeugte sich und trat einen Schritt nach vorn. »Die nächsten drei Wochen werde ich euch im Auge behalten, während ihr von Naranel das Rekrutentraining erhaltet. Wenn es meine Pflichten erlauben, werde ich vorbeischauen und bewerten. Nach diesen drei Wochen steht eine zusätzliche Prüfung an.« Sein Blick war streng, deutete die Größe der Verantwortung an, die auf den Wachen der Leibgarde des Prinzen lag. »Nur die Besten erhalten diese Ehre.« Er nickte knapp und zog sich in den Hintergrund zurück.

Naranel wählte zwei Jungen aus, die vom Körperbau unterschiedlich waren. Der eine groß und breitschultrig, der andere klein und zierlich.

»In der Welt werdet ihr nie einen fairen Gegner gestellt bekommen«, begann er mit seiner Erklärung. »Ihr könnt euch nicht aussuchen, wie der Verbrecher gebaut ist, den ihr überführt. Oder wie der Attentäter aussieht, der den Hof angreift.« Er ging zu dem größeren und legte ihm die Hand auf die Schulter. »Der eine überzeugt mit purer Kraft«, sagte er und trat zu dem anderen Jungen. »Der andere ist flink«, sagte er und wandte sich wieder uns Rekruten zu. »Als Palastwache müsst ihr immer siegen. Ihr müsst euch auf euren Gegner einstellen können und unseren Prinzen verteidigen.«

Das Kämpfen hatte ich bei den Hütern gelernt und ich wusste, was es bedeutete, gegen einen überlegenen Gegner anzutreten. Ich straffte die Schultern und fokussierte meine Gedanken auf ein Ziel: mich hervorzuheben und in die Leibwache des Prinzen einzutreten.

»Jeden Morgen nach dem Aufstehen absolviert ihr einen Kampf. Die Paare lege ich fest.« Die Rekruten starrten Naranel schweigend an. Der kleinere Junge sah zu dem großen hinauf und eine Falte trat auf seine Stirn.

»Vormittags und abends werdet ihr trainieren. In Gruppen erhaltet ihr mittags Unterricht in Kriegsführung und medizinischen Grundkenntnissen, um auch für Notfälle vorbereitet zu sein, bevor ein Heiler eintrifft.« Naranel klatschte in die Hände. »Dann wollen wir beginnen. Ihr beide.« Er ging zu den Jungen zurück, die vorn standen. »Los!«

Der kleinere Junge starrte Naranel einen Augenblick zu lang an und kassierte einen Faustschlag gegen die rechte Wange. Die Wucht trieb ihn einige Zoll zurück, ließ ihn taumeln und erweckte ihn aus seiner Starre. Dem nächsten Schlag wich er aus. Dann duckte er sich und sprang hinter seinen Gegner. Er trat dem großen in die linke Kniekehle. Während dieser sich umdrehte, huschte der kleine wieder herum und trat dem großen gegen das Knie. Die Rekruten klatschen und grölten. Naranel umrundete die Kämpfenden und beobachtete sie. Der Kampf wirkte fast entschieden. Während der kleine weitere Treffer landete, gingen die Schläge des großen immer ins Leere.

Dann täuschte der größere seinen nächsten Zug an. Der kleine wich durch die Finte in die falsche Richtung aus. Die Faust des größeren landete im Bauch des kleinen und der ging zu Boden. Der Kampf war vorbei.

Es folgten etwa dreißig Kämpfe, bevor Naranel mich nach vorn rief. Selbstbewusst reckte ich das Kinn und ging zu ihm nach vorn. Als Gegner wählte er Nuren aus. Wir stellten uns in Position und warteten auf Naranels Kommando. Doch der zeigte nur auf einen blonden Jungen.

»Und du. Ihr beide gegen Saki«, sagte er und grinste. Meine Schultern versteiften sich. Ein Raunen ging durch die Reihen und ich nahm Morell wahr, der näher kam. Das hatte sein Interesse geweckt. In meinen Gedanken beschwor ich Kindras Bild hervor und fokussierte mich. Naranel verschaffte mir eine Gelegenheit, jetzt musste ich diese nutzen.

Der Blonde trat vor und der Kampf begann. Er und Nuren umkreisten mich. Bei Nurens Kampf am Tag der Zeremonie hatte ich zugesehen. Daher wusste ich, dass er schnell war und taktisch gut. Doch seine Beinarbeit war unausgereift und er machte zweimal denselben Fehler beim Überkreuzen der Füße. Wie der Blonde kämpfte, wusste ich nicht.

Ich hielt den Blick auf den Blonden gerichtet, beobachtete aber im Augenwinkel Nurens Schritte. Als er die Beine falsch überkreuzte, ging ich in die Hocke und trat ihm die Füße weg. Nuren verlor das Gleichgewicht und stürzte zu Boden. Der Blonde nutzte diese Gelegenheit und sprang auf mich zu. Genau wie ich erwartet hatte. Um seinem Angriff zu entkommen, rollte ich mich zur Seite ab. Nuren und ich waren gleichzeitig wieder auf den Beinen, doch der Blonde stand nun zwischen uns. Er drehte sich zu mir herum und kassierte meinen Ellbogen, den ich mit Schwung in seine Richtung jagte. Ich traf ihn an der Schläfe und seine Augen wurden glasig, ehe er taumelte. Ein Tritt in seine Kniekehle reichte, um ihn zu Fall zu bringen.

Nuren stürmte währenddessen auf mich zu und ich drehte mich nach links weg, doch sein Schlag traf mich an der Seite. Ich zuckte zusammen, holte selbst aus, blockte seinen nächsten Angriff und trat ihm in den Bauch. Er keuchte und knickte ein. Meinen Ellbogen rammte ich ihm direkt hinterher auf den Rücken und Nuren stürzte zu Boden.

Die Rekruten feierten meinen Sieg mit tosendem Beifall. Naranel klopfte mir anerkennend auf die Schulter und Nuren nickte mir zu, während er sich den Bauch rieb. Der Blonde rappelte sich auf, streifte mich mit einem wütenden Blick.

Morell stand ein paar Schritte weit entfernt und fixierte mich. Er musterte mein Gesicht, als prägte er es sich ein. »Dein Name ist Saki?«, fragte er und ich nickte. »Beeindruckend.«

Danach ging er wieder an den Platz zurück, an dem er die ganzen ersten Kämpfe gestanden hatte. Mein Herz raste und konnte sich kaum beruhigen. Es war, als wäre ich dem Prinzen und somit den Informationen über die Goldkinder einen Schritt näher gekommen.

Beim Frühstück scharten sich einige Rekruten um mich. Dorallien und Fan nahmen neben mir Platz. Nuren setzte sich mir gegenüber und musterte mich neugierig. »Du bist gut«, sagte er und es klang wie ein ehrliches Kompliment. Gersem erzählte drei Mal, wie schockiert er war, als Naranel zwei Gegner auswählte, und zehn Mal, wie er sich während des Kampfes gefühlt hatte.

Einige weitere Jungen ignorierten Gersems Monolog und löcherten mich mit Fragen, wollten wissen, woher ich so gut kämpfen konnte und wusste, was zu tun war. Die Lautstärke am Tisch schwoll an und ich wünschte, sie würden mich in Ruhe lassen.

Der blonde Junge saß an einem anderen Tisch und warf mir einen Blick zu, der deutlich zeigte, wie wenig er seine Niederlage akzeptieren wollte. »Wer ist das?«, fragte ich Bux, der viel wusste und seine Informationen schnell auf den Punkt brachte – ganz anders als Gersem.

»Teruin«, antwortete Bux und beugte sich etwas näher zu mir herunter. »Er kommt aus der Nähe der Hauptstadt. Ich glaube, aus Rennan.« Sein Blick huschte kurz von mir weg und wieder zurück. »Vor zwei Tagen hat er mit seinem Können geprahlt und meinte, er sei noch nie besiegt worden.«

»Seine Siegesserie ist wohl vorbei«, meinte ich und schüttelte den Kopf. Sich noch vor dem Start des Trainings in den Himmel zu loben – das war kein schlauer Schachzug gewesen.

Bux grinste. Gersem brach in schallendes Gelächter aus und Dorallien drehte sich um, um Teruin anzusehen. Nuren schüttelte den Kopf. »Du machst dir Feinde.«

»Sein Stolz macht ihm Feinde«, antwortete ich trocken. Teruin starrte zu uns herüber. Sein Gesicht wurde rot und er stand auf. Mit schnellen Schritten durchquerte er den Raum und blieb vor mir stehen.

»Der Kampf war unfair«, sagte er und deutete mit dem Finger auf mich.

»Das war er«, unterbrach ich ihn. »Ich hatte zwei Gegner.«

Teruins Gesicht verzog sich zu einer wütenden Fratze, als die Jungen lachten. »Dein Schlag war ein Glückstreffer«, zischte er.

»Du hast verloren«, sagte Gersem und wedelte mit der Hand, um Teruin zu verscheuchen.

Küchenpersonal strömte in den Raum und brachte das Frühstück. Teruin eilte zurück an seinen Tisch und die Gespräche verstummten endlich.

Für die Trainingseinheit nach dem Essen erwartete uns Naranel mit zwei weiteren Wachen. Die Rekruten wurden nach Körperbau in drei Gruppen eingeteilt, damit wir unsere Fähigkeiten optimal verbessern konnten. Ich gehörte zu den mittelgroßen und lernte Übungen, mit denen ich sowohl meine Kraft als auch meine Schnelligkeit nutzen konnte.

Wir führten Tritte aus, die wir in einer Abfolge wiederholten. Unser Trainer, Dewan, schritt währenddessen an uns vorbei, korrigierte meine Beinstellung und Haltung.

Als das Training vorbei war, stöhnten einige der Rekruten erleichtert auf und massierten sich die Oberschenkel. Doch ich genoss das heiße Gefühl in den Muskeln. Die Anstrengung erinnerte mich daran, dass ich für Kindra kämpfte. Ich gab mein Bestes, um aufzufallen und der Wache des Prinzen näher zu kommen.

Es folgte die theoretische Unterrichtseinheit. Sie war anders als das, was ich kannte. Sendra hatte mir Grundlagen beigebracht, die ich einsetzen konnte. Die Lehre im Palast fühlte sich abstrakt an. Zu theoretisch.

In *Kriegsführung* zeigten sie uns Techniken, mit denen ein Heer eine Stadt einnahm oder den Feind in der Schlacht umzingelte. Hätten sie uns beigebracht, wie Männer heimlich in Länder eindrangen, Städte besetzten und Dörfer niederschlachteten, dann wären wir näher an der Realität. Stattdessen lernten wir etwas von Ehre.

Als Nächstes erwartete uns *Medizinische Grundkenntnisse*. Ein alter Mann mit grauem Bart kam in den Raum. Er stellte sich als der Medi des Palastes vor, der forschende Mediziner und Zuständige für alle wichtigen Eingriffe und Untersuchungen.

Meine Schultern spannten sich an, als mir bewusst wurde, was das bedeutete. Eine Welle an Hass jagte durch meinen Körper und es kostete mich große Überwindung, mir nichts anmerken zu lassen. Vor mir stand der Mann, der die Ernte durchführte. Der dem Prinzen das Auge eingesetzt hatte. Er hatte Kindra gesehen und ihr Dinge angetan, die ich mir nicht vorstellen konnte.

»Ich werde euch nur unterrichten, wenn ich Zeit habe«, sagte er. »Aber es gibt viele fähige Mediziner am Hof, die mich vertreten werden.«

Aus seiner Tasche holte er ein paar Gläser und stellte sie vor uns ab. Er winkte uns nach vorn und wir scharten uns um sein Pult.

Ihm so nahe zu sein machte mich fast wahnsinnig. Der Medi stand vor mir und doch schien er unerreichbar entfernt. Während des Unterrichts für die Rekruten bezweifelte ich, Informationen zur Ernte zu erhalten. Aber vielleicht konnte ich ihn später abfangen und ihm Fragen stellen?

In den Gläsern befanden sich verschiedene getrocknete Kräuter. »Pflanzen haben starke Kräfte. Sie wachsen seit Jahrhunderten auf dem Land unseres Gründers und sind äußerst nützlich. Schon die kleinste Menge vermag vieles zu heilen und macht den einen oder anderen Eingriff unnötig.«

Wir erfuhren mehr über verschiedene Gewächse und ihre Effekte. Für mich war das neu und obwohl ich mich in der Gegenwart des Medis unwohl fühlte, sog ich die Informationen interessiert auf.

Das war Wissen, das ich nützlich fand.

Nach dem Unterricht wurden wir zum Trainingsplatz gerufen und fuhren mit unseren Übungen fort. Doch im zweiten Teil des heutigen Trainings konzentrierten wir uns mehr auf Ausdauer und Kraft. Außerdem wurde uns gezeigt, wie wir uns im Zweikampf zu verhalten hatten. Wie wir die Schwächen unseres Gegners fanden und diese gegen ihn einsetzen konnten.

Dewan rief mich nach vorn. »Wie ich gehört habe, war dein Kampf heute Morgen sehr beeindruckend.«

Die Rekruten kicherten und klatschten. Einer sagte: »Saki hatte zwei Gegner und trotzdem ging es total schnell.«

»Wie hast du das angestellt?«, wollte unser Ausbilder wissen.

Schulterzuckend betrachtete ich meine Trainingsgruppe. Der Großteil der Rekruten betrachtete mich interessiert, nur Teruin starrte mich aus der zweiten Reihe mit hasserfülltem Blick an. »Nurens Kampfstil hatte ich bei der Aufnahmezeremonie gesehen und ich wusste, dass seine Beinarbeit manchmal unsauber ist. Teruin kannte ich nicht, daher verschaffte ich mir Zeit und schaltete ihn schnellstmöglich aus.«

»Gute Arbeit«, meinte Dewan. »Das ist die Art von Taktik, die ihr verinnerlichen müsst. Beobachtet eure Gegner. Schätzt die Situation ein und macht sie euch zunutze.«

Mit erhobenen Händen stellte sich Dewan vor mich in Position und nickte mir herausfordernd zu. »Bereit? Und los!«

Ich nahm die gleiche Handhaltung ein und umkreiste Dewan. Von den Übungen am Morgen kannte er meine Tritte und wusste, dass mein Standbein nicht immer sauber platziert war. Meinen Kampf mit Nuren und Teruin hatte er nicht gesehen. Daher wusste er nicht viel über mich und würde sich vermutlich auf mein Bein konzentrieren, wenn ich seine Aufmerksamkeit in diese Richtung lenkte.

Er lehrte uns, schnell und präzise zu sein, daher konnte ich nur vermuten, dass hier seine Stärken lagen. Von der Statur war er einige Zoll kleiner als ich, aber in der Breite waren wir ähnlich – nicht ganz so muskulös, eher drahtig.

Mein Unterricht reichte nur einige Monate zurück. Auch wenn ich von den Hütern und damit von den stärksten Kriegern des Gezeitenreiches gelernt hatte, so besaß Dewan deutlich mehr Erfahrung. Um Morell aufzufallen, wollte ich siegen, aber konnte ich mir das erlauben? Meine Technik durfte die Hüter nicht verraten. Ich musste wie ein Bauernjunge wirken, der sich Schläge und Finten ausgedacht hatte.

Dewan trat einen Schritt vor und holte mit der rechten Hand aus. Seine Handfläche schnitt durch die Luft und ich drehte mich weg, deutete einen seitlichen Tritt an. Mein Ausbilder erkannte, was ich vorhatte, und zielte, wie erwartet, auf mein Standbein. Abrupt änderte ich die Richtung des Tritts, zog mein Bein zurück und klemmte seins zwischen meinen Knien ein. In seinen Augen lag unverkennbares Interesse.

Sofort setzte ich meinen Körper ein und ließ mich nach vorn fallen. Das alles geschah im Bruchteil eines Augenblicks und verschaffte mir einen Vorteil. Dewan verlor das Gleichgewicht und fiel mit mir zu Boden. Ich fing mich mit den Händen am Boden ab und zog das Knie an. Dabei traf ich nicht wie erwartet seinen Bauch, sondern nur den Oberschenkel meines Gegners. Bevor ich auf die Füße springen konnte, verhakte Dewan unsere Beine und drehte sich in eine mir überlegene Position. Wie um alles in der Welt war er so schnell über mich gekommen?

Er nahm mich in den Schwitzkasten und drückte sein freies Knie in meinen Rücken. Meine Wange schrammte über den Boden und ich hustete, als Staub in meine Lunge drang. Der Druck auf meine Wirbelsäule nahm zu, ich brummte, wollte reagieren, doch Dewans Lachen unterbrach mich.

»Gut gemacht«, sagte er und ließ von mir ab. Einen Augenblick später stand er auf und reichte mir die Hand. Mit einem Ruck zog er mich auf die Füße. »Wieso hat mich Saki zu Fall bringen können?«, fragte er in die Runde.

Die Jungen tauschten Blicke miteinander. Nuren musterte mich. »Er hat einen Tritt angetäuscht.«

»Aber woher wusste er, wie ich reagiere?«

Als keine Antwort folgte, fuhr Dewan fort. »Beim Training heute morgen hatte ich sein Standbein korrigiert. Ich wollte seine Schwäche nutzen und darauf hatte er es abgesehen.«

»Aber trotzdem hat er verloren«, sagte Teruin. Der Hohn in seiner Stimme war unverkennbar. Mit jedem Wort, das er von sich gab, konnte ich ihn weniger leiden.

»Ja«, antwortete Dewan. »Eure Aktionen rufen Reaktionen herauf. Ihr müsst abwägen, wie euer Gegner agiert und wie ihr darauf antwortet. Mit einem Block, einem nächsten Schlag oder einem Ausweichmanöver.«

Danach ließ Dewan immer zwei Jungen gegeneinander kämpfen und erklärte ihnen ihre Fehler. Dabei sah ich Teruin das erste Mal kämpfen und musste mir eingestehen: Er hatte allen Grund, eingebildet zu sein. Seine Beinarbeit war erstklassig und seine Haltung nahezu perfekt. Doch er hatte Probleme, sein Gegenüber einzuschätzen. Bei den Hütern musste ich gegen Gegner kämpfen, die mir um Längen voraus waren. Das hatte verlangt, sie anders zu besiegen. Teruin schien nie gezwungen gewesen zu sein, das zu lernen.

Die Tage und Wochen vergingen im gleichen Rhythmus. Morgens kämpften wir in der Konstellation, die Naranel auswählte. Dabei verlor ich keinen einzigen Kampf. Teruin gewann fast alle und auch Nuren verbesserte sich jedes Mal und stach mehr hervor. Neben Teruin, Nuren und mir gab es noch eine Handvoll Rekruten, die Morell beobachtete.

Bei unseren Trainingseinheiten mit Dewan erweiterte ich meine Kampftechnik um neue Aspekte. Meine Ausdauer verbesserte sich und meine Muskeln wurden stärker und widerstandsfähiger. Dewan bemängelte weiter alle Fehler, die ich machte und die nicht mal Arnen gesehen hatte. Doch er trieb mich damit zu Höchstleistungen an. Seine Erklärungen zum taktischen Zweikampf setzte ich ohne

Probleme um. Nuren ging es wie mir. Er lernte schnell, verbesserte seine schwache Beinarbeit und glich so seinen Nachteil aus. Teruin hingegen hatte Probleme beim Zweikampf. Seine Analyse geschah zu langsam. Immer häufiger gewann er nur wegen seiner perfekten Technik. Finten und Fallen konnten seinem festen Stand kaum etwas anhaben und er steckte viele Schläge ein. Je mehr ich sah, desto sicherer wurde ich mir, dass mein Schlag in unserem Kampf tatsächlich ein Glückstreffer gewesen war. Hätte ich ihn nicht so stark erwischt, wäre der Kampf definitiv anders ausgegangen.

Abends erkundete ich den Palast und suchte die Goldkinder. Ich versuchte, an weitere Informationen zu gelangen, doch meine Position als Rekrut war ein Hindernis. Außerdem erhielt ich nur zu wenigen Teilen des Palastes Zugang und erfuhr ständig dasselbe: Der Prinz stand in Verbindung mit den Goldkindern und der Ernte. Also konzentrierte ich mich auf das Ziel, für die Leibgarde ausgewählt zu werden. Alles andere führte zu nichts.

Drei Wochen nach Trainingsstart stand Morell morgens neben Naranel, als ich mit den Rekruten den Platz betrat. Der Anführer der Leibgarde des Prinzen trat einige Schritte auf uns Rekruten zu. »Guten Morgen«, sagte er und verschränkte die Hände hinter dem Rücken. »Heute werdet ihr geprüft. Ihr sammelt Punkte bei den Kämpfen und in den Unterrichtseinheiten erwarten euch schriftliche Tests.«

Ein Raunen ging durch die Reihen und wieder steckte mich die Aufregung der anderen an. Entschlossen straffte ich die Schultern und ignorierte mein wild pochendes Herz. Es war so weit.

»Die Punkte, die ihr heute erlangt, verrechne ich mit denen, die ich euch in den letzten Wochen gegeben habe.« Ein Funkeln legte sich in seine Augen. »Viel Erfolg.«

Die Kämpfe liefen vorteilhaft für Teruin, Nuren und mich. Mir war schleierhaft, was Naranel damit bezweckte, als er Bux als meinen Gegner nannte.

»Das ist doch unfair«, flüsterte der Rotschopf und genauso war auch der Kampf: unausgeglichen und in wenigen Augenblicken vorbei. Ich trat nicht stärker zu als nötig und dosierte meine Kraft. Als Bux am Boden lag und der Kampf entschieden war, half ich ihm wieder auf.

Nach dem Frühstück legten wir die schriftlichen Prüfungen ab.

Mein Kopf rauchte, als wir die Räume verließen und in den Gemeinschaftsraum traten. Dort lehnte ich mich auf einem Stuhl zurück und seufzte. Ich war mir sicher, dass ich den Stoff, den wir in den Unterrichtsfächern gelernt hatten, gut wiedergegeben hatte. Aber mein Wissen über die Eisendynastie war dürftig. Die Monate bei Sendra hatten nicht ausgereicht, um mir mehr als nur die wichtigen Grundlagen beizubringen. Hoffentlich fiel niemandem auf, dass ich hier fremd war.

Auch wenn es alle von mir dachten, war ich nicht der Beste unter den Rekruten. Der Kampf am ersten Tag der Ausbildung gegen Nuren und Teruin hatten mich in den Augen der anderen zur Nummer eins gemacht. Doch in Wirklichkeit hinkte ich vielen hinterher. Meine Lehrer waren zwar die Hüter gewesen, aber ob die Monate bei ihnen ausgereicht hatten?

Nach einer Pause trafen wir uns wieder auf dem Trainingsplatz und absolvierten einen weiteren Kampf. Dewan rief mich und Teruin nach vorn.

In Teruins Mundwinkel lag ein gewinnendes Lächeln, doch auf seiner Stirn standen Falten, die mir seine Angst verrieten. Das war meine Disziplin.

Aus dem Augenwinkel nahm ich Morell wahr, der uns von der Seite des Platzes beobachtete, und konzentrierte mich wieder auf meinen Kampf.

»Los!«, sagte Dewan.

Teruin und ich hoben verteidigend die Hände.

Seine Knie waren leicht gebeugt – er hatte seinen sicheren Stand eingenommen. Offensichtlich wollte er, dass ich auf ihn zukam, um seine Stärke gegen meine zu nutzen. Aber ich tat ihm diesen Gefallen nicht und blieb stehen. Teruin war hitzköpfig und temperamentvoll. Also wartete ich und nach einem kurzen Moment begannen die Rekruten zu kichern. Einige tuschelten miteinander und Teruins Blick huschte von mir zu den anderen. Diesen Moment nutzte ich, trat vor und schlug ihm mit der Rückhand ins Gesicht. Mit einem Sprung brachte ich wieder Abstand zwischen uns. Teruin wich verspätet nach hinten aus. Sein Gesicht glühte und das Gekicher schwoll an.

»Ruhe«, ermahnte Dewan und die Jungen verstummten.

Auf meinen Lippen lag ein Schmunzeln und ich umkreiste Teruin in großem Bogen. In seinen Augen konnte ich lesen, wie widerwillig er seine Position aufgab.

Ich provozierte ihn, indem ich ihm bei jeder Gelegenheit einen Klaps verpasste. Die Aggression in seinen Angriffen wuchs. Einmal traf er mich an der Schulter, einmal mit einem Tritt im Bauch. Doch je wütender er wurde, desto unpräziser saßen seine Treffer. Er stürmte auf mich zu und holte mit dem Ellbogen aus. Sofort duckte ich mich und rammte meine Schulter in seinen Bauch. Ohne auf eine Reaktion zu warten, wirbelte ich herum und schlug ihm mit der Handkante gegen den Hals. Teruin keuchte und ich beendete unseren Kampf mit einem Kick in seine Seite. Er fiel zu Boden und krümmte sich.

Die Rekruten applaudierten, doch allzu viel Zeit blieb ihnen nicht, ehe Dewan ein neues Paar für den Kampf bestimmte. Nuren klopfte mir auf die Schulter, als ich mich wieder neben ihn stellte und erleichtert ausatmete. Die Siege gegen Teruin fühlten sich anders an. Besser.

Nachdem jeder Rekrut gekämpft hatte, zog sich Morell für die Auswertung zurück und wir wurden zum Essen geschickt.

Das Warten machte mich nervös. Hatte meine Leistung ausgereicht? Würde ich den Prinzen treffen und konnte ich von ihm wirklich mehr über die Goldkinder erfahren?

Ich atmete erleichtert auf, als wir für die Verkündung auf den Hof gerufen wurden. Naranel und Morell standen nebeneinander und musterten uns.

»Wir haben fünf Rekruten ausgewählt«, begann Naranel. »Einige Entscheidungen sind uns leichtgefallen, andere nicht.« Die Luft lud sich auf, während die Rekruten gebannt zu ihnen nach vorn starrten. »Diese fünf werden morgen nicht am Training teilnehmen und sich stattdessen dem Prinzen vorstellen.« Mein Herz beschleunigte sich und ich ballte die Hände zu Fäusten. »Wird von diesen fünf einer ausgewählt, so setzt er sein Training in der Leibgarde des Prinzen fort und verlässt die Rekruten.«

Zitternd presste ich die Arme an die Seite und wagte nicht, mich zu bewegen. Die Anspannung kribbelte auf meiner Haut.

Morell trat einen Schritt näher, verschränkte die Hände hinter dem Rücken und blickte nacheinander in unsere Gesichter. Eine leichte Brise unterstrich die sinkenden Temperaturen des Abends.

Das Blut rauschte so laut in meinen Ohren, dass ich seine Worte kaum verstand.

»Die auserwählten Rekruten sind: Teruin, Nuren, Broum, Ordeg und Saki.«

18.

KINDRA

Eine neue Klinge

Nachdem ich die Platten gelöst hatte, kostete es mich zehn Tage schweißtreibende Arbeit, um die Messerklingen aus dem Eisenstein herzustellen. Abends nach dem Training und während meiner Wache im Schein des Feuers ahmte ich Korks Bewegungen nach, den ich damals bei der Herstellung der Messer beobachtet hatte. Dazu schlug ich die abgetrennten Scheiben mit dem großen Stück zuerst in Form, um sie an rauen Stellen und Kanten des Eisensteins zu schleifen.

Hamm suchte im Wald nach Holz, das als Griff taugte. Weitere zwei Wochen brachte ich damit zu, das Holz in Form zu schnitzen und mit Mustern zu verzieren. Die Arbeit fühlte sich vertraut an. Es war, als würde ich Kork dadurch wieder etwas näherkommen. Manchmal ließ ich es zu, dass mich meine Gedanken in die Vergangenheit trugen, und genoss das vertraute Wohlgefühl, das ich früher am Feuer mit Kork empfunden hatte.

Als ich Hamm das fertige Messer überreichte, sog er geräuschvoll die Luft ein. In seine Augen trat ein aufgeregtes Funkeln. »Wir dürfen die Reste des Eisensteins nicht verkaufen«, sagte er und Stelja riss den Kopf herum.

»Aber das Geld«, warf sie sofort ein und sah mich mit großen Augen an.

»Du darfst sie verkaufen«, versicherte ich ihr und sie grinste erleichtert.

Summend wandte sie sich wieder dem Essen zu, das vor ihr in dem Eisenkessel köchelte.

»Aber werden wir ihn nicht brauchen, um die Messer zu schleifen?«, fragte Hamm.

»In den zehn Jahren wurde mein Messer nie stumpf«, beruhigte ich ihn.

Geran brummte und beugte sich näher, um die Messer zu bestaunen. »Der Eisenstein ist eins der härtesten Materialien unseres Landes. Ich bin beeindruckt, wie du den Stein selbst eingesetzt hast, um ihn zu bearbeiten. Andere Werkzeuge hätten die Messer niemals formen können.«

Sein Lob zog wie ein Gewicht an dem Hochgefühl in meiner Brust. Es gebührte nicht mir, sondern Kork. Er hatte das alles herausgefunden. Ich ahmte ihn lediglich nach. Mit den Fingern strich über den Holzgriff und wurde überwältigt von der Sehnsucht nach meiner Familie.

Narie hatte Scheiden aus Leder genäht, in die wir die Klingen steckten. Sie lächelte mich an und rutschte dann näher zu Hamm. »Zeigst du mir dein Messer?«, fragte sie ihn. Hamm sah sie begeistert an und plapperte los. Bald schweiften die Fragen ab und Hamm erkundigte sich nach Naries Zeit in der Palastküche.

Schweigend senkte ich den Blick auf das Messer in meinen Händen. Die letzten Wochen hatte ich eine Aufgabe gehabt, die mich ablenkte, während ich im Wagen festsaß und darauf wartete, Yars zu treffen. Je länger wir unterwegs waren, desto machtloser fühlte ich mich. Ich war angewiesen auf die Informationen meiner Gefährten, die sie durch die Wachen und Kontaktmänner von Jaden erhielten. Nur so umgingen wir die Palastwache, die uns suchte. Wie würde sich das gestalten, wenn ich meine eigenen Ziele verfolgte und sich unsere Wege trennten? Sobald ich Hinweise zur Überquerung der Grenze erhielt, würde ich allein losziehen. Vorausgesetzt, Yars half mir in dieser Hinsicht weiter.

Wie so oft in den letzten Tagen überrollte mich der Gedanke, Yars könnte eine Sackgasse sein. Wie lang würde ich es in der Eisendynastie überstehen, wenn ich hier festsaß? Mein Herz verzehrte sich nach einem Wiedersehen mit Saki. Er war alles, was ich hatte. Alles, wohin ich wollte.

Mühsam schüttelte ich die aufwallende Dunkelheit in mir ab und strich über die Schnitzereien am Griff meines Messers.

Die einzige Ablenkung, die ich jetzt noch hatte, war, zu den missglückten Versuchen, Magie zu wirken, zurückzukehren. Etwas in mir sträubte sich, damit wieder anzufangen.

»Essen ist fertig«, sagte Stelja und Narie sprang auf. Stelja lernte schnell aus Naries Tipps und benötigte immer weniger Hilfe.

Narie kostete mit einem Löffel etwas davon und schloss die Augen. »Noch etwas Honig.«

In Steljas Gesicht stand Enttäuschung. Trotzdem gab sie den Honig in den Topf.

Wir setzten uns alle näher ans Feuer und Stelja füllte unsere Schüsseln.

»Morgen erreichen wir Kombun«, sagte Geran und aß ein paar Löffel voll.

»Wird Yars dort sein und auf uns warten?«, fragte ich.

Hamm sah ins Feuer und zuckte mit den Schultern. »Er wird es nicht riskieren aufzufallen. Seine Geschäfte führen ihn zwischen Ellenriet und Kombun hin und her.«

»Wie werden wir ihn erkennen?«

»Da musst du dir keine Sorgen machen. Während seines letzten Dienstjahres in Jadens Leibgarde wurde er bei einem versuchten Attentat schwer verletzt und verlor eine Hand.« Hamm trank einen Schluck aus seiner Schüssel und wischte sich den Mund am Arm ab. »Prinz Jaden bot Yars an, seine Verpflichtung vorzeitig aufzuheben.«

»Ein Attentat?«, fragte ich.

»Das habe ich mitbekommen«, sagte Narie. »Ich war ganz neu am Hof, da brach plötzlich Chaos aus. Prinz Jaden wurde auf einem Ausflug in Odissa schwer verletzt, obwohl Yars ihn beschützte. Sie schwebten beide in Lebensgefahr.«

Mein Blick ruhte auf Narie, die mit ihren Daumen über den Rand der Schüssel strich. Jaden hatte mir nie davon erzählt. Mich durchströmte ein Gefühl von Erleichterung, dass er es überlebt hatte, ich ihn kennenlernen und durch ihn fliehen konnte.

»Können wir ihm vertrauen? Unterstützt er den *Heiwan Orden*?«, fragte Narie.

Geran nickte. »Yars war ein ehrenhafter Mann und lehrte unseren Prinzen, auf sein Herz zu hören. Womöglich war er mehr ein Vater für ihn, als es der König je sein könnte.«

Brummend stellte Hamm seine Schüssel zur Seite und legte die Hände in den Nacken. Das Feuer knisterte und warf tanzendes Licht auf sein Gesicht. »Yars war jemand, der Einfluss auf andere ausübte. Er ist ein wichtiger Verbündeter für den Orden und verfügt selbst über ein großes Netzwerk an Vertrauten, die ihn unterstützen werden.«

»Lasst mich dabei sein, wenn ihr ihn trefft«, warf ich ein.

Geran und Hamm tauschten einen schnellen Blick. »Es ist sicherer, wenn du im Wagen bleibst.«

Entschieden schüttelte ich den Kopf. »Ich muss ihn treffen. Jaden versprach mir, dass Yars mir helfen würde, das Land zu verlassen.«

»Du willst über die Grenze?«, fragte Narie.

»Im Gezeitenreich liegt meine Heimat«, antwortete ich.

»Wir können aber nicht mit dir durch die Dörfer ziehen und nach Yars suchen«, meinte Hamm und musterte mich skeptisch.

»Dann holt mich, wenn ihr ihn gefunden habt, oder bringt ihn zu unserem Wagen.« Als sie mir nicht sofort zustimmten, verschränkte ich die Finger. »Bitte«, flüsterte ich. »Ich will nach Hause.«

Geran brummte und in seine Augen trat ein weicher Ausdruck. »Wir können nicht erwarten, dass du ewig mit uns durch das Land ziehst.«

Die Erleichterung breitete sich als Lächeln auf meinen Lippen aus. »Danke.«

Gähnend lehnte sich Narie gegen Hamm und schloss die Augen. »Es ist seltsam, aber ich reise gern für den Orden mit euch durch das Land«, sagte sie leise. »Du wirst mir fehlen, Kindra.«

Das zustimmende Gemurmel meiner Gefährten zauberte eine Gänsehaut auf meinen Körper und eine Welle von Zuneigung rauschte durch meine Adern. Niemals hätte ich geglaubt, dass ich unter Eisenleuten Freunde finden würde. Doch zu diesen waren meine Gefährten still und heimlich geworden.

Hamm betrachtete Narie mit einem Funkeln in den Augen und schmunzelte. »Wir sollten schlafen«, meinte er und gähnte ebenfalls.

Stelja nahm unsere Schüsseln entgegen und wischte sie kurz aus. Dann stellte sie sie zur Seite und wickelte sich in eine Decke. Geran zog sie in seine Arme und so schliefen die beiden ein. Auch Hamm und Narie lagen näher beieinander als üblich.

Leise stand ich auf und schlich auf Zehenspitzen zu unseren Vorräten. Dort holte ich einen Wasserschlauch und einen Becher, womit ich mich wieder ans Feuer setzte. Bald erreichten wir Yars und vermutlich trennten sich unsere Wege danach. Der Gedanke, meine Gefährten zu verlassen, versetzte mir einem kleinen Stich. Sie akzeptierten mich und wir verstanden uns. Doch die Aufregung, einem Wiedersehen mit Saki näher zu kommen, konnte nichts trüben. Auch nicht die Zweifel, dass Yars vielleicht weniger wusste, als Jaden annahm.

Ich füllte den Becher mit Wasser und sah auf die dunkle, stille Oberfläche. Das Feuer erhellte den Rand des Bechers und meine Finger. Die Flammen wärmten mein Gesicht, die Stille der Nacht vermischte sich mit dem Knistern der Holzscheite. Lange starrte ich auf den Becher. Nichts rührte sich. Das Feuer brannte nieder und die Flammen erloschen. Die Asche glomm weiter und hielt das Vorzelt warm. Hin und wieder drehte sich einer meiner Kameraden um und Hamm entfuhr einmal ein kurzes Schnarchen. Ansonsten blieb es still.

Das Wasser veränderte sich nicht, egal wie tief ich in mir nach Magie suchte. Das hier war sinnlos.

Seufzend schloss ich mein Auge und lauschte. Meine Gedanken schweiften zu Saki, zu den schönen Momenten und der Zeit, die wir zusammen verbracht hatten. Irgendwo da draußen war er.

Ob er auch an mich dachte?

Manchmal hörte ich seine Stimme in meinen Ohren. Wie er meinen Namen rief und lachte. Schnaubend atmete ich aus und mein Blick zuckte zu meinen Gefährten, die ich damit jedoch nicht geweckt hatte. Meine Finger zitterten, als ich den Becher fester packte. Doch das Wasser wollte nicht auf mich reagieren.

Noba und Kork gesellten sich zu den Erinnerungen und die Tatsache, dass sie tot waren, überwältigte mich. Ich würde sie nie wiedersehen.

Mich überschwemmte Kälte, die mir den Atem raubte. Mit einem Zug trank ich den Becher aus und stellte ihn auf den Boden. Die Finger vergrub ich im Stoff meines Umhangs und zog die Beine an.

Es kostete mich alle Überwindung, meinen Körper zu bewegen. Schwerfällig schleppte ich mich zu Hamm und weckte ihn für seine

Wache. Er blinzelte verschlafen und strich Narie die Haare aus der Stirn, ehe er ihr etwas ins Ohr flüsterte.

Als ich mich zum Schlafen hinlegte, drehte ich mich weg von den Blicken meiner Gefährten und presste mir die Hände aufs Gesicht. Die Bilder. Die Stimmen. Sie verschwanden nicht und hielten mich in einer schmerzlichen Umarmung gefangen.

Zwei Tage später erreichten wir Kombun. Das Dorf wirkte aus der Ferne kleiner, als es Grünfrey gewesen war. Ich zog mir die Kapuze über den Kopf und setzte mich zwischen zwei Kisten. Stelja drehte sich vom Kutschbock um und löste die Plane, die sich raschelnd entrollte und uns vor den Blicken der Dorfbewohner schützen würde. Gemeinsam mit Geran band ich die Ecken fest, damit der Wind den Stoff nicht hochreißen konnte.

Unser erstes Ziel für heute stand fest: Stelja wollte auf dem Markt handeln, während sich Geran, Hamm und Narie nach Yars erkundigten.

»Seid vorsichtig«, bat ich Geran. Die Narbe auf seiner Lippe konnte ich sogar im gedämpften Licht der Planen erkennen. Sein Mund war unnatürlich gewölbt, die Nase krumm und in seinen Augen lag oft ein ernster Ausdruck. Auf den ersten Blick mochte er bösartig wirken, wenn er nicht lächelte. Aber das war er nicht. Er hielt unsere Gruppe zusammen und verband uns mit seiner ruhigen Art.

»Keine Sorge. Es wird nicht lange dauern«, versprach er und ich hoffte, dass er recht behielt. Je länger er dort draußen war, desto unsicherer wurde ich. Auch wenn er glaubte, dass wir mittlerweile weit genug von Odissa entfernt waren, so hatte sein Gesicht etwas Einzigartiges, das wiedererkannt werden konnte. Zudem war die Zeit, die ich im Wagen drinnen eingesperrt war, die schlimmste unserer Reise. Manchmal dauerte es Stunden, bis Stelja die Geschäfte abgewickelt hatte. Wenn ich mich erleichtern musste, so gab es nur zwei Möglichkeiten: aushalten oder in einen Krug pinkeln. Es war mir unangenehm, mich vor den Augen von Geran auf den Krug zu setzen und wenn es dann im Wagen nach Urin roch. Daher verkniff ich mir jegliches körperliche Bedürfnis, so schwer es mir fiel und so schmerzhaft es wurde.

»Aber ihr holt mich«, versicherte ich mich.

Geran tätschelte mein Knie. »Wir haben es versprochen. Wenn wir Yars finden, wirst du ihn nach der Grenze fragen können.«

Beruhigt lehnte ich mich zurück und stellte mich auf erneutes Warten ein. Doch die Unruhe kribbelte in meinem Bauch und ich konnte es kaum erwarten.

Hamm sprang von der Ladefläche, sobald wir angehalten hatten. Das war mein Stichwort, um mich hinter den Kisten und meiner Kapuze zu verstecken. Geran und Narie folgten ihm und kletterten aus dem Wagen. Die Plane raschelte und ich betrachtete meine Hände. Der Drang war groß, ihnen hinterherzurennen. Ich wollte ebenfalls nach Yars suchen und nicht hier untätig herumsitzen. Aber es ging nicht. Also wartete ich.

Zum Zeitvertreib nahm ich einen Wasserschlauch und einen Becher, den ich damit füllte. Wieder versuchte ich, Magie zu wirken. Aber die Oberfläche blieb still. Wie bei allen Versuchen zuvor.

»Das ist nicht nötig«, hörte ich Naries Stimme von draußen und sah von meinem Becher auf. Eilig trank ich das Wasser aus und rollte mich neben den Kisten zusammen.

Sie kicherte angespannt. »Wirklich, Ihr könnt …«

»Narie?«, fiel ihr Stelja ins Wort. »Was ist passiert?«

»Sie ist umgeknickt«, antwortete eine mir unbekannte Männerstimme. »Ich kann mir das ansehen.«

»Das geht schon«, antwortete Stelja eilig, doch im nächsten Moment wurde die Plane zurückgeschlagen. Licht fiel durch die Öffnung und ich zog die Kapuze etwas tiefer über das Gesicht. Es juckte mich in den Fingern, den Blick zu heben und zu sehen, was hier los war. Doch mein Herz schlug so schnell, dass es mich lähmte.

»Au«, jammerte Narie und ich hörte, wie sie sich setzte. »Vielen Dank für Eure Mühe, Stelja wird sich um mich kümmern«, sagte sie schnell.

»Das ist kein Problem«, antwortete die Männerstimme. »Sie kann sich weiter um den Handel kümmern. Außerdem wirken ein bisschen Magie und ein stabilisierender Verband Wunder. Der Knöchel wird schnell wie neu sein. Habt ihr einen Medizinkoffer dabei?«, fragte er und stieg auf den Wagen. Plötzlich erhellte ein warmes, feuriges Licht das Innere. Die Wärme streifte meine Haut, doch in meinem Innern war nichts als Kälte. Wie Eiswasser pumpte das Blut durch meine Adern, lähmte jede Faser meines Körpers. Ich presste eine Hand auf mein Auge und unterdrückte ein Keuchen. Das Licht in seiner Hand war wie damals bei Jaden.

Das war ein Goldmagier!

Nur ein paar Fuß von mir entfernt kramte er auf Naries gestotterten Anweisungen hin in unseren Kisten. Was machte er hier? Hatte Jaden bei der Planung unserer Route einen Goldmagier vergessen?

»Das ist unglaublich«, hauchte Narie zwischen Angst und Staunen.

»Ach, das ist nichts. Nur ein kleines nützliches Kunstwerk. Ah, hier ist es.« Seine Schritte entfernten sich und der Wagen ruckelte, als der Mann abstieg. »Hoffentlich habe ich sie nicht geweckt.«

Mein Herz setzte aus. Er redete von mir.

»Das ist Steljas Nichte«, raunte Narie. »Sie schläft wie ein Stein.« Aus ihrem Kichern hörte ich die blanke Panik heraus, wie sie auch in mir heranwuchs. Ein Goldmagier stand nur ein Stück von mir entfernt und er hatte mich gesehen, ohne zu merken, wer ich war.

Was ich war.

Narie sog scharf die Luft ein, vermutlich kümmerte er sich um ihre Verletzung. »Und Ihr …«, begann Narie zögernd, »was macht Ihr so weit entfernt vom Palast?«

»Ich bin auf der Durchreise. In Ellenriet helfe ich bei einem Bauprojekt.«

»Ellenriet?«, wiederholte Narie fast zu schrill.

»Warst du schon dort?«, hakte er nach.

Narie zögerte. »Durch den Handel war ich schon an so vielen Orten«, behauptete sie und lachte vorsichtig. »Aber bitte lasst Euch nicht durch mich aufhalten. Ihr wollt bestimmt aufbrechen, bevor es zu spät wird.«

Die Position, in der ich lag, wurde unbequem, doch ich wagte nicht, mich zu bewegen. Meine Gedanken überschlugen sich.

»Schon gut, ich reise erst morgen weiter«, sagte er. Morgen würde er Kombun verlassen und nach Ellenriet aufbrechen. Still betete ich zur Sonne, dass meine Gefährten Yars fanden und wir schnell von hier verschwinden konnten. Wenn wir auch nach Ellenriet mussten …

Das war eine einzige Katastrophe. »Der Knöchel ist jetzt verheilt, trotzdem solltest du sitzen bleiben und dich einen Tag schonen.«

»Danke«, sagte Narie und ich hörte, wie sie die Plane entrollte. Das Licht wurde ausgesperrt und ich atmete tief durch. Das war knapp gewesen!

Die Anspannung fiel von mir ab. Meine Glieder blieben erschöpft zurück und fühlten sich schwer an wie der Eisenstein.

Gedämpft vernahm ich Naries Stimme, die dem Mann wieder versicherte, dass es ihr gut ging. Sie bedankte sich und kletterte kurz danach zu mir in den Wagen.

»Er ist weg.« Ihre Stimme brach und als sie meine Schulter berührte, spürte ich, wie sie zitterte.

»Ein Goldmagier«, presste ich hervor und setzte mich auf. Die Kälte ließ mich nicht los und ich schlang die Arme um den Körper. Um Naries Knöchel lag ein Verband. »Geht es dir gut?«, fragte ich.

Sie nickte, aschfahl im Gesicht. »Ich tausche mit Stelja und schicke sie los, Geran und Hamm zu suchen, wir sollten so schnell es geht hier weg.«

»Aber Yars …«, widersprach ich und streckte eine Hand nach Narie aus. Beruhigend strich ich ihr über den Unterarm, obwohl ich selbst Trost gebrauchen konnte. Sie zitterte weiterhin.

»Vielleicht erkennt er einen von beiden.« Ihr Blick traf mich. »Wenn er Hamm und Geran im Palast getroffen hat …« Der Satz blieb unvollendet, doch ihre Sorge ging auf mich über, während sie den Wagen verließ.

Wenn er Geran im Palast begegnet war, würde er die Narbe vermutlich wiedererkennen. Ich wickelte mich fester in meinen Umhang und rollte mich auf dem rauen Holz des Wagens zusammen.

Es verging eine quälende Zeit, bis endlich wieder jemand in den Wagen stieg. Hamm setzte sich hinter dem Kutschbock auf die Ladefläche und raunte: »Ein Goldmagier war hier?«

Mehr als ein Nicken brachte ich nicht hervor.

Hamm fuhr sich mit der Hand über das Gesicht. »So ein Mist!«

»Habt ihr Yars gefunden?«, fragte ich.

»Nein, er war seit Wochen nicht in Kombun.«

»Das darf nicht wahr sein«, flüsterte ich und schloss die Augen. Mit der linken Hand massierte ich meine Schläfe. »Ist er in Ellenriet?« Mussten wir wirklich zum gleichen Ort reisen, zu dem der Goldmagier unterwegs war?

Geran und Narie schlüpften zu uns in den Wagen.

»Keine Ahnung.« Hamm zuckte mit den Schultern. »Wir wollten nicht zu viel Aufmerksamkeit erregen, und nachdem Stelja uns gefunden hat, kamen wir direkt zurück«, erklärte er und seufzte. »Aber wir müssen es versuchen. Und wir sollten uns beeilen, wenn ein Goldmagier hier herumlungert.«

»Wie lange werden wir brauchen?«, fragte ich.

»Wenn wir uns beeilen, schaffen wir es noch heute zum Einbruch der Nacht. Aber dann werden wir in Ellenriet übernachten müssen.«

Das gefiel mir nicht. Ich wollte nicht mit verbundenen Augen durch ein Dorf laufen und in einer Gaststätte essen müssen. »Das ist riskant«, sagte ich. »Man könnte mich erkennen. Und morgen wird der Goldmagier nach Ellenriet reisen.«

Hamm brummte. »Aber erst morgen. Vielleicht sind wir dann längst weitergezogen.« Sein Blick lag auf mir. »Es wird gefährlich, aber das wird es auch, je länger wir nach Yars suchen und uns an einem Ort aufhalten. Wir sollten es schnell hinter uns bringen.«

»Wie ihr meint«, antwortete ich und zog einen Streifen Stoff aus der Verbandskiste, in der noch wenige Augenblicke zuvor der Goldmagier gekramt hatte. Der Schock, ihm so nah gewesen zu sein, lag wie ein Eisklumpen in meinem Magen.

Nein, das gefiel mir gar nicht.

Während der Fahrt nach Ellenriet setzte ich mich zu Hamm nach vorn und fummelte an dem Verband, den ich zur Sicherheit umlegen würde. Viel zu oft lugte ich durch die offene Plane hinaus ins Freie und schürte damit meine Aufregung. Die frische Luft war angenehm, doch das reichte nicht, um mich zu beruhigen. Seufzend beobachtete ich die Umgebung. Die Eisendynastie unterschied sich vom Gezeitenreich und doch waren die Länder gleich. Die Pflanzen, Bäume und

Tiere ähnelten sich und ich erkannte die Gräser und Beeren, von denen ich mich früher ernährt hatte. Damals, als Noba und Kork noch lebten und ich eine Familie hatte.

Der Schmerz zuckte durch meinen Körper wie ein Messerstich und ich fixierte die Landschaft, die vorbeizog. Sie wirkte jünger und unerfahrener. Als wären ihre Pflanzen und die Tiere eben erst zur Welt gekommen. Noba und Kork hatten mir erzählt, dass in der Eisendynastie vier Jahreszeiten existierten, die in einem immergleichen Rhythmus aufeinanderfolgten. Der Regen begleitete jede dieser vier Jahreszeiten und im Winter sollte er sogar seine Form ändern.

»Was ist das für eine Jahreszeit?«, fragte ich und Narie drehte sich zu mir um.

»Du kennst die Jahreszeiten nicht?«

»Nur vage«, gestand ich.

»Frühling«, sagte Hamm und Narie starrte mich weiter an.

»Was kommt danach?« Mein Blick schweifte über die Bäume. An ihren Ästen leuchteten kleine weiße Blüten.

»Sommer. Dann Herbst und Winter.« Naries Unglaube begann mich zu nerven.

Frühling, Sommer, Herbst und Winter. Die Worte, die mich an die Gebiete des Gezeitenreiches erinnerten, lösten Heimweh in mir aus. Vor allem vermisste ich den Sommer in der Wüste. Dennoch erschien mir die Reihenfolge logisch. Erst blühten die Pflanzen, bevor sie kräftig wurden und vergingen. »Stimmt es, dass im Winter der Regen anders aussieht?«

»Du meinst Schnee?«, fragte Hamm. »Der Regen ist gefroren. Jede Flocke sieht aus wie ein kleiner Stern.«

Ich schloss das Auge und versuchte mir das vorzustellen. Winzige Sterne, die vom Himmel fielen. Den Schnee kannte ich aus dem Norden des Gezeitenreiches. Einmal war ich mit Noba und Kork dort gewesen. Aber der Schnee fiel nicht vom Himmel, sondern lag weiß auf der Erde. Bestand er aus lauter kleinen Sternen? Ein Nachthimmel am Boden?

»Wir sind bald da«, sagte Stelja.

Auf dieses Zeichen hin wandte ich mich von der Landschaft ab und wickelte mir den Verband über mein Auge und die leere, nutzlose Höhle. Die Kapuze zog ich mir über den Kopf.

Das Licht wurde vom Stoff gedämpft, doch ich erkannte leichte Umrisse. Mit zittrigen Fingern zupfte ich daran herum, bis ich durch einen kleinen Spalt den Boden sah.

»Geht es so?«, fragte ich.

»Ja«, brummte Geran zustimmend und legte mir seine Hand auf die Schulter. »Mach dir keine Sorgen.«

»Weil das so einfach ist«, flüsterte ich. Hoffentlich würde das schnell vorbei sein. Ich hasste es, nichts zu sehen.

Der Wagen ratterte eine Weile, ehe er hielt und mich vermuten ließ, dass wir den Gasthof erreicht hatten, in dem meine Gefährten die Nacht verbringen wollten. Gleich in der Früh würden wir uns nach Yars erkundigen und das Dorf so schnell wie möglich wieder verlassen. Doch würde ich es über mich bringen, zu gehen? Ohne die Informationen von Yars hatte ich keinen Anhaltspunkt. Wie sollte ich die Grenze überschreiten und Saki wiederfinden?

»Ich warte hier«, sagte Hamm. »Wenn ihr Zimmer findet, lasst es mich wissen. Dann spanne ich die Pferde aus.«

Das erste Mal seit Wochen wäre ich am liebstem im Wagen geblieben und hätte mich versteckt. Doch nur mit Hamm konnte ich nicht einem Stalljungen und den Menschen im Gasthaus gegenübertreten. In einer größeren Gruppe verteilte sich die Aufmerksamkeit und ich blieb unscheinbar. So hofften wir zumindest.

Geran packte mich mit seiner rauen Hand, half mir von der Ladefläche und führte mich einige Schritte.

Auch wenn mein Auge verbunden war, war mir unbehaglich zumute. Das erste Mal seit Grünfrey bewegte ich mich frei unter Menschen. Meine Finger zitterten leicht und ich presste die freie Hand an die Seite meines Oberschenkels. Als wir in die Schenke eintraten, drang lautes Stimmengewirr zu uns. Die Luft war erfüllt von den Gerüchen von Bier und Wein. Es roch nach Schweiß und Feuer. Ich konzentrierte mich auf meine Atmung und die Stimmen verschwammen zu einem einheitlichen Brei. Leise konnte ich das Knistern des Kamins heraushören. Geran führte mich einige Schritte und blieb stehen.

»Wir brauchen zwei Zimmer.« Stelja musste fast schreien, um die Lautstärke zu übertönen.

Sie erhielt eine brummende Antwort. Vermutlich der Wirt. Als Geran weiterlief, zog er mich mit sich. Durch den Schlitz meiner Augenbinde erhaschte ich kurz einen Blick auf seine Beine, während ich ihm folgte.

Neben mir ertönte ein Grunzen. Bevor ich mich näher an Geran halten konnte, ergriff jemand meinen Unterarm und hielt mich fest. Ich keuchte erschrocken und wand mich unter der fremden Berührung.

»Ein Kerl allein mit drei Frauen?«, lallte eine Stimme. Meine Kapuze wurde nach hinten gerissen und ich kniff mein Auge unter dem Verband zusammen. Völlige Dunkelheit umfing mich und warf mich in ein Chaos aus Geräuschen. Lachen. Gerede. Das Klirren von Geschirr. Krüge, die auf den Tisch geknallt wurden. Das Feuer.

»Zwei Maiden und eine blinde Schönheit«, gluckste die Stimme, bevor ein dumpfer Schlag ertönte und jemand den Stoff zurück über meinen Kopf zog.

»Komm«, sagte Geran. Erst nach einigen gestolperten Schritten öffnete ich mein Auge, um wieder mehr zu erkennen. Schatten huschten an mir vorbei, ein Mann stöhnte und ein anderer beschwerte sich lallend.

»Lasst sie«, zischte Geran. Wir schienen Aufmerksamkeit zu erregen, denn plötzlich breitete sich eine unnatürliche Stille im Gasthof aus. Bis auf das Knistern des Feuers verstummte alles.

Wie viele Augen waren auf uns gerichtet? Ein kleines schwarzhaariges Mädchen mit verbundenen Augen und ein Mann mit einer Narbe auf der Lippe.

»Keine Schlägerei, verstehste?«, brummte jemand. »Kommt jetzt.«

Wir stiegen eine Treppe hinauf und langsam schwoll die Lautstärke in der Schenke wieder an.

»Das und das könnt ihr haben. Aber nur für eine Nacht. Dann haut ihr wieder ab. Und auf euren Wagen pass ich nich' auf, verstehste?« Etwas klimperte und Schritte entfernten sich.

Ich wurde einige Fuß weit weitergezogen, dann schloss sich eine Tür hinter mir. Stelja schob den Verband von meinen Augen und musterte mich, ehe sie sich an die anderen wandte. Das Zimmer war klein. Zwei Betten hatten darin Platz, mehr nicht. Wenn der andere Raum gleich aussah, würde einer auf dem Fußboden schlafen müssen.

»Glaubt ihr, es hat jemand bemerkt?«, fragte ich und meine Finger strichen über den Verband, als ich in die Runde blickte. Hamm fehlte.

Stelja zuckte mit den Schultern und sah zu Geran. »Die Männer waren verärgert. Wenn sie von einem Mädchen erzählen, das eine Augenbinde trägt, könnten die Menschen aufmerksam werden. Das ganze Land spricht von Prinz Jadens Auge und der Flucht des Goldkindes.«

»Wir sollten weiterziehen«, brummte Geran. »Sofort. Bevor der Goldmagier Ellenriet erreicht und im schlimmsten Fall nach uns sucht.«

»Aber Yars«, sagte ich und verkrampfte die Finger. »Ohne vorher mit ihm gesprochen zu haben, kann ich nicht gehen.«

»Kindra«, flüsterte Narie. »Was bringen dir die Informationen, wenn dich der Goldmagier oder die Palastwache findet und gefangen nimmt?«

Ihre Worte ergaben Sinn und ich wusste, dass ich darauf hören musste. Aber wie? Yars war mein Ziel. Er war Jadens Informant, kannte das Land und war meine Chance auf eine Überquerung der Grenze. Meine Suche nach Saki hatte noch nicht angefangen und schon sollte ich aufgeben?

»Bitte versteht doch, ich muss ihn sprechen«, raunte ich und es war mir egal, wie verzweifelt ich klang.

»Das wollen wir auch«, sagte Geran sanft und sein Blick ruhte auf mir. Wir betrachteten einander und ich sah die Enttäuschung in seinen Augen. »Wir setzen unsere Sicherheit aufs Spiel und gleichzeitig auch die des *Heiwan Ordens*. Ohne ihn wird Jaden keinen Frieden bringen können.«

Ich schluckte schwer, kämpfte gegen die Last an, die auf meinen Schultern lag. Zu gehen bedeutete, meinen einzigen Hinweis auf ein Wiedersehen mit Saki aufzugeben. Aber konnte ich mit der Schuld leben, dass die Ernte bestehen blieb und Jaden scheiterte?

»Dann geht ohne mich. Zieht weiter und verfolgt Jadens Ziel. Aber ich kann es nicht.« Verzweifelt klammerte ich mich an Sakis Bild in meiner Erinnerung. An sein Lächeln, die gemeinsamen Morgen am Hayes.

»Kindra.« Stelja streckte eine Hand nach mir aus und hielt inne.

Ein Klopfen an der Tür ließ uns zusammenzucken.

Mein Herz beschleunigte sich und ich ging hinter Geran in Deckung, während ich den Verband um meinen Kopf schlang. Waren sie uns gefolgt?

Es klopfte erneut.

»Wer ist da?«, fragte Geran.

»Ein alter Freund«, antwortete ein Mann von draußen.

Die Tür quietschte, ehe Schritte ertönten und ein erneutes Klicken.

»Wusste ich doch, dass ich dieses Gesicht kenne. Geran«, sagte ein Mann. »Ich hatte euch erwartet. Auch dich, Kindra. Du musst dich nicht verstecken.«

Obwohl er mich direkt ansprach, zögerte ich, bevor ich den Verband über die Nase zog und hinter Geran hervor nach dem Ankömmling spähte.

Der Mann im Zimmer war groß und hager. Um seine Schultern lag ein grüner Umhang und seine Hand ruhte auf dem Knauf eines Schwertes. Zumindest etwas, das einmal eine Hand gewesen war.

Yars.

»Ihr seid Yars?«, fragte Narie.

»Der bin ich. Ich habe euch erwartet.«

Mein Herz schlug Saltos und trotz unserer Lage musste ich lachen. Eilig schob ich mich an Geran vorbei und blieb vor Yars stehen. »Jaden meinte, Ihr kennt das Land. Wie komme ich über die Grenze?«

Yars schob mir die Kapuze vom Kopf und betrachtete mich. »Wunderschön, dieses Auge«, meinte er. »Das andere trägt Jaden?«

Ich nickte.

»Und trotzdem bist du hier.«

»Weil ich Jaden vertraue. Er versprach mir, dass Ihr mir helfen könnt, zurück ins Gezeitenreich zu gelangen.« Mein Puls raste.

Einen Augenblick senkte sich angespannte Stille über uns, ehe Yars die Stirn runzelte und den Kopf schüttelte. »Es tut mir leid. Alle Schlupflöcher, die ich kannte, wurden von Goldmagiern zerstört.«

Mein Kopf war wie leer gefegt.

Das sollte es gewesen sein?

Für eine Entschuldigung war ich wochenlang durch das Land meines Feindes geflohen und hatte dicht neben einem Goldmagier gelegen?

Meine Schultern sackten herab und ich taumelte, verlor fast die Kraft, um zu stehen.

Ohne eine Brücke oder einen Hinweis konnte ich den Hayes nicht überqueren. Früher hatte ich mit Saki oft die Strömung beobachtet. Wir bastelten aus Stöcken kleine Boote, die wir auf dem Grenzfluss treiben ließen. Gewonnen hatte der, dessen Boot sich am längsten über Wasser hielt. Es dauerte jedes Mal nur wenige Augenblicke, bis ein Sieger feststand.

»Also bleibt nur der *Schwarze Markt.*« Ich lachte bitter.

Meine Gefährten tauschten Blicke und Yars schüttelte den Kopf. »Die Brücke wird von den Händlern streng bewacht. Sie überqueren die Brücke nur mit ihrem Handelsgut. Dorthin zu reisen ist zu gefährlich.«

»Warum unternimmt der König nichts dagegen?«, fragte Narie.

»Damit seine Handelskette zu den Goldkindern unterbrochen wird? Wohl kaum«, zischte ich.

»So ist es leider«, warf Yars ein und rieb sich übers Kinn. »Aber es gibt ein Gerücht.« Sein Blick wanderte über mich und dann zu Geran. »Im Gebirge im Norden soll es eine Möglichkeit zur Überquerung geben.«

»Dann muss ich dorthin!«, japste ich. Mein Herz pochte so schnell, dass mir schwindelig wurde. Das Einzige, was zählte, war die Hoffnung auf eine Überquerung. Sie brachte mich Saki ein Stück näher.

»Im Norden lebt zudem ein Mann, der für den Orden nützlich sein könnte.«

Ich trat von einem Fuß auf den anderen. Mit den Händen spielte ich am Stoff meines Umhangs und mit den Gedanken war ich im Gezeitenreich, meiner Heimat, die nicht mehr allzu weit entfernt schien.

»Wie nützlich?«, fragte Geran.

»Das Gerücht erzählt von einem allwissenden Mann in Gyoum, der über Frieden redet«, antwortete Yars.

»Gyoum?«, fragte ich. »Ist das nah am Gebirge?«

»Es ist ein Dorf im Nordwesten, unterhalb der Bergkette«, sagte Stelja. »Ein seltener Stein wird dort abgebaut, der am Hof teuer verkauft wird.«

»Eine unsichere Gegend«, meinte Geran. »Es gibt viele Überfälle auf den Straßen dorthin. Vor allem auf Händler.«

Yars nickte. »Ja, es ist keine sichere Route. Nicht gut geeignet für Menschen auf der Flucht. Aber daher würden die Wachen auch nicht sofort annehmen, dass ihr diesen Weg einschlagt. Und ich denke, dass es dieser Mann wert wäre. Die Gerüchte sprechen von einem Medi, andere behaupten, dieser Mann kenne sich mit Magie aus. Und wir wissen ja alle, was das bedeutet.«

Ja, das wussten wir. Er hatte Kontakt zu Goldkindern.

»Ein Goldmagier?«, hakte ich nach.

»Angeblich nicht. Wenn die Gerüchte stimmen, soll er aus dem Gezeitenreich stammen oder damit in Verbindung stehen. Jedenfalls scheint er ein fähiger Mann zu sein, den wir für *Heiwan* gebrauchen könnten.«

Neue Energie pumpte durch meine Adern und meine Haut kribbelte. Angst und Neugierde wechselten sich ab. Jemand aus meiner Heimat, der mit Goldkindern in Verbindung stand. Ein Händler? Ein Medi? Wer war dieser Mann? »Mir ist egal, was ihr macht, aber ich will in den Norden zum Gebirge«, sagte ich.

»Prinz Jaden wollte, dass wir dem Orden dienen. Wenn dieser Mann wertvoll erscheint, werde ich ihn aufsuchen.« Geran sah Narie und Stelja an. »Wir sollten zusammenbleiben, auch wenn es gefährlich wird.«

Narie sah zu Boden und nickte vorsichtig, während Stelja nach Gerans Hand griff. »Wenn uns jemand erkannt hat, werden sie uns bald suchen«, sagte Stelja.

Geran strich ihr sanft über die Wange. »Wir sollten aufbrechen.« Er wandte sich ab und betrachtete mich. »Und Gyoum liegt in der Nähe der Bergkette Werst. Du kannst uns weiterhin begleiten.«

»Das werde ich«, versprach ich. »Bis ich weiß, wie ich die Grenze überqueren kann.«

Yars trat einen Schritt vor und zog unsere Aufmerksamkeit wieder auf sich. »Dann solltet ihr euch beeilen. Ich würde euch nicht raten, die Nacht hier zu verbringen. Brecht sofort auf, reist über die Nebenstraßen bis zum Wald. Ihr werdet etwa vier Tage brauchen, bis ihr den Wald durchquert habt. Dann findet ihr Gyoum.«

Stelja nickte. Das Unbehagen war ihr deutlich anzusehen, und auch wenn mich die bevorstehende Reise und unsere mögliche Entdeckung erschreckte, konnte ich nicht aufhören zu grinsen. Nach der Enttäuschung war dieses Gerücht alles, was mich meiner Heimat näher bringen würde.

»Aber wie kommen wir hier ungesehen heraus?«, fragte Narie.

»Es gibt eine Hintertür«, sagte Yars. »Folgt mir.«

Bevor wir aufbrachen, zog ich mir den Verband so über die Augen, dass ich den Boden ein bisschen erkennen konnte. Mit der Kapuze über dem Kopf huschte ich hinter den anderen her. Narie hielt meinen Ärmel fest, damit ich mich an ihr orientieren konnte. Die Stimmen aus der Schenke drangen zu uns herauf und erschwerten es mir, auf die Geräusche unserer Umgebung zu achten. Yars brachte uns zu einer anderen Treppe am Ende des Ganges, die hinter dem Gasthof in einen Stall führte. Als wir in die Gasse hinaustraten, hörten wir leise Stimmen. Wir schlichen an der Mauer entlang und spähten zum Haupteingang des Gasthofs. Wegen meines Verbands erkannte ich nichts in der Schwärze der Nacht.

Jemand legte eine Hand an meinen Verband und zog ihn herunter. Einige Male blinzelte ich, bis sich mein Auge an die Dunkelheit gewöhnt hatte. Geran sah mich wortlos an und nickte zur Seite. Mein Blick folgte der angedeuteten Richtung zu unserem Wagen. Drei Gestalten bewegten sich in der Sicherheit der Nacht, nur ihre Umrisse leuchteten schwach im Mondlicht.

Narie keuchte in dem Moment auf, in dem ich Hamm auf dem Boden ausmachte. Die Gestalten traten auf ihn ein.

»Verscheuchen wir sie«, raunte Geran und deutete auf Stelja, Narie und mich. »Bleibt zusammen und helft Hamm auf, vielleicht kann er noch kämpfen. Kindra, dein Gesicht darf niemand sehen.« Mit einem Wink gab er uns zu verstehen, dass es losging.

Geduckt schlich er voraus, und bevor die Männer ihn bemerkten, kassierten sie die ersten Schläge. Ein weiterer Mann kam vom Wagen gesprungen und landete auf Gerans Rücken. Er umklammerte ihn und Geran taumelte seitwärts, während ihm ein anderer in den Bauch schlug.

Zu dritt eilten wir auf den Mann zu, der noch bei Hamms Gestalt kauerte. Ich hielt mich im Hintergrund, den Kopf gesenkt und mein Auge unter der Kapuze verborgen. Stelja trat nach unserem Gegner, der erschrocken zurückwich. Neben Hamm kniete ich mich auf den Boden, nahm sein Gesicht in die Hände und sprach leise auf ihn ein. Seine Augenlider flackerten und er stöhnte schmerzerfüllt. Doch er war bei Bewusstsein.

Gemeinsam mit Narie richtete ich ihn auf, gerade rechtzeitig, dass er einschreiten konnte. Er stürzte vor, packte den Mann, der nach Stelja greifen wollte, und brachte ihn damit zu Fall.

Es ging alles ganz schnell.

Geran kämpfte sich die Oberhand zurück und schaltete mit Hamm die restlichen Männer aus.

»Schnell weg hier«, sagte er keuchend und half Hamm auf den Wagen. Zischend hielt sich Hamm die Rippen, als er auf die Ladefläche sackte. Es war mir unbegreiflich, woher er die Kraft für seine letzten Schläge genommen hatte. Narie folgte uns und Stelja schwang sich auf den Kutschbock.

Ohne zu zögern, preschten wir aus dem Dorf und nach Norden. Einer gefährlichen, von Räubern bedrohten Route entgegen, die für mich voller Hoffnung war. Ich schloss das Auge, schlang die Arme um den Körper und gab mich den Erinnerungen hin. Vor mir sah ich Sakis blaue Augen, seine blonden Haare, die von der Sonne geküsst wurden. Seine Lippen, wie sein Mund sich zu einem herzhaften Lachen öffnete.

Endlich kam ich ihm einen großen Schritt näher.

19.

Saki

Ein Funke Wahrheit

Die Jungen gratulierten mir überschwänglich und scharten sich im Gemeinschaftsraum um mich. Es dauerte eine Stunde, bis ich mich von ihnen lossagen konnte und in mein Zimmer verschwand. Nuren lag auf seinem Bett und starrte zur Decke. Sein Blick schweifte zu mir, als ich mich auf meine Bettkante setzte. Dann richtete er ihn wieder nach oben.

»Was für ein Tag«, sagte ich, aber Nuren blieb still. Fast unmerklich zuckte er mit den Schultern. Seine gleichgültige Fassade überzeugte mich nicht, aber wenn er nicht reden wollte, akzeptierte ich das.

Schweigend rutschte ich über die Matratze und lehnte mich gegen die Wand. *Morgen werden wir dem Prinzen begegnen. Morell wird uns abholen und in einen anderen Teil des Palastes bringen.*

Was erwartete uns dort?

In meinen Gedanken erschien das Gesicht des Prinzen am Tag meiner Ankunft. Die schwarzen, leicht gewellten Haare und der kühle Blick. Das goldene Auge wirkte wie ein Fremdkörper und zerstörte sein makelloses Aussehen.

Es gehörte ihm nicht.

Die Erinnerung wandelte sich, wurde zu jenem Tag im Garten nach der Hinrichtung, als der Prinz gekrümmt hinter dem Baum stand und sich übergab. Warum hatte ihn der Tod seiner Männer so mitgenommen? Fand er es zu grausam?

Ich legte mich auf den Rücken und hielt die Augen geschlossen. Die Hände verschränkte ich hinter dem Kopf und mit einer Hand tastete ich nach dem Holzvogel im Kissenbezug. Langsam atmete ich ein und aus. Versuchte, mich auf diesen Rhythmus zu konzentrieren, doch es gelang mir nicht.

Das glatte Holz unter meinen Fingern war vertraut und entführte meine Gedanken zu Kindra. Nach monatelanger Vorbereitung lag ich im Palast in einer Unterkunft und wartete auf ein Treffen mit dem Prinzen. Sosehr ich mir wünschte, dass ich sie hier fand – noch mehr hoffte ich, dass sie diesem dunklen Palast entkommen war.

Dorallien und Fan plapperten lautstark, als sie unser Zimmer betraten. Ich öffnete ein Auge und blickte zu ihnen. Sie erstarrten an der Tür, sahen von Nuren zu mir und senkten ihre Stimmen auf ein Flüstern. Es dauerte eine Weile, bis die Jungen gleichmäßig atmeten und sich Stille über unser Zimmer legte.

Mir blieb der Schlaf noch lange fern.

Zwei Wachen öffneten eine große Flügeltür und ich trat mit den ausgewählten Rekruten hinter Morell in den Thronsaal, der voller Leute war. Frauen, Männer und Kinder klatschten, reckten die Köpfe, um uns zu bestaunen, oder tuschelten aufgeregt miteinander. Es waren fein gekleidete Menschen des Hofes, aber hier und da erkannte ich Händler mit ihren schlichteren Roben und sogar einen oder zwei Bauern. Morell deutete uns an, neben den Stufen stehen zu bleiben, die zum Thron hinaufführten. Eine Reihe von Wachen in pompöser Rüstung trennte uns und den Thronbereich vom Volk ab. Links von uns betrat der König mit dem Prinzen und seiner Leibgarde die Halle. Die Treppe wirkte unter seinen Füßen winzig, wie er drei Stufen mit jedem Schritt nahm und seinen Sohn und die Wachen schnell einige Schritte zurückließ. Er trat an den vorderen Rand der Erhöhung auf sein Volk zu, während sich Prinz Jaden und die Soldaten neben dem Thron positionierten.

»Liebe Untertanen«, begann der König. »Es ehrt mich, dass so viele den Weg hierher gefunden haben, und ich bedauere, dass so viele vor den Türen warten und keinen Platz in meiner Halle finden konnten.« Seine Stimme hallte über die Köpfe der Anwesenden hinweg und klang wie das Grollen eines Gewitters. »Fünf junge Rekruten aus unserem schönen Land erhalten die Möglichkeit, ihrem Prinzen zu dienen.« Die Menge jubelte und ein Lächeln strahlte auf dem Gesicht des Königs. Trotz seiner Größe sank er in einer geschmeidigen Bewegung auf den Thron und winkte seinen Sohn nach vorn.

Der Prinz trat vor die Menge und betrachtete sie mit seinen verschiedenfarbigen Augen. »Seid gespannt auf einen aufregenden Tag«, sagte er und breitete die Arme aus. »Drei Disziplinen werden die Rekruten erwarten, in denen sie sich unter Beweis stellen können.« Ein Grinsen legte sich auf sein Gesicht und er wandte sich uns zu. »Aber seid euch eins bewusst: Ein Sieg bedeutet nicht zwangsläufig, dass ihr ausgewählt werdet. Letztendlich entscheide ich, ob sich einer von euch als würdig erweist.«

Er reckte das Kinn. »Außerdem …«, fuhr er mit ernster Stimme fort. Die Luft im Raum lud sich auf. »Es steht mir frei, jeden der Rekruten nach Hause zu schicken, wenn ich ihn als unwürdig ansehe.«

War das sein verdammter Ernst?

Meine Finger zuckten, ich hätte sie am liebsten zu Fäusten geballt und irgendwo dagegengeschlagen. Bevorzugt in Teruins Gesicht, der mit einem abfälligen Lächeln auf den Lippen zu mir sah.

Dem Prinzen stand es nicht nur frei, uns aus dem Palast zu werfen, wenn wir ihm nicht gefielen, sondern er machte mit seinen Disziplinen aus diesem Tag ein Theater, für dessen Unterhaltung die Rekruten und ich sorgten.

Die Menge zögerte, bevor sich aufgeregtes Getuschel mit kräftigem Applaus vermischte. Der König regte sich auf seinem Thron und zog eine Augenbraue nach oben. Doch der Prinz ignorierte seinen Vater und sah weiter nach vorn. »Die erste Disziplin prüft eure Stärke.« Licht schimmerte auf den silbernen Ornamenten seiner Rüstung, als er sich den Wachen zuwandte, die an der Seite der Treppe positioniert waren. Mit einem Nicken gab er das Zeichen und ein Mann löste sich aus der Reihe, stellte sich vor den Prinzen und verbeugte sich. »Ermon aus meiner Leibgarde. Er wird euer Gegner sein.«

Ein Raunen ging durch die Menge und verriet mir, dass Ermon ein fähiger Kämpfer war.

»Lasst uns beginnen.«

Morell schickte uns Rekruten aus der Halle, damit wir nacheinander hineingebeten werden konnten. Nuren ging zuerst. Die Lautstärke senkte sich kurz ab, dann grölte die Menge. Die Tür öffnete sich und Ordeg trat ein. Die Stille hielt diesmal länger, doch auch dann schallten Rufe der Menschen zu uns heraus. Broum verschwand und Teruin und ich blieben allein zurück.

»Na, hast du Angst?«, fragte Teruin und seine Augen blitzten angriffslustig.

Ich zuckte mit den Schultern. »Du etwa?«

»Als ob!«, zischte er.

»Aber das ist nicht so deine Disziplin«, sagte ich und Teruin lief rot an. Ihn zu reizen kitzelte seine Schwäche hervor und verschaffte mir einen Vorteil. Um dieses Gefecht zu gewinnen, war mir jedes Mittel recht.

Die Menge tobte und verriet dadurch, dass Broum besiegt worden war. Morell bat mich in die Halle und ich warf Teruin einen vielsagenden Blick zu. Wenn er vor Wut kochte, würde er sich damit selbst im Weg stehen.

Während ich auf Ermon zuging, achtete ich auf eine aufrechte Haltung und einen selbstbewussten Ausdruck auf meinem Gesicht. Er nickte mir zu, bevor wir uns in Position für den Kampf stellten.

»Rekrut Nummer vier, Saki«, sagte Morell und Prinz Jadens Blick huschte zu mir. So schnell, dass es mir als ungewöhnlich auffiel. Er starrte mich einen Moment mit zusammengezogenen Augenbrauen an, ehe sich seine Züge wieder entspannten und er das Kommando gab. »Los.«

Ermon kam direkt auf mich zugesprungen und ließ mir keine Zeit, länger über den Prinzen nachzudenken. Ich wich zwei Schritte zurück und duckte mich unter einem Schlag weg. Es entstand ein Tanz, der mir in den letzten Monaten vertraut geworden war. Als ich meinen Gegner mit der Faust am Kinn streifte, ging ein Raunen durch die Menge. Schnell begann meine Lunge zu brennen. Ich konnte kaum über eine Taktik nachdenken, so schnell verschwanden die Möglichkeiten, die ich erhaschte.

Mit voller Kraft trat ich Ermon gegen sein Standbein, doch es gab nicht nach. Mein Fuß prallte gegen seine Knochen, die hart wie Metall schienen. Ermon grinste und traf mich mit der Faust im Gesicht. Sein Schlag trieb mich nach hinten und ehe ich mich's versah, warf er mich zu Boden.

Die Menge raste und klatschte. Ich rappelte mich auf und stellte mich zu den anderen Rekruten. Meine Wange fühlte sich taub an und mein Auge tränte. Ermons Treffer hatte gesessen.

Teruin kam herein, sah erst zu Ermon, bevor sein Blick über mich wanderte. Während er näher kam, betrachtete er mein Gesicht und grinste. Trotz meiner offensichtlichen Verletzung versuchte ich, keine Schwäche zu zeigen. Mein Kampf war länger gegangen als die der anderen. Gegen Ermons Kampfstil waren wir zu unerfahren. Das würde Teruin schnell genug erfahren.

Und so war es auch. Teruin versagte auf ganzer Linie. Seine Technik war wie immer tadellos. Aber er reagierte zu langsam und steckte einige Schläge von Ermon ein. Drei, um genau zu sein. Die reichten aus, um Teruins sicheren Stand zu brechen.

Die Menge jubelte wieder und klatschte. Es waren einseitige Kämpfe gewesen, aber sie hatten offensichtlich ihren Spaß daran. Prinz Jaden trat vor und die Menschen verstummten.

»Eine interessante erste Runde«, sagte er und sein Blick ruhte auf mir. Was hatte er für ein Problem?

»Auf den Körper folgt nun das Herz.« Seine rechte Hand legte er auf die Brust. »Stellt euch mir vor, bewegt mich, überzeugt mich.«

Ein Raunen schlich wieder durch die Reihen und ich schluckte. Darauf war ich nicht vorbereitet! Was sollte ich erzählen? Die Wahrheit wohl kaum. Doch welche Lüge sollte ich dem Prinzen auftischen? Wie konnte ich glaubhaft sein?

Der Prinz winkte Teruin als Ersten zu sich.

Teruin zog die Schultern zurück und marschierte selbstbewusst die wenigen Schritte nach vorn.

»Mein Name ist Teruin Lorrenbern. Ich wuchs in Rennan auf und bewundere die Garde seit meiner Kindheit. Mein Herz gehört der Eisendynastie und es wäre mir eine Ehre, Euch zu dienen.«

Der Prinz nickte und die Menge applaudierte.

Darauf folgte Nuren. »Nuren Schattmen aus Bernen. Mein Vater kämpfte in der Palastwache bis zu seinem Tod.« Einige Menschen seufzten.

»Olip Schattmen«, sagte der Prinz. »Er war ein guter Mann.«

Nuren nickte. »Ich würde sein Vermächtnis gern fortführen.« Leiser Jubel erklang, als Nuren zur Seite trat.

Als Nächstes deutete Morell mir an, dass ich an der Reihe war. Jeder Schritt zum Prinzen war eine Qual. Wie sollte ich ihn überzeugen, wenn ich ihm nicht einmal ins Gesicht sehen konnte? Am liebsten würde ich ihm das goldene Auge mit bloßer Hand ausreißen.

Wie sollte ich da sein Herz bewegen?

Ich schwieg zu lange, haderte. Teruin warf mir einen höhnischen Blick zu. Der Griff in meiner Brust schnürte mir fast die Luft ab. Wenn ich etwas Falsches sagte, könnte das mein Ende im Palast sein.

Der Prinz starrte mich an und ich wusste, ich musste ihn jetzt überzeugen, nur wie?

Mich bei der Wahrheit bedienen?

»Saki Derrk aus Impen, Eure Hoheit«, begann ich und verbeugte mich tief, um Zeit zu schinden. Die Menge pfiff. »Ich brenne für die Ernte«, sagte ich mit aller Inbrunst, die ich aufbringen konnte. »Ihr seid für mich ein lebendes Wunder.« Bei meinen Worten fixierte ich sein Auge und er starrte zurück in mein Gesicht. Die Luft schien kühler zu werden, raubte mir fast den Atem. Das Gold in seinem Augapfel schimmerte. Die Menge applaudierte und ich trat zur Seite. Brach damit den Bann, der sich über mich und den Prinzen gelegt hatte.

Ordeg versicherte dem Thronfolger die Liebe zu seinem Vaterland und Broum wollte ihn mit seinem Leben beschützen.

Nachdem wir alle gesprochen hatten, drehte sich der Prinz wieder der Menge zu. Der König stützte einen Ellbogen auf die Lehne des Throns und beobachtete uns mit wachen Augen. Unter seinem Blick bereute ich meine Wortwahl.

»Damit wäre auch die zweite Disziplin beendet«, sagte der Prinz. »Nun folgt eine Aufgabe des Geistes. Im Palast bewegen sich vier Personen. Diese Personen stellen Attentäter dar. Ihr habt eine Stunde Zeit. Beobachtet und sprecht die an, die ihr verdächtigt. Von jedem Attentäter erhaltet ihr eine Eisenmünze. Diese gibt euch fünf Punkte.« Prinz

Jaden hielt eine silberne Münze in die Luft, die anders aussah als die der regulären Eisenwährung. Sie schillerte im Licht des Kronleuchters, der über ihm hing. »Sprecht ihr jedoch jemand Unschuldigen an, so erhaltet ihr eine Kupfermünze.« Er zog eine weitere Münze aus seiner Weste. »Diese zieht euch zwei Punkte ab. Ich wünsche euch viel Erfolg.«

Einige Herzschläge lang betrachtete ich die Münzen in Prinz Jadens Hand und prägte sie mir ein. Teruin und die anderen stürmten bereits los, eilten aus der Halle und ich blieb allein zurück. Mein Blick schweifte über die Reihe von Soldaten, die den Thronbereich bewachte, und über die Menge. Er sagte, sie bewegten sich im Palast. Bei einer solchen Zeremonie bot eine Menschenmenge Schutz. Attentäter könnten hier untertauchen.

Mein Blick traf einen Mann, der eine gängige Händlerrobe trug. Der Umhang war über eine Schulter zurückgeschlagen, die andere Seite verdeckte seine Hand. Zu schnell glitt sein Blick zu den Ausgängen, als würde er seinen Fluchtweg im Auge behalten.

Die Menge teilte sich und betrachtete mich, während ich voranschritt. Der Mann bemerkte mich und tauchte in der Menge unter.

Ich sprintete los und schob mich an den Menschen vorbei, die nicht schnell genug auswichen. Nach ein paar Schritten erreichte ich den Mann und hielt ihn am Umhang fest. »Seid Ihr ein Attentäter?«, fragte ich ihn. Die Worte klangen komisch, aber er nickte und gab mir eine silberne Münze. »Danke«, murmelte ich und verließ die Halle.

Wenn die restlichen vermeintlichen Attentäter durch die Gänge schlichen, dann war es fast unmöglich, sie anzutreffen. Dafür war der Palast zu riesig. Für dieses Spiel hatte der Prinz bestimmt Orte ausgewählt, an denen er häufiger anzutreffen war. Aber wo hatte ich ihn schon gesehen? Im Innenhof bei der Hinrichtung und anschließend im Garten. Kurz entschlossen drehte ich mich um und rannte los. Auf den Gängen standen viele Menschen, aber ich nahm mir keine Zeit, sie anzusehen.

Meine Streifzüge durch den Palast zahlten sich aus und ich erreichte den Zugang zum Garten schnell. Die Anlage war gefüllt mit feinen Herren und Damen, die mich interessiert betrachteten.

Der kleine Weg, dem ich folgte, führte mich an angelegten Blumenbeeten und Statuen vorbei. Wenn ich Menschen passierte, verstummten die Gespräche und ihre Aufmerksamkeit richtete sich auf mich. So konnte ich unmöglich jemand Verdächtigen finden. Ich knirschte mit den Zähnen, zog mich in eine weniger besuchte Ecke zurück und setzte mich auf eine Bank. Die Menschen standen in Gruppen zusammen und redeten. Manche warfen mir einen Blick zu, aber nach einer Weile langweilte ich sie.

Aufmerksam betrachtete ich die Anwesenden, nahm sie ins Visier und versuchte sie zu analysieren.

Etwa dreißig Fuß von mir entfernt standen zwei Frauen, die sich angeregt unterhielten. Sie lachten und kicherten und deuteten immer wieder auf ein paar Männer.

Eine der beiden blickte sich um und musterte die Gruppen, die in ihrer Nähe standen. Typische Männerschau. Sie reckte den Kopf und lehnte sich zur Seite.

Als Nächstes ertönte ihr Kreischen, als jemand sie anrempelte und den Inhalt eines Getränkebechers auf ihr Kleid entleerte.

Sie wischte eilig mit ihren Händen über den Rock, aber die Flecken prangten leuchtend rot auf dem gelben Stoff. Die Frau mit dem leeren Becher in der Hand starrte auf die Flecken. In ihren Augen konnte ich keine Emotion erkennen. Ihre Kleidung war edel, doch trotzdem wirkte sie unterwürfig. Die Haare waren in einem blonden Knoten zusammengebunden, so wie es Arbeiterinnen trugen. Das hatte mir Sendra zumindest erzählt.

Sie verbeugte sich einige Male und zog ein Tuch aus ihrer Tasche. Mit zitternden Fingern tupfte sie über die Flecken.

Das Bild passte nicht zusammen.

Hatte ich einen weiteren vermeintlichen Attentäter entdeckt? Ohne weiter nachzudenken, eilte ich auf die Frauen zu. Als ich nah genug war, um sie zu verstehen, hörte ich die Blonde sagen: »Das tut mir schrecklich leid. Wenn Ihr mir folgen würdet, dann helfe ich Euch, den Fleck herauszuwaschen.« Sie deutete auf den Palast. »Wartet«, unterbrach ich sie. »Seid Ihr ein Attentäter?«

Die zwei Frauen musterten mich. Dann nickte die Frau im gelben Kleid und reichte mir eine silberne Münze. Irritiert betrachtete ich das kühle Metall in meiner Hand.

Sie hatte ich nicht gemeint.

Mein Blick huschte zu der Blonden, die ich verdächtigt hatte. Bemerkte sie das Missverständnis?

Doch sie starrte mich nur mit aufgeregt blickenden Augen an, die aus der Nähe überhaupt nicht mehr emotionslos wirkten, und ich begriff, was sie war. Ein einfaches Mädchen im heiratsfähigen Alter, das sich vermutlich für zu viel Geld ein Kleid für diesen Anlass geliehen hatte.

Mit einem falschen Lächeln auf den Lippen schloss ich die Hand um die Münze. Meine zweite.

»Ich danke Euch«, sagte ich, verbeugte mich vor den Damen und ging davon.

Doch wo sollte ich als Nächstes suchen? Gab es einen Platz, den der König oder der Prinz bevorzugten? Wo sich ein Attentat lohnen würde? Ich erreichte eine Gruppe Männer und Frauen und blieb stehen, als mir ein Gedanke kam.

»Entschuldigt, meine Damen und Herren«, sagte ich und verbeugte mich abermals. »Ich kenne mich am Hof noch nicht so gut aus.«

»Du bist einer der Rekruten«, sagte eine Dame und musterte mich neugierig. Ihr Blick wanderte über meine Gestalt.

»Das bin ich«, bestätigte ich.

»Warum solltet wir dir helfen?«, fragte ein Mann, der etwa dreimal so alt war wie ich.

Ich ignorierte seinen Einwand und wandte mich an die Dame, die hilfsbereiter erschien. »Gibt es einen Ort, an dem der Prinz sich häufig aufhält?«

»Die Bibliothek«, antwortete die Frau.

Die anderen blickten sie an. »Garella!«, schimpfte der Mann.

»Was denn?« Sie verschränkte die Arme vor der Brust.

»Die Rekruten sollen zeigen, was sie können. Du kannst ihm doch nicht sagen, wohin er gehen soll.«

»Wenn die anderen auf die Idee kommen zu fragen, dann würde ich es ihnen auch sagen«, antwortete sie schnippisch.

Die Bibliothek. Dort war ich bereits vorbeigekommen. »Vielen Dank«, sagte ich und verbeugte mich erneut. »Ihr wart mir eine große Hilfe.«

Garella sah mich mit einem Lächeln an. »Seht ihr!«, meinte sie zu ihren Begleitern und rümpfte die Nase.

Ich durchquerte den Garten und folgte den Korridoren zurück ins Innere des Palastes. Nach kurzer Zeit erreichte ich die Bibliothek. Die schweren Flügeltüren aus Holz knarrten in den Angeln, als ich eintrat. Gedämpftes Licht erwartete mich am Eingang, das von der Höhe des Raums beinahe verschluckt wurde. Sonnenstrahlen fielen durch die bunten Fenster am Ende des Raums und malten verzerrte Kopien der Glasbilder auf den Boden. Auf dem ersten spie ein blauer Drache helles Feuer in den Himmel, bevor sich im Laufe der nächsten drei Darstellungen seine Schuppen schwarz verfärbten.

Regale voller Bücher wechselten sich mit Sitzgelegenheiten und opulenten Sesseln ab, bei denen Gaslampen brannten. An den Wänden befanden sich einige Fackeln, doch in der Nähe der Bücher gab es kein offenes Feuer. Dort hüpften nur die kleinen Lichtkegel der verschlossenen Laternen in den Händen der Besucher. Von einem Tischchen neben der Tür schnappte ich mir eine eigene Laterne, schritt durch die Gänge und lauschte. Es war still und nur hier und da raschelte ein Buch, das aus einem Regal gezogen wurde. Ich traf nur wenige Menschen an. Konnte ich hier wirklich Erfolg haben?

»Halt!«, ertönte Teruins herrische Stimme. Ich schlich nach rechts und spähte um ein Regal in den nächsten Gang. Teruin stand ein paar Schritte entfernt und hielt einen Mann an der Schulter fest.

»Was wollt Ihr?«, stotterte der Mann. Einige Leute sahen sich nach dem Lärm um.

»Ihr seid einer der Attentäter«, sagte Teruin.

Der Mann nickte und reichte ihm eine Münze.

Teruin steckte sie in seine Hosentasche und marschierte davon. Damit er mich nicht bemerkte, versteckte ich mich hinter dem nächsten Regal und lauschte auf seine sich entfernenden Schritte. Danach huschte ich wieder hervor und betrachtete den Mann, den Teruin entlarvt hatte. Er war alt und sein Rücken gekrümmt. Als er den Umhang etwas enger um sich zog, zitterten seine Hände.

Mit schlurfenden Schritten verschwand er in einem Gang und ich wartete, bis sich die neugierigen Zuschauer wieder ihrer vorherigen Tätigkeit zuwandten. Dann eilte ich dem Mann hinterher.

Der Gang war leer, die Regale ragten zu beiden Seiten weit in die Höhe und das Licht meiner Laterne brach sich auf den silbernen Ornamenten einer Leiter. Am Ende bog sich der Weg nach links und verschwand in Dunkelheit. Ich eilte voran und rannte den Mann fast um, als ich um die Ecke huschte.

»Nicht so eilig, junger Herr«, sagte der Mann und trat zur Seite. »Bitte.« Er deutete mir mit einer Geste an, vorbeizugehen. Doch ich blieb stehen.

»Seid Ihr ein Attentäter?«, fragte ich und musterte sein faltiges Gesicht. Wäre ich selbst auf die Idee gekommen? Jedenfalls nicht so schnell.

»Ja«, sagte er, gab mir eine Münze und ging davon.

Ich steckte die Münze in meine Hosentasche. Das machte drei. Und zwei davon hatte ich nicht verdient.

Nachdem ich die Bibliothek verlassen hatte, sah ich mich unschlüssig um. Was nun? Teruin war verschwunden. Wohin er wohl als Nächstes gegangen war?

Die Leute blieben stehen und betrachteten mich erwartungsvoll. Also lief ich los. In irgendeine Richtung, ohne konkretes Ziel.

Am Fuß einer Treppe, die nach oben führte, blieb ich stehen. Der Aufgang war mit einem roten Samtband abgetrennt und lag in einer Nische, die mich vor den Blicken neugieriger Zuschauer schützte. Während all meiner Erkundigungen hatte ich diesen Bereich nicht entdeckt und sofort regte sich mein Wissensdurst. Bevor die Wache, die diese Treppe vermutlich sonst bewachte, zurückkehrte, stieg ich über die Absperrung und ging hinauf. Die Stimmen und Geräusche blieben hinter mir zurück. Die Gänge vor mir waren einsam und ich wusste, dass ich hier falsch war. Doch ich konnte nicht anhalten.

Der Gang führte um eine Ecke und zu einer in Marmor eingelassenen Tür, die bewacht wurde.

»Was machst du hier?« Vor mir baute sich ein Wachmann zu seiner vollen Größe auf.

»Ich nehme an der Jagd teil«, antwortete ich.

»Was?«

»Nach den Attentätern. Für die Auswahl der Rekruten«, antwortete ich ruhig und überspielte, dass ich mich ertappt fühlte.

Sein Blick wanderte an mir herab. »Hier bist du falsch.«

»Nach der letzten Abzweigung habe ich mich wohl verlaufen«, sagte ich und wollte mich schon umdrehen, blieb aber stehen. »Wo bin ich denn hier?«

»Verschwinde!«, sagte der Wachmann nur und ließ meine Frage unbeantwortet. Dadurch wog sie nur umso schwerer auf meiner Zunge und ließ sich kaum hinunterschlucken. Doch ich sagte nichts und ging zurück. Ich konnte es nicht riskieren, von Prinz Jaden ausgeschlossen zu werden. Dafür stand zu viel auf dem Spiel.

Als ich wieder die Treppe erreichte, verharrte ich am oberen Ende. Unter mir hing das rote Samtband, hinter mir befanden sich die Wache und die Tür. Was wohl in der anderen Richtung lag?

Ein lauter Gong ertönte und ich zuckte zusammen. Die Zeit war vorbei.

Widerwillig stieg ich die Treppe hinab und über das Samtband. Am Menschenstrom orientierte ich mich und erreichte einen der Eingänge zur Halle.

»Rekrut, hier entlang«, sagte jemand an mich gewandt, bevor ich eintreten konnte. Ein Wachmann deutete auf einen Gang und ich folgte ihm. Er führte mich an der Halle vorbei zu einer Tür, an der bereits Morell mit Nuren, Teruin und Broum stand. Kurz nach mir traf auch Ordeg ein.

Nachdem wir vollzählig waren, öffnete Morell die Tür und führte uns in die Halle. Lautes Stimmengewirr erfüllte die Luft und zeigte die freudige Erwartung des Volkes. Der König saß auf seinem Thron und der Prinz stand am Fuß der Treppe, abgeschirmt von einer Reihe Wachen. Wir stellten uns wieder an der Seite auf und der Prinz trat nach vorn. »Eine Stunde hatten die Rekruten Zeit«, sagte er und wandte sich an uns. »Wollen wir sehen, wie erfolgreich sie waren.«

Die Menge klatschte und jubelte.

»Saki, bitte trete vor.«

Während ich zum Prinzen ging, vergrub ich die Hand in meiner Hosentasche. Kurz verbeugte ich mich, zog die drei Münzen heraus und hielt sie ihm hin. Sein Mund klappte auf, als er meine Ausbeute betrachtete. »Was?«, sagte er so leise, dass ich ihn kaum hörte.

Die Menge verstummte und wartete auf eine Reaktion. Prinz Jaden schwieg und sein Blick traf meinen. »Drei Münzen«, sagte er laut und die Menge applaudierte. »Ein beeindruckendes Ergebnis.«

Nach mir folgte Nuren und Broum mit jeweils einer Münze. Ordeg hatte keine und Teruin zwei. Dafür hatte Teruin auch eine Kupfermünze.

Wir reihten uns vor dem Prinzen auf und er fuhr sich mit dem Daumen über das Kinn. Sein Blick wanderte über uns und huschte mehrmals zu mir.

Bitte, flehte ich innerlich, *ich brauche diese Chance.*

Der Prinz wandte sich an die Zuschauer in der Halle. »Meine Entscheidung ist gefallen.«

Die Anspannung wuchs in der Stille, die schlagartig entstand, und ich hielt die Luft an. Langsam verging die Zeit.

»Niemand muss den Palast verlassen«, meinte der Prinz und ein erleichtertes Raunen erhob sich, ehe wieder Stille einkehrte. »Außerdem werde ich einen Rekruten für meine Leibgarde auswählen.«

Es fühlte sich an, als würde die Zeit in der Halle einfrieren.

»Einer von ihnen wird die Ausbildung der Rekruten verlassen und zwei Jahre in meiner Garde ausgebildet.« Der Prinz ließ seinen Blick über das Volk schweifen, ehe er sich wieder an uns richtete.

Ich zuckte zusammen. Zwei Jahre.

Natürlich konnte ich nicht in den Palast spazieren, mich nach Kindra umsehen und wieder gehen. Mir war klar, dass ich mir eine hohe Stellung erarbeiten musste. Aber mich zwei Jahre diesem Prinzen zu verpflichten fühlte sich dennoch falsch an.

Mit den Fingern tastete ich aus Gewohnheit in meiner Hosentasche nach dem Holzvogel, obwohl er noch in meinem Rekrutenzimmer lag.

»Dieser eine«, begann der Prinz und ein Schmunzeln umspielte seine Lippen, »wird Saki sein.« Das Blitzen in seinen Augen konnte ich nicht deuten.

Die Menge applaudierte und jubelte. Erleichterung und etwas anderes durchströmten mich. Etwas, was ich nicht beim Namen nennen konnte. War es Stolz oder Angst? Ich schritt zum Prinzen nach vorn und verbeugte mich. »Es ist mir eine große Ehre!«, sagte ich.

Teruin verengte seine Augen zu Schlitzen. In ihnen lag ein brennendes Feuer aus Hass.

Doch all das verschwand im Hintergrund. Teruin, das Volk und der Prinz. Selbst der König.

Das Einzige, woran ich denken konnte, war Kindra.

20.

Kindra

Blaue Tränen

Die nächsten Tage fuhren wir fast vollkommen ohne Rast. Ob in der Nacht im schummrigen Schein des Mondes oder am Tag. Zu groß war die Angst, dass die Männer aus dem Gasthof misstrauisch geworden waren und uns die Palastwache hinterherschickten. Oder, schlimmer noch, den Goldmagier, der mittlerweile in Ellenriet angekommen sein musste.

Doch wir begegneten nur wenigen Reisenden. Meistens andere Händler oder Bauern. Je weiter uns die Straße in den Norden führte, desto seltener trafen wir jemanden an. Mir war das unheimlich. Es schien wie die Ruhe vor dem Sturm.

Während wir mit dem Wagen über kleine Straßen in den Norden fuhren, dachte ich viel über die Hauptstraße nach, von der Narie erzählt hatte. Wie schnell reiste es sich auf direktem Weg nach Norden? Könnten uns mögliche Verfolger bereits eingeholt haben?

Oder würde keiner vermuten, dass wir nach Gyoum unterwegs waren?

Nach etwa einer Woche erreichten wir den Wald, von dem Yars gesprochen hatte. Wenn er recht hatte, brauchten wir von hier vier Tage bis nach Gyoum. Das Licht schimmerte grün und bläulich durch das Blätterdach. Ein schmaler Weg führte hinein und wir folgten ihm bis in die Nacht.

Der Mond verschwand langsam und zwischen den Bäumen drang nur wenig Licht hindurch. Die Dunkelheit zwang uns zu einer Rast. Die Nacht verlief ereignislos, doch sie schien sich ewig hinzuziehen.

Am nächsten Tag setzten wir unsere Reise fort. Meine Gefährten beklagten sich hin und wieder über ein Kratzen im Hals oder ein Brennen in den Augen. Doch wir dachten uns nichts dabei.

Am Abend des dritten Tages wurde es schlimmer. Geran, Stelja, Hamm und Narie husteten. Sie spuckten Schleim, ihre Augen färbten sich in einem leichten Blauton und entzündeten sich. Mich traf keines dieser Symptome. Nur ab und zu juckte mein Hals.

»Liegt es an diesem Wald?«, fragte Narie zittrig. Die Sorge stand ihr deutlich ins Gesicht geschrieben. Meine Gefährten tauschten Blicke, doch keiner sagte etwas dazu. Vermutlich weil niemand eine Antwort darauf wusste.

»Sollen wir umkehren?«, warf ich in die Runde. Stelja sah mich über die Schulter an. Sie saß wackelig auf dem Kutschbock. Bevor sie mir antworten konnte, schüttelte sie ein heftiger Hustenanfall.

Danach krächzte sie: »Wenn wir umkehren, laufen wir noch jemandem in die Arme.«

Hamm lag auf dem Rücken und rieb sich die Augen. Als er sich aufrichtete und mich ansah, war das Weiße darin fast verschwunden. »Wenn uns jemand verfolgt …«, begann er und hustete. »Außerdem haben wir über die Hälfte des Weges geschafft. Wenn wir uns weiter nach Gyoum halten, sind wir schneller aus dem Wald heraus, als wenn wir umkehren.«

Ich biss die Zähne zusammen und betrachtete sie nacheinander. Sie alle litten, während es mir nichts ausmachte. Meine heilenden Kräfte kämpften gegen diese seltsame Krankheit an und zwangen sie in die Knie. Was auch immer das für eine Krankheit war.

Die Finger vergrub ich im Stoff meines Umhangs. Wenn ich weinte, könnte ich sie heilen.

Tränen. Das Ventil meiner Heilung. Würde das reichen? Mein Blick streifte Geran, der gekrümmt neben einer Kiste lag.

Tief horchte ich in mich hinein. Unsicherheit, Anspannung. Vielleicht auch Angst. Mehr fand ich nicht. Meine Tränen waren versiegt.

Ich bot Stelja an, sie auf dem Kutschbock abzulösen, doch uns war unwohl dabei, wenn ich vorn saß. Sollten wir doch jemandem begegnen, konnte ich mich nicht verstecken.

Im Verlauf des Tages wurden die Symptome stärker. Stelja fiel einmal fast vom Kutschbock, weil sie nicht mehr aufrecht sitzen konnte. Wir hielten an und Geran nahm sie zu sich nach hinten. Sie setzten sich auf die Ladefläche und tranken Wasser aus den Schläuchen. Es benötigte einige Diskussionen, bis ich meine Gefährten überzeugen konnte, dass ich den Wagen lenken würde, bis wir den Wald verlassen hatten. Dass wir hier einen Menschen treffen würden, bezweifelte ich. Meine Gefährten gönnten sich eine kurze Pause und ich ging in der Zwischenzeit zu den Pferden.

»Hamm!«, rief ich und drehte mich um.

Hamm kam aus dem Wald. »Was ist?«, krächzte er.

»Die Pferde«, stotterte ich und hielt eins am Zaumzeug fest. Die schwarzen Augen des Tieres tränten und die herablaufenden Tränen zogen blaue Streifen über das Fell. Es schnaufte und wieherte.

»Verdammter Mist«, fluchte Hamm und ihn schüttelte ein Hustenanfall. »Wir müssen hier raus.«

Ich nickte. Auf der Ladefläche saß Narie und weinte. Ihre Tränen hinterließen ebenfalls blaue Linien auf ihren Wangen. Geran lag keuchend auf der Ladefläche und Stelja tätschelte Narie den Arm.

»Die Pferde haben es auch«, teilte Hamm ihnen mit und Narie schluchzte lauter.

»Kehren wir um«, jammerte sie, aber Stelja schüttelte den Kopf.

»Wir sind schon seit drei Tagen hier. Wir haben es fast geschafft.« Stelja hustete. »Kannst du uns hier rausbringen?«, fragte sie an mich gewandt.

Meine Stimme versagte, daher nickte ich erneut und schwang mich auf den Kutschbock. Bevor ich losfuhr, vergewisserte ich mich durch einen Blick nach hinten, dass sie alle im Wagen saßen. Dann trieb ich die Pferde an, deren Kraft jedoch nachließ. Wie lange würden sie noch durchhalten?

Stundenlang lenkte ich den Wagen durch den Wald, ohne anzuhalten. Dabei schwirrten unzählige Vermutungen durch meinen Kopf. Was war hier los? Wieso führte ein Weg hier durch und wieso hatte uns Yars hierhergeschickt, wenn es uns krank machte? Ob er nichts davon gewusst hatte?

In meiner ersten Pause holte ich Wasser für die Pferde vom Wagen. Die anderen lagen schlafend auf der Ladefläche. Naries Gesicht war blau verschmiert von den vielen Tränen, die sie offensichtlich vergossen hatte.

Die Pause hielt ich kurz, auch wenn die Pferde mehr Ruhe benötigt hätten. Mehr Zeit blieb uns nicht. Das Licht der Sonne verschwand und ich drosselte mein Tempo. Anhalten war keine Option mehr. Ich kniff die Augen zusammen und achtete auf jeden Mondstrahl, der durch die Bäume drang. In Zeitlupe rollten wir über den Weg, doch jeden Fuß, den wir zurücklegten, brachte uns näher zum Ende des Waldes.

Das hoffte ich zumindest.

Bei meiner nächsten Rast sah ich wieder in den Wagen. Die anderen lagen in der gleichen Position da wie zuvor und hielten die Augen geschlossen. Mir wurde kalt. Waren sie tot? Hektisch krabbelte ich auf die Ladefläche und fühlte bei jedem Einzelnen nach dem Puls. Er war schwach, aber vorhanden.

Mein Herz raste. Sie lebten, nur wie lange noch?

Ich rannte zurück zu den Pferden und sprang auf den Kutschbock. Jede Rücksicht in mir verschwand, während ich mit den Zügeln schlug und die Pferde so schnell durch den Wald jagte, wie ich mich traute. Der Weg war uneben und manchmal ruckelte der Wagen. Doch ich konnte nicht anhalten. Das würde ihr Ende sein. Also preschte ich weiter, warf regelmäßig einen Blick über die Schulter. Keiner meiner Gefährten rührte sich. Kälte kroch mir über den Nacken und trieb mich an. Schneller. Schneller. Schneller.

Der Wagen ruckelte, als das linke Rad über eine Unebenheit hüpfte. Schlingernd preschten wir über den Waldweg, die Pferde wieherten und ich riss an den Zügeln. Wir kamen zu weit nach rechts und rutschten in einen Graben. Das äußere Pferd stürzte und das Geräusch, das es von sich gab, klang wie ein Todesschrei. Der Wagen kippte zur Seite und krachte gegen einen Baum. Ich wurde vom Kutschbock geschleudert und landete im Gebüsch.

Dann war alles still. Mein Arm schmerzte, als ich mich aufrappelte. Blut lief mir über den Ellbogen und tropfte zu Boden. Der Kratzer schloss sich trotz meiner Heilkräfte nur langsam. Zu langsam.

Meine Lunge brannte und ich keuchte, räusperte mich. Vergeblich. Das trockene Gefühl setzte sich fest. Wie lange würde ich selbst noch durchhalten, ehe ich wie meine Gefährten ohnmächtig wurde?

Wenn ich zusammenbrach, waren wir dem Tod geweiht.

Der Wagen hing hinter mir halb im Graben und wurde nur von einem Baum gestützt, gegen den er gekippt war. Ein Pferd kauerte vor mir und die Zügel hatten sich um meine Beine gewickelt. Fluchend strampelte ich mich frei, eilte zu meinen Gefährten und lugte hinten in den Wagen hinein. Hamm, Narie, Stelja und Geran lagen kreuz und quer. Zwischen ihnen türmten sich umgekippte Kisten und der Inhalt unserer Ware hatte sich im Inneren verteilt.

Trotz des Chaos wirkten sie unversehrt – zumindest so sehr sie das während ihres ohnmächtigen Zustands sein konnten. Jedenfalls sah ich kein Blut und hoffte, dass sie lediglich mit einigen blauen Flecken davonkamen.

Ich wandte mich den Pferden zu und verschaffte mir einen Überblick über die Lage. Das eine Tier stand trippelnd auf dem Weg und riss an seinem Zaumzeug. Das andere lag im Graben und prustete. Mir wurde übel und ich atmete dreimal tief durch, bevor ich zu ihm hinunterstieg und mir ein Bild von dem Elend machte. Zwei Beine waren gebrochen, am Hals klaffte eine Wunde und den Bauch hatte es sich an einem Felsen aufgerissen. Tränen sammelten sich in meinem Auge und am liebsten hätte ich hysterisch aufgelacht. Endlich reagierte mein Körper so, dass ich helfen konnte. Doch das würde für dieses Ausmaß niemals genug sein. Die Verletzungen waren zu schwerwiegend, daher zog ich mein Messer hervor und trat näher. Blauer Schleim verklebte die Nüstern des Tieres. »Es tut mir so leid«, flüsterte ich und erlöste es von seinen Qualen. Mein Hals brannte und bittere Galle stieg in mir auf.

Mit dem Messer schnitt ich das Zaumzeug los und eilte zum anderen Pferd. Wir hatten keine Zeit zu verlieren. Wir mussten den Wagen zurück auf die Kreuzung ziehen und dann so schnell wie möglich aus diesem verfluchten Wald raus.

Das verbliebene Pferd stemmte die Beine in den Boden. Ich packte das Halfter und zog mit ganzer Kraft. Doch egal wie sehr wir uns bemühten, der Wagen bewegte sich nicht. Wir waren zu schwach.

Wieder und wieder zerrten wir an den Stricken. Nichts tat sich. Es war hoffnungslos. Die Überquerung der Grenze und ein Wiedersehen mit Saki waren greifbar gewesen. Nun rückten sie in weite Ferne und die Hilflosigkeit übermannte mich.

Ein Kloß setzte sich in meinem Hals fest. Tränen tropften von meiner Wange auf meinen Arm, wo das getrocknete Blut auf meiner Haut klebte. Die Wunde war verkrustet, aber nicht verheilt. Mein Körper stieß an seine Grenzen.

Mein Magen krampfte, als sich blaue Tropfen zwischen dem Blut und Dreck sammelten. Mit mir ging es zu Ende.

Wir hatten kaum Zeit. Nur noch ein Pferd.

Mein Körper war im Vergleich zu den anderen der mächtigste, aber auch meine Kraft war erschöpft. Wenn ich sie nur besser einsetzen könnte. Aber der Medi hatte mir anscheinend zu viel bei der Ernte entnommen.

Mein Puls beschleunigte sich, als ich den Blick auf meinen verschmierten Arm löste und das Pferd betrachtete.

Die Ernte. War das die Lösung?

Zitternd hob ich das Messer, wog es in der Hand und zögerte. Das war meine letzte Chance. Mit einem Ruck schnitt ich mir in die Haut. Blut quoll hervor und sammelte sich zwischen meinen gekrümmten Fingern. Während ich die Klinge zurück in die Scheide schob, drehte ich mich dem Pferd zu. Es scheute und wich vor mir zurück. Doch ich zog seinen Kopf mit der freien Hand herunter und drückte mein Blut gegen sein Maul. Obwohl es wieherte und ein gurgelndes Geräusch von sich gab, ließ ich nicht nach. Ich presste weiter meine Hand gegen sein Maul. Irgendwas musste das doch bewirken. Mein Blut gab Kraft. Die Eisenmänner nutzten es seit Jahren. Bei Tieren müsste es auch funktionieren.

Es musste.

Und tatsächlich. Das Pferd riss seinen Kopf mit neuer Energie aus meinem Griff und ich trieb es voran. Polternd landete der Wagen wieder auf dem Weg und mit einem Satz schwang ich mich auf den Kutschbock. Wir preschten schneller durch den Wald als zuvor mit zwei Pferden. Vielleicht bildete ich es mir ein, aber die Muskeln des Tieres wirkten mit jedem Schritt kräftiger.

Jetzt mussten wir nur noch aus diesem verfluchten Wald hinausfinden.

Zeit verstrich und ich konnte nicht einschätzen, wie viel. Husten schüttelte mich und eine Müdigkeit griff nach mir, der ich nicht nachgeben durfte. Die Nacht stülpte sich über uns, aber wir fuhren weiter. Ich ignorierte meine Bedürfnisse, und wenn ich es nicht mehr halten konnte, dann ließ ich es laufen. Es war mir egal. Der Tod saß in meinem Nacken und ich würde ihm nicht erlauben, mich oder die anderen zu fassen zu bekommen.

Mit zittrigen Fingern peitschte ich die Zügel. Doch das Pferd schnaufte und verlangsamte sein Tempo. Unsere Geschwindigkeit verringerte sich.

Wir konnten nicht aufhören. Ich ließ die Zügel locker, doch das Pferd hatte seine Grenze erreicht.

Die Müdigkeit vernebelte meine Sicht und nahm mir die letzten Umrisse der Nacht. Mein Auge brannte und tränte. Der Weg vor mir verlor sich im Schwarz der Nacht. Wir rasten in halsbrecherischem Tempo weiter und ich riss die Hände hoch, rieb mir über das Auge.

Endlich erkannte ich es. Mondlicht. Wiese. Den dunklen Himmel. Das Ende des Waldes.

Das Pferd durchbrach den Waldrand, zerrte den Wagen weiter über die Straße. Mein Magen rebellierte und ich erbrach blauen Schleim, während das Tier weitertrabte, bis wir eine kleine Brücke erreichten. Es dauerte einige Herzschläge, bis mir meine Finger gehorchten und ich den Wagen anhielt. Ich fiel mehr vom Kutschbock, als das ich herunterkletterte, und taumelte zum Pferd. Die Zügel band ich an das Geländer, bevor ich zum Wagen rannte. »Bitte«, flehte ich leise. »Seid am Leben.«

Mit den Fingern tastete ich nach dem Puls der anderen. Es dauerte einen Moment, bis ich ihn fand. Schwach pulsierte er unter meiner Berührung.

Zuerst zog ich Narie vom Wagen, da sie die Leichteste von uns war, und schleppte sie zum Fluss. Zusammen mit ihr stolperte ich ans Ufer und landete selbst mit den Beinen im Wasser. Meine Muskeln ächzten, als ich ihr Gesicht kurz untertauchte. Der Fluss schwappte eisig um meine Schenkel und der Wind peitschte kalt über meine feuchte Kleidung. Den blauen Schleim rieb ich ihr aus den Augen, steckte ihr den Finger in den Hals, damit sie sich in den Fluss erbrach. Das Wasser verfärbte sich blau, doch es dauerte nicht lange, bis es sich verflüchtigte. Etwas Wasser schöpfte ich ihr an den Mund. Nichts.

»Komm schon«, flüsterte ich und hob erneut eine Handvoll an ihre Lippen. Beim dritten Versuch trank sie. Ihre Lider flackerten und ich seufzte. An der Böschung legte ich sie behutsam ab, bevor ich wieder zum Wagen eilte.

Als Nächstes holte ich Stelja und wiederholte die Prozedur. Als Narie langsam zu sich kam, richtete sie sich wackelig auf.

»Was ist passiert?«, fragte sie und betrachtete unsere Umgebung. Der Fluss plätscherte und seine Oberfläche glänzte im Mondlicht. Dunkel erhob sich der Wald hinter uns, während sich auf der anderen Seite der Brücke eine weitläufige Wiese ausbreitete.

»Ihr seid ohnmächtig geworden«, antwortete ich und legte Stelja ab.

»Hilfst du mir mit Hamm?«, fragte ich und lief bereits zum Wagen hinauf.

»Natürlich«, hörte ich sie hinter mir. Schweiß trat mir auf die Stirn, als ich Hamms wuchtigen Körper über die Ladefläche schob. Narie tauchte am Wagen auf, übergab sich und presste die Hände auf den Bauch. Ein paar Mal atmete sie mit geschlossenen Augen durch, dann richtete sie sich auf und packte mit an.

Hamm rutschte vom Wagen und knallte auf den Boden. Er war schwer und Narie kaum eine Hilfe.

»Ich fühle mich so schwach«, flüsterte sie, doch sie biss die Zähne zusammen und half mir, Hamm zum Fluss zu ziehen. Wir wuschen ihm das Gesicht und legten ihn ans Ufer. Zum Schluss holten wir Geran.

An der Böschung verloren wir den Halt und stolperten mit ihm ins Wasser. Mit dem Knie schlug ich auf dem steinigen Flussboden auf. Schmerz zuckte durch mein Bein und ich fluchte. Licht flimmerte vor meinem Auge, doch ich ignorierte es, wusch Geran die Augen aus und steckte ihm den Finger in den Hals, damit er sich erbrach. Narie eilte in der Zwischenzeit zu unserem Pferd, brachte ihm Wasser und Futter, bevor wir zusammen erschöpft ins Gras sackten.

Wind strich über meinen Körper und ich fröstelte. Die feuchte Kleidung klebte an meiner Haut.

»Was war das?«, fragte Narie.

Zitternd schlang ich die Arme um den Rumpf. »Keine Ahnung.«

Der Schreck saß tief in meinen Knochen und an die letzten Stunden wollte ich nie wieder denken. Eiskalte Schauer jagten über meine Haut und ich rappelte mich stöhnend auf. Im Wagen suchte ich in dem Chaos nach trockener Kleidung und fand eine Hose sowie ein viel zu großes Hemd. Doch das war mir egal.

Als ich aus dem Wagen kletterte, dämmerte es bereits. Hinter der Wiese jenseits der Brücke zeichnete sich ein Dorf ab. Wir hatten es geschafft. Gyoum lag vor uns.

Weiter im Norden, hinter dem Dorf, erhob sich eine Bergkette am Horizont. Mein Blick folgte den Konturen, die mich mit Erleichterung erfüllten. Ich stand hier, lebend. Und vor mir lag das Gebirge, über das ich es zurück in meine Heimat schaffen würde. Zurück zu Saki.

Das Ende der Welt, das hinter den Bergen lag, erschien im Vergleich zu letzter Nacht wie das kleinere Übel. Vermutlich würde ich dem Tod nie wieder so nahe kommen.

Schnell legte ich meinen nassen Umhang ab und schlüpfte in die trockene Kleidung.

Mit einem Bündel frischer Sachen ging ich hinunter zu den anderen. Narie, Stelja und Geran waren bei Bewusstsein und zogen sich um, ohne aufeinander zu achten. Anschließend entledigte Geran Hamm seiner nassen Sachen und zog ihm mit Naries Hilfe trockene an.

»Du hast uns gerettet«, sagte Geran.

Stöhnend sank ich ins Gras und schloss das Auge, ohne ihm zu antworten.

»Wo ist das andere Pferd?«, fragte Stelja, die zum Wagen hinaufsah. Ich folgte ihrem Blick. Der Wagen war an der Seite nach innen gedrückt, mit der er gegen den Baum gekippt war.

»Das hat es nicht geschafft«, sagte ich und ließ mich nach hinten fallen. Wie lange hatte ich nicht geschlafen?

Stelja löcherte mich mit weiteren Fragen, aber die Worte ergaben für mich keinen Sinn mehr. Alles um mich herum verschwamm, während mein Körper schwer wie Blei wurde.

Als ich langsam wieder zu mir kam, ruckelte der Wagen unter mir. Ich öffnete das Auge und setzte mich auf. Hamm und Geran saßen neben mir, Naries und Steljas Stimmen hörte ich vom Kutschbock.

»Guten Morgen«, sagte Hamm und reichte mir einen Apfel. Dankend nahm ich an und biss hinein. Der Saft breitete sich in meinem Mund aus und ich seufzte genüsslich.

»Erzählst du uns, was passiert ist?«, fragte mich Geran.

»Das würde ich auch gern wissen!«, rief Stelja vom Kutschbock. Die Bilder der vergangenen Nacht flackerten in meinen Gedanken und ich zog die Knie eng an die Brust. Wieder sah ich das Pferd, wie es verwundet im Graben lag. Sofort wurde mir übel und ich ließ die Hand mit dem Apfel sinken.

»Ihr wurdet bewusstlos«, begann ich und starrte auf meine Knie. »Also wollte ich so schnell wie möglich aus dem Wald und fuhr in der Dunkelheit weiter. Der Wagen kippte und das eine Pferd stürzte in einen Graben. Ich konnte ihm nicht mehr helfen.« Meine Stimme brach und ich räusperte mich. »Kurz danach erreichten wir das Ende des Waldes und den Fluss.«

Hamm schüttelte den Kopf. »Was hast du mit dem Pferd gemacht?«

Mir wurde übel, als ich daran dachte. »Ich habe es getötet.«

»Nicht das. Sondern das da draußen.« Mit dem Daumen deutete er hinaus. »So kräftig war es vorher nicht.«

Die Blicke der anderen lagen schwer auf mir und mir wurde heiß. »Die Ernte … es funktioniert auch bei Tieren«, sagte ich und darauf erwiderte niemand mehr etwas. Hamm und Geran sahen in die Ferne und Stelja auf die Straße. Nur Narie sah mich mit großen Augen an. Am liebsten hätte ich die Plane heruntergerollt und ihren Blick ausgesperrt.

Als wir Gyoum erreichten, brach der Tag an. Obwohl der Saum noch feucht war, zog ich mir wieder meinen Umhang an und versteckte mich unter meiner Kapuze. Die Augenbinde ließ ich in meiner Tasche. Für ein blindes Spiel hatte ich keine Kraft.

Wir einigten uns, es erneut in einem Gasthof zu versuchen, in der Hoffnung, mehr über diesen weisen Mann zu erfahren, für den wir fast unser Leben geopfert hatten. Und wir sehnten uns nach richtigen Betten und ordentlicher Erholung.

Stelja lenkte den Wagen daher bei einer Schenke an den Wegrand und band unser Pferd an. Sie ging allein hinein, während meine Gefährten mit mir zurückblieben, um mich im Notfall zu verstecken. Ein ähnliches Desaster wie in Ellenriet wollten wir vermeiden.

Nach einer Weile kam sie wieder heraus und winkte uns zu sich. Ein Stalljunge öffnete derweil die Scheune und führte unser Pferd mitsamt Wagen hinein. Dabei staunte er: »Was ist das für ein prächtiges Pferd!«

Ich zog den Kopf weiter ein und klammerte mich an Geran. Als wir die Schenke betraten, schlug uns ein angenehmer Geruch von Eintopf und Bier entgegen. Stelja führte mich und Narie hinauf, unter ihrem Arm klemmte ein Stoffbündel.

»Wir haben Zimmer für die Nacht. Zuerst machen wir uns frisch, dann werden wir etwas essen.« Sie öffnete eine Tür und wir traten in einen Waschraum. Dampf stieg aus der Wanne, die an der Seite des Zimmers stand.

Der Umhang rutschte mir schwer von den Schultern. Mit einem Finger testete ich die Temperatur des Wassers. Es war angenehm heiß.

»Eigentlich wollte die Tochter der Wirtin baden, aber ich konnte sie mit einem Zuschuss überzeugen, uns den vorbereiteten Raum zu überlassen.« Wir sahen einander an. Dieses Bad hatten wir dringend nötig. Im Fluss hatten wir zwar die blaue Farbe abgewaschen, aber unsere Haare waren strähnig und wir stanken nach Schweiß, Erbrochenem und Angst.

An der Wand stand ein Hocker und eine kleine Bank, auf die ich mich zu Stelja und Narie setzte. Mit einem Schwamm aus der Waschschüssel schrubbte ich mir den Dreck vom Körper, ehe ich als Erste für kurze Zeit ins Wasser sank. Meine Glieder entspannten sich und als die Wärme mein Innerstes erreicht hatte, füllten sich meine Kraftreserven wieder auf. Früher als ich wollte, stieg ich heraus und überließ die Wanne den anderen. Narie und Stelja stiegen gemeinsam hinein, während ich mich in einen sauberen Umhang wickelte, den Stelja vom Wagen mitgenommen hatte.

»Danke, dass du uns gerettet hast«, flüsterte Stelja und Narie nickte eifrig.

»Ihr hättet das Gleiche für mich getan«, flüsterte ich und meinte es so. Als mein Magen knurrte, stiegen die Frauen aus dem Wasser.

»Gehen wir etwas essen«, sagte Stelja und reichte mir Kleidung von einem Stapel, ebenfalls von unserem Wagen. Wieder legte ich den Verband um meinen Kopf und zog mir die Kapuze ins Gesicht. Dunkelheit hüllte mich ein, doch es ging nicht anders. Die Zeit war vorbei, dass ich unser neu gewonnenes Ziel in Gefahr brachte.

Die Frauen führten mich in den Schankraum hinunter und zu einem Tisch, an dem Hamm und Geran auf uns warteten. Ich verputzte drei Portionen Eintopf und nach den Kaugeräuschen der anderen zu urteilen, hielten auch sie sich nicht zurück.

»Das nenn' ich ein Lob«, sagte die Wirtin und Schalen klapperten. »Ihr habt wohl eine anstrengende Reise hinter euch«, stellte sie fest. Ein Stuhl knarzte und ich senkte den Kopf noch ein Stück tiefer über meine Mahlzeit. »Ihr kamt nicht etwa durch den Wald?«

»Doch«, brummte Hamm. »Genau daher kommen wir.«

»Beim Eisendrachen! Dass ihr das überlebt habt!«

»Wisst Ihr, was das war?«, fragte Narie.

»Nicht so förmlich, mein Schätzchen«, antwortete die Wirtin und anhand des Klangs ihrer Stimme stellte ich mir vor, wie sie Narie den Arm tätschelte. »Wir glauben ja, es sei ein Fluch. Aber Omb meint, es sei eine Pflanze. Was auch immer es ist, niemand wagt sich mehr hinein.«

»Wer ist Omb?«, hakte Narie nach.

»Ein alter Mann, der vor einigen Jahren in unser Dorf kam. Er ist fast blind durch eine Entzündung seiner Augen.« Sie schnaubte, bevor sie weitersprach. »Aber er liest so viel, wie es ihm seine Krankheit erlaubt. Jeder fragt Omb um Rat, wenn er nicht weiterweiß.«

Mir fiel fast der Löffel aus der Hand und ich überspielte mein Missgeschick, indem ich mir Essen in den Mund schob. *Ein weiser Mann, der vor Kurzem ins Dorf gezogen war.* Handelten die Gerüchte von diesen Omb? Es juckte mich in den Fingern, meine Gedanken mit meinen Gefährten zu teilen. Doch Geran schien dasselbe zu ahnen wie ich.

»Können wir ihn treffen?«, fragte er. »Es wäre interessant, mehr über den Wald zu erfahren. Nachdem er uns fast das Leben gekostet hatte.«

»Aber sicher. Ich bringe euch morgen zu ihm.«

Das war es? So leicht?

Die Wirtin schob den Stuhl zurück und ihre Schritte entfernten sich. Stelja brachte mich hinauf in das Zimmer, das ich mir mit ihr und Narie teilte. Die beiden verließen den Raum und kamen erst recht spät zurück. Ich lag mit geschlossenem Auge in meinem Bett und versuchte, Ruhe zu finden. Doch die Ereignisse der letzten Tage hielten mich wach.

»Was ist passiert?«, flüsterte Stelja.

Narie seufzte genüsslich. »Hamm hat mich geküsst«, raunte sie zurück.

Jemand stand auf und im nächsten Moment quietschte eine Matratze. »Das freut mich für dich. Du musst mir alles erzählen.«

Kurz war es still. Vielleicht versicherten sie sich, dass sie mich nicht mit ihrem Geflüster weckten.

Ich wollte nicht lauschen. Aber ich lag wach und konnte nicht verhindern, alles mit anzuhören. Jedes Detail. Wo seine Hände sie berührt hatten und wie schön es in dem kleinen Garten war. Mit der weißen Bank unter den Bäumen und den blühenden Blumen und Sträuchern. Er befand sich irgendwo weiter außerhalb, auf der anderen Seite eines kleinen Baches.

Bilder tanzen vor meinem inneren Auge. Narie, die fröhlich lachte. Hamm, der sie mit einem Funkeln anblickte.

Plötzlich veränderte sich die Szene. Hamms Augen nahmen dieses vertraute Blau an. Sein Gesicht verformte sich. Es war Saki, der mich schmunzelnd fixierte. Ich legte meine Hände auf seine Wangen, zog ihn zu mir und wir verloren uns in einem endlosen Kuss.

21.

SAKI

Verbündeter Feind

Die Ausbildung in der Leibgarde des Prinzen isolierte mich von den anderen Rekruten. Ich erhielt ein neues Zimmer, das in der Nähe der Gemächer des Prinzen lag. Es war geräumig und ich teilte es mir mit einem Jungen, der Varin hieß. Er war ein paar Jahre älter als ich und war vor meinem Auftauchen das Nesthäkchen der Leibgarde. Varin ignorierte mich, wann immer es ging.

Mein Training leitete Morell, der mich auf eine der wichtigsten Positionen vorbereitete: einen Platz im inneren Ring der Leibgarde. Dieser bestand aus fünfzehn Wachen. Aufgrund der neuesten Vorkommnisse war er auf elf Mann geschrumpft. Mit mir waren es wieder zwölf.

Den Prinzen bekam ich seitdem jeden Tag zu sehen. Die Wachen wurden in zwei Schichten eingeteilt, damit immer sechs Mann an der Seite des Prinzen standen. Zwei sicherten den Weg voraus, zwei begleiteten ihn und zwei hielten sich hinter ihm auf. Eine Maßnahme, die verhindern sollte, dass ihm jemand auflauerte oder ihn verfolgte.

Mich schockierte, dass der Prinz so sein Leben führte. Es musste schrecklich sein, ständig unter Beobachtung zu stehen.

Umso deutlicher war, dass der Prinz gegen diese Richtlinie verstoßen hatte, als er nach der Hinrichtung in den kleinen Garten geflohen war. Er hatte seinen Zusammenbruch vor seiner Leibgarde versteckt.

Ob der König bemerkt hatte, dass sein Sohn ohne die Mindestanzahl seiner Wachen allein davongeeilt war?

Das Rätsel um Prinz Jaden wuchs.

Ehe ich mich's versah, waren fünf Tage vergangen. Ich rannte stets hinter Morell her, saugte jedes seiner Worte auf und hoffte, etwas über die Goldkinder zu erfahren.

Doch meine Fragen lösten sich nicht, sondern schienen mit der Menge an Information zu wachsen. Wenn Morell eine Augenbraue ein Stück höher zog als seine andere, dann war ein Punkt erreicht, an dem er nichts mehr preisgab und meine Fragen umso deutlicher ignorierte.

Am sechsten Tag wurde ich mit ihm vorausgeschickt, um die Gänge in einem mir unbekannten Bereich des Palastes zu sichern.

»Wohin gehen wir?«, fragte ich.

Er musterte mich und seine Augen fixierten mich wie immer ernst. »Zu den Kammern der Goldkinder.«

Ich blieb stehen und mein Mund klappte auf. Sofort schloss ich ihn wieder und zwang mich weiter. »Was machen wir dort?«, fragte ich möglichst begeistert.

»Unser Prinz ist zuständig für die Goldkinder. Als offizieller Vertreter der Goldmagier überwacht er sie und die Ernte.« Morell rieb sich mit der Hand über das Kinn. »In letzter Zeit kommt er nicht mehr oft her.« Er hob eine Augenbraue und seine Gedanken schienen sich in der Ferne zu verlieren.

Obwohl mir Tausende Fragen auf der Zunge lagen, blieb ich stumm, folgte Morell durch den Palast und prägte mir den Weg ein. Jedes Mal, wenn wir abbogen, sah ich mich um und betrachtete die Gänge hinter mir. Ordnete alles ein. Um Kreuzungen wiederzuerkennen, wenn ich aus der anderen Richtung kommen sollte.

Als wir eine Treppe passierten, erkannte ich das rote Samtband am Fuß der Stufen, über das ich bei der Auswahl der Rekruten gestiegen war. Kurz danach erreichten wir die Tür, an der mich die Wache das letzte Mal abgewiesen hatte. Ein anderer Mann stand davor und ließ uns passieren.

Mein Herz schlug so kräftig, dass mein Körper bebte. Mein Gefühl hatte mich das letzte Mal hierhergeführt.

Wir erreichten einen Gang, auf dem viele Wachen standen. Auf der linken Seite positionierten sich vor jedem Zimmer zwei. Außer vor einer Tür. Rechts reihten sich erst weiter hinten die ersten Wachen auf. Als wären die vorderen Räume unbewohnt.

Saß in jedem dieser Zimmer ein Goldkind? Wie viele befanden sich in diesem Trakt? Dreißig? Fünfzig?

War Kindra hier?

Morell führte mich zu der Tür an der linken Seite, die unbewacht war. Wir traten ein und er schloss die Tür hinter mir. Mit der üblichen Routine durchsuchten wir den Raum nach Eindringlingen, obwohl das an diesem Ort unnötig schien. Er setzte sich auf einen der Stühle und verschränkte die Finger miteinander. Ich lehnte mich gegen den Fuß des Bettes und starrte das Muster an der Decke an.

»Was jetzt?«, fragte ich Morell.

»Wir warten«, antwortete er und beendete damit das Gespräch. Seine Augenbraue zuckte und ich gab mich geschlagen.

Einige Zeit verstrich und erst das Klicken der Tür riss mich wieder aus meinen Gedanken. Der Prinz schlenderte durch den Raum und ließ mich dabei nicht aus den Augen. Ich verbeugte mich und richtete mich nach einem Augenblick wieder auf. Wie es die Etikette der Leibgarde verlangte.

Mit Prinz Jaden trat seine Begleitwache ein. Heute waren es Zerom und Trenb. Beide groß und präzise Kämpfer. Das hatte mir zumindest Morell erzählt. Bisher trainierte ich nur mit ihm. Aber ich hoffte, bald wieder andere Gegner zu erhalten, gegen die ich auch gewinnen konnte.

Der Prinz kam langsam auf mich zu, stellte sich vor mich und fing meinen Blick ein. Immer wieder flackerte meiner zu seinem goldenen Augapfel, und je länger er mich ansah, desto unbehaglicher wurde mir. Bildete ich mir die seltsame Spannung in der Luft nur ein?

Er rieb sich mit dem Knöchel seines Daumens am Kinn. »Saki«, sagte er, als würde er probieren, wie mein Name schmeckte. »Saki.«

Ich schluckte und umklammerte das Fußgestell des Bettes, an dem ich lehnte. »Eure Hoheit«, erwiderte ich und unterdrückte die Panik, die in mir aufwallte.

»Derrk, hattest du gesagt.« Sein Blick ließ meinen nicht frei.

Mein Nacken kribbelte und ich nickte. Mein Hals fühlte sich plötzlich zu trocken an, um zu antworten. War ich aufgeflogen?

Wusste er, dass vor ihm ein Spion stand?

»Hm«, gab er von sich und mein Herz sackte in meine Knie.

Ruhe bewahren. Einatmen. Ausatmen. Unschuldig wirken, als wäre ich der Eisenjunge, der ich behauptete zu sein.

Würde er mich hinrichten wie die Männer an meinem zweiten Tag? Wusste er von Mek und Dorallien? Waren wir in Gefahr?

Morell hatte sich erhoben und Trenb stand mit Zerom gegen die Tür gelehnt da. Sie versperrten den einzigen Ausweg.

Als mein Blick zurück zum Prinzen huschte, war seiner weiterhin auf mich gerichtet.

»Saki Derrk. Ich glaube dir nicht«, sagte er und grinste.

Mein Herz setzte aus. Aus dieser Lage würde ich nicht entkommen – nicht gegen drei Wachmänner und einen Goldmagier. Verflucht, bedeutete das meinen Tod?

Der Prinz wandte sich ab und trat zu den Sesseln. Lässig setzte er sich und stützte sich mit einem Ellbogen auf die Armlehne. Mit der Geste seiner freien Hand befahl er mir, gegenüber Platz zu nehmen. Widerspruchslos gehorchte ich. Es war meine einzige Option. Ich saß fest.

Prinz Jaden lehnte sich zurück und breitete die Arme aus. »Weißt du, wo wir hier sind?«

Seine erhabene Art wandelte meine Angst in Wut und ich krallte die Finger um die Sessellehne. »Im Palast.«

»Etwas genauer.«

»Im Zimmer eines Goldkindes.«

Er schüttelte den Kopf. »Das war es einmal.« Seine Augen fixierten mich wieder und er beugte sich nach vorn. »Das hier war Kindras Zimmer.«

Ich hielt die Luft an und versuchte meine Überraschung zu verbergen. Als Bauernjunge hatte ich diesen Namen nicht zu kennen. Doch zitternd vergrub ich die Finger tiefer im Stoff der Armlehnen und mir wurde schwindelig. Sie war hier gewesen. In diesem Zimmer.

»Wer war das?«, fragte ich und hielt meine Tarnung aufrecht. Schweißperlen sammelten sich auf meiner Stirn.

»Es hat eine Weile gedauert, bis ich mir sicher war«, antwortete er stattdessen. »Du kannst damit aufhören.«

Ich ignorierte den Drang, nervös meine Hände zu kneten und nach dem Ausgang zu schielen. Weder übergab ich mich noch biss ich mir auf die Lippe oder fuhr mit den Händen über das Gesicht. Mein Leben hing an einem seidenen Faden und jede falsche Reaktion konnte diesen kappen. In meinem Kopf rasten Worte, Szenarien, die den Prinzen dazu bringen könnten, mir zu glauben. Aber egal wie sehr ich mich konzentrierte, das hier war Kindras Zimmer gewesen. Unwillkürlich suchte ich nach ihrem Geruch in der Luft.

»Hör mir gut zu, Saki«, raunte der Prinz und faltete seine Hände. »Ich verrate dir mein Geheimnis.«

Das Bild von Dorallien und Mek tauchte vor meinem inneren Auge auf. Ihre Leben waren in Gefahr, wenn ich enttarnt und Impen verdächtigt wurde. Also griff ich nach jedem verzweifelten Mittel. »Was meint Ihr damit, mein Prinz? Das alles hier, ich verstehe nicht …«

»Genug, Saki«, unterbrach er mich und in seine Augen trat ein amüsierter Ausdruck. Machte ihm dieses Spiel Spaß? »Kindra ist mit meiner Hilfe geflohen.«

Seine Worte explodierten in meinem Kopf. *Lügner!* Er wollte mich aus der Reserve locken. »Ich verstehe nicht«, stotterte ich und sah Hilfe suchend zu Morell, der den Kopf gesenkt hielt.

»Aber nicht nur das«, fuhr Prinz Jaden fort. »Die Hinrichtung war ein widerliches Theater, das mich mein Vater zwang durchzuführen. Diese Männer waren zu gut, um zu sterben. Mein Vater hätte es verdient, dort zu knien. Nicht sie.«

Ruckartig richtete ich meine Aufmerksamkeit wieder auf ihn. In dem Blick, mit dem er mir begegnete, brannte offensichtlich sein Hass. Hatte er gerade seinem Vater den Tod gewünscht?

Meine Angst wandelte sich in Unsicherheit und betäubte meine Sinne. In meinem Kopf drehte sich alles.

»Wieso helft Ihr dieser Kindra und richtet Eure Männer hin, wenn Ihr es nicht wollt?«, fragte ich leise, weiterhin darauf bedacht, der unsichere Eisenjunge zu sein.

»Ich helfe nicht nur ihr«, antwortete er und erhob sich von seinem Sessel. Wieder breitete er die Arme aus, aber dieses Mal, als würde er mehr als diesen Raum einschließen. »Ich helfe meinem Land.«

»Inwiefern? Ihr verhelft einem Goldkind zur Flucht, tötet Eure eigenen Männer. Wie helft Ihr damit Eurem Land?«

»Indem ich ein Netzwerk aufbaue, das nach Frieden strebt.« Er sank auf die Lehne des Sessels und schüttelte leicht den Kopf. »Meine Männer fliehen nicht nur mit Kindra durch das Land, sie verbreiten meine Kunde. Unter dem *Heiwan Orden* sollen sich Menschen zusammenschließen, die für einen neuen Weg sind. Ohne Ernte und ohne Rache.«

Ich öffnete den Mund und klappte ihn wieder zu. Mit diesem Geständnis hatte ich nicht gerechnet. Misstrauen lag in meiner Brust und ich zweifelte, ob er mir die Wahrheit sagte. Aber warum sollte er mich belügen? Ich war ein Spion, den er mit Leichtigkeit als Verräter hinrichten konnte. Mir würde keiner glauben.

Während ich die Gesichtszüge des Prinzen betrachtete, wandelte sich mein Misstrauen in Achtung. Er agierte gegen seinen Vater, den König, und kämpfte für seine Ideale, die den Goldkindern ein Leben in Freiheit ermöglichten. »Ihr verfolgt ein ehrenwertes Ziel«, raunte ich und hätte mich im nächsten Moment am liebsten selbst geohrfeigt. Nahm er meine Worte als unterwürfiges Lob von einem Untertan zu seinem Herrscher oder hatte ich damit alle restlichen Zweifel zerstört, dass ich ein Heuchler war?

»Es ist das Richtige«, meinte der Prinz und stockte. »Und ich bin es Kindra schuldig.« Seufzend verbarg er das Gesicht in seiner Hand und damit sein goldenes Auge.

Hitze ergriff mich. Vermischte sich mit dem Schmerz in meiner Brust und der Angst, wie er zu Kindra stand. Die Achtung, die ich vor ihm hatte, verpuffte augenblicklich und die Gewissheit traf mich wie ein Schlag ins Gesicht: Es war Kindras Auge. Ich sprang auf die Füße und ballte die Hände zu Fäusten. Verpufft war meine Selbstbeherrschung und jeder klare Gedanke.

Morell und Trenb waren im Bruchteil eines Augenblicks neben dem Prinzen, der die Hand sinken ließ und die Schultern straffte.

Meine Schultern bebten. *Ihr habt es ihr gestohlen*, schrie die Stimme in meinem Kopf.

»Endlich bist du ehrlich zu mir«, sagte der Prinz und lächelte traurig. »Es tut mir leid, deine Gefühle für Kindra auszunutzen, aber ich brauchte Gewissheit.« Auf seinen Befehl hin zogen sich Morell und Trenb wieder zurück. Das Gesicht des Prinzen wirkte gequält, als er sich wieder setzte. »Noch habe ich zu wenig Macht, um mich gegen meinen Vater zu stellen.« Als er mich ansah, brannte wieder das Feuer in seinen Augen. »Kindra war mir eine Freundin. Ich wollte weder ihr Auge noch ihre Heilkräfte. Das Auge gibt mir so viel, was ich nicht begehrte. Und ich konnte nichts dagegen tun, weil ich zu wenig Macht besitze.« Seine Fäuste zitterten. »Aber durch den *Heiwan Orden* kann ich den Einfluss in meinem Land ändern. Ich werde der Ernte ein Ende bereiten.«

Mein Herz raste. Mit meinem Wutausbruch hatte ich meine Tarnung aufgegeben, aber viel unlogischer erschien mir die Reaktion des Prinzen. Log er mich an? Sagte er die Wahrheit?

Kindra war meine Freundin.

Das ergab keinen Sinn! Der Anführer der Goldmagier half einem Goldkind, stellte sich gegen seinen Vater, den König. Er erzählte das alles einem Mann, den er als Spion enttarnt hatte. Schweigend sank ich in den Sessel und schüttelte den Kopf, beeindruckt von der Entschlossenheit in Prinz Jadens Blick. Es schmerzte mich, ihm ins Gesicht sehen. Er trug einen Teil von Kindra. »Und ihr zweites Auge?«, flüsterte ich.

»Das hat sie noch.« Mit dem Finger folgte er den gestickten Ornamenten auf dem Stoff des Sessels und er rang mit seinen nächsten Worten. »Dir droht keine Gefahr«, sagte er schließlich. »Vielleicht hätte ich das von Anfang an klarstellen sollen.«

Ich schnaubte. »Das hätte dieses Gespräch sicher erleichtert.«

Der Prinz musterte mich … und lächelte. Er lächelte! »Lass es mich noch mal versuchen: Ich glaube dir nicht, dass du ein Eisenjunge bist, und mir ist egal, was du getan hast, um hierherzugelangen. Es beeindruckt mich, dass in dir dieselbe Stärke steckt wie in Kindra. Auch sie hat nicht aufgegeben.«

Bei seinen Worten wurde meine Kehle trocken und ich senkte den Blick.

»Weil Kindra dir vertraut, werde auch ich das tun. Solange du für mein Volk nichts Böses im Sinn hast und deinen Eid, in meiner Leibgarde zu trainieren, nicht brichst. Die Tarnung des *Heiwan Orden* hat oberste Priorität.«

»Es ging mir nie darum, Eurem Volk zu schaden«, flüsterte ich. »Ich wollte nur Kindra wiedersehen.«

Sein Nicken besiegelte unser eigenartiges Bündnis.

»Wieso vertraut Ihr mir all diese Informationen an?«, fragte ich. »Ihr wisst, wer ich bin?«

Der Prinz nickte. »Kindra hat mir von dir erzählt. Sie glaubte fest daran, dass du noch lebst.«

Sehnsucht ergriff mich, als er von ihr sprach. Sie hatte an mich gedacht, über mich gesprochen.

Ich schluckte schwer. »So wie ich an sie glaube.«

Stille senkte sich über uns und mein Herz schwankte zwischen Sehnsucht und Erleichterung. Sie lebte, sie war dem Palast entkommen und sie dachte an mich.

Erschöpft rieb ich mir über das Gesicht und stellte die Frage, die schon zu lange in mir rumorte. »Wo ist sie?«

»Das ist das Problem«, raunte er und sah mich durchdringend an. »Sie sind auf dem Weg nach Gyoum.« Unruhig rutschte er auf dem Sessel vor und stützte die Hände auf die Knie. »Wenn meine Informationen stimmen, dann sind meine Männer und sie in Gefahr.«

Ich zuckte zusammen. »Warum?«

»Gyoum ist seit Jahren bekannt für einen Stein, den Edjarit. Doch die Händler fahren immer seltener bis nach Gyoum. Auf den Straßen dorthin gibt es Banditen und Räuber und die Vorfälle häufen sich.« Er schüttelte den Kopf. »Die Palastwache patrouilliert regelmäßig, um die Banditen zu vertreiben, doch bisher hatte dies keinen Erfolg. Kindra und meine Männer könnten Wachmännern begegnen, die sie gefangen nehmen und zurück zum Palast bringen.« Sein Blick ruhte auf mir. »Oder schlimmer. Sie begegnen den Banditen, die sich laut neuester Informationen deutlich aggressiver zeigen. Bei den letzten Vorfällen wurden die Händler nicht nur ausgeraubt, sondern auch getötet.«

Unruhig kaute ich auf der Innenseite meiner Wange.

»Um Probleme zu verhindern, werde ich einen Trupp entsenden, der diese Vorfälle untersucht. Dabei werde ich auch einige aus dem inneren Ring meiner Garde mitschicken.« Sein Blick verharrte auf mir. »Das ist bei uns üblich«, fügte er hinzu. Als wäre es normal, mir das zu erklären, da ich ja nicht hierhergehörte, sondern aus dem Gezeitenreich stammte.

Auch wenn ich dem Prinzen verpflichtet war, musste ich in Kindras Nähe. Sofort. Und wenn es nur für wenige Augenblicke wäre. »Lasst mich mit nach Gyoum gehen.«

»Nein«, sagte der Prinz entschieden.

»Bitte.« Meine Stimme klang jämmerlich flehend, aber das war mir egal. »Ich will sie sehen. Ich will etwas tun, was ihr nutzt.« Im Stillen fügte ich hinzu: Ich will ihr nahe sein.

Sein Blick schweifte durch das Zimmer.

»Ihr könnt es als ein Teil meiner Ausbildung aussehen lassen«, beharrte ich.

»Das ist keine gute Idee.«

»Warum nicht?«

»Weil es schon über eine Woche her ist, seit sie Ellenriet passiert haben«, meinte er. »Der Trupp soll übermorgen los. Doch selbst auf direktem Weg über die Hauptstraße werden wir später ankommen als sie. Außerdem wird das kein Wiedersehen.« Er stand auf und zupfte seine Weste zurecht. »Meine Männer werden nur für etwas Ordnung sorgen, falls sich die Banditen dort auf der Straße herumtreiben. Der *Heiwan Orden* darf nicht gefährdet werden.«

»Ich will trotzdem mit!« Wenn es über eine Woche her war, jagte ich nur wieder einer kalten Spur hinterher. Aber mehr hatte ich nicht. Und es gab mir wenigstens das Gefühl, ihr näher zu kommen.

Der Prinz schüttelte den Kopf.

»Ich muss!«, beharrte ich und legte eine Hand auf das kühle Metall an meiner Brust. »Ihr wisst nicht, was ich für sie aufgegeben habe oder was ich bereit bin, für sie zu tun!«

Er legte den Kopf in den Nacken und betrachtete den Stuck an der Decke. »Meinetwegen. Ich gestatte es«, sagte er und deutete mit einer Geste auf die Anwesenden. »Aber ich habe drei Bedingungen. Erstens: Sprich mit niemandem außer uns über etwas, das Kindra oder unser Gespräch betrifft.« Sein Blick senkte sich und er fixierte mich ernst. »Zweitens: Wenn ich erfahre, dass deine Arbeit als Spion ein anderes Ziel verfolgt, als Kindra zu retten, töte ich dich auf der Stelle. Und drittens: Falls du Kindra treffen solltest oder erfährst, wo sie sich aufhält, kehrst du dennoch zum Palast zurück. Auf Fahnenflucht steht die Todesstrafe.«

Seine Worte saßen. Mein Leben lag in der Hand des Prinzen. Dennoch breitete sich auf meinem Gesicht ein Lächeln aus. Seit meinem Aufbruch hatte ich endlich Gewissheit, dass Kindra lebte. Auch wenn ich letztlich nur Banditen vertreiben würde, konnte ich ihr nützlich sein. »Ich werde Euch nicht enttäuschen!«

Der Prinz erhob sich, doch ich ließ das Gespräch noch nicht los.

»Übermorgen brechen wir auf?«, fragte ich, um mich zu vergewissern, dass er mich bei der Planung berücksichtigte.

Er nickte und scheuchte uns dann mit einer Geste hinaus. Das Gespräch war damit beendet. Morell und ich verließen das Zimmer und sicherten den Weg voraus.

Mein Kopf dröhnte, als wir den Gang entlangschritten. Mein Herzschlag beschleunigte sich. Kindra dachte an mich und mit jedem Schritt kam ich ihr näher.

Bis zu unserem Aufbruch redete der Prinz nicht mehr als nötig mit mir. Er spielte seine unwissende Rolle so authentisch, dass sich Zweifel in meine Gedanken bahnten, ob ich mir unser Gespräch nur eingebildet hatte.

Doch wir brachen auf. Morell und Trenb waren dabei, außerdem zehn weitere Männer der Stadtwache und ein Goldmagier.

Einer der Männer fuhr einen Wagen, der Lebensmittel, Wasser, Waffen und Rüstungen enthielt. Die anderen und ich ritten auf Pferden nebenher. Wir nahmen die Hauptstraße ohne Umwege in den Norden. Tagsüber legten wir eine möglichst große Strecke zurück und abends stiegen wir in Gaststätten ab. Manche lagen einsam am Straßenrand, um andere hatte sich ein kleines Dorf geschart und für eine Gaststätte verließen wir die Hauptstraße und kehrten in eine nahe gelegene Stadt ein.

Die Reise mit den Wachen des Königs war bequem. Wir übernachteten in den besten Zimmern und stockten unsere Vorräte ohne Probleme auf. Die Eisendynastie verehrte ihre königliche Blutlinie – und davon profitierten wir.

Vermutlich war es die Einfachheit, die mich langweilte. Oder die Tage vergingen langsamer als sonst, um mich länger von Kindra fernzuhalten. Denn anders konnte ich mir das nicht erklären. Es war, als wäre die Zeit kurz davor stehen zu bleiben.

Die Hauptstraße führte in gerader Linie nach Norden. Nach einigen Tagen erreichten wir einen Wegweiser, auf dem ein Pfeil nach Westen zeigte. *Ellenriet,* hieß es darauf. Kindra lebte und war vor Kurzem dort gewesen.

Endlich konnte ich die Hände nach ihr ausstrecken.

22. Kindra

Ein Ziel im Süden

Die Ungeduld ergriff von mir Besitz wie die vielen Tage zuvor. Nach unserer Ankunft und Naries Ausflug mit Hamm übermannte meine Gefährten ein Fieber. Drei Tage hüteten sie das Bett, bevor eine Erkältung folgte, mit der die Wirtin sie nicht zu Omb führen wollte. Während des gesamten Krankheitsverlaufs saß ich im Zimmer fest und konnte nichts tun, außer zu warten. Die Tage gingen ineinander über und ich verlor das Gefühl für die Zeit, die verstrich.

Ein Vorhang verdunkelte das Fenster in dem kleinen Zimmer, das ich mir mit Stelja und Narie im Obergeschoss teilte. Der Stoff raschelte, als ich ihn zur Seite schob und vorsichtig hinauslugte. Meine Gefährten verließen das Gasthaus über den Vorplatz, auf den unser Fenster zeigte, und die Wirtin führte sie in Richtung Ombs Hütte davon. Ich hatte darauf bestanden, sie zu begleiten, doch sie hatten sich nicht darauf eingelassen. Sie würden an meiner Stelle Omb nach dem Gebirge fragen, über das laut Yars ein Übergang ins Gezeitenreich möglich war.

Der angenehme Geruch von frisch gewaschener Wäsche und Blumen, die in einer Vase auf der Kommode standen, erfüllte die Luft. Ein Duft, der mir mittlerweile vertraut geworden war und sich heute drückend anfühlte. Dieses Zimmer war nur eine andere Form von Gefängnis.

Ich wollte den Vorhang zurückfallen lassen, doch die Bergkette im Norden fing meine Aufmerksamkeit ein. Das Gebirge ragte weit in den Himmel, verschmolz mit den Wolken, nur um in der Höhe wieder hervorzubrechen. Mein Herz schlug schneller bei dem Gedanken, dass ich dem Ende der Welt so nahe kommen würde, um zurück ins Gezeitenreich zu gelangen. Die Gipfel erstreckten sich nach Osten und Westen, so weit ich sehen konnte, und ich wusste, dass das Gebirge unsere gesamte Welt einrahmte.

Nur widerwillig wandte ich mich vom Fenster ab und sank auf die Matratze. Wenn ich den Norden des Gezeitenreiches über die nördliche Bergkette erreichte, würde ich vielleicht den geheimen Tunnel finden, der vom Schneegipfel aus dem Tal führte. Befand sich Saki irgendwo dort oder war er in das zerstörte Grünfrey zurückgekehrt?

Die Gedanken an ihn wurden von dem Anblick seiner blauen Augen und der Erinnerung an den Geruch seiner Haare begleitet, die nach Sonne dufteten. Ich schloss das Auge und ließ die Vergangenheit zu. Sakis Lachen zog an mir vorbei wie ein Vogel, den ich nicht greifen, nicht festhalten konnte.

Mein Auge brannte und ich spürte Tränen, die aus meinem Augenwinkel rollten. Sie hinterließen eine heiße Spur auf meiner Haut.

Würde ich ihn finden?

Würden wir uns jemals wiedersehen?

Ein Klopfen ertönte und ich schreckte auf. Eilig zog ich die Kapuze über meinen Kopf und drehte mich von der Tür weg. Wie die letzten Tage stellte ich mich schlafend.

»Kindra?«, erklang Naries Stimme.

Die Angeln knarrten und ich spähte zur Tür. Narie schlüpfte herein und musterte mich.

»Was ist los?«, fragte ich und mein Puls raste. War sie nicht erst vor wenigen Augenblicken aufgebrochen, um Omb zu besuchen? Mussten wir aufbrechen?

»Leg deinen Verband an.« Sie knetete ihre Hände. »Omb will dich sehen.«

»Mich?«, fragte ich und hatte keine Kontrolle über die Gefühle, die durch meine Brust jagten. Neugierde, Unsicherheit und die Angst, aufgeflogen zu sein.

»Hat er gesagt warum?«, hakte ich nach, während ich den Verband um meinen Kopf schlang und mein Auge verbarg.

»Er …«, begann Narie. »Du wirst schon sehen.«

Ihre entspannte Stimme beruhigte mich und ich zupfte den Verband zurecht, damit ich durch einen kleinen Spalt den Boden erkannte.

»Ich führe dich.« Narie griff vorsichtig mein Handgelenk und zog mich aus dem Zimmer, in die Schenke hinab und hinaus auf die Straßen. Der Weg durch das Dorf fühlte sich endlos lang an, so viele Szenarien spielten sich in meinen Gedanken ab. Warum hatte er nach mir verlangt? Wer war dieser Mann?

Was wusste er?

»Hat er etwas über den Wald erzählt?«, fragte ich und hoffte, meine Gedanken mit diesem Gespräch abzulenken.

Narie räusperte sich. »Ja, er meinte, die Banditen seien schuld. Im Frühling blüht der Himmelsdorn, eine wunderschöne Blume, deren Pollen giftig sind. Die Banditen sollen sie auf den Baumkronen platziert haben. Die Pollen fallen zwischen den Blättern herab und fliegen im Nebel des Waldes umher. Durchreisende werden durch sie betäubt und dann von den Banditen ausgeraubt.«

»Ein Blütengift«, flüsterte ich. Wie abscheulich, Menschen gezielt auszuschalten und zu bestehlen.

»Zum Glück hat uns keiner überfallen.«

Ich schluckte schwer und nickte. Die Banditen hätten mich zweifellos an den Palast verkauft.

Vor einer Hütte blieb Narie stehen und klopfte an die Tür. Wir wurden erwartet und in den Raum gezogen.

Noch bevor ich mich anhand der Geräusche und dem wenigen, was ich sah, orientieren konnte, begrüßte uns eine raue Stimme. »Es ist lange her«, sagte jemand, vermutlich Omb. Eine Hand wurde auf meine Schulter gelegt und ich spürte einen angenehmen Druck. »Lange her, seit ich zuletzt einem Goldkind begegnet bin.«

Ich zuckte zusammen und öffnete den Mund, ohne dass ein Ton seinen Weg hinausfand. Er wusste, was ich war?

An der angespannten Stille im Zimmer erkannte ich, dass auch meine Gefährten überrascht waren.

»Nur nicht so schüchtern«, brummte er und zog mir vorsichtig den Verband vom Kopf. Instinktiv wollte ich danach greifen, aber die Überraschung machte mich langsam.

Mit grauen Augen sah er mir ins Gesicht, ehe er mit den Fingern schnipste und sich ihre Farbe wandelte. Ich wich einen Schritt zurück, um mich dann sprachlos vorzubeugen.

Vor mir stand ein grauhaariger Mann in weißer Tunika und brauner Hose. Tinte hatte seine Fingerkuppen verfärbt. Hörbar schnappte ich nach Luft – war damit aber die Einzige. Meine Gefährten hatten dieses Schauspiel also schon gesehen. Nach wenigen Augenblicken sahen mir goldene Augen aus Ombs Gesicht entgegen, die ich von meinem eigenen Spiegelbild kannte.

»Ombdragon Goldkind«, sagte er und streckte mir die Hand entgegen. »Mein richtiger Name. Schön, dich kennenzulernen, Schwester.«

Seine Erscheinung und Worte verschlugen mir die Sprache. Damit, dass ich einem Goldkind gegenüberstehen würde, hatte ich nicht gerechnet. Zögernd griff ich seine Hand und schüttelte sie. »Schwester?«, wiederholte ich, während ich meine Gedanken zu ordnen versuchte.

Mit einer Geste deutete er an, ihm an seinen Schreibtisch zu folgen. Wir scharten uns um den Tisch. An den Wänden befanden sich Regale, die vollgestopft waren mit Schriftrollen und Büchern.

»Du weißt sehr wenig über dich. Deine Seele fühlt sich unwissend an.« Omb schritt an mir vorbei, setzte sich hinter den Schreibtisch und faltete die Hände. »Wir Goldkinder sind Geschwister«, sagte er. »Wären deine Gefährten nicht bald zu mir gekommen, hätte ich dich im Gasthof aufgesucht.« In seiner Stimme schwang ein Schmunzeln, das mich nur umso mehr irritierte.

Meine Gedanken schwirrten wild durch meinen Kopf. »Woher wusstest du, dass ich da bin?«, stellte ich meine erste Frage.

»Spürst du diese Verbindung nicht?«, meinte er und deutete von sich zu mir.

Ich schüttelte den Kopf. Es gab nichts, was ich zwischen uns ausmachen konnte. Meine Gedanken wanderten zu Ardra, die ich im Kerker getroffen hatte. Aber auch damals war mir nichts Ungewöhnliches aufgefallen. »Nein«, gestand ich.

Omb lehnte sich zurück und sah bedrückt aus. »Du hast ohne Familie gelebt.«

Sofort öffnete ich den Mund, um ihm zu widersprechen. Noba und Kork waren meine Familie gewesen. Und Saki. Aber ich wusste, worauf er hinauswollte. Ombra, Ardra und mich verband Blut. Also verkniff ich mir jeglichen Kommentar.

Sein Blick wanderte über mein Gesicht und verharrte an meinem fehlenden Auge. »Wie ich sehe, hast du bereits einen Teil deiner Kraft eingebüßt«, sagte er.

Ich widerstand dem Drang, die Hand zu meinem vernarbten Gesicht zu heben. Ardra, meine Gefährten, Jaden – sie alle sprachen von der Magie, die in den Goldkindern schlummerte. »Was genau steckt in uns?«, fragte ich ihn.

»Wo soll ich beginnen?« Omb winkte ab. »Ich bin dreihunderteinundsiebzig Jahre alt. Und es gibt noch ältere Goldkinder als mich.«

Ungläubig schüttelte ich den Kopf.

»Wie alt sind die ältesten?«, fragte Narie leise.

»Ich traf einen Bruder, der bereits über fünfhundert Jahre zählte.«

»Unsinn«, sagte ich und richtete den Unglauben mehr an mich selbst. »Das ist unmöglich.«

Omb lachte auf und ich bereute meine Worte. »Magie durchströmt unsere Körper. Der Zerfall dauert länger als bei Menschen.«

Schweigend sah ich auf meine Hände. Wie lange dauerte die Gefangenschaft der Goldkinder im Palast bereits an? Hingen sie schon seit Jahrhunderten dort fest? Wie lange wurde schon ihr Speichel gesammelt, weil jegliche Lebensgeister aus ihren Körpern gewichen waren? Ein Schauer jagte über meinen Rücken und ich schüttelte den Kopf, um den Schreck in meinen Gedanken zu vertreiben.

Seit ich nicht mehr der Ernte ausgesetzt war, heilten erlittene Wunden wieder schneller. Meine Nagelbetten rissen nicht mehr ein und die Kratzer und Schnitte in meiner Haut verschwanden. Doch ohne mein zweites Auge ging die Heilung langsamer vonstatten. »Wir heilen«, sagte ich. »Hängt das mit unserem Blut zusammen?«

Omb nickte. »Unsere Tränen haben die größte heilende Macht. Aber ja, unser Körper heilt auch von innen heraus. Doch je schwächer wir sind, desto schlechter wirkt unsere Kraft.«

»Aber das ist nicht alles«, sagte ich und dachte an Ardras Worte. Sie hatte etwas in sich gespürt und war sich sicher, dass die Goldmagier mit unserer Kraft Magie wirkten.

»Nein«, bestätigte er. »Wir können noch viel mehr.«

»Und was?«, fragte ich und trat ein Stück näher an den Schreibtisch heran.

Er hob die Hände und eine Schriftrolle flog zu ihm. Ein kaum wahrnehmbares Knistern erfüllte die Luft, zerrte an dem Papier und zog es näher. Es landete auf dem Tisch und entrollte sich. »Wir beherrschen.«

Ich starrte ihn mit offenem Mund an. Stelja entfuhr ein leises *Huch* und Hamm sog scharf die Luft ein.

»Wie geht das?«, fragte ich und stützte mich mit den Händen auf den Tisch. Die Spannung der Magie erfüllte meinen Körper und rüttelte an etwas, das tief in mir schlummerte. Ich konnte es nicht benennen, aber es war da. Doch sosehr ich danach tastete, es ließ sich nicht fassen, kratzte nur an den Rändern meines Bewusstseins.

»Meine Magie stellt eine Verbindung zu dem Gegenstand her und kontrolliert ihn. Das geht mit fast allem.«

»Hast du so auch deine Augen versteckt?«

»Ja. Die Kraft dazu liegt in dir. Du musst sie nur fühlen.« Er legte den Kopf schräg und fasste sich an die Brust. »Ich kann es dir zeigen.«

Auf der Flucht hatte ich vergeblich versucht, etwas zu wirken. Hier, wenn Omb seine Macht entfesselte, erhielt ich einen Vorgeschmack. Doch die Magie glitt durch meine Finger wie Wasser.

Wie würde sie mein Leben verändern, wenn ich die Kraft beherrschte? Wenn ich mein Auge verstecken könnte so wie Omb, war ein Leben in Freiheit möglich. Ohne Versteckspiel, ohne Angst und ohne Flucht. Ich würde an Sakis Seite stehen können, ohne zu fürchten, entführt zu werden. »Das würdest du tun?« Meine Stimme überschlug sich.

Omb stand auf. »Ja«, sagte er. »Dieser Weg ist steinig, aber ich spüre das Potenzial in dir.«

»Was soll das heißen?« Bilder flackerten vor meinem inneren Auge auf – wie ich den *Schwarzen Markt* unbemerkt durchquerte und zurück in meine Heimat gelangte.

»Der Unterricht dauert Jahre, aber ich kann dich zu einem mächtigen Goldkind ausbilden.«

»Jahre?«, fragte ich aufgebracht und die Hoffnung entglitt meinen Händen. Das neue Leben verblasste, das vor mir aufgetaucht war. »So lange habe ich nicht.«

»Du hast Jahrhunderte«, widersprach Omb.

»Nein«, beharrte ich. »Ich muss in meine Heimat, zu dem letzten Menschen, der mir geblieben ist.«

Ombs weiche Gesichtszüge verhärteten sich. Seine Stimme blieb ruhig, doch in seinen Augen erkannte ich seinen Ärger. »Für einen Menschen willst du mein Angebot ausschlagen? Du verstehst nicht, Kindra. Wir sind Familie!«

Zitternd verschränkte ich die Arme vor der Brust. »Es tut mir leid«, erwiderte ich und hoffte, dass es ihn beruhigte. »Dein Angebot ist großzügig, aber ich kann es nicht annehmen. Ich muss über die Grenze. Weißt du etwas über einen Pass im Gebirge?«

Seine Augen verengten sich. »Nein.«

»Bist du dir sicher?«, hakte ich nach und Ombs Miene wurde verbissener.

Ohne auf meine Nachfrage einzugehen, drehte er die Schriftrolle um und zeigte mit dem Finger darauf. »Die Goldkinder gewinnen an Macht. In der Wüste des Gezeitenreiches liegt ein Dorf. Dort sammelt sich unseresgleichen.« Als er den Blick hob, schauderte ich. In seinen Augen lag eine Machtgier, die mich an den König erinnerte. »Die Zeit der Unterdrückung neigt sich dem Ende zu.«

»Wegen *Heiwan*«, warf Geran ein, dem bei Ombs Stimmungswechsel sichtlich unwohl war.

Omb nickte zustimmend, doch er war mir weiterhin unheimlich.

Mein Blick suchte kurz den Punkt im Süden der Wüste. Ein ganzes Dorf voller Goldkinder? Ich war versucht, mich auf den Gedanken einzulassen, dass es einen Ort gab, an den ich gehörte. Doch die Sehnsucht in meinem Herz war größer. Also schielte ich auf das Gebirge im Norden und suchte nach einem Hinweis oder einer Route, wie ich an den Grenzfluss gelangen konnte. Omb rollte die Karte zusammen und fixierte mich.

»Denk nach, Kindra«, sagte Omb. »Du gehörst zu mir – zu uns. Das Dorf der Goldkinder kann deine Heimat sein, wenn du die

Macht von mir erlernt hast, und du musst dich nie mehr fürchten. Nicht einmal vor dem Sandvolk, das in Oasen nahe dem Dorf lebt.«

Ich schauderte. Dieses Volk kannte ich aus Nobas und Korks Erzählungen und aus all den Legenden, die im Gezeitenreich weitergegeben wurden. Sie aßen ihre Verstorbenen und nutzten das Fleisch, um sich zu versorgen, da die Nahrung in der Wüste knapp war. Anscheinend haben sie sogar Goldkinder verspeist und kriegerische Macht erlangt. Ihr Gebiet zu durchqueren glich Selbstmord.

Es war das perfekte Versteck für die Goldkinder.

Oder es war Wahnsinn.

Ich wollte sein Angebot erneut ausschlagen, doch der verbissene Ausdruck auf Ombs Gesicht ließ mich zögern. Es war unmöglich, dass ich mich für Jahre in seine Lehre begab. Aber hatte ich eine andere Option? Die zusammengerollte Karte lag vor mir auf dem Tisch. »Ich muss darüber nachdenken.«

Offensichtlich war das nicht die Antwort, die er erwartet hatte. Seine Hände ballte er zu Fäusten und ich befürchtete, dass gleich das ganze Zimmer explodieren würde.

»Gib mir einen Tag«, versuchte ich ihn zu beruhigen.

»Du solltest dich besinnen, Kindra! Dieses Angebot …«

»Ist überaus großzügig«, fiel ich ihm ins Wort. »Aber es verändert alles. Es war eine lange Reise. Ich entscheide mich bis morgen.«

Die Muskeln von Ombs Unterarmen bewegten sich, als er die Karte magisch in die Luft erhob. Angespannt betrachtete ich die Schriftrolle, ehe ich all meinen Mut zusammennahm und danach griff. »Darf ich sie bis morgen ausleihen? Ich würde mir das Dorf der Goldkinder gern näher ansehen.« *Und die Berge, über die Omb nicht reden wollte.*

»Natürlich«, sagte Omb und Ruhe kehrte in seine Gesichtszüge zurück. So, als würde ihm mein Wissensdurst beweisen, dass ich seine Lehre nicht ausschlagen würde.

Die Schriftrolle mit der Karte schob ich in die Innentasche meines Umhangs. Leise, aber eindringlich riefen die Berge nach mir, winkten mich zu sich und wollten mir ein neues Leben schenken. Der Ruf war lauter als Ombs Worte. Was sollte ich nur tun?

Wir verabschiedeten uns knapp und nachdem ich mir den Verband umgelegt hatte, trat ich mit meinen Gefährten ins Freie.

»Dann wirst du also hierbleiben?«, flüsterte Geran und drückte meinen Arm.

»Ich weiß es nicht«, gestand ich. Jahre würden mich von Saki trennen, aber die Magie würde mir Türen zu einem normalen Leben öffnen.

»Du wirst die richtige Entscheidung treffen«, sagte Stelja. Hamm und Narie brummten zustimmend.

In den Stimmen meiner Gefährten entdeckte ich einen Funken von Wehmut. Wir waren viele Wochen durch die Eisendynastie gereist, hatten uns aufeinander verlassen und zu einem eingespielten Team entwickelt. Sie akzeptierten mich, wie ich war, und unterstützten mein Vorgehen. Ganz egal, für was ich mich entschied – diese Menschen zu verlassen setzte einen Kloß in meinen Hals. Ich schluckte schwer, doch die Kälte in meinem Nacken blieb.

»Du hast Zeit bis morgen, um dich zu entscheiden«, sagte Stelja entschieden und tätschelte mir den Unterarm. »Heute Abend lassen wir es uns gut gehen! Ich besorge etwas Leckeres auf dem Markt. Vielleicht einen Süßwein?«

Schwach lächelte ich, als sich Stelja in ihrer eigenen Begeisterung verlor.

»Nachdenken kannst du später«, warf Hamm ein. »Gönn dir noch einen dieser leckeren Eintöpfe im Gasthaus.«

»Und eine Nacht in diesem weichen Bett«, sagte Narie.

»Noch einmal ausschlafen«, ergänzte Geran.

»Ihr seid hartnäckig«, erwiderte ich lachend. »Und sehr überzeugend.« Diesen Tag würde ich mir noch gönnen. Doch wenn dieser vorbei war, erwartete mich eine Entscheidung, die mein Leben verändern würde.

Stelja eilte voraus zum Gasthof, um den Wagen zu holen. Ohne Zeit zu verlieren, wollte sie damit zum Markt, um die Waren zu verkaufen und den Süßwein zu besorgen. Narie und Hamm setzten sich zu einem Spaziergang ab. Vor unserer Gruppe zeigten sie es zwar nicht offensichtlich, aber auch ohne Naries flüsternden Erzählungen war klar, dass sie sich näherkamen. Die Blicke, mit denen sie sich ansahen, und die Nähe zueinander waren eindeutig. Vermutlich brachen sie wieder zu dem kleinen Garten auf, der außerhalb des Dorfes lag und ihnen Privatsphäre bot.

Geran brachte mich schweigend zum Gasthof. Die Wirtin begrüßte uns, als wir eintraten. »Der Ansturm der Feldarbeiter beginnt in einer Stunde zur Mittagszeit. Lasst es euch solange schmecken!«

Klirrend stellte sie Schüsseln vor uns ab und ich tastete blind nach dem Eintopf.

Wir aßen alles bis auf den letzten Rest auf. Die Wärme breitete sich in meinem Magen aus und erfüllte mich mit einem Wohlgefühl.

»Morgen also«, brummte Geran.

»Morgen«, flüsterte ich zustimmend.

»Ich wünsche dir alles Gute. Dass du findest, was du suchst.«

»Danke.« Der Kloß in meinem Hals wurde wieder größer und ich tastete nach dem Becher. Gierig trank ich einen Schluck Wasser und stellte ihn zurück auf den Tisch. Auf das leise Klacken folgte ein Schrei.

Dann einer weiterer.

Intuitiv griff ich nach der Augenbinde und verschob sie so, dass ich meine Umgebung erkannte. Geran stand so schwungvoll vom Tisch auf, dass der Stuhl nach hinten kippte und klappernd auf dem Boden landete. Weitere Schreie untermalten das Geräusch. Mit einem Sprung war ich auf den Füßen. Geran zog sein Schwert und ich mein Messer.

Wir schlichen zum Fenster und er lugte hinaus. »Verdammt«, zischte er.

»Wachen? Haben sie uns gefunden?« Mein Herz setzte einen Schlag aus.

Er schüttelte den Kopf. »Banditen.«

Obwohl es gefährlich war, hob ich den Kopf und spähte auf die Straße. Draußen rannten schreiende Menschen umher. Einige lagen verwundet am Boden. Männer liefen den Flüchtenden hinterher und richteten sie mit schnellen Hieben ihrer Schwerter hin. Andere rannten mit ihren Fackeln durch die Straßen und zündeten die Strohdächer der Hütten an, die sie erreichten. Ich schnappte nach Luft und tauchte wieder ab. »Stelja, Narie und Hamm sind da draußen«, sagte ich.

Geran stand auf. »Ja«, antwortete er. »Ich gehe sie suchen.«

Adrenalin rauschte durch meine Adern und lähmte meinen Körper auf gleiche Weise, wie es ihn antrieb. Bilder meiner Gemächer im Palast und vom Verlies schwirrten durch meine Gedanken. Wenn wir nicht entkamen, würde ich wahrscheinlich wieder dorthin zurückgebracht werden. Falls ich diesen Überfall überlebte.

»Ich komme mit«, beschloss ich. Meine Gefährten waren mit mir aus Odissa geflohen, es war das Mindeste, ihnen aus diesem Dorf hinauszuhelfen. Niemals konnte ich das mit meinem Gewissen vereinbaren, einfach davonzurennen und sie diesem Chaos zu überlassen.

Durch den Schankraum und am Tresen vorbei erreichten wir die Küche. Die Wirtin kauerte in einer Ecke und zog den Kopf ein. »Ihr müsst fliehen«, sagte Geran. »Das Feuer wird sich schnell ausbreiten, dann seid Ihr hier nicht sicher.«

Sie schluchzte und stemmte sich wackelig auf die Beine.

»Gibt es einen Hinterausgang?«, fragte ich, ohne ihr mein Gesicht zu zeigen.

»Dort«, sagte sie und Geran eilte los. Durch eine Tür gelangten wir in ein angrenzendes Zimmer, von dem aus wir in eine kleine Gasse traten. Die Schreie ertönten von allen Seiten. Rauch breitete sich aus und die Luft lag drückend warm und schwer in den Straßen. Geran winkte mich heran und ich folgte ihm. Wir pressten uns gegen die Wände aus Brettern und Stein und schlichen voran. An der nächsten Kreuzung hob Geran die Hand und ich hielt inne. Vorsichtig spähte er um die Ecke und winkte mich weiter. Die Gasse endete in etwa hundert Fuß in einer Feuerwand. Hitze schlug uns entgegen und ich vergrub das Gesicht in meiner Armbeuge. Mein Auge tränte von dem Rauch, der die Luft erfüllte.

»Hier lang«, sagte Geran und huschte in eine Seitenstraße.

Drei Mal bogen wir ab, um das Feuer zu umgehen und uns ins Innere des Dorfes zum Marktplatz vorzuarbeiten. Die Flammen züngelten hoch in den Himmel und legten ein monotones Knistern über alle anderen Geräusche. Das Atmen fiel mit jedem Wimpernschlag schwerer und Aschepartikel sammelten sich auf meiner Haut. Sie vermischten sich mit meinem Schweiß.

Auf unserem Weg stießen wir auf vier Leichen. Wir erreichten eine Kreuzung, an der unsere Gasse in eine größere Straße mündete. Ein

Mann stolperte an uns vorbei, gefolgt von einem Banditen. Geran trat vor und erstach den Verfolger von hinten. Mit einem Stöhnen sackte er zu Boden. Der Dorfbewohner bemerkte uns nicht und rannte weiter.

Nach der nächsten Kreuzung erreichten wir endlich den Marktplatz, auf dem der Handel stattfand. Die Ordnung hatte sich in Chaos gewandelt. Vor uns breitete sich ein Meer aus Kisten und Waren aus. Banditen hatten viele Händler getötet, deren Leichen verstreut auf dem Boden, über den Kisten und Fässern lagen. Blut verfärbte ihre Kleidung und sammelte sich um ihre Körper.

Etwa fünfzehn Banditen hievten Waren umher und luden sie auf verschiedene Wagen. Darunter auf einen mit eingedellter Seite. Unseren.

Mein Brustkorb schmerzte und ich presste die Hand dagegen. Die rauchgeschwängerte Luft drückte auf meine Lunge und Tränen liefen ungehalten über meine Wange.

Diese Mistkerle.

»Siehst du Stelja?«, flüsterte er mit brüchiger Stimme.

Ich presste mich fester gegen die Wand der Gasse, aus der wir das Schlachtfeld betrachteten. Bis auf die Banditen stand keiner mehr aufrecht. Die Leichen waren blutgetränkt und ihr Anblick machte es mir unmöglich, Steljas blonden Haarschopf zu erkennen. »Nein«, krächzte ich, als wäre meine Kehle vollständig mit Asche und Rauch gefüllt.

»Lass es uns von einer anderen Seite versuchen«, raunte Geran und deutete nach rechts. Wir zogen uns zurück und liefen in den Seitengassen um den Marktplatz herum. Von einer anderen Seite schlichen wir uns wieder an, beobachteten dabei die Banditen beim Beladen. Es waren zu viele, um es mit ihnen aufzunehmen. Lachend hievten sie Kisten auf die Ladeflächen und verstauten sie außerhalb meines Sichtfeldes. Ich reckte den Kopf, um mehr zu erkennen, doch die Planen versperrten mir den Blick auf das Wageninnere.

»Glaubst du, sie haben Geiseln genommen?«

»Keine Ahnung«, brummte Geran. Fahrig fuhr er sich über das Gesicht. Ein zorniges Funkeln lag in seinen Augen und eine tiefe Falte trat zwischen seine Augenbrauen. Die Sorge um Stelja war ihm deutlich anzusehen.

Ein umgekippter Wagen lag ein paar Schritte links vor uns. Geran deutete darauf und zählte mit den Fingern stumm von drei herunter.

Bei *null* schlichen wir voran und duckten uns dahinter. Die Bretter hatten den Sturz nicht unbeschadet überstanden und waren von Rissen durchzogen.

Eine Planke hatte sich gelöst und mit angehaltenem Atem spähte ich durch den Schlitz. Die Welt erstarrte und alle Geräusche verebbten mit einem Schlag. Es gab nur noch das flackernde Licht und die Leiche, die einige Fuß entfernt lag.

»Geran«, stammelte ich zitternd. Am liebsten hätte ich mich übergeben.

Das darf nicht wahr sein!

Stelja lag auf dem gepflasterten Steinboden. Mit leeren Augen starrte sie in den Himmel. Aus ihrer Brust ragte ein spitzer Holzpfahl.

»Nein«, wisperte Geran und seine Stimme brach. »Sag mir nicht …« Er drückte sich an meine Seite und spähte neben mir durch die Öffnung. Mein Auge brannte, erneute Tränen brachen aus mir hervor, doch ich konnte den Blick nicht abwenden. Die letzten Wochen zogen an mir vorbei, der vertraute Anblick von Stelja auf dem Kutschbock und ihre unkomplizierte Art. Gerans Schultern versteiften sich neben mir und er sackte in sich zusammen. Das Zittern, das seinen Körper erfasste, weckte mich aus meiner Starre. Mir lagen tausend Worte auf der Zunge, doch keines vermochte seinen Verlust nur ansatzweise zu stillen.

»Wir müssen hier weg«, würgte ich hervor.

Die Stimmen der Banditen drangen zu uns herüber. Für Stelja kamen wir zu spät, aber vielleicht fanden wir Narie und Hamm.

»Wir müssen weiter«, flüsterte ich und es brach mir das Herz. Doch Geran bewegte sich nicht. Vorsichtig packte ich ihn an den Schultern und schüttelte ihn, damit er mich ansah. Als er sich mir zuwandte, sah er durch mich hindurch.

Er hatte Stelja verloren und einen Teil von sich selbst.

»Komm«, flüsterte ich und schüttelte ihn kräftiger.

Zur Antwort schlug er meine Hand davon und traf in dieser Bewegung den Wagen, hinter dem wir uns versteckten. Er schwankte und brach krachend zur Seite.

Das Geräusch riss Geran zurück in die Gegenwart. Die Banditen verstummten. Schritte bewegten sich auf uns zu.

Dieses Mal gehorchte er meiner Aufforderung. Wir rannten geduckt zurück in die Gasse, aus der wir gekommen waren.

»Da!«, rief einer und Schritte hallten hinter uns. Wir bogen ab. Stolperten über Leichen, wechselten die Richtung. Flohen vor unseren Verfolgern und dem Feuer, das sich weiter ausbreitete.

Meine Lunge brannte sofort unter der Anstrengung und ich hustete. Doch Anhalten war keine Option. Gerans Gesicht war ausdruckslos, also übernahm ich die Führung. Der einzige Anhaltspunkt für Naries und Hamms Aufenthalt war der kleine Garten, von dem die Frauen in meiner ersten Nacht in Gyoum getuschelt hatten.

Nach kurzer Zeit erreichten wir den Ortsrand und rannten an einem kleinen Fluss entlang. Unsere Verfolger hatten wir abgehängt. Keuchend schlang ich die Arme um meinen Körper und stolperte weiter. Mit jedem Schritt verlor ich an Tempo und Geran ging es ähnlich.

Aus dem Dorf züngelten Flammen in die Luft. Rauch quoll aus den Straßen und verschwand in den Himmel. Die Schreie waren verstummt und es senkte sich eine unheimliche Stille über uns.

Geduckt lief ich mit Geran am Flussufer entlang und entdeckte eine kleine Brücke, die zur anderen Seite führte. Dahinter lag ein Hof mit einem großen Garten. Die Hecken waren überzogen mit bunten Blüten und an einem hölzernen Torbogen rankten sich weiße Blumen hinauf.

»Narie hat von diesem Garten erzählt«, flüsterte ich, um Geran meine Absichten zu erklären. »Vielleicht sind sie dort.«

Geran nickte. Wir schlichen weiter und überquerten die Brücke. Die unheimliche Stille zerrte an meinen Nerven, nur das lebhafte Knistern des Feuers drang in meine Gedanken und feuerte meinen Herzschlag an. Bevor wir den Garten betraten, blickte ich mich um. Wir waren allein.

Das Gras war gepflegt und einige Bäume spendeten Schatten. Ein Weg führte an Hecken entlang, die in voller Blütenpracht erstrahlten. Die Idylle des Gartens passte nicht zu der Unruhe, die in mir tobte.

Wir hatten den Garten fast durchquert, als gequälte Laute ertönten. Ein leises Wimmern drang zu uns und ich wechselte einen Blick mit Geran. Der Weg führte um eine Hecke und zu einer Grünfläche, die an ein Haus angrenzte. Ein kleines Fenster befand sich in der Wand und eine geschlossene Tür verband die Rückseite des Gebäudes mit dem Garten. Eine Bank stand mittig im Gras unter einem großen Baum, dessen Äste kleine Blüten trug.

Wie angewurzelt erstarrte ich und schnappte nach Luft, als ich das Bündel hinter dem Stamm erkannte. Hamms Körper lag auf dem Boden. Sein Kopf fehlte. Auf seiner Brust kauerte Narie und weinte.

Eiskalt pumpte die Verzweiflung durch meine Adern und nahm mir die Fähigkeit zu denken, zu atmen, mich zu bewegen. Nicht nur Stelja, wir hatten auch Hamm verloren.

Zitternd sank ich auf die Knie. Meine Beine trugen mich nicht mehr.

Es war mir unbegreiflich, wie Geran trotz der Leere in seinen Augen die Kontrolle über seinen Körper behielt. Er eilte auf unsere Gefährten zu und strich Narie über den Rücken.

»Es tut mir leid«, flüsterte er mit so viel Schmerz in der Stimme, dass sich meine Brust krampfhaft zusammenzog.

Sie wehrte sich und streckte den Arm nach Hamms Körper aus, als Geran sie sachte anhob. Dabei bemerkte ich, dass ihre Hand fehlte. In ihrem Bauch klaffte eine Wunde, die ihre Kleidung rot färbte. Das Blut floss an ihr herunter und tropfte auf Hamms Leiche.

»Nein«, wimmerte ich und presste eine Hand auf den Mund, um mich nicht zu übergeben. Diese Verletzungen konnte sie nicht überleben. Nicht ohne die Hilfe eines Heilers.

Zitternd stolperte ich auf Geran zu, als mir klar wurde, was Naries Zustand bedeutete: Die Angreifer waren noch in der Nähe. »Sie sind hier noch irgendwo.«

Er schien über Naries kritische Verletzungen genauso schockiert zu sein wie ich. Vorsichtig bettete er sie ins Gras und sah zu mir. »Was sollen wir tun?«, fragte er so hilflos, wie ich mich fühlte.

Bevor ich darauf etwas erwidern konnte, traf ihn ein Pfeil in der Seite. Er stöhnte und taumelte. Zischend sog er die Luft ein und fasste sich an die Wunde. Blut tränkte sein Oberteil.

»Bring dich in Sicherheit, Kindra«, stöhnte er.

Nein.

Nein, nein, nein!

Meine Hand fand das Messer an meiner Seite und ich wich ein paar Schritte zurück in den Schutz der Hecke. Einen Herzschlag später entdeckte ich den Bogenschützen neben der Tür, während fünf weitere Männer aus dem Haus kamen. Der Schütze kauerte am Eingang, spannte einen Bogen in der Hand und hielt sich im Hintergrund. Die anderen zogen Schwerter.

Zu viele für mich allein. Ich hatte nur mein kleines Messer.

Halb kniend parierte Geran den ersten Schlag, wurde aber von einem zweiten Mann seitlich am Bein verletzt.

»Jetzt geh schon!«, rief er zwischen zusammengepressten Zähnen hindurch.

Der dritte Angreifer erblickte mich und rannte auf mich zu. Kopfschüttelnd taumelte ich einige Schritte zurück. Tränen liefen mir über die Wange, während ich die Situation zu begreifen versuchte.

Ein erstickter Schrei erklang über dem Garten und Geran sackte leblos in sich zusammen. Vorbei. Es war einfach vorbei. In weniger als einer Stunde hatte ich meine Gefährten verloren.

Wut und Schmerz erfüllten meinen Körper und nur die Angst um mein eigenes Leben trieb mich an. Es zerriss mir mein Herz, als ich mich umdrehte und die Leichen meiner Freunde zurückließ.

Ich rannte den Weg zurück zum Torbogen und vom Dorf weg Richtung Norden. Eine halbe Meile entfernt erstreckte sich ein Wald, den ich als mein nächstes Ziel auswählte.

Ein Pfeil schoss links an mir vorbei und ich zuckte zusammen. Mein Puls raste, überschlug sich fast. In Schlangenlinien eilte ich davon, warf einen flüchtigen Blick über die Schulter. Der Bogenschütze blieb stehen und versuchte mich vor dem Schutz der Bäume zu Fall zu bringen.

Zischend verfehlte mich ein weiterer Pfeil nur um Haaresbreite und ich schlug einen Haken.

Die Männer mit den Schwertern waren langsamer als ich und die Distanz zwischen uns vergrößerte sich, als ich in irrsinnigem Tempo weiterrannte. Meine Lunge schmerzte, erinnerte mich an den Rauch, den ich eingeatmet hatte, ehe das Jucken die Magie meines Körpers ankündigte. Hustend stolperte ich weiter und stürzte. Meine Knie brannten und das Jucken setzte augenblicklich ein. Schnell rappelte ich mich wieder auf und eilte weiter.

Wütende Schreie ertönten hinter mir, doch ich blickte mich nicht erneut um. Mein Herz hüpfte erleichtert, als ich zwischen den Bäumen in den Wald eintauchte. Meine Füße trugen mich wie von allein voran, bis ich erschöpft zusammenbrach und mich unter den Schutz einer Hecke rollte.

Stille umfing mich. Die Zeit stand still.

Ich war allein.

23.

Saki

Goldenes Auge

Ein Tagesritt trennte uns von Gyoum, als Unruhe in den Reihen der Wachen aufkam. Rauch stieg am Horizont auf und verhieß nichts Gutes. Eine graue Säule suchte sich ihren Weg in die Höhe und verblasste am Himmel. In der darauffolgenden Nacht saßen die Männer angespannt um das Feuer. Es war eine der wenigen Nächte, die wir im Freien verbrachten, und das Unheil hing spürbar über uns.

»Wer ist da?«, rief einer der Männer und plötzlich erkannte ich eine Bewegung in den Schatten. Wenige Herzschläge später taumelte ein Mann in den Feuerschein. Seine Kleidung war voller Ruß, das Gesicht tränenverschmiert.

»Bitte«, flehte er und sank auf die Knie. »Sie sind alle tot.«

»Wer?«, hakte Morell nach, holte eine Decke vom Wagen und reichte sie dem Mann.

Zitternd nahm er sie entgegen. »Die Dorfbewohner … Ich wollte sie warnen, aber …«

»Wovor warnen?«

»Die Räuber. Ich habe sie bei der Mine gesehen. Als sie mich bemerkt haben, sind sie wie die Drachen hinter mir her und …« Schluchzer schüttelten den Mann und er vergrub das Gesicht in der Decke.

Trenb legte einen Wasserschlauch neben dem Überlebenden ab, doch aus ihm war nicht mehr herauszuholen. Aber er hatte genug gesagt – die Rauchschwaden vervollständigten die dunkle Vorahnung, die sich in meinen Gedanken zusammenbraute.

Am nächsten Morgen ritten wir beim ersten Strahl der Sonne los. Wir zogen das Tempo an, aber keiner eilte voraus. Am liebsten wäre ich mit dem Pferd losgestürmt, doch wir blieben zusammen.

Je näher wir Gyoum kamen, desto deutlicher erkannten wir, dass der dünne Rauchfaden dort seinen Ursprung hatte. Auch wenn er mittlerweile fast verblasst war. Die Hauptstraße wand sich um einen Waldrand und führte zu einer kleinen Brücke. Niemand sprach ein Wort, als wir das Dorf erreichten. Sprachlos betrachtete ich das Bild, das sich uns bot.

Von Gyoum waren nichts als Trümmer übrig, die sich schwarz und ausgebrannt über der toten Erde ausbreiteten. Morell gab mir das Zeichen abzusteigen. Wir banden die Pferde an den Wagen und marschierten ins Dorf.

Es erinnerte mich an das zerstörte Grünfrey. Balken und Reste der Häuser ragten wie Grabsteine in den Himmel empor. Wir teilten uns auf. Der Überlebende begleitete die Gruppe mit dem Goldmagier nach Norden und ich folgte Trenb in den Südwesten.

»Wonach suchen wir?«, fragte ich ihn.

Er zuckte mit den Schultern. »Nach weiteren Überlebenden wohl nicht«, zischte er wütend und trat gegen eine Planke. Sie zerbröselte in winzige Stücke. Eine Weile führte er mich schweigend durch die Zerstörung.

Das Schlucken fiel mir schwer. Verkohlte Leichen lagen zerstreut zwischen den Überresten des Dorfes.

Hunderte Leben, ausgelöscht und zurückgelassen. Der Geruch nach verbranntem Fleisch hing in der Luft.

Wie damals.

Meine Hände zitterten.

War Kindra in Gyoum gewesen, als es zerstört wurde? Waren es die Banditen, die Jaden uns aufgetragen hatte zu jagen, die dieses Massaker veranstaltet hatten?

Ich schritt hinter Trenb her und stieg über ein paar Balken, die beunruhigend knirschten. Von den Einrichtungen der Hütte erkannte ich kaum mehr etwas. Hier und da ein Stuhl oder eine Pfanne. Aber das meiste war zu dunkler Asche zerfallen.

Links von mir glänzte etwas und ich kletterte über einen schwarzen Balken. Er gab unter meinem Gewicht nach und brach zusammen. Ich sprang zur Seite. Die brüchige Wand schwankte, Teile kippten nach vorn und ein Schwall zerstörter Gegenstände verteilte sich auf den Schutt. Einige der verkohlten Brocken sahen aus wie Bücher. Ich trat näher und nahm eines davon in die Hand. Der Umschlag zerbröselte in meinen Fingern zu Asche und gab einige Lagen unbeschädigtes Papier frei.

In der Mitte der Bücherleichen ragte ein silbriger Teller hervor. Vorsichtig setzte ich einen Schritt auf den Berg und das verbrannte Papier knirschte unter meiner Sohle. Meine Finger legte ich um das kühle Metall und zog einen einfachen Kerzenhalter heraus. Wieder bewegten sich die Überreste der zerstörten Inneneinrichtung. Sie ächzten und rutschten in meine Richtung.

Mit einem Sprung rette ich mich und stolperte rückwärts. Der Berg legte neues Gerümpel und neue zerstörte Bücher frei.

Und etwas anderes.

Ich keuchte. Der Kerzenhalter glitt aus meinem Griff und krachte zu Boden. Die Geräusche um mich herum verstummten, wichen einer Stille, die in meinen Ohren dröhnte und alles andere verdrängte. Der Boden schwankte und ich taumelte.

Mein Blick fixierte das, was mir entgegenblickte.

Ein goldenes Auge zwischen Asche, Holz und Papier. Die Haut des Schädels war vollständig verbrannt, der Knochen glänzte gräulich. Das Haar fehlte sowie die rechte Hälfte des Kopfes. Doch das Gold hatte das Feuer überstanden, als hätte ihm der Brand nichts anhaben können. War es Magie oder Zufall, die das Auge geschützt hatte? Die es unversehrt im Schädel hielt, zwischen Trümmern und Zerstörung?

Das Auge sah lidlos zu mir empor.

Ich zitterte und war für einen Augenblick unfähig, mich zu bewegen. Es war das linke, wie das, welches Kindra noch hatte. War dies ihr Schädel?

Wie eine Welle sprudelten die Emotionen durch meinen Körper. Unglaube, Schmerz und Verlust brandeten über meinem Herz zusammen und begruben es unter sich. Meine Suche hatte mich durch die Eisendynastie geführt, an den Königshof und in die Garde des Prinzen. Ich hatte erfahren, dass Kindra lebte, und mich auf den Weg nach Gyoum begeben, um ihr nahe zu kommen.

Damit ich ihre Leiche fand?

Das durfte nicht wahr sein. Das wollte ich nicht glauben.

Der Schmerz schnürte meine Kehle zu und ich sprang auf den Leichnam zu. Mit meinen Händen schaufelte ich den Schädel frei. Graue Asche stob in die Luft und ich hustete. Der Berg ächzte erneut und die Überreste machten sich selbstständig.

Mit den Fingern grub ich immer weiter in der Asche. In meinen Ohren rauschte es. Trenb rief etwas, doch seine Stimme drang nur leise zu mir durch. Wankend stand ich auf und presste mich gegen die Balken, um sie zur Seite zu schieben. Sie bebten und fielen in sich zusammen. Eine weitere Wolke aus Asche wirbelte empor. Ich hielt die Luft an und ging in die Hocke. Mit einem Arm schirmte ich meinen Mund ab.

Die dunkle Wolke verschwand in den Himmel und ich starrte auf den Schädel vor mir.

Meine Augen füllten sich mit Tränen. Die Umgebung tauchte in Nebel ein, während mein Körper unkontrolliert zitterte.

Ich durfte nicht zu spät sein. Nach allem, was ich durchgestanden hatte. Nach allem, was Kindra erleiden musste, konnte es doch nicht vorbei sein.

Wären wir nur früher aufgebrochen und im Eiltempo nach Gyoum geritten.

Würde ich dann Kindra in meinen Armen halten anstatt diesen Schädel?

»Was hast du … Oh«, sagte Trenb. Seine Stimme klang weit entfernt. Nur im Augenwinkel nahm ich wahr, wie er sich neben mich kniete. Es flogen kleine Ascheteile durch die Luft und setzten sich langsam zurück auf die Erde.

»Es tut mir leid«, flüsterte er.

Ich hörte kaum hin, versuchte, die Worte nicht durchdringen zu lassen. Sie holten mich sonst zurück in die Realität, die ich nicht akzeptieren konnte.

Trenb hob den Blick und sah sich um. »Es ist schrecklich, was ich dir jetzt sage. Aber du musst dich zusammenreißen!«

Mein bitteres Lachen ging in ein Schluchzen über. »Ich soll was?!«

»Saki.« Trenb legte seine Hand auf meine Schulter. »Es tut mir leid, dass wir zu spät kommen. Aber der Trupp besteht aus so vielen Wachen. Wenn uns jemand sieht, macht uns das verdächtig. Du kannst trauern, wenn du allein bist.«

Behutsam nahm ich den Schädel in eine Hand und schlug Trenbs Berührung mit der freien Hand von mir. »Lass mich«, presste ich hervor und krümmte mich nach vorn. Mein Atem wirbelte weitere Asche auf und ich hustete erstickt. »Kindra«, japste ich. »Ich habe dich gesucht. Ich wollte dich finden. All die Tage, seit wir getrennt waren.« Meine Stimme brach, ich rang nach Luft. »Aber doch nicht so. Nicht so.«

Tränen brannten in meinen Augen, fühlten sich heiß auf meinen Wangen an und ließen meine Umgebung verschwimmen. Die Trauer überwältigte mich. Der Schädel in meinen Händen erinnerte mich daran, wie ich Monate zuvor Neors Leichnam gehalten hatte. Endete alles, was ich liebte, tot in meiner Umarmung?

»Saki«, presste Trenb hervor. In seiner Stimme erkannte ich Mitleid, aber auch Angst. Wieder hob er den Kopf und sah sich um. Er packte mich am Arm und zerrte mich von dem Schutthaufen weg. Ich stolperte ihm nach, bevor er mich hinter einer Ansammlung aus Brettern und Steinen zu Boden drückte.

Er legte die Hände um meine, in denen der Schädel ruhte. »Verflucht«, flüsterte er und schüttelte den Kopf. Sichtlich rang er mit seinen Gefühlen und versuchte, das Mitgefühl in seinen Augen unter Kontrolle zu bringen. »Ich halte die anderen Wachen von dir fern. Aber wenn ich dich wieder abhole, musste du dich beruhigt haben.«

»Und dann?«, krächzte ich. »Soll ich so tun, als hätte ich sie nicht gefunden?«

»Nein.« Er schluckte schwer. »Wir erfüllen unsere offizielle Pflicht und bringen den Schädel zu unserem Prinzen.«

Das meinte er nicht ernst?! »Ich soll sie ausliefern?«

»Wir müssen an die Ernte denken, damit kein Verdacht auf Prinz Jaden fällt. Vielleicht können Teile verwertet werden.«

Keuchend presste ich den Schädel fester an mich und erschrak, als er knackte. »Das ist barbarisch«, zischte ich.

»Saki«, sagte er bestimmt.

»Nein«, beharrte ich und schüttelte den Kopf.

Trenb erhob sich und legte mir erneut eine Hand auf die Schulter. »Du hast ein paar Momente.«

Als er davonging, schüttelten mich erneute Schluchzer. Der Verlust pumpte durch meine Adern und ich atmete schnell und abgehackt. »Ich wollte dir den Sonnenaufgang zeigen«, flüsterte ich. »Erinnerst du dich?«

Meine Augen brannten und ich schloss die Lider.

»Ich hatte dir ein Versprechen an unserem letzten Morgen gegeben.«

Das Schlucken fiel mir schwer. »Hätte ich dich nur nicht losgelassen. Hätte ich dich wenigstens geküsst.«

Vergeblich wartete ich darauf, dass sich das Gefühlschaos in meinem Innern legte. Mein Kopf dröhnte, als Trenb zurückkehrte.

»Bist du bereit?«

»Nein«, presste ich hervor. »Ich kann sie nicht zurückbringen. Sie hat so dafür gekämpft, hierherzugelangen. Sie ist der Ernte entkommen und dorthin soll ich ihre Überreste wieder mitnehmen?«

»Es muss sein.« Trenb holte eine Handvoll Asche und hockte sich damit vor mich. »Wir müssen deine Trauer verstecken.« Bevor ich ahnte, was er vorhatte, schmierte er mir die Asche ins Gesicht. Sie brannte in meinen Augen und ich verrieb sie mit einer Hand.

»Was soll das?«

»Deine Augen sind verheult.« Auch wenn seine Stimme ungeduldig wurde, so erkannte ich tiefe Gefühle in ihr. »Hör zu«, flüsterte er und senkte die Augen. »Ich kann nur vermuten, was sie für dich bedeutet hatte. Aber sie würde nicht wollen, dass du hingerichtet wirst. Du bist immer noch ein Junge der Eisendynastie.« Er räusperte sich. »Zumindest dem Anschein nach.«

Die Trauer entglitt meinen Fingern, verankerte sich tief in mir und machte genug Platz für etwas anderes: Angst. Trenb hatte recht. Wenn ich mich nicht zusammenriss, würde ich mich als Spion enttarnen. Der Prinz und einige seiner Wachen kannten meine wahre Identität, dennoch hatte ich eine Rolle zu spielen. Ich ließ die Schultern hängen.

Doch wofür? Was brachte mir ein sicheres Leben am Hof, wenn Kindras Überreste tot in meinen Händen lagen? Mein Kiefer schmerzte von der Anspannung in meinem Gesicht. Mit jedem Herzschlag krampfte meine Brust. Ich wollte wegrennen und sie mit mir nehmen. Doch stattdessen erwartete Trenb von mir, sie zurück zum Palast zu bringen, damit sie die letzten Reste von Kindra ausschlachteten.

Das war doch absurd!

»Nein«, sagte ich und Trenb starrte mich an. »Ihr kriegt sie nicht.«

Trenb packte mich am Oberarm und schüttelte den Kopf. »Sei nicht dumm, Saki«, flüsterte er. »Sie ist tot. Willst du dein eigenes Leben auch aufs Spiel setzen? Und den Erfolg des *Heiwan Orden?*«

Meine Augen fühlten sich heiß an und ich leckte über raue Lippen, schmeckte die Asche auf meiner Haut. »Das ist jetzt nicht mehr von Bedeutung«, antwortete ich und starrte auf das goldene Auge in meinen Händen. All die Monate hatte ich für ein Wiedersehen gekämpft.

Da war es.

Trenb stand auf und blickte zu mir herab. Ich sah ihm seine Verzweiflung an, dass er nicht wusste, wie er mich überzeugen sollte. Er schüttelte den Kopf. »Wenn du dich nicht benimmst, bis wir wieder im Palast sind, dann werde ich dich mit Gewalt dazu zwingen. Wir kämpfen hart für den Frieden. Mach uns das nicht kaputt.«

Ich sah ihn an. Für mich gab es nichts mehr, für das es sich zu kämpfen lohnte. Aber für ihn. Der Prinz hatte mich eingeweiht und einige seiner Leibwachen. Was passierte mit ihnen, wenn ich mich weigerte? Wenn ich davonlief? Würden die heimlichen Machenschaften des Prinzen aufgedeckt und der *Heiwan Orden* zerschlagen werden?

Würden Dorallien und Mek – vielleicht sogar ganz Impen – enttarnt werden?

Mein Blick wanderte an mir herunter. Wohin sollte ich mit dieser Rüstung rennen? Zwar war sie leichter als erwartet, aber ich würde wie ein Haufen Schrott klingen. Das goldene Auge sah an mir vorbei in den Himmel. Kindra war die Letzte gewesen, die aus Grünfrey übrig war. Jetzt war sie fort. Ich zog die Beine an und steckte den Kopf zwischen die Knie, den Schädel vorsichtig an mich gepresst.

Die Ernte war grausam und fordernd. Was hatte Kindra die letzten Monate erlitten? War sie auf ihrer Flucht glücklich gewesen? War es wenigstens schnell gegangen?

Hatte sie in ihrem letzten Moment an mich gedacht?

Meine Schultern bebten und meine Beine zitterten. Trotzdem stand ich auf. Kindras Zimmer war nur eines von vielen gewesen. Im Palast saßen weitere Goldkinder und sie erlebten dasselbe Schicksal. Zischend atmete ich aus und sah zu Trenb auf. »Für *Heiwan*«, krächzte ich und wischte mir übers Gesicht, um die neuen Tränen zu verbergen.

Er musterte die Umgebung, ehe sein Blick an mir hängen blieb. »Jetzt müssen wir Begeisterung heucheln«, sagte er bitter. »Lass uns zurückgehen und den anderen Wachen von deinem Fund berichten.«

Stolz marschierte der Wachmann über den Weg und zurück Richtung Treffpunkt. Einige Herzschläge lang wallte die Trauer in mir auf, ehe sie einer Leere wich. Behutsam umfasste ich den Schädel und lief Trenb hinterher.

Einige Männer standen an unserem Ausgangspunkt versammelt und unterhielten sich. Als wir zu ihnen kamen, sagte Trenb mit gespielter Aufregung: »Ihr glaubt nicht, was wir gefunden haben!«

Ich drückte die Schwere in meinem Innern weiter in den Hintergrund und nickte zustimmend. Auf Armeslänge hielt ich den Schädel von mir weg, damit die anderen ihn sahen. Ihr Staunen verursachte mir Übelkeit, doch ich umklammerte den Schädel behutsam und gab ihn niemandem.

Verblüfftes Raunen schwappte durch die Menge und löste neugierige Blicke bei den Wachmännern aus, die von ihren Erkundungen zurückkehrten. Darunter Morell. Er betrachtete den Schädel und pfiff anerkennend durch die Zähne, als hätte ich damit eine würdige Leistung vollbracht. Als er mein Gesicht musterte, wusste ich, dass er danach suchte, wie ich mich fühlte. Ich behielt mein eingemeißeltes Lächeln auf den Lippen und straffte die Schultern. Sollten sie alle denken, dass ich stolz auf meinen Fund war.

Solange mir keiner ansah, wie ich innerlich zerbrach.

»Was machen wir jetzt?«, fragte einer.

Morell drehte sich im Kreis. »Wir gehen zur Mine. Der Überfall galt offensichtlich den Edjariten. Dort werden wir wahrscheinlich weitere Leichen finden, dennoch sollten wir es versuchen«, brummte er voll unterdrückter Wut und kratzte sich am Kinn.

»Die Quelle von Uhn liegt in den Bergen. Gar nicht so weit vom Bergwerk entfernt«, antwortete Trenb. »Dort könnten sie ihr Lager errichtet haben.«

Mein Blick heftete sich auf die Brücke im Süden, über die wir gekommen waren. Sie lag weit entfernt, aber war dennoch zu erkennen. Im Osten entdeckte ich eine weitere Brücke.

»Windet sich der Fluss um das Dorf?«, fragte einer der Männer.

»Ja«, meinte Morell. »Es kommt aus dem Gebirge im Norden, umrundet das Dorf und endet im Hayes.« Er wandte sich den anderen wieder zu. »Du und du«, sagte er zu zwei Wachen, »sucht die restlichen. Saki, Trenb, Durben und Argn.« Seine Augen fixierten mich und anschließend die anderen. »Ihr geht zum Wagen und holt unseren Proviant.«

»Warum?«, fragte ich. Mein Körper fühlte sich schwer und antriebslos an.

»Der Wagen und die Pferde bleiben hier. Mit zwei Männern, dem Überlebenden und dem Goldmagier. Zum Gebirge kommen wir nur durch den Wald. Wir werden ein paar Tage brauchen.« Sein Blick wurde finster. »Wer weiß, ob die Banditen noch irgendwo lauern. Und unser Goldmagier kann das Dorf wieder etwas aufbauen, während wir unterwegs sind.«

»Gibt es keinen Weg, über den die Männer die Edelsteine ins Dorf liefern?«, fragte ich.

»Keinen, den wir für uns nutzen können«, meinte Morell und deutete auf den Fluss. »Die Lieferungen kommen über Boote.«

Gehorsam liefen die anderen Wachen los, die Morell mit mir eingeteilt hatte, also fügte ich mich ergeben.

Am Wagen wickelte ich den Schädel in Stoff und band ihn mir um die Schulter, bevor ich den Männern beim Packen half. Einen Großteil unserer Vorräte verstauten wir in Beuteln und Tüchern.

Vollbepackt eilte ich mit den Männern zum Dorfplatz, wo Morell die Vorräte verteilte. Einen weiteren Beutel schlang ich für den bevorstehenden Marsch um die Schultern. Dabei behielt ich den Schädel nah bei mir. Bis ich im Palast ankam, würde ich Kindra in meiner Nähe halten.

In der Nähe meines Herzens, das jahrelang für sie geschlagen hatte. Der Schmerz in meiner Brust war der Beweis – ohne sie zerbrach ich.

24.

Kindra

Grünes Labyrinth

Meine Beine waren schwer wie Blei, als ich mich aufrichtete. Der Schrecken steckte mir in den Gliedern, doch meine Heilkräfte hatten jeden Funken Schmerz aus meinem Körper verbannt.

Um mich herum gab es nichts als Bäume und Sträucher. Feine Lichtstrahlen in Rot und Gold fielen zwischen den Blättern hindurch und malten lange Schatten auf den von Laub bedeckten Boden. Dreck hing an meiner rechten Wange und Augenklappe. Fahrig rieb ich mir übers Gesicht und befreite mich von den kleinen Erdklumpen.

Die Stille lag bedrückend zwischen den Stämmen. Ich stolperte und krabbelte mehr, als dass ich lief, aber ich schleppte mich zu einem Hang, von dem ich mir mehr Übersicht erhoffte. Doch auch von hier sah ich lediglich Bäume und dichte Sträucher. Ohne Ziel schleppte ich mich weiter, während Tränen über meine Wange kullerten.

Jetzt, da es zu spät war.

Vielleicht hätte ich einen meiner Gefährten mit meiner Heilkraft retten können. Aber stattdessen war ich davongerannt und hatte sie zurückgelassen. Die Tränen tropften nutzlos und verschwendet zu Boden. Ich wusste, dass ich meine Gefährten verlassen würde. Aber ich hatte mir eine Zukunft für sie gewünscht, in der sie glücklich und erfolgreich für den Orden lebten.

Stattdessen fielen sie gierigen Banditen zum Opfer.

Meine Beine zitterten bei jedem Schritt und ich stützte mich an einem Stamm ab, krallte die Finger in die Rinde, bis sie schmerzten.

Hunger und Durst nagten an mir, doch das war nichts Neues. Schon früher war ich ohne Vorräte durch das Land gestreift. Aber damals hatten sich Noba und Kork an meiner Seite befunden und diesen Umstand erträglich gemacht.

Jetzt war ich allein in einem fremden Land.

Mein einziger Anhaltspunkt war das Gebirge im Norden, das mich über die Grenze bringen sollte. Was, wenn es eine Sackgasse war?

Würde ich Saki jemals wiedersehen oder das Dorf der Goldkinder erreichen und lernen, meine Augen zu verstecken?

Mein Körper schien auseinanderzubrechen, also schlang ich die Arme um meine Taille und hielt mich so gut es ging zusammen. Etwas raschelte in meinem Umhang und ich erstarrte, steckte die Hand in die Innentasche. Die Karte. *Natürlich.*

Eilig zogen ich die Papierrolle heraus, die Omb mir ausgeliehen hatte. Das spärliche Licht tauchte den Wald in Dämmerung und machte das Entziffern der Karte unmöglich. Einige Schritte entfernt entdeckte ich einen Baumstamm, auf dem sich ein Sonnenstrahl fing. Dort rollte ich die Karte erneut aus. Die Oberfläche war rau unter meinen Fingern, dennoch fuhr ich über die Beschriftungen, die hier besser zu lesen waren. Es gab Städte, von denen ich nie zuvor gehört hatte. In der Eisendynastie sowie im Gezeitenreich. Jahrelang war ich mit Noba und Kork umhergezogen. Doch wir hatten nur so wenig gesehen. Nur so kleine Teile der Wüste besucht. Ich biss mir auf die Lippe und suchte weiter, bis ich Ellenriet fand und Gyoum hinter dem Wald entdeckte, der uns beinahe umgebracht hatte.

Ich schluckte schwer. Vielleicht wäre das ein weniger grausamer Tod für meine Gefährten gewesen.

Meine Brust verkrampfte sich und ich rieb mir über das Auge, ehe ich mich tiefer über die Karte beugte.

Die Hauptstraße führte etwas weiter im Osten von Odissa in den Norden. Über sie sah der Weg nach Gyoum nahezu kurz aus.

Ich fand den kleinen Fluss und die Brücke, wo ich meinen Gefährten die Pollen aus Augen und Mund gewaschen hatte. Sowie die Stelle, an der Geran und ich den Fluss im Osten von Gyoum überquert hatten, bevor wir Narie und Hamm gefunden hatten. Ich verfolgte auf der Zeichnung die Richtung, in die ich geflohen war.

Wo war ich im Wald zusammengebrochen? Wohin war ich von dort aus gelaufen? Ich hob den Kopf und musterte die Sonnenstrahlen, die zwischen den Blättern hindurchfielen. Sie verloren sich satt und rötlich in den Zweigen und erreichten nur an wenigen Stellen den Boden. War es Morgen oder Abend? Zwischen dem dichten Blätterdach erhaschte ich kaum einen Blick auf den Himmel.

Das Feuer und der Überfall hatten Geran und mich mittags beim Essen überrascht. Den Garten fanden wir etwas später. Wie lange war ich gerannt? Wie lange ohnmächtig gewesen? Mein Magen knurrte und mein Hals fühlte sich trocken an.

Ich legte eine Hand auf den Bauch. Der Eintopf müsste mich so gesättigt haben, dass mein Körper es ohne Abendessen aushielt. Da mich der Hunger bereits quälte, war also der nächste Morgen angebrochen. Der Einfall der Lichtstrahlen deutete mir den Stand der Sonne an, die im Osten aufging. Aber konnte ich mich in diesem dichten Wald auf mein Gespür verlassen? Ich hatte keine andere Wahl.

Schnell warf ich einen Blick auf die Karte und das Gebirge, auf das ich abzielte.

Ohne Vorräte stand mir eine ungemütliche Reise bevor. Aber viel wichtiger war Wasser, um zu überleben. Der kleine Fluss, der sich um Gyoum wand, entsprang einem Berg in der Nähe des Waldes. Auf der Karte sah es nicht weit aus. Aber wie weit war es in Wirklichkeit?

Oberhalb dieser Quelle gab es eine weitere feine Linie, die den Namen *Dorn* trug. Dieser Fluss führte nah am Ende der Welt im Gebirge entlang. Doch wie genau war diese Karte?

Mein Magen knurrte, verstärkte die Übelkeit, die in meinem Bauch lag, und ich riss mich los. Wenn ich kein Wasser fand, würde ich verdursten. Das Ende der Welt würde mich von diesem Schicksal nicht befreien und vielleicht fand ich im Gebirge weitere Hinweise für die Überquerung, wenn ich erst einmal dort war. Ich rollte die Karte zusammen und steckte sie in meinen Umhang. Die Quelle nördlich des Waldes war mein erster Anhaltspunkt. Also orientierte ich mich am Stand der Sonne und lief los. Dabei behielt ich meine Umgebung im Auge – sah mich um nach möglichen Verfolgern und nach Tieren oder Pflanzen, die ich kannte.

So lief ich eine Weile, drängte die Bilder meiner toten Gefährten weit in den Hintergrund und verschloss sie hinter meinem Ziel,

Wasser zu finden und die Grenze zu überqueren. Es dauerte, bis ich merkte, dass es dunkler wurde. Ich hielt inne und starrte zum Blätterdach. Die Lichtstrahlen wurden schwächer und ich fluchte. Es war Abend! Meine Ohnmacht hatte länger als einen Tag angehalten.

Verdammter Mist!

Zitternd ballte ich die Hände zu Fäusten und atmete langsam ein. Die verschlossenen Emotionen wallten in mir auf und ließen sich nur schwer zurück in ihren Käfig drücken. Die verschwendete Zeit war nur die Krone auf meinem Versagen.

»Gut gemacht, Kindra«, schnaubte ich und marschierte in die Richtung zurück, aus der ich gekommen war. Bald senkte sich Dunkelheit über mich und erschwerte mir die Orientierung. Ich drehte mich im Kreis. Wo war Westen? Wohin sollte ich gehen? Ein Kloß setzte sich in meinen Hals.

So hatte es keinen Sinn.

Ergeben suchte ich einen Platz, der von Blicken anderer geschützt war, und fand ein großes Gebüsch, unter das ich kroch. Dort blieb ich liegen und versuchte zu schlafen. Doch mein Magen knurrte und mir war übel. Durst plagte mich und ich lag eingeengt zwischen Ästen und dem festen Boden.

Die Nacht verstrich endlos langsam. Ich schloss mein Auge und versuchte mich auszuruhen. Seit ich wach war, hatte ich keinen Drang verspürt, mich zu erleichtern. Ein Zeichen, dass mein Körper zu wenig Flüssigkeit besaß. Ich kratzte an meiner Augenklappe und atmete gleichmäßig.

Doch die Müdigkeit kam nicht. Am liebsten hätte ich das Gebüsch verlassen und meine Reise fortgesetzt. Aber ohne Orientierung würde ich nur sinnlos umherirren und letztlich in die falsche Richtung laufen.

Daher blieb ich, wo ich war.

Ohne die körperliche Bewegung wurden die Gedanken in mir überlaut. Die Gesichter von Narie, Stelja, Hamm und Geran schwirrten durch meine Erinnerungen, unsere gemeinsame Zeit und die Angst, als ich sie im Wald fast verloren hatte. Jetzt waren sie tot. Sie alle. Der Anblick ihrer Leichen raubte mir den Atem und meine Übelkeit nahm zu. Ich presste eine Hand gegen meinen Magen und kämpfte bittere Galle hinunter.

Kaum verschwanden ihre Gesichter, tauchte Jadens auf. Hatte er von Yars erfahren, wo wir uns aufhielten? Dachte er, es würde uns gut gehen?

Verdammt! Er zählte darauf, dass der *Heiwan Orden* aufgebaut wurde. Wie sollte es ohne meine Gefährten weitergehen?

Wieder drängte ich die Stimme in meinem Kopf zurück und stellte mir stattdessen Saki vor. Sein strahlendes Lächeln und seine warme Haut, wenn er meine streifte. Er war dort draußen und so gern ich jeden Stein umdrehen würde, um ihn zu finden, war ich hilflos. Wenn ich meine Magie nicht beherrschen lernte, würde ich keine Zukunft mit ihm haben.

Mein Körper schüttelte sich, doch es kamen keine Tränen mehr. Mit den letzten hatte ich meinem Körper genug Flüssigkeit geraubt. Jetzt weinte ich stumm, verbarg das Gesicht in den Händen und konzentrierte mich auf die Grenze. Ich musste einen Weg finden, über das Gebirge ins Gezeitenreich zu gelangen.

Für einen kurzen Moment nickte ich ein. Als ich schon gedacht hatte, ich würde von meinen Erinnerungen erdrückt werden, erlöste mich traumloser Schlaf.

Allmählich kroch die Sonne hervor, holte mich zurück in die Gegenwart und zeigte mir den Weg. Ich krabbelte unter dem Gebüsch hervor und richtete mich auf. Meine Muskeln ächzten und meine Gelenke knackten, als ich mich streckte. Wieder verschloss ich Angst und Trauer tief in mir und marschierte dieses Mal wirklich Richtung Westen. Der Morgen ging langsam in den Mittag über, als ich die Stelle erreichte, an der ich gestern die Karte betrachtet hatte. Ich hatte unnötig Zeit vergeudet. Für einen Moment schloss ich mein Auge und atmete tief durch.

Weiter. Nur weitergehen.

Die Sonnenstrahlen bewegten sich mit der verstreichenden Zeit. Mein Magen knurrte nicht mehr, stattdessen krampfte er regelmäßig, sodass ich die Hand dagegenpresste.

Die ganze Zeit hielt ich Ausschau nach etwas Essbarem, doch ich erspähte keine der Pflanzen, die ich mit Noba und Korb gegessen hatte.

Um das Hungergefühl zu vertreiben, brauchte mein Magen Ablenkung. Also hockte ich mich vor einen Baum und schaufelte Erde zur Seite. Ich schnitt etwas Rinde ab und biss auf das feuchte, feste Stück.

Während ich kaute, arbeitete ich mich weiter durch den Wald, lauschte auf Tiere und Menschen. Außer den Vögeln in den Baumwipfeln vernahm ich kein Geräusch.

Die Sonne senkte sich wieder herab, bevor ich Wasser gefunden hatte, und kündigte die Nacht an. Eine weitere Nacht, ohne etwas zu trinken, in der ich allein in diesem Wald saß.

Am nächsten Morgen erwachte ich einige Stunden vor Sonnenaufgang in einer kleinen Höhle, die ich am Abend zuvor gefunden hatte. Modriger Geruch stieg mir in die Nase, als ich zum Ausgang kroch und hinter den Sträuchern zum Blätterdach emporlugte. Eine kurze Zeit verstrich, ehe die ersten Strahlen durch das Geäst drängten, ich aufsprang und weiter nach Westen marschierte. Währenddessen hielt ich wieder Ausschau nach etwas Essbarem, doch musste ich mich erneut mit Rinde begnügen.

Die bequeme Reise auf dem Wagen und die Zeit im Palast hatten mich geschwächt. Meine Kondition reichte nicht mehr an meine frühere Verfassung heran, und auch wenn meine Heilkraft mir die Schmerzen über Nacht nahm, so schaffte sie es tagsüber nicht mehr, meine Erschöpfung zu bewältigen. Ich ignorierte die Müdigkeit und marschierte stur geradeaus. Der Hunger kehrte zurück und mein Magen knurrte. Doch der Durst überspielte alles.

Die Sonnenstrahlen wanderten über meinen Rücken und die Sonne stand bald in einem Winkel, in dem sie manchmal durch Löcher im Blätterdach auf mein Gesicht fiel. Geblendet kniff ich das Auge zusammen, während das Grün der Blätter zu einem Brei verschwamm.

Wasser. Ich brauchte endlich Wasser.

Wann würde ich die Quelle erreichen?

Beim nächsten Schritt blieb ich an einer Wurzel hängen und stolperte. Mit den Händen fing ich meinen Sturz auf und landete ich auf allen vieren auf dem Waldboden. Die Erde war kalt und klamm. Die Feuchtigkeit, die sich dort hielt, ließ mein Verlangen nach Wasser weiter ansteigen. Ich krallte die Finger in Blätter und Erde und lehnte die Stirn auf den Boden. Keuchend atmete ich den erdigen Geruch ein und gönnte mir diese Pause.

Dann stieß ich mich ab und setzte mich auf meine Fersen. Schwindel erfasste mich. Mit der Hand wischte ich mir übers Gesicht. Die Bilder von Saki, Jaden und meinen toten Gefährten verschwammen und ihre Stimmen vermischten sich in meinem Kopf.

Ich brauchte etwas zu trinken.

Ein Schatten huschte links an mir vorbei und ich riss den Kopf herum. Lauschte. Die Bäume wankten vor meinen Augen und ich stützte mich wieder mit einer Hand auf.

Ein Knacken ertönte von der Seite und ich sah mich um.

War das ein Tier?

Schwankend kämpfte ich mich auf die Beine und drehte mich langsam im Kreis. Im Wald war es plötzlich still. So ungewöhnlich geräuschlos, dass ich die Vögel vermisste. Ich duckte mich und huschte zu einem Gebüsch in der Nähe. Doch ich war nicht die Einzige, die sich dort versteckte.

Die kalten Augen eines Mannes starrten mich an. Mein Schrei blieb mir kratzig und hart im Hals hängen, als er aufsprang und mir den Ellbogen ins Gesicht schlug. Ich taumelte rückwärts und presste die Hände auf meine Nase. Warmes Blut floss mir über die Finger und ich dachte nur an die Flüssigkeit, die mein Körper verlor.

Noch während ich stolperte, schlang jemand breite Arme von hinten um mich. Ich wand mich, richtete aber nichts gegen den Griff aus.

»Ganz ruhig, Kleine«, hauchte mir eine tiefe Stimme ins Ohr.

Ein Schauer jagte über meinen Körper. Egal wie oft ich floh, immer wieder landete ich in den Klauen von Banditen. Auf der Suche nach Grünfrey mit Noba und Kork, nach dem Überfall der Goldmagier, in Gyoum und auch jetzt.

Vielleicht sollte ich nicht mehr davonrennen, dachte ich bitter. *Es hat keinen Wert.*

»Das glaub ich ja nich'«, sagte der Mann, der mich geschlagen hatte. »Das is'n Goldkind.«

Der andere löste einen Arm, packte mit seiner Hand mein Kinn und riss es zur Seite. Ein wenig beugte er sich vor. Seine blauen Augen, klar und hart wie Eiswasser, starrten mich an. »Glücksgriff!«, rief er aus.

In seiner gelockerten Umklammerung drehte ich mich, um freizukommen, doch er packte mich wieder fester. »Nimm das Seil«, sagte er und der andere band mir die Handgelenke zusammen. Das Seil kratzte rau über meine Haut.

»Los jetzt.«

Ich strauchelte und stolperte den Männern hinterher. Mein Widerstand versank in der Erschöpfung, die mich mit jedem Schritt mehr übermannte und sogar meine Gedanken zum Verstummen brachte.

Mein Körper folgte meinen Entführern in einer mechanischen Kälte den Hang hinauf und durch den Wald. Als wir zwischen den Bäumen hinaustraten, war das Rauschen von Wasser das erste Geräusch, das ich wahrnahm. Das Plätschern vibrierte in meinen Adern und pulsierte durch meine Gedanken.

Wasser.

Wasser. Wasser. Wasser.

Erst danach folgten Stimmen. Dutzende. Hauptsächlich Männer. Am Seil zogen sie mich durch ein Lager mit Zelten und knackenden Feuern, über denen Tiere brieten. Die Flammen zischten und züngelten in die Höhe, wenn Fett oder Blut in die Glut tropfte. Mein Magen krampfte sich stärker zusammen.

Der Geruch von Essen und das Rauschen des Wassers benebelten mich und mir wurde schwindelig. Ich keuchte und meine Kraft schien mich endgültig im Stich zu lassen.

Während mich meine Angreifer durch die provisorische Siedlung schleppten, erregten wir Aufmerksamkeit. Alle paar Schritte folgte uns ein weiterer Mann durch das Lager und reihte sich neugierig hinter uns ein. Wir passierten eine Reihe von Händlerkarren und ich erkannte unseren mit der eingedrückten Seite. Beim Anblick verkrampfte sich jeder Muskel in meinem Körper und ich stockte, ehe der Zug am Seil zunahm und mich stolpernd mit sich riss.

Diese verdammten Mistkerle.

Vor meinem Auge verschwamm die Umgebung, während ich meine Grenze erreichte. Das waren die Schweine, die Gyoum und meine Gefährten auf dem Gewissen hatten.

Sie brachten mich zu einem riesigen Zelt, das neben den Wagen stand. Die Plane am Eingang war auf sechs Fuß Höhe aufgerollt, sodass mich die Männer ins Innere ziehen konnten, ohne sich bücken zu müssen. »Hauptmann, wir haben etwas im Wald gefunden.« Sie stießen mich vor einem Schreibtisch auf den Boden und ich fiel auf die Knie. Jemand zog meinen Kopf an den Haaren nach hinten, sodass ich in ein faltiges und raues Gesicht sah. Ich leckte über meine kratzigen Lippen und blinzelte. Die Grimasse tauchte im Nebel ein und auf.

»Wasser«, sagte jemand und kurz darauf lief köstliches kaltes Wasser über meine Lippen. Ich schluckte gierig und hustete. Jemand nahm den Schlauch von meinem Mund und ich keuchte. Mehr. Ich brauchte mehr.

Der Mann umfasste mein Kinn, seine Konturen wirkten wieder schärfer. Reflexartig schloss ich mein Auge, um es zu verbergen, obwohl es sinnlos war. Jeder hier hatte gesehen, dass ich ein Goldkind war.

»Na so was. Bist du die, die aus dem Palast geflohen ist?«, fragte er und löste damit ein Raunen in den Reihen seiner Gefolgsleute aus. »Wie viel kriegen wir wohl für dich?«

Ich schüttelte den Kopf, soweit es mir sein Griff erlaubte. Ich wollte nicht zurück. Nicht, nachdem ich so weit gekommen war.

Er ließ mich los und das Kinn sackte mir auf die Brust. Der Boden war mit einer Staubschicht bedeckt, die nicht erst von ein paar Tagen stammen konnte. Die Banditen hatten dieses Lager schon vor einer halben Ewigkeit errichtet.

»Macht mit ihr, was ihr wollt«, meinte der Anführer. »Aber lasst sie am Leben.«

Die Männer grölten und jemand riss mich an den Oberarmen auf die Füße. Grobe Finger bohrten sich in meine Wangen, als mein Kopf herumgerissen wurde. Ich sah in gierig blickende Augen. Dem Mann fielen fettige Haare in die Stirn. Ein anderer verpasste ihm einen Kinnhaken und nahm seine Stelle ein. Er legte die Hand um meinen Hals und starrte mir ins Gesicht.

»Du bist so abartig«, sagte er und leckte sich über die Lippen. Ich wand mich in seinem Griff, doch er drückte fester zu und zog mich weiter hoch, bis ich auf den Zehenspitzen tänzelte und keuchte. Die Männer lachten und Tränen stiegen mir in das Auge.

Hände berührten mich und wanderten über meinen Körper. Über die Schultern, Brüste und Taille. Ich kreischte und kämpfte gegen ihre Berührungen an. Zerrte an meinen zusammengebundenen Armen. Einer der Männer nahm das Seil und zog fest daran, klemmte mich bewegungslos ein zwischen fremden Körpern und Armen.

Meine Kehle trocknete aus und kalter Schweiß rann über meine Haut.

Zwei Hände fuhren in meine Hose. Tränen liefen mir über die Wange. Sie rissen den Stoff herunter und ich spürte die frische Luft an meinen Schenkeln. Ich kniff die Beine zusammen und schrie. Das Gejohle übertönte meine Stimme.

Als mich warme Hände an den Schenkeln berührten, setzte etwas in mir aus. Die Schemen der Männer ragten wie schwarze Schatten vor mir auf. Ich hasste sie. Für ihre Machenschaften in Gyoum und mit mir. Für meine Hilflosigkeit und Einsamkeit.

In mir staute sich brennender Druck an. Wie eine rote, feurige Kugel schwebte Hitze in meinem Innern und pulsierte. Fest und heiß drang sie in jede Zelle meines Körpers, als würden meine Knochen Feuer fangen. Mit all dem brennenden Hass wollte ich, dass die Männer verschwanden. Im Geiste griff ich nach dem Feuer, presste die Finger fest darum. Ich richtete meine Verwünschungen auf die Schatten und zerquetschte sie. Wischte sie fort und radierte sie aus.

Mein Körper fiel zu Boden und ich rollte mich zusammen. Gab mich diesem Gefühl von Vollständigkeit hin. Wie ein brennendes Stück Kohle pulsierte in mir die Hitze, die ein Teil von mir war. Von meiner Seele. Meinen Knochen.

Ich kreischte. Schrie. Und die Kraft entlud sich mit einem Knall. Danach war alles still. Der Feuerball verschwunden. Das Gelächter verstummt.

Meine Tränen versiegten schnell. Ich rieb mir übers Gesicht und hob den Kopf. Um mich herum lag alles in Schutt und Asche. Zitternd zog ich mir die Hose hoch und schlang die Arme um den Körper. Verkohlte Leiber lagen verteilt zwischen den Trümmern. Reste der Zeltplane wehten als verlorene Fetzen im Wind. Ich stand auf und erbrach Galle.

Was hatte ich getan?

25.

Saki

Donnergrollen

Wir liefen den ganzen Tag. Mit unseren Vorräten und ohne die Pferde kamen wir langsamer voran als auf unserem Marsch in den Norden. Ich fühlte mich ausgebremst, aber es war mir egal. Was hatte es schon für eine Bedeutung?

Mein Magen krampfte und ich schluckte hart. Mir nichts anmerken zu lassen zehrte an meinen Kräften und ihr Verlust an meinem Herz.

»Hier rasten wir«, sagte Morell und unser Trupp blieb stehen. Gehorsam half ich beim Feuermachen und setzte mich dann an die knisternden Flammen. Abwechselnd hielten wir Wache, redeten aber kaum. Die Männer, die zurückgeblieben waren, erhielten die Aufgabe, die Leichen zusammenzutragen und zu verbrennen. Schon am späten Nachmittag war hinter uns ein Rauchfaden aufgestiegen, der weiter anschwoll. Der Geruch von verbranntem Fleisch wehte zu uns herüber und verdarb uns den Appetit.

Der Goldmagier baute unterdessen die Häuser wieder auf. Ich hatte noch nicht gesehen, wie einer für den Aufbau Magie wirkte, dennoch war ich erleichtert, nicht dabei sein zu müssen. Es erinnerte mich zu sehr an die Zerstörung, die ich in meinem alten Leben hatte mit ansehen müssen. Ob er einen Teil seiner Kraft aus Kindras Ernte hatte?

Ein Mann setzte sich neben mich und riss mich aus meinen Gedanken. Er stank nach Wein und deutete auf das Bündel. »Ganz schön gierig«, sagte er, »willst den Ruhm für dich allein?«

Ich biss die Zähne zusammen. Mein erster Instinkt riet mir, ihn grün und blau zu schlagen. Wie konnte er es wagen, so über Kindras Überreste zu sprechen? Doch ein zweiter Gedanke flüsterte mir etwas anderes zu, ermahnte mich, ein Eisenjunge zu sein. »Ich habe sie ja auch gefunden«, zischte ich und grub die Finger vorsichtig in den Stoff, mit dem der Schädel eingewickelt war. Die Übelkeit, die in mir durch mein Schauspiel aufstieg, versuchte ich zu ignorieren. »Du willst doch nur von meinem Ruhm abhaben.«

Der Mann bleckte die Zähne und stand auf. Ohne zu zögern, sprang ich ebenfalls auf die Füße und fixierte ihn.

»Du bist ein Rekrut«, brummte er. »Wir dienen dem König schon länger.«

Mein Gesicht verzerrte sich zu einer wütenden Fratze. »Und das gibt dir das Recht, andere zu bestehlen? Weil du selbst zu unfähig bist?«

Er holte aus und schlug zu. Ich presste den Schädel an mich und duckte mich unter seinem Arm hindurch. Mit dem Fuß kickte ich ihm das Standbein weg und er landete auf dem Hintern. Einige Männer grölten und andere stellten sich zwischen uns.

»Genug jetzt!«, donnerte Morell und ich setzte mich wieder ans Feuer. Er nahm neben mir Platz und schüttelte den Kopf. »Beherrsch dich«, raunte er und wiederholte damit Trenbs Worte.

Ich nickte und starrte schweigend in die Flammen. Das Feuer leckte an den Holzscheiten, zischte und tanzte. Die Wärme umspielte wohlig meine Haut und ich wartete auf die Genugtuung über den kleinen Sieg dieser Rangelei. Doch tobte nur Kindras Name und ihr Verlust durch meinen Körper.

Am nächsten Morgen brachen wir früh auf. Ich ließ mich ans Ende unserer Truppe zurückfallen, um den stechenden Blicken in meinem Rücken zu entgehen. Hin und wieder drehte sich jemand um und stierte auf das Bündel in meiner Hand. Je länger ich unterwegs war, desto mehr sehnte ich mich nach Einsamkeit, um mich meinen Gefühlen hingeben zu können. Stattdessen kämpfte ich um eine gleichgültige Fassade.

Trenb gesellte sich zu mir. »Du schlägst dich wacker«, flüsterte er mir zu.

Ich schüttelte den Kopf und sagte nichts. Wie sollte ich weitermachen, wo doch meine Familie, mein Herz in meinen Händen lag.

Der Morgen und Mittag krochen langsam dahin und die Belastung unserer Wanderung ermüdete meinen Körper und meinen Geist. Zweimal rasteten wir kurz, um zu essen und zu verschnaufen. Wir liefen die ganze Zeit am Fluss Uhn entlang. Östlich davon erstreckte sich ein Wald, dessen Bäume sich dicht aneinanderreihten.

Es war bereits Nachmittag, als wir auf unserer Flussseite auf die ersten Baumreihen trafen. Das Licht wurde von den Blättern verschluckt und es roch nach Holz und Moos. Wir schlängelten uns an den Stämmen vorbei, immer weiter nach Norden.

Trenb blieb bei mir am Ende der Gruppe. Hin und wieder fing er ein unverfängliches Gespräch an, doch ich antwortete nur selten. Keine Ahnung, ob er sich langweilte oder ob er mich beobachtete. Nachdem er in Gyoum dachte, ich würde aufgeben, folgte er mir wie ein zweiter Schatten.

Wir waren etwa eine Stunde im Wald unterwegs, als ein lauter Knall ertönte. Ich blieb wie angewurzelt stehen. Es klang wie ein Blitz, der in der Nähe einschlug. Sofort riss ich den Kopf hoch und starrte nach oben, suchte nach den Anzeichen für ein Gewitter. Aber die wenigen Sonnenstrahlen trafen auf meine Haut und der Himmel schimmerte blau zwischen dem Blätterdach hindurch.

»Was war das?«, fragte Trenb.

Einige Männer drehten sich zu uns um, schwärmten ein paar Schritte weit aus und durchsuchten die nähere Umgebung. Morell rannte die nächste Hügelkuppe hinauf und verschwand zwischen Bäumen und Sträuchern. Ich folgte ihm und schnaufte, als ich ihn endlich erreichte.

»Was war das?«, keuchte ich. Dichte Sträucher machten es unmöglich, weiter als wenige Fuß zu sehen.

»Wenn ich das wüsste«, murrte Morell, zuckte mit den Schultern und hob einen Finger an die Lippen. Ich schwieg und lauschte. Die Vögel hatten aufgehört zu zwitschern und es war unheimlich still. »Komm«, forderte er mich auf und winkte mich mit sich den Hang hinunter. Wir schlossen wieder zu unserer Truppe auf, die wild durcheinanderredete. Einige hatten ihre Waffen gezogen.

»Eine Kanone?«, fragte jemand.

Ein anderer schüttelte den Kopf. »Dann hätten wir auch den Einschlag der Kugel gehört.«

»Das kam von dort«, meinte Trenb und zeigte nach Norden, in die Richtung, in die wir unterwegs waren. Ich umklammerte das Bündel fester.

»Gehen wir weiter«, sagte Morell. »Aber seid wachsam.«

Wir drosselten unser Tempo und folgten wieder dem Fluss, der sich in Kurven zwischen den Stämmen wand. Der Wald lichtete sich und wir erreichten das Gebirge, in dem sich die Mine befinden sollte. Der Wald endete an einer Felswand. Das Wasser stürzte in einem Wasserfall von dort herab und tauchte den Bootsanleger in Gischt. Vier Holzboote lagen an einem Steg. Eine provisorische Brücke war über den Fluss errichtet worden. Das Unterholz im Wald war freigeschlagen worden und einige Bäume gefällt. Spuren der Wagenräder zeichneten sich auf dem Boden ab und führten auf der anderen Flussseite in den Wald. Vermutlich direkt ins Lager der Banditen. Östlich des Flusses erkannte ich ein Weg zwischen den Hängen hinauf. Ich zeigte darauf. »Wir müssten auf die andere Flussseite.«

Stille senkte sich über die Männer, als bedeutungsschwere Blicke getauscht wurden. Jetzt begaben wir uns direkt hinter die Reihen unserer Feinde.

Jeden Schritt setzte ich sorgfältig auf und atmete geräuschlos. Als Schlusslicht folgte ich den Männern den Weg hinauf. An einer Kurve blieb Morell an der Spitze stehen und lugte an den Felsen vorbei. Er verharrte, lauschte und ging weiter. Die Männer vor mir richteten sich auf, je weiter sie vorankamen. Die Anspannung fiel von ihren Schultern ab. Als ich zu den Männern aufschloss, stutzte ich.

Vor uns lag ein Lager. Aber es war komplett zerstört.

Es erinnerte mich an Gyoum. Die Leichen und die meisten Wagen waren verkohlt und der Boden hatte stellenweise die Farbe von Asche angenommen. Aber etwas war anders. Es roch nicht nach Feuer oder Rauch. Die Luft war kalt und wie unter Spannung. Kein Rauchfaden erinnerte an die Flammen, die hier gewütet haben mussten.

Wir durchquerten das Lager und erreichten ein paar Zelte, von denen nur Reste übrig waren. Was ich vom Aufbau noch erkennen konnte, wirkte provisorisch. Zusammengewürfelte Zelte, die Wagen an einer Felswand aufgestellt und in jedem Zelt glänzten Klingen und Dolche, deren Griffe verkohlt waren. Das hier war das Lager der Räuber gewesen, die Gyoum niedergebrannt hatten.

Aber welchem Verbrechen waren sie selbst zum Opfer gefallen?

Morell blieb in einem Zelt stehen, von dem nur noch das Skelett aus versengten Holzpfählen übrig war. Ich trat zu ihm und sog die Luft ein. Vor ihm befand sich ein heller Fleck auf dem Boden. Ein runder Kreis von unzerstörtem Gestein.

»Was ist das?«, fragte ich und Morell hob die Schultern. Ein paar Pferde wieherten und ich zuckte zusammen, duckte mich und stellte meine Beine in Kampfposition. Ein Schimmel huschte an uns vorbei und verschwand in die Richtung, aus der wir gekommen waren. Trenb stellte sich mit zwei Männern zu uns.

»Ein paar Zelte sind noch intakt«, sagte er. »Es sieht aus, als wäre das Feuer schlagartig an dieser Stelle erloschen. Wie eine Explosion, nur viel zu akkurat.« Kopfschüttelnd stemmte er die Hände in die Seiten. »Manche Zelte sind durchtrennt, die eine Seite verkohlt, die andere unberührt. Aber wir haben keine Überlebenden gefunden.« Er trat näher. »Was ist das denn?«, fragte er und betrachtete den hellen Fleck am Boden.

»Wissen wir nicht«, sagte Morell.

»Heiliger Eisendrache«, meinte einer der Männer, die mit Trenb bei uns angekommen waren, und fasste sich nachdenklich ans Kinn. »Irgendwas ist hier komisch. Als wäre das …« Sein Schweigen entfachte meine Neugier und ich ließ den Blick über die Zerstörung schweifen. Feuer, das nicht nach Asche roch. Eine Explosion, die keine gewesen sein konnte. Und ein unberührter Fleck Boden inmitten des Chaos. »Drachenfeuer«, warf er ein und brach damit eine Diskussion los.

»Das Feuer hat sie für ihre Sünden gerichtet«, sagte einer.

Ein anderer schüttelte den Kopf. »Unwahrscheinlich! Dafür ist es zu wertvoll.«

»Egal was es war, lasst uns verschwinden.«

Blödsinn, dachte ich und verschränkte die Arme. Sendra hatte mir erzählt, wie abergläubisch die Eisenmänner waren und dass sie die Geschichten über ihren Drachen bewahrten, während sie im Gezeitenreich in Vergessenheit gerieten. Aber dass dieser Unfug so weit ging, um an noch existierendes Drachenfeuer zu glauben …

Morell hob die Hand und unterbrach die Männer. »Spekulationen helfen uns nicht weiter, wir brauchen mehr Hinweise.« Einen Großteil der Männer schickte er weiter den Berg hinauf, damit sie die Mine absuchten. Seine bittere Tonlage verdeutliche, dass er nicht an Überlebende glaubte. Ich blieb mit Morell und einigen Männern zurück und untersuchte weiter das Lager. Wie Trenb erzählt hatte, hörte der verkohle Bereich einfach auf. An manchen Stellen hatte das Feuer ein paar Zelte und Wagen verschont. Ich trat an eine Zeltplane, von der nur die Hälfte übrig war. Der Rand war verkohlt, doch die Flammen hatten sich nicht weiter in den Stoff gefressen. Der Schnitt war glatt wie von einem Messer.

Neben den Karren ragten etwa zehn Pflöcke aus dem Boden empor, an denen einige abgeschnittene Zügel hingen. Die einzige Andeutung, dass es Pferde im Lager gegeben hatte. Ich öffnete nacheinander die Planen der Karren und sah hinein. Manche waren mit Kisten gefüllt, andere leer. Es herrschte Chaos und die Vorräte lagen kreuz und quer über die Ladefläche verteilt. Darunter blau-silbrige Edelsteine. Ich nahm einen in die Hand.

»Saki!«, rief Morell und ich sah mich um. Er stand mit unserer Gruppe zusammen und winkte mich her. Als ich mich näherte, schüttelte er betreten den Kopf. »Ein Massengrab?«, wiederholte er leise und betrachtete die Männer, die aus der Mine zurückgekehrt waren.

»Wir sind Wochen zu spät«, meinte Trenb. »Die Banditen hatten das geplant.«

Genugtuung breitete sich in meinem Magen aus – wenigstens hatte die Räuber für ihre Übeltaten bezahlt. Wortlos reichte ich Trenb den Stein.

»Ein Edjarit«, sagte er. »Woher hast du ihn?«

»Von einem der Wagen.«

Seine Finger schlossen sich fest um den Stein und die Knöchel traten weiß hervor. »Also waren sie hinter den Steinen her, und weil sie entdeckt worden sind, haben sie Gyoum ausgeraubt und dem Erdboden gleichgemacht.« Sein Blick flog über das zerstörte Lager. »Aber was um alles in der Welt hat sie ausgelöscht?«

26.

Kindra

Aufstieg und Fall

Schmale Bäume zogen an mir vorbei, als ich das Pferd schneller durch das Tal trieb. Der Anblick des Lagers der Banditen verfolgte mich, egal wie weit ich ritt. Anders als in Gyoum, wo der Geruch von verbrannten Haaren, Holz und das Blut der Gefallenen in der Luft lag, schwebte im Lager mehr der Tod selbst über der verbrannten Erde. Ich wusste nicht, wie ich diese Explosion bewirkt hatte. Aber ich schätzte, das war die Kraft gewesen, die Ardra und Omb erwähnt hatten.

So etwas steckte also in mir.

Am Rand des Lagers hatte ich vor meinem Aufbruch einige Wagen gefunden, die nicht beschädigt worden waren. Die Pferde an der Tränke tänzelten auf der Stelle. Sie waren an Holzpflöcke gebunden und warfen die Köpfe so weit hin und her, wie es die Länge der Zügel erlaubte. Ich schlängelte mich an den Tieren vorbei und beugte mich über den Trog. Gierig trank ich, bis mein Magen schmerzte. Dann trat ich zum nächsten Wagen und packte Wasserschläuche und Vorräte in einen Beutel. Bis auf ein Pferd schnitt ich die Tiere los. Sie stoben davon und verschwanden.

An das letzte Pferd band ich eine eingerollte Decke und meinen neu ergatterten Beutel. Außerdem einen weiteren Wasserschlauch. Ich setzte mich auf den Boden und entrollte die Karte, die zum Glück unversehrt geblieben war. Während ich meine Route zum nördlich liegenden Fluss betrachtete, biss ich in einen Apfel. Mein Magen spannte, da ich zu viel getrunken hatte, und ich senkte die Hand mit dem Obst. Ich steckte die Karte wieder ein und gab dem Pferd den Rest des Apfels, bevor ich mich auf den Rücken des Tieres schwang und aufbrach. Der Fluss an der Bergkette hielt als nächstes Ziel her. Dort waren keine Dörfer eingezeichnet, ich würde dem Gebirge für die Überquerung näher kommen und hätte zudem Wasser für mich und das Pferd.

Der Weg aus dem Lager hatte mich in ein Tal hinabgeführt und seither schlängelte ich mich am Fuß der Berge nach Nordwesten. Genau die Richtung, auf die ich abzielte. Ich ritt zwei Tage. In der Nacht breitete ich etwas Futter für das Pferd aus und band es an einen der wenigen Bäume, denen ich auf meiner Reise begegnete. Ein paar Schritte entfernt legte ich mich auf den Boden, wickelte mich in eine Decke, die mir etwas Wärme spendete und vor der frischen Nacht schützte.

Am dritten Tag wurde das Wasser knapp.

Nachdem ich bis zum Mittag geritten war, hielt ich an einem Baum und band das Pferd wieder an. In Reichweite wuchsen ein paar Sträucher, über die es sich sofort hermachte. Im Schneidersitz ließ ich mich auf den Boden nieder und holte die Karte hervor. Ich sah nach dem Stand der Sonne. Die Himmelsrichtungen ließen sich hier draußen, ohne den dichten Wald, viel leichter bestimmen. Das Tal führte mich zu weit westlich. Der Fluss lag nördlicher.

Der Hang erhob sich steil, fast senkrecht in die Höhe und Felsen brachen aus der Erde hervor. Mit dem Pferd war eine Überquerung unmöglich, daher stellte ich ihm einen Eimer mit dem Rest meines Wassers hin und band mir die leeren Schläuche um, um sie im Fluss aufzufüllen. Zum Abschied klopfte ich dem Pferd gegen den Hals.

»Ich komme bald wieder«, sagte ich und drückte mein Gesicht kurz in seine Mähne. Zur Antwort erhielt ich ein weiches Schnauben und ich atmete den kräftigen Duft des Fells ein. Es hatte keine Angst vor mir und dafür dankte ich ihm leise.

Nach dem, was ich den Räubern angetan hatte, fürchtete ich mich vor mir selbst.

Ich wandte mich ab und stapfte den Hang hinauf. Stellenweise war der Aufstieg so steil, dass ich klettern oder meine Hände zu Hilfe nehmen musste, damit ich genug Halt fand. Nur vereinzelte Sträucher wuchsen auf dem Hang und der Boden bestand aus Erde oder Stein. Bis ich die Kuppe überquerte und das Pferd aus meinem Blickfeld verschwand, verging mehr als eine Stunde. Auf der anderen Seite breitete sich unter mir der Fluss aus. Am Fuß des Hangs schlängelte er sich parallel zu dem Tal, in dem ich die letzten Tage unterwegs gewesen war. Ich seufzte erleichtert, dass die Karte stimmte und das Wasser in greifbarer Nähe war. Zwar würde mich diese Tortur jedes Mal Zeit kosten, wenn ich alle drei Tage die Wasserschläuche auffüllen musste. Aber mit dem Pferd kam ich schneller voran, als wenn ich mich zu Fuß aufmachte.

»Danke«, flüsterte ich in den Wind und begann mit dem Abstieg. Hinter dem Fluss erhob sich das Gebirge in drei Reihen. Die Berge verbargen das Ende der Welt, das hinter ihnen lag. Doch hörte die Welt wirklich auf?

Mein Blick wanderte an der Bergkette entlang nach Westen. Dort hoffte ich die Grenze überqueren zu können. Ob Yars' Informationen stimmten? Ob ich dem Gezeitenreich und Saki schon so nahe war, wie ich glaubte?

Beim Abstieg zum Fluss rutschte ich den Hang mehr hinunter, als dass ich lief. Dabei riss ich mir die Hose an der Außenseite des linken Oberschenkels auf. Meine Haut brannte kurz, juckte und verheilte. Das Loch in der Hose blieb. Ich erreichte den Fluss und legte mich auf den Bauch ans Ufer. Dann robbte ich vor und schaufelte mir gierig Wasser in den Mund.

Nach einigen Augenblicken bremste ich mich. Im Lager hatte ich zu schnell und zu viel getrunken. Die erste Zeit des Ritts hatte mein Magen so gespannt, dass mir übel wurde. Daher zügelte ich mich. Schließlich führte mich mein Weg gleich wieder über den Berg zurück zum Pferd. Mit drei vollen Schläuchen.

Ich sah zur Sonne hinauf, die sich langsam weiter absenkte. Wenn ich mit dem Gewicht des Wassers länger brauchte, würde ich voraussichtlich am frühen Abend das Pferd erreichen. Ich füllte die Schläuche und aß einen Apfel, den ich mitgenommen hatte. Bevor ich aufbrach, trank ich noch mal langsam, bis ich angenehm voll war, und stand auf.

Das Gewicht des Wassers zog schwer an mir und meine Füße fanden fast keinen Halt auf dem Geröll. In Schlangenlinien bewegte ich mich langsam auf die Kuppe zu.

Der Abend dämmerte bereits und ich hatte schon meine dritte Pause eingelegt, als ich endlich auf dem Gipfel ankam. Ich setzte mich und sah erst zum Fluss zurück. Er hieß Dorn und schlängelte sich in gedehnten Wellen durch die Berge. Am Horizont verschwand er mit einer Biegung hinter ein paar Felswänden. Nach Angaben meiner Karte traf er im Norden auf den Hayes. Wenn ich ihm mit dem Pferd im Tal daneben folgte, würde ich die Grenze zum Gezeitenreich finden. Ich trank einen Schluck und verschnaufte.

Seit der Flucht aus dem Palast hatte ich endlich wieder einen Plan und ein Ziel.

Der Süden breitete sich hinter dem Tal aus, wo die Berge flacher waren und zum Horizont weiter abfielen. Ich suchte nach dem Lager der Räuber und der Strecke, die ich in den letzten Tagen zurückgelegt hatte. Doch die Berge sahen sich so ähnlich, dass ich mir nicht sicher war. Hinter der Bergkette erkannte ich im Osten einen Wald. Lag dort Gyoum? Oder war es der Wald, aus dem ich Geran, Stelja, Narie und Hamm vor den Pollen gerettet hatte? Zitternd schlang ich die Arme um den Körper, als kalte Enge meine Brust ergriff. Fremde, Gefährten, Freunde. In wenigen Wochen hatten diese Menschen mein Leben verändert. Jetzt waren sie tot.

Ich senkte den Blick und suchte nach dem Pferd. Eine halbe Meile entfernt stand es als kleiner Punkt neben einem der wenigen Bäume im Tal. Wieder in Schlangenlinien schleppte ich mich den Hang hinab, klettere hier und da einige Fuß steil hinunter und steuerte dabei auf das Pferd zu. Als ich noch etwa dreihundert Fuß entfernt und auf halber Höhe war, senkte sich die Nacht über uns. Die Überquerung hatte mit den gefüllten Wasserschläuchen viel länger gedauert, als ich angenommen hatte.

Im Zwielicht entdeckte ich zwei schwarze Schemen, die hinter dem Pferd herumschlichen. Bevor ich erkannte, was sich annäherte, stoppte ich und sank in die Hocke. Auf dem Hang wuchsen keine

Bäume, die mir Schutz geboten hätten, nur spärliche Sträucher. Ich duckte mich hinter einem lichten Busch und presste mich seitlich an eine Felswand.

Kiesel bohrten sich in meine Arme und Wange. Ich atmete flach und kniff das Auge zusammen. Die Schatten umkreisten das Pferd auf allen vieren und der Wind wehte ein ängstliches Wiehern zu mir herüber. Das Knurren, das darauf folgte, hallte in meiner Brust wider.

Bergwölfe.

Dieses Gebiet lag also in ihrem Territorium. Kein Wunder, dass es verlassen war.

Der Drang, das Lager und meine neu entdeckte Seite weit hinter mir zu lassen, hat mich unaufmerksam werden lassen.

Bedächtig krabbelte ich den Hang hinauf, damit sich keine Steine unter meinen Bewegungen lösten. Ein Todesschrei durchbrach die Stille und hinterließ eine Spannung in der Luft, die ich bei jedem Atemzug fühlte. Ich warf einen Blick über die Schulter. Das Licht war fast verschwunden und die schwachen Schatten huschten um den leblosen Körper des Pferdes. Schuldgefühle zwängten sich an die Oberfläche und ich richtete den Kopf wieder nach vorn. Möglichst leise setzte ich meinen Anstieg fort und lauschte dabei auf die Umgebung.

Hatten sie mich gesehen? Rochen sie meinen Schweiß?

Das Knurren verwandelte sich in ein Schmatzen und Reißen. Die Härchen in meinem Nacken stellten sich auf. Ich brauchte lange für den Aufstieg und die Wasserschläuche lagen wie Zement auf meinem Rücken.

Mein Magen knurrte und ich presste die Hand dagegen. Die Vorräte hatte ich beim Pferd gelassen und nur zwei Äpfel eingepackt. Um alle Wasserschläuche tragen zu können, wollte ich mir kein unnötiges Gewicht aufladen.

Wie leichtsinnig ich doch gewesen war. Dabei müsste ich es besser wissen. Schon damals hatte ich verlassene Gebiete im Gezeitenreich durchquert, und je weniger Tiere wir trafen, desto gefährlicher waren die, denen wir begegneten. Hätte ich das nicht vorhersehen können?

Beim nächsten Schritt rutschte ich aus und schlug mit den Knien gegen den Hang. Ein Stein löste sich unter meinem Fuß und kullerte hinunter. Das leise Klirren hallte hohl und dumpf durch die anbrechende Nacht. Ich riss den Kopf herum.

Die Gestalten waren erstarrt.

Ich hielt die Luft an und ließ zwei der Wasserschläuche von meiner Schulter gleiten. Den letzten schnürte ich fester um mich und krabbelte auf allen vieren weiter, mehr auf meine Schnelligkeit bedacht. Meine Handflächen rissen am Gestein auf, da ich nicht mehr vorsichtig nach Halt suchte, sondern nach jeder Kante griff, die mich schnell voranbrachte. Meine Haut juckte, begann mit der Regeneration.

Als ich das nächste Mal nach hinten blickte, krampften meine Muskeln und mein Puls schnellte in die Höhe. Die Wölfe hatten das Pferd verlassen und trotteten Richtung Hang. Hatte der Stein sie angelockt? Schneller drückte ich mich mit den Füßen ab und zog mich mit den Händen voran. Der Schweiß stand mir auf der Stirn, dem Rücken, unter den Achseln und durchnässte meine Kleidung. Mit der verschwindenden Sonne sank die Temperatur. Der Wind pfiff an mir vorbei und ließ mich schaudern.

Nur langsam näherte ich mich der Kuppe. Unter mir löste sich erneut der Boden, Geröll zog mir die Beine weg und ich prallte gegen den Felshang. Meine Knie schürften über die raue Oberfläche und kleine lose Steine bohrten sich in meine Haut. Ich krallte die Finger fester in die Rillen des Gesteins, um nicht den Halt zu verlieren. Nach drei endlosen Herzschlägen drehte ich mich um.

Meinen Blick richtete ich auf das Tal vor mir. Die Wölfe hatten mich entdeckt. Sie beschleunigten mit jedem Schritt ihr Tempo und steuerten direkt auf mich zu, sprangen mit Leichtigkeit an den steilen Stellen empor.

Nein, dachte ich. *Nein, nein, nein.*

Mit einem Ruck löste ich mich aus meiner Starre, robbte hastig einige Fuß rückwärts, ehe ich herumwirbelte und den Hang nach oben stürmte. Ich drückte mich nicht mehr flach auf den Boden, versuchte nicht mehr, vorsichtig und leise zu sein. Eilig krabbelte ich voran. Mit den Händen hielt ich das Gleichgewicht, während meine Beine mich vorantrieben. Meine Handflächen juckten stärker. Nach einigen Schritten warf ich einen Blick zurück. Die Wölfe holten auf. Sie sprangen im Zickzack zu mir herauf, Mondlicht tanzte auf ihren gefletschten Zähnen. Ich zog mein eigenes Tempo an.

Das Knurren drang lauter zu mir, vermischte die Panik über meine aufholenden Verfolger mit der Erleichterung, dass ich es fast geschafft hatte. Die Kuppe lag nur noch wenige Fuß entfernt. Vielleicht hunderfünfzig? Das Licht war fast verschwunden und nur der Mond hüllte die Konturen in einen dezenten Glanz. Ein Blick nach hinten verriet mir, dass der Abstand zu den Wölfen weiter abnahm. Auf ihrem Fell tanzte das Licht und zeichnete ihre Silhouetten nach. Ich keuchte, strauchelte und fiel. Mit den Händen tastete ich nach Halt, während meine Beine über den Stein schlitterten.

Ich verlor einen Schritt.

Einen weiteren.

Der Schweiß tropfte auf den grauen Stein und färbte ihn dunkler. Endlich fand ich eine Rille. Ich krallte mich fest und spürte, wie meine Nägel splittern. Doch ich zog mich auf die Beine und hastete weiter, angetrieben von den Geräuschen hinter mir: dem Keuchen und Grollen der Wölfe.

Als ich die Kuppe erreichte, stieß ich mich ab und sprang mehr über den Gipfel, als dass ich rannte.

Noch in der Luft packte mich einer der Wölfe an der Wade und ich knallte auf den Boden. Der Aufprall drückte mir die Luft aus der Lunge. Zähne bohrten sich in mein Fleisch und ich schrie. Zusammen rutschten wir den Hang auf der anderen Seite Richtung Fluss hinunter. Ich trat mit dem freien Bein nach dem Kopf des Wolfes, versuchte ihn von mir wegzudrücken, doch mein Fuß rutschte von ihm ab.

Der andere Wolf rannte um mich herum und sprang von der Seite auf mich zu. Zum Schutz riss ich den Arm hoch und schlug meinem Angreifer gegen den Hals. Er zuckte zurück und schnappte erneut nach mir. Ich packte seinen Kopf mit meinen Händen und kämpfte gegen seine Kraft an. Seine gefletschten Zähne kamen langsam näher. Während unseres Gerangels schlitterten wir weiter den Hang hinunter. Der Stoff am Rücken scheuerte auf und Steine gruben sich in meine Haut. Tränen stiegen mir ins Auge und ich spannte den Kiefer an. Meine Arme wurden schwer und jeder Muskel schmerzte.

Den Wolf an meinem Bein traf ich mit einem verzweifelten Tritt. Er ließ kurz von mir ab und als die Zähne mein Fleisch herausrissen, durchzuckte ein schrecklicher Schmerz meine Wade. Das gewohnte Jucken der Wunde kündigte sich nur schwach an.

War mein Körper schon am Ende seiner Kräfte?

Mein Atem rasselte und ich keuchte. Der Wolf in meinen Händen riss den Kopf hin und her und sein Speichel tropfte mir ins Gesicht. In seinen Augen schimmerte der Mond.

Ich will nicht sterben.

Nicht jetzt, nicht hier. Nach all den Meilen und Wochen auf der Flucht. Meine Heimat war so nah!

Tränen brannten in meinem Auge und ich wünschte, der Wolf würde verschwinden. Zur Antwort bohrten sich Zähne in meinen linken Arm und ich schrie, riss das Auge auf und die beiden Wölfe verschwammen zu einem zweiköpfigen Schemen. Die Dunkelheit verschluckte mich fast und die Gestalt meiner Angreifer formte sich zu einem dunkleren Schatten in der Finsternis. Ich kniff das Auge zu einem Schlitz zusammen. »Verschwindet«, schrie ich.

Hitze staute sich in mir auf und mein Körper fühlte sich an, als würde ich glühen. Eine Kugel aus Feuer tauchte vor mir auf.

Nein, schoss es mir durch den Kopf. *Nicht so!*

Die Energie entlud sich zwischen meinen Händen und der Wolf zerbröselte zwischen meinen Fingern zu Asche. Die Zähne des anderen ließen von mir ab, als witterte er die Gefahr, die von mir ausging. Ohne seinen Griff rollte ich schneller den Hang hinunter. Meine zitternden Hände hielt ich mir vor mein Gesicht. Ich prallte gegen Steine, fiel über Kanten und mir wurde übel. Der verbrannte Geruch von Fleisch und Fell klebte an meinen Fingern.

Tränen kullerten aus meinem Auge und verschwanden mit mir im kalten Wasser, als ich in den Fluss eintauchte.

27.

Saki

Rückkehr

Die Reise zurück zum Palast fühlte sich länger an, da ich keinem Ziel entgegenfieberte. Stattdessen kehrten wir mit fürchterlichen Neuigkeiten zurück.

Der Schädel wog schwer in meinen Armen.

Bevor wir das Lager verlassen hatten, verbrannten wir die Überreste der Leichen der verkohlten Räuber und Minenarbeiter. Schweigend verbrachten wir die Tage, bis wir Gyoum erreichten. Wir trafen auf die Männer, die zurückgeblieben waren, und den Goldmagier. Er war blass und erschöpft, doch ein Teil des Dorfes war wiederaufgebaut. Die Hütten zeigten keine Anzeichen mehr von dem Brand, der sie zerstört hatte. Für eine Neubesiedlung reichte es aus. Laut Morell würden nach unserer Rückkehr sicher weitere Goldmagier aus dem Palast nach Gyoum geschickt werden, um neue Bewohner dabei zu unterstützen, das Dorf wieder zu errichten.

Gemeinsam traten wir unsere Heimreise an.

Trenb stand an meiner Seite und mir entging sein Blick nicht, der mich hin und wieder streifte. In Momenten, in denen wir abseits der anderen standen, erkannte ich das Mitgefühl in seinen Augen. Ich bezweifelte, dass er das Ausmaß meines Schmerzes verstand, doch ich war dankbar, dass er es versuchte. Um mich abzulenken, fing er belanglose Gespräche an und ich spielte die Rolle des Eisenjungen, der sein Glück über den Fund kaum fasste, auch wenn es mir bei jedem Wort einen Stich versetzte. Mehrmals wog ich in Gedanken ab, mit dem Schädel in den Armen davonzurennen. Die Hüter hatten mir beigebracht, wie ich in der Wildnis überlebte. Ich war imstande, mich ohne Hilfe bis zur Grenze durchzuschlagen, und dank Ruan wusste ich, wo eine geeignete Stelle für die Überquerung des Hayes lag.

Bei unserer Rast unter freiem Himmel saß ich nachts am Feuer und starrte in die Flammen. Warum weiter mitspielen? Die Ausbildung bei der Leibgarde des Prinzen dauerte noch knapp zwei Jahre.

»An was denkst du?«, flüsterte Trenb, der mit mir Wache hielt.

Ich zuckte mit den Schultern. Worte über Flucht und Freiheit geisterten durch meine Gedanken, doch ich wagte nicht, sie auszusprechen. »An nichts«, antwortete ich.

Trenb schüttelte den Kopf und beugte sich näher zu mir. »Du tust das Richtige, wenn du *Heiwan* unterstützt«, raunte er, zog die Brauen ernst zusammen und kleine Falten bildeten sich auf seiner Stirn.

Sah er mir an, was ich dachte? Dass auch die Aussicht auf Frieden zwischen den Reichen den Verlust von Kindra nicht aufwog?

Er rutschte ein Stück von mir ab und drehte sich mit dem Rücken zum Feuer. Quer über seinen Oberschenkeln lag sein Schwert in der Scheide, über das er mit den Fingern strich, während er in die Dunkelheit starrte, die unser Nachtlager umgab. Ich biss mir auf die Lippe. War das eine Drohung oder eine Warnung, dass auf Fahnenflucht die Todesstrafe stand? Mein Blick schweifte über die schlafenden und wachen Gestalten. Seit jenem Vorfall hatte keiner mehr etwas über den Schädel gesagt. Aber regelmäßig streiften mich Blicke, deren Bedeutung ich nur erahnte. Planten die Männer etwas? Oder verriet ich mich selbst?

Kurz schloss ich die Augen und sah den Palast vor mir. War ich in der Lage, zwei Jahre meine Rolle zu spielen, als wäre ich einer von ihnen? Jetzt, da ich Kindra verloren hatte?

Prinz Jaden hatte mich gewarnt, dass ich zurückkehren sollte. Wenn ich floh, würde mich vermutlich jemand fassen, bevor ich das Gezeitenreich erreichte. Oder konnte ich die Ziele des Prinzen für den *Heiwan Orden* unterstützen? Das Bild des Ganges tauchte vor meinem inneren Auge auf. Zimmer, die sich aneinanderreihten und

Goldkinder beherbergten. Die Ernte könnte enden, wenn der Prinz seine Pläne umsetzte.

Ich unterdrückte ein Gähnen und dachte an Dorallien und Mek, die wie ich Späher waren. Würden die Eisenmänner Impen gegenüber misstrauisch werden, wenn ich entlarvt wurde? Welches Schicksal erwartete sie dann? Ich sah die Männer vor mir, die im Innenhof gehangen hatten, mit heißem Wasser übergossen und durch das Schwert des Prinzen getötet worden waren. Kälte kroch in meine Glieder und ich rieb die Handflächen aneinander. Zwischen den Armen spürte ich den Schädel, der auf meinem Schoß lag.

Es war nicht der Tod, den ich mir wünschte und den auch Dorallien und Mek nicht verdienten.

Trenb tippte mir auf die Schulter. Unsere Wache war vorbei. Ich rollte mich neben dem Feuer zusammen und schloss die Augen. Den Schädel hielt ich nah an der Brust, damit niemand auf die Idee kam, ihn zu stehlen. Ich musste diese zwei Jahre lebend überstehen.

Aber was dann? Was hatte ich noch?

Als wir in Odissa eintrafen, sammelten sich nach wenigen Augenblicken Menschen am Wegrand. Sie winkten uns zu und die Frauen schmachteten die Männer neben mir an. Manche starrten zu mir. Doch ich senkte den Kopf und sah auf das Bündel in meinen Händen.

Dort lagen die Überreste der Einzigen, die ich je gewollt hatte.

Als wir den Palast erreichten, empfing uns der Prinz mit sechs Männern seiner Leibgarde. Er musterte mein Gesicht und suchte mit wachem Blick unsere Truppe ab. »Was ist passiert?«, fragte er, während er uns durch den Hof führte.

Morell zögerte. »Unsere Mission war nicht erfolgreich. Aber die Details sollten wir in kleinerer Runde besprechen.« Seine Stimme drang nur dumpf bis zu mir durch.

Prinz Jaden nickte steif, als ahnte er die Schwere unserer Neuigkeiten. Morell deutete mir und Trenb an, ihm zu folgen, der Rest der Männer begann, den Wagen abzuladen. Zwei Wachen eilten einige Schritte voraus, sicherten wie üblich den Weg des Prinzen.

Wir durchquerten Gänge des Palastes und traten schließlich in das Arbeitszimmer des Prinzen ein.

»Der König?«, fragte Morell, aber der Prinz winkte ab. Die Tür fiel hinter uns schwer ins Schloss.

»Ich informiere meinen Vater später.«

Morell straffte die Schultern und seine Gesichtszüge verhärteten sich. »Wir waren zu spät, mein Prinz.«

Prinz Jaden verschränke die Arme vor der Brust und lehnte sich gegen den Schreibtisch. »Erzählt mir alles«, forderte er Morell auf.

Dieser berichtete von dem verbrannten Gyoum, von dem Räuberlager und der Mine. Nachdem er geendet hatte, deutete er auf mich. »Saki hat den Schädel eines Goldkindes gefunden.«

Der Kopf des Prinzen schnellte zu mir herum. Er riss die Augen auf, öffnete den Mund und zögerte. Seine Hände streckte er zu mir aus und er fragte: »Ist sie es?«

Ich starrte auf seine Arme und schloss meine Finger fester um den Beutel. »Wir gehen davon aus«, krächzte ich.

Mit einer Kopfbewegung forderte er mich auf, ihm den Schädel zu übergeben. Der Befehl eines Prinzen. Alles in mir sträubte sich, zu gehorchen. Doch er war auf meiner Seite. Also hielt ich die Luft an und reichte ihm das Bündel. Er legte es auf den Tisch und wickelte den Stoff auf. Ein paar Augenblicke stand er da und betrachtete schweigend den Schädel. Fast schon zärtlich berührte er ihn. Ich biss die Zähne zusammen.

»Ich gebe ihn dem Medi«, sagte er fast tonlos.

»Und wofür? Für eine letzte Ernte?«, blaffte ich und trat einen Schritt vor. Trenb hatte mich vorgewarnt, dass dies passieren würde. Doch jetzt, als es bevorstand, war ich nicht bereit, sie auch nach ihrem Tod an die Ernte zu verlieren.

Prinz Jaden schüttelte den Kopf, ohne den Blick von dem Schädel abzuwenden. »Wir müssen sie übergeben. Für den Schein, hinter der Ernte zu stehen«, meinte er. »Der Medi soll testen, ob sie es ist.«

Ich schloss die Augen und kämpfte gegen den Kloß in meinem Hals und die Hitze in meiner Brust. Der Medi würde uns Gewissheit geben, aber brauchte ich die? War ich mir nicht schon sicher, dass es Kindra war?

Er seufzte und fügte leise hinzu: »Das Auge werden sie bestimmt verwenden.«

Wut loderte in mir auf und ich trat einen Schritt näher an den Prinzen heran, der sich mir zuwandte. Trenb schlug mir die Hand vor die Brust und hielt mich zurück. Morells Finger lagen auf dem Knauf seines Schwertes. Ich schloss den Mund und schluckte die Worte hinunter, die ich dem Prinzen gern an den Kopf werfen würde. Stattdessen flüsterte ich: »Eins reicht Euch wohl nicht.« Sein goldenes Auge war starr auf mich gerichtet.

Ihr Auge.

Der Prinz wandte sich wieder ab und wickelte den Schädel ein. »Es gab keine weiteren Überlebenden?«, fragte er. »Hinweise auf Geran oder Hamm?«

»Nein«, antwortete Morell. »Die Räuber haben Gyoum niedergebrannt, wir haben nur wenige erkennbare Leichen gefunden. Geran und Hamm haben wir nicht identifizieren können. Vielleicht sind sie entkommen.« Er stockte. »Oder sie sind verbrannt.«

Fahrig rieb sich der Prinz über das Gesicht. Die Müdigkeit in seinen Augen ließ ihn älter wirken, von einer unsichtbaren Last gezeichnet. Eine tiefe Falte trat auf seine Stirn und zeigte, wie er fieberhaft nachdachte. Er wusste nicht, ob er seine Verbündeten verloren hatte, die den *Heiwan Orden* aufbauen sollten. Wie groß war sein Netzwerk in der Zwischenzeit geworden?

Morell ergriff erneut das Wort und unterbrach die Gedanken des Prinzen. »Die Kadaver der Räuber waren beunruhigend. Sie starben nicht durch natürliches Feuer.«

»Wie meinst du das?«, fragte Prinz Jaden.

Morell wechselte einen schnellen Blick mit Trenb. »Es erinnerte an Drachenfeuer.«

»Das gibt es doch nur in Legenden«, warf ich ein und verschränkte die Arme vor der Brust.

Der Prinz schüttelte den Kopf und fuhr mit den Fingern über das Bündel. »Das sind keine Legenden. Jedes Goldkind trägt diese Flammen in sich.« Er wandte sich an das Bündel auf dem Tisch. »Wer bist du?«, flüsterte er kaum hörbar.

»Was soll das bedeuten?« Mein Blick lag auf dem eingewickelten Schädel. Dachte er an die Möglichkeit, dass es ein weiteres Goldkind in Gyoum gegeben hatte? Ich schluckte schwer. Handelte es sich bei dem Schädel etwa nicht um Kindra?

»Ein Goldkind war für den Brand im Lager verantwortlich.« Er deutete auf das Bündel. »Entweder war es dieses oder es gab ein zweites«, bestätigte er meine Überlegungen und entfachte Hoffnung in meiner Brust.

Morell räusperte sich. »Wir haben keine lebenden Räuber gefunden. Sie sind nach dem Brand im Dorf gestorben.«

»Vielleicht sind die Räuber, die den Angriff des Drachenfeuers überlebt haben, für die Vernichtung des Dorfes verantwortlich«, meinte Trenb.

»Aber woher hatten sie die Menge an Vorräten, wenn nicht aus dem Dorf? Hätten sie alles zurückgelassen?«, warf ich ein und dachte an die vollen Karren, die unversehrt geblieben waren. Die Zeichen deuteten darauf hin, dass das Lager nach dem Überfall auf das Dorf zerstört worden war. Aber war es möglich, dass ein zweites Goldkind und Drachenfeuer die Räuber vernichtet hatten? Vielleicht hatten die Männer lediglich mit explosiven Mitteln von den Minenarbeitern herumexperimentiert. Die Hoffnung in mir regte sich und schien mich auseinanderzureißen. Nach all dem Leid zerbrach ich erneut. Trotzdem betrachtete ich den Schädel und konnte nichts dagegen ausrichten, dass mein Körper sich an diese winzige Möglichkeit klammerte.

Der Prinz nahm das Bündel vom Tisch. »Finden wir es heraus.« Er verließ den Raum und wir folgten ihm. Vor der Tür warteten die anderen Wachen, die uns begleitet hatten. Trenb eilte mit einem der Männer voraus, während Morell und ich beim Prinzen blieben. Wir gingen durch den Palast und stiegen etliche Treppen hinab. Zwei weitere Männer der Leibgarde folgten uns wie Schatten.

Dunkelheit umschloss die Gänge, durch die wir liefen. Die Finsternis war schwärzer, als ich sie in den innersten Räumen des Palastes empfand. Bald erleuchteten nur noch Fackeln die Gänge. Das Licht tanzte an den Wänden und wippte im Takt unserer Schritte. Vor einer Tür stand Trenb, die Arme vor der Brust verschränkt. Als wir näher kamen, nickte er kurz. »Der König und der Medi sind beide anwesend.«

Ohne vorher anzuklopfen, schritt Prinz Jaden an ihm vorbei und öffnete die Tür. Der Raum war riesig, hatte eine hohe Decke und die Wände bestanden aus Regalen. Gläschen und Flaschen reihten sich aneinander. Pinzetten, Scheren und Werkzeuge, die ich nicht kannte. In der Mitte stand eine Liege. Leere Fesseln hingen an den Seiten. Mein Magen krampfte sich zusammen und ich brachte alle Kraft auf, um dem Drang zu widerstehen, meine Hände zu Fäusten zu ballen.

Das war der Raum der Ernte. Ohne Zweifel.

Ich blinzelte gegen die Tränen an, die sich in mir regten. War Kindra auf diese Liege geschnallt worden, als sie hier im Palast gefangen gewesen war?

»Jaden?«, hallte die tiefe Stimme des Königs durch den Raum. Der Medi beugte sich neben ihm über einen Tisch. Sein grauer Bart berührte dabei die Tischplatte.

»Vater.« Der Prinz deutete ein Nicken an. Wir anderen verbeugten uns tief. Er legte das Bündel auf die Liege und zog den Stoff zur Seite. »Die Männer haben etwas mitgebracht.«

König Roufen trat einen Schritt vor und gab den Blick auf den Medi frei, der sich neugierig aufrichtete. Unzählige Falten zogen sich über das Gesicht des Alten und zeichneten ein Muster auf seine Haut. Er riss die Augen auf und kam zu uns herüber. Die Hände voraus, als wollte er alles an sich reißen. »Was … Oh!« Seine Finger zitterten über dem Schädel. »Interessant«, sagte er. »Dieses Auge! Es ist so gut erhalten, während die Haut vollständig verbrannt ist!«

Der König legte eine Hand an sein Kinn und betrachtete den Schädel. Es juckte mich in den Fingern, den Kopf mit dem Tuch zu bedecken und ihn an mich zu ziehen. Stattdessen krümmte ich meine Finger und konzentrierte mich darauf, gleichmäßig zu atmen.

»Könnt Ihr das Auge extrahieren?«, fragte der König.

Der Medi nickte. »Oh, ganz bestimmt.«

Die Hand des Prinzen legte sich auf den Schädel. »Ihr könnt es haben«, sagte er. »Aber testet für mich, ob sie es ist.«

Sein Vater warf ihm einen kurzen Blick zu und der Prinz fügte hinzu: »Um uns zu vergewissern, dass sie nicht noch dort draußen ist. Dann können wir die Suche nach ihr beenden.«

Ich betrachtete den Prinzen, der bei seinem Vater an der Liege stand. Wie leicht er seine Fassade aufrechterhielt, überraschte mich, nachdem er noch kurz zuvor so sanft mit dem Schädel umgegangen war. Zweifelte er daran, dass es sich um Kindra handelte? Oder dachte er an sein Ziel, die Eisendynastie nach seinen eigenen Regeln regieren zu wollen?

»Natürlich«, antwortete der Medi und griff nach dem Schädel. Die Hand des Prinzen rutschte herunter.

Ohne ein weiteres Wort verließen wir den Raum und ließen die Überreste in der Obhut der Ernte zurück.

28.

Kindra

Am Ende der Welt

Schwarze Schatten hüllten mich ein. Finsternis umfing mich. Nur ein gelbes Licht tanzte vor meinem Auge und warf seine Strahlen nach mir. Ich versuchte näher heranzukommen, streckte die Arme aus und strampelte mit den Beinen. Aber es blieb weit entfernt. Meine Lunge brannte und kribbelte. Mir fehlte die Luft zum Atmen.

»Bitte«, flehte ich. »Hilf mir.«

Das Licht flackerte. Es umrundete mich, hüpfte auf und ab.

Hilflos ruderte ich mit den Armen und griff nach den Strahlen. Meine Gliedmaßen und Finger glitten schwerfällig durch die Dunkelheit.

»Wer bist du?«, fragte mich das Licht.

Ich stutzte. »Ich bin Kindra«, antwortete ich in Gedanken. Die Worte kamen nicht über meine Lippen. Noch immer kämpfte ich gegen den Druck in meiner Brust an.

»Nein«, widersprach das Licht. »Wer bist du?«

Strampelnd kam ich dem Schimmer näher. »Mein Name ist Kindra«, sagte ich wieder lautlos.

Das Licht blieb stumm.

»Ein Goldkind«, versuchte ich es weiter. Doch wieder erhielt ich keine Antwort. Langsam verlor ich die Geduld. »Und wer bist du?«, rief ich in meinem Kopf.

Das Licht zog sich weiter zurück.

»Nein«, schrie ich. »Bleib hier.« Wie wild zappelte ich, verlor die Orientierung. »Ich bin Kindra!« Es flackerte. »Die Tochter eines Drachen.« Das Bild der verkohlten Leiber der Räuber tauchte vor mir auf. Ebenso der Wolf, der in meinen Händen zu Asche zerfallen war. »Ich bin eine Gefahr.«

»Das ist nicht wahr«, widersprach das Licht.

Ach nein?

»Du bist die Tochter des Lichts.«

Ich ließ die Hände sinken und schwebte in der Dunkelheit. Die gelben Strahlen tanzten um meine Silhouette.

»Bitte«, flehte ich wieder. »Ich kriege keine Luft.«

Das Licht kam näher. Eine Gestalt zeichnete sich darin ab. Gleichzeitig menschlich und fremd. Die Haut überzogen mit goldenen Schuppen und die Finger lang wie Klauen. Das Wesen streckte seine goldenen Hände nach mir aus und strich mir über die Wange.

Ein Mann, der mehr war als das.

»Atme«, befahl er mir und strich mit dem Finger über meine Kehle.

Gierig öffnete ich den Mund und sog die Dunkelheit in mich auf. Meine Lunge füllte sich.

Mit den Fingern griff er an meinen Hals und sein Gesicht legte er an meine Wange. Sein Licht vertrieb die Dunkelheit und sein Atem streifte über mein Ohr.

»Du kannst so viel mehr. Atme!«

Ich schloss das Auge. Licht drang durch mein Lid und ich sog alles in meine Lunge, was um mich herum war. Dunkelheit, erfüllt von Angst und Tod. Helligkeit wie ein Sommertag. Und Wasser.

»Wasser?«, fragte ich leise und er nickte an meiner Wange.

Wärme ging von ihm aus und als ich das Auge öffnete, sah ich nichts mehr als Licht.

»Wer bist du?«, fragte ich. Zu geblendet, um ihn zu erkennen.

Er gab mir keine Antwort. Als ich mit den Händen nach ihm tastete, war er verschwunden. Das Gefühl der Klauen lag wie eine Erinnerung an meiner Kehle und meine Wange war warm von seiner Berührung. Ich drehte mich im Kreis und versuchte, etwas in diesem Leuchten zu erkennen. Plötzlich fiel ich. Immer schneller stürzte ich hinab. Entfernte mich in rasendem Tempo von dem Licht. Es blieb als heller Ball in der Ferne zurück. An mir vorbei zogen Wolken, dann Berge, groß und silbrig grau. Ich fiel weiter. An Hängen vorüber wie der, auf dem ich mit den Bergwölfen gekämpft hatte, und schließlich tauchte ich in Wasser ein und schlug auf dem Grund auf.

Über mir tanzte weiter das Licht an der Oberfläche.

Als ich das Auge aufschlug, starrte ich in den Himmel über mir und schirmte das Licht der Sonne mit einer Hand ab. Ich richtete mich auf und sah auf den Fluss, an dessen Ufer ich lag. Der Flusslauf erstreckte sich neben einem Weg durch das Tal, während rechts die Berge das Ende der Welt abschirmten. Schwerfällig zog ich die Beine aus dem Wasser und schlang die Arme um den Körper. Meine Kleidung war pitschnass. Die Haare hingen mir in Strähnen ins Gesicht und der Wasserschlauch lag eng umschlungen um meine Schulter. Zitternd befreite ich mich von dem Seil, das mir in die Haut schnitt.

Die Augenklappe klebte an meiner Haut und ich riss sie herunter. Das vollgesogene Leder schmatzte, als ich die Hand fester darum presste und das Wasser zur Erde tropfte.

War das ein Traum gewesen?

Oder hatte ich den Drachen in Menschengestalt getroffen, der in die Magie der Sonne zurückgekehrt war?

»Heiliger Eisendrache!«, rief eine Stimme hinter mir aus.

Ich riss den Kopf herum. Die Hände erhoben und bereit, mich zu verteidigen. Doch ich sah in die großen Augen eines kleinen Jungen, der sich hinter einem Gebüsch versteckte. Mit den Händen drückte er die Äste beiseite, während sein Mund vor Erstaunen offen stand.

»Tut es weh?«, fragte er und deutete auf die Stelle in meinem Gesicht, an der früher mein rechtes Auge gewesen war.

»Nein«, antwortete ich und legte mir wieder die Augenklappe um. »Nicht mehr.«

Zögernd kam er näher, bevor er vor mir in die Hocke ging. Mit seinem Blick suchte er mich ab, als würde er sich alles genau einprägen. Die blonden Haare standen wild von seinem Kopf ab und ein Lächeln stahl sich auf meine Lippen. Er sah aus wie Saki. Die gleichen großen, neugierigen Augen. »Wo bin ich?«, fragte ich.

Der Junge warf einen Blick über die Schulter. »Nayers Ent.« Achselzuckend deutete er auf einen Weg, der sich um den Berg schlängelte. »Das ist da hinten.«

Ich beugte mich über den Uferrand und trank ein paar Schlucke aus dem Fluss, füllte den Wasserschlauch und legte ihn neben mich. *Nayers Ent* hörte ich zum ersten Mal. Das war nicht auf Ombs Karte eingezeichnet gewesen.

»Weißt du, meine Mama sagt, ich darf nicht am Fluss spielen. Aber ich mach es trotzdem.«

Nachdenklich kaute ich auf meiner Unterlippe, als ich wieder in die Richtung sah, in der das Dorf lag. »Versteckst du dich hier?«

Er nickte. »Hier kommt niemand her. Daher weiß es Mama nicht.«

Meine Schultern zitterten und ich rieb mir über die Arme. »Kannst du ein Feuer machen?«, fragte ich ihn.

»Das hat mir mein Papa beigebracht«, sagte er mit stolzgeschwellter Brust. Er kramte in seiner Tasche und zog zwei Steine heraus, die er mir in die Hände drückte, bevor er davonrannte. Nach kurzer Zeit kehrte er mit trockenen Gräsern und ein paar Ästen zurück. Wenn er sich hierher zurückzog, um heimlich zu spielen, drohte mir vermutlich keine Gefahr. Dennoch behielt ich meine Umgebung genau im Auge.

Er drapierte das Holz etwas ungeschickt, aber ich ließ ihn werkeln und gab ihm im Anschluss die Steine zurück. Ein paar Mal schlug er sie gegeneinander, pustete und eine Glut entstand, die entflammte. Während ich die Hände über das kleine Feuer hielt, rannte er noch mal los und brachte weiteres Holz.

»*Nayers Ent.* So heißt euer Dorf?«, fragte ich ihn, als er sich zu mir ans Feuer setzte. Ich schälte mich aus meinem Umhang und breitete ihn auf dem Boden aus. Der nasse Stoff war von meinem Kampf mit den Wölfen durchlöchert und ich wühlte in den Taschen, bis ich die Karte fand. Sie war noch da, aber das Papier durchnässt und die Tinte verschwommen. Vorsichtig legte ich sie ans Feuer. Vielleicht war sie noch zu retten.

»Ja«, sagte er und starrte in die Flammen. »Wir sind das Dorf am Ende der Welt.«

Die Flammen züngelten in die Höhe. »Das Ende der Welt«, flüsterte ich.

»Das ist gleich da hinten!«, rief er und deutete auf die Bergkette, zu deren Füßen wir saßen. »Da hinten ist der Weg für den Aufstieg, aber irgendwann muss man klettern.« Mein Blick wanderte zu der Silhouette, um deren Gipfel die Wolken zogen. Es erinnerte mich an das Bild in meinem Traum und wirkte seltsam vertraut. Konnte ich dort ins Gebirge gelangen, um die Grenze zu überqueren?

»Wisst ihr, was dort ist?«, fragte ich.

»Nein. Wir dürfen da nicht hin. Meine Mama sagt, dass die Welt einfach aufhört und die Luft ist zu dünn zum Atmen!« Er grinste. »Aber für die Opfergaben gehen wir manchmal den Weg bis zu seinem Ende, dann fürchten sich alle und beten, aber ich habe keine Angst.«

»Hm.« Ich zog die Beine an und legte das Kinn auf die Knie. Langsam drang die Wärme durch meine Kleidung und nahm die Schwere von meinen steifen Gliedern.

»Einmal ist ein Mädchen weitergegangen, als wir dürfen. Es kam nicht mehr zurück. Denn keiner überlebt dort.«

War der Berg deshalb für Noba und Kork nie eine Option gewesen? In all den Jahren, die wir durch das Gezeitenreich gewandert waren, hatten sie es nie in Betracht gezogen. Und wie würde es mir ergehen? Hielt ich in den Bergen durch? Omb hatte erzählt, dass wir Goldkinder stärker waren. Würde mich die Magie meines Körpers vor dem Tod schützen?

Um die Stelle der Überquerung zu finden, würde ich das wohl bald herausfinden.

Die Augen des kleinen Jungen blitzten aufgeregt und er beugte sich weiter zu mir. »Bist du wirklich ein Goldkind?«, fragte er mich und wechselte das Thema.

Ich zögerte und nickte. Lügen war sowieso zwecklos.

»Unglaublich!« Er sprang auf die Füße. »Kannst du zaubern wie die Goldmagier? Warst du schon beim König?« Er kam wieder näher. »Ist er wirklich so groß?« Sein Blick huschte über meine Augenklappe und er riss die Augen auf. »Bist du die, die geflohen ist?« Vor Freude schlug er die Hände über dem Kopf zusammen. »Wenn ich das den anderen erzähle!«

Mein Herz stolperte. Die Nachricht hatte sich bis hierher verbreitet? »Das bleibt unser Geheimnis!«, flüsterte ich ihm zu.

Mit großen Augen sah er mich an.

»Kannst du mir etwas zu essen bringen?«, fragte ich ihn. »Und eine Karte?«

Der Junge verschränkte die Arme. »Ich habe dir schon Feuer gemacht.«

Ich seufzte. »Wenn du mir das bringst, beantworte ich all deine Fragen.« Als er nicht reagierte, fügte ich leise hinzu: »Ich zeige dir meine Magie.«

Das Strahlen in seinen Augen verriet mir, dass er meine Lüge widerstandslos glaubte. Mit einem Sprung drehte er sich um und rannte los.

Einige Herzschläge wartete ich ab, bis er hinter der nächsten Kurve verschwunden war, dann zog ich mich aus und schlüpfte aus meinen Stiefeln. Ich schüttelte meine Kleider aus und legte sie neben das Feuer. Der Umhang war noch klamm, aber ich wickelte mich darin ein. Als Nächstes zog ich die Karte auseinander und seufzte. Sie war nicht mehr zu gebrauchen. Die Tinte klebte fleckig am Papier und verfärbte meine Finger. Ich knüllte sie zusammen und warf sie in die Flammen. Während das Feuer an dem feuchten Papier leckte, fluchte ich innerlich. Wenn selbst so ein abgelegenes Dorf von mir wusste, war ich nirgends sicher. Es war egal, ob die Nachricht von Händlern oder von Informanten aus dem Palast stammte. Der König hatte es geschafft, dass das ganze Land mich erkannte.

Würde ich im Gebirge einen Weg ins Gezeitenreich finden, wie Yars es behauptet hatte?

Ich beobachtete das Spiel der Flammen. Das Feuer flackerte und für einen Moment glaubte ich, eine Gestalt darin zu sehen. Mein Blick schweifte über das Tal und die Berge hinauf. Die Sonne lag hinter Wolken verborgen. *Bist du es?*, dachte ich und schüttelte den Kopf.

Wie albern.

Während der Junge fort war, wärmte das Feuer meine Haut. Obwohl meine Kleidung noch etwas feucht war, streifte ich mir das Hemd und die Hose über, sobald der Stoff nicht mehr kalt war. Mein Fluchtinstinkt warnte mich davor, nackt und verletzlich an einem Feuer zu sitzen.

Weitere Zeit verstrich, in der ich aufmerksam die Umgebung betrachtete. Noch einmal würde ich mich nicht von Bergwölfen überraschen lassen.

Leise Stimmen wehten zu mir herüber. Ich sprang auf die Füße und drehte mich im Kreis. Den Umgang zog ich fester um meinen Körper.

Der Junge rannte um die Kurve. Dicht hinter ihm folgten mehrere Männer und Kinder. Sofort schlang ich den Wasserschlauch über die Schulter und griff nach meinen Stiefeln. Natürlich hatte mich der Kleine verraten.

Ohne lang nachzudenken, rannte ich los und schlug den Weg ins Gebirge ein. Die Steine schnitten mir in die blanken Füße. Wie lange würde ich durchhalten? Mein Körper war noch kraftlos von meiner Ohnmacht und von den Bisswunden, die mittlerweile verheilt waren.

Die Bergkette breitete sich vor mir aus und der Aufstieg zum Ende der Welt, den der Kleine erwähnt hatte, lag gut sichtbar an einem Weg. Ich zögerte nicht, sondern rannte weiter. Wenn die Menschen abergläubisch waren, dann würden sie mir hoffentlich nicht folgen. Zumindest nicht so weit, wie ich vorhatte zu gehen.

Würde die Welt hinter den höchsten Bergen wirklich aufhören? Oder würde ich der Gestalt aus meinem Traum näher kommen?

Der Weg wand sich an Felswänden entlang. Manchmal führte er wie eine Treppe zwischen den Bergen hinauf, bevor wieder ein gerades Stück folgte. Nach einer Weile erreichte ich ein Plateau, auf dem ein kleiner Schrein stand. Die Opferstätte. Der Lautstärke der Schreie nach zu urteilen waren die Dorfbewohner nicht mehr weit entfernt.

Wohin jetzt? Der Weg war zu Ende. Um mich herum ragten steile Felswände in die Höhe, doch über dem Schrein befand sich eine Kante in einigen Fuß Höhe. Dort schien ein Weg tiefer in die Berge zu führen. Kurz entschlossen band ich die Stiefel an den Schnürsenkeln zusammen und hängte sie mir um den Nacken. Wenn es nur den Weg nach oben gab, dann musste ich eben hinauf.

Zuerst kletterte ich auf den Schrein. Tastete mit den Fingern nach Rissen oder irgendetwas in dem Felshang, an dem ich mich festhalten konnte. Meine Handflächen wurden feucht. Endlich erwischte ich eine Kante. Ich zog mich hoch und rammte die Fußspitzen in die Felswand. Die Stimmen der Männer wurden lauter, während ich mich langsam hocharbeitete. Die Schritte hallten zwischen den Felswänden wider und trieben mich an.

Schneller, dachte ich. *Ich muss schneller sein.*

Die Männer stürmten unter mir den Platz, füllten die Opferstätte beinahe vollständig aus und schimpften lautstark. In ein paar Fuß Höhe hing ich an der Felswand über dem Schrein.

»Haltet sie auf!«, schrie einer und kletterte unter mir auf den Schrein. Ein anderer stach mit einer Mistgabel nach mir. Er zielte auf mein Bein und ehe ich es aus seiner Reichweite ziehen konnte, erwischte er mich an der nackten Fußsohle. Brennender Schmerz zog mein Bein entlang nach oben und ich verlor fast den Halt. Meine Fingerkuppen schmerzten, als ich mich an die Felswand klammerte. Das Jucken meiner Heilung blieb aus und Panik überkam mich. Tränen sammelten sich in meinem Auge. Die Gelenke meiner Finger schmerzten und meine Unterarme krampften. Ich musste weiter. Jetzt.

Ich stemmte den linken Fuß in die Felswand und biss die Zähne aufeinander. Drückte mich weiter, streckte den Arm und umfasste eine Kante, die aus der Wand ragte. Während ich mich ein Stück hochzog, löste sich das Gestein unter meinen Fingern. Meine Hand rutschte mitsamt dem gebröckelten Stein ab und ich pendelte zur Seite. Mit den Fingern der anderen Hand krallte ich mich fest. Hektisch strampelte ich mit den Beinen in der Luft, während ich nur noch an einer Hand hing.

Unter mir stand noch der Mann auf dem Schrein, er hob die Arme und versuchte mich zu greifen. Ich überlegte nicht lange, umfasste den Stein, der sich aus der Wand gelöst hatte, und zielte auf seine Schulter. Der Mann erschrak, wankte zur Seite und fiel vom Schrein in die Hände der Dorfbewohner.

Einen Moment erstarrten die Menschen, bevor sie ihre Stimmen lauter und wütender erhoben. Ein paar Schritte über mir befand sich die Kante, zu der ich hinmusste. Den Lärm unter mir blendete ich aus und kletterte verbissen weiter.

Ein Stein knallte neben meinem Kopf gegen die Felswand und ich zuckte zusammen. Einer traf mich an der Wade. Der nächste verfehlte mich nur um wenige Zoll neben der Hüfte und einer prallte gegen meinen Wasserschlauch.

Meine Schultern bebten. Warum ließen sie mich nicht in Ruhe? Niemals würde ich mich in den Palast zurückbringen lassen!

Weitere Steine flogen durch die Luft, doch streiften mich nur die wenigsten, während ich mich weiter hinaufarbeitete und der Felskante langsam näher kam. Noch ein bisschen – und dann? War ich dann wirklich in Sicherheit?

Ich schüttelte den Kopf und versuchte, meine Gedanken ruhigzustellen, mich nur auf das nächste Ziel zu konzentrieren: mich an den Kopf der Felswand zu retten. Fast hatte ich es geschafft. Nur wenige Zoll fehlten.

Der Regen aus fliegenden Steinen nahm nicht ab.

Einer traf mich im unteren Rücken und ich keuchte. Meine Knie schlugen gegen die Felswand und ich rutschte ab. Mit den Fingern tastete ich nach Halt.

Nein, dachte ich, *nicht so kurz vor dem Ziel.* Ich presste die Lippen aufeinander. Hass und Verzweiflung zuckten durch meinen Körper und plötzlich war alles still. Mein Körper pulsierte und ich spürte die Macht in mir aufsteigen, den Feuerball an Form gewinnen.

Meine Muskeln verkrampften sich und mir wurde eiskalt. Keine weiteren Toten. Nicht schon wieder. Mit aller Kraft drückte ich mich von der Wand ab und riss die Arme nach oben. Meine Finger erreichten die Kante und ich krallte mich fest. Der Schmerz war verschwunden. Geräusche verstummten. Alles, woran ich dachte, war, es nach oben zu schaffen. Ich zog mich hoch. Erst auf die Arme gestützt, dann schwang ich die Beine über die Kante.

Als ich mich zur Seite rollte, verschwanden die Männer aus meinem Sichtfeld. Über mir erstreckte sich der Himmel endlos in seinem Blau. Vereinzelte Wolken umspielten die Gipfel, die silbern in die Höhe ragten. Hier oben gab es keinen von Menschen gezeichneten Weg, aber die Berge würde ich auch ohne ihn bezwingen.

Steine klapperten weiter gegen die Felswand unter mir. Der Rhythmus verlangsamte sich und nahm nach einigen Augenblicken ab. Meine Gelenke schmerzten, als ich voranrobbte und das übliche Kribbeln an meinen Wunden begann. Ich rappelte mich auf, holte den

Wasserschlauch hervor und trank ein paar Schlucke. Kühl rann die Flüssigkeit meine Kehle hinab. Das Toben unten am Schrein verebbte und ich schlang den Schlauch zurück über die Schulter. Bevor ich mich aufmachte, streifte ich mir die Stiefel über die bereits verheilten Füße.

Als Nächstes brauchte ich dringend etwas zu essen und Ruhe.

Mein Körper streikte, aber ich wollte weiter. Weg von den Dorfbewohnern und von der Gefahr, sie in weniger als einem Wimpernschlag auszulöschen. Die Berge riefen mich und ich war bereit, ihnen zu folgen.

Drei Tage irrte ich über die Bergkette. Ich fing ein paar Vögel und schaffte es sogar, mit den getrockneten Gräsern Feuer zu entzünden. Je höher ich stieg, desto weiter konnte ich sehen. Die Welt lag unter mir, klein und fremd. Grüne Wiesen, Wälder und Dörfer verschwammen zu einem bedeutungslosen Muster.

In der Höhe fand ich weniger Pflanzen und Tiere. Doch für Essen und Feuer kehrte ich in Ruhe in die Zonen zurück, die bewachsen waren. Die höchsten Gipfel erstreckten sich in erreichbarer Nähe, während ich unzählige Fuß über dem bewohnten Grund eine friedliche Routine entwickelte.

Als ich über der bewachsenen Grenze einen Spalt in der Bergkette erreichte, erhaschte ich einen ersten Blick auf das Ende der Welt.

Wind verfing sich in meinem Haar und brachte den vertrauten Geruch von Sonne und Adelgras mit sich.

Aber vor mir lag gar nicht das Ende.

Auf der anderen Seite erstreckte sich dasselbe Bild wie hinter mir: Wiesen und Wälder, Flüsse und Täler. Im Westen erkannte ich die vertraute Form von Odres Wüste. Ich lehnte mich seitlich gegen die Felswand. Hinter mir lag der Norden. Vor mir der Süden unserer Welt. Alles war miteinander verbunden.

Das Wissen, das ich mein Leben lang über Odre gesammelt hatte, zerrann in meinen Fingern und wurde von der nächsten Brise davongetragen. Unsere Welt endete nicht nach dem Gebirge. Odre war keine Scheibe.

Ich schloss das Auge und atmete die kühle Bergluft ein. Sie füllte meine Lunge nur schwach, doch mein Hals kribbelte und mein Körper zeigte mir, dass er es ertrug. Hoffnung keimte in mir auf, beflügelte mich und machte mich leicht. Die Überquerung der Grenze war zum Greifen nah. Odre war kleiner, als ich gedacht hatte. Das bedeutete auch, dass Saki zu finden einfacher wäre, als ich noch vor einigen Herzschlägen angenommen hatte. Er war da draußen, und mit der Welt zu meinen Füßen hatte ich das Gefühl, meine Hände nach ihm ausstrecken zu können.

Als ich die Welt betrachtete, funkelte die Wüste golden im Sonnenlicht. Das Dorf der Goldkinder befand sich dort irgendwo.

War ich meinem ersten Ziel wirklich schon so nah?

29.

Saki

Wahrheit und Lüge

Meine Finger zitterten und die Flasche fiel mir beinahe aus der Hand. Fast hätte ich mich damit verraten. Ich umschloss das Glas fester und befürchtete, dass es unter dem Druck zerspringen würde.

Doch das tat es nicht.

»Bist du sicher?«, fragte der Prinz an den Medi gewandt und seine Stimme klang belegt. Er beugte sich näher zu ihm und starrte auf die Tischplatte.

Ich stand an der Tür, die Arme steif an der Seite und eine Flasche voll Blut in den Fingern. Wir sollten sie dem König bringen. Es war die aktuelle Ausbeute der Goldkinder des Palastes. Nun hielt ich sie in meinen Fingern und sie drohte zu bersten, während ich mich auf meine Atmung konzentrierte. *Langsam*, befahl ich mir selbst. Ein. Aus.

»Ja, die Tests lassen keine Zweifel zu«, antwortete der Medi. Er deutete auf Gegenstände auf dem Tisch, die ich nicht sehen konnte. Dabei erklärte er mir unverständliche Dinge.

In meinem Kopf drehten sich seine Worte. Es war Kindra. Mein Körper bebte und ich unterdrückte ein Schluchzen. Hier war die Bestätigung und dennoch hoffte etwas in mir, dass der Medi log. Dass es doch nicht ihr Schädel gewesen war, den ich in Gyoum gefunden hatte.

Der Prinz nickte und folgte den Deutungen des Alten. Die Muskeln in meinen Armen verkrampften sich und ich schluckte schwer, während ich um Beherrschung kämpfte. Solange ich beim Medi war, konnte ich mich meinen Gefühlen nicht hingeben. Drückte sie nieder, während sie sich aufbauten und mich zu begraben drohten. Sobald ich allein war, würde ich Kindras Verlust betrauern. Alles in mir bezweifelte, dass ich damit jemals wieder aufhören konnte.

Ich fixierte den Prinzen und sah, wie er sich verspannte. Seine Schultern bebten fast unmerklich, aber mir konnte er nichts vormachen.

Es traf ihn.

Warum traf es ihn so?

Was war in der Zeit hier passiert? Hatte ich so viel verpasst?

»Konntet Ihr das Auge extrahieren?« Der Prinz hob den Kopf und drückte den Rücken durch. Der unterschwellige Ton in seiner Stimme war unverkennbar. Auch wenn er seine Fassade aufsetzte, so durchschaute ich ihn. Er versuchte, den gehorsamen Prinzen zu spielen, doch er war so viel mehr. In einer kaputten Welt plante er Frieden. Machte er das nur für Kindra? Oder lag ihm wirklich etwas an den Goldkindern?

Während der Medi zu seinem Regal eilte, hielt ich die Luft an. Ihr letztes Auge.

Er kramte ein paar Schatullen und Gläser hervor. Manche waren durchsichtig und mit Flüssigkeit gefüllt. »Ich konnte alles verwerten.« In seiner Stimme klang Stolz, als er dem Prinzen seine Ausbeute zeigte.

Mein Magen krampfte sich zusammen und mir wurde schwindelig. Ich wollte hier raus.

Warum war ich nicht mit ihr geflohen? Hätte ich sie doch nur in Grünfrey beschützen und in Sicherheit bringen können. Stattdessen wurden ihre Überreste für die Ernte verwendet und ich konnte mein Versprechen nicht einhalten, dass wir uns am Fluss wiedersahen. Mich durchzuckte der Reflex, nach dem Holzvogel zu greifen und ihn zu berühren. Doch seit ich im Palast war und die Rüstung trug, lag er unter meinem Kissen. Erst im Zimmer der Rekruten, jetzt in meiner Unterkunft der Leibwache. Die Distanz zu meinem Glücksbringer wurde mir in diesem Moment schmerzlich bewusst und ich sehnte mich nach dem gewohnten Gefühl, mit dem Daumen darüberzustreichen.

»Ein paar Lösungen mit Pulver aus dem Knochen«, erzählte er und deutete auf die Gläser, dann auf die Kisten. »Aber hier«, ehrfürchtig öffnete er eine braune Schatulle. »Es ist gut erhalten. Es ist wahrlich unbeschreibliche Magie.« Seine Stimme klang kindlich. Als hätte er ein neues Spielzeug gefunden.

Vermutlich war es das für ihn auch.

»Faszinierend. Gute Arbeit.« Der Prinz hielt den Blick auf die Kiste gerichtet. »Wird es mein Vater erhalten?«

Der Medi nickte. »Ja, so hat es der König entschieden.«

Aus dem Augenwinkel erkannte ich Trenb, der mich musterte. Sah er mir den Schmerz an? Suchte er nach Anzeichen, dass ich wieder aus der Rolle fiel?

Er wandte sich ab, sah nach vorn und nickte leicht.

Ich krallte die Finger fester um die Flasche. Zwei Jahre dauerte die Ausbildung. Zwei Jahre saß ich hier fest, wenn ich es nicht darauf anlegte, als Fahnenflüchtiger zu sterben. Und was dann? Ich hatte keine Familie mehr. Alle waren sie fort.

Meine Suche war vorbei.

Vor mir lagen Monate, in denen ich mit ansehen würde, was mit den anderen Goldkindern geschah. Der Prinz würde an seinem Friedensorden arbeiten. Aber mir schien es unmöglich, auch nur einen Schritt zu machen. Einen Tag nach dem anderen zu überstehen, als wäre nicht mein gesamtes Leben aus den Fugen geraten. Der letzte Strohhalm, an den ich mich geklammert hatte, war lichterloh verbrannt.

Die Liege und ihre leeren Fesseln summten ein stummes Lied von Leid und Qual. Ich sah Kindra vor mir, die dem Medi festgeschnallt ausgeliefert war.

Jetzt war sie fort und nichts war mehr von Bedeutung.

Der Prinz kam in unsere Mitte und wir traten hinaus. Morell und Varin eilten voraus und sicherten den Weg.

Meine Beine bewegten sich mechanisch, wie von selbst. Lediglich angetrieben von Pflicht und dem Gefühl, in der Stille zu ertrinken. Die Gänge lagen verlassen da. Wir waren zum Labor des Medis so weit hinabgestiegen, dass wir uns vermutlich im Plateau unter dem Palast oder schon in der Erde befanden. Dennoch führten an den Treppen weitere Stufen in die Tiefe.

»Was liegt dort unten, mein Prinz?«, stellte ich die erste Frage, die nicht mein Innerstes in Fetzen riss.

Er warf mir einen schnellen Blick zu. Seine Augenbrauen zogen sich zusammen und er brauchte einen Moment, um zurück in die Realität zu finden. »Das Verlies.« Seine Stimme klang müde, doch für den Bruchteil eines Augenblicks stahl sich ein trauriges Lächeln in seine Mundwinkel.

Er schüttelte den Kopf, als würde er die Vergangenheit abstreifen, und setzte sich wieder in Bewegung. Wir folgten ihm hinauf, geradewegs zum Arbeitszimmer von König Roufen. Der Koloss saß hinter seinem Schreibtisch und studierte einige Notizen, die vor ihm auf der Arbeitsplatte lagen. Der Raum wirkte winzig mit ihm darin. Unwillkürlich zog ich die Schultern zurück und drückte den Rücken durch. Die Gefühle in meiner Brust machten es mir fast unmöglich, mich normal zu verhalten. Doch beim Anblick meines Feindes keimte Angst in mir auf, an die ich mich klammerte.

Prinz Jaden nickte mir zu und ich schluckte die Trauer hinunter. Während ich versuchte, einen neutralen Gesichtsausdruck aufrechtzuerhalten, reichte ich dem König die Flasche. In seinen Fingern wirkte sie kleiner. Zerbrechlicher.

»Danke«, brummte er, verschränkte die Arme und lehnte sich vor. »Und?«, fragte er, die Augen auf seinen Sohn gerichtet.

Der Prinz versteinerte kurz, dann zuckte er mit den Schultern. »Im Norden ist es ruhig. Die Grenze ist gesichert, der letzte Beutezug …«

Bestimmt winkte der König ab und stützte den Kopf auf seine Hand. »Das weiß ich bereits.« Mit scharfem Blick fixierte er seinen Sohn. »Es ist schade, dass wir sie nicht lebend finden konnten, nicht wahr?« Seine Stimme legte sich schwer über mich. Holte die Realität zurück in meine Gedanken und feuerte die unterdrückten Gefühle an. Ich kniff kurz die Augen zusammen und schluckte gegen den Kloß in meinem Hals an. Kindra war tot. Ein Teil ihrer letzten Ernte lag in der Hand des Königs und bald würde er ihr Auge erhalten.

Der Kopf des Prinzen bewegte sich und deutete ein Nicken an. »Es ist schade. Sie hatte viel Potenzial.«

Der König lehnte sich zurück. »Ihre Ernte war ergiebig.«

»Ja. Es ist ein Verlust.«

»Das ist es.« König Roufen erhob sich und stemmte die Hände in die Seiten. Stehend erreichte er fast die Decke des Zimmers. Seine

Stimme wurde leiser. »Das ist es.« Er klatschte in die Hände. »Aber sonst machen wir gute Fortschritte.« Mit der flachen Hand schlug er auf die Pläne, die auf seinem Tisch lagen. »Bald wird *Jolennas Rache* vollbracht sein.«

Das Gesicht des Prinzen versteinerte, als der Name Jolenna fiel, und auch in mir löste er etwas aus. Ich hatte ihn bereits gehört, da war ich mir sicher. Vage Erinnerungen an Sendras Lehrstunden kehrten zurück. Sie hatte mich vor diesem Namen gewarnt und davor, danach zu fragen, da ihre Informationen widersprüchlich waren. Was verbarg sich dahinter?

»Wie bald?«, hakte der Prinz nach, als er sich einen Augenblick später wieder fing.

»In wenigen Monaten.«

»Das ist … unglaublich«, antwortete er und starrte seinen Vater an. »Ich wusste gar nicht …« Er brach ab und setzte ein breites Grinsen auf. »Wunderbar.«

Der König nickte. »Wir werden Vorbereitungen treffen. Aber alles zu seiner Zeit. Du kannst gehen.« Mit einer Handbewegung scheuchte er uns hinaus.

Der Prinz verbarg seine Emotionen hinter einer eisernen Maske, bis wir seine Gemächer erreichten. Trenb, Morell und ich folgten ihm auf seinem Befehl hin ins Innere. Kaum waren wir durch die Tür, knallte der Prinz sie zu. Er lief zum Tisch und trat einen Stuhl um. »Wir sind zu langsam!«, blaffte er.

Morell ging durch den Raum und stellte den Stuhl zurück an den Tisch. »Wir geben unser Bestes, mein Prinz«, antwortete er.

Der Prinz vergrub das Gesicht in den Händen. »Es reicht nicht.«

»Mein Prinz …«

Er schnitt Morell mit einer Geste das Wort ab und seine Hände sanken schlaff hinab. »Verdammt!«

Trenb schlüpfte durch die Tür nach draußen und ließ mich mit ihnen allein zurück. Ich ging einen Schritt auf sie zu, wusste aber nicht, was ich sagen sollte. »Wer ist Jolenna?«, war das Einzige, was mir einfiel.

Morell betrachtete mich mit einer Mischung aus Unverständnis und Erkenntnis. »Ihr Gezeitenkinder habt wirklich keine Ahnung, oder?«

Auch der Prinz, der aufgewühlt auf den Boden zu seinen Füßen sah, schüttelte ungläubig den Kopf. »Sei froh, dass wir von deiner Lüge wissen. Spätestens mit dieser Frage hättest du dich enttarnt.«

»Das weiß ich«, versicherte ich ihm. »Deshalb frage ich Euch.«

»Jolenna war die erste Frau des Schattendrachen«, antwortete Morell und lehnte sich gegen die Tischkante. Jetzt erst schien der letzte Zweifel abzufallen, dass in mir kein Eisenjunge steckte und ich lediglich eine Rolle spielte.

Prinz Jaden zog einen der Stühle hervor und sank darauf. »Sie ist der Grund für die Spaltung der Welt.«

»Der Neid und die Gier des Schattendrachen waren schuld an der Spaltung«, widersprach ich.

Der Prinz hob den Kopf und starrte mich an. »Erzählen sie das bei euch?«

»Im Gezeitenreich redet kaum jemand über die Vergangenheit. Es gibt nur wenige Legenden und die meisten Menschen halten sie für alte Lügengeschichten. Die wahre Existenz der Drachen wurde mir erst vor einem Jahr versichert.« Ich verschwieg, dass ich mein Leben behütet im Dorf der Sonne aufgewachsen war. Was wusste ich schon über ein normales Leben im Gezeitenreich? Nur das, was in Grünfrey erzählt und von den Neuankömmlingen mitgebracht wurde.

Prinz Jadens Blick wanderte an mir hinab. »Ihr kennt die Geschichten eurer Herkunft nicht?«

»Es gibt bei uns so viele Märchen. Realität und Geschichte verschwimmen. Wir wissen nicht, was wir glauben sollen.«

Er stützte die Ellbogen auf den Tisch und schüttelte den Kopf. »Was glaubt das gemeine Volk von uns Eisenmännern?«

»Dass ihr Monster seid. Gierig und machthungrig. Dass ihr unser Land einnehmen wollt.«

Ein Lächeln stahl sich auf des Prinzen Gesicht. »Was erzählt deine Geschichte über die Drachen?«

Ich zuckte mit den Schultern. »Der Schattendrache war neidisch auf die Magie der anderen Drachen.«

Der Prinz starrte mich an und begann zu lachen. Wieder schüttelte er den Kopf. »So ein Unsinn.«

Hitze stieg in mir auf und ich bohrte die Fingernägel in meine Handflächen. »Aber tut Ihr das nicht? Ihr sammelt die Goldkinder und schlachtet sie für Macht aus. Ihr dringt in unser Land ein und nehmt Euch, was Ihr wollt.«

Das Lachen verstummte. »Das stimmt. Aber das sind nur die Folgen der Rache, die die Drachen heraufbeschwörten.« Er legte den Kopf schräg und ein trauriges Lächeln zupfte an seinen Mundwinkeln. »Was ist, wenn ich dir erzähle, dass die anderen Drachen für die Spaltung verantwortlich sind? Vor allem der Sommerdrache, der Vater der Goldkinder.«

Das war unmöglich.

Doch der Prinz nickte, als wollte er seine Worte gegen meinen stummen Widerspruch bestätigen. »Der Regen ist stark. Er zwingt Menschen in die Knie. Sogar die Natur vergeht unter ihm. Aber er kann sie auch stärken. Die Blumen strahlender erblühen lassen oder den Blättern beim Verwesen helfen. Der Regen schenkt Leben. Immer wieder aufs Neue.«

»Aber …« Ich verstummte. Auf meiner Reise hatte ich die Landschaft in der Eisendynastie gesehen. Sie durchlebte jede Jahreszeit, vermischt mit dem Regen. Wie ein Kind wuchs, gedieh und erwachte sie immer wieder – unschuldig und rein.

»Der Neid galt dem Schattendrachen – wie wir ihn am liebsten nennen, da er unter diesem Namen unser Land erschuf. Er hatte die Macht, die anderen zu zerstören. Deshalb fürchteten ihn die anderen Drachen.« Der Prinz erhob sich und ging ein paar Schritte auf und ab. »Unser Schöpfer wollte Frieden. Er wollte dazugehören. Aber seine Macht machte ihn einsam. Bis er diese Frau traf.«

»Jolenna?«

»Ja. Sie war schön wie die Nacht. Ihre Haare flossen um ihre Schultern wie Wasser. So erzählen es zumindest die Geschichten.« Er blieb stehen und rieb sich mit der Hand über die Stirn. »Sie verliebten sich.«

Vor Jolennas Geschichte hatte mich Sendra gewarnt. Nachdem ich die Inbrunst in den Augen des Prinzen gesehen hatte, verstand ich, wie wichtig den Eisenmännern diese Geschichte war. Aber entsprach seine Version der Wahrheit?

»Neid zerfraß den Sommerdrachen. Die Macht des Schattendrachen überstieg die seine und nun hatte dieser die schönste Frau.

Deshalb nahm er sie sich mit Gewalt. Er entführte Jolenna, zwang sie, sein erstes Ei zu gebären.«

Das Schicksal dieser Frau – und von so vielen mehr, die Eier der Goldkinder hervorbrachten – klammerte sich wie eine eisige Faust um meine Brust. Mir fehlten die Worte, um etwas auf diesen Schrecken zu erwidern.

Also fuhr der Prinz fort. »Wut und Hass brachen über den Schattendrachen herein. Seine Tränen um ihren Tod flossen durch das Land und sammelten sich in einem gewaltigen Fluss. Sie formten den Hayes.«

»Er zog sich zurück«, sagte ich tonlos. »Obwohl er sie alle hätte zerstören können?«

Der Prinz nickte. »Seine Trauer schwächte ihn.«

Falls seine Geschichte stimmte, entstand der Kampf der Eisenmänner wegen verlorener Liebe.

Trieb mich nicht dasselbe Ziel an? War ich nicht bereit gewesen, für Kindra alles zu tun?

»Aber warum verschwanden die Drachen?«

»Hier gehen die Geschichten auseinander. Manche erzählen von einem Krieg, bei dem sie starben. Andere erzählen, dass die Welt aus dem Gleichgewicht geriet und die Drachen in ihre Elemente zurückkehrten, um die Magie vor dem Untergang zu bewahren.« Er verschränkte die Arme. »Was es auch war. Sie sind seit Jahrhunderten fort.«

Seine Worte drehten sich in meinem Kopf. War diese Geschichte wahr? Konnte ich den Eisenmännern den Hass auf die Goldkinder und das Gezeitenreich verdenken, wenn Jolennas Geschichte stimmte?

Oder war es nur eine weitere verdrehte Lüge, die ihnen das Recht auf Macht gab?

»Deshalb wollt Ihr seine Rache zu Ende bringen? Obwohl er sich selbst für ein Leben ohne Krieg entschied? Nach Jahrhunderten. In einer Zeit, in der die Menschen nicht mehr wissen, wofür Ihr überhaupt kämpft.« Meine Rüstung schepperte, als ich die Arme energisch ausbreitete. »Das ist Wahnsinn!«

Prinz Jaden zog den Stuhl weiter vom Tisch zurück und setzte sich darauf. Er verschränkte die Finger. »Wie du weißt, habe ich mir viele

Gedanken gemacht«, meinte er ernst. »Den Weg, den wir und unsere Vorfahren gewählt haben, kann ich schon seit einiger Zeit nicht mehr unterstützen. Deshalb habe ich auch den *Heiwan Orden* gegründet. Ich möchte meinen Vater aufhalten.«

»Dann macht das!«

»Nur wie?« Ein verzweifeltes Lächeln trat auf sein Gesicht. »Mein Vater ist mächtig. Er will Odre für sich selbst – wie es ihm seiner Meinung nach zusteht. Er ist gierig nach Rache, so wie unser Volk seit Jahrhunderten.« Er schüttelte den Kopf und sein Haar umspielte sein Gesicht. »Wir suchen nach Möglichkeiten. Nach Verbündeten, aber die Entscheidung meines Vaters kommt zu früh.« Er betrachtete mich mit schwerem Blick. Auf ihm lastete das Schicksal einer Welt. Zwischen Frieden und ihm stand sein Vater.

»Ihr seid entschlossen?«, fragte ich und sein Blick trafen meinen. »Dass Ihr Euch gegen alles stellen wollt, was Ihr von klein auf kanntet? Euren Vater, Euer Land und Eure Tradition?«

Sein Lächeln veränderte sich erneut, wurde weicher und sanfter. »Es ist ihre Schuld«, sagte er und schüttelte den Kopf. Kleine Fältchen bildeten sich um seine Augen. »Die der Goldkinder.«

30. Kindra

Dünne Luft

Der Aufstieg zum höchsten Punkt der Bergkette dauerte nicht mehr lang, nachdem ich die Wüste auf der anderen Seite des Gebirges erblickt hatte. Die Gipfel erreichte ich nach wenigen Tagen, und je weiter ich lief, desto mehr Ruhe kehrte in mich zurück. In der Höhe fehlten die Gerüche nach Pflanzen und Tieren. Hier war ich allein, umgeben von der Sonne, den Wolken und dem Regen.

Ich richtete mich nach Westen, lief um die Berggipfel und näherte mich langsam dem Hayes. Die Luft war dünn und kalt, doch sie löste lediglich ein stetes Kribbeln auf meiner Haut und in meiner Lunge aus.

Jeden Tag gönnte ich mir Pausen und ein richtiges Feuer. Meine Mahlzeiten bestanden aus Adelgras und dem gebratenen Fleisch der Tiere, die ich fing, wenn ich den Berg für einige Zeit zu den bewachsenen Höhenlagen hinabstieg. Ich begegnete weder Bergwölfen noch Menschen. Die Einsamkeit lag wie ein leichtes Tuch über der Bergkette.

Seufzend streckte ich die Arme und ließ mich auf den Boden sinken. Die Luft an den Gipfeln füllte kaum meine Lunge. Aber die Pausen gaben meinem Körper genug, um sich zu regenerieren. Egal wie sehr die Berge versuchten, mich abzustoßen, ich blieb und ich genoss es. Die Stille und die Einsamkeit, die hier oben existierten, verschlossen meine eigenen Ängste tief in mir. Meine Kraft erwachte kein einziges Mal und die Kapuze zog ich ab, wann immer mir danach war. Es gab niemanden, vor dem ich mich fürchtete. Es gab nur mich selbst, das Feuer und das saftige Fleisch.

Die Berge waren nie eine Option gewesen. Wir hatten überall gelebt, während die beste Wahl vor uns in fast endlose Höhe aufgeragt war.

Doch seit ich hier war, verstand ich, warum sie für Noba und Kork nie infrage gekommen waren. Selbst wenn in ihnen nicht die vertraute Angst vor dem Ende der Welt geschlummert hätte, hätten sie in dieser Kälte und der dünnen Luft nicht überlebt.

Ich sprang auf die Füße und stieg wieder hinab, um meinen aufkeimenden Hunger zu stillen. Sobald ich die bewachsene Grenze erreichte, entdeckte ich einen Vogel, der nur ein paar Schritte entfernt saß. Lautlos schlich ich auf ihn zu, während in mir ein Gedanke erwachte.

War der Berg meine Antwort?

Konnte ich hier ein friedliches Leben führen, ohne Angst und ohne Sorgen? Dafür mit vollem Bauch, Ruhe und Einsamkeit.

Der Vogel drehte den Kopf und zuckte erschrocken vor mir zurück. Für einen Augenblick erinnerte er mich an die kleine Holzfigur, die ich geschnitzt und Saki geschenkt hatte. Die Erinnerung an ihn erfüllte meine Brust, zog sie schmerzhaft zusammen und ließ mich straucheln. Doch bevor ich sein Gesicht deutlich vor mir sehen konnte, schnappte ich den Vogel. Mit den Fingern war ich schnell und schloss sie fest um ihn. Mit einem kleinen Ruck brachte ich es zu Ende. »Danke«, flüsterte ich dem winzigen Geschöpf zu und rupfte seine Federn. Mir wurde übel bei der Erkenntnis, dass ich meine Überlegenheit gegenüber dem Tier nutzte – so wie es die Eisenmänner bei der Ernte gemacht hatten. Ich sammelte ein paar Gräser und fachte in der nächsten windstillen Nische ein Feuer an. Der Vogel war nicht groß, aber er reichte, um mich zu sättigen. Trotzdem nahm ich mir vor, das nächste Mal nur etwas Adelgras zu essen.

Nach der Mahlzeit war mir übel, aber ich fühlte mich gestärkt und richtete mich wieder nach Westen. Dieses Mal zögerlicher als zuvor.

Die Tage flossen ineinander. Zuerst zählte ich sie, aber allmählich verschwammen sie zu einem unbekannten Wert, der an Bedeutung verlor. Die Welt lag mir zu Füßen, während die Sonne über mir ihre Bahnen zog.

Mit jedem Tag kam ich dem Hayes näher, und als ich schon dachte, er wäre nicht mehr weit, dauerte es weitere drei Tage, bis ich die Klippe erreichte.

Der Berg fiel vor mir ab. Verlief in wirren Mustern zu Boden und gab den Blick auf die blaue Oberfläche des Hayes frei. Der Fluss erreichte von Süden die steinerne Kluft und endete im Norden dieser Welt. An einer Stelle verschwand er in einer schmalen Felswand, nur um auf der anderen Seite wieder hervorzubrechen. Das Verbindungsstück wirkte von hier oben schmal, kaum erkennbar. Eignete sich diese Stelle für die Überquerung?

Ich kletterte hinab und kam an einem Felsvorsprung vorbei, der einer kleinen Aussichtsplattform glich. Mit dem Rücken lehnte ich mich an einen Stein und streckte die Beine aus, genoss den Platz und die Pause. Aus meiner Position sah die zweite Gebirgskette so nah aus, als könnte ich sie beinahe zu fassen bekommen. Also stand ich auf und trat zum Rand. Das Plateau auf meiner Seite ragte etwas heraus, streckte sich über den Fluss zum Gezeitenreich – dort, wo ich hinwollte. Die gegenüberliegende Bergkette war ebenso zerklüftet, aber einige Fuß tiefer gab es einen weiteren Vorsprung. Er ragte mir entgegen und in meinem Kopf erklang ein Wort: *Spring!*

Ich starrte den Felsen an und schnaubte. Springen. Weil das schon letztes Mal so gut geklappt hatte. Als Antwort auf die nicht gestellte Frage schüttelte ich den Kopf und zog mich zurück. Der Vorsprung verschwand aus meinem Blickfeld. Noch einige Fuß fehlten, bis ich das Verbindungsstück erreichen würde, über das ich mir die Überquerung erhoffte. Es war nicht mehr weit.

Der Abstieg raubte mir die Kraft und das Atmen fiel mir schwer. Aber daran hatte ich mich schon gewöhnt. An einem Hang flatterte eine dicke Steinwachtel, hüpfte von Stein zu Stein. Sie pickte nach Insekten und schlang ihre Beute gierig hinunter. Ich näherte mich ihr und erstarrte. Das winzige Köpfchen ruckte zur Seite, als sie mich neugierig betrachtete. Mein Magen krampfte.

Statt das Tier zu erlegen, wandte ich mich ab, rupfte hier und da Adelgras aus, wenn ich es bei meinem Abstieg entdeckte.

Trockene Äste band ich an den Beutel für ein späteres Feuer, doch anstatt Fleisch zu braten, würde ich mich von den Flammen wärmen lassen und die Pflanzen verspeisen. Nach einigen Stunden fand ich eine Nische, die nicht groß war, aber vor dem vorbeiziehenden Wind schützte. Dort entfachte ich ein kleines Feuer und verspeiste die dicken Blätter als Erstes. Die Stängel und Blüten legte ich ans Feuer, in der Hoffnung, dass sie warm nicht mehr ganz so bitter schmeckten.

Als ich mich zurücklehnte und das Auge schloss, drang nur das Knistern des Feuers und das Pfeifen des Windes zu mir. Keine Schreie, Schluchzer oder grausige Stimmen, die mir eine Gänsehaut über den Rücken jagten. Hier war ich allein. Hier hatte ich alles.

Bilder meiner möglichen Zukunft zogen an mir vorüber. Kein Verstecken, keine Angst. Jeden Tag die Weite des Steins und die winzige Welt am Fuß der Berge. Essen, wenn ich hungrig wurde, und schlafen, wenn mir danach wäre. Tage, weit entfernt von Ernte und Krieg.

Der verbrannte Geruch holte mich in die Gegenwart zurück. Eilig zog ich die Stängel des Adelgrases aus der Reichweite des Feuers. Die Blüten waren verkohlt. Seufzend legte ich den Kopf in den Nacken und sah die Wolken an, die langsam vorbeizogen.

Saki. War er irgendwo dort draußen? Lebte er? Dachte er an mich?

Es war eine Lüge, wenn ich glaubte, hier glücklich zu werden, ohne ihn zu suchen. Aber ich hatte die ständige Flucht satt. Nachdenklich kaute ich auf den Stängeln, die noch bitterer und nach Ruß schmeckten.

Ich trat das Feuer aus und stieg weiter ab. Auf der anderen Seite des Hayes führte sich die Bergkette fort. Im Gezeitenreich, meiner Heimat. Dort würde ich ebenfalls leben können und meine Entscheidung, ob ich die Berge verließ, konnte ich auch dort treffen.

Es dauerte ein paar Stunden, bis ich den Felsen erreichte, unter dem der Fluss verschwand. Der Wind trieb die Gischt zu mir empor und ich schmeckte die Feuchtigkeit in der Luft. Das Rauschen des Wassers vermischte sich mit der Stille, die mich auf dem Berg begleitet hatte.

Tief unter mir verschwand der Hayes unter der Felswand. Was von oben noch wie ein Verbindungsstück aussah, das wie eine Brücke zur anderen Gebirgskette führte, war aus näherer Betrachtung ein zerbrechliches Stück aus dünnen Platten, die in die Höhe ragten. Mit dem Fuß tippte ich eine Kante an, ein großer Brocken löste sich unter meiner Sohle und schlitterte in die Tiefe. Niemals kam ich darauf auf die andere Seite. Der Stein würde unter mir zusammenbrechen. Eine Überquerung war unmöglich.

Mein Blick folgte der Klippe weiter hinab. Mit jedem Fuß schien der Abstand zwischen den Bergen wieder breiter zu werden. Je weiter ich hinabstieg, desto unwahrscheinlicher erschien es mir, auf die andere Seite gelangen zu können. Die Strömung des Hayes war zu stark, um ans andere Ufer zu schwimmen, und ich kannte nur die Brücke am *Schwarzen Markt*. Dort würde ich nur wieder Händlern in die Arme laufen, die mich zurück an den Königshof verkauften.

Meine Beine zitterten und meine letzte Hoffnung begann sich zu verflüchtigen. Eiserne Krallen griffen nach mir, hielten mich fest, banden mich an ein Land, zu dem ich nicht gehörte. Für das ich nur Mittel zum Zweck war. Tränen stiegen mir in das Auge und ich ließ einen Schrei in den Himmel los, der mir in den Ohren klingelte. Von hier unten entdeckte ich den Vorsprung, auf dem ich am Vormittag gerastet hatte. Von der anderen Seite streckte sich der Berg der Wölbung entgegen. Es sah gar nicht so weit aus.

Wenn ich tatsächlich sprang – könnte ich das schaffen?

Als ich den Vorsprung erreichte, keuchte ich von dem zu schnellen Aufstieg. Meine Lunge brannte und meine Arme zitterten. Mein Körper lechzte nach einer Pause, doch trotzdem trugen mich meine Beine zuerst zur Klippe. Der Vorsprung auf der anderen Seite lag tiefer, was mir bei einem Sprung einen Vorteil verschaffen würde.

Erschöpft sank ich auf den Boden und rollte mich zur Seite. Der Wind tanzte in meinem Haar und wirbelte kleine Steine auf.

Spring!, hallte die Stimme in meinem Kopf wider. Es war dieselbe wie zuvor.

»Wenn ich es nicht schaffe?«, fragte ich in die Stille des Gebirges.

Du musst, dröhnte es in meinem Kopf.

Saki. Es war Sakis Stimme.

Ich keuchte und rappelte mich auf die Knie. Sie klang so nah und so real. Eilig riss ich den Kopf herum, suchte zwischen den Felsen nach einer Gestalt. Mein Innerstes flehte, dass er wirklich da wäre. Aber er war es nicht.

»Ich will nicht«, antwortete ich und bevor er mich unterbrechen konnte, fügte ich hinzu: »Auf der anderen Seite geht die Flucht weiter, dann stehe ich wieder am Anfang.« Ich vergrub das Gesicht in den Händen. »Ich will nicht mehr!«, schrie ich.

Der Wind zog an mir vorbei und ich wartete auf Sakis Antwort. Es kam keine. Natürlich nicht.

Als ich den Kopf hob, lag der Abgrund unverändert vor mir. Saki war nicht hier. Aber er war da draußen. Im Gezeitenreich. Irgendwo.

Ehe mein Kopf eine Entscheidung traf, hatte es mein Körper schon getan. Ich wollte zu Saki. Zurück in seine Arme und zu unserem morgendlichen Ritual.

Hastige Schritte nahm ich über den Stein und drückte mich am Rand des Vorsprungs ab. Während ich über den Abgrund flog, ruderte ich mit den Armen und hielt den Atem an. Unter mir der Fluss in halber Meile Entfernung.

Meine Finger kribbelten und ich dachte an den letzten missglückten Sprung. Diesmal musste es einfach klappen.

Es musste.

Der Wind streifte durch meine Kleider und der Gurt des Wasserschlauchs scheuerte an meinem Hals. Hart knallte ich gegen Gestein. Mit den Händen tastete ich nach Halt und meine Füße strampelten in der Luft.

Langsam rutschte ich ab. Die Kante schnitt mir in den Bauch und meine Fingernägel kratzten über den Felsen. Der Umhang wickelte sich um meine Beine.

»Ach, komm schon!«, rief ich dem Berg zu. Wollte er mich einfach so ausspucken?

Tränen traten mir in die Augenwinkel und ich biss die Zähne zusammen. Diesmal nicht!

Ein Schrei dröhnte aus meiner Kehle und ich nahm meine letzten Kräfte zusammen. Meine Finger bohrte ich in den Stein und ich spürte die Wärme der Macht in meinem Innern.

Dich brauche ich nicht, dachte ich und zog die Augenbrauen zusammen. Ich kämpfte gegen den Stoff meines Umhangs und pendelte hin und her. Mit dem Fuß traf ich einen Felsen, der unter dem Vorsprung herausragte, und drückte mich ab. Zitternd zog ich mich höher und robbte über den Boden.

Als meine Hüfte über die Kante rutschte, hatte ich gesiegt. Schweißperlen rannen an meiner Schläfe hinab und tropften zu Boden. Keuchend legte ich die Stirn auf den Felsen und grinste.

Das Gezeitenreich. Meine Heimat.

Endlich war ich zurück.

Das Gebirge veränderte sich auf dieser Seite kaum. Ich traf auf die gleichen Tiere und Pflanzen wie in der Eisendynastie. Dennoch empfand ich hier eine Verbundenheit, die die letzten Monate gefehlt hatte. Als ich mich durch eine Felsspalte schlängelte, erblickte ich die Wüste in ihrer vollen goldenen Pracht.

Ihr Anblick war vertraut und trotzdem wirkte sie anders. Das Dorf der Goldkinder befand sich irgendwo dort draußen und erschien wie ein schlummerndes Geheimnis des Sandes. Eine Anziehungskraft zog mich weiter den Hang hinab. Hatte sich mein Herz beim Sprung über den Hayes entschieden? Lechzte es nach einem Ziel?

Bei meiner nächsten Pause setzte ich mich im Schneidersitz auf den Boden und blickte auf die Dünen. Von hier oben sah die Wüste aus wie ein Meer mit eingefrorenen Wellen, die mitten in der Bewegung innegehalten hatten. Einzelne grüne Oasen durchbrachen die Struktur und wirkten wie moosige Felsen zwischen dem endlosen Sand.

Im Süden zählte ich insgesamt vier Grünflächen. In einer dieser vier Oasen könnte das Dorf der Goldkinder liegen. Ich schloss das Auge und rief mir die Karte ins Gedächtnis. Der Punkt befand sich im Süden. Aber ich erinnerte mich nicht an Zeichnungen von Oasen.

Aber es war einen Versuch wert. Das Dorf der Goldkinder war dort draußen, ebenso die Möglichkeit, meine Macht zu kontrollieren, damit ich mein Auge wie Omb verstecken konnte. Ein Bild flackerte in meinem Kopf: Saki, Hand in Hand mit einer Kindra, deren Auge braun statt golden war. Augenblicklich raste mein Puls. An dieser Zukunft wollte ich festhalten.

Wieder betrachtete ich die Oasen. Das Sandvolk lebte im Süden. Was würde passieren, wenn ich auf es traf?

Wie viel Wahrheit lag in den Legenden und Geschichten? Vor wenigen Monaten hatte ich weder an Drachen noch an die Kraft in mir geglaubt. Doch beides war da. Das Sandvolk existierte, aber war es wirklich so grausam?

Hoffentlich würde mir diese Erfahrung erspart bleiben. Ich stand auf, klopfte mir den Dreck von der Hose und stieg weiter hinab. Meine Sohlen schlitterten über die Kiesel und ich fand kaum festen Halt. Manchmal endete der Weg, dem ich folgte, und ich kletterte an den Felswänden hinab. Immer weiter dem goldenen Meer und einer ungewissen Zukunft entgegen.

In der darauffolgenden Nacht im Gebirge blieb der Schlaf von mir fern. Doch der Gedanke, zu Hause im Gezeitenreich zu sein, beruhigte mich. Beim Abstieg folgte ich den Bergen weiter nach Westen, bis die erste Oase direkt nördlich vor mir lag. Ich betrachtete die Sonne, die sich langsam am Horizont absenkte und den Sand in rötliches Licht tauchte.

Mein Blick schweifte über die Dünen und ich hielt bei der Oase inne, die ich mir als erstes Ziel gesetzt hatte. Irgendwo musste ich meine Suche beginnen. Wenn ich mein Tempo beibehielt, würde ich es vielleicht in einem Tag schaffen.

Noch ein Tag, bis ich womöglich jemandem gegenüberstand. Hoffentlich würde es ein Goldkind sein.

Ich prüfte den Inhalt meines Wasserschlauchs. Er war fast leer. In der Oase würde ich ihn wieder auffüllen. Gähnend rollte ich mich zusammen und schloss das Auge. Der Wind fühlte sich kälter an und ich wickelte den Umhang fester um mich. Die Nacht war klar und die Sterne leuchteten am Himmel, als mich die Erschöpfung übermannte.

Sonnenstrahlen rissen mich aus meinem Schlaf und ich schrak hoch. Der Tag war bereits vor einer Weile angebrochen und ich hatte wertvolle Stunden für meine Wanderung zur ersten Oase verloren.

Ich sprang auf die Füße und schlang mir den Wasserschlauch um die Schulter. In einem irren Tempo rannte und sprang ich über Felsen und Steine hinab. Ich stolperte, riss mir die Handflächen auf, wenn ich mich abfing oder Wände hinunterkletterte.

Die letzte Strecke schlitterte ich über das Geröll und landete auf allen vieren im Sand am Fuß des Berges. Ein erleichtertes Lachen drang meinen Hals hinauf, als ich meine Finger in den Boden vergrub. Warmer Sand umschloss meine Haut, ein Gefühl aus einem alten Leben, dennoch vertraut. Die Eisendynastie lag hinter mir, die Grenze und das Ende der Welt. Jetzt war ich hier. Hatte die Wüste erreicht und spürte sie zwischen meinen Fingern.

Wie die unzähligen Sandkörner in meinen Händen, so hatte ich seit Langem das Gefühl, dass meine Zukunft mir wieder viele Möglichkeiten bot. Ein Leben in Freiheit, bürgerlich, mit verzauberten Augen und Saki an meiner Seite. Es war, als müsste ich nur danach greifen.

»Sieh mal einer an.« Eine Männerstimme dröhnte über mich hinweg und ich zuckte zusammen. Mit einem Satz sprang ich zurück auf die Füße und wirbelte herum.

Zwei Männer und eine junge Frau standen neben einem Felsen. »So unvorsichtig, hm? Dachtest wohl, du bist allein in den Bergen.« Die Kleidung meiner Gegenüber war aus Leder und bedeckte nur die notwendigsten Stellen. Ihre Haut glänzte goldbraun im Licht und weiße Schnörkel zogen sich über Schultern, Hals und Gesicht. In ihren Händen hielten sie Knüppel und Messer.

Schritt für Schritt kamen sie auf mich zu.

Sandmenschen.

Meine Brust schnürte sich zusammen.

Als sie mein Gesicht sahen, weiteten sich ihre Augen. »Ist das …?«, japste die Frau und die Männer stürmten auf mich zu. »Schnell!«

Ich taumelte ein paar Schritte rückwärts, wirbelte herum und rannte in die Wüste. In die Berge konnte ich nicht entkommen, zu schnell würden sie mich beim Aufstieg oder während einer Kletterpartie zu fassen bekommen. Also musste ich sie zwischen den Dünen abhängen – in dem Territorium, das ihnen gehörte.

Die Sonne strahlte von einem wolkenlosen Himmel auf mich herab, spiegelte sich in den einzelnen Sandkörnern. Meine Beine trugen mich wie von selbst in ein Tal zwischen zwei Dünen. Goldener Sand knirschte unter meinen Sohlen und bremste mich. Mit meinen schweren Stiefeln sank ich zu tief ein und brachte kaum Kraft in meine Schritte.

Die Schreie meiner Verfolger drangen zu mir vor und ich zog mein Tempo an. Ein Blick über die Schulter verriet, dass sie zu nah waren. Die Hitze der Sonne strahlte vom Sand zurück, hüllte mich von allen Seiten ein. Schweiß rann mir über das Gesicht und ich kämpfte mit meinem Umhang, der sich um meine feuchten Glieder wickelte.

Das Tal zwischen den Dünen führte mich in einem Bogen nach links. Kaum hatte ich die Sackgasse erkannt, strauchelte ich. Der Weg wurde mit jedem Schritt schmaler, bis die Dünen vor mir verschmolzen und in die Höhe führten.

Verdammt, dachte ich und stürmte voran, den Sand hinauf. Der Boden löste sich unter meinen Füßen, riss mich von den Beinen. Ich fiel auf die Knie und krabbelte, so schnell mich meine Hände und Füße voranbrachten.

Wie konnte ich nur so leichtsinnig sein?

Die einsame Zeit in den Bergen hatte mich unbedacht werden lassen und mich meines Instinktes beraubt!

Das Gelächter der Männer drang zu mir und eine Keule traf mich im Rücken. Der Schlag presste mir die Luft aus der Lunge und ich sackte auf dem Sand zusammen, robbte verzweifelt weiter.

Eine Hand packte mich am Knöchel und zog mich zurück. Ich strampelte und trat nach der Hand, die mich festhielt. »Nein!«, schrie ich und fuchtelte mit den Armen.

»Beeil dich«, mahnte die Frau. »Bevor sie das Feuer ruft.«

Ein Schlag traf mich in der Seite und ein weiterer im Rücken. Die Hitze in mir erwachte und pulsierte in meiner Brust.

Einer der Männer packte meine Kehle und zwang mich, ihn anzusehen. Wenn er blinzelte, starrten mich weiße, gemalte Augen von seinen Lidern an. Er grinste und entblößte graue Zähne. Sein fauliger Atem schlug mir entgegen und mir wurde übel. »Ein wildes Exemplar«, säuselte er und leckte sich über die Lippen. »Die schmecken besonders gut.«

»Sei nicht so ein selbstgefälliger Idiot«, zischte sein Kumpan. »Sonst entwischt sie uns noch!«

»Oder sie bringt uns um!«, schrie die Frau. »Jetzt mach schon!«

In meinem Innern stieg die Glut auf, formte sich und streckte sich aus, füllte meine Glieder. Drang in meine Kehle.

Seine Haut zischte und es roch verbrannt. Er fluchte und hob seinen Knüppel in die Luft. Seine Hand färbte sich rot und bevor ich die Kraft in mir lenken oder kontrollieren konnte, sauste die Keule auf mich nieder.

Ein stechender Schmerz durchzuckte meine Schläfe und tauchte mich in Dunkelheit.

31.

SAKI

Schmerzvolle Ehre

Mit der flachen Hand schlug ich gegen die Wand, bevor ich meine Finger zur Faust ballte. Meine Nägel kratzten über die Ornamente, hinterließen feine Streifen in der makellosen Farbe. Doch das war mir egal. Wenn der König seine Pläne umsetzte, war alles egal.

Jemand berührte mich an der Schulter, was ich lediglich am Gewicht der Hand auf meiner Rüstung erkannte. Ich warf einen Blick nach hinten. Es war Trenb, der leicht den Kopf schüttelte. Die übliche Rüge. *Benimm dich. Du bist ein Eisenjunge.*

Als ich den Rücken durchstreckte, bröckelte das, was anstelle meines Herzens übrig geblieben war. Mit einem Schritt drehte ich mich um und lehnte mich an die Wand.

»Wann?«, fragte Morell. Ich wollte es nicht hören.

»Mein Vater wird es nachher bekannt geben.« Der Prinz knetete die Hände. Sein Blick fand kurz meinen. Nur für einen Augenblick. Für einen Bruchteil. Ein kurzer Blick, der so viel suchte und so viel bedeutete.

Mitgefühl, Widerstand, Verlust. Der Prinz hatte verloren, bevor er überhaupt zum Schlag ausholen konnte.

Mein Kopf sackte hinab und ich betrachtete den Boden. »Muss ich dabei sein?«, fragte ich, hob den Blick und sah Morell an. Aus dem Augenwinkel sah ich, dass Trenb wieder den Kopf schüttelte. Der Prinz zog sich ins Badezimmer zurück.

Morell fuhr sich mit der Hand über seine Armschiene. Er zupfte sie leicht zurecht. »Du gehörst zur Garde des Prinzen. Deine Anwesenheit wird verlangt.«

Mein Kiefer schmerzte und ich widerstand dem Drang, auf den Boden zu spucken. »Ich weiß nicht, ob ich das kann.« Meine Stimme hallte dünn durch das Zimmer. Die Vorstellung, bei der Verkündung hinter dem Prinzen zu stehen, zog mir den Boden unter den Füßen weg. Nur noch die Wand in meinem Rücken hielt mich aufrecht.

Trenb betrachtete mich verbittert. »Du musst.«

Meine Knie wurden weich und Trenb packte mich am Oberarm.

»Denk an etwas anderes. Hör nicht zu. Ganz egal, wie du es anstellst, du musst es überstehen und dabei glücklich wirken, verstanden?«

Mein Körper reagierte wie von selbst, angetrieben von dem Instinkt zu überleben. Doch ich brachte nur ein kurzes Nicken zustande.

»Sichert den Thronsaal. Bereitet alles vor.« Morell sah zur verschlossenen Tür, hinter der sich der Prinz aufhielt. »Vielleicht kann ich in Ruhe mit ihm sprechen.«

Trenb trat an die Tür und wartete auf mich. Als ich zögerte, fügte er hinzu: »Für uns ist das eine Ehre.«

Sein Profil zeichnete sich markant unter dem Helm ab. Eine Ehre. »Ich verstehe euch Eisenmänner nicht.«

Mit einem tadelnden Funkeln in den Augen legte er den Kopf schräg. »*Uns*.« Seine Augen blitzten. »*Uns* Eisenmänner. Du gehörst dazu. Wenn du leben willst, solltest du das langsam kapieren.«

Mit einer Handbewegung scheuchte er mich hinaus und wir eilten in Richtung Thronsaal.

Menschen füllten den Saal. Sie liefen durch den Raum und schmückten ihn mit Blumen, legten einen neuen Teppich aus oder polierten den Thron. Trenb kontrollierte die Anwesenden und erkundigte sich nach dem Stand der Vorbereitungen, dabei wich ich ihm nicht von der Seite. Seine Worte setzten sich in meinen Gedanken fest. Es stimmte nicht. Ich gehörte nicht hierher.

Aber ich gehörte auch nirgendwo sonst hin.

Eine Gestalt trat vor mich und riss mich aus meinen Gedanken. Dorallien grinste und klopfte mir auf die Schulter.

»Klasse Rüstung!«

Er war breiter geworden, seine Schultern kräftiger und er wirkte älter. Wie lange war es her, dass ich die Rekruten verlassen hatte? Wochen? Einen Monat oder zwei??

Das Wiedersehen hob meine Stimmung. Dorallien winkte Nuren zu uns, der sich ebenfalls verändert hatte. Seine Gestalt war drahtig, seine Bewegungen geschmeidig und wendig.

»Lange nicht gesehen.«

»Es erscheint wie eine Ewigkeit«, bestätigte ich und verdrängte die Bitterkeit, die diese Worte auslösten. »Was macht ihr hier?«

Dorallien stemmte die Hände in die Seiten. »Ein paar Rekruten helfen bei den Vorbereitungen.« Selbstbewusst schlug sich der Spion die Hand vor die Brust und spielte seine Rolle als Eisenjunge mit Leichtigkeit. Vermutlich ahnte er nicht, welche Neuigkeiten uns bevorstanden. »Einige haben noch mehr Glück«, sagte er und boxte Nuren in die Seite.

Dieser verdrehte die Augen. »Es ist nichts Besonderes«, winkte er ab, doch ich erkannte den Stolz in seinem Blick.

»Einige Rekruten werden im Heer ausgebildet. Manche werden vielleicht sogar dem König unterstellt!« Dorallien klatschte in die Hände und stupste Nuren mit dem Ellbogen an. »Der Glückspilz.«

Nurens Gesichtszüge behielten die gewohnte Distanz, aber der Erfolg stand ihm gut. Er spielte um seine Augen und lag in seinen Mundwinkeln. »Es ist nichts Besonderes«, wiederholte er. »Ein weiterer Rekrut wurde ausgewählt. Ich bin keine Ausnahme, Dor!«

Der Spitzname war mir neu, doch der Rekrut seufzte übertrieben tief und schob die Unterlippe vor. »Da ist er auch schon.« Er verdrehte die Augen und ich folgte seinem Blick.

Teruin stolzierte auf uns zu.

»Wen haben wir denn da?«, zischte er und verschränkte die Arme. Ein fieses Lächeln stahl sich auf sein Gesicht und untermalte den giftigen Klang seiner Stimme. So wie ich sie in Erinnerung hatte. »Ist der Prinz schon unglücklich über seine Wahl oder was machst du hier?«

Ich beugte mich ein bisschen näher an ihn heran. »Wie ich sehe, bist du noch derselbe Vollidiot.«

Dorallien lachte und Teruins Gesicht wurde schlagartig rot.

»Saki!«, rief Trenb und winkte mich zu sich.

»Bitte entschuldigt mich«, meinte ich, nickte Nuren und Dorallien kurz zu und wünschte ihnen Erfolg für das weitere Auswahlverfahren. Als ich einen Schritt rückwärts ging, konnte ich ein Grinsen nicht unterdrücken. Leise fügte ich hinzu: »Möge jeder kriegen, was er verdient.« Dabei streifte mein Blick Teruin, der die Lippen zu einem Strich zusammenpresste und finster zurückstarrte.

Mit ein paar Schritten schloss ich zu Trenb auf, der mir ein paar Aufgaben zuwies und mich bat, den Prinzen zu holen, wenn alles abgeschlossen wäre. Geschäftig huschte ich zwischen den Menschen durch den Saal. Teruins Blick folgte mir und ich gab mich besonders wichtig. So selbstgefällig meine Genugtuung war, sie lenkte mich von meinen wahren Gefühlen ab. Die Ablenkung hieß ich herzlich willkommen.

Teruin war kein schlechter Kämpfer. Ihm stand nur sein mieser Charakter im Weg. Er hatte sich wie die anderen verändert und wirkte größer, stärker und gefährlicher. Ich zweifelte kaum daran, dass er es in das Heer des Königs schaffen würde. Denn nach dem, was der Herrscher der Eisendynastie heute zu verkünden hatte, brauchten sie jeden Krieger.

»Die Zeremonie beginnt in Kürze, mein Prinz.« Ich verbeugte mich tief und setzte mein freundlichstes Gesicht auf.

Prinz Jaden betrachtete sich kurz im Spiegel und nickte. Seine Augen wirkten leerer als sonst. Für ihn war es ebenfalls eine Niederlage, nicht nur für mich.

»Danke.« Er kam an die Tür und als ich sie öffnen wollte, hob er die Hand. »Nein«, sagte er und winkte Morell nach draußen. »Ich will, dass du mich begleitest, Saki.«

Mein erster Gedanke galt Teruin. Ein gehässiges Lachen hallte durch meinen Kopf, als ich mir sein Gesicht ausmalte. Vermutlich würde er sich grün ärgern, wenn ich als persönliche Wache des Prinzen eintrat und die Zeremonie neben ihm verbrachte. Doch dann dachte ich daran, bei welchem Ereignis ich diesen Platz einnehmen würde, und die Leere kehrte schlagartig zurück. »Wieso?«

Prinz Jaden zuckte mit den Schultern und sein Blick wanderte über mein Gesicht. Ich sah an ihm vorbei. Das Gold glänzte dennoch in meinen Augenwinkeln und ein Stechen zog durch meine Brust. An den meisten Tagen ertrug ich es nicht, ihn anzusehen.

»Vielleicht, weil du am ehesten mit mir fühlst.«

Mein Blick zuckte zu ihm und ich starrte ihn mit aufgerissenen Augen an. Das war doch nicht dasselbe. »Ich glaube kaum, dass Ihr mich versteht.«

Ein schwerer Seufzer drang aus seiner Kehle, er senkte aber nicht den Blick. »Nein, natürlich nicht. Aber auch du bist unglücklich über diese Entwicklung.« Er betrachtete die geschlossene Tür. »Wahrhaftig unglücklich.«

Ohne weitere Worte verließen wir den Raum und gingen den Korridor entlang. Die Wachen schälten sich von der Wand neben der Tür und folgten uns in einigem Abstand. Schweigend schritten wir nebeneinanderher. Als wir uns dem Thronsaal näherten, häuften sich die Menschen, denen wir begegneten. Der Prinz grinste und winkte ihnen im Vorbeigehen zu.

»Ich bin so aufgeregt«, sagte er zu mir. So laut, dass es die Umstehenden hören konnten. Die Niederlage war aus seinem Gesicht verschwunden, lediglich das Funkeln seiner Augen deutete seine wahren Gefühle an. Doch auch das vermochte die Menschen zu täuschen, die seine Beweggründe nicht kannten.

»Das sind wir alle, mein Prinz.«

Kurz huschte mein Blick über sein Gesicht. Das Lächeln wirkte echt. Seine Körpersprache und Mimik strahlten die freudige Erwartung aus, die er den Menschen klarmachen wollte.

Die Menge ließ sich anstecken. Sie alle eilten in den Saal, hielten dabei gebührend Abstand zu ihrem Prinzen. Morell und Trenb warteten am Eingang und schlossen sich uns an. Gemeinsam durchquerten wir die Halle und traten zum Thron. Seitlich davon war der Platz des Prinzen. Ich stellte mich neben ihn, während sich die restliche Garde entweder hinter uns oder am Rand der Erhöhung aufreihte.

An der Seite des Prinzen war die Verantwortung groß. Auf mir lag die Bürde, sein Leben mit meinem eigenen zu schützen. Eine große

Ehre. Vor allem für einen Rekruten, der den Palast erst vor einigen Monaten das erste Mal betreten hatte.

Die Blicke der Menschen ruhten auf dem Prinzen – und auf mir. Interessiert, erstaunt und eifersüchtig. Teruins Augen stachen aus der Menge hervor. Sein Gesicht lief rot an und er verzog den Mund. Der gewohnte Ausdruck seiner Wut.

Ein Lächeln trat auf mein Gesicht und ich hielt an diesem Gefühl fest. Die Menschen würden nicht merken, woher ich meine Freude nahm – von der Genugtuung, Teruin bis zur Weißglut zu reizen. Die positive Ausstrahlung konnte ich gebrauchen. Es lagen schlechte Neuigkeiten vor uns.

Die Menge teilte sich und der König trat mit seiner Leibgarde ein. Das monotone Klacken der Stiefel auf dem Boden durchbrach die Stille. Mein Herz raste und Kälte kroch mir über den Rücken. Das Geräusch der Schritte steigerte sich, wurde lauter. Bis es plötzlich abbrach. Sie hatten den Thron erreicht. Der König wirbelte herum und breitete die Arme aus.

»Mein geliebtes Volk«, sprach er langsam und tief. »Wir haben uns heute für einen denkwürdigen Tag hier versammelt.«

Alle Menschen in der Menge schienen den Atem anzuhalten und mit großen Augen zu uns nach vorn zu starren.

»Vergeltung ist nah. Die Vorbereitungen für unsere Rache beginnen.«

Ein Raunen lief durch die Reihen.

»Die Eisendynastie wird sich erheben und zurückholen, was ihr gehört – ganz Odre.« Seine Worte dröhnten über die Anwesenden hinweg. »Wir werden das Gezeitenreich mit unserer Kraft überrennen.« Er schlug sich an die Brust. »*Jolennas Rache* ist da.«

Einzelne grölten und die Zurückhaltung der Menge brach. Jubel, Schreie und Stiefel, mit denen auf den Boden gestampft wurde, erzeugten eine schaurige Melodie. Der Saal füllte sich mit einem Donnergrollen.

Ich hatte die Hände hinter dem Rücken verschränkt. Meine Fingernägel bohrten sich in meine Haut. Jetzt war es offiziell.

Die Spaltung würde ein Ende finden, wenn der König das Gezeitenreich an sich riss. Er führte sein Land in den Krieg.

Wie die neue Welt unter seiner Herrschaft aussehen würde, wollte ich mir nicht vorstellen.

32.

Kindra

Schattensiedlung

Der Geruch von verbranntem Fleisch drang in meine Nase und riss mich zurück in die Gegenwart. Qualmende Kadaver lagen einige Schritte entfernt im Sand. Ihre Haut war zudem übersät mit Schnittwunden, aus denen Blut sickerte. Dünne Rinnsale flossen die Düne hinab und verklumpten die Sandkörner.

»Nein«, japste ich und robbte rückwärts. Das goldene Meer hatte nichts Beruhigendes mehr, die Sonnenstrahlen knallten herunter und mein Kopf dröhnte.

Was hatte meine Macht angerichtet, als ich ohnmächtig geworden war?

Stoßweise atmete ich ein und aus, während ich mich weiter von den Leichen entfernte. Die Welt drehte sich. Die goldenen Wellen schwankten und drohten, jeden Moment auf mich niederzubrechen.

Mehrfach schlug ich mir gegen die Wangen, versuchte mich aus diesem Albtraum aufzuwecken. Nicht schon wieder. Keine weiteren Toten.

»Alles ist gut«, erklang eine Stimme. Lügen – alles Lügen in meinem Kopf. Nichts war gut.

»Ich bin hinter dir.« Die Stimme klang amüsiert und ich wirbelte herum.

Ein einzelner Mann, vielleicht ein paar Jahre älter als ich, stand auf der Spitze der Düne. Sein Haar, schwarz und kinnlang, wehte um sein

Gesicht. In seinen Händen lag keine Waffe, als er sie abwehrend hob. Noch während er lächelte, enthüllte er die wahre Farbe seiner Augen.

Er war ein Goldkind.

Ich rappelte mich auf. Meine Beine waren schwer wie Blei. Zitternd stemmte ich die Stiefel in den Sand, doch es war unmöglich, mich in Bewegung zu setzen. Mein Körper bebte, als sich das Bild der neuen Toten in mein Gedächtnis einbrannten.

»Wusste ich es doch«, sagte der Mann, kam ein paar Schritte näher und blieb vor mir stehen. »So begeistert sind sie nur bei unseresgleichen.«

»Du …« Meine Finger zitterten, als ich die Hand hob. Erleichterung durchflutete mich – ich hatte ein Goldkind gefunden. Er würde mich zum Dorf führen und mich mehr über meine Magie lehren können. Dann würde so was wie das hier nicht mehr passieren. Mein Arm erstarrte mitten in der Bewegung, als er meine Schultern umfasste.

»Da kam ich gerade noch rechtzeitig«, meinte er und nickte zu den Leichen. Ich vermied es, sie anzusehen.

»Du warst das?«, platzte ich heraus. »Hast du …?«

Er nickte und drückte den Rücken durch. »Mit einem Schlag.«

Der Stolz, mit dem er über den Mord sprach, drehte mir den Magen um. »Wieso?«, presste ich hervor, bevor mein Bauch krampfte und ich mich in den Sand erbrach. Früher hatten Noba und Kork Männer getötet, um mich zu beschützen. Ich war mit dem Tod im Rücken aufgewachsen, doch etwas hatte sich verändert.

Ich war eine andere.

Der Mann bückte sich zu mir, umfasste meine Arme und richtete mich vorsichtig auf. »Der Anblick ist grausam«, meinte er und führte mich fort. »Aber du brauchst kein Mitleid zu haben, sie gehörten zum Sandvolk.«

Dunkel schwirrten die Wortfetzen der Verfolgungsjagd durch meinen Kopf. Die Sandmenschen hatten mich essen wollen. Bei der Erinnerung daran schauderte ich, trotzdem fühlte sich das falsch an. Jeder Tod war falsch. »Aber …«, widersprach ich, denn das Ende eines Lebens sollte nicht so leicht sein.

Mit einer Handbewegung unterbrach mich der Mann. »Komm«, sagte er und zog mich am Handgelenk mit sich. Die Leichen blieben hinter uns im Sand zurück.

Hätte es nicht ausgereicht, wenn er die Sandmenschen niedergeschlagen hätte?

Verschwommen formte sich vor meinem inneren Auge ein Weg. Seit meiner Kindheit forderte meine Existenz die Auslöschung von anderen. Banditen, Familie, Nachbarn, Gefährten.

Sandmenschen, listete ich zusätzlich auf. Ich rannte davon und hinterließ eine Spur der Verwüstung.

»Wie heißt du?« Er warf mir einen Blick über die Schulter zu.

»Kindra«, antwortete ich und ließ mich von ihm ziehen. Meine Füße stapften zitternd über den Sand.

»Ich bin Toryn.«

Eine Weile betrachtete ich seine Füße. »Du bringst mich ins Dorf, oder?«

Abrupt hielt er an und seine Hand bebte. Bildete ich es mir ein oder wurde sein Griff stärker? »Woher weißt du vom Dorf?«, zischte er und wirbelte herum. Sein Gesicht kam nah an meins. »Du bist nicht nur geflohene Beute von den Sandmenschen? Schickt dich jemand? Wer weiß noch davon?« Als sein Blick auf meinem Gesicht verharrte, schnaubte er. »Du bist die aus dem Palast. War das euer Plan?«

Ich blinzelte.

»Wer schickt dich?«, hakte er barsch nach.

»Niemand, der noch leben würde«, erwiderte ich scharf und spürte Wut in mir aufkeimen. Die Bilder von Geran, Stelja, Narie und Hamm zogen an mir vorbei. Lachend, lebend, dann verwundet und tot. Keiner hatte überlebt. Und Omb? Ich riss meine Hand los und fuhr mir über die Stirn.

»Was ist?«, fragte Toryn und verschränkte die Arme vor der Brust. »Lockst du jemanden hierher?«

»Nein!«

Er starrte mich an. Mit einem Fingerschnipsen könnte er mich vermutlich auslöschen. In ein verkohltes Stück Fleisch verwandeln wie meine Verfolger.

Wieder packte er mich. Diesmal an den Oberarmen. Seine Finger bohrte er fast schmerzhaft in meine Haut. Ich wand mich in seinem Griff.

»Woher weißt du von uns?«

»Von Omb.«

Seine Lippen bildeten eine dünne Linie, der Name schien seinen Widerwillen zu brechen. »Komm mit«, meinte er und legte mir die Hand auf die Schulter. Als ich mich nicht rührte, griff er meinen Arm und zog mich mit sich.

»Ich wollte einen Unterschlupf finden«, sagte ich mit rauer Stimme und verrauchter Wut. Toryn ließ mich los und bedachte mich mit einem Blick, in dem ich Mitgefühl erkannte. War er ebenfalls durch die Welt geirrt und hatte nach einem Ort gesucht, an dem er sich nicht verstecken musste? Zögerlich nickte er und ließ mich los. Ein kleiner Vertrauensbeweis.

Schweigend folgte ich ihm über die Dünen Richtung Nordwesten. Es dämmerte, als wir eine Oase erreichten, bei der ich mir sicher war, dass es sich um jene handelte, die ich in den Bergen ausgewählt hatte. Die Karte war mir wohl besser im Gedächtnis geblieben als gedacht.

Saftiges Gras bedeckte den Sand, gefolgt von Sträuchern und Palmen. In einiger Entfernung glitzerte eine Wasseroberfläche zwischen dem Grün der Pflanzen. Toryn wandte sich nach links zu einer gigantischen Steinformation, die aus dem Sand herausragte. In der Felswand klaffte eine Öffnung und gab den Blick auf einen Tunnel frei, der in den Untergrund führte. Ich hatte mir den Eingang versteckt vorgestellt. Verborgen vor den Augen des Sandvolkes. Aber er lag offen da.

Wir traten ein und Dunkelheit umfing uns. Toryn hob seine Hand und ein Feuerball entflammte, der flackerndes Licht an die Wand warf, während das Feuer auf seinen Fingern tanzte. Unter unseren Füßen knirschte es und erst auf den zweiten Blick erkannte ich, was den Eingang säumte: Überall lagen Knochen. Schädel mit leeren Augenhöhlen, Ellen, Rippen, zersplitterte Becken.

Die Sandmenschen, die versuchten hier einzudringen, wurden von den Goldkindern daran gehindert. Wollten mich meine Verfolger daher schnellstmöglich ausschalten? Wussten sie von der Kraft, die in uns schlummerte?

Selbst der Eingang in dieses Dorf war anders, als ich es mir vorgestellt hatte. Die Goldkinder versteckten sich nicht vor dem Sandvolk. Warum störte es Toryn dann, dass jemand von dem Dorf wusste? Sie konnten Eindringlinge mit Gewalt abhalten.

Toryn bog um eine Ecke und ich folgte ihm. Der Tunnel wurde nach der Biegung von Fackeln erhellt, an denen magisches Licht brannte. Zwei Goldkinder hielten Wache und versperrten uns den Weg. Es waren zwei Frauen, die mich interessiert musterten.

Erkenntnis zeichnete die Miene der rechten, deren kantige Gesichtszüge vom Licht umspielt wurden. »Das Goldkind aus dem Palast?«, fragte sie leise an Toryn gewandt, doch ihre Worte hallten deutlich von den Wänden wider. »Jene, die geflohen ist.« Sie legte den Kopf schräg und vermutlich hätte es mich wundern sollen, dass sie über mich Bescheid wussten. Toryn hatte mich vorhin auch erkannt. Aber die Nachricht war auch bis Nayers Ent vorgedrungen. Es wäre naiv von mir zu glauben, dass die Goldkinder keine Informationen von der Außenwelt erhielten.

Toryn zuckte mit den Schultern. »Sie hat Omb getroffen.«

»Bring sie zu Tanidra«, sagte die andere schnell und winkte uns durch.

Der Tunnel führte weiter in die Tiefe. Die einzige Lichtquelle war das Feuer, das Toryn mit sich trug. Es flackerte auf den rohen Steinwänden, an denen in regelmäßigen Abständen Holzbalken angebracht waren, die die Decke stützten. Gänge verzweigten sich an unzähligen Kreuzungen, verloren sich außerhalb des Flammenscheins in der Finsternis. Ab und an befanden sich Türen in den Wänden. Ihre Form war an die Felsspalten angepasst, deren Höhlen sie verbargen.

»Das ist es?«, fragte ich und blieb stehen. »Das ist das Dorf?«

Mit einem Brummen bestätigte Toryn meine Vermutung. Dennoch ließ dieses Geräusch meine Hoffnung in sich zusammenfallen. Mich erwartete keine gemütliche Siedlung, die das Gefühl von Heimat vermittelte. Das war kein Ort, der sich wie ein lang ersehntes Ziel anfühlte. Vielmehr erinnerte es mich an das Verlies im Palast.

Toryn drehte den Kopf zu mir. Das freundliche Grinsen war schon lange verschwunden und er machte keine Anstalten, seine Abneigung zu verbergen. »Hier sind wir sicher. Reicht dir das etwa nicht?«

Kälte hüllte mich ein und ich stützte mich an der Wand ab. Der Stein war klamm und rau. Ich hatte mehr Geheimnisse erwartet, mehr Sicherheit oder mehr Fallen. Aber auch mehr Licht, eine wohlige Atmosphäre.

Einfach mehr.

»Es ist so dunkel«, sagte ich zu mir selbst.

Toryn schnalzte mit der Zunge und blieb neben einer Tür stehen, die unten bauchig war und oben spitz zulief. Dreimal klopfte er an. Der Widerhall verflüchtigte sich hinter uns in den Tunnel.

Die Tür öffnete sich und ich trat nach Toryn ein. In der Mitte des Raumes stand ein Tisch, auf dem ein Feuerball in einer goldenen Schale brannte und das Gesicht einer Frau beleuchtete.

Das Gold ihrer Augen reflektierte die Flammen. Sie war alt, ihre Haare grau und Mund und Stirn voller Falten. Ombs Erzählungen zufolge wurden die Goldkinder Hunderte Jahre alt – daher wagte ich es nicht, ihr Alter zu schätzen.

»Wen bringst du zu mir?«, fragte sie, ohne aufzusehen. Das musste Tanidra sein, von der die Frau am Eingang gesprochen hatte. Neben der Tür regte sich eine weitere Gestalt im Dunkeln, blieb jedoch verborgen.

»Eine von uns. Ein Neuling. Sie kennt Omb.«

Der Blick der Frau schnellte nach oben, sie musterte mich vom Scheitel bis zur Sohle – nach den Wochen in den Bergen und der Verfolgungsjagd der Sandmenschen wollte ich mir nicht ausmalen, was sie sah. Eine hagere junge Frau mit zerschlissenem Umhang und strähnigem Haar.

Sie deutete mit der Hand über den Schreibtisch. »Tritt bitte näher.«

Toryn rührte sich nicht und als ich zögerte, stieß er mir den Ellbogen in die Seite.

Der Feuerball wärmte meine Haut, als ich den Schreibtisch erreichte. Er flackerte, teilte sich und verschmolz wieder. Die lebende Hitze erinnerte mich an das Feuer in mir. An die Kraft, die die Räuber ausgelöscht hatte.

»Du hast Omb getroffen?«, fragte die Frau und riss mich aus meinen Gedanken. Ihre Stimme war kühl und sachlich. Bis auf das Licht vor mir gab es nichts Behagliches in diesem Raum.

Innerhalb kürzester Zeit hatte ich mehr Goldkinder getroffen als in meinem bisherigen Leben. Trotzdem war ich eine Fremde, ein Eindringling, der beäugt und dem misstraut wurde. Was hatte ich erwartet? Offene Arme, die mich empfingen? Ein Gefühl von Heimat? Der Gedanke erschien mir plötzlich töricht. Nichts fiel mir einfach zu – für alles musste ich Tränen, Schweiß und Blut geben.

»Ja«, antwortete ich knapp und sah ihr direkt in die Augen. So vertraut und so fremd.

»Wo?« Tanidra stand auf, legte die Handflächen auf den Tisch und beugte sich näher zu mir. »Kannst du uns zu ihm führen?«

»Nein.«

Zwischen ihren Augenbrauen vertieften sich die Falten. »Warum nicht?«

»Das Dorf existiert nicht mehr. Er ist vermutlich tot.«

Mit der Hand fuhr sie sich über das Gesicht und sank wieder zurück auf ihren Stuhl.

Einige Herzschläge starrte sie vor sich auf die Tischplatte, die Linien in ihrem Gesicht gezeichnet von Erschöpfung.

Als sie weiter schwieg, verschränkte ich die Arme und verlagerte das Gewicht auf ein Bein. »Wer war Omb? Warum war er für euch so wichtig?«, fragte ich.

Langsam löste sie sich aus ihrer Starre und sah mich an. »Das ist nicht von Belang.«

Ihre Worte reichten aus, um meinen Geduldsfaden zu zerreißen. Die Ablehnung baute sich in mir auf und entlud sich in dieser dunklen Kammer. Energisch schlug ich mit den Handflächen auf die Tischplatte. »Omb erzählte mir von hier – einem Ort, an dem ich Zuflucht suchen und meine Kraft kennenlernen könnte. Ich dachte, hier würde ich hingehören. Doch ihr behandelt mich wie eine Außenseiterin.«

»Du bist eine Außenseiterin«, meinte Toryn hinter mir.

»Ich bin eure Schwester«, presste ich hervor. »Meine Heimat wurde zerstört, mein Körper ausgeschlachtet. Ich war eine Närrin, zu glauben, dass ich hier eine Familie finden würde.« Tränen brannten in meinem Auge und ich wischte hastig über mein Gesicht.

Tanidra betrachtete mich einen Moment interessiert, bevor sie nickte. Ihre verspannten Gesichtszüge lösten sich. »Bitte entschuldige, Schwester. Seit Omb fort ist, haben wir alle Hände voll zu tun, das Dorf zu verteidigen. Uns fehlt seine Macht, mit der er uns die letzten Jahrhunderte beschützt hat.«

»Warum ist er gegangen?«

Ihr Mund verzog sich zu einer traurigen Grimasse, als sie mit den Schultern zuckte. »Er wollte mehr, fixierte sich auf die Legenden der

Drachen. Schon seit Jahren glaubte er, es sei seine Aufgabe, die Unterdrückung der Goldkinder zu beenden und sie alle herzuschicken.«

Beinahe hätte ich über die Ironie gelacht. An der Begrüßung würden sie arbeiten müssen. »Was ist schlimm daran, anderen eine Heimat bieten zu wollen?«, erwiderte ich.

»Er brachte uns damit alle in Gefahr. Ein paar Männern können wir problemlos standhalten. Dem Sandvolk bieten wir die Stirn. Aber wenn Omb oder ein Goldkind wie du eine Armee herführt?« Entschlossen sah sie mich an, die Hände auf dem Tisch gefaltet. »Niemals. So stark sind wir nicht.«

»Ihr versteckt euch.«

Sie lachte auf. »Und das ist es, was du bei uns suchst.«

»Ich …« Was hatte ich gesucht? Eine Idylle, ähnlich der in Grünfrey. Keine mordenden Goldkinder und kein Loch unter der Erde. »Ich will mich nicht mehr verstecken.«

»Und was willst du dann hier?«

»Ich will meine Macht kontrollieren und mein Auge verbergen lernen, damit ich normal leben kann.«

Tanidra lehnte sich auf ihrem Stuhl zurück. Das Licht des Feuerballs umspielte ihre Züge. »Das können wir. Wir können dir helfen, deine Magie zu nutzen. Aber dafür müssen wir sie erst noch erwecken.«

»Ihr müsst sie nicht erwecken«, antwortete ich und die Stimmung in Raum veränderte sich schlagartig.

»Was sagst du da?«, fragte sie und fixierte mich.

»Meine Magie ist bereits erwacht.« Die Worte schwirrten durch den Raum und schienen die Zeit anzuhalten. Kaum verklangen sie, sprang Tanidra auf die Beine und Toryn tauchte neben mir auf.

»Seit wann?«, japste sie.

Irritiert sah ich von ihr zu Toryn, in dessen Gesicht ebenfalls der Schock stand. Besorgt runzelte er die Stirn, doch in seinen Augen lag auch ein Funken Neugier.

Selbst der Wächter im Schatten neben der Tür bewegte sich.

»Einen oder zwei Monate«, stotterte ich, verunsichert von ihren Reaktionen. »Ich weiß nicht, wie lange ich unterwegs war.«

Toryn stieß leise Flüche aus und packte mich am Oberarm.

»Bring sie in die Kammer. Beginnt sofort«, meinte Tanidra und deutete eilig zur Tür, ihre Augen zeigten Entsetzen.

Ohne eine weitere Erklärung zog mich Toryn aus dem Raum. Ich versuchte ihn abzuschütteln, aber er war kräftig. »Was … Hör auf!«, zischte ich und schlug ihn mit der freien Hand gegen die Schulter. Ihre Gastfreundlichkeit war definitiv ausbaufähig.

Er warf mir einen schnellen Blick zu und verdrehte die Augen. »Du hast keine Ahnung, wie gefährlich das ist, oder?«

Die Bilder der Leichen schwirrten durch meine Gedanken, während ich weiter vorwärtsstolperte. Natürlich wusste ich das. »Ich weiß, was meine Kraft anrichten kann, wenn ich wütend bin«, presste ich hervor.

Schlagartig hielt er inne und ich prallte gegen ihn. »Kindra«, mahnte er und musterte mich eindringlich. »Das ist nur der Anfang. Wenn du nicht aufpasst, füllt die Kraft deinen ganzen Körper aus. Oder schlimmer.« Er beugte sich näher zu mir. »Du verbindest dich mit der Magie unserer Welt und verlierst dich selbst.«

Mein ganzer Körper bebte, während mich Schwindel erfasste. Es wurde schlimmer? Zitternd wankte ich zur nächsten Wand und stützte mich mit beiden Händen ab. Meine Schultern bebten. »Es darf nicht schlimmer werden«, würgte ich hervor und suchte flehend Toryns Blick. »Bitte.«

Seufzend schürzte er die Lippen, bevor er mir die Schulter tätschelte. »Kopf hoch. Noch ist es nicht zu spät.« Doch seine Stimme war angespannt.

»Was passiert jetzt mit mir?«

»Du lernst deine Magie zu kontrollieren. Aber wir dürfen keine Zeit vergeuden.« Sacht umfasste er meinen Unterarm und zog mich weiter. »Normalerweise dauert es Monate, bis jemand die Techniken erlernt. Die Kraft wird erst erweckt, wenn derjenige bereit ist, sie zu beherrschen.« Flüsternd fügte er hinzu: »Bisher habe ich noch nie davon gehört, dass sie von allein erwacht ist.«

Mir wurde heiß und kalt. »Wie lange haben wir noch?«

Sein Blick streifte mein Gesicht und er zuckte mit den Schultern, als er mir die Tür zu einer dunklen Kammer aufhielt. »Wenn wir Glück haben, ein paar Wochen.«

33.

Saki

Entwicklungen

Der Feldzug veränderte das Leben im Palast und zog in alle Räume ein – Karten und Schriften hingen an den Wänden, Wachen trainierten in Schichten und die zwei größten Innenhöfe dienten für zusätzliches Training.

Auch das Arbeitszimmer des Prinzen war kaum mehr wiederzuerkennen. Sein Schreibtisch war in die Mitte des Raums gerückt worden und von einer Karte bedeckt, die an den Seiten über die Arbeitsplatte ragte.

Neben dem Prinzen und Morell beugte ich mich über die Karte. Die gesprochenen Worte kratzten nur am Rande meiner Wahrnehmung, während ich mit meinem Daumen über den Punkt fuhr, an dem Grünfrey gelegen hatte. Ein kleines Stück Grün am Fuß des Schneegipfels. Darunter begann die Hügelebene, die sich einige Zoll auf dem Papier erstreckte und dann in die Wüste überging. Nördlich des Schneegipfels lag die Hochebene, auf der sich die Hüter befanden. Orte, die so vertraut und so weit weg waren.

Morell zog mit seinem Finger eine Linie über die Karte. Er streifte vom Palast zum Hayes und an Grünfrey vorbei, zog meine Aufmerksamkeit auf sich, bevor er auf unserer Handelsstadt innehielt. »Hier wird das Heer marschieren.«

»Auf direktem Weg nach Blomdeck«, meinte ich und betrachtete den winzigen Punkt. Unsere wichtigste Stadt. Ein Knotenpunkt, der Wege verband und an dem sich die Händler begegneten. Die Eisenmänner hatten Blomdeck schon einmal besetzt, um das Gezeitenreich zu schwächen. Dieses Mal wollte der König es zerstören.

»Die Stadt ist nicht gut bewacht. Ihr habt keine Festung und kein richtiges Heer.«

Ich rieb mir mit den Händen über das Gesicht. König Roufen würde sich nicht verstecken, durch unser Land schreiten und alles unterwerfen. »Wieso jetzt? Die Stadt war schon einmal in Eurer Gewalt. Wieso will er es jetzt zu Ende bringen?«

Morell sah zu mir auf. »Der König war nicht bereit, alles auf eine Karte zu setzen.«

»Aber jetzt ist er es.« Prinz Jadens zog die Augenbrauen zusammen und eine steile Falte zeichnete sich auf seine Stirn. »Wir haben zu viele Fortschritte gemacht seit …« Er brach ab.

»Seit Kindra«, beendete ich den Satz und wich dem Blick des Prinzen aus, dem goldenen Auge, das einst ihr gehört hatte. Sofort zog sich meine Brust zusammen. »Wann beginnt der Eingriff des Königs?«, wechselte ich das Thema. Innerlich bereitete ich mich auf seine Antwort vor.

Aus dem Augenwinkel erkannte ich, dass mich der Prinz betrachtete. »Morgen.«

Morgen.

Das Wort zog an meinem Herz, quetschte es zusammen. Ich schluckte hart und sah wieder auf die Karte. So würde das Gezeitenreich nicht mehr lange aussehen. Nicht, wenn der König damit fertig war.

Etwas in mir schrie, dass ich ihn aufhalten musste. Dass ich das nicht geschehen lassen durfte. Aber dieser Teil war leise. So leise, dass er in der Leere in mir unterging und nur als Echo in mir widerhallte.

War mir das alles langsam egal? Verlor ich meinen Sinn für Gerechtigkeit, jetzt, da Kindra tot war?

»Können wir nichts dagegen tun?«, fragte ich dennoch und sah zum Prinzen auf.

Ein müder Zug lag um seine Augen, als er den Kopf schüttelte. »Unser Netzwerk ist noch zu klein«, meinte er, drehte sich um und trat ans Fenster. »Ich kann meinen Vater nicht umstimmen und für einen Machtwechsel fehlen mir die Mittel. Vielleicht muss das Leben unter König Roufen erst schlimmer werden, bevor ich die Welt zu einem weniger grausamen Ort machen kann.«

Ein leichter Stich fuhr in meine Brust und ich verschränkte die Arme, froh, dass etwas in mir für die richtige Seite einstand.

»Geht jetzt. Euer Training steht an.« Prinz Jaden winkte uns mit der Hand hinaus. »Ich lasse euch rufen, wenn ich euch benötige.«

Nach einer tiefen Verbeugung verließen wir sein Zimmer. Morell nickte den Wachen vor der Tür kurz zu, um uns abzumelden, dann liefen wir den Gang entlang. Je weiter wir uns von den Gemächern des Prinzen entfernten, desto mehr Menschen begegneten wir. Die Gänge füllten sich mit Männern, die von den Übungskämpfen kamen oder dorthin unterwegs waren.

Ich folgte dem Menschenstrom Richtung Marmorhof, der seinen Namen durch die marmornen Torbogen erhalten hatte, und ließ Morell hinter mir zurück.

Nach unseren getrennten Trainingseinheit würde ich ihn auf einem der Gänge wiedertreffen, um im Anschluss mit ihm zum Essen zu gehen, bevor eine weitere Schicht an der Seite des Prinzen auf mich wartete.

Ein Ellbogenstoß, einen Schritt zur Seite und ein Ausweichmanöver zurück. Ich hielt inne, drehte den Oberkörper und schlug mit der Faust ins Leere. »Ha!« Ein Schrei drang aus hundert Kehlen und durchbrach die Stille. Der Platz war voll, obwohl nur eine von etlichen Gruppen im Hof trainierte. Manchmal stießen Männer aneinander oder trafen ihre Nachbarn, wenn sie die Übung nicht korrekt ausführten.

Mein Platz war direkt hinter den Männern der Leibgarde des Königs und der des Prinzen. Wachen, die jahrelang im Palast dienten. Söhne aus wichtigen Adelsgeschlechtern, Männer, die sich bewährt hatten.

Nach mir folgten Wachen, die nicht ganz so hoch in der Gunst des Königs standen. Doch auch sie gehörten zur Palastwache und bereiteten sich auf den Kriegszug vor. In der letzten Reihe standen zwei Rekruten, die sich hierfür qualifiziert hatten – Teruin und Nuren.

Im Gleichklang mit den anderen Männern drehte ich mich im Kreis und schwang das Bein zu einem Tritt. Als mein Fuß den höchsten Punkt erreichte, ertönte wieder ein gesammeltes: »Ha!«

Routiniert folgte ich den Bewegungen, die wir in den Tagen seit der Verkündung von *Jolennas Rache* gelernt hatten.

Der Schweiß rann über meine Schläfen und zwischen meinen Schulterblättern hinab. Einmal am Tag wiederholten wir die Bewegungen so lange, bis unsere Trainer zufrieden waren. Ich hörte auf zu zählen, wie oft wir heute von Neuem starteten. Anschließend lernten wir weitere Schläge, Tritte und Drehungen, die hinten an die Abfolge angehängt wurden.

Mit einem Schlag des Ellbogens endete unsere Vorführung. Unser Trainer nickte und winkte uns in die Pause. Die Menge teilte sich und ich eilte über den Platz zu Nuren, der mir einen Wasserschlauch reichte. Gierig trank ich davon.

»Das war hart«, keuchte er. Das Haar klebte an seiner Stirn, doch seine Augen leuchteten voller Tatendrang.

»Ich kann meine Arme kaum noch oben halten«, brummte ich, obwohl mir die Anstrengung gelegen kam. Sie betäubte meine Gedanken und hielt mich im Moment gefangen. Ohne Zukunft, ohne Vergangenheit. Daher war die Pause das Schlimmste am Training – die Stimme in meinem Kopf kehrte zurück und rügte mich für meinen Gehorsam.

Nuren stöhnte zustimmend, stützte die Hände in den Rücken und bog sich durch.

»Na, wenn das nicht das unterste Glied der Prinzengarde ist.« Teruin trat neben mich und grinste höhnisch.

Mit verschränkten Armen lehnte ich mich an die Wand hinter mir. »Du hast immer noch nichts dazugelernt.« Eine Auseinandersetzung mit Teruin kam mir gelegen. Ich begrüßte die Ablenkung, auch wenn sie nur für einige Augenblicke war. So konnte ich vergessen, für welchen Krieg ich hier trainierte. »Kleiner Teruin«, flüsterte ich herausfordernd. »Du willst dich über meine Position lustig machen und stehst selbst in der letzten Reihe. Völlig unbedeutend.«

Seine Wangen verfärbten sich und er zog die Augenbrauen zusammen. »Warte nur ab. Ich werde dich überholen!«

Geschmeidig stieß ich mich ab und trat nah vor ihn. »Oh, ich kann warten. Und das werde ich. Zusehen, wie du dich windest und jämmerlich nach einer vergleichbaren Position strebst.«

Sein Gesicht nahm die Farbe von Tomaten an. Nuren legte mir eine Hand auf die Schulter und zog mich zurück. »Saki. Es reicht.«

Teruin kochte vor Wut, doch er wandte sich ab, hatte sich besser unter Kontrolle als früher – immerhin merkte er, dass er sich blamiert hatte.

Dem tadelnden Blick von Nuren wich ich aus und kehrte erleichtert auf meinen Platz zurück, als der Trainer die Pause beendete.

Zwei neue Schläge und ein Tritt, bei dem wir tief in die Knie gingen, reihten sich an unsere Bewegungsabfolge an. Der Tritt erinnerte mich an den, mit dem ich Nuren bei meinem ersten Kampf das Standbein weggetreten hatte. Mehrmals wiederholte ich die neuen Elemente fehlerfrei, korrigierte meinen Nachbarn oder erhielt hilfreiche Tipps. Über den Platz raunten Stimmen von Männern, die sich gegenseitig trafen.

»Pass doch auf, du Grünschnabel!«, hallte es hinter mir. Ich drehte den Kopf und ein breites Lächeln stahl sich auf mein Gesicht. Teruins Nachbar rieb sich das Schienbein. Ein paar Umstehende lachten, während Teruins Blick über den Platz huschte.

Sein Blick traf meinen und er erstarrte, verzog das Gesicht zu einer wütenden Grimasse. Mein Lächeln wurde breiter und ich zog eine Augenbraue hoch.

Das Klatschen unseres Trainers holte uns zurück und er fuhr mit dem Training fort.

Nach einer schweißtreibenden halben Stunde teilte er uns in zwei Gruppen. Die hintere Hälfte schickte er in eine Pause. Für mich ging die nächste Übungseinheit weiter, dafür war das Training danach beendet. Während Nuren und Teruin den Platz verließen und später wiederkehren würden. Keuchend stützte ich die Hände auf die Knie, die restlichen Männer verteilten sich im Innenhof.

Bei den meisten Soldaten der Garde war klar, ob sie zum Schwertkämpfer taugten, als Lanzenträger oder Bogenschütze. Ich tendierte zum Schwert, mein Trainer wollte mich jedoch an jeder Waffe sehen, bevor er mir endgültig eine zuteilte.

Heute gab er mir zwei Einhänder, die mehr an Dolche erinnerten als an richtige Schwerter. Er zeigte mir ein paar Techniken und beobachtete mich, während ich um eine Holzpuppe wirbelte und die Bewegungsabläufe ausführte.

»Gut«, sagte er und ich hielt inne. Einen der Dolche nahm er an sich und zog die Klinge durch die Luft, dabei drehte er sich mit der Waffe. Als er stoppte, zeigte die Schneide in eine andere Richtung.

»Du bewegst deine Finger so.« Langsam schob er das Handgelenk nach vorn und öffnete die Hand. Die Waffe wirbelte um 180 Grad. »Wenn du so umgreifst und dann ausweichst«, er trat zur Seite und zog den Oberkörper mit, »dann kannst du einen Angriff effektiv kontern.«

Nach seiner Demonstration reichte er mir die Klinge und ich probierte es ein paar Mal langsam, bis er nichts mehr daran auszusetzen hatte. Nachdem er weiterzog, übte ich allein, bis meine Hände feucht wurden. Ich öffnete die Finger und wollte umgreifen, doch der Dolch rutschte mir aus der Hand. Die Waffe glitt zu Boden und verfehlte nur knapp meinen Oberschenkel.

Eilig wischte ich mir die Hände an der Hose ab und hob die Waffe auf, bevor ich erneut begann.

Viel zu schnell endete der Nachmittag und das Training, das meinen Kopf leer gefegt hatte. Widerwillig brachte ich die Waffen zurück und fuhr mir mit dem Unterarm über die verschwitzte Stirn. Morell erwartete mich vermutlich schon zum Essen.

Ich folgte der Schar durch einen marmornen Torbogen auf den angrenzenden Gang. Nach einigen Schritten trafen wir auf die andere Gruppe, die zum Training zurückeilte. Die Menschen vermischten sich wie Ameisen und verstopften die Gänge. An einigen Körpern schob ich mich zum Rand und lehnte mich an der nächsten Kreuzung an die Wand. Bald würde der Strom versiegen und Morell auftauchen.

»Ich hoffe, du verreckst auf dem Schlachtfeld.«

Erst als mich eine Hand grob an der Schulter packte, öffnete ich die Augen und sah in Teruins Gesicht. Er stand vor mir, zog seinen Arm zurück und verschränkte beide vor der Brust. Die Lippe zu einer wütenden Linie gepresst.

»Verwechselst du uns?«, fragte ich schnippisch und legte den Kopf schräg. »So wie du dich beim Training anstellst.« Der Hohn in meiner

Stimme war unüberhörbar. Es erstaunte mich selbst, wie gehässig ich reagierte und dass ich mich auf Teruins Niveau begab. Wünschte ich wirklich einem anderen Menschen den Tod? Ich versuchte, die Wut in meinem Bauch abzuschütteln, doch sie hatte sich festgesetzt wie ein Fremdkörper.

Teruin schlug neben meinem Kopf an die Wand, holte mich aus meinen Gedanken zurück und fachte die Wut weiter an. Der Gang war mittlerweile fast leer. Einzelne Blicke richteten sich kurz auf uns.

Hitze brodelte in mir, ich umfasste Teruins Handgelenk und drückte fest zu. »Passt auf, wie du dich benimmst«, zischte ich.

Seine Lippen verzerrten sich zu einem Grinsen. »Es wäre ein passendes Ende. Deine Leiche im Gezeitenreich.« Er schnaubte. »Dreck gehört in dieses Drecksland.«

Die Wut füllte mich aus und ich knurrte, riss seine Hand herunter und versetzte ihm einen Tritt mit dem Knie in den Magen.

Er sackte zusammen und stützte sich mit einer Hand am Boden ab. Außer uns war niemand mehr auf dem Gang, der meinen Ausbruch gesehen haben konnte. »Du mieser …«, begann er, doch er führte die Beschimpfung nicht zu Ende. Stattdessen sprang er auf die Beine und holte aus. Ich trat einen Schritt zur Seite und seine Schläge gingen ins Leere.

Sein Temperament machte aus ihm einen durchschaubaren Kämpfer. Ohne große Anstrengung wich ich seinen Angriffen aus und ließ die Genugtuung zu, die sich in mir ausbreitete. Seine Worte über das Gezeitenreich würde ich nicht ungestraft stehen lassen. Die Erinnerungen an Kindra und Grünfrey waren das Beste, was ich hatte. Das Leben im Gezeitenreich war wie ein schöner, vergangener Traum.

Kaum hatte ich den Gedanken zu Ende gebracht, stockte ich. Gegen Teruins Beschimpfungen verteidigte ich das Gezeitenreich, war aber bereit, in den Krieg zu ziehen? Meine Kehle war plötzlich wie zugeschnürt.

Leise Schritte näherten sich und dezente Stimmen brachten die Ahnung eines Gesprächs näher. Das musste Morell sein.

Eine Idee formte sich in mir.

Ein weiteres Mal wich ich Teruins Angriffen aus, sprang einen Schritt nach hinten und riss die Arme abwehrend hoch. »Was ist dein Problem?«, fragte ich lauter als nötig.

Teruin verpasste mir einen Kinnhaken und ich kippte nach hinten. Sternchen tanzten vor meinen Augen, während der Schmerz wie ein Blitz durch mein Gesicht jagte. Mit einem Ausfallschritt fing ich mich auf. »Was soll das?«, schrie ich. Teruin setzte zu einem weiteren Tritt an.

»Was ist hier los?«

Zwei Männer tauchten hinter dem Rekruten auf. Morell und Trenb. Besser hätte ich es nicht treffen können.

Teruin wirbelte herum.

»Er ist völlig übergeschnappt«, keuchte ich und rieb mir das Kinn.

Teruin warf mir einen eiskalten Blick zu. »Er hat angefangen!«

Wieder hob ich abwehrend die Hände. »Ich habe vorhin im Training gelacht.« Kopfschüttelnd sah ich Teruin an. »Aber mir deshalb aufzulauern und einfach zuzuschlagen …«

»Was?!«, schrie Teruin und ballte die Hände zu Fäusten. Sein Gesicht lief knallrot an. »Ich bring dich um.« Er stürzte sich auf mich. Blitzschnell war Trenb da und nahm Teruin in den Schwitzkasten.

»Dieses Verhalten ist inakzeptabel.« Morells Stimme klang so wütend, wie ich ihn selten erlebt hatte. »Bring ihn weg.«

Trenb zerrte Teruin den Gang entlang und sie verschwanden um die nächste Ecke.

»Was passiert jetzt mit ihm?«

»Ich schätze, sie werden ihn seiner Sonderstellung, in der Garde des Königs zu trainieren, entheben.« Schnaubend verschränkte er die Arme. »Vielleicht sperren sie ihn auch für ein paar Tage ins Verlies. Schließlich hat er der Leibgrade des Prinzen mit dem Tod gedroht.«

Mein Blick verharrte an der Stelle, an der Trenb mit Teruin um die Ecke gebogen war. Ich wartete auf das Gefühl der Genugtuung, doch statt Zufriedenheit und Hohn breitete sich eine tiefschwarze Stille in mir aus.

In meiner Heimat wartete der Tod. Grünfrey, meine Familie, Kindra. Nichts davon war übrig.

Hier gab es nur den *Heiwan Orden*, an den ich mich klammerte. Aber für diesen würde ich weiteres Verderben über mein Land bringen.

Der Weg vor mir lag in Dunkelheit und bei jedem Schritt drohte ich, in einen endlosen Abgrund zu stürzen.

34.

Kindra

Das Spiel der Natur

Neben der verschlossenen Tür meiner Kammer brannten zwei magische Fackeln. In einem zu kräftigen Orange schwebte das Feuer über dem Holz und berührte es nicht. Stattdessen wand es sich in endlosen Spiralen um sich selbst. Eine unsichtbare Barriere hielt meine Magie in diesem Raum gefangen und schützte das restliche Dorf vor der vermeintlichen Zerstörung, wenn ich meine Kraft nicht zu beherrschen lernte.

Das Licht reichte aus, um selbst die hintersten Winkel des winzigen Raumes auszuleuchten. Das hier sollte meine Zuflucht sein, doch erinnerte es mich stattdessen an das Verlies im Palast.

Im Schneidersitz saß ich Toryn gegenüber, der stöhnend die Hände vor sein Gesicht schlug. »Kindra!«, ermahnte er mich.

Die Hitze in meiner Brust wurde jeden Tag stärker. Lag es an der Zeit, die verstrich? Daran, dass ich wusste, wohin es mich führte? Oder an Toryns ungeduldigen Nörgeleien?

»Noch mal!«, befahl er.

Auf seine Aufforderung hin schloss ich mein Auge. *Sehe sie*, ertönte seine Anweisung in meinen Gedanken. *Finde sie. Greife sie. Beherrsche sie.*

Ich starrte gegen mein geschlossenes Lid und versuchte, irgendetwas zu sehen. Aber da war nichts.

»Führt das Erwachen immer zum Tod, wenn die Kraft überhandnimmt?«, fragte ich und sah Toryn an.

»Du lenkst ab!«, zischte er. Als ich mich nicht regte, verdrehte er die Augen und fügte sich seinem Schicksal. »In allen Fällen, wenn die Kraft nicht beherrscht werden kann. Daher wird sie vorher nicht erweckt.«

»Aber sie kann von allein erwachen?«

Toryn zog eine Schnute und ich konnte sehen, wie es in ihm arbeitete. »Ich würde jetzt *Nein* sagen. Aber du sitzt vor mir und beweist das Gegenteil. Vor dir habe ich noch nie davon gehört.« Er schluckte. »Stell dir vor, was mit Odre passieren würde. Zu welchen Katastrophen die unkontrollierte Macht führen könnte.«

Mehrmals rieb ich mir mit den Händen über die Oberschenkel und vertrieb das klamme Gefühl aus meinen Gliedmaßen. »Im Palast traf ich ein Goldkind. Ardra.« Ihr schmales Gesicht tauchte vor mir auf, das fransige Haar, der störrische Ausdruck. »Ihre Macht war ebenfalls erwacht.«

»Das ist unmöglich.«

»Sie wusste von der Kraft und von der Form der Energie. Als sie mir davon erzählte, beschrieb sie es als eine Kugel.«

»Wenn es wahr ist, erwartet sie ein schrecklicher Tod. Explosion, Implosion.«

Langsam schüttelte ich den Kopf. »Ich glaube, es war schon lange so.«

Toryn schnaubte. »Hat sie das behauptet?«

»Nein«, gestand ich ein. »Sie hat gar nichts darüber gesagt.«

»Noch mal«, lenkte Toryn das Thema zurück auf den Grund, weshalb wir hier saßen.

Wieder schloss ich das Auge und versuchte, etwas zu sehen, doch außer Dunkelheit zeigte sich mir nichts.

»Kannst du sie sehen?«

»Nein.«

»Fühlst du sie?«

Ich rief die Erinnerung an die Hitze herauf, die mit meiner Wut in den letzten Wochen gewachsen war. Das Pulsieren der Glut schlug im Gleichtakt mit meinem Herzschlag. Allmählich kribbelten meine Finger, Wärme erfüllte mich. »Ja«, hauchte ich.

»Wie fühlt sie sich an?«

»Heiß«, wisperte ich und konzentrierte mich auf das Gefühl. »Schwer.« Ich legte eine Hand auf meinen Brustkorb. »Irgendwie rund.«

»Gut«, seine Stimme klang erleichtert. »Das ist gut. Erzähl mir mehr.«

Ich kniff das Auge fester zusammen, lenkte meine Konzentration nach innen. Der kühle Boden unter meinen Füßen, die muffige Luft in meiner Nase. Die wohlige Magie, die meinen Körper erfüllte. »Sie streckt sich aus«, sagte ich und versuchte, das Gefühl in Worte zu fassen. »Meine Knochen stehen in Flammen, aber sie verbrennen mich nicht.« Mit den Händen tastete ich über mein Schlüsselbein, die Schulter und den Bauch. »Sie breitet sich aus.«

Stille legte sich über uns. Ich wartete auf Toryns Antwort. Auf einen Kommentar. Aber es kam nichts.

Es raschelte und ich öffnete das Auge.

Toryn war aufgestanden und sah mich von oben herab an. Sein Gesicht war aschfahl, nervös kaute er auf seiner Unterlippe. Bildete ich es mir ein, oder zitterten seine Finger, als er ein magisches Licht in seiner Handfläche erschuf? »Bleib hier«, sagte er und eilte hinaus.

Die Tür zur Kammer fiel mit einem grausamen Knarren zurück an ihren Platz.

Geh nicht! Lass mich nicht allein!

Stumme Bitten hallten durch meinen Kopf, doch ließ ich sie nicht frei.

Eilig zog ich die Knie an und lehnte die Stirn darauf. Die Arme schlang ich um meine Beine, während ich langsam atmete.

Eine Methode, mit der ich mich zusammenhalten und meine Magie beruhigen sollte. Das Einzige, was ich in den letzten Tagen gemeistert hatte. Falls es Tage gewesen waren und keine Wochen. Mein Zeitgefühl verkümmerte in diesem Raum, der jeden Tag zu schrumpfen schien. Mein Herz raste.

War draußen Tag oder Nacht?

Die Vorstellung, hier eingesperrt zu bleiben, raubte mir den Atem. Ich musste die Magie kontrollieren lernen und dann musste ich hier endlich raus!

»Kindra?«

Toryn war bereits im Raum, als ich den Kopf hob.

»Wir haben eine Idee, wie wir dir mehr Zeit verschaffen können.«

»Wie?«, hauchte ich erleichtert. Doch als ich Toryn genauer betrachtete, braute sich eine dunkle Vorahnung in mir zusammen.

Er lehnte mit dem Rücken an der Tür, die Schultern angespannt hochgezogen und ein ernster Zug um die Lippen. Vor ihm schwebte das kleine Feuer, das sein Gesicht in tanzendes Licht hüllte. Als ich ihn eingehender musterte, wandte er den Blick ab und betrachtete seine Hände. Mit einem großen Schritt war er bei mir und setzte sich im Schneidersitz vor mich. Erst dann hob er wieder den Kopf. Es war das erste Mal, dass ich seit dem Training etwas wie Mitleid oder Schmerz in seinen Augen erkannte. Der große Toryn ganz klein. »Wenn es stimmt, was du über das Goldkind im Palast erzählt hast …« Er brach ab und räusperte sich. Dennoch klang seine Stimme rau, als er fortfuhr. »Dann könnte körperliche Erschöpfung auch deine Macht beeinflussen.«

Einige Herzschläge betrachteten wir uns stumm.

»Körperliche Erschöpfung?«, fragte ich und als ich begriff, was er mir sagen wollte, atmete ich hörbar ein. »Wie durch die Ernte.«

Sein Nicken schickte einen Schauer über meinen Rücken. »Falls Ardras Macht tatsächlich seit einer Weile erwacht ist, müsste sie bereits tot sein«, meinte er und knetete seine Hände. »Außer die Ernte entzieht ihr und ihrer Magie die Kraft.«

Zitternd verflocht ich die Finger ineinander. War ich nicht vor der Ernte geflohen? Sollte es jetzt so weitergehen, hier im Dorf der Goldkinder? Schaudernd schloss ich das Auge und dachte an den Grund, warum ich meine Kraft kontrollieren lernen musste: um zu überleben. Um zu leben – ohne mein Auge verstecken zu müssen. Damit die Zukunft mit Saki in greifbare Nähe rücken konnte.

Kein Davonlaufen mehr. Keine Angst.

Entschlossen reckte ich das Kinn. »Wie?«, fragte ich.

»Folter.«

»Oh.« Die Luft wich aus meiner Lunge und ich biss mir auf die Unterlippe. Klar. Die Ernte war nichts anderes. »Jetzt gleich?«, fragte ich und meine Stimme hallte dünn durch den dämmrigen Raum.

»Wir haben kaum noch Zeit. Wenn das Feuer in deine Knochen eindringt …«

»Dann übernimmt die Magie meinen Körper«, stellte ich fest, als ich an meine Beschreibung von vorhin dachte. Deshalb war er so überstürzt aufgebrochen.

Toryn presste die Lippen aufeinander und antwortete nicht. Aber das musste er nicht. Seine Augen sagten mehr als genug.

»Also los«, sagte ich, setzte mich aufrecht hin und legte die Hände in den Schoß. Vor meinem inneren Auge beschwor ich Sakis Bild herauf. Ich versuchte, mich an den Klang seines Lachens zu erinnern. »Fang an.«

Das Licht umspielte Toryns Silhouette und warf Schatten auf seine Hand, die er langsam hob. Seine Finger zitterten. Er ballte die Hand zur Faust. Im selben Moment durchzuckte mich Schmerz. Ein Blitz, heiß und kalt. Messerscharf.

Ich riss den Mund zu einem stummen Schrei auf. Krümmte mich.

Die Hitze in mir wurde größer. Wilder.

Meine Kraft reagierte.

»Pass auf!«, presste ich hervor. Meine Stimme klang verzerrt. Undeutlich. Ein Feuerball formte sich im Bruchteil eines Augenblicks und raste auf Toryn zu.

Er riss beide Hände hoch und die Flammen prallten gegen eine unsichtbare Wand, trieben ihn mit dem Rücken an die Tür. Schweiß glitzerte auf Toryns Gesicht, als er mit dem Feuer um die Oberhand rang. Meine Macht dehnte sich aus, pulsierte und fiel schließlich in sich zusammen. Der Schmerz in meinem Innern ließ nach und Toryns Finger absorbierten den Feuerball.

»Konzentriere dich!«, ermahnte er mich, völlig außer Atem. »Du musst deine Wut in den Griff kriegen.«

Ich lag auf dem Boden und umklammerte meinen Bauch. Das Haar klebte mir an der nassen Stirn und ich zitterte. »Was glaubst du, was ich versuche?«, fragte ich kratzig.

Toryn ignorierte meine Bemerkung. »Wie sieht deine Kraft aus?«

Gehorsam schloss ich das Auge und konzentrierte mich auf die Kraft in meiner Brust. Der abgeklungene Schmerz hallte in meinem Kopf nach, meine Muskeln schmerzten und Übelkeit regte sich in mir. »Keine Ahnung.«

»Kindra.«

Mit den Fäusten schlug ich auf den Boden. »Toryn!«

»Sieh genau hin.«

»Das mache ich doch«, zischte ich und atmete langsam. Versuchte, die Nachwehen der Schmerzen zu vergessen und die Krämpfe unter Kontrolle zu bringen. Ein leichtes Flackern tauchte vor meinem inneren Auge auf. Schwach und orange. Wie eine aufgehende Sonne. Ich kniff das Auge zusammen und atmete. Die Sonne wurde größer, kam näher. Vor mir verharrte sie. Ein Feuerball, die Oberfläche unruhig. In ihr pulsierte ein roter Kern. »Da ist sie«, keuchte ich. Unzählige Flammen waberten durch die Dunkelheit, lösten sich von meiner Magie und verschmolzen wieder mit ihr.

»Wie sieht sie aus?« Toryns Stimme klang aufgeregt.

»Sie ist uneben. Umgeben von tanzenden Flammen.«

Eine Hand umfasste meinen Arm. »Kannst du den Kern sehen?«

»Er ist rund«, presste ich hervor, die Anstrengung trieb mir den Schweiß auf die Stirn. »Innen rot, außen orange.«

»Hm«, machte Toryn und ich sah ihn an. Er saß vor mir und zog seine Hand zurück. »Orange ist gut.«

Bitter lächelte ich. »Rot nicht.«

»Ja.«

Hustend setzte ich mich wieder aufrecht hin und deutete ihm mit einem schwachen Nicken an, dass ich bereit war. »Mach es noch mal.«

Toryn verzog die Lippen zu einer schiefen Linie, hob ohne zu zögern die Hand und jagte den Schmerz durch meine Glieder. Heiß und kalt zuckte er durch meinen Körper und verschwand erst, als ich zur Seite kippte.

»Sieh nach«, sagte Toryn leise.

Wieder konzentrierte ich mich auf den Kern meiner Kraft. Es dauerte einen Moment, doch bald tauchte er vor mir auf.

Erleichtert seufzte ich.

»Er ist orange.«

»Komplett?«

»Ja.«

Tränen liefen mir aus dem Augenwinkel, als ich mich auf den Rücken rollte. Toryn zog mich hoch und umfasste meine Schultern.

»Es wirkt.«

Meine Arme hingen schlaff an meiner Seite. Ich war so müde. »Ja.«

»Du kannst sie sehen.«

Eine schwere Taubheit breitete sich in meinem Körper aus. Wenn ich nur einen Moment das Auge schloss …

»Stell dir vor, du umschließt den Kern mit deiner Hand.«

»Du willst weiter trainieren?«, fragte ich fassungslos. Schnaubend versuchte ich mich von seinen Händen zu befreien, doch Toryn sah mir entschlossen ins Gesicht.

»Du musst es dir bildlich vorstellen. Als sei da eine Hand vor dir.«

»Nein«, sagte ich lauter. »Ich brauche eine Pause.«

»Kindra«, ermahnte er mich. »Wir machen Fortschritte.«

»Aber ich bin müde.« Ich vergrub meinen Kopf in den Armen. »Nur eine Weile.«

»Ausruhen kannst du dich, wenn du deine Magie im Griff hast!«

Die Erschöpfung rüttelte an mir, zog mich in die Tiefe. Jede Faser meines Körpers schmerzte, als ich mich zusammenkauerte. Der Raum schien plötzlich kleiner und dunkler als zuvor. »Ich will hier raus. Aus diesem Raum, diesem Dorf.«

Toryn packte mein Kinn und zwang mich, ihn anzusehen. »Wenn du genug Kontrolle hast, bringe ich dich zur Oase.«

»Nach draußen?«

»Ja.«

Meine Schultern hingen kraftlos nach vorn. »Und du zeigst mir, wie ich mein Auge verstecke?«

»Ja.«

Also nickte ich. Ein Schauer lief mir über den Rücken und ich versuchte die Müdigkeit abzuschütteln.

Toryn richtete sich auf. »Schließ dein Auge«, sagte er zum vielleicht hundertsten Mal. »Stell dir vor, du greifst nach dem Kern, nach der Magie, die dich erfüllt.«

Erst nachdem ich meine Macht sieben Mal hintereinander problemlos zu fassen bekam und ein leichtes Feuer entfachen konnte – bei dem ich weder seine noch meine Kleidung versengte –, brachte mich

Toryn hinaus in die Oase. Er lachte leise und schüttelte den Kopf, während ich die Arme ausbreitete und mich unter der Sonne drehte. Die Wärme auf der Haut war eine Wohltat.

»Endlich«, stöhnte ich und genoss die tiefen Atemzüge frischer Luft.

»Komm«, sagte er und ging ein paar Schritte voraus.

Grüne Büsche, Palmen, Gras und zwischendrin der goldene Sand.

Toryn brachte mich an die Wasserstelle, die mich an einen kleinen See erinnerte. Das Sonnenlicht glitzerte auf der Oberfläche und wiegte sich mit den winzigen Wellen, die der Wind über das Wasser schickte, hin und her.

Ich setzte mich, zog die Knie an und verschränkte die Arme darum. Saki würde es hier gefallen. Die warme Sonne am Himmel, die sich auf dem Wasser spiegelte. Wenn ich vergaß, wo ich mich befand, konnte ich mir fast vorstellen, dass das Wasser vor mir zum Hayes gehörte.

Eine Weile beobachtete ich das Spiel der Wellen, bevor ich flüsterte: »Danke.«

»Gern geschehen«, antwortete Toryn, der sich neben mir auf den Rücken legte und in den Himmel sah. »Wie ist es da draußen? In der Welt.«

Mein Blick streifte seine Gesichtszüge und mir wurde bewusst, dass ich nichts über Toryn wusste, obwohl wir die letzten Tage fast jeden Augenblick trainiert hatten. Seine Frage deutete darauf hin, dass er hier aufgewachsen war und noch nichts anderes gesehen hatte als dieses dunkle Dorf. Bei unserer ersten Begegnung schien ihn meine verzweifelte Hoffnung, eine Heimat zu finden, zu berühren – lag es daran, dass ihm diese Heimat nicht genug war? Dass er sich nach mehr sehnte?

Ich wandte mich wieder dem Wasser zu und dachte über seine Frage nach. *Wie war es dort draußen?*

»Grausam«, flüsterte ich.

»Erzähl mir mehr.«

Seufzend verschränkte ich die Finger. »Die Welt ist unglaublich. Es gibt Orte, an denen die Sonne nie untergeht. Blätter, die immer von den Bäumen rieseln, oder Regen, der nie aufhört.« Sehnsucht schnürte mir die Kehle zu. »Es kann so schön sein.«

Toryn setzte sich auf. »Das klingt nicht grausam.« Ein kindliches Lächeln lag in seinen Zügen. Neugierig und wissbegierig.

»Es sind die Menschen, die grausam sind«, meinte ich und verschränkte die Beine zum Schneidersitz. »Sie hassen die Goldkinder. Haben Angst oder jagen uns.«

»Hm«, brummte er, stützte das Kinn auf die Hand und starrte an mir vorbei.

»Aber da sind auch andere«, fuhr ich fort. Bilder von Saki, Noba und Kork zogen an mir vorbei. Auch Jaden tauchte auf und die Reisegefährten meiner Flucht. »Gute Menschen, voller Verständnis und Leidenschaft. Leider bin ich nicht sehr vielen davon begegnet.«

Toryn ließ sich nach hinten fallen und verschränkte die Hände unter dem Kopf. »Du kannst hierbleiben. Im Dorf.«

Konnte ich das? Mein Blick wanderte über die Oase, das Wasser, die Palmen und zurück zu Toryn. »Nein.« Nur ein Wort und doch so viel mehr. Meine Flucht hatte mich ans Ende der Welt geführt und darüber hinaus. Im Dorf konnte ich lernen, meine Kräfte zu beherrschen, doch mehr gab mir dieser Ort nicht. Er war zu weit von einer Idylle wie Grünfrey entfernt und zu weit von Saki. Sobald ich meine Magie beherrschte, würde ich ihn suchen.

Toryn wandte sich wieder dem Himmel zu und schloss die Augen. »Du gibst ein Leben in Sicherheit auf. Sind diese Menschen das wert?«

»Ja«, flüsterte ich. Kein Funken an Zweifel oder Angst mischte sich unter dieses Wort. Noch nie war ich mir so sicher. Ich hatte mich lange genug versteckt – es war Zeit, mein Leben zu leben.

Wind kam auf und erschütterte die Oberfläche vor mir. Wenn ich nur wüsste, wo sich Saki befand.

Während ich auf das Wasser starrte, führte ich die Übungen durch, die Toryn mich gelehrt hatte. Atmete ruhig, um meine Magie zu beruhigen, rief mir das Bild meines Kerns vor Augen und streckte meine imaginären Finger danach aus. Lag die Macht in meiner Hand, entzündete ich eine winzige Flamme, bewegte sie über meine Handfläche und löste sie wieder auf. Mit jedem Versuch wurde es leichter.

Es dauerte nicht lange, bis Toryn gleichmäßig neben mir atmete. Das monotone Geräusch half mir, mich zu konzentrieren, und mein eigener Herzschlag beruhigte sich. Wieder holte ich das Bild meines Kerns hervor.

Dieses Mal war es anders. In der Dunkelheit meiner Gedanken erschienen die Konturen des Wassers, die Palmen und Büsche der Oase. Ein Abbild meiner Umgebung hinter meinem Lid. Die Formen vibrierten, flackerten grün und blau.

Es waren nur Silhouetten und ihre Konsistenz ähnelte der meines Kerns. Vorsichtig streckte ich die imaginären Finger danach aus und als ich das Wasser berührte, kribbelte meine Hand, mein ganzer Körper.

Mit der anderen Hand tastete ich nach dem Gras, in dem ich saß. Es zitterte zwischen meinen Fingern. Warm und kalt. Pulsierte. Hielt mich fest. Ich schloss die Hand um die Halme und mein Kern tat es mir gleich. Ein Funke seiner Flammen wandte sich zu mir und berührte das Gras. Grüne und gelbe Funken flogen durch das Schwarz. Mein Kern sog das Grün auf und vermischte sich mit ihm.

Im Innern verfärbte sich mein Kern gefährlich rot und ich zuckte zusammen, wollte die Bindung lösen und mich zurückziehen. Aber meine Finger verharrten wie erstarrt und gehorchten mir nicht.

Weiter drang die grüne Kraft in mich ein, erweckte meinen Kern. Ich versuchte mich zu winden, doch nichts geschah. Meine Schultern zitterten und Schweiß trat mir auf die Stirn. Panisch schickte ich Befehle in meinen Körper, aber er reagierte nicht. Tastete, zerrte, riss in Gedanken an meinen Gliedmaßen, ohne nur eine Bewegung zu verursachen.

Das Rot hatte meinen Kern vollständig eingenommen, dehnte sich aus und kochte in mir. Panisch sammelte ich alle Kraft, die ich hatte, und schrie.

Jemand packte mich an den Schultern und warf mich in den See. Das Wasser umfing mich und das magische Abbild der Oase vor meinen Augen verschwand. Ich ruderte mit den Armen, konnte mich endlich wieder bewegen und suchte nach der Wasseroberfläche. Toryn packte mich an den Handgelenken, zog mich an Land und ließ mich auf die Erde sinken.

Als ich blinzelte, beugte er sich über mich. Das Gesicht blass, die Augen vor Schreck geweitet. »Verdammt. Wolltest du dich umbringen?«

35.

Saki

Schatten und Licht

Stille legte sich wie ein leichtes Tuch über die Dunkelheit des Korridors. Einige Herzschläge lang verharrte ich auf der letzten Stufe der Treppe, die in die Tiefe zum Verlies führte, und suchte nach Umrissen. Nur ein schwaches Licht flackerte am Ende des Gangs hinter der Kreuzung.

Kurz überlegte ich umzukehren, nach oben zu steigen und eine Fackel zu holen. Aber eine leere Halterung würde im schlimmsten Fall für Unruhe sorgen.

Teruins Stimme halte durch meine Gedanken wie Feuer. *Dreck gehört in dieses Drecksland.*

Mein Zögern brach und ich stopfte das kleine Fläschchen, das ich als Vorwand für den Zutritt zum Flügel des Medis genutzt hatte, unter meine Armschiene. Entschlossen wagte ich den letzten Schritt. Es roch modrig, als ich mich an der Wand entlangtastete. Feuchtigkeit hing in der Luft und machte das Atmen schwer.

Sobald ich abgebogen war, drang der Lichtschein deutlicher zu mir. Ein breiter Gang führte einige Schritte geradeaus, bevor er sich in einer weiteren Kreuzung verlor. Gitter folgten auf Stein und eine Fackel brannte an einer bewohnten Zelle in der Mitte. Ungesagte Worte, die ich mir für Teruin zurechtgelegt hatte, lagen in meinem Mund und darum straffte ich die Schultern. Verdrängte das ungute

Gefühl, das Falsche zu tun, und konzentrierte mich auf die Wut in mir. Sie war greifbar, an ihr konnte ich mich festhalten. Der Groll gab mir mehr Sicherheit als die Zweifel, mich selbst zu verlieren.

Vor den Gitterstäben verschränkte ich die Arme und setzte ein gewinnendes Lächeln auf. »Gemütlich?«, fragte ich und betrachtete die Person im Verlies.

Das Grinsen gefror mir im Gesicht.

Anstatt Teruin fand ich eine Frau an der Wand vor. Ihre Augen waren verbunden. Sie erschrak nicht, legte nur den Kopf schräg. Das schwarze Haar wogte in unterschiedlich langen Strähnen um ihre Ohren, während sie die Lippen zu einer schrecklichen Grimasse verzog.

»Noch einer?«, fragte sie kratzig und schnaubte. Auf allen vieren krabbelte sie zu mir an die Gitterstäbe. Ihre Finger wand sie wie Schlangen um das Metall. »Sag deinem Prinzen, dass ich seine Botschaften satthabe!« Sie spuckte mich an.

»Kindra?«, flüsterte ich leise und sackte vor den Stäben zusammen. Mit dem Daumen strich ich über ihre Wangen. Das hier musste ein Traum sein!

Sie zuckte zurück und fiel nach hinten. Die harte Maske auf ihrem Gesicht verrutschte. »Wer bist du?«

Ich ballte die Hände um die Stäbe und lehnte die Stirn dagegen. »Ich bin es. Saki.«

»Verschwinde!«, zischte sie und der Traum löste sich auf. Ihr Gesicht war zu schmal, ihre Nase zu breit. Der Mund zwar breit, aber die Lippen weniger geschwungen. Natürlich war das nicht Kindra. »Wie heißt du?«

Ihre Unterlippe bebte. »Der Prinz hat dich nicht geschickt?«, fragte sie.

War sie erleichtert? Enttäuscht? »Nein. Ich sollte gar nicht hier sein.«

»Warum bist du es dann?«

Mein Blick schweifte zur Seite, keine weitere Zelle war in diesem Teil des Verlieses beleuchtet. Allmählich fragte ich mich, ob es für normale Gefangene wie Teruin einen anderen Trakt gab, der sich nicht im Flügel des Medis befand. »Ich wollte meinem Feind einen Besuch abstatten.«

Ihre Lippen verzogen sich zu einem gehässigen Schmunzeln. »Ich bin Ardra«, sagte sie, als hätte ich mit dieser Wahrheit ihr Vertrauen gewonnen.

»Warum bist du hier unten, Ardra?«

Sie leckte sich über die rauen Lippen, die an einer Stelle sogar blutig verkrustet waren. »Weil ich deiner Kindra bei der Flucht geholfen habe.«

»Du kanntest sie?«, brach es aus mir heraus. Mein Herzschlag beschleunigte sich, als die kleinste Verbindung zu Kindra hergestellt wurde. Eine Erinnerung, von der sie Teil war und die nun auch mir gehörte.

Ardra winkte ab. »Nur kurz.«

Der Anblick des Goldkindes versetzte mir einen Stich – die Ernte hatte deutliche Spuren hinterlassen. Meine Augen brannten, als ich den Blick auf meine Hände lenkte, die in meinem Schoß lagen. »Bist du seitdem im Verlies? Seit der Flucht?«

»Das ist die bessere Option«, raunte sie, als wäre es ein Geheimnis. »In meinem Zimmer haben sie dieses widerliche Bett mit der Auffangschale aufgestellt.«

»Was?«, hauchte ich ungläubig.

Ein bitteres Lachen drang aus Ardras Kehle, als sie die Arme ausbreitete. »Hat dir das der feine Herr nicht erzählt? Das ist die Endstation für uns Goldkinder. Da soll ich wie betäubt liegen, damit mein Speichel in einem Behälter gesammelt wird.«

Eiskalt pumpte das Blut durch meine Adern. »Und der Prinz …«, meinte ich und wechselte das Thema. Warum dachte sie, dass er mich herschickte?

Ihr Mund verzog sich, als hätte sie auf etwas Saures gebissen. »Was soll mit ihm sein?«, zischte sie. Alles an ihr verlor an Unbekümmertheit und Hohn. Ihre Schultern spannten sich an und ihre Finger krümmten sich zu Klauen. »Ich bin ihm egal!«

Doch ihr Körper sprach eine andere Wahrheit. Zitternd krallte sie die Hände in den Stoff ihrer Hose, senkte den Kopf, als wollte sie ihre Emotionen vor mir verbergen. Sie versteckte etwas.

»Du starrst mich an«, stellte sie fest.

Verblüfft lehnte ich mich zurück. Woher wusste sie das? Mein Herz pochte und ich konzentrierte mich wieder auf unser Gespräch. »Was verbindet dich mit dem Prinzen?«, hakte ich nach.

Bildete ich es mir ein oder errötete sie?

»Gar nichts!«

War es möglich, dass nicht nur Kindra die Gefühle des Prinzen geweckt hatte? Verband ihn etwas mit dieser Frau? Ardra versuchte ihre Mimik unter Kontrolle zu bringen. Setzte eine Fassade auf, wie es auch der Prinz immer tat. Doch dahinter leuchtete ein Gefühl, das ich zu gut kannte. »Liebst du ihn?«, raunte ich.

Mit einem Satz war sie an den Gitterstäben. Instinktiv wich ich ein Stück zurück. Ihre Hände fuhren haltlos an mir vorbei, während sie zischte und fluchte. »Ich hasse ihn. Ich hasse ihn! Ich …«

»So schlimm ist er gar nicht«, entfuhr es mir und ich erstarrte, wunderte mich über das Gefühl, ihn in Schutz nehmen zu wollen.

»Ach ja?«, donnerte sie.

»Ich muss es wissen. Ich verabscheute alles, wofür er stand.« *Und jetzt?*, fragte eine innere Stimme. *Jetzt verabscheust du ihn nicht mehr? Weil du zu ihm gehörst?*

Sie lachte höhnisch und schrill, während ihre Hände kraftlos an ihre Seite herabsanken. »Er ist nicht besser als der König.«

»Das ist nicht wahr«, beharrte ich. »Niemand ist so schlimm wie der König.«

»Er gehört zum gleichen Blut.«

»Ja«, sagte ich, schüttelte aber trotzdem den Kopf. »Aber seine Taten sind besser. Er …« Seufzend verschränkte ich die Beine zum Schneidersitz. »Der Prinz hat einen Sinn für Gerechtigkeit und wird dieses Land verändern. Ihn dürstet es nicht nur nach Rache.« Kaum hatte ich die Worte ausgesprochen, wusste ich, dass ich genau das glaubte. Ich vertraute in die Werte des Prinzen und dass er eine bessere Zukunft schaffen konnte. Leider war es zu spät. Der Kriegszug war unausweichlich und Prinz Jaden hatte zu wenig Einfluss, um sich gegen seinen Vater zu stellen.

Aber er würde die Welt nach der Herrschaft des Königs zu einem besseren Ort machen. Da war ich mir sicher.

Ardra kratzte mit den Händen über den Boden und hinterließ helle Streifen im Dreck. »Gerechtigkeit«, zischte sie und ihre verkrampfte Körperhaltung deutete jahrelangen Schmerz an. »Er sieht nur zu.«

»Nein«, begann ich und stockte, fuhr mir mit der Hand übers Gesicht. »Vielleicht war er früher so«, versuchte ich es. »Aber er hat sich verändert.«

Ihre Lippen bebten und sie drehte den Kopf zur Seite. »Ich hasse ihn trotzdem.«

»Du hast bestimmt gute Gründe dafür.«

Einen Moment schwieg sie. Ihr Kopf sackte hinab und die Fackel flackerte. Als sie sich mir zuwandte, stellte sie eine Frage, die mich überraschte. »Was hast du mit deinem Feind vor? Warum wolltest du ihn besuchen?«

Teruin hatte ich während des Gesprächs mit Ardra völlig vergessen. »Keine Ahnung«, behauptete ich, während die wüsten Beschimpfungen bitter auf meiner Zunge schmeckten. Dafür war ich hergekommen? Um meiner Wut Luft zu machen?

Sie spitzte die Lippen zu einer nachdenklichen Miene und rieb sich über das Kinn. »Wirst du ihn quälen? Töten?«

Meine Schultern spannten sich an. »Nein«, antwortete ich schnell.

»Wieso nicht? Hat er es nicht verdient?«

Perplex musterte ich sie. Eine gebrochene Frau, kaum älter als Kindra. Übersät mit den Spuren der Ernte. »Das … Ich …« Ja, warum war ich hier? »Ich wollte Rache.«

»Wofür?«

»Für etwas, was er gesagt hat.«

»Und da eignet sich keine Gewalt?« Sie lächelte. Breit und erwartungsvoll.

War Gewalt das, was mich weiterbrachte? Wollte ich ihn am Boden sehen, gekrümmt vor Schmerz und mit Tränen in den Augen?

Ja.

Zumindest ein Teil von mir. Bei der Erkenntnis wurde mir schlecht. Was war aus mir geworden?

Ich vergrub die Hände in meinen Haaren. Vor mir saß dieses Bündel aus Wunden. Eine verrückte Frau, die aus der Gewalt nur weitere Gewalt hervorbringen wollte. Eine Frau, die aussah wie Kindra.

Meine Lunge schmerzte, als ich zurückwich. Das Atmen fiel mir schwer. Kindra war Teil der Ernte gewesen. Sie hatte ein Auge verloren. Hatte es Tage gegeben, an denen sie aussah wie Ardra?

Wankend sprang ich auf die Füße.

Tage, an denen sie ebenfalls hier unten gesessen hatte?

Langsam wich ich zurück. Der Korridor wirkte enger. Kälter.

»Du gehst schon?«, kratzte Ardras Stimme an meinen Ohren.

Ich stieß mit dem Rücken an die Stäbe der Zelle hinter mir. Was machte ich hier unten?

Es dauerte drei Herzschläge, bis ich den Blick von Ardra losreißen konnte und den Weg zurückrannte. »Richtest du ihm Grüße aus?«, hallte ihre Stimme hinter mir her.

Stolpernd bog ich um die Ecke, tauchte in den dunklen Korridor ein. Bilder von verwundeten Goldkindern, der Liege im Labor des Medis und seltsamen Betten schwirrten mir durch den Kopf. Eilig rannte ich zurück zur Treppe. Hinauf. Aus dem Flügel des Medis und in Teile des Palastes, die ich kannte.

In den Garten und an den Rand zur Mauer.

Mit schweißnassen Händen umfasste ich das Geländer und richtete den Blick auf die winzigen Häuser vor mir. Sie verloren sich in der Ferne, gingen in Wälder und Wiesen und schließlich in blasse blaue Berge über, die den Horizont küssten.

War das der Preis, den der Alte erwähnt hatte, als ich mich für ein Leben als Spion entschied?

Der Verlust meines Selbst?

36.

Kindra

Verbindungen

Toryns Finger lagen fest um mein Handgelenk, als er mich den dunklen Korridor entlang und zurück zur Kammer zerrte, in der ich die letzten Wochen verbracht hatte. Hastig umschloss ich den Türrahmen und brachte uns damit zum Stehen.

»Ich will nicht wieder hier rein«, presste ich hervor.

Seine Finger glitten von meinem Arm und er stand mit dem Rücken zu mir. »Du hast keine Ahnung, was du da draußen getan hast, oder?«

»Woher auch?«, fragte ich aufgebracht.

»Wie kann es sein, dass du schon so weit bist!«

»Wie weit?«

Brummend schüttelte er den Kopf und fuhr fort. »Das dauert Jahre.« Über die Schulter warf er mir einen schnellen Blick zu. »Ich fand die Verbindung erst letztes Jahr!«

In seinem Gesicht kämpfte sich verletzter Stolz an die Oberfläche und rang mit der Neugier in seinen Augen. Toryn zeigte gern, was er konnte. Wie stark seine Kraft war oder wie viel die *große Schwester* von ihm hielt.

»Von welcher Verbindung sprichst du?«

Er rieb sich den Nacken und ging einige Schritte ins Innere. »Wir nennen sie *Die Magie der Natur*. Sie gleicht der Magie, die uns durchdringt, und sie befindet sich in allem – jedem Grashalm und jedem Stein. Du hast nach ihr gegriffen und eine Verbindung hergestellt.«

»Sie ist wie unsere eigene Kraft?«

Sein Blick huschte über mein Gesicht. »Wir glauben, dass die Drachen in ihre Elemente zurückgekehrt sind und diese mit ihrer Magie gespeist haben. Diese Macht durchdringt unsere Welt.«

Goldene Funken tanzten vor meinen Augen. Der Mann in der Sonne. Meine Halluzination. Hatte ich mir das nicht nur eingebildet? Ich packte Toryn am Oberarm. »Die Drachen existieren noch?«

Er schob meine Hand fort. »Keine Ahnung, Kindra.« Seine Stimme nahm einen genervten Klang an. »Es gibt Magie in jedem winzigen Stück der Welt. Jeder Teil von Odre hat einen Kern und seine eigene Kraft. Die Farben …« Energisch zuckte er mit den Schultern. »Es deutet auf die Drachen hin, aber keiner weiß etwas Konkretes.«

Magische Kerne, die unsere Welt erfüllen. Mir wurde schwindelig. »Ich glaube, ich habe einen von ihnen getroffen.«

Toryns zog die Augenbrauen zusammen. »Wen?«

»Unseren Vater. Den Sommerdrachen.«

Über sein Gesicht huschten die unterschiedlichsten Regungen. Seine Lippen öffneten sich zu einem erstaunten *Oh*. Doch dann verengte er die Augen. »Das kann nicht sein.«

Ich seufzte und setzte mich auf den Boden. Der Ausflug nach draußen hatte an meiner Kraft gezehrt. Oder war es die Verbindung gewesen, die ich eingegangen war?

»Wie sah er aus?«, fragte Toryn und setzte sich mir gegenüber hin. Seine Neugier siegte.

»Irgendwie menschlich und gleichzeitig fremdartig.« Ich suchte nach Worten, während Toryn sich zu mir beugte. »Schuppen bedeckten seine Haut und er war wie goldenes Licht.«

Toryn nahm die Hände ans Kinn und starrte auf den Boden zwischen uns. Nach einer kurzen Pause sagte er: »Du darfst die Verbindung dennoch nie wieder eingehen.«

»Warum?« Das Bild des Mannes kreiste durch meine Gedanken. War es wirklich der Sommerdrache gewesen? Hatte ich meinen Vater in seiner menschlichen Gestalt getroffen? Oder war es nur eine Vision meiner Ohnmacht gewesen?

»Kindra«, sagte Toryn ernst und griff nach meinen Schultern. Seine Augen sahen mir fest entgegen. »Das ist die zweite Stufe unserer Lehre. Zuerst die eigene Kraft beherrschen. Dann sich vor der Kraft der Natur schützen.«

»Aber warum?«

»Es ist gefährlich«, beharrte er.

»Das sagtest du bereits.«

»Kindra!« Toryn seufzte genervt. Sein Gesicht kam mir näher, war so dicht vor meinem, dass ich seinen Atem spüren konnte.

Mein Körper versteifte sich und ich wandte mich ab.

Leise flüsternd drang seine Stimme zu mir. »Selbst die erfahrensten Krieger sind daran gescheitert. Die Verbindung wieder zu lösen ist unmöglich.«

»Aber du hast sie gelöst«, erwiderte ich.

»Ja, ich. Aber hättest du es selbst gekonnt?«

Die Macht hatte meinen Kern fest umklammert. Bevor es mir gelang, mich zu befreien, hatte Toryn reagiert. Aber nach meinem eigenen Kern hatte ich im Training so oft vergeblich gesucht. Hier musste ich es auch erst lernen.

»Ich …«, setzte ich an, doch Toryns Blick ließ mich verstummen. »Vermutlich nicht«, antwortete ich. Auch wenn mir etwas anderes auf der Zunge brannte. »Was ist mit denen passiert, die die Verbindung eingegangen sind?«, fragte ich stattdessen.

Seine Miene verfinsterte sich. »Sie erlangten unglaubliche Macht und starben.«

»Wie?«

»Was eben passiert, wenn die Macht überhandnimmt. Explosionen, Implosionen.« Toryn warf die Hände in die Luft. »Der eigene Kern ist für manche schon zu mächtig«, meinte er und bedachte mich mit einem Blick, der mich an das Schicksal erinnerte, das mir die letzten Wochen so kurz bevorgestanden hatte. »Deine Magie ist ein Witz verglichen mit der Größe dieser Macht.«

»Starben alle?«

»Fast alle.« Wir starrten uns eine Weile an, führten ein stummes Duell, bis er seufzte und weitersprach. »Alle, die sich wieder lösen konnten oder Hilfe bekamen, zahlten einen Preis dafür, dass sie von der Macht der Welt gekostet hatten.«

»Was für einen Preis?«

»Ihre Magie verschwand. Sie verloren Gliedmaßen. Erblindeten.« Seine Stimme senkte sich zu einem Flüstern, das mir eine Gänsehaut über die Arme jagte. »Sie waren nie wieder wie vorher.«

Ich schlang die Arme um den Körper. Zum einen verängstigt von den Folgen, die mich hätten treffen können. Aber auch vor Ehrfurcht. In jedem Teil unserer Welt schlummerte eine beispiellose Kraft. Wenn jemand diese entdeckte oder sogar nutzte, wohin würde uns das führen?

»Wir müssen Tanidra davon erzählen«, raunte Toryn und erhob sich. »Von der Verbindung, die du eingegangen bist, aber auch von deiner Begegnung.«

»Wird sie mir glauben?«, fragte ich und folgte ihm aus der Kammer.

»Ich weiß es nicht«, gab er zu. »Darüber hat sie sich oft mit Omb gestritten.«

Die Tür knarrte in den Angeln, als sie zur Seite schwang und den Blick auf die *große Schwester* freigab. Tanidra beugte sich über den Schreibtisch, die Hände links und rechts neben einem Stück Papier abgestützt.

Toryn trat ein und ich folgte ihm mit einem Schritt Abstand. »Bitte verzeih die Störung«, sagte er.

Sie schüttelte den Kopf, ohne aufzusehen. »Was wollt ihr? Ich habe keine Zeit.« Ihre Finger gruben sich leicht in das Papier und das Material knisterte.

»Kindra hat die Verbindung zur Natur gefunden.«

»Was?«, fragte sie und hob den Blick, um mich anzusehen. Im Halbdunkel, nur mit dem Licht der magischen Lampe auf den Gesichtszügen, wirkte sie wie eine Katze, die zum Sprung ansetzte.

»Heute«, antwortete ich, während ihre Musterung mich durchdrang. »Es war ein Versehen«, fügte ich hinzu.

»Ich konnte die Verbindung schnell lösen«, warf Toryn ein und trat näher an den Schreibtisch.

»Gut«, sagte sie knapp. »Fahrt mit dem Training fort.« Sie wandte sich wieder dem Papier zu. Die Schrift war krakelig und schwer zu entziffern. Ich legte den Kopf schräg. *Benachrichtigung,* stand in der ersten Zeile. Darunter: *Odissa.*

Toryn wechselte einen Blick mit mir. In seinem Gesicht stand deutlich, wie sehr ihn Tanidras Reaktion irritierte. Was konnte so wichtig sein, dass sie etwas Gefährliches wie die Verbindung zur Welt mit einem *Gut* abtat? »Es gibt noch etwas«, sagte Toryn dennoch und hielt an seinem Vorhaben fest. Er klopfte mir leicht auf die Schulter und signalisierte mir, von meiner Vision zu erzählen.

Tanidras Verhalten verunsicherte mich. »Ich habe zuvor einmal Magie gesehen. Es begegnete mir ein Mann aus goldener Energie. Übersät mit Schuppen und mehr Drache als Mensch.«

Aufmerksam sah mich Tanidra an und ließ sich langsam auf ihrem Stuhl nach hinten sinken. Als wäre sie aus ihrer Starre erwacht, fragte sie mich nach jedem Detail, bis ich keine Fragen mehr beantworten konnte.

Ihr Blick verlor sich in der Ferne, während sie gedankenverloren über die Nachricht strich, die auf ihrem Tisch lag. Vergilbtes Pergament, zusammenhanglose Worte, die zuerst keinen Sinn ergaben. Wieder las ich Odissa, den Namen der eisernen Hauptstadt. Hügel, Blomdeck, Angriff.

Plötzlich fügten sich die Bruchstücke zu einem Bild.

Mit den Handflächen schlug ich auf den Tisch und beugte mich vor. »Die Eisenmänner marschieren?«, rief ich aus. »Sie greifen Blomdeck an?«

Mit meinem Aufschrei riss ich Tanidra aus ihren Gedanken und sie sah erst mich an, dann die Nachricht. »Ja.«

»Was?« Toryn trat an den Schreibtisch und fasste mich an der Schulter.

Zitternd deutete ich auf das Papier, während der Boden unter meinen Füßen schwankte. Mein Kopf war wie leer gefegt. »Die Truppen in Odissa rüsten auf. Sie wollen einmarschieren«, hauchte ich, und auch als ich es zum zweiten Mal aussprach, konnte ich es nicht so recht begreifen.

Toryn riss seine Augen auf und klammerte sich an die Tischkante. »Ist das wahr?«

Tanidra nickte trocken.

Die Wände rückten auf mich zu, machten mir das Atmen schwer. Um Halt zu finden, stützte ich mich auf den Schreibtisch. »Wir müssen etwas unternehmen.«

»Sind wir hier sicher?«, fragte Toryn zur selben Zeit.

Ich warf ihm einen schnellen Blick zu. Das war nicht sein Ernst! »Keiner ist mehr sicher, wenn der König hier einfällt!«, zischte ich. »Wir müssen sie aufhalten.«

»Wie stellst du dir das vor?«, begehrte Toryn auf.

Bestimmt hob Tanidra die Hände und wir verstummten. »Wir werden nichts tun.«

Sofort öffnete ich den Mund, um zu protestieren, aber sie fuhr fort: »Wir können nichts tun. Es sind zu viele!«

Meine Beine wurden jeden Moment schwerer und drohten unter mir zusammenzubrechen.

»Aber …« Ihre Stimme klang sanfter, als sie sich an Toryn wandte. »Wir sind hier in Sicherheit.«

Ungläubig schüttelte ich den Kopf. Während unser Land unterworfen wurde, sahen sie zu?

»Kindra.« Sie stand auf. »Wir sind vielleicht fünfzig Goldkinder in diesem Dorf, von denen sich einige in den Städten befinden, um einzukaufen und unsere Ressourcen aufzustocken. Der Kriegszug wird nicht durch die Wüste marschieren, sondern nördlich von hier über die grünen Hügel.«

»Und du glaubst, das schützt euch?«, blaffte ich sie an und starrte auf die Nachricht. »Glaubt ihr, es wird aufhören? Sie werden das Land auseinandernehmen, bis sie jedes Goldkind in den Fingern haben!«

»Die Reise durch die Wüste ist anstrengend. Sie werden nur kleine Trupps zur Erkundung schicken.«

Toryn beruhigte sich und fand sein Selbstvertrauen wieder. »Mit kleineren Gruppen werden wir problemlos fertig.«

Angewidert wich ich einen Schritt nach hinten aus. »Ihr wollt euch verstecken.« Meine Schultern bebten. »Während unser Land untergeht.«

Es war falsch, Toryn, Tanidra und die anderen zu verurteilen, dass sie in Ruhe leben wollten. Damals hatte ich dasselbe in Grünfrey gemacht. Ich war sogar hierhergekommen, um Zuflucht zu finden.

Aber ich konnte den König nicht ungestraft ziehen lassen. Nicht, nachdem ich die Ernte am eigenen Leib erfahren hatte. Ihn in unserem Land zu wissen, war, als würde ich eine Seuche unkontrolliert über meine Heimat ziehen lassen.

Das ließ ich nicht zu!

Selbst wenn ich mich ihm allein gegenüberstellen musste.

Ich war bereit, ihn meine Magie spüren zu lassen. Wenn es sein musste, sogar die der ganzen Welt.

37.

SAKI

Die letzten Wochen

Die Sonne verlor mit jedem Tag mehr Kraft, als der Herbst anbrach. Dennoch klebte mir mein Haar an diesem lauen Nachmittag verschwitzt an der Stirn. Der kleine Garten lag an der Palastmauer, nur eine einzelne leere Bank befand sich auf der Wiese. Dorallien und Mek standen mit mir am Geländer. »Die Hüter haben uns zurückgerufen. Sie brauchen jeden Mann, um Blomdeck zu schützen«, wiederholte Dorallien energisch. Während er weiter mit Details auf mich einredete, schüttelte ich nur den Kopf.

»Du Verräter«, zischte Mek leise und unterbrach damit Doralliens Monolog. Es war niemand in der Nähe, der uns hören könnte, trotzdem fühlte sich dieses Gespräch falsch an. Dafür befanden wir uns eindeutig nicht am richtigen Ort. Nicht dass ich woanders mit ihnen streiten wollte. Aber meine Entscheidung war gefallen. Wenn ich mich schon selbst verlor, konnte ich wenigstens für das Richtige einstehen. *Heiwan* erschien mir als die beste Option.

»Saki könnte nachkommen«, meinte Dorallien leise und ignorierte die Beleidigung, die Mek an mich gerichtet hatte.

»Er könnte auch sofort mit uns gehen.« Meks Blick wanderte zwischen mir und Dorallien hin und her. Seine Verbundenheit zu den Hütern beeindruckte mich und machte mir bewusst, dass ich keine Ahnung hatte, wie lange er für seinen Einsatz als Spion ausgebildet worden war. Es änderte jedoch nichts an meinem Entschluss.

»Vielleicht kann er es nicht. Schließlich ist er in der Prinzengarde«, flüsterte Dorallien, um mich zu verteidigen. »Aber er kommt nach.«

»Nein«, schaltete ich mich ein.

Meks Blick huschte zu mir und er sah mir kalt entgegen. »Sagte ich doch. Verräter.«

Seufzend lehnte ich mich auf die Brüstung, folgte mit dem Blick den Straßen zur Stadtmauer und der dahinter liegenden Landschaft zum Horizont.

Dorallien berührte mich an der Schulter. »An der Front können die Hüter jeden gebrauchen«, argumentierte er. »Hier zu bleiben als Späher …«

Mit einer Geste unterbrach ich ihn. »Ich werde nicht nachkommen. Der *Heiwan Orden* wird die Welt endgültig verändern. Vielleicht erst nachdem der König tot ist, aber ich vertraue dem Prinzen.«

Meks Körper bebte vor Anspannung und Dorallien fiel keine Erwiderung ein. Er öffnete den Mund und klappte ihn wieder zu.

Als sich Mek zu mir beugte, war seine Stimme leise und hart. »Du bist auf ihrer Seite!«

»Ich bin auf der Seite der Goldkinder«, meinte ich und betrachtete wieder die Wiesen und Wälder jenseits der Stadt. »Es gibt keinen Grund dafür, so weiterzumachen wie bisher. Es ist zu spät. Wir können den König nicht mehr aufhalten. Aber der Prinz kann bei seiner Regentschaft etwas verändern.« Ich schloss die Augen und dachte an die Trümmer, die in Grünfrey zurückgeblieben waren, an die Lügen und meine vergebliche Suche nach Kindra. An die Ziele des Prinzen und dass sie viel zu früh vereitelt worden waren.

Zu keiner Zeit hatte ich eine Chance gehabt. Meine ganze Suche lang war ich immer einen Schritt hinterher gewesen.

Die Begegnung mit Ardra hatte mir gezeigt, dass es doch etwas gab, für das ich bereit war, meine Rolle als Eisenjunge weiterzuspielen: der *Heiwan Orden* und die damit verbundene Zukunft für die Goldkinder. In Freiheit, ohne Ernte.

»Es ist noch nicht vorbei!« Meks Stimme wurde so laut, dass ich mich umblickte. Schnell suchte ich die Umgebung ab. Vögel hüpften von Ast zu Ast und der Wind heulte durch den angrenzenden Korridor, der vom Garten ins Innere des Palastes führte. Ansonsten waren wir allein. Dorallien schien sich jeden Augenblick unbehaglicher zu fühlen.

»Wie willst du sie aufhalten?«, flüsterte ich und beugte mich zu Mek. »Keiner kann sie mehr aufhalten. Unser Reich wird fallen. Aber die Zukunft steht noch nicht fest.« Mit jedem Wort wurde Meks Gesicht röter.

Dorallien legte mir die Hand auf die Schulter. »Aber …«, begann er.

»Kein Aber. Versteht ihr das nicht? Für mich gibt es kein *Aber* mehr.« Diese Diskussion war vorbei. Wenn die Späher zurück zu den Hütern fliehen wollten, würde ich sie nicht aufhalten. Vermutlich würden wir uns früh genug bei der Schlacht in Blomdeck gegenüberstehen. Entschlossen ließ ich sie stehen und durchquerte den Torbogen.

Die Hüter konnten nicht siegen. Die Gegenwart schien unausweichlich. Warum begriffen sie nicht, dass in diesem Moment einzig die Zukunft zählte?

Der Schweiß rann über meine Stirn und suchte sich einen Weg hinab. Das Training wurde jeden Tag härter und länger. Kaum hatten sich meine Muskeln an die Anstrengungen gewöhnt, wurden wir aufgefordert, unsere Rüstungen bei den Übungen zu tragen. Das Gewicht erschwerte meine Bewegungen und ich war schneller außer Atem.

Doch ich nutzte alles, um mich auf den Kampf vorzubereiten. Jetzt, da ich entschieden hatte, für den Prinzen zu kämpfen.

Bis zum Marsch waren es nur noch wenige Wochen.

Die Leibgarden des Prinzen und des Königs bildete die vorderste Front. An ihrer Seite würde ich in mein Land zurückkehren und bei seiner Vernichtung dabei sein.

Ein lauter Kampfschrei durchschnitt die Luft, gefolgt von dem Scheppern der Rüstungen. Wir sprangen, wirbelten und schlugen im Gleichtakt, wie ein großer lebender Organismus.

In der Pause trat ich zu Nuren und trank gierig aus dem Wasserschlauch.

»Teruin hat den Hof verlassen.«

Ich verschluckte mich und hustete. »Was?«

Nuren schüttelte tadelnd den Kopf. »Er entschied sich zu gehen.«

Die Genugtuung, die ich erwartet hatte, fand ich nicht. Stattdessen flackerte Ardras Bild in meinen Gedanken auf, die ich an Teruins Stelle im Verlies angetroffen hatte. Der bittere Geschmack von Schuld lag in meinem Mund. Mühsam zwang ich ein künstliches Lächeln auf mein Gesicht. Sollte Nuren denken, dass Teruins Abgang ein Erfolg für mich darstellte.

»Saki!«, zischte Nuren wütender als sonst.

»Er ist selbst schuld«, beteuerte ich.

»Du hast ihn provoziert.«

»Teruin hat sich zu leicht provozieren lassen.«

»Begreifst du nicht, was für eine Schande das für seine Familie ist?« Nurens Stimme gewann mit jedem Wort mehr Nachdruck.

Das Grinsen verschwand unter der Schwere meines Gewissens.

»Er hätte bleiben können«, erwiderte ich und trank einen weiteren Schluck. Das restliche Wasser wischte ich mit dem Ärmel von meinen Lippen.

»Als unbedeutender Soldat?«, fragte Nuren. In seinen Augen las ich, dass er mir meine Worte nicht glaubte. »Du hast ihm jede Möglichkeit genommen.«

Meine Hand krampfte ich um den Wasserschlauch und bevor ich mich beherrschen konnte, schleuderte ich ihn neben Nuren auf den Boden. Einige Männer musterten uns interessiert.

Mit erhobenem Finger fixierte ich den Rekruten. »Mach mich nicht für Teruins schwachen Charakter verantwortlich«, zischte ich, drehte mich um und stapfte zurück auf meinen Platz. Eine kleine Schneise bildete sich und die Blicke der Männer folgten mir.

Doch ich hielt den Kopf erhoben. Dafür würde ich mir von Nuren nicht die Schuld geben lassen.

Schlimm genug, dass es die Stimme in meinem Innern tat.

»Bist du bereit?«, Morells Stimme war weich und väterlich. Je näher der Feldzug rückte, desto mehr schienen er und Trenb mit mir mitzufühlen. Oder versuchten sie mich nur mit einer neuen Methode einzulullen, damit ich mich beherrschte und den stolzen Eisenjungen mimte?

Ich zuckte mit den Schultern und spürte die Wand in meinem Rücken, gegen die ich mich lehnte.

Der Prinz und Trenb warfen mir nachdenkliche Blicke zu. Schnaubend verdrehte ich die Augen. »Ich kann es sowieso nicht ändern, oder?!«

Das Schweigen drückte mich weiter in die Ecke. Die Vorstellung, für meine Ziele Menschen zu töten und ein Land zu besetzen, drehte mir den Magen um.

Ardras Bild flackerte in meiner Erinnerung auf und ich atmete tief ein. Sie lebte noch. Kindra hatte ich verloren, aber die anderen Goldkinder litten weiterhin. Ich musste mich auf den *Heiwan Orden* konzentrieren. Darauf, die zu retten, die sich selbst nicht mehr retten konnten.

»Ich werde schon klarkommen.« Mit einem Ruck stieß ich mich von der Wand ab und wanderte durchs Zimmer. Prinz Jaden starrte zurück auf die Karte und versank in seinen Gedanken.

Ob er über den Feldzug nachdachte? Oder darüber, wie er seinen Vater schnellstmöglich vom Thron holte?

Trenbs Blick ruhte weiter auf mir und ich trat ihm entgegen. »Was?«

»Ist es nicht schwer für dich?«

Mein Blick huschte über sein Gesicht. Falten zeichneten seine Stirn und um seinen Mund lag ein harter Zug. Obwohl wir uns schon viele Monate kannten, konnte ich ihn nicht deuten. Der Grat zwischen Sorge und Ermahnung verschwamm.

»Wird schon«, versicherte ich erneut.

»Kannst du dich zusammenreißen?«

Ich schmunzelte. Da war es wieder.

»Wann brechen wir auf?« Eine Frage, vier Worte. Trotzdem brachte sie meine Welt ins Wanken.

»Im Morgengrauen.« Prinz Jadens Stimme klang gedämpft und als ich mich ihm zuwandte, entdeckte ich ihn tief über den Tisch gebeugt. Seine Nase berührte fast die Karte.

»Was tut Ihr da?«, fragte ich und trat neben ihn. Morell und Trenb kamen ebenfalls näher.

»Steht dort etwas geschrieben?« Er deutete auf schwache Linien in der Wüste. Gekrakelte, halb verblasste Muster, die eine Ahnung von Worten hinterließen.

»Vielleicht der Name einer Oase?«, meinte ich. »Oder eine Information über das Sandvolk.«

Der Prinz drehte mir den Kopf zu. »Gibt es das wirklich?«

»Es gibt Gerüchte, Legenden.« In Gedanken schalt ich mich selbst, dass ich den Prinzen unnötig beunruhigte. Aber vor Monaten hatte ich auch nicht an Drachen geglaubt. »Vermutlich sind es nur Geschichten.«

»Sollten wir die Ostflanke des Heeres absichern?« Mit ernster Miene betrachtete er mich. In den letzten Wochen hatte er deutlich gemacht, wie sehr es ihm vor dieser Invasion graute. Doch die Männer waren ihm wichtig. Er wollte keine unnötigen Leben aufs Spiel setzen.

»Keine Ahnung.« Ich lehnte mich gegen die Tischkante. »Sie verlassen die Wüste angeblich nie.«

Prinz Jaden nickte, die Nachricht beruhigte ihn offensichtlich. »Und hier?«, hakte er nach und deutete auf eine andere Stelle der Karte. »Was ist hier?«

Sein Finger lag auf dem Schneegipfel.

»Ein Berg«, antwortete ich starr. »Dort gibt es nichts.« *Außer einer geheimen Route zu den Hütern*, fügte ich in Gedanken hinzu. Ich bezweifelte, dass sich die Krieger dem eisernen Heer auf offener Fläche entgegenstellen würden. Dafür waren sie zahlenmäßig zu weit unterlegen. So wie ich sie kennengelernt hatte, lag ihre Priorität darin, die Menschen in Blomdeck zu evakuieren und dort auf uns zu warten.

Die Augen des Prinzen folgten der Route, die das Heer marschieren würde. Über den Hayes, den sie mithilfe der Goldmagier südlich von Grünfrey überwinden würden. Zwischen der Wüste und dem steinernen Tal hindurch. So würden wir die unüberwindbaren Felswände, die Grünfrey geschützt hatten, umgehen und von Süden auf Blomdeck zusteuern.

Seufzend stützte ich mich auf den Tisch. Auch wenn ich die Gegend nicht kannte, die wir passieren würden, juckte es mich in den Fingern, den Prinzen zu beruhigen. Die Sorge um seine Männer zeigte, was für ein Mensch er war. Einer, der Mitgefühl zeigte, der für den *Heiwan Orden* kämpfen würde, auch wenn er noch Jahrzehnte auf den Frieden hinarbeiten musste. »Euer Vater hätte keine bessere Route aussuchen können, mein Prinz. Wir passieren ein paar Dörfer. Mehr nicht. Es droht keine Gefahr für das Heer.«

38. KINDRA

Richtung Norden

Ein letztes Mal betrachtete ich die von magischem Feuer beleuchtete Kammer. Kahle Wände aus Stein, mehrere Decken für das Nachtlager und der kühle Boden, auf dem ich sitzend mit Toryn bis zur Erschöpfung meine Magie trainiert hatte. Auch nach Wochen in diesem Raum war er nicht zu einer Heimat geworden. Es juckte mich in den Fingern, endlich aufzubrechen und dieser endlosen Treibjagd ein Ende zu bereiten.

Toryn stand in der Tür, stützte die Arme auf den Rahmen und versperrte mir den Weg. »Lass es sein.«

Entschlossen packte ich seine Arme und versuchte ihn zur Seite zu schieben. »Toryn.«

»Bleib doch einfach hier.«

Wie oft hatten wir dieses Gespräch in den letzten Wochen geführt? »Das kann ich nicht.«

Sein Gesicht lief rot an. »Was willst du da draußen machen?!« Er kämpfte mit der Lautstärke seiner Stimme. »Was willst du allein ausrichten?«

Ich ließ von ihm ab und verschränkte die Arme vor der Brust. »Du kennst meinen Plan.« Zumindest kannte er die offizielle Version, in der ich ihm einiges verschwieg.

Ein genervtes Stöhnen drang aus seiner Kehle. »Es ist dein Tod.«

»Dann ist er es eben.«

Energisch packte er mich an den Schultern und schüttelte mich. »Kindra. Das ist doch nicht dein Ernst! Glaubst du wirklich, du kannst deine Kontakte spielen lassen und den Prinzen überzeugen? Er wird seinen Vater nicht aufhalten!« Toryn riss meinen Beutel und den Wasserschlauch an sich, doch ich reagierte schnell und griff danach. Wie Kinder, die sich um ein Spielzeug stritten, zogen wir an meinen Sachen.

»Toryn!«, knurrte ich. »Jaden wird seinen Vater aufhalten.« Wenn er es nicht tat, war ich bereit, alle Magie einzusetzen, die ich finden konnte.

»Ganz bestimmt«, blaffte er und rollte mit den Augen. »Glaubst du das wirklich?«

»Das glaube ich.«

Sein Griff um die Trägerriemen wurde so fest, dass die Fingerknöchel weiß hervortraten. »Bleib hier!«, drängte er erneut. »Hier hast du Jahrhunderte in Frieden vor dir.«

»Frieden?! Während unser Reich verschwindet? Unmöglich.« Mein Entschluss stand fest. Die Zeit, davor wegzurennen, war vorbei. Außerdem war Saki irgendwo dort draußen, das spürte ich. Wenn ich meinen irrwitzigen Plan überlebte, stand mir nichts mehr im Weg. »Ich gehe.«

Toryns Schultern sanken herab und der Griff um meine Sachen lockerte sich. Mit einem Ruck riss ich sie los. »Du kannst mitkommen«, scherzte ich und legte mir den Wasserschlauch und den Beutel um.

Einen Augenblick sah er mich nur an. Wir hatten viel Zeit zusammen verbracht. Aber das hier war sein Zuhause, nicht meins.

Er senkt den Kopf. »Das kann ich nicht.«

»Ich weiß.« Als er zur Seite trat, schob ich mich an ihm vorbei und auf den Gang. »Vielleicht sehen wir uns wieder.«

Ein kleines Lächeln huschte über sein Gesicht, dennoch blieb seine Miene ernst. »Das hoffe ich.«

In meiner leeren Handfläche flammte ein magisches Feuer auf und erhellte den Korridor.

»Bleib am Leben und denke an das, was ich dich gelehrt habe«, rief er mir hinterher.

Zur Antwort hob ich die Hand und ließ das Feuer zwischen meinen Fingern tanzen, drehte mich aber nicht um.

In den letzten Wochen hatte ich die Nachmittage am See verbracht. Wenn Toryn schlief, sah ich mir die Magie der Natur an. Jedes Mal darauf bedacht, sie von meinem Kern fernzuhalten.

Toryn kannte nur so viel meines Plans, wie ich ihm verraten hatte. Er wusste nichts von der Idee, die mir seit Wochen im Kopf herumspukte.

Auf meinem Weg nach draußen begegnete ich einigen Goldkindern. Niemand sagte etwas, aber sie alle starrten mich an, bis ich an ihnen vorbei war. Außer Toryn hatte ich mit niemandem Zeit verbracht. Ich war hierhergekommen in der Absicht, meine Magie zu beherrschen und um eine Heimat zu finden. Doch das Training hatte meine Zeit vollkommen eingenommen. Erst die Kontrolle über meinen Kern, dann das Verstecken meines Auges, was mir nicht vollständig gelang.

Die anderen Goldkinder hatten sich von mir ferngehalten – erst recht, nachdem ich versucht hatte, Verbündete für meinen Plan zu finden. Doch niemand wollte sich mit mir dem König gegenüberstellen und den Prinzen unterstützen.

Sie mussten mich für verrückt halten.

Vielleicht war ich das ja auch.

Mein Weg führte mich in Schlangenlinien nach Norden. Widerwillig hatte mir Toryn bei der Planung geholfen. Wir erstellten eine Route, die möglichst viele Oasen passierte und die Dörfer des Sandvolkes vermied. Es gab nur eine Station, die mir Sorgen bereitete.

Tag und Nacht marschierte ich. Schlief nur an ausgewählten Orten, wenn es notwendig war. Ich wollte die Wüste schnell hinter mir lassen, mich positionieren und auf die Konfrontation vorbereiten.

Es dauerte sechs Tage, bis ich den kritischen Punkt meiner Reise erreichte. Ich lag flach auf dem Bauch und robbte über eine Düne nach oben. Der Himmel hing schwarz über mir und die Sterne tauchten die Umgebung in schummriges Licht.

Hütten umringten eine Quelle, die mir die einzige Möglichkeit bot, um meinen Wasserschlauch für den Rest der Reise aufzufüllen. Fackeln malten lebendiges Licht in die Dunkelheit, in der sich schwarze Schemen bewegten. Mein Herzschlag beschleunigte, doch ich atmete ruhig. Mit ein paar Sandmenschen konnte ich es nach meinem Training aufnehmen. Blieb nur zu hoffen, dass ich schnell zur Quelle und wieder raus aus der Siedlung kam.

Kurz wägte ich ab, weiterzuziehen, aber mein Wasserschlauch war fast leer. Ich hatte keine Wahl. Ohne Auffrischung würde ich es nicht lebend aus der Wüste schaffen.

Lautlos rappelte ich mich auf und lief gebückt die Düne hinunter. Mein Blick huschte durch die Nacht, während ich auf die erste Hütte zueilte. Ich presste mich an ihre Wand und atmete tief ein.

Im Innern tastete ich nach meinem Kern. Schloss sanft meine imaginäre Hand um die Kraft und spürte sie pulsieren. Bereit für alles, was kommen sollte.

Langsam schob ich mich zur Kante und lugte um die Ecke. Mit ein paar schnellen Schritten überquerte ich den kleinen Weg und erreichte die nächste Hütte. Von drinnen drangen leise Geräusche zu mir. Ich hielt die Luft an und rutschte an der Wand etwas herunter. Unter einem Fenster robbte ich vorbei. Licht flammte auf und warf Schatten auf den Boden vor mir.

Ein Mann brummte mir unverständliche Worte und eine weibliche Stimme erwiderte etwas. Das Gespräch blieb kurz und die Lichtquelle bewegte sich von mir weg.

Einige Herzschläge verharrte ich, lauschte und spähte in die von Feuer durchbrochene Nacht. Mehrere Reihen von Gebäuden versperrten mir von hier einen direkten Blick auf die Quelle, doch der dämmrige Schein über den Dächern zeigte deutlich, wo ich hinmusste. Vorsichtig schlich ich nach vorn und sah noch einen Mann, der mit einer Fackel Richtung Quelle davonging.

Schichtwechsel.

Toryn hatte mich vor der Bewachung der Wasserstellen gewarnt.

Aufmerksam suchte ich weitere Regungen, doch Stille senkte sich über diese Seite des Dorfes. Das Blut rauschte in meinen Ohren, als ich über den Weg sprintete und an der nächsten Hütte in Deckung ging. So arbeitete ich mich durch mehrere Reihen der Hütten, bis ich die glänzende Oberfläche des Wassers erkannte.

Zwei Silhouetten standen beieinander. Ihre Fackeln zeichneten scharfe Konturen nach, grimmige Gesichter mit der fremdartigen Bemalung der Sandmenschen. Sie nickten einander zu und entfernten sich voneinander. Während sie am Ufer entlangschritten, beugte ich mich aus meinem Versteck nach vorn und sah mich nach weiteren Personen um.

Nichts. Das war meine Gelegenheit.

Mit ein paar schnellen Schritten huschte ich zur Quelle und tauchte meinen Wasserschlauch ein. Leises Gluckern ertönte und ich hielt den Atem an. Lauschte nach möglichen Geräuschen.

Als keine Luftblasen mehr an die Oberfläche stiegen, zog ich den Schlauch aus dem Wasser und drückte den Korken in die Öffnung.

»Halt!«, ertönte eine Stimme. Ich wirbelte herum und versuchte, in der Eile mein Auge zu verstecken. Doch ich spürte, wie mir die Kontrolle entglitt. Hinter mir, an der ersten Hüttenreihe, stand eine Frau, die umgehend ein Messer zückte. »Wen haben wir denn da?«

Ein Blick nach links und rechts verriet mir, dass die Männer von vorhin zurückkamen. Als sie mich bemerkten, beschleunigten sie ihre Schritte und schnitten mir zwei weitere mögliche Fluchtwege ab.

Die Frau vor mir grinste und entblößte weiße Zähne.

Was jetzt?, hallte es durch meinen Kopf.

Mein Kern pulsierte stärker und ich konzentrierte mich auf seine Beherrschung.

Lenke ihn, nutze ihn, sagte Toryns Stimme in meinen Gedanken. Ich biss mir auf die Unterlippe.

Meine Angreifer kamen immer näher, die Wärme der Fackeln erreichte mich und ich wappnete mich für den Kampf.

Nach einem letzten, tiefen Atemzug entlud ich die Kraft.

Eine einzelne Sandsäule stob in die Höhe. Sie versperrte der Frau vor mir die Sicht.

Erschrocken wich mein linker Gegner zurück. Diesen Moment nutzte ich, sprintete auf ihn zu und ließ ein paar Schritte vor ihm den Sand explodieren. Er riss die Arme hoch und verschwand hinter einer braunen Wand.

Ich huschte zwischen zwei Hütten und rannte.

Schreie ertönten und das Dorf erwachte. Im Zickzack wich ich Sandmenschen aus, die auf die Straßen eilten.

Mit meiner Magie schnitt ich ihnen den Weg ab und trennte die Angreifer von mir, die mit Messer oder Pfeil und Bogen bewaffnet hinter mir herstürmten.

Zwei Hüttenreihen lagen zwischen mir und dem Dorfrand. Meine Lunge brannte unter der Anstrengung.

Noch eine.

In irrsinnigem Tempo rannte ich, wich einem Mann aus – und fiel. Ein feuriger Schmerz zuckte durch meine Wade. Sofort rappelte ich mich wieder auf und starrte auf einen Pfeil, der in meinem Bein steckte. Die Spitze schaute vorn heraus.

Siegessichere Schreie ertönten, während die Angreifer auf mich zueilten.

Keuchend packte ich meinen Kern fester. Die nächsten Explosionen waren kraftvoller. Zwei Männer flogen von der Wucht nach hinten.

Ich stemmte die Beine in den Boden und humpelte weiter. Die Zähne presste ich fest aufeinander und stöhnte bei jedem Schritt. Immer wieder schirmte ich mich mit einem Kraftschub ab.

Das Licht meiner Kraft wurde mit jedem Mal schwächer. Lange würde ich nicht mehr durchhalten.

Auf der Spitze einer Düne verlor ich den Halt und rollte auf der anderen Seite herunter. Die Hände presste ich mir gegen das Gesicht, um meine Schreie zu dämpfen.

Im Tal blieb ich kurz liegen, zog das Bein an und brach die Pfeilspitze ab. Mit einem Ruck riss ich das Holz heraus. Tränen rannen mir über die Wange, doch ich wischte sie ab und presste die nassen Finger auf meine Wade.

Warmes Blut floss über meine Hände. Doch langsam schloss sich die Wunde.

Die ersten Männer überquerten die Düne und rutschten zu mir herunter.

Noch nicht. Nur noch kurz.

Das Rinnsal aus Blut wurde kleiner.

Ihre Schreie drangen zu mir. Wüste Beschimpfungen und Drohungen.

Ich atmete schnell. Das Jucken meiner Heilkraft wurde übermächtig – und die Wunde verheilte. Ohne mich umzudrehen, sprang ich auf die Beine, presste den vollen Wasserschlauch an mich und rannte so schnell ich konnte.

Während ich durch die Wüste eilte und meine Angreifer abschüttelte, versuchte ich, auf die geplante Route zurückzufinden. Auch wenn ich einen kleinen Kampf überstanden hatte, so lag ein noch viel größerer vor mir.

39.

Saki

Alte Bekannte

Die Schritte des Heeres dröhnten in einem monotonen Klang über die grünen Hügel. Nach Westen gerichtet trampelten die Eisenmänner alles nieder. Nahmen sich Sklaven aus den Dörfern und verwüsteten die Ernte ohne Rücksicht.

Mein Kopf dröhnte, als ich mich auf dem kleinen Hügel umdrehte und das zerstörte Land betrachtete. Der Schneegipfel ragte hoch empor und verriet mir, wo Grünfrey lag. Oder zumindest das, was davon übrig war. Allein die Nähe zu meiner Vergangenheit reichte aus, damit sie mich einholte. Die belebende Arbeit auf den Feldern und lange Abende am Feuer mit meiner Familie. Die Tagesanbrüche mit Kindra am Fluss und Neor – tot in meinen Armen. Sacht strich ich über den kleinen Beutel an meiner Hüfte, in der sich der Wetzstein für mein Schwert befand – und der kleine Holzvogel, den Kindra geschnitzt hatte. Ich konnte unser Versprechen nicht halten, sie noch einmal am Fluss zu treffen, also wollte ich den Vogel wenigstens möglichst nah an diese Stelle zurückbringen.

Der Kriegszug umfasste Tausende Männer. Die Leibgarde des Königs und Prinzen an der Front, inklusive der Goldmagier. Handwerker und Karren mit Lebensmittel folgten in der Mitte, flankiert von weiteren Soldaten. Als wir vor einigen Tagen den Hayes erreicht hatten, rechnete ich damit, dass uns die Überquerung viel Zeit kosten würde. Doch in wenigen Stunden errichteten die Goldmagier eine provisorische Brücke über den Fluss.

Die Eisenmänner waren nicht aufzuhalten. Sie folgten ihrem Ziel ohne Gnade.

»Wohin siehst du?« Prinz Jadens Stimme holte mich zurück auf den kleinen Hügel, auf dem ich stand.

»Dort lag mein Dorf«, flüsterte ich und deutete zum Schneegipfel.

Seine Kiefermuskeln bewegten sich, als er schweigend meiner Deutung folgte.

»Wer hätte gedacht, dass ich auf diesem Weg zurückkehre?«, meinte ich bitter und sah in das Gesicht des Prinzen.

Sein Blick zuckte vom Schneegipfel zu mir, bevor er den Kopf senkte. »Wer hätte gedacht, dass ich das hier nur widerwillig mitmache. Nachdem ich mein Leben lang wie mein Vater auf Rache aus war.«

Seine Arme hingen schlaff an der Seite herab. Schwarz und matt zierte die Rüstung seinen Körper. Lang gewundene Hörner saßen auf seinem Helm und verliehen ihm das Aussehen eines Drachen.

»Kindra hat alles verändert.« Meine Augen brannten, als ich wieder den Schneegipfel fokussierte. Dort hatte ich sie verloren. Von da an hatte alles seinen Lauf genommen.

Prinz Jaden legte eine Hand auf mein Schulterteil und brachte mich dazu, ihn anzusehen. Er blickte streng, die Augen durchdringend. »Es tut mir leid«, flüsterte er leise.

Meine Kehle fühlte sich plötzlich trocken an. Ich nickte knapp.

Da war sie wieder – die Erkenntnis, dass Kindra fort war. Die Kälte, die sie hinterlassen hatte.

Eine Weile standen wir schweigend da und starrten auf die Landschaft vor uns. Saftig grüne Hügel, durchtrennt von einer braunen Furche aus Leibern und Verwüstung.

Die Menschen errichteten Zelte für unser Nachtlager, schwirrten umher wie Bienen und achteten keinen Augenblick auf die Landschaft, die sie zerstörten. Feuer wurden entzündet und die ersten Gerüche der Mahlzeiten wehten zu uns empor. Das Gesicht des Prinzen war von Emotionen geprägt, die er sonst hinter seiner eisernen Fassade vergrub. Doch hier oben, zu zweit, zeigte er mir seinen Schmerz. Die

Monate, die ich in seinem Dienst verbracht hatte, hatten ein Band zwischen uns geknüpft.

Wie würde es nach dem Krieg weitergehen? Welches Leben stand mir und den Menschen des Gezeitenreiches bevor?

Ich öffnete den Mund, um den Prinzen zu fragen, welche Schritte er nach der Eroberung verfolgen wollte, doch ein Dröhnen unterbrach mich.

Ein Schrei hallte über die Ebene.

Wir wirbelten herum. Unruhe stülpte sich über das Heer und Tausende Leiber erwachten zum Leben.

Wieder ertönte ein Schrei. Er klang wie das Donnern aus der Kehle eines Ungetüms, das Prinz Jadens Namen rief.

Ohne zu zögern, rannte er los. Mit der Hand an meinem Schwertknauf, folgte ich ihm den Hügel hinab und durch das Heer, das sich umgehend neu formierte.

An der Front angekommen, sprang er mit einigen schnellen Schritten auf den höchsten Kamm.

Ich atmete angespannt, als ich neben ihm ankam. Mein Blick folgte seinem zu einer zierlichen Gestalt, die eine halbe Meile entfernt auf uns zu warten schien.

War das wirklich das Geräusch eines Menschen gewesen?

Prinz Jaden zog sein Schwert und ging auf die Person zu.

Mein Körper stand unter Strom, als ich an seiner Seite folgte, den Griff meiner eigenen Waffe fest umschlossen. Bereit, den Prinzen zu verteidigen, um den *Heiwan Orden* zu schützen. Mit meinem Leben, wenn es sein musste.

Die Gestalt wandte sich uns zu. Mit jedem Schritt, den wir uns näherten, schien sich die Luft mehr aufzuladen.

»Wer seid Ihr?«, schrie Prinz Jaden.

Hinter uns klapperten die Rüstungen der Männer, die uns folgten und sich kampfbereit aufreihten.

Die Gestalt eilte den Hang hinunter. Ihre Beine überschlugen sich fast.

Der Prinz hob die Hand und das Heer erstarrte.

Ich hielt die Luft an.

»Unmöglich«, meinte Prinz Jaden und senkte das Schwert. Während er es zurück in die Scheide schob, zupfte ein Schmunzeln an seinem Mundwinkel. Die Bewegung zerrte an seiner emotionslosen Maske, die er sich nach unserem Gespräch wieder aufgesetzt hatte.

Mit geschmeidigen Bewegungen ging er dem Fremdling entgegen. Sein Verhalten irritierte mich und ich stolperte ihm einige Schritte hinterher, bis ich die Person erkannte, die seinen Namen gerufen hatte.

Kindra?

Mein Körper versteifte sich, die Geräusche um mich herum verstummten und mir wurde kalt, als sei ich in Eiswasser gefallen. Taumelnd kam ich hinter dem Prinzen zum Stehen, wartete darauf, dass mir meine Augen nur einen Streich spielten wie damals bei Ardra.

Aber sie stand vor uns.

Das war unmöglich!

»Jaden«, begrüßte sie ihn mit einem ernsten Funkeln in ihrem verbliebenen Auge. Ihr Haar war kürzer als früher, ihr Körper schmaler und das Kinn spitzer. Doch auf ihren geschwungenen Lippen lag das Lächeln, das ich nicht vergessen konnte.

»Du lebst«, hauchte Prinz Jaden und der harte Zug um seinen Mund verriet seine unterdrückte Wut. In diesem Moment schien er zu begreifen, dass sein Vater und der Medi ihn belogen hatten. Die Finger des Prinzen zuckten, als würde er sie berühren oder vielleicht sogar in eine Umarmung schließen wollen. Für den Schein seiner Rolle hielt er sich jedoch zurück.

Kindra nickte nur als Antwort, obwohl sie nichts von unserem Schmerz der letzten Wochen ahnen konnte.

In mir überschlugen sich die Gedanken und das Blut rauschte durch meinen Körper, während mein Herz wie ein aufgescheuchter Vogel flatterte. »Kindra«, presste ich schließlich hervor, als meine Stimme mir endlich gehorchte.

Sie zuckte zusammen und sah mich an. Zuerst huschte ihr Blick über mein Gesicht. Ihr Mund öffnete sich, als sie sich vom Prinzen abwandte und zitternd die Hände hob. Ihre Nähe verlangsamte die Zeit.

Als sie den Helm von meinem Kopf zog und ihn klappernd zu Boden fallen ließ, erkannte sie mich. Ihr Blick versank in meinem und schickte mich Jahre zurück in die Vergangenheit. In eine Heimat, die ich verloren geglaubt hatte. Meine Welt explodierte.

Warm berührte sie mit ihren Fingern mein Gesicht, fuhr über meine Wangenknochen und meine Kieferlinie entlang. Ihre Unterlippe bebte und Tränen rollten aus ihrem Auge. »Saki?«, keuchte sie fast lautlos.

Ich nickte. Unfähig, etwas zu sagen.

In diesem Moment war mir egal, was mit meiner Zukunft passierte. Sie hatte sich dem Heer entgegengestellt und ich würde an ihrer Seite stehen.

Ohne noch länger zu zögern, schlang ich die Arme um sie. Ihr Atem huschte über mein Gesicht, als ich sie an mich zog, und bevor ich es mir anders überlegen konnte, verschlossen meine Lippen ihre.

Sie schmeckte nach monatelanger Suche, Schmerz und Erleichterung. Nach Grünfrey, Verlust und einem Sonnenaufgang am Hayes.

Dieser Kuss spiegelte wider, was ich all die Jahre begehrt hatte.

Sie.

Während ich mich bei der Suche verlor, kam sie in meiner dunkelsten Stunde und fand mich.

Kindra erwiderte den Kuss und legte die Arme um meinen Hals. Die Rüstung fühlte sich plötzlich fremd an, verschlang zu viel von dem Gefühl ihres Körpers und lag wie störrisches Eisen zwischen uns.

Ihre Finger kitzelten in meinem Nacken und sie lachte in den Kuss hinein. Als sie sich zurücklehnte, funkelte wildes Verlangen in ihrem Blick.

»Was tust du hier? Wie bist du …«, fragte sie leise.

»Das ist eine lange Geschichte«, flüsterte ich zurück. Schuldgefühle überwältigten mich, dass ich Teil der Armee war, die das Gezeitenreich überrannte. Würde mich Kindra verurteilen, dass ich für den *Heiwan Orden* bereit gewesen war, an der Seite des Prinzen zu bleiben? Selbst bei einem Kriegszug gegen unsere Heimat?

»Er gehört zu *Heiwan*«, unterbrach uns der Prinz. In seinem Gesicht lag ein wehmütiges Lächeln, aber auch die Dringlichkeit eines Herrschers. »Was machst du hier, Kindra?«

Sie zog sich von mir zurück, doch ihr Blick war auf mich gerichtet, während sie sprach, und auch ich wandte meine Augen nicht ab. Zu groß war die Furcht, sie könnte jeden Moment wieder verschwinden.

»Ich bin gekommen, um es zu Ende zu bringen«, sagte sie entschlossen. Mit ihren Fingern steifte sie über meinen Hals. »Unsere Welt braucht einen Waffenstillstand.«

»Es ist zu spät«, raunte der Prinz.

Für den Bruchteil eines Wimpernschlags verließ mich ihr Blick. »Es muss sein.«

»Kindra«, Prinz Jadens Stimme wurde eindringlicher. »Mein Vater lässt sich nicht umstimmen.«

»Das wird er.« Sie grinste schelmisch. »Wenn ich ihn dazu zwinge.«

Ich umfasste ihre Schultern. In ihren Mundwinkeln lag das warme Lächeln aus vergangener Zeit und kündigte ihren unwiderruflichen Entschluss an. »Was hast du vor?«

Sie schmunzelte, legte mir eine Hand an die Wange und zeichnete leichte Kreise mit dem Daumen. »Was ich vorhabe? Das Richtige zu tun. Für mich, für dich. Für die Menschen des Gezeitenreiches und der Eisendynastie.«

Als sie sich von mir löste, war mir plötzlich kalt.

»Ich brauche deine Unterstützung, Jaden. Für lang ersehnten Frieden.«

»Für Frieden werde ich alles tun, was ich meiner Macht steht.«

»Dann stehe zu deinem Wort, warum du den *Heiwan Orden* gegründet hast. Lass die Goldkinder frei. Beende den Krieg. Lasst uns einfach in Ruhe.«

Prinz Jaden seufzte und die Last der letzten Wochen kehrte auf seine Schultern zurück. »Sofort. Wenn ich nur könnte.«

»Das wirst du«, beharrte sie und die Entschlossenheit, die sie ausstrahlte, ließ sie unverwundbar erscheinen. Vor mir stand keine junge Frau mehr – in ihr brannte das Feuer eines Drachen. »Ich will, dass es vorbei ist!« Sie umschloss meine Arme. »Ich will nicht mehr davonlaufen. Ich will leben.«

»Was ist hier los?« Die Stimme des Königs hallte durch die Luft.

Das Heer stand einige Schritt entfernt und beobachtete uns und dieses absurde Wiedersehen. Ich hatte ganz vergessen, wo wir uns aufhielten: am Kopf eines feindlichen Kriegszugs.

Ich nahm Kindras Hand und stellte mich an ihre Seite. Der König trat aus der ersten Reihe des Heeres hervor und blieb zwischen uns und den bewaffneten Männern stehen.

Kindra drückte meine Hand.

»Nein«, flüsterte ich. Welchen verrückten Plan hatte sie sich in den Kopf gesetzt?

»Alles wird gut.« Sie straffte die Schultern, ließ mich los und marschierte auf den Tyrannen der Eisendynastie zu.

40.

Kindra

Ein letztes Feuer

Mein Herz raste und meine Lippen kribbelten von der Erinnerung an Sakis Kuss. Meine Haut war an den Stellen wärmer, an denen er mich berührt hatte. Wo einen Augenblick zuvor seine Hände mich berührt hatten. Wir waren wieder vereint.

Doch für wie lange?

Anspannung pumpte durch meinen Körper, als ich den Rücken durchdrückte und auf den König zuging. Mein ganzes Leben war ich davongerannt. Damit war heute Schluss. Für das Gezeitenreich und seinen Frieden hatte ich die Nachricht des Informanten der Goldkinder studiert und das Heer abgefangen. Dass ich Saki hier treffen würde … Mein Herz hüpfte erneut und ich konnte es kaum fassen. Er stand nur wenige Fuß entfernt und ich würde alles für eine Zukunft mit ihm geben.

Jetzt kam es darauf an: Würde ich gewinnen?

Saki und Jaden standen hinter mir. Ich konnte sie nicht sehen und ich drehte mich nicht um. Aber ich wusste, dass sie da waren.

Vor mir breitete sich das Heer aus, füllte die Hügel, die langsam hinaufführten. Einige Hundert Männer. Oder waren es Tausende? Ich konnte es nicht sagen, wusste nur, dass sie mich überrennen konnten. Jeder von ihnen führte eine Waffe. Manche trugen einen Bogen auf dem Rücken.

Der Blick in das Gesicht des Königs ließ mir das Blut in den Adern gefrieren. Er trug ein goldenes Auge. Von wem hatte er es? Hatten sie ein weiteres Goldkind gefangen? Meine Schultern bebten und meine Fingernägel gruben sich tief in meine Handflächen.

Ja, es reichte.

Aber der König sah nicht mich an. Sein Blick schwirrte an mir vorbei. »Jaden?!«, donnerte seine Stimme wie eine Urgewalt. Wie bei unserem ersten Treffen. »Was soll das?«

»Dasselbe wollte ich dich fragen«, meinte Jaden. »Du hast mich belogen.«

Abfällig musterte der König seinen Sohn. »Welche Wahl hatte ich? Du warst wie besessen von ihr. Dir zu erzählen, dass es ihr Schädel war, hatte dich so viel gefügiger gemacht.«

Mir war nicht klar, wovon der König sprach. Als sein Blick kurz zu mir glitt, stieg eine Ahnung in mir auf. Hatte er Jaden und Saki erzählt, dass ich tot war? Hatte er behauptet, dass es mein Auge war, das ihm eingepflanzt worden war?

»Wie konntest du nur«, fauchte Jaden. »Du bist schon so lange auf dem falschen Weg, Vater.« Jadens Stimme zitterte und er klang so viel kleiner als sonst. »Die Goldkinder zu jagen ist falsch. Wenn wir damit aufhören …«

Mit einer Geste schnitt sein Vater ihm das Wort ab. »Du wagst es …«

»Der *Heiwan Orden*«, rief Jaden selbstbewusster.

Das Heer begann zu reagieren. Erst rief einer »Für *Heiwan*«, dann stimmten weitere Stimmen in die Rufe ein. Die Männer rannten über den Platz und positionierten sich hinter Jaden. Es war vielleicht ein Drittel der Schlagkraft des Königs, die hier an den Hängen Platz fand, aber die Botschaft kam an. Jaden hatte Verbündete.

»Jaden«, schrie der König.

Ich atmete tief ein und trat einen Schritt zur Seite. Auch wenn der König so riesig war, dass er ohne Probleme über mich hinwegsehen konnte, brach der Blickkontakt zu seinem Sohn ab. Er öffnete den Mund, aber ich hob die Hand.

»Das Gezeitenreich und die Goldkinder wollen nichts von Euch. Wir wollen nur unseren Frieden.«

Schnaubend betrachtete er mein Gesicht, als wäre ich eine widerspenstige Last. Seine Hand lag wie eine gewaltige Pranke auf dem Knauf seines Schwertes. »Ihr verdient keinen Frieden!«

»Wir können die Fehler des Sommerdrachen nicht rückgängig machen«, begann ich. »Auch Ihr und der Schattendrache habt Schreckliches getan.« Mein Blick schweifte über die Männer. »Es gab schon zu viel Unrecht. Wir sind nicht die Drachen. Diese sind schon lange fort. Ich will nicht mehr unter dem leiden, was vergangen ist.« Entschlossen stemmte ich die Hände in die Seiten. »Ich schlage eine Koexistenz vor.«

Die Hand des Königs wanderte hinab zum Griff seines Schwertes. »Koexistenz«, zischte er. Aus seinem Mund klang es wie Gift. »Wir holen uns nur das zurück, was uns zusteht!«

»Ihr wollt Macht«, sagte ich. »Das wird das Problem nicht lösen.«

»Oh doch, kleines Goldkind. Macht löst alle Probleme.«

Bestimmt schüttelte ich den Kopf. Vor meinem inneren Auge sah ich die Leichen der vielen Menschen, die ihr Leben durch mich verloren hatten. Namenlose Banditen, Bewohner aus Grünfrey, meine Gefährten auf der Flucht und Kannibalen der Wüste. All das wegen einer Geschichte, die mir Geran und Hamm erzählt hatten. »Jolenna steht nicht wieder auf. Der Schattendrache kehrt nicht zurück.« So traurig ihre Liebe zu Ende ging, sie war vorbei. »Es wird keine Wiedervereinigung geben und der Sommerdrache kann nicht mehr zur Rechenschaft gezogen werden.« Seufzend sah ich in die Gesichter der Männer, die mich stumm musterten. »Es ist schon so lange vorbei.«

Jemand legte eine Hand von hinten auf meine Schulter. Als ich mich umsah, traf mein Blick die blauen Augen von Saki. Die Zuneigung in seinem Gesicht bestärkte mich.

Jaden trat einen Schritt vor und wandte sich an seinen Vater. »Der Krieg der Drachen tobt schon lange nicht mehr. Das hier ist unser Krieg. Wir können ihn beenden.« Jadens Worte lösten im Heer, das hinter dem König stand, Unruhe aus. Die Männer tauschten Blicke. Ein Gewirr von Stimmen wehte zu mir herüber.

Heiwan begann in den Menschen zu wirken.

Langsam zog der König sein Schwert. Er rammte die Spitze in den Boden, den Griff umschloss er mit seiner riesigen Hand. Seine Augen

– braun und gold – starrten mich an. Ihr Blick bohrte sich in meine Seele und weckte meine Angst. »Ja, das ist unser Krieg!«, schrie er, riss das Schwert aus dem Boden und zeigte damit auf mich. »Unser Krieg für Gerechtigkeit!«

»Vater.«

König Roufen schnitt mit dem Schwert durch die Luft und brachte Jaden mit dieser Geste zum Schweigen. »Ich werde nicht ruhen, ehe ihr für alles gebüßt habt, Gezeitenpack«, fauchte er und spuckte auf den Boden.

»Wenn es so ist, fordere ich Euch heraus.« Die Worte drangen aus meiner Kehle und schwirrten über den Platz. In mir brannte der Wille, das zu beenden. Dafür hatte ich mit der Magie der Welt trainiert.

Gleichzeitig wusste ich nicht, ob ich damit alles verlieren würde. Ich warf einen Blick auf Jaden, der mich entsetzt ansah. Saki versteifte sich neben ihm, was trotz seiner massiven Rüstung deutlich wurde. Sein Gesicht schien ausdruckslos und ein Schatten legte sich über seine Züge, der früher nicht dort gewesen war. Die Monate hatten nicht nur mich verändert. Das erste Mal, seit ich ihn sah, konnte ich seine Gedanken nicht erahnen. Wollte er dasselbe wie ich – endlich in Ruhe und Frieden leben?

War er bereit, den Preis zu akzeptieren, den ich zahlen wollte?

Dunkelheit flackerte in seinen Augen, als er die Distanz zwischen uns überbrückte und eine Hand an meine Wange legte. »Ich will dich nicht verlieren«, flüsterte er.

Ich drehte das Gesicht und küsste seine Handfläche, die so warm war und vertraut roch. Die Zeit, die wir getrennt gewesen waren, schien so weit fort zu sein. »Ich will ein Leben mit dir«, raunte ich. »Aber ich will auch ein Leben in Freiheit.«

Verständnis lag in seinem Blick, als ich mich von ihm löste und an den König wandte. Er stand bedrohlich einige Schritte von mir entfernt. Meine nächsten Worte richtete ich nicht nur an ihn, sondern an alle, die mich hören konnten. »König Roufen, ich fordere Euch heraus. Zu einem Zweikampf auf Leben und Tod.« Ein Raunen ging durch die Reihen. Der König lachte und fuchtelte mit seinem Schwert.

»Warum sollte ich dazu einwilligen?« Mit einer Geste deutete er auf das Heer hinter sich. »Du könntest mich nicht daran hindern, einfach weiterzumarschieren.«

»Doch, das könnte ich«, bluffte ich und sah möglichst selbstsicher dem riesigen Heer entgegen. Ich griff nach meiner Kraft. Der Boden neben König Roufen explodierte und eine Säule aus Dreck und Steinen flog in die Luft.

Er trat einen Schritt zurück. Die nächste Säule jagte ich auf der anderen Seite von ihm hoch. »Willigt ein. Oder stellt Euch uns allen entgegen.« Ich deutete auf Jaden und die Männer hinter mir. »Ihr verliert Eure Schlagkraft und könnt mit eingezogenen Köpfen in die Eisendynastie zurückkehren.«

Seine Augen fixierten mich. »Du …«, drohte er.

»Ich will Frieden.«

»Du bist niemand! Wie willst du für Frieden sorgen?«

»Euer Sohn wird als Euer Nachfolger den Krieg beenden und die Goldkinder freilassen. Man wird uns nicht mehr jagen. Die Eisenmänner lassen das Gezeitenreich in Ruhe.«

Der König bleckte die Zähne und legte den Kopf schräg. »Was bekomme ich, wenn ich gewinne?« Wieder schoss eine Säule neben ihm hoch. Er starrte mich weiter an und wirkte unbeeindruckt. Aber seine Schulter zuckte.

»Ihr bleibt am Leben.« Der Schweiß trat mir auf die Stirn, aber ich bemühte mich, möglichst ruhig auszusehen. Die magisch verstärkten Schreie, die Explosionen. Ich musste meine Kraft einteilen, damit ich die Kontrolle über die Magie der Welt behalten würde, wenn ich sie anzapfte.

Ein unheimliches Grinsen breitete sich auf dem Gesicht des Königs aus. »Wenn du stirbst, werde ich mit deiner Leiche machen, was ich will. Dein Auge gehört mir. Dein Blut und jede einzelne Faser deines Körpers.«

Ich biss die Zähne zusammen und nickte. Die Unruhe um mich herum lud die Luft auf. Sie lag schwer auf meinen Schultern und ich atmete gegen den Druck in meiner Brust an. Der König hob sein Schwert und deutete mit der Klinge auf mich. Er war doppelt so groß wie ich, wog bestimmt das Dreifache. Außerdem trug er das Auge eines Goldkindes und ich wusste nicht, wie viel Blut er in seinem Leben getrunken hatte. Ich hatte dieses Monster noch nie kämpfen gesehen und nun stand ich vor ihm. Auf Leben und Tod.

Meine Fäuste zitterten, aber ich drückte den Rücken durch, stellte die Beine auseinander und breitete die Arme aus. Mit einem schnellen Blick vergewisserte ich mich, dass Jaden und Saki zurückgewichen waren. Hinter mir war das Heer, das *Heiwan* unterstützte, vor mir die Schlagkraft des Königs und der Tyrann selbst. Doch zu unseren Seiten ersteckte sich die offene Hügellandschaft. Dorthin würde ich ausweichen müssen, wenn ich die Gewalt über die Kraft verlor. Blieb zu hoffen, dass es nicht so weit kam – oder mich meine Beine schnell genug tragen würden.

Meine Haut kribbelte, als ich die Natur wahrnahm. Die Gräser unter meinen Füßen, die Pflanzen und Blumen. Jedes Insekt, das in der Erde wuselte, und jeden Vogel, der über uns kreiste. *Eins werden mit der Natur.* Mit den Energien der Drachen. Es war Zeit dafür. Ich breitete meinen Geist aus und weckte mein Bewusstsein.

Mein Auge fixierte weiterhin den König, der so groß war.

Mit ein paar schnellen Schritten stand er unmittelbar vor mir. Er bewegte sich so flink, dass ich blinzelte. Dieser Moment genügte und ich verstand, wozu ihn die Ernte gemacht hatte: zu einem übermenschlichen Kämpfer. Ich warf mich zur Seite und sein Schwert sauste nur haarscharf an mir vorbei. Die Klinge krachte in den Boden. Wenn er mich mit einem solchen Schlag traf, würde er mich in zwei Hälften teilen. Mit einem Impuls meiner Magie ließ ich den Boden zwischen uns explodieren und schützte mich mit einer Wand aus Steinen, Erde und fliegenden Grashalmen. Eilig rappelte ich mich auf. Die Verbindung war abgebrochen und ich suchte wieder nach dem Fluss der Magie.

Der König sprang durch die Wand aus Erde und landete vor mir wie ein Koloss. Als seine Füße auf dem Boden auftrafen, bildete ich mir ein, dass die Welt bebte. Ich wich ein paar Schritte zurück. Meine Haut kribbelte und Schweiß trat mir auf die Stirn. Mein Atem ging stoßweise. Die Flammen meines Kerns züngelten, tanzten und verformten sich. Sie spielten mit der fremden Magie. Auch wenn mich Toryn davor gewarnt hatte, das war meine Chance. Ich würde einen Preis zahlen. Aber ich war mir sicher, dass er es wert war.

Mein Blick schweifte über das Schlachtfeld, während ich um die Schläge des Königs herumtänzelte und mich dabei von Jaden und

Saki entfernte. Das geteilte Heer breitete sich nun links und rechts von mir aus. Vorsichtig zog ich mich weiter zurück, dorthin, wo es die wenigsten Opfer geben würde.

Der König sprang und schnitt mit seinem Schwert durch die Luft. Ich machte einen Satz zur Seite. In Gedanken tastete ich stärker nach dem Fluss der Magie. Verband mich mit ihm, zog daran.

Roufen riss das Schwert von unten nach oben und ich wich einen Schritt zurück. Der Boden war steinig und ich verlor das Gleichgewicht. Mit dem Hintern landete ich auf der Erde.

»Ich dachte, du wolltest kämpfen?«, blaffte er und rammte das Schwert Richtung Boden. Mit einem Ruck rollte ich mich zur Seite, aber er traf mich an der Taille. Ich stöhnte auf, als ein stechender Schmerz durch meinen Körper fuhr, und rief im Stillen lauter nach der Kraft.

Blut sickerte zu Boden und hinterließ einen leuchtenden Fleck im Energienetz. Magie pulsierte, kroch langsam in meine Fingerspitzen. Erst die Grashalme, dann schloss sich die Erde an. Steine, der Himmel. Der Strom wurde stärker. In meinem Innern schwoll eine Hitze an, die wild um sich züngelte und meine Gliedmaßen ergriff. Ich reckte das Kinn.

Es war so weit.

Der König hob das Schwert und ließ es auf mich niedersausen. Einen Zoll vor meinem Gesicht stoppte es. Er riss die Augen auf und lehnte sich auf seine Klinge. Erst nachdem ich mir zur Seite rollte, ließ ich die Kontrolle los und er rammte das Schwert neben mir in die Erde. Es drang in den Boden ein, als würde es in meinen Bauch eintauchen. Ich schnappte nach Luft, umklammerte die Klinge fest mit der Magie. Meine Hände fühlten sich eins an mit der Erde, die das Schwert tiefer und tiefer zog, während der König am Griff riss. Er rutschte ihm aus den Händen und das Schwert wurde vom Boden verschluckt.

Wankend rappelte ich mich auf, sodass wir uns gegenüberstanden. Ich sah die Magie, die wie ein Fremdkörper durch seine Adern floss, die in seinem Auge saß. Er hatte all das in sich aufgenommen, doch er wusste nicht, was es bedeutete. Für ihn war es pure Kraft. Aber es war so viel mehr. Es war ein Teil der Welt, der Drachen.

Vorsichtig tastete ich nach der Magie des Königs, zog sie wie Nebel aus ihm heraus. Sie löste sich von ihm ohne Widerstand und sickerte in meinen Kern.

Meine Haut entzündete sich und kleine Flammen leckten an meinen Härchen, ohne diese zu verbrennen.

Der König zögerte kurz. Ohne das Schwert in seinen Händen betrachtete er mich, spannte seine Muskeln an und bleckte die Zähne, dann schlug er nach mir. Sein Ellbogen traf mich im Gesicht und mein Kopf kippte nach hinten. Lichtblitze tanzten vor meinem Auge und ich wich ein paar Schritte zurück. Er zischte und schüttelte seine Hand. Wieder holte er aus. Ich duckte mich unter seinem Schlag hinweg und trat ihm mit dem Fuß in den Bauch. Die Energie explodierte in einer gelben Flamme und er fiel nach hinten. Mit einer Hand fing er sich ab und knurrte wie ein wildes Tier. Halb auf dem Boden, halb auf den Füßen drückte er sich ab und sprang auf mich zu. In einer Drehung wirbelte ich zur Seite und traf ihn mit der Handkante am Hinterkopf.

Wieder entlud sich Magie. Ein unkontrolliertes Feuer, das den König von mir schleuderte und sich in den Himmel verflüchtigte. Langsam musste ich es zu Ende bringen – bevor ich mich in der Macht verlor.

Doch der König war unerbittlich, schlug und trat nach mir, egal wie oft ich ihn mit den Explosionen von den Füßen holte. Je mehr Zeit verging, desto mehr Magie strömte in mich hinein. Ich konnte den Fluss nicht stoppen. Versuchte erfolglos, die Verbindung zu kappen. Die Hitze in mir wuchs an. Der Strom wurde stärker. Wenn ich diesen Kampf nicht bald gewann, würde ich es nicht überleben.

Vor meinem inneren Auge erschien das Lager der Banditen, das schwarz und verkohlt zurückgeblieben war. Das von einer einzigen Entladung meiner Macht ausgelöscht worden war. Ich riss den Kopf hoch und sah mich um. Entsetzt standen die Männer hinter dem König und verfolgten den Kampf. Auch Jaden und Saki waren näher als zuvor.

»Verschwindet! Bringt euch in Sicherheit!«, rief ich. Meine Stimme hallte schrill über das Schlachtfeld. Die Energie pulsierte in mir und ein Feuerball entlud sich in der Luft. Meine Finger begannen zu zittern.

Der König traf mich mit einem Schlag im Bauch, dann im Gesicht. Ich kippte nach hinten. Mein ganzer Körper bebte. Seine Hände lagen um meinen Hals und der Geruch von verbrannter Haut stach mir in der Nase.

»Dreckiges Goldkind«, zischte er und drückte fester zu. Vor meinem Auge wurde es schwarz. War das Sakis Stimme, die meinen Namen rief?

Ich schrie, doch nur ein Krächzen ertönte, gefolgt von einem Feuerstrahl, der aus meinem Mund schoss. Er durchbohrte die Schulter des Königs, der stöhnend zur Seite kippte. Taumelnd kam ich auf die Füße und sah Saki, der auf uns zurannte. »Nein!«, brüllte ich. »Verschwinde!«

Doch er kam immer näher. Der König stemmte sich neben mir hoch. Ich musste hier weg. Weg vom Schlachtfeld und den Menschen, die diese Gefahr nicht einschätzen konnten.

Ich konzentrierte mich auf den Fluss der Magie und versuchte, ihn zu stoppen. Abzubrechen und zu kappen. Aber die Magie drang weiter und schneller in mich ein. Mein Körper entflammte und brannte lichterloh. Das Feuer auf meiner Haut war warm und angenehm. Die Macht füllte mich aus, verschlang mich. Wieder entlud sich ein Schwall der Magie. Vor mir schlug ein Feuerball in den Boden und ich wurde von der Explosion zur Seite gerissen. Mein Kopf schlug auf die Erde auf und ich stöhnte. Lichter tanzten vor meinem Auge.

Der König tauchte über mir auf, rammte einen Fuß in meinen Bauch. Mit der einen Hand hielt er sich die Schulter. Blut rann zwischen seinen Fingern heraus und tropfte neben mir zu Boden. In seinen Augen tanzten die Flammen, die auf mir brannten. Sie züngelten an seinem Bein, verkohlten seine Hose und lösten den Stoff unter seiner Rüstung auf.

»Das war's«, sagte er und erhöhte den Druck seines Fußes. Meine Rippen knackten und brachen. Ich schrie vor Schmerz und weil die Macht weiterhin strömte.

»Aufhören«, flüsterte ich, meinte damit nicht den König. Ein höhnisches Grinsen trat auf sein Gesicht, als er das Bein hob und mir gegen die Kehle rammte. Ein gurgelndes Geräusch drang aus meinem Mund und Tränen rannen über meine Wange. Die Welt um mich herum verschwamm in roten Flammen und vermischte sich zu einem Brei aus Schmerz und Licht.

»Bitte«, flehte ich die Erde an, die sich gegen meinen Rücken drückte. Die Hitze floss weiter und füllte meinen Körper. Ich schnappte nach Luft und griff das Bein des Königs. Der Stoff war verbrannt und ich umklammerte das Metall seiner Rüstung sowie das wunde Fleisch seines Unterschenkels. Stockend sog ich die wenige Luft ein, die es in meine Lunge schaffte. Es musste aufhören. Der Hass. Der Krieg. Die Magie.

Das alles musste endlich vorbei sein.

Das Feuer fraß sich in sein Fleisch und ich leitete die Kraft in ihn um. Sie strömte durch mich hindurch und floss durch meine Finger. Die Wärme verschwand und hinterließ meine Gliedmaßen kalt und schwer. Der König riss an seinem Bein und schrie. Aber ich ließ nicht los, krallte mich fest. Er zog mich ein Stück über den Boden und fiel hin. Sein Körper krümmte sich und brannte. Der Stoff seiner Kleidung verschwand und das Metall seiner Rüstung begann zu glühen.

Ich atmete ein und konzentrierte mich. Sammelte den letzten Rest und entlud ihn in einem Knall. Der König explodierte in einem Feuerball. Die Flammen schlugen mir entgegen, schleuderten mich zur Seite und der Strom versiegte. Müde sank ich zu Boden, die Schmerzen verschwanden. In mir gab es nur eine Leere, die größer war als jemals zuvor. Meine Finger zitterten und mein Magen krampfte. Über mir zogen die Wolken über den Himmel und sahen so friedlich aus.

Die Welt um mich herum verstummte.

Zitternd drückte ich mich ab und stemmte mich auf die Ellbogen, um zu sehen, wie weit die Explosion gereicht hatte. Was hatte ich zerstört?

Bis auf ein dumpfes Rauschen war nichts zu hören. Ich rieb mir mit den Handballen über die Ohren, aber nichts geschah.

Jemand packte mich vorsichtig und ich hob den Kopf. Sakis Gesicht tauchte vor mir auf. Er hielt mich an den Schultern, auf Armlänge weg. Seine Lippen bewegten sich, doch es drangen keine Worte zu mir durch.

Sein Gesicht war dreckig und verschmiert. Über seine Wange lief ein Rinnsal aus Blut. Stummes Husten schüttelte ihn und weiteres Blut verteilte sich auf seinem Arm. Aber er lebte.

Zärtlich umfasste er mein Gesicht und musterte mich, suchte nach Verletzungen. Wieder folgten stumme Worte.

Als ich nicht reagierte, zog er mich in eine Umarmung und lehnte seine Stirn gegen meine. Er war noch da. Ich war noch da.

Saki, sagte ich.

Die Stimme hörte ich nur in meinem Kopf. Er umfasste mein Gesicht und sah mich an, wartete auf weitere Worte. Seufzend überbrückte ich die letzten Zoll und presste meine Lippen auf seine. Dieser Kuss forderte so viel und gab mir gleichzeitig unendlich viel zurück. Hoffnung, Erleichterung und Begierde füllten die Leere aus, die die Magie hinterlassen hatte. Die Zärtlichkeit von unserem letzten Kuss war verschwunden, dieses Mal klammerte ich mich an ihm fest, als hinge mein Leben davon ab. Vielleicht tat es das auch.

Als er sich von mir löste, wusste ich, dass es vorbei war. Der Kampf. Die Flucht. Die ewige Suche nach ihm – und nach mir.

An seiner Seite versank ich in ein stilles Gefühl von Heimat.

Epilog

Versprechen, formte Saki mit den Lippen und ich wusste sofort, was er meinte.

Ich nickte als Antwort und lehnte meinen Kopf an seine Schulter. Endlich konnten wir unser Versprechen einlösen, das wir uns vor so langer Zeit an diesem Ufer, in Grünfrey, gegeben hatten. Die Sonne spiegelte sich auf dem Hayes, während sie höher stieg. In der Zeit, in der wir in der Eisendynastie, auf der Flucht oder auf der Suche gewesen waren, hatte ich versucht, dieses Bild nicht zu vergessen. Dennoch war der Sonnenaufgang so viel schöner, als ich ihn in Erinnerung behalten hatte. Anders als früher schimmerte die Magie der Sonne nicht mehr durchgängig am Himmel. Einzelne Flecken erinnerten an den magischen Schild, der Grünfrey früher geschützt hatte.

Dank Jaden benötigten wir diesen Schutz nicht mehr.

Saki legte eine Hand auf meine Schulter und drückte sie leicht. Er kramte in seiner Hosentasche und hielt mir den Holzvogel vor die Nase. Ich öffnete den Mund, ohne etwas zu sagen, und nahm ihm die Figur ab. Während ich sie zwischen den Fingern drehte, schüttelte ich leicht den Kopf. Er hatte sie bei sich getragen! Von jenem Morgen, als wir uns das Versprechen gaben, bis zu diesem Moment. Über Monate. Lächelnd schüttelte ich den Kopf, drückte ihm den Vogel gegen die Brust und er umschlang meine Finger mit seinen Händen. Bevor er den Vogel nahm und wieder in seine Hosentasche gleiten ließ, stahl er sich einen schnellen Kuss von mir.

Spielerisch verpasste ich ihm einen Klaps und er lachte stumm. Sofort vermisste ich den Klang und versuchte mich daran zu erinnern. Doch die Geräusche entglitten mir, je mehr Zeit verging, seit die Verbindung zur Magie der Welt mein Gehör geraubt hatte.

Ich legte mich ins Gras und sah in den Himmel. Wir waren zurück in Grünfrey, doch das Leben war anders. Mithilfe meiner Kraft hatte ich Teile des Dorfes wiederaufgebaut. Doch es war klein und leer.

Symbolisch hatten Saki und ich einen Friedhof angelegt. Dort standen nun Grabsteine für Neor, Sakis Eltern, Noba und Kork.

Dieser Ort gab uns einen Platz zum Trauern.

Auch wenn Grünfrey seinen Glanz verloren hatte, wollte ich nirgendwo sonst sein. Hier war meine Heimat.

Saki legte sich neben mich und strich über meinen Arm. Die Berührungen, die uns früher so viel Überwindung gekostet hatten, waren jetzt so einfach. So normal.

So echt.

Ich schmiegte mich an ihn und genoss die Stille. Bald würden wir uns um die Felder kümmern müssen, doch bis dahin war noch etwas Zeit.

Nachdem der Kampf vorüber gewesen war, hatten wir Jaden und das Heer zurück zum Palast begleitet. Seite an Seite waren wir durch das Land geschritten und hatten die neue Ära eingeläutet: ein Leben in Frieden.

Zusammen mit Saki hatte ich Ardra und die Goldkinder, die kräftig genug waren, ins Dorf der Goldkinder gebracht. Die übrigen sollten aus dem Palast abgeholt werden, sobald sie sich von der Ernte erholt hatten.

Jaden hatte die Nachricht über Frieden nicht nur in der Eisendynastie, sondern auch im Gezeitenreich verbreitet. Die Menschen reagierten misstrauisch, doch er hoffte, dass es sich legen würde, sobald die Überfälle aufhörten. Er sandte sogar Männer aus, um den *Schwarzen Markt* zu zerschlagen.

Keine Ahnung, wie lange es dauern würde, bis der Frieden in den Köpfen der Menschen ankam. Doch es begann. Die Anhänger des *Heiwan Ordens* unterstützten den neuen König tatkräftig.

Saki berührte meine Wange und ich drehte mich zu ihm. Er tippte mit dem Finger gegen meinen Kopf, um zu fragen, woran ich dachte. Ich zupfte an seinem Leinenhemd und hob eine Augenbraue.

Wieder lachte er stumm.

Doch er kam meiner Aufforderung nach, zog mich an sich und küsste mich. Seine Lippen schmeckten vertraut, nach dem süßen Wasser des Flusses und frischen Beeren. Meine Haut prickelte, als er eine Hand unter mein Hemd schob und seine Finger meine Wirbelsäule hinaufwandern ließ. Viel zu schnell ließ er von mir ab und ich versank in seinen blauen Augen. Er musste mir nicht zeigen, was er dachte. Ich sah es. Egal, was in Zukunft passieren würde. Sein Kuss, sein Blick versicherten mir, dass wir einander jedes Mal wieder suchen und finden würden.

Ende

Danksagung

Diese Geschichte liegt mir sehr am Herzen. Nicht nur weil sie eine meiner ersten finalisierten Geschichten ist (die zweite, um genau zu sein), sondern auch weil mit ihr so viele wundervolle Menschen und Freundschaften verknüpft sind.

Daher bin ich unendlich froh, dass Kindra im Drachenmond Verlag ihr Zuhause gefunden hat. Denn schon als Leserin habe ich mich im Drachennest aufgehoben gefühlt. Ein riesengroßes DANKE an Astrid! Dafür, dass du dieser Geschichte Drachenschuppen verleihst. Für deine unerschöpfliche Leidenschaft für Geschichten und das Herzblut, das in allem steckt, was du anpackst.

Danke an Nina, deren Lektorat mich als Autorin hat wachsen lassen. Deine Kommentare haben mich zum Lachen gebracht, mir das hibbelige Autorenherz gewärmt und das Beste aus der Geschichte herausgekitzelt.

Danke an Michaela, deren Korrektorat lehrreich und wunderbar war. Es ist faszinierend, wie viel Dialekt sich in der winzigsten Bemerkung verstecken kann.

Danke an Alex, den Covergott, der ein perfektes Gewand für Kindras und Sakis Geschichte gezaubert hat. Der erste Entwurf hat mich umgehauen und ich kann es nicht erwarten, das Buch gedruckt in den Händen zu halten.

Danke an meine Familie und Freunde, die mich immer unterstützen und anfeuern. Ihr seid wundervoll!

Danke an dich, lieber Leser, dass du mit Kindra und Saki durch das Land gezogen bist und an die Liebe geglaubt hast.

Und weil es kitschig, aber wahr ist: Danke an die Magie. In einem Artikel habe ich gelesen: Je älter wir werden, desto mehr Magie braucht die Begegnung mit Menschen, damit Freundschaften entstehen. Kindras Magic hat mir gleich zwei Freundschaften beschert, die ich nicht mehr missen möchte. Obwohl wir uns erst einige Jahre kennen, habe ich in euch wundervolle Freundinnen gefunden: Annalou und Lisa. Ich bin so froh, dass wir uns begegnet sind (und unsere Begegnungen magisch waren, haha). Außerdem würde es so das Brokkoli-Kartoffel-Gespann mit Alex nicht geben.

Deshalb ein Hoch auf die Magie, auf dass wir alle nie genug davon haben!

Lin Rina

Vom Wind geküsst (1)

ISBN: 978-3-95991-366-9, kartoniert, EUR 14,90

Jeder hatte seinen Platz. Auch ich. Allerdings anders als die anderen.
Ich gehörte nicht zu ihrer Familie, ihrem Volk. Ich war kein Kind des Feuers.
Ich war eine vom Windvolk.
Das Mädchen, das der Wind geküsst hatte.

Das Erstlingswerk von Lin Rina

Jo Schneider

Dem Feuer die Seele (Band I der Drei Kronen Saga)

ISBN: 978-3-95991-521-2, kartoniert, EUR 14,90

Sommerprinzessin Ciara leidet Nacht für Nacht unter den Qualen ihrer unheilvollen Albträume, die sich realer anfühlen, als sie eigentlich sollten. Laut den Weisen ihres Landes soll die Erklärung für ihr Leid an einem ganz besonderen Ort zu erlangen sein – doch der befindet sich inmitten des feindlichen Winterreichs.

Ciara begibt sich auf eine Mission, die sie das Leben kosten könnte, und macht Bekanntschaft mit einem Wesen, das in den kalten Landen so gefürchtet wie verehrt ist: dem Winterkönig. Er bietet ihr einen Handel an, der sie zu den begehrten Antworten führen könnte. Doch sollte sie ihrem Erzfeind wirklich vertrauen?

Britta Strauss

Der Smaragddrache – Gemmas Reise

ISBN: 978-3-95991-052-1, Klappenbroschur, EUR 16,90

Zwei verfeindete Völker. Eine verbotene Liebe.
Und ein Schicksal, so alt wie die Sterne.

Gemma ist die wohlbehütete Prinzessin des Reiches der Grauen Küste. Ihr Leben verbringt sie in einem goldenen Käfig, doch eines kalten Wintertages nimmt ihr Schicksal eine folgenschwere Wendung. Sie wird von ihrem eigenen Vater an Antares, den grausamen König des Südens, verkauft. Fern ihrer Heimat wird sie zu einer Schachfigur im Spiel der Mächtigen. Denn ein magischer Spiegel prophezeit, dass allein sie in der Lage ist, Antares' Todfeind in eine Falle zu locken: Tarek, der Prinz eines geheimnisumwitterten Dschungelvolkes, bietet der Armee des Königs unbeugsam die Stirn. Zahllose Legenden ranken sich um seine Macht. Selbst die tödlichsten Kreaturen des Waldes beugen sich seinem Willen. Es heißt, in seiner Brust schlägt ein Herz aus Smaragd. Es heißt, in seinen Adern fließt das Blut eines Drachen.

Lisa Rosenbecker

Magie aus Gift und Silber

ISBN: 978-3-95991-450-5, kartoniert, EUR 14,90

Rya ist gefangen in einem Körper aus Stein.
Seit einer Ewigkeit fristet sie ein Dasein als Statue in einem Museum und beobachtet voller Neid das bunte Leben der Menschen.
Bis eines Tages Nick auftaucht, der sie hinter der Fassade aus Marmor spüren kann. Mit einem Kuss erweckt er Rya zum Leben und sie stolpert in eine Welt, die magischer ist, als sie es sich erträumt hat – und viel gefährlicher. Sie wird in einen uralten Krieg zwischen Gorgonen und den Nachfahren von Perseus hineingezogen, ohne zu ahnen, wie eng ihr Schicksal mit ihnen verknüpft ist. Während die Konturen von Gut und Böse verschwimmen, muss sie sich entscheiden: Will sie zu einer Heldin werden oder ihr Herz verlieren?

Kerstin Arbogast

Die Braut des Winters

ISBN: 978-3-95991-541-0, kartoniert, EUR 12,90

Haare, lodernd wie Feuer. Haut, so weiß wie Schnee.
Alte Kräfte, die im Verborgenen schlummern, zu früh geweckt.
Ein Erbe, das die Natur erschüttert und Liebende entzweit.

Prinz Aywen Nyivalor hat die kalten und langen Winternächte auf der heimatlichen Burg satt. Er reitet in die Wälder hinaus, um den Winter und die Langeweile zu vertreiben. In den vereisten Nordklippenwäldern findet er eine junge Frau, bewusstlos und dem Tode nahe. Um sie zu retten, nimmt er sie mit auf Burg Nyivalor. Während sein Vater, König Radrann, der Fremden voller Misstrauen begegnet, öffnet der junge Prinz ihr sein Herz. Doch die Unbekannte hütet nicht nur ein Geheimnis, das Aywen gefährlich werden könnte, sie hegt auch den Wunsch nach Freiheit, der das Schicksal des Prinzen bestimmen könnte.

Kann ihre aufkeimende Liebe dennoch Bestand haben?

Lena Klassen

Die Legenden der Unaschkin

Mondlicht in deinen Augen (1)

ISBN: 978-3-95991-471-0, kartoniert, EUR 12,00

Die schöne Kaufmannstochter Meriande langweilt sich in der dekadenten Hauptstadt des kriegerischen Großreichs Nordun zu Tode. Deshalb ist sie von dem attraktiven Soldaten Ruovan, der eines Abends auf ihren Balkon klettert, fasziniert – zumal er zum Dschungelregiment gehört und ihre Sehnsucht nach dem Abenteuer weckt. Schließlich fasst sie einen ungeheuren Plan: Statt ihre Pflicht zu tun und einen vornehmen Kaufmann zu heiraten, will Meriande ihm als Soldatin in den Dschungel folgen und Seite an Seite mit ihm kämpfen. Doch die Realität ist viel grausamer, als Meriande jemals erwartet hätte. Und nicht die Feinde oder die giftigen Tiere sind die größte Gefahr, sondern die Unaschkin, die legendären Bestienkrieger des Dschungels.